文春文庫

ミルク・アンド・ハニー

村山由佳

文藝春秋

ミルク・アンド・ハニー

序章

男の躯（からだ）の重みなど、とうに忘れてしまった。

隣で眠るひとは、いる。どんなに酔っぱらおうと明け方になろうと、家には必ず帰ってくる。けれど彼は、こちらを抱きはしない。首より下に触れさえしない。迂闊（うかつ）に触れればたちまちその先の面倒ごとまで要求されると思い込んでいるらしく、おやすみを言うなりすぐに背中を向け、寝息をたて始める。

ともに暮らすひとの健やかな寝息を聞くたび底知れない寂しさに襲われる毎日と、いったいどう折り合いをつければいいのだろう——夜ごと、自分もまた寝返りを打って彼に背を向けながら、音のないため息をつく毎日と。

脚本家・高遠（たかとお）ナツメ——それが奈津（なつ）の、表の顔だ。いま一緒に暮らしている男は、七つ年下の三十三歳で、大林一也（おおばやしかずや）という。かつては舞台俳優だった。

かつては、というのは、現在の彼はそうではないからだ。ともに暮らすようになってほんの数カ月めに、大林は師と仰ぐ演出家・志澤一狼太（しざわいちろうた）からメールを受け取った。

〈お前、まだバイトなどしているのか。演じるだけでなく自分で芝居を書きたいと言っ

たのは嘘か。いいかげんに逃げ道を断て。彼女には稼ぎがあるのだから、頼んでヒモになれ〉

　そのメールを奈津に見せた大林は、

〈というわけで、ヒモになってもいいですか〉

　正座をして言ったのだった。

「あんな馬鹿げた申し出を、どうしてあなたが簡単に受け容(い)れたのか、しょ、正直、ほんとにわからないんですよね」

　岩井良介(いわいりようすけ)などはいまだに文句を言う。わずかに吃音(きつおん)の名残がある彼が、学生時代の後輩である奈津に対して敬語を崩さないのは、演劇・映画の専門誌編集者という立場のせいで、それはもう情事の真っ最中でも徹底している。

　彼の腕枕に頭をのせたまま、奈津は苦笑した。

「先輩、当時から文句言ってたよね。どうしても理解できない、なんでそんなこと許すんだ、って」

　淡いセピア色の明かりが、白いシーツを柔らかく照らしている。ラブホテルの間接照明はなぜか心を落ち着かせてくれる。

「普通は言うでしょ」岩井は口を尖(とが)らせた。「俺じゃなくても眉をひそめますよ。役に恵まれなかったわけでも、劇団とかをクビになったわけでもないのにさ。いくら、付き合ってる相手の女性の稼ぎだけで暮ら、暮らせるからって、男が一生の仕事をほうり出すなんて、どう考えてもおかしいよ。人としてどうかしてますよ。おまけに彼、借金背負ってましたよね」

「よく覚えてるね」

　当時、舞台の仕事がない時の大林は居酒屋で働いていた。店のオーナーに一千万もの金を借りており、給料から十万円ずつ天引きの形で返済をしていたのだ。前の商売で失敗した際の借りだという話だった。それを払い終えないうちは、店を辞めさせてもらえない。

「あなたが肩代わりしたんですよね。そのお金」

「ローンだよ。いっぺんには無理だったから」と、奈津は言った。「そろそろ半分くらいにはなったかな」

「なったかな、じゃないですよ。いくら惚れた男のためだからって、そこまで尽くさなきゃいられないあなたが、あの頃から、ほ、ほんとに、わからなかった」

　ぶつぶつ言いながらも、岩井の指は奈津の身体のあちこちをまさぐっている。産毛がそよぐほどの繊細な触れ方で、肩先の線をなぞり、二の腕から肘、指先までをそろりそろりとたどっていったかと思うと、尻の丸みを慈しむように掌で覆い、自分のほうへと引き寄せる。昔、ほんの一時期付き合っていた頃と比べても、その手順はほとんど変わらなかった。

　三十代も終わりにさしかかった頃からだろうか、身体のあちこちが緩んできたのを、奈津もはっきりと自覚している。若い頃なら努力せずとも張りつめていた肌や筋肉が、気がつくとすっかり力を失ってしまった。しかし、たとえば新しい連続ドラマの記者会見などで人前に出る時は服の下に様々な工夫をこらしてごまかしているその緩みを、奈津は、岩井の前で裸になる時にはほとんど気にせずにいられる。彼の、どこかキリンを思わせるようなひょろりとした肉体もまた年相応の衰えを示しているのだが、だから自分も、というのとは少し違う。奈津の身体にどうしようもなく堆積(たいせき)した年月ぶんの油断の跡に、岩井が愛着を隠さないからだ。

「モデルみたいな体型の女性は、そりゃ最新流行の服を着てみせるには綺麗かもしれませんけどね。俺としては、こういうことをしたいとは思いませんねえ」

奈津の脇腹の、余っている肉を柔らかくつまみながら、岩井は言う。節の高い、細長い指だ。

「抱き合うにはやっぱり、これくらいの身体がいいですよ。安心できる」

「やだよ、いつの間にかこんなだらしなくなっちゃって。昔は仰向けになっても、おっぱいの先はちゃんと天井を向いてたのに」

「そうだった。よく覚えてますよ。あの志澤先生からもよく、パーティなんかで会うたびに、おっぱい褒(ほ)められてましたもんね。思えばとんでもないセクハラだ」

「そんなこともあったっけ。それが今じゃもう、お皿に出した安いプリンみたいにたるーんって横へ流れちゃってさ」

岩井がぷっと噴きだした。ちょっと情けない顔になって自分の股間を見下ろす。

「ごめん。萎(しぼ)んじゃいました。言っときますけど、よ、横に流れるおっぱいのせいじゃなくて、笑ったせいですからね」

奈津も噴きだす。

「先輩もまだ時間、大丈夫なんでしょ？　こうしてゆっくりしてようよ」

岩井と抱き合って安心するのは、自分も同じなのだった。

五年ほど前、奈津は、当時の夫・省吾との長年にわたる結婚と田舎暮らしを捨て、恩師でもある演出家・志澤一狼太との恋に走った。その志澤から、やがて一方的に打ち捨てられ傷つき果てていた時——支えてくれたのが岩井だ。

かつての恋人である彼にもすでに妻子があり、奈津もまだ正式に離婚していなかったが、恋とはまた違う、友情や情愛に近い睦み合いを重ねることに、二人ともいまだに罪悪感は薄い。人生の隠れ家のような関係は心地よかった。

岩井には感謝している。心身ともに、あの頃はどんなに慰めてもらったか知れない。言葉の届かないところにあって疼き続ける傷を、重ねた身体の熱がたやすく癒やすことはままある。けれど、慰めはどうしても恋には敵わないのだった。やがて大林一也と恋に落ち、彼からどちらかの選択を迫られた時、奈津は岩井に別れを告げた。かつて志澤から切り捨てられた時はあれほど傷ついたくせに、それと同じことを岩井に対してしている自分。わかっていながら、天災のように降ってきた恋には抗えなかった。

岩井からその時届いたメールの文面は、いまだに内緒で保存してある。浴衣をまとい、大林に手を引かれて出かけた江戸川の花火大会の夜だった。ふだんの穏やかさからは想像もできないほど激しい言葉を叩きつけるように書き送ってきたあとで、岩井は、こんなふうに続けていた。

コロシテヤル、と思った。
ニクイ、と思った。
でも、俺ハドウシタイ？　本当はどうしたいんだ？
ひざまずく。
頭を地面につける。
涙をこぼす。
別に愛なんてほしくはない。
俺をあんたの奴隷(どれい)にしてくれ。
気が向いた時だけおこぼれをくれ。
かえりみなくてもいいから捨てないでくれ。
空気のようにまとわりつかせてくれ。
時々その手に触れさせてくれ。
逢(あ)いたいと言ってもすげなくしてくれ。
死ぬほど壊してくれ。
打ち砕(くだ)いてくれ。
こなごなになって、自分が自分でなくなるくらいに。
これが、俺だよ。俺が心からしたいことだ。

言い回しも改行も、一編の詩のようだった。精神的にぎりぎりまで追い詰められた時でさえ、人に読まれることを前提にした文章を紡いでしまうのは、同じ業界に生きる者の性と言っていいだろう。自分を見ているようで幾重にも痛々しかった。

〈ねえ、なんでこういうふうにならないと言えないのかなあ。——なっちゃん、愛してる〉

　愛しているという言葉は妻にしか言いません、とくり返し明言していた彼から、初めて伝えられたのがその時だ。

〈一番大切なことって、いつも取り返しがつかなくなってからわかるんだよな。だから人間は文字を発明して、芝居とか小説とか書き始めたのかもしれないね。「この失敗を繰り返すな」ってさ。あなたはそういうことを仕事にしてる。あなたなら書ける。のたうつといい。苦しむといい。飲み込みきれずに鮮血とともに吐き出した魔物が、思わぬ作品に化けたりする。今は、あなたの書くものを読みたい〉

　それきり、岩井からはぷっつりと連絡が途絶えた。何かのイベントやパーティなどでたまたま顔を合わせた時には、二人とも大人の仮面をつけてやり過ごした。

　ところが、花火大会から半年ほどたったある寒い晩のこと、べろべろに泥酔した岩井から電話がかかってきた。放っておくべきだとは思ったのにどうしても気がかりで、要領を得ない彼の口から今いる店を聞き出して迎えに行き、近くの公園のベンチで頭を冷やさせているうちに、雪が舞い始めた。すぐにやむだろうと思ったのに雪はどんどん激しくなってゆく。東京にはめずらしい、横殴りのぼた雪だ。

〈いやだ。やっと逢えたのに、離れるのはいやだよ〉

いやだ、いやだと子どものように泣きじゃくる男をタクシーに乗せ、他にどうしようもなくて自分の部屋へ連れて行った時点で、どういうことになるかはわかっていた気がする。大林はその頃まだ役者をしており、小さな役をもらった芝居の地方公演で留守だったが、ずっと玄関ドアのほうが気にかかって仕方がなかった。

それでも、

〈駄目(だめ)、駄目だよこんなの〉

そう繰り返しながら途中まで弱々しい抵抗を試みたのは岩井のほうで、有無を言わさず押し倒してまたがったのが奈津だった。

〈うるさい。いいから黙って〉

衣服をむしり取り、狂ったように抱き合い、凍るほど冷たかった互いの手足の指に熱が戻る頃、岩井はようやく落ち着きを取り戻した。長いこと、二人とも黙りこくって寄り添い、夜が薄青く明けてゆく気配に耳を澄(す)ませていた。

結局こういうことになるのだ、と奈津は思った。

いや、違う。結局こういう女なのだ、自分は。

「しんどかったなあ、あの頃」

同じことを思い出していたのだろうか。奈津の肩口に鼻先を埋(うず)めながら、岩井がつぶやく。

「……ごめんね」

「いや、俺が悪いんです。あなたから慕ってもらうのがいつの間にか当たり前みたいになってた。一緒にいる時間を充分にはあげられないなら、せめてき、気持ちを、ちゃんと言葉にするべきだったのに」

「今は、しんどくないの？　今だって私、大林くんと続いてるのに」

「それはいいんです。俺だって妻がいるのは変わらない」岩井が寂しく笑う。「あの時はただ、あなたと二度とこういうふうに逢えないって思ったら、気が変になりそうだった」

　骨ばった細長い指が、なおさら優しく触れてくる。奈津は、心地よさに目を閉じた。

「ほんとに彼とはしてないの？」

　おずおずと岩井が訊く。

「うん。してない」

「どれくらい？」

「もう、半年以上になるかな。その前も同じくらい間が空いたし。こんなことを数えたり覚えたりしてる自分が惨めだから、考えないようにしてるんだけど」

　身じろぎする気配に目を開けると、岩井は枕の上に片肘をついて頭を支え、仏頂面で奈津を見下ろしていた。

「なあに？」

「いえ。なんか、話が違うじゃないかと思ったら腹が立って」

「話が違う？」

「だってそうでしょう。ああして一旦別れた時、俺は、一生懸命になって自分に言い聞かせたんですよ。あいつは独身だし、なっちゃんをいろんな意味で満足させてやれるんだ、幸せにしてやれるんだ、だから自分は身を引くべきなんだ、ってね。勝手なのはわかってますけど、そ、そう思わないとやってられなかった」

「……うん」

「なのに、一緒に暮らしだして、けっこうすぐだったじゃないですか。彼とあなたの間で、そういう機会が少なくなったのって」

「まあ、すぐっていうか」

「すぐですよ、一年なんて。それからもどんどん減っていって、今はもう半年に一度がいいとこなんでしょ？　うちより少ないですよ、それって。ちなみにうちは、結婚二十年ですけどね」

「する時は、先輩から誘うの？」

「いや。たいていは、息子が合宿の時なんかに妻から襲われます」

想像すると可笑(おか)しかった。岩井の妻に対して、奈津自身はなんの感情もない。罪悪感もない代わりに、嫉妬(しっと)のような複雑な想いもない。

「先輩のところのほうがきっと特別なんだよ。世間一般を見渡せば、回数が減ってくのは普通のことみたいだし」

「何を言ってるんですか」と、岩井があきれたようなため息をつく。「世間一般の誰と比べても欲求の強いあなたがさ」

するりと指が潜り込んできた。思わず漏らした吐息を、岩井に唇ですくい取られる。旧知の道筋を辿った指先は、弱いところを的確に探りあてるとさらに激しく動き、弾き慣れた楽器をかき鳴らすように奈津を高く低く響かせた。

促されてうつぶせになり、後ろから貫かれながら、目の端でヘッドボードのデジタル時計を確認する。

まだ、夜の八時過ぎ。大林はどうせ、明け方までどこかで飲んでいる。

*

「それにしたって、今考えても意外だわ」

換気扇のスイッチを入れ、煙草に火をつけると、岡島杏子はしみじみと言った。

「最初に聞かされたときはあり得ないって思ったもの。まさかあなたが過去の男とよりを戻すなんてさ」

煙草くらいどこで吸ってくれてもかまわないと言うのに、旧知の編集者はいつも律儀に立ちあがってキッチンへ行き、そのかわり灰は遠慮なく流しに落とす。

奈津は、ガラスの急須に熱いお湯を注ぎ入れた。丸く糸でくくられた茶葉がゆっくりと開き、中から白いジャスミンの花が咲いて揺れる。二人ぶんの湯飲みに香りの良い中国茶を注ぎ足しながら、

「そんなに意外かな」

水を向けると、

「そりゃそうよ。だってあなた、前からよく言ってたじゃない。他のことならともかく男に関してだけは、いっぺん気持ちが醒めちゃうと元には戻らないって」

立ったまま煙をふかしている彼女の足もとへ、三毛猫の環がすり寄っていって甘え声で鳴く。ずいぶん歳をとったが、相変わらず毛の艶はいい。杏子は何か優しいことを言いながら、かがみこんでその背中を撫でた。

「まあ、それはそうなんだけどね」と、奈津はおとなしく認めた。「一度はどんなに好きだと思った人であっても、何かのきっかけで〈あ、無理〉と思っちゃうともう、何て言うか、本当に、もう無理だよね」

「ほらごらん。例外はいまだに、あの時のキリン先輩だけなんじゃない?」

ひょろりとした体型の岩井良介のことを、杏子は、親しみといささかの揶揄をこめてそう呼んでいる。

「先輩とはべつに、〈無理〉って思って別れたわけじゃないもの」

以前、初めてのエッセイの連載を奈津に勧めてくれた頃、岡島杏子は創刊されたばかりの女性誌の副編集長だった。当時からファッションではなく読み物中心のカルチャーページを担当していたのだが、しばらくすると文芸のフロアへ異動になり、今では小説誌の編集長を務めている。奈津より八つ年上の四十八歳。他の出版社にも広く名を知られる名物編集者だ。

昼間買っておいた和菓子を紙袋から出し、皿に盛る。秋らしい栗餡の饅頭は一口大なので、話しながらでも食べやすい。

奈津が、たとえば杏子とこんなふうに女同士のお喋りをするようになったのは、夫との田舎暮らしを捨てて出奔し、東京で暮らすようになってから後のことだ。それまでは女友達と夜更かしするなどあり得なかった。省吾は、他人を家に招くのを極端にいやがった。

初めての一人暮らしをした部屋は、芝浦運河に面した六十平米のワンルームだ。配管むき出しのスタジオのような造りが気に入っていたが、大林一也との二人住まいになると一部屋では不便に感じられ、今は、下町浅草に見つけた賃貸の倉庫物件を自宅兼仕事場に改装して住んでいる。

部屋そのものに生活感がないという意味では前と同じようでも、浅草に移ってから、あたりの環境はがらりと変わった。古い家並みや、小さなグラウンドのある小学校、昔ながらの商店や銭湯。少し歩けば雷門、にぎわう仲見世通りを抜けてたどりつく浅草寺の境内では毎夏、ほおずき市が立つ。国技館が近いせいで相撲部屋も多く、歩いていて浴衣姿の力士とすれ違うと鬢付け油の甘い香りがふわりと漂うのが新鮮だ。

付き合う男が変わり、暮らす町が変わる。田舎で畑を耕していた頃は、まさか数年後の自分が東京の下町で暮らしているなどとは想像もしなかった。また数年の後、いや来年でさえ、自分がどこで誰と暮らしているか、奈津には確信が持てない。信用できないのは、共に暮らす相手ではなく自分自身だ。

「で、最近はどれくらい逢ってるの？」

「誰と？」

「キリン先輩よ。え、なに、他にもいるってこと？」

「またすぐそんな」奈津は苦笑した。「先輩とだって、そう頻繁には逢ってないよ。何かの集まりで顔を合わせた日とかに近況報告を兼ねて、って感じだから、せいぜい二カ月か三カ月に一回かな」

「そんなに少ないの？」杏子は、短くなった煙草を指にはさんで目を丸くした。「彼のほうはそれでいいって？」

「さあ。でも、これまで先輩から誘ってきたこと自体、一度もないし」

「うそでしょ？」杏子がさらに目を瞠る。「この四年以上の間に、一度も？」

「うん。誘うのは必ず私のほうからだもの」

「断られたことは？」

「ないかな。うん、いつも何とかして時間空けてくれる」

吸い殻をジュッと湿らせた杏子が、それを三角コーナーに放り込む。そうして、やれやれとばかりに言った。

「たいした純情だわね」

「誰が？」

「だからキリン先輩よ。あなたのはずないでしょ」

「あ、ひどい」

「それもまた貴重な例外なんじゃない？　あなたの側に主導権がある恋愛なんてさ」

なるほど――と唸ってしまった。さすがに古い付き合いだけあって、杏子はよくわかっている。過去に関わりのあった男性、いや、今現在進行中のそれも含めて、奈津にとっての恋愛とはどれもが一歩下がって相手を立てるような形のものばかりだった。夫・省吾には、何かと言い争いになるのを避けようとするあまり、創作を含めてあらゆる物事の決定権をゆだねてしまっていたし、そこから脱出するきっかけとなった志澤一狼太との関係も、崇拝がゆき過ぎて相手に振り回され、突然わけもわからず突き放されて終了した。いま生活を共にしている七つ年下の大林とでさえ、そうかもしれない。ヒモとして許される立場を最大限に行使して好き勝手にふるまい、好きなだけ金を遣う大林のそばで奈津は、彼を束縛しないよう、彼のプライドを傷つけないよう、自分で自分の言動に手綱をかけている。そうしてくれと頼まれたわけでもないのに。

なぜなのだろう、とは何度も考えた。なんとかしてその癖を直そうとも努めてきた。それでも、いざ深い関係になった男性と二人きりで対峙すると、とたんに飲み込む言葉が増えるのだ。省吾のもとを離れた時、これからはもう二度と自由を他人に明け渡したりしないとあれほど強く心に決めたはずだったのに、結局、何度も同じことを繰り返さずにいられない。

唯一の例外が、そう、岩井良介との関係だ。彼に対してだけは、先回りして物わかりのいい女を演じたり、本音と裏腹の言葉を口にしないでもよかった。なぜなら彼との間にあるものは、恋愛とはまったく別の何ものかだから……。

そう言ってみると、杏子は顔をしかめた。奈津の向かい側に戻ってきて腰を下ろす。革張りのソファが軋(きし)むような音を立てる。かがんで和菓子をつまみあげ、彼女は言った。

「あなたがいくら否定しようと、きっと向こうはあなたのことすごく愛してんのよ」

「……わかってる」

「わかってて、気が向いた時だけつまみ食いに利用してるってわけね？」

これ見よがしに菓子を口にほうり込む杏子を、奈津は、げんなりと見やった。

「そう言われちゃうと何だか」

「あら、べつに、咎(とが)めてやしないわよ。どっちも大人なんだし、お互いが納得ずくならいいんじゃない？　キリン先輩にしてみれば、たとえ恋慕の情が自分の側にしかなくても、それでもあなたと寝られないよりはいいっていう考えなんでしょ。向こうにだって守らなくちゃならない家庭があるぶん、おかしな考えは起こさないでくれるだろうし、理想的な関係じゃないの」

奈津は、彼女に疑いの目を向けた。「本当にそう思ってる？」

「思ってるわよ。私自身、男に一穴主義なんか求めないぶん、一棒主義でもないしね。そりゃもちろん、いくらこれは恋愛じゃなくて友情なんだって言われたって、お互いの伴侶(はんりょ)にしてみれば『何だそりゃふざけんな』って話だから、全力で隠し通すのが礼儀だとは思うわよ。だけどそもそも、セックス込みで男女の友情が成り立つなんて奇跡に等しいじゃない」

「まあ、それは私もそう思うけど」

「そういう意味でもあなたとキリン先輩との関係は、男女の仲のひとつの理想だと思ってんの。それがもし、皮肉な言い方に聞こえるんだとしたら、私のせいじゃなくて、あなたのほうに疚しい気持ちがあるからじゃないの？」

歯に衣着せぬ物言いは相変わらずだ。いや、歳を重ねるにつれてさらに遠慮がなくなっていく気がする。

「……かなわないな」

嘆息する奈津を見て、杏子はにやりとした。

「ま、ちょうどいいんじゃない？　あなたみたいな人は、そうやって〈親友〉とたまに旧交を温め合うか、その時々で出会った薄い仲の男と適当に息抜きするくらいがちょうどいいのよ。本気で恋愛しちゃうとただじゃすまなくなって、またまた男も家も捨てて出奔しかねないしさ」

「それはないと思う」

「どうして」

「さすがにもう、この場所を離れる気はないもの」

自分に言い聞かせるように言ったのに、ふふん、と杏子は鼻を鳴らした。「大林くんと別れる気は、とは言わないのね」

答えようとした時、愛猫がひょいと膝に飛び乗ってきた。奈津は、ふっと言葉をなくし、それきり後が続かなくなった。半開きの唇からもれたのは、声にさえならない吐息だけだ。

たったいま口にしようとしていた答えを、もう一度、胸の裡(うち)で転がしてみる。溶けない飴玉(あめだま)のようなそれが、はたして嘘偽りのない本当の気持ちなのかどうか、考えるほどにわからなくなってゆく。

第一章

生まれて初めて独り暮らしをした芝浦運河沿いのワンルームから、下町浅草の倉庫物件への引っ越しを決めた頃、奈津は三十七歳だった。脚本家としての仕事は充実しており、全十一回のテレビドラマを毎週書きながら次の単発ドラマも準備が進んでいたし、新しい劇場のこけら落としに新作の戯曲(ぎきょく)を書き下ろしてほしいとの企画も持ちかけられていた。

もしかして、と思った。もしかして、波が来ているのでは。

身震いするような昂揚(こうよう)があった。この波を逃(の)がしたくなかった。

「東京で何をしたっていいよ」

別居中の省吾は、たまに会うたび朗(ほが)らかに言った。

「お前が誰と恋愛しようが、俺は何も言わない。頭おかしいって言われるかもしれないけど、ほんとに平気だから。俺だってずっと業界の仕事してたんだ。観る人を感動させるような作品を次々に生み出していく以上、ふつうと同じことしてたんじゃダメだっていうお前の焦(あせ)りとかは、これでもよくわかってるつもりだからさ。だけど、そういう生活がこの先も永遠に続いてくなんて保証はないだろ？　いつかお前が疲れきって、田舎暮らしの穏やかさが恋しくなったら、またいつでも帰ってくればいいじゃん。俺はそれまで何年でも、一人であの家を守ってるからさ」

だからさ、と夫は言うのだった。

「別れるなんて言わないでよ」

明るく笑ってみせるその顔は、以前よりも頬がこけてしまっていた。

埼玉の家を出て、二年以上が過ぎていた。奈津のほうからは何度か離婚を口にしたのだが、省吾がなかなか首を縦にふらなかったのだ。

どうしても別れを受け入れない夫とのやりとりに、奈津は疲弊しきっていた。会うのはもちろん、電話で話すだけでも、後から効きめの強い胃薬を飲まずにいられない。同じ日本語で会話をし、意味そのものは通じているはずなのに、なぜか意思の疎通ができない。思いと言葉を尽くして話せば話すほど、お互いの間に横たわる溝の幅と深さ、そして昏さを思い知らされる。それまでの十年余り、一つ屋根の下で暮らしてきた間、こんな徒労感からそのつど目をそらしていた自分が信じられなかった。

あれほど愛した田舎暮らしを捨て、猫一匹を連れて家を飛び出してから後、奈津は各方面に連絡を取り、脚本の仕事関係の依頼も相談も、これからは夫ではなく自分と直接やりとりしてほしいと頼んだ。ドラマの制作会社を辞めてまで妻の仕事をずっとサポートしてくれていたというのに、その彼の手の中から、やり甲斐や生き甲斐といったものを片端から奪ってしまう気がして――それも、まるで握った指を一本一本こじあけて無理やりもぎ取ってしまうかのようで、連絡の電話を一件終えるたびに言いしれぬ罪悪感と闘わなくてはならなかった。

違う、これまでがおかしかったのだと、奈津は自分に言い聞かせた。創作者本人である妻が仕事に関する判断を下すことを、夫は一切許さず、どんな小さなことでも自分の許可なしには進めさせなかった。それは、やはり変だ。夫婦間の力関係がそのまま仕事にまで及んでしまうことが、奈津にはどうしても耐えられなかった。

とはいえ、えらそうなことばかりも言えない。夫の一方的な支配という歪んだ関係に気づいたきっかけが、奈津自身の新しい恋だったせいだ。恩師でもある演出家・志澤一狼太への思慕と、やりとりされた膨大なメール。ようやく叶った逢瀬と、圧倒的なセックス。それらがまずあっての開眼であり別居である、という事実の前では、どれだけ人としての尊厳や自由を口にしようが創作への矜持を盾に取ろうが、都合のいい言い訳にしかならない。

大林一也の存在は、省吾もとっくに知っている。一緒に暮らし始めたことを打ち明けた時はさすがに抵抗を示したが、結局は「ナッツペの好きにしたらいいよ、俺の気持ちは変わらないから」とあきらめ顔だった。そうして二年あまりの月日がたつ間、何度も同じような押し問答がくり返されてきたわけだ。

この上はもう、離婚を前提とした話し合いをしてくれる気持ちがないのなら会いたくないと言う奈津に向かって、

「そんなこと言わないでさあ。せめて、ひと月に二回くらいは会って飯でも食おうよ」

情けない声で省吾はくり返すのだった。

電話をかけてくる前に必ず、いま大丈夫かと、こちらの都合を訊くメールが届く。急にかかってくるよりは心の準備ができてありがたいのだが、文面の向こう側に彼の上目遣いが透けて見えるようで、それもまた奈津には気鬱だった。もはや気持ちのなくなった相手に対して、自分はこんなにも冷淡になってしまうのか。そういった負の感情をあからさまには彼にぶつけまいとする配慮もまた、長年暮らした相手への情というより、揉めると後が面倒くさいからでしかないように思える。

「だってさ、前はさ」と、省吾が懸命に続ける。「週に一度は俺がそっちの部屋へ行って、スーパーとかへも一緒に買いものに行ってたじゃない。時には手ぇつないだりもしてたしさ」

「そうだね」奈津はできるだけ淡々と答えた。「でも、その頃とはもう事情が違っちゃったんだよ。話したでしょう」

「だからべつに、俺は気にしないって言ってるじゃん」

「私が気にするんだってば」

「〈彼〉への義理立て?」

妻が一緒に暮らしている男の名前を、省吾は頑として口にしない。考えてみれば、岩井もだ。

「義理立てとかじゃなくてね……」奈津はため息を押し殺した。「まあ、そういう部分もないわけじゃないけど、今はそういうことを言ってるんじゃなくて」

「じゃあさ、これまでみたいに、うちでとれた野菜とか米とか、ペットボトルの箱とか、俺が東京へ行くついでにそういうの届けに寄るのも駄目なの？　あんなの重たくて、お前一人じゃ買ってくるのも大変だろ」

それくらいのことは勝手にする。重たければネットで頼んで届けてもらえばいいことだ。

「大丈夫。気持ちだけもらっとくね」

「だけどさ、」

まだ何か続けようとする省吾に苛立って、思わずきつい言葉をぶつけてしまいそうになった時だ。

「お前の実家のほうはどうすんだよ」

奈津は、つんのめるように黙った。

退職後、南房総に住んでいる両親には、別居したことをはっきり伝えていない。東京にも仕事場を持って埼玉の家と行き来しているといった程度に話してあるし、この二年あまりの間にも、省吾と二人、あたりまえに夫婦の顔をして訪ねたことが何度かあった。八十代も近くなった親たちによけいな心配をかけるべきじゃない、と強く主張したのは省吾のほうだ。

「いいかげん、また顔を出してやらないとさ」

気遣いはありがたいが、人質を取られているような気がする。両親ともにいつどんなことがあってもおかしくない年齢だし、ふた親をすでに喪った省吾が、何くれとなく奈津の実家を気遣い、こうして別居してからも野菜や米など送って面倒を見てくれていることは本当にありがたく思う。思うけれど――いかんせん、感謝の気持ちだけで男と暮らしていくことはできない。

「今月中は、ドラマのほうでちょっと忙しすぎるけど、たぶん来月になったら」

しぶしぶながら、奈津は答えた。

「来月になったらなったで、もっと忙しくなるんじゃないの？」

「何とかするから」

物言いに、隠しきれない苛立ちが滲(にじ)んでしまったのを敏感に察知したらしい。

「それにしてもさあ」と、省吾は意図的に話を変えた。「いま一緒に暮らしてる〈彼〉って、たしか七つくらい下なんだろ？」

「そうだけど。なんで？」

「いや、だってお前、自分で書くドラマには年下男の設定も多かったけど、自分じゃべつに年下趣味ってわけじゃなかったじゃん。なのにそんなに惚れるってことはさ、その若造、よっぽどカッコいいんだ？」

苦笑混じりのからかうような口調で、余裕のあるところをアピールしたかったのだろうが、声にはやはりどこか引きつった響きがあった。

「ううん、全然」

「またまた。役者なんだろ？」

「舞台役者だし、脇を固めるタイプだよ。一般的にカッコいいとかハンサムって言われるタイプじゃ全然ないと思う。体格はちょっと太めだし、お酒は瓶からラッパ飲みだし、煙草はやたら強いのをばかすか吸うし、おかげで部屋は臭いしね」

うーん、と省吾が唸る。「わかんないな。じゃあ、そいつのどこがそんなに良かったんだよ」

本当に知りたいのだろうか。知りたいなら教えてやる、と思ってしまった。

「共通言語で話せるところかな」

省吾は、うう、とも、ぐう、とも聞こえる複雑な唸り声を発したあと、沈んだ声を出した。

「じゃあ、ナツッペ、いま幸せなんだ?」

「そ……」

いいかげん癇癪を起こしそうになる。そんなことを今のこの文脈で簡単に訊かれて、どう答えろというのだ。舌の先からこぼれ落ちそうな叫びをかろうじて呼び戻し、ぎゅっと小さく固め、ゆらりと転がして飲み下す。

「……そうだね。幸せだね」

省吾は再び、そっか、と言った。ふだん、俺は何とも思わないから、とくり返す時と同じ、へんに明るい声だった。

何げなく結んだ紐が、うまくほどけないことがある。それほどきつく結わえたつもりはなかったのに、ほとんど無意識に手を動かして結んだだけだったのに、その時点ではほどく時のことなど考えもしなかったから、うっかり固結びになってしまった。

どうでもほどこうと思うなら、もはや刃物を持ってきて切るしかないのだろうか。もっと時間をかければきれいに解きほぐせるのかもしれないが、そうするだけの忍耐も、細やかさも、すでに持ち合わせがない。

「たとえば〈逆・単身赴任〉みたいな考えは、な、ないんですか？」

奈津の身体の中心にある最も敏感な結び目を、指先で根気よくほぐしながら、岩井良介は言った。時折、熱い舌が加わって潤滑油を足す。雨に打たれたロープのように、奈津の結び目も濡れそぼち、ほどけるどころかますます固く締まってゆく。

「それは……もちろん、考えたけど」吐息混じりに答えると同時にきゅっと強くつままれ、奈津は思わずシーツを握りしめて尻を浮かせた。「戻るのは、もう無理だよ」

「でも、ある意味、め、めちゃくちゃ理解のある旦那さんじゃないですか。奥さんに、よそで恋人を作ってもいい、いつか戻ってさえくれれば、なんて。なかなかいないですよ」

こういうことをしている真っ最中にも、ふつうに話をするのが岩井の癖だ。分別くさい顔をして、そのくせ分別とはほど遠いことばかりする。

お互いに忙しい日々が続いており、こうして二人で逢うのは久しぶりだった。そのあいだ他人の指から性的な刺激を加えられることのなかった奈津の身体は触れられたとたんに燃え上がったが、岩井ときたら鎮火に協力するどころか、嬉々として燃料をくべ、風を送って煽るばかりだ。さんざん焦らされ続けた脚の奥は、すでに熱く溶け落ちかけていた。

「わかってるけど……無理」快楽の苦しさをこらえながら、切れぎれに続ける。「彼がどれだけ譲ってくれても、気持ちがこうまで離れちゃうと、元の暮らしにはちょっと戻れない」

「じゃあ、全部捨てちゃう気ですか。せっかく造りあげたあの家も、夢みたいな田舎暮らしも」

「それもしょうがないと思ってる。うちは、子どもも出来なかったから、よけいになのかな……夫婦の間にどうしても許せないことが生まれて、男と女としての気持ちが、私のほうだけにせよこうまで決定的に離れちゃうとね。元のところへはとうてい……、あっ」

「ん？　どうしました？　苦しそうですけど」

「誰の、せいだと」

なじるように奈津が言うと、大きく開かせた脚の間から岩井が顔を上げ、満足げに目もとをほころばせた。

「もう。先輩、なんでそんな嬉しそうな顔するかなあ」

「や、だって嬉しいんですもん」岩井がするすると上の方へ移動してきた。「いつにも増して、あなたの反応が正直だから」

「だったら、大林くんに感謝しないとね」

「え？」

「彼が何にもしないおかげだもの。私がこうなっちゃうのは」

「お。人のせいですか」

「……ふん。やな感じ」

岩井の首に、両腕を巻きつける。やな感じ、なのは自分だと思った。

大林はといえば、今日も昼間からパチンコに出かけている。

〈昨日預けてきた金を、今日は引き出しに行ってこないとね〉

悪びれもせずそう言う彼に、奈津は、そんな理屈は初めて聞いた、と笑って新たな軍資金を渡してやった。夕方からはそのまま飲みに行くと言っていたから、帰りは例によって明け方になるのだろう。

「また甘やかす」岩井があきれた顔で言った。「あなたはいつもそうやって、男をダメにするんだ。さんざん尽くして、油断させてさ。自分が飽きるとすぐ放り出すくせに」

「飽きると、じゃないよ。私のことを寂しくさせとくと、だよ」

あまり考えずに口から出た言葉がうっかり真実を衝いてしまい、奈津は小さく狼狽して口をつぐんだ。岩井も、何か感じたらしい。奈津の頭を抱えて、よしよしと撫でる。

「そうだった。なっちゃんは、寂しいのがいちばんダメなんだった」

「……身体が、とかじゃないからね」

「わかってますよ、それくらい。何年越しの付き合いだと思ってるんですか」

言葉とともに、岩井の想いが沁みてくる。

そういえば以前、彼自身が言ったことがあった。

〈あなたと俺はさ。愛人である前に、親友じゃあないですか〉

　セックスの快楽とぴったり背中合わせに、こんなふうな深い理解や労りがくっついてくるから、岩井との関係は厄介なのだ、と奈津は思う。

　しばらくそうして髪を撫でていた彼が、おもむろに咳払いをした。

「旦那さんの、件ですけどね」

「……うん」

「さっき俺が言ったのは、半分くらい冗談です。ほんとは、できるだけ早くちゃんとしたほうがいいと思いますよ。いっそのこと思いきって、べ、弁護士を立ててでも」

「弁護士？」奈津は驚いて、腕枕から頭を浮かせた。「それって、離婚協議のためにわざわざ弁護士を、ってこと？」

　岩井がまじめくさった顔で頷く。

「え……さすがにそれは大げさじゃないかな」

「いや、俺はそうは思いませんね」

「でも、彼に対しては私、もうさんざん酷いことしてきたから……これ以上また刺激したり、傷つけたりしたくないんだ」

　すると岩井は、長いため息をついた。上半身を起こし、奈津の顔を上から覗き込む。

「あのね、なっちゃん。夫婦だから、話せばわかり合えると思うのは間違いです。わかり合えるんだったら、そもそもこんなことにはなってない」

　あまりにもその通りで、返す言葉がない。

「第三者が必要なんですよ。俺の立場で言うのも卑怯だけど、これは客観的な分析から出た言葉だと思って下さい。いいですか、なっちゃん。どこかで、感情をゼロにして、関係を断ち切らなきゃ駄目です。あなたに出来ないなら、や、やってくれる人を頼まなきゃ」

「それが、弁護士ってこと？」

「そうです。あなたの口から出る言葉では、たぶんもう、何を言っても旦那さんには届かないんだ。望みばっかりつないじゃうんだ」

奈津は、ぼんやりと省吾との電話を思い返した。あの絶望的な通じなさ。黒い穴に向かって喋っているような徒労感。

「長いこと一緒に暮らしてきた人に対して、情が湧くのも、冷たくしきれないのもわかります。それだって、あなたの優しさではあるんだろうけど」岩井は大きく息を吸い込み、言葉を継いだ。「今は、それを前面に出しちゃダメです。向こうはそこにすがってしまうだろうから。そんなのって、かえって残酷じゃないですか」

――残酷。

「なっちゃん、あなたさっき、もう元へは戻れないって言ったでしょ。あれは、今後も変わりませんか」

「……無理だと思う」

「だったら、あえて悪役になりきる覚悟も必要ですよ。いい人のまんまじゃ、り、離婚なんかできません。一生恨まれることぐらい、承知の上でないと」

＊

書かなければならない仕事が目の前にあり、〆切がほんの数日後、時には翌日にまで迫っていて、しかもそれは相手があらかじめサバを読んだものではなく本当にギリギリのデッドラインで、わかっているのにどうしても、どうしても天啓のようなものが降りてこない――そういう間の苦しさといったらない。

踵(かかと)に嚙みつかれるような恐怖から必死に逃げる。ふり返って迎え撃てばいいのだろうが、勝てる確証などない。焦燥(しょうそう)のあまり胃袋の底が炭化しそうになる。食欲がなくなるか、異常に増す。眠気に襲われても、いざ横になると眠れない。ようやくうとうとすれば、嫌な汗をじっとりかいて飛び起きる……。

とはいえ、それが奈津の仕事のスタイルであり、もはや生活そのものだ。今さら身近な人間に当たっているつもりなどないのだが、空気が帯電するような感じが居心地悪いのだろうか、大林は、奈津が仕事をする間じゅう必ずどこかへ出かけていく。仕事をする間、というのはつまり、時間帯で言うと毎日の昼過ぎから深夜、時には明け方までということになる。要するに、大林が家にいるのはほぼ、寝る時間だけ。二人で一緒に食べるのは、たいていその日最初の食事だけだ。

せめて、起きるのが昼をまわってしまった日の食事くらいはきちんとしたものを、と思い、ぐうぐう鳴る自分の胃袋をなだめながらキッチンに立っていると、そうになる。

いきなり声をかけられ、飛びあがった。あやうくキャベツとともに指まで千切りにし
「奈津」

見ると、二階から降りてきた大林は、すでに出かける格好をしていた。起き抜けの昼
風呂から上がってすぐに着替えたらしい。

「え、どっか行くの？」

「うん」

「ご飯、もう炊けるけど。豚の生姜(しょうが)焼きだよ？」

「いらない。腹減ってない」

「……そう」

軽い失望は、めまいに似ている。

「上野までパチンコ行ってこようと思って」

めずらしく、ずいぶん律儀に申告をするものだ。

「そう。お金ある？」

「あんまない」

「了解。ちょっと待っててね」

「いや、ゆっくりでいいよ。一応、先に言っとこうと思っただけ」

目は静かにこちらを見たまま、大林は口角だけ上げてニコリと笑み、背中を向けた。

前屈(まえかが)みの姿勢とすぐに響いた金属音で、煙草に火をつけたのだとわかる。奈津は、まな

板を見下ろした。一人分にしてはキャベツを刻み過ぎてしまった。

さっと手を洗って拭い、財布を手にして戻る。三枚抜いて渡すと、大林は「サンキュ」と受け取り、自分の札入れにしまってデニムの尻ポケットにねじこんだ。

「夜はそのまま飲みに行くと思うから、晩飯も気にしないでね」

「だいたい何時頃になりそう？」

「んー、わかんない」言いながら、苦笑いを浮かべて奈津を見た。「だってさ、仕事、そろそろマジでやばいんじゃないの？」

「まあそうだけど、今日はもうほんとに何があっても仕上げなくちゃいけないから、晩には全部終わってると思うよ。終わってないと困る」

「ふうん」大林は、くわえ煙草で片目をすがめた。「じゃあ、もしかしたら電話するよ」

外に面するシャッターを開け放つと、ガレージ越しに浅草の下町の風景が広がる。十一月も終わりに近づき、晴れた昼間でもセーター一枚ではもう肌寒い。

「その格好で、夜、寒くない？」

奈津は、大林の腕に触れた。いま彼の着ている〈ショット〉の黒革ライダースは、付き合い始めた頃、奈津が御徒町で買ってやったものだ。

「寒けりゃタクシーで帰るし」

「そうだね。そうしなね」

横断歩道を渡る前にひらひらと手を振ってよこす彼に手を振り返す。道路の向かい側を、犬連れの老人がこちらを見ながら通り過ぎてゆく。仲睦(なかむつ)まじい夫婦にでも見えていた。内装だけ変えて暮らしているのだろうと思うと、ふっと胸の中に風が吹くような心持ちになった。

もとはニットの紡績工場兼倉庫だった四階建ての三階までを借り、内装だけ変えて暮らしているので、外から見るとまず住居には見えない。窓にはすべて磨り(す)ガラスがはまっているし、開け放っても十字路の向かいは信用金庫、はす向かいは梱包(こんぽう)資材会社の倉庫だ。真夜中でも明け方でも、赤に変わった信号で大型トラックが止まるとたちまち耳(みみ)障(ざわ)りなアナウンスが響く。

〈左へ曲がります、ご注意下さい。左へ曲がります、ご注意下さい〉

それでもなお、前に住んでいた部屋に比べれば、住み心地はずっと良かった。江戸の風情(ふぜい)の残る下町暮らしに憧(あこが)れていたから、探し始めてすぐ、浅草にこの古い物件が見つかった時は嬉しかった。昔の教室を思わせる寄せ木タイルの床がそのままに残っていたことと、オーナーが理解のある人で、ほぼ自由に改装してよいと言ってくれたのがいちばんの決め手だった。

いまも物置に使っている三階まで、各階が約百平米ずつのがらんとしたフロアだったのを、構造自体はそのまま、一、二階をそれぞれだだっ広いワンルームとして使っている。

一階の入り口には元からのガレージ、一歩入るとビリヤード台やソファなどが置かれたフロアで、バーカウンター兼キッチンもここにある。壁と天井は、奈津自身が暇を縫(ぬ)って真っ黒に塗り替えた。舞台やテレビ業界の関係者や、杏子をはじめとする編集者などが来た時にもてなすのがこのフロアだ。昔バーテンダーをしていたことがあるという大林が酒を用意し、何かつまめるものを奈津が作る。いっぽう、二階は丸ごとプライベートスペースにし、一角に仕事机を置いた。板壁で囲ったのはバスルームとクローゼットだけで、広々としたフロアのコーナー部分にあえて斜めにダブルベッドを据え、アイアンの衝立ひとつで軽く視界を遮ってある。十代の頃から漠然と憧れていた、ニューヨークのソーホーのような雰囲気だ。

そうして一歩外へ出れば、時代劇でよく耳にする地名がそこかしこの電柱や信号に記されている。のんびり歩いて橋を渡り、角を幾つか曲がれば浅草寺だ。ひょいとタクシーに乗れば銀座などへもすぐだし、観たい映画も美術展も手の届くところにあり、夜中まで開いている書店があり、それを手にする自由がある。

夫の省吾のもとで、彼に言われるままの生活をしていたなら、今のこの暮らしはなかった。すべてを振り捨て、大事な人を傷つけてまで埼玉の家を飛び出したときは先が不安でたまらなかったけれど、あの時思い切って選択したからこそ、自分は今ここにいる。

もう、戻らない、と改めて思う。省吾がどうしてもわかってくれないのであれば、岩井の言うように、然るべき誰かを間に立てるしかないのかもしれない。

近くの小学校から響くチャイムに、ふと我に返る。そろそろ給食の時間だろうか。

歩行者用の信号が点滅するのを見ながら、奈津は深呼吸をした。東京の冬の匂いは、薄く、遠い。埼玉の田舎の、あの泥を持ちあげる霜柱の少し湿った匂い、枯草のこざっぱりと清潔な匂いなどが鼻腔の奥に蘇り、少しだけ感傷的になる。

一階の戸締まりをし、作りかけだった豚肉の生姜焼きを一人で食べ、熱い紅茶を淹れてから二階へ上がって、机の前に座った。

それきり、気がつけばトイレに立つことも忘れて執筆に没頭していた。本当にもう残り時間がないと思い定めると、ある一瞬を境に、いきなり突破口がひらけることがある。それまでも決してだらだらとさぼっていたわけではないのに、よほど追い詰められない限り、道はひらけてくれない。これぱかりは自分でも不思議なほどで、しかも努力や工夫や覚悟ではどうにもならない。

〈右へ曲がります、ご注意下さい。右へ曲がります、ご注意下さい〉

かつては耳についてうるさかった騒音も、今ではすっかり慣れてしまった。ひたすら書き続けては推敲(すいこう)を繰り返したおかげで、夜の十時過ぎに大林から「これから帰る」と電話があった頃には、すでに原稿を杏子宛てに送り終えていた。

「何か食べた?」

と、大林が訊く。

「まだ。あなたは?」

「軽く飲んだけど、まだ食えるよ」

「じゃあ、よかったら帰りに、いいお肉を二枚買ってきてもらえないかな。あと、サラダ用の野菜とかも」

まだ開いてるスーパーもあるでしょ、と言ってみると、大林がうーんと唸った。

「肉はともかく、野菜まで買えるかな。俺、あんまり金ないんだよね」

奈津は、あっけにとられ、思わず笑いだした。「なるほど、そうでしたか。今日のパチンコは駄目でしたか」

「何の話？」

「わかったわかった、そういう時もあるよね。じゃ、買える範囲のお肉だけでいいから」

帰りを待っている間にタマネギと茸類をソテーし、赤い京にんじんをバターと砂糖でグラッセにし、ジャガイモを茹でてハーブソルトをふり、トマトを櫛形に切る。

やがて到着した山形牛のステーキ二枚に塩こしょうをし、にんにくを低温で炒めてじっくりと香りを引き出し、そこへ肉を投入してミディアム・レアに焼きあげる。最後に赤ワインをふり、鍋肌に醤油を回しかけると、こがことした素晴らしい匂いが立ちこめた。

一口食べた大林が声をあげる。「うまい」

「ほんとに？　よかった」

熱い肉汁と焦げた醤油の風味が混じり合うのを味わいながら、さりげなくテーブルの下で脚を組み替え、腿の奥のほうに凝った昏い熱をそっと逃がす。案の定だ。がっつりと肉など食べると、いつもこうなる。いや、もしかすると仕事で根を詰めたせいかもしれない。どちらの場合もなぜだか欲求が高まって、うっかりすると目まで潤んでしまうのだ。

大林が、赤ワインをまるで水のようにすいすいと飲み干してゆく。すでに外で飲んできた上に、ハーフボトルをほぼ一人で空ければ、今夜はまた風呂にも入らず昏倒することだろう。そうして朝には、風呂に入っていないことを理由にそそくさとベッドを出るのだろう。

上機嫌でナイフとフォークを使う男と、テーブル越しに視線が合う。

奈津は、微笑んでみせた。

付き合い始めた当初、大林一也はじつに情熱的だった。感情に素直で、まめで、リスペクトの対象である奈津との関係を保つのに努力を惜しまなかった。

恋の始まりなどたいていがそんなもので、いつまでも持続するはずはないことくらい知っている。むしろ、志澤一狼太のてのひら返しや、岩井良介の慢心（まんしん）などを目の当たりにしてきただけに、以前よりずっと用心深くなっていたと言ってもいい。

それなのに、どうして自分はまた油断してしまったのだろう。今度こそ、前とは違うのではないか。今度こそは、本物なのではないか。いったい大林の中に何を見てそう信じてしまったのか、いくらふり返って検証してみても、これといった決め手に思い当たらないのが不思議だった。

となると、やはり「言葉」だろうか、と奈津は思う。大林の放つ言葉には、他にない強度があった。芝居を書きたいと言うだけあって、ある種の屈折と諧謔（かいぎゃく）が端々に感じられたし、それを口にする彼自身が役者であるぶんよけいに、言葉は説得力を増した。演出家である志澤から浴びせかけられた言葉がほとんど書き言葉の強さであったのに比べて、大林とはじかに逢う時間が多いせいで、発せられる言葉に生身の迫力があり、彼とのやりとりそのものが一期一会の即興芝居のような発見と感動に満ちていた。

けれど、同居して二年目になる今では、大林は自分の帰る先に奈津がいることに慣れてしまった。たまたま今夜はああして外から電話をかけてきたが、ふだんは深夜か明け方に帰宅するまでいっさい音沙汰がない。日常の何もかもがもはや特別ではなくなって、それはそれで安心できるし居心地もよいのだが、女としての奈津は、いつもどこかでさみしい。

時折そういった意味のことを伝えてみると、大林はきまってこう言う。

「表現の方法が変わっただけだよ」

そんなことはわかっている。わかっていても、さみしいのだ。

働かないのはかまわない。芝居を書きたいなら書けばいい。それならそれで、せめてもう少しくらいは家にいる時間を作ってほしいし、こちらを大事に思う気持ちがあるなら態度や言葉で示してほしい。

「言ってやればいいじゃないですか、はっきり」と、岩井などは憤慨しきりだった。

「何かしら取り柄があるからこそのヒモでしょうが。働かずに遊んでばかりで、飲み出したら朝まで帰ってこなくて、帰ってきたらきたで掃除も洗濯もしない、食事は上げ膳据え膳、昼風呂にパチンコ。それだけでも信じられないのに、せめてセックスくらい、ま、まめにしないでどうするんですか。っていうか、なんであなたは何も言わないでいるんですか」

岩井に言われるまでもない。奈津自身もしばしば同じことを思う。ヒモを自認どころか周囲にも悪ぶって公言するのだったら、自分の女の、心までとは言わない、せめて身体くらい満足させられないものか。それをよこすのがヒモとしての最低限の義務ではないのか、と。

大林が恨めしい。頼むから、こんな惨めなことを考えさせないでほしい。考えたくないのに、あまりに寂しさが募ったときには、心の奥深くからあぶくのようにその思いが浮かんできてしまう。そんなことを考える自分のさもしさが何より嫌になる。

だが、当人にはとうてい言えない。男のプライドをへし折りたくない、という以前に、もとより義務感からセックスをしてもらって嬉しいはずがないのだ。ほんとうに欲しいのは、相手の心の奥深くから自発的に溢（こぼ）れたかたちの言葉であり行為であって、それは頼んで与えてもらえる種類のものではないし、欲しいと匂わせることすらも最近はやめている。こちらからの信号をうっすらとでも感じるたび、大林がなおさら遠くなるのがわかるからだ。

脚本家という仕事の現場でなら、言うべきことを言い、どんな激論も戦わすのに、プライベートとなると奈津は、他者や周囲に対して自分の意思を通すのが何より苦手だった。自分が我慢して済むことならば、そのほうがかえってストレスが少ない。

埼玉の家を飛び出すまで、激情家の省吾に対してめったに言いたいことが言えなかった、もっとさかのぼれば実の母親が非常に厳しい人で、まったく口答えが許されなかった――身近な相手とのそれらの関係性が、いまだに尾を引いているのかもしれない。

いわゆる〈アダルト・チルドレン〉ってやつだろ、と言われてしまえばそれでおしまいの話だが、ぴったりの名前をつけてもらったからといって問題そのものが解決するわけではない。個々の抱える生きづらさや痛みは、つねに言葉の網目(あみめ)からこぼれ落ちてゆく。

*

街はすでにクリスマスの準備一色だった。百貨店の前や広場などあちこちにツリーが立ち、あらゆるショーウィンドウが赤、緑、金、銀に飾られる季節。その始まりも、年々早くなっていく気がする。

ミッション系の学校で育った奈津にとって、クリスマスシーズンの始まりは厳密に決まっていた。クリスマスから逆算して四週間前、つまり十一月下旬の日曜日だ。その日から、ヒイラギやモミの木の枝を飾ったアドベント・リースに蠟燭(ろうそく)を日曜日ごとに一本ずつ立ててゆき、四本立った週のうちにクリスマスがやってくる。子どもの頃は、毎週のミサのたびにわくわくした。約束された喜びが少しずつ近づいてくる、あのおののきに似た期待感……。今ではめったに感じることがない。

「どこへ行ってもクリスマス・ソングが流れてるんだよな」と、大林がぼやく。「ああいうのがいっさい聞こえない店でゆっくり飲みたいよ」

それなら家で飲めば、と言いたい気持ちを抑え、奈津はまた黙って微笑む。彼がぼやいてみせるのはポーズのようなもので、いずれにしても出かけてはゆくのだ。

遅い朝食の後片付けをし、壁の時計を見上げて、さあ仕事の続き、と二階へ上がりかけたその時、奈津の携帯が鳴った。メールの着信音だ。

〈おはよう、ナツッペ。手の空いたときでいいから、電話もらえる?〉

奈津の顔色から察したらしく、大林が黙って離れ、自分のパソコン前に座って煙草に火をつける。一階のバーカウンター脇のテーブルが彼の定位置だ。

奈津もまた、黙って階段を上がった。昼でもライトが必要な一階と違って、二階は磨りガラス越しの光に溢(あふ)れている。奥のコーナーに斜めに据えた大きなベッドの上で、三毛猫の環が起き上がって伸びをし、かすれ声で鳴く。心を決めて電話をかけるまでに、五分以上も逡巡(しゅんじゅん)した。向こうの用件が何であるにせよ、互いの間を清算するにあたっての諸々に関しては、こちらの側から口火を切らない限り、話が進むとは思えない。

ようやくかけてみると案の定、省吾の用件は事務的な連絡がほとんどで、最後に、

「暮れとか正月は戻ってこられないの」

と言った。

正月に、戻る? これだけ別れ話を重ねていながら、まだ本気でそんなことを思っているのか。焦れるのを通り越して、奈津はうっすらと怖ろしくなった。あまりにも頑(かたく)なに信じこんでしまった幻想は、もはや真実と何も変わりがない。誰からも否定されない以上、あるいはどれだけ否定されても認めない以上、その人にとってはあくまでもそれこそが真実なのだ。

「ねえ、お願いだからちゃんと聞いてほしいんだけど」思いきって切りだす。「私、何度も言ってるよね。もういいかげんに書類上もきちんとしたい、って」

「わかってるけどさ」省吾は苦笑いを含んだ声で言った。「せめて、あと一年待ってよ」

「ごめん、無理」

「じゃあ、半年だけでもさ」

「待ってどうなるの？　何も変わらないよ？」

「いや、わかってるんだ。無理に引き止めようとか説得しようなんて気持ちは、俺にはもうないしさ、お前が幸せになってくれるならそれでいいんだから。ほんと、男と女っていうよりもう家族でさ、親みたいな気持ちでさ、だから、このまま結婚したままだって、お前は自由にしてていいんだ。俺ほんと、何にも思わないから」

どこが〈わかってる〉んだろうと、気が遠くなる。

「そういうことじゃないって、何回言えば」

「お前んちの親だってさ、ほんとに、いい歳だぜ。あの歳でわざわざショック与えなくたってさ」

「そんなことはこの際、どうでもいい。っていうか、ちゃんと、ショックを与えないように話すくらいのことは出来るから大丈夫」

「……そっか。でもとにかく、こんな話、電話だけじゃ何だしさ。いっぺん戻っておいでよ。ちゃんと会って話そうよ。な」

奈津が返事を躊躇（ちゅうちょ）していると、じゃあ俺がそっちへ行くよ、と彼は言った。

この住まいに、省吾が足を踏み入れたことはまだない。何度か、埼玉の畑で採れた野菜を突然届けに来たり、そのあと奈津がしぶしぶ彼の車に乗り込んでどこかへ出かけたりといったことはあったが、部屋には通していないし、もちろん大林と顔を合わせた例しもない。

いっそのこと、家に上がってもらおうか、と思ってみる。大林との対面はともかく、少なくとも、自分のまったく与かり知らない生活がすでにこうして日々営まれているのを目の当たりにしたら、少しは省吾も現実を見てくれるようになるかもしれない。

「わかった。じゃあ、あなたの都合のいい時に」と、奈津は言った。「月曜日だけは、悪いけどはずしてくれると助かる。今書いてるドラマのミーティングなの」

「ああ。ってことは、土日とかもはずしたほうがいいよな。書くほうに集中したいだろ」

かつて彼もテレビ屋だったのもさることながら、だてに長く一緒に暮らしたわけではないのだ。

「ありがとう」目を閉じ、鼻からゆっくりと深呼吸する。「いずれにしても、会うんだったらただ漠然と会うのじゃなくて、きちんと建設的な話をしようよ。あなたに頼みたいのは、だからまず、お互いの関係を清算するために片付けていかなくちゃいけない実務面のことを、遺漏のないようにリストアップしてほしいってこと」

「いや、だけどさ、そういう話もとりあえずは顔を見てからで、」

「だったら会わない」

「ナツッペ」

「言ったでしょう？　離婚のことをちゃんと考えてくれるのでないなら、もう会いたくないの」

電話の向こうで、省吾が息を呑むのがわかった。

奈津の側も、言いにくいことを口にするたび、心臓の裏側あたりに鈍い痛みが走る。

「一緒にいた頃は、口座のことも家や土地のことも、みんなあなたに任せっきりにして頼っていたぶん、私じゃわからないことばかりなの。だからそこは、もし弁護士さんを入れるのでないとすれば、あなたを頼るしかないんだ」

「何だよ、弁護士って」

「だから、入れるのでないとすれば、だよ。わかってよ。私たちは今、そういう話をしてるんだよ。リストを間にはさんだ上で、一つひとつについて話をしようよ。そうでなけりゃ、ほんとに何にも先に進まないから」

長い、ながい間があった。やがて、省吾は言った。「わかったよ」

何やかやと一時間にもわたる電話を切る頃にはもう、まっすぐ座っているのも億劫なほど疲弊してしまっていた。先方が穏やかな態度を崩さないでいるだけに、そういう相手に向かってきつい内容の言葉を突きつけるのは、丸腰の相手に斬りつけるのと同じくらいの思いきりが必要なのだ。ああ、名実ともに自由の身になりたい。仕事はもちろん、できれば恋愛に関しても。いくら省吾が気にしないと言おうが、夫の承認のもとにする恋愛など、恋愛ではない。だが、そんな勝手きわまりないエゴを通すために、自分はいったいどこまで人を傷つけるつもりなのだろう……。

無意識にみぞおちのあたりに手をあてながらぼんやりしている奈津の膝に、環がひょいと飛び乗ってきて、その手に冷たい鼻先をこすりつけた。羽毛のように柔らかな毛並みをそっと撫でる。

　そういえば以前、舞台の仕事で関わったプロデューサーが言っていた。

〈二度と結婚したくないとは思わないけど、二度と離婚はしたくないね〉

　長く揉めた妻と別れた直後のことで、ほっとしたと言いながら顔色は悪かった。それほどに神経のすり減る作業だったらしい。あの彼の思いが、今ようやくわかる気がする。

　ややあって階下に下りてみると、大林の姿は消えていた。声をかけずに出かけて行ったのは、電話の邪魔をしないようにとの気遣いだろう。それなのに、胸の中にごうごうと渦巻く途方もない寂しさはどうだ。

　その半面、電話を切ってから初めて身体から力が抜けてゆくのを感じ、奈津はゆっくりと息を吐いた。

　そばにいなければ寂しい。出かけてゆくと安堵する。自分はずっと、こんなことを続けていくのだろうか。


　その週はさらに二度にわたって、省吾と電話で押し問答をした。

　こんなこと、言わずに済むものなら、と身をよじりたくなるような言葉を、いくつも、何度も、思いきって口にする。相手の嫌なところを見たくない、自分の中にある醜さからも目をそらせたい。そう願うあまり、この二年の間つねに後回しにしていたことに、初めて正面から向き合ったと言えるかもしれない。

「あなたの側の要求を、全部吞むわけにはいかないんだよ」と、奈津は嚙んで含めるように言った。「お金が有り余っているなら叶えてあげたいけど、私だって、これからは一人になって生きていかなくちゃならないんだもの」

「だけどお前は、これからまたいくらでも稼げるじゃないか。俺のほうはそうはいかないんだからさ」

「だったらどうして早く次の仕事を見つけようとしないの？　何度も言うけど、私はもうあなたのところへは戻らないんだよ。一人で生きていけるように、もっと本気で自分の身の振り方を考えてよ」

言いながら、子どもに説明しているかのようだと思った。

「家と土地は全部あなたにあげる。ローンも残ってないんだし、住むところには困らないでしょう？　あとは、働いて自分の食い扶持を稼ぐことだけ考えればいいんだから、何でもあなたの好きなことをすればいいじゃない」

「簡単に言うなよ。この歳で仕事を見つけるのは、お前が思うほど楽なことじゃないんだからな」

言っていることが前と全然違う。テレビ屋としての俺を雇ってくれるところなんかいくらでもあるんだからな、というのが、奈津と言い合いをした際に省吾が必ず口にする捨て台詞だったのだ。だが、今さらそんなことを指摘しても始まらない。

「あなたが長年してきてくれたことに対する、感謝の気持ちは本当だよ。だから、不動産は全部渡すって言ってるの。土地も家もじゃあんまり多すぎて、そのぶんに贈与税がかかるのが困るって言うなら、私があなたを傷つけた慰謝料っていう形で渡すことにして、そのことも念書に盛りこめばいいよ」

「いや、それだけじゃ納得できないな。現金がなくちゃ将来不安だし、そもそも、この先もお前のふところに著作権料が入るドラマの脚本のほとんどは俺と暮らしている間に書かれたもので、俺だってお前が書ける環境を整えて協力したんだから、そこのところを評価してもらわなきゃ割に合わないよ」

省吾のほうも、こんな話をするには相当の覚悟が必要だったろう。そう思いたい。

「……具体的に、どれくらいあったら安心なの？」

こちらも相当に思いきって訊くと、省吾は、あっさりと希望額を言った。小さい家ならもう一軒建つくらいの金額だった。

「それは、無理だよ」茫然（ぼうぜん）として、奈津は言った。

「いっぺんに出すのが難しかったら、分割でもいいよ」

夫ではなく、セールスマンと話しているような気がしてくる。

「だいたいさあ、お前こないだから弁護士だの念書だのって言うけど、なんでそんなもんが必要なんだよ。今の慰謝料がどうとかいう話はともかくさ、別れた後でも、このさき俺がお前に対して、いつまでも金や何かを要求したりするわけがないじゃん。要するに、お前は俺を全然信じてないってことだよな」

そう言われれば、そういうことになってしまうのかもしれない。相手のことを完全に信頼しきれるくらいなら、はなから家など飛びだしてはいない。だがそれは、厳密に言えば、今現在の省吾を疑っているということではないのだ。ただ、人の心は変わってしまうというどうしようもない事実を、いやというほど思い知っているだけなのだ。仕方がないではないか。夫婦が別れるとはそういうことだ。赤の他人になってしまうということだ。ある意味、赤の他人よりもよほど始末が悪い。

「そうは言うけどね」と、反論を試みる。「それを言うならあなただって、その家の鍵を私から奪っていったじゃない。勝手に入ったりなんかするわけないのに」

いつでも埼玉の家に帰ってこい、自分はいつまでもお前を待っているから。そう言ったはずの省吾はしかし、自分の留守中にこっそり来て家に入られるのは嫌だからと、奈津に、鍵をよこせと言ったのだった。別居して半年後のことだ。

「それは、でも、お前があのとき東京で借りた部屋の鍵を俺に渡さないって言ったのと同じだろ。俺だって言われた時はショックだったよ」

同じじゃないよ、と奈津は言った。

「あなたが、私の持ち物も沢山残ってる農場の家の鍵を、まだ財産分与の話も済んでいないのに私から奪っていくっていうことと、あなたから逃れて家を飛びだした私が、自分名義で新しく借りた部屋の合鍵をあなたには渡さないと言ったことと、その二つが同じなはずないでしょう」

すると省吾は、いきなり激しく語気を荒らげた。

「馬鹿、そこに大きな勘違いがあるってんだよ。何にもわかってないお前に教えてやるよ。家を出たお前が、いくら自分の名義で部屋を借りたとか言ったってなあ、その契約金も家賃も光熱費もみんな、少なくとも離婚するまでの間は俺ら二人の共有財産の中から出てるんだよ。お前だけの金じゃない、俺と二人の財産なの。そもそもお前の中に、自分一人が稼いだ金だとかって傲慢な意識があるからそういう発想になるんだろ。そこからまず改めろよ。実際はそうじゃないんだよ、八百屋でもデザイナーでも何でもそうだけどな、事業所の形式にした以上、事業主が誰であろうが、一緒にその事務所で働いてる妻とかだって働いて稼いでる扱いになるんだよ。だいたい、お前の純粋な労働ってことでいえば、直接の脚本料だけだろうが。今まで俺らが潤ってたのは、ドラマとか映画がＤＶＤとかになったおかげのアブク銭なんだからさ。だいたいその脚本だって、俺がいなけりゃお前一人じゃ一行も書けやしなかったくせに、全部自分だけで稼いだみたいな大きな顔がよくできるよな。とにかくなあ、お前がこれまで勝手にしてきた買い物も、東京で暮らすための費用も、男に貢いだ金も何もかも全部、法的には俺ら二人の財産から出ていってんだよ！　違うっていうなら、どこが違うか言ってみろ！」

――自分はきっと、あたまが悪いのだ、と奈津はぼんやり思った。そういう言葉に、とっさに言い返せないのだ。なんだか違う、なにかが違うと思っても、何がどう違うのか説明できない。

「あのね。いがみ合いたいんじゃないんだ」と、奈津は静かに言った。「ただ、世間一般の常識に照らし合わせてみた時に、あなたの要求がどれくらい無茶なものであるか、まずはそこを自覚してほしいんだ。人生のこういう局面において、自分の〈評価額〉が公平に見てどれくらいのものかを、きちんと知って欲しいの。その理屈がわからないって言うのなら……」

「言うのなら、何だよ」省吾がすごむ。

「つまり、私に身ぐるみ剝がれて放り出されたみたいに思うのなら……このうえはやっぱり弁護士さんに間に入ってもらって、公平に判断してもらうしかないよ」

何かを吟味するかのような間があった後、

「なんか、怪しいな」

電話の向こうの省吾が、いやな感じの声で言った。

「怪しい？」奈津はびっくりして訊き返した。「怪しいってどういうこと？」

「念書を交わすとか、弁護士に間に入ってもらうとかさ。お前の頭で考えたことじゃないんじゃないの？」

「意味がよくわからない」

「らしくないじゃん。ナツッペがそんな他人みたいなこと言うなんてさ」

言わせているのは誰なのだ。他人みたいなも何も、今はまさにこれから他人になるための話をしているのではないか。本当にこの人には現実が見えていないのだろうか。それとも、見えていてわざとわからないふりをしているのか。

「誰か知り合いに、心当たりの弁護士がいるわけ？ それか、また志澤のオヤジに入れ知恵でもされたとか」

思いもよらない方角から弾が飛んでくる。茫然として、奈津は言った。

「どうしてそこで志澤さんの名前が出てくるの？」

「今さらしらばっくれるなよ。俺から気持ちが離れて、お前が家まで出てったのって、あのオヤジにいろいろ言われたせいだろ？　創作には口を出させるなとか、いいかげん独り立ちしろとか、何も知らないやつにあれこれ言われて、すっかり丸め込まれちゃってさ」

「……ねえ。今、丸め込まれるって言った？」

「あ、いや、別に、そんなことを責めてるんじゃないんだ」省吾は慌ててなだめるような物言いになった。「もう過ぎた話だしさ、他の男との恋愛はいくらでも好きにすればいいって前から言ってるじゃん。ただ、俺とお前の夫婦のことにまでは、それこそ口を出されたくないよ。俺たちだけで話し合って決めようよ」

奈津は、こみ上げてくる思いを懸命に飲み下した。感情の面で言いたいことは山ほどあるけれど、自分にそれを口にする資格はない。創作が、仕事が、などといくら言っても薄汚い弁解にしかならない。夫のある身で他の男と恋愛をし、家を捨てて飛び出したあげく、今また別の男と同棲しているのは事実だ。

「根本的に誤解があるようだけど」と、奈津は言った。「私は誰にも入れ知恵なんかされてないし、志澤さんに丸め込まれたりもしてません。世間一般的に、夫との協議離婚に際して妻の側が考えなくちゃいけないことは何なのか、これでも一生懸命に自分で調べたの。弁護士に知り合いはいないけど、誰か紹介してもらうことはいつでも出来るしね」

「ああ、そうかよ」

省吾が再び居丈高(いたけだか)にすごむ。肩をそびやかす姿が目に見えるようだ。

「お前の魂胆はよーくわかった。いいよ、弁護士でも何でも連れてこいよ。俺をちょろまかそうったってそうはいかないんだからな。お前がいったいどれだけの裏切りを働いてきたか、俺が洗いざらい全部ぶちまけてやる。そいつの前で赤っ恥かきゃいいんだ」

血が、青く冷えてゆく心地がした。

「そんなこと、私が想定していないとでも思ってるの？　弁護士さんに相談しようか、って考えた時点で、その人にすべてを正直に打ち明ける覚悟ぐらい決めてるにきまってるでしょう。打ち明けた上で、客観的に見て、お互いにとって妥当な着地点を見つけてもらおうって言ってるの。あなたをだまそうとか、ちょろまかそうとか、もし考えていたら弁護士さんになんかむしろ相談できないよ」

けっ、と省吾が嗤(わら)う。「どうだか」

「ただし」と、奈津は続けた。「そうした場合、あなたの取り分として提示されるのは、いま私が申し出ているものよりもずっと少ないと思う。それを踏まえた上で、私はあなたに、ローンも返し終わったその家と土地の両方とも渡す、それも過分なぶんを贈与税とかでごっそり持っていかれたりしないように、書面を交わして慰謝料の形で渡すって言ってるんだよ。夫婦の間でどっちがメインになって稼いでいたかとかはもうどうでもいい。あなたの言うとおり、お互いが協力して作ってきた財産の、そのほとんどをあなたにあげると言ってるの」

省吾が、不服そうに唸って黙る。

たしかに、と奈津は思った。彼はこの先、今までと同じような生活はできないだろう。

脚本家をひたすら書くことに専念させ、かわりに身のまわりの世話に徹する、そんな特異な形で収入を得ることもできないだろう。しかし、卑しいと知りながらあえて言わせてもらうなら、こだわり抜いて建てた家屋と土地をすべて夫に渡そうとしている自分は、これから身一つになって働かなくてはならないのだ。もとより信用のない不安定な職業で、どれだけ名前が売れていようとクレジットカード一つ作るのにも楽には審査を通らないほどなのに、この先は、たとえば急にまとまったお金が必要な事態が生じても、もはや担保に出来る不動産はない。大病をしたり事故にあったり、あるいはもっと単純に才能が涸れ果てたりして脚本が書けなくなれば、たちまちその日から収入は断たれる。書いたからといって、そのドラマや芝居が売れるとは限らない。保証も、保障も、何もない。バクチみたいな商売だ。そういう事情をすべて知っているはずの省吾が、どうしてここへきて、自分だけがだまされ、ちょろまかされ、損をさせられているかのように思い込んでしまうのか。先行きが不安なのは決して彼だけではないのに。

電話の向こうの夫は、一言も喋ろうとしない。その沈黙に耳を澄ますうちに――なんだか、ふっと、やるせなくなってしまった。やるせなさは面倒くささともつながっていて、言い合ううちにキリキリと巻き上げられ熱を持っていた神経が、それを境にすうっと冷めてゆく。

ああ、あとで杏子にまた叱られてしまうだろうな、と思いながら、奈津は息を吸い込んだ。

「現金がないのがそんなに不安だって言うなら、わかった。今、そっちの口座に入ってるお金……それも、お餞別がわりに全部あげる」

「え」ようやく声がした。「それってあの……定期の五百万円ごとってこと？」

即座に答えられるところがさすがだ。

「そういうこと。私がこっちで作った口座のほうは、今は本当にからっぽなんだ。東京のお家賃は高いし、引っ越しと一緒に改装までしたからお金も借りてるしね」

「そんなのはお前の勝手だろ」

「そうだよ。私が勝手にしたことだから、私が働いて一生懸命返してるの。だからね、あなたも、早く自分で働いて稼げばいいと思うんだ。何度も言うけど、この二年あまり別居してた間にだって早くそうすればよかったんだよ。そんなに楽には見つからないって言うなら、なおさら早く探すべきだったんじゃないの？　それを、先行きが不安だから、別れるなら金もくれなきゃ困る、手元にないなら分割払いでもいい……って、はっきり言って世の中、そんなに甘くないと思うよ」

そんなやりとりが、延々とくり返された。可能な限り冷静に言葉を交わしていたつもりだが、途中で奈津は一度だけ、声が震えるほど取り乱してしまった。省吾がこう言った時だ。

「お前はさっき俺に、もっと自立して早く仕事見つけろって言ったじゃん。確かに俺はまだお前に未練たらたらで、精神的に自立してないのは認めるけどさ。お前だって、今は精神的に支えてくれる男がいるからそういうことが言えるわけで、その意味ではお前のほうも自立してないんだよ」

たったそれだけのことで……と、今になると自分でも首をかしげてしまう。しかしその時は、憤怒のあまり身体じゅうががくがく震え、口もきけなくなった。

恋人であれ友人であれ、精神的に支えになってくれる相手がそばにいるということと、当人が自立しているかどうかはまったく別の問題ではないのか。省吾とのあれほど虚しい言い争いの末に家を飛びだした、その後の二年間を思う。志澤からは突然つき放され、経済的には誰のことも頼れず、便器を抱えて血を吐くほど苦しい中で、少しずつ少しずつ独りで立つことを覚えていった。その歳月を何だと思っているのだ、ふざけるな。

話し終えて電話を切ったあと、奈津は、身体ごと床にめりこむくらい落ちこんだ。悔しさ、歯がゆさ、もどかしさ、やりきれなさ、哀しさ……あれやこれやが一緒くたになり、この期に及んで、だくだくと涙を流した。もう別れる相手なのだから理解なんかしてもらわなくたっていいじゃないかと言い聞かせるそばから、相手がこちらに向けてぶつけた言葉が百パーセント的はずれとも言えないことに思い至り、ますます自分が厭わしくなる。

と、翌朝、省吾から携帯にメールが届いていた。

重たい朝で……。
昨夜は、ほんとごめんな。
やっぱり苦しいくらい
心の中では謝り続けてるから。

　もうどうすることもできない、
　ごめんしかできないけど、
　ほんと、ごめん。

　前日の電話で、互いに交わす念書の詳細をめぐって奈津が口にした言葉がずいぶんとこたえた様子だった。

〈俺のことを信じられないのかってあなたは言うけど……あなたとの間で私がこの先のことを信じきれないとしたら、それは結局のところ、一緒に暮らしていた時に何度も何度も、『お前には一人で書く才能はない、俺がいるから書けるんだ』って言われたことが原因になってると思うんだ。私が家を出た後、あなたはそのことを後悔してあれほど謝ってくれていたけど、そのわりに、この間からのこういう電話ではまた、『俺がいなけりゃお前は一行だって書けやしなかったんだから、そのぶんを加味して考えてくれ』って、同じことを繰り返してるでしょう?〉

　そこまで言うと、省吾は耐えきれなくなったように、わかった、と遮ったのだった。

〈わかったよ。要するに、お前がそうして急に金にシビアになったのも、俺がしてきたことへの反動ってことなんだろうな。それを言われたら、俺はもう謝るしかないから。ごめん〉

　今さら過去を恨んでほじくり返しているつもりもなければ、そのことで彼を責めるつもりもない。それでもなお、自分の心の中に、これを言えば夫が黙らざるを得ないとわかった上で軽く復讐するかのような、そんな気持ちがなかったかといえば自信がない。

　省吾の心の裡に凝り固まっているものは、ほんとうはお金のことなどよりも何よりも、〈自分は自分なりに一生懸命に、やれるだけのことをお前のためにやってきたんだ〉という思いであり、そういう自分を認めて欲しいという切実さなのだろう。しかし彼は、なまじ頭が回るだけに、相手をいちばん効果的に傷つける言葉を選んではぶつけてしまうのだ。そのくせそれが大事な相手だったりすると、後から自分のほうがどっぷり落ちこみ、深くふかく後悔してすり寄ってくる。

　夫婦だった間、ひたすらそのくり返しだったのだ、と奈津は思った。そうして自分の側も、毎度のように省吾の謝罪を曖昧に受け容れることで――つまり夫のような人には自分がいないと駄目なのだと思うことで、彼との関係に依存してきたのだ。

　迷ったものの、奈津は、省吾からのメールにとうとう返事を出さなかった。謝っては赦される、というループを、どこかで断ち切らなくては駄目だ。もう赦されはしないのだから最初から謝らなくてはならないようなことをしない、というふうに思ってもらわなくては駄目だ。

　人間に言葉というものがある以上、相手に思いを伝えるための努力はしなくてはいけない。しかし同時に、人間にはお互いにどうしても分かり合えない時もあり、どうしても平行線のままのことだってあって、語れば語るだけかえって溝が深まりゆく場合もあるのだ。そういった部分に関してはもう、そういうものだとありのままに思い定めて、さっぱりとあきらめるしかないのだろう。

〈あきらめるとは、明らかに究めること〉

ふと、そんな言葉を思いだす。ずっと以前、精神科医にして僧侶でもある松本祥雲（まつもとしょううん）に教わった言葉だ。

前戯も含めて終了まで十五分というセックスそのものの記憶はもうきれいさっぱり消えてしまったが、その言葉だけは印象的だったので覚えている。あきらめる、とは決して後ろ向きなだけの言葉ではないのだと、生臭（なまぐさ）坊主は言っていた。

（後ろ向き、か……）

と独りごちる。

はたしてどちらが進むべき前方であるかさえも、奈津にはもう、よくわからない。

＊

いま現在、奈津が手がけている連続ドラマは、土曜の夜に放送されている。勤務中だった兄の事故死に疑問を抱いた女性主人公が、登場人物それぞれの思惑が交錯（こうさく）する間で揉みくちゃにされながらも、大企業に闘いを挑んでゆくストーリーだ。

制作スタッフが局の会議室に集まるのは、毎週月曜日と決まっていた。すでに放送された回までの視聴率や反響などを踏まえ、まだ撮影の済んでいない回の脚本を読み合わせしながら、ここから終盤に向けてどう展開させ収束させてゆくかのアイディア出しをするためだ。奈津自身がいくら満足のいく脚本を書けたと思っても、会議の流れ次第で大幅な修正を求められることはままある。それは今回に限ったことではない。いちいち抵抗していたら次の仕事が来ないのではないかという怖れと、譲れない一線を守るために自分が戦わなくてどうするという自負との間で板挟みになりながらも、必要な時にはスタッフたちを待たせたまま、その場でシーンごと書き直してみせなくてはならない。神経のすり減る作業だ。

それだけに、数時間に及ぶ会議を終えて外に出ると、奈津はいつも、しばらく一人で街を散策することにしていた。翌週までに書き上げなくてはならない脚本を思うと気を緩めることはできないが、ずっと張りつめたままではアイディアも浮かばない。完璧な集中は、完璧なリラックスと表裏一体のものだ。ショーウィンドウを眺めたり、街路樹の枝越しに空を見上げたりしながら歩くのは、心の糸を緩めるのに必要な時間だった。

この日――奈津が六本木のミッドタウンで大林の好みそうな食材を物色していると、コートのポケットで呼び出し音が鳴った。かけてきたのは岡島杏子だった。

「今どこ?」

どうしたのかと思えば、今から青山まで出て来られないかと言う。ここからなら目と鼻の先だ。

「今ね、別件で、うちの顧問弁護士の事務所に来てるのね」

うちのとはつまり、彼女の勤める出版社の、という意味だろう。

「それで、勝手だったけどあなたのことちょっと話したら、これからなら時間が空いてるから、よかったら相談に乗りましょうかって」

急な話に驚いたが、意外ではなかった。岩井と同様、杏子もまたかねてから、弁護士を立てたほうがいいと薦めてくれていたからだ。

「こないだも言ったけど、離婚届に判を押してもらいたいからって、事を急ぐだけじゃ駄目よ。別れる前に、法的拘束力のある書面を交わしておかないと。財産分与に関してはもうあなたに任せるけど、これからの仕事に対しては、内容も含めて絶対に口を出さないことを約束してもらっとかないとね。今でこそ、あなたの書いたドラマを辛くて観られないなんて言ってる旦那さんだって、いずれ再放送されたりＤＶＤが出る頃には観ようって気になるかもしれない。こないだの放送に出てきたモラハラ男の言動なんてものすごくリアルで良かったけど、事情を知ってる私なんかは、ああやっぱり旦那さんとのことが下敷きになってるなって思うもの。ましてや本人が後から観たら激怒して、いきなり掌返し(てのひらがえし)で攻撃してきてもおかしくないわよ」

そう言われてしまえば、絶対にそんなことはあり得ないとは奈津にも言い切れないのだった。今はどうでも、人の心はいつ、何がきっかけで変わるかわからない。いや、今でさえ夫は、埼玉のあの家と土地を譲り渡すにあたって、彼の選んだ司法書士が作成する権利放棄の書類に判を押してほしいと言ってきている。電話で話すと八割方は、「本当にもう元には戻れないの？」と傷心の体(てい)なのに、残り二割でおそろしく実務的な決断を迫ってくるのだ。

仕方がない。これからはお互い、自分の身は自分で守らなくてはならない。ずっと一緒に暮らして、たくさん笑いあったひとを疑うのは、辛いし、哀しいし、しんどい。だが離婚という道を選択する以上、ひとりだけきれいなままのつもりで生きていくことは出来ない。彼が持ってくるその書類と引き替えに、こちらの念書にも同じく判を押してもらうしかないだろう。

「実際に依頼するかどうかは、後から考えて決めればいいんだからさ」と、電話の向こうの杏子が言う。「ね、試しに会ってみない？　差し支えなかったら私も同席するから」

いずれにせよ、弁護士については心当たりを探さなくてはと考えていた矢先だった。思いきって「お願いします」と告げ、奈津は、外苑東通りを向かいに渡ってタクシーを拾った。

まるまるワンフロアを占める大きな弁護士事務所だった。エレベーターを降りるとゲートの向こうに廊下が延び、その奥にきらきらしく受付カウンターが据えられて、完璧な美女が二人、完璧な笑みを浮かべて待ち構えている。これが芝居なら、自分はここで門前払いを食らう役回りだろうと思いながら名前を告げていると、すぐそこの一室のドアが開き、ひょいと杏子が顔を覗かせた。

「ああ、来た来た。迷わなかった？」

お疲れさま、と言われて初めて、自分がとても疲れていることを思い出した。

「ここには弁護士が十五人いるんですよ」

紹介された担当の弁護士は、四十代後半の小柄な女性だった。きびきびとした物言いの中にもこちらへの温かな心遣いが感じ取れて、一時間あまりの面談のあと、奈津は彼女にこの件を一任したいと告げた。

「で、すみません、お忙しいことを承知でご無理をお願いしますが、もし出来ることなら、何とか年内にすべてを終わらせてしまいたいんです」

正直な思いを言ってみると、相手は三つ数えるほどのあいだ沈黙したあと、頷いた。

「わかりました。とりあえず今週末までには、叩き台となる書面を用意しましょう」

受付前のホールまで見送られ、ダウンコートを抱えた杏子と一緒にエレベーターに乗り込む。双方にこやかに挨拶を交わす、その間を遮るようにドアが合わさると、

「ね、ね、本当によかったの?」

杏子は開口一番そう言った。

「どうして?」

「他の弁護士さんとかにも当たってみてから決めるのじゃなくて」

「他の弁護士さんなんて知らないもの」奈津は微笑んだ。「ありがと、杏子さん」

「私は何にもしてないわよ」

そんなことはない。専門家に話を聞いてもらえたというだけで、これほど気持ちが楽になるとは自分でも意外だった。

「ま、彼女とは長い付き合いだし、信頼に値する人だと思うからさ。何でも相談するといいわよ」

外へ出る前に、二人ともコートを着込む。分厚いガラスドアを押し開けると同時に、冷たく乾いたビル風が吹き込んできて身体を押し戻す。

「うう、さぶ」首をすくめ、ストールをしっかりと巻き直した杏子が、あきれたように奈津を見た。「何それ、あなた。伊達の薄着はやめて、もっとあったかいカッコしなさい。それでなくてもいろいろ大変なのに、これで風邪なんかひいたら目も当てられないんだからね。……ちょっと、何笑ってるのよ」

「ううん。ありがたいなあと思って」

「そう思ったら、言うこと聞く！」

「はい」

これから社に戻るという杏子と手を振り合って別れ、奈津は表参道の方角へと歩き出した。街はすっかり暮れ、並木のイルミネーションや、店先から歩道にこぼれる光が美しい。

クリスマスも間近な混雑の中で、急に一人きりになったせいだろうか。何ひとつ現実ではないような感覚に襲われ、奈津は幾度かぼんやり立ち尽くした。

（……何やってるんだろ、私）

ふつうに考えれば、何も弁護士まで間に入れなくても、あの省吾がこちらから何かを搾取（さくしゅ）したり苦しめようとしたりするはずがない。それなのに自分は、何をわざわざ、相手の傷口をえぐって痛め付けるようなことをしているのだろう。

泣きそうな気持ちでそう思う一方、奈津の中の一部はもごもご言い訳をするのだった。だってそれは、これまでは彼が私のことを自分の味方と信じていたからだよ。あのひとが敵対する相手を前にして、どれほど容赦（ようしゃ）ない人間に変貌するかはさんざん見てきたじゃない。いつかこの先、彼がこちらを〈敵〉だと認識する日が来たらどうするの？その日が来ないなんてどうして言える？

せめぎ合う気持ちを後ろへ振り捨てるように、また闇雲に歩きだす。一人が切なくてたまらず、いっそもっと独りを感じたさに、わざと人混みを選んで歩いてゆく。けやき並木のイルミネーションがこれほど美しく見えたのは初めてだった。

ふと、ある店先で、奈津は立ち止まった。輸入品を中心に、デスク周りの照明器具や文房具といった品を扱う店だ。目に映る一つひとつがどれも好もしいものばかりで、ふらりと入ってゆくと奥のショーケースの中でスポットライトを浴びている筆記具に気づいた。吸い寄せられるように近づく。

間近に見て初めて、その万年筆がおそろしく手の込んだ逸品であることがわかった。銀色のキャップには、向かい合った一角獣の図柄とともに唐草模様とケルト文字の精緻なレリーフがほどこされ、マーブルホワイトの本体は象牙かと思いきや、

「そちらは、イッカクという鯨の仲間の牙で作られているんですよ」

初老の男性スタッフが近づいてきて言った。さっそく白い手袋をはめ、ショーケースを開け始める。

「ご存じですか。頭の先にこう、長い角のような牙が一本はえた、イルカみたいな姿の。中世ヨーロッパではそれが一角獣の、つまりユニコーンの角だとして珍重されていたそうでしてね。こちらはワシントン条約をクリアしていますが、何しろ貴重な素材ですので、世界で数十本だけの限定生産なんです」

流れるように話しながら、ショーケースからうやうやしく取り出して見せてくれたキャップの一部には、なるほど、11／30とシリアルナンバーが記されている。

大人の女性のたしなみとして、きちんとした万年筆が欲しいとは、もう何年も前から思っていた。いつか何かの記念に、本当に気に入ったものを見つけて買い求めようと。

しかし、黙って値札を表に返されたとたん、奈津は息を呑んだ。思わず一歩後ろへ下がる。

「ごめんなさい、これはさすがに無理です」小さな声で言った。「素敵ですけど。ほんとうに素敵だとは思うんですけど」

それでなくとも物入りな今、万年筆など、べつに一刻を争うような買い物ではない。いや、それを言うならおそらく一生争わない。


「なのに結局、買っちゃったわけか」

ガラステーブルをはさんで座った省吾は、奈津の手元を見ながら苦笑いをもらした。

彼の持参した書類に、奈津はできるだけじっくり目を通しては、おろしたての万年筆で必要な箇所(かしょ)に住所や名前を書き入れていた。

「で、いったいそれ、いくらしたの」

「内緒」

真新しい万年筆は、まだ少し書き味が硬いが、それすらも奈津には愛しい。〈いつかは〉欲しかった万年筆。〈何かの記念に〉手に入れて、一生大切にしようと思っていた万年筆。いま買わなくていつ買うのだ、と思ってしまった。省吾との決着の日、その書類へのサインは、これからの後半生を共にする万年筆にとって最高の初仕事ではないか。

「まあ、お前らしいとは思うけどさ」省吾がため息をつく。「なーんか心配だなあ。今までは俺がいたから、金の遣い方についても逐一助言してやれたけど、これからはもうちょっと後先考えないとさ。欲しいもの片っ端からぽんぽん買ってたら、貯金なんかいくらあってもすぐなくなっちゃうんだからな」

「ないよ。貯金なんて、もともと」

「だったらなおさらだよ」

年の瀬とは思えないほど穏やかに晴れた午後だった。時折、磨りガラスの窓越しに、外の道をゆく人の影が映る。この期に及んでの揉め事は避けたいので、同居人の大林には出かけてもらったが、玄関ドアの向こうに続くガレージはシャッターを開け放ち、外の気配が届くようにしている。

一階の隅に飾ったモミの木が、ちかちかと控えめな輝きを放つ。これからは毎年クリスマスシーズンが訪れるたびに、今日のことを思い出すのかもしれない。

埼玉のあの町の司法書士が用意した書類にサインを終え、今度は奈津の側から、弁護士に作成してもらった念書と、そして離婚届を差し出す。届けの片側には、すでに自分の名前を書き入れてあった。

「証人はどうすんのさ」と省吾。

「もう頼んであるから」

「ふうん。いいけど、お前の男に書かせるのだけはやめてよね」

げんなりとして、ため息が漏れた。

「そんなこと、するわけがないでしょう」

万年筆へと手を伸ばそうとするので、「これは駄目」と断ると、省吾は仕方なさそうに胸ポケットからボールペンを抜き取った。口を真一文字に結び、自分の名前を書き入れる。長年にわたって目になじんだ癖の強い文字を、奈津もまた、唇を結んで見つめた。

最後に印を押すと、彼はぽつりと言った。

「どうすんだよ、ナッツペ。終わっちゃったよ」

今さら言われても、と奈津は思った。ほんとうはもう、二年前の時点で終わっていたのだ。省吾が後へ後へと長引かせていたのはただ、最後の儀式だけだ。

二人の証人の署名欄を除いて記入の済んだ離婚届を、きちんと二つ折りにし、クリアファイルにはさむ。緑色の細い罫線が透けて見える。

「俺、ちゃんと役場に出しとくのにさ。証人だって頼める人いるし。お前がわざわざ来るのは遠いじゃん」

「いいの。大丈夫」

「けど、お前は地元ではけっこう面が割れてるしさ、俺がこっそり出しておけば恥ずかしい思いしなくて済むじゃんか。離婚したなんてこと、周りに知られたくないだろ」

「え」と、思わず顔を見てしまった。「いちいち言いふらして歩くつもりはないけど、私べつに、内緒にする気もないよ」

「うそ、なんで。いいじゃん言わなくたって。興味本位で首突っ込まれんのいやじゃないの」

「そんな人、私の周りにはいないから大丈夫。証人も本当にもう頼んであるし、これは、私が出しに行きたいの」

きっぱり言うと、省吾もあきらめたようだった。

二人ともが口をつぐむのと入れ替わりに、窓の外を通る車の音がやけに耳につく。来るなり省吾に頼まれて音楽を消した静かな部屋に、彼のため息ばかりが重く堆積してゆき、酸素が薄まって息が詰まりそうだ。

「じゃあ……帰るよ」

省吾が腰を浮かせる。せっかく署名を終えた不動産譲渡関係の書類を忘れて帰らないようにと奈津がテーブルに手を伸ばすと、

「ああ、それはこっちでもらうやつ」

省吾はさっと自分で取って、小脇に抱えた。

奈津も立ち上がる。

「遠いところ、来てくれてありがとう。お疲れさま」

出口へ向かいかけた省吾が、あのさ、と振り返る。「こないだは、ほんとごめんな」

「え、どれのこと」

本当にわからなくて訊いたのだが、彼は苦笑した。

「今言ってるのは、俺が、お前も自立してないじゃないかって……あれはさ、俺の甘え

だったと思う。ひどいこと言ってごめんな」

なおもそう繰り返す省吾に向かって、首を横に振る。

「気にしないで。私のほうこそ、ごめんなさい」心から言った。「あんなに腹が立ったってことは、きっと、痛いところを衝かれたからだと思う。結局、私たち、どっちもまだ未熟なままなんだよね。閉じられた世界の中に長いこと二人きりでいたから。でも、もういいかげんに大人にならないと」

「……そうだな。うん。たださ、あの電話でも言ったけど……俺がこうして離婚届に判を押したのは、そうしないとお前が二度と俺に会ってくれないからでさ。別れたほうが友だちとして風通しよく付き合えるって言うなら、0パーセントよりはまだましだと思ったからで……だから、これからもたまには、会って飯とか食おうよ。ってか、やっぱ一度は、お前の親のとこへも一緒に挨拶に行かなくちゃならないしさ。そこは、ケジメだもんな」

わかった、と奈津は言った。先のことなどはその時にならなければわからないと思ったが、今は言わなかった。

どれほど激しく言い争っても、最後には不承不承ながらも仲直りして話を終えられる。そのあたりが、ともに暮らした十年余という歳月の生む不思議なのかもしれない。あるいは、それこそもう「終わっちゃった」からこその諦念だろうか。

別れ際に玄関先で、どちらからともなく軽くハグをする。久しぶりに腕を回した省吾の身体が、記憶にあるよりあまりにも痩せてしまっていることに、奈津は動揺した。けれど、自分にはどうしようもない。傷つけたことを申し訳なく思う気持ちがどれだけ真実であれ、ほんとうにもうどうしようもないのなら、そのことによってこちらも傷ついているなどという顔を見せるべきではない。

「帰り道で事故ったりしないでよ」あえてさばさばと、奈津は言った。「お願いね」

「気になるんだったら一緒について来ればいいんだよ」

「それが出来ないから言ってるの」

ガレージへ続くサッシを開け、省吾を送り出す。

電動シャッターを開け放っておいてよかった。東京の冬の空気がこれほど清冽に感じられたのは初めてだった。深く、ふかく吸い込む。

省吾は、停めてある奈津の黒いジープに蜘蛛男よろしくへばりつき、

「終わっちゃうよ? ねえナッツぺ、ほんとにいいの?」

わざとおどけたように言いながら、なかなか去ろうとしない。

渾身の努力で笑顔を作ってみせると、奈津は、

「じゃあね、ばいばい」

手を振り、からからとサッシを閉めた。一歩、後ずさる。磨りガラスの向こう側、しばらく立ち尽くしていた人影が、やがてゆらりと揺れ、外へと遠ざかり、ふっと見えなくなる。

シャッターを閉めるなり、膝が砕けた。ソファまでたどり着き、崩れるように座り込むと、この心が摺りおろされたようだ。

世で最も苦手な客が帰ったのを察知してか、どこからともなく環が現れて身体をすり寄せてきた。すがるように抱きしめ、なめらかな毛並みを撫でながら、ふと耳元に蘇ったのは、あのプロデューサーの言葉だった。

〈二度と結婚したくないとは思わないけど、二度と離婚はしたくないね〉

自分はもう、どちらも結構だ、と奈津は思った。

夜、大林はいつもより早めに帰ってきてくれた。飲んではいたが、酔ってはいなかった。

一階の隅、自身のパソコン前に座って煙草に火をつける彼の足もとに、奈津は革製の小さなスツールを寄せて腰を下ろし、ひととおりの経緯を話した。ガラステーブルをはさんだ向こう側には、猫の眠るソファ。つい数時間前までは、そこに省吾が座っていたのだ。

「何はともあれ、無事に終わってよかったよ」

そう言われて、思わず涙ぐむ。

「で、届けはいつ出しに行くの？」

「年内には行ってくるつもり」

本籍はまだ埼玉にある。籍を抜き、旧姓に戻した上で、自身を筆頭者とする戸籍を東京で新しく立てるつもりでいる。

「大丈夫なの？」

「何が」

「行って帰って、半日がかりになるよ。気分的なことも考えたら、へたすると一日つぶれる。仕事のほう、かなり追われてるんじゃなかったっけ？」

「そうだけど、証人のサインさえ揃えばあとはもう提出するだけだもの。市役所の仕事納めまでには絶対何とかする」

「べつにそこまで急がなくてもさ。とりあえず旦那さんとの面倒な話は片付いたんだし、何なら年越してからだって」

「無理だよ、そんなの」

驚いて、奈津は言った。この期に及んで何を言うのだ。

「ここまでこぎ着けるのにどれだけかかったか知ってるでしょう。本当はもう、一日だって籍を入れておきたくないのに、このうえ新年にまで持ち越すなんて絶対いや。お正月はさっぱり迎えたいもの」

大林は視線をはずし、わずかに片頬をゆがめた。微笑というよりは、苦笑に近い笑みだった。

「まあ、あなたの好きにすればいいけどさ」

すうっと、襟足（えりあし）から背中へ風が抜けていく。

なるほど、大林がこちらの離婚の問題に、立場的にも心情の面でも関わりにくいのは当然のことだ。厚かましく口を出してくるようなデリカシーのない男でなくてよかったとも思う。だが、せめてもう少し何かこう、別の言いようはないものか。どんな言葉が欲しかったのかというと自分でもわからない。ただ、うなじのあたりがうっすらと寒い。

ごめんね、と言ってみた。「あなたにしてみたら、あんまり見たい光景じゃないよね」

「まあ、そうだね」煙を吐き、灰を落とす。「このひとはこういうふうに男を切り捨てるんだなっていうのをそばで見てると、正直、いい気持ちはしないよね」

「『切り捨てる』なんて言わないで」

「でもそうでしょ。それに、人に対してしたことは必ず自分に返ってくるからさ」

「私もいつかそういう目に遭うっていう意味？」

「俺もね」

奈津は、黙った。部外者のような物言いをしながら、彼には彼で、自身もまた共犯であるという罪悪感があるのかもしれない。そろりと手を伸ばし、大林の膝の上に置かれていた手を握る。肉厚なてのひらは乾いていて、奈津の指を軽く握り返してくれた。張りつめたままだった気持ちが、ようやく弛(ゆる)んでゆく。背骨を引き抜かれた鰯(いわし)のように身体がぐだぐだになって、もうまっすぐ座ってさえいられないほどだ。

今日の午後、取り交わした書類の文言も、真新しい万年筆で書き入れたサインの数々も、すべて脳裏から消し去ってしまいたかった。こんな時は、セックスなど要らない。ただ背中から抱きかかえてもらって一緒に眠りに落ちるのがいい。お風呂沸いてるよ、と言おうとした時、

「じゃあ、俺、もっぺん呑みに行ってくるよ」

奈津は、大林を見上げた。

口角を左右対称に引き上げて笑んだ彼が、奈津の手をきゅっと軽く握ってから離す。

「こんな時はやっぱ、呑まないとさ」

ごめんね、などと、彼は言うはずもない。たとえ接尾語程度のニュアンスでも、悪いと思っていない時に謝ることはしない男だ。

「鍵は持ってるから、戸締まりして先に寝てなね。今日は疲れたでしょ」

大林が腰を上げるとともに、奈津も立ちあがった。玄関から送り出しながら電動シャッターを開け、背中に声をかける。

「ありがとうね。途中で戻ってきてくれて」

嫌味に聞こえてしまっただろうかと思ったが、大林はふり返り、再び口角を上げた。

「どういたしまして」

ひらりと手を振って、暗がりへ消えた。


市役所における各種届の年内受付は、電話で確認したところによると、十二月二十八日の夕方五時頃がタイムリミットとのことだった。それまでに手続きをすべて済ませれば、その場で受理される。

証人の署名は、岡島杏子ともう一人、親しいプロデューサーに頼んであった。「離婚は二度としたくない」と言っていた例のプロデューサーは、もの言いたげな苦笑いを浮かべながらも黙ってサインをし、判を押してくれた。

年内最後の仕事を済ませて電車に乗ることが出来たのは、まさしく二十八日の午後二時過ぎだった。

窓の外の景色に見入る。以前は東京での取材や打ち合わせのたびに何度も往復したものだ。なんだってこんな日に限っていい天気なのだろう。懐かしい景色がいちいち眩しく目にしみる。

駅前のロータリーから、タクシーを拾って市役所へ向かう。考えてみると、地元でタクシーなどというものに乗ったのは初めてなのだった。移動は常に、自分で運転する幌付きのジープか、そうでなければ迎えに来てくれる省吾の車だったからだ。いよいよ、と思うせいか、緊張で膀胱が硬くなっている。市役所庁舎に入り、急いで洗面所を探した。手を洗いながら目を上げると、鏡には、青白いくせに頬だけ異様に上気した顔が映っていた。

戸籍課は、市役所庁舎一階のいちばん目立つ場所にあった。ひらけたフロアに、他にも会計課や生活課などが隣り合い、その前に細長いカウンターと椅子が並んでいて、訪れた市民はそこに座って係の人と向かい合う。当然、何の書類を前に話しているかは他の部署からも丸見えだ。

〈お前は地元ではけっこう面が割れてるしさ、俺がこっそり出しておけば恥ずかしい思いしなくて済むじゃんか〉

なるほど省吾の言葉にも一理あったかもしれない、と奈津は今さらながらに思った。職業柄、テレビに出たり、新聞やタウン誌などに写真付きで記事が載ることも多いため、地元であるこのあたりでは特に顔を知られている。何しろ、土地は広いが人付き合いの輪の狭い、絵に描いたような田舎の町だ。お隣の奥さんが郵便局の窓口に座っていたり、定年退職をした近所のご主人がスーパーの警備員をしていたり、その息子が高校を卒業して浄化槽の点検に来てくれたりするような土地柄なのだ。

それだけに、緑の罫線で囲まれた例の用紙を間にはさみ、若い男性職員が手続きを進めてくれる間じゅう、フロアのあちこちからちらりちらりと視線が投げかけられて、居心地の悪いことこの上なかった。伊達眼鏡をかけてくることも考えなかったわけではないが、今回あえてそうしないことを選んだのは自分なのだから、とあえて顎を上げる。

若い担当職員は有能で親切だった。奈津が新しく東京で立てようとしている戸籍の正確な番地表記などについても、念のため先方の区役所へ電話で問い合わせてくれたおかげで、やがてすべてのチェックが滞りなく終了した。最後に認印を押して立ちあがった奈津を見上げ、彼は柔和な笑顔で言った。

「お疲れさまでした」

どんな届けを出す人にも同じ言葉を投げかけているのかもしれないが、この届けの場合だけはずいぶんと含みのある言葉になるものだ。奈津も微笑んだ。

「ありがとうございます。お世話になりました」

コートを着込み、出口へ向かう。いつのまにかすっかり日が落ち、フロア全体がほんのりと夕焼けの色に染まっていた。庁舎の玄関を出るなり、携帯を取りだす。

「もしもし。いま終わったところ。無事に受理されたよ」

短くそう告げると、電話の向こうの大林は言った。

「そっか。おめでとう。帰り、気をつけてね」
もうすでに、行きつけの店へ飲みに出かける途中なのだろう。声の後ろには、高架をゆく電車の音が響いている。

電話を切り、奈津は歩き出した。庁舎前のロータリーにはタクシーも停まっていたが拾わず、駅までの道をゆっくり歩いて戻る。いやというほど通った道筋だが、ここも自分の足で歩くのは初めてだ。国道をまたぐ歩道橋を渡る。見慣れた山々の稜線が目を刺すような茜（あかね）に染まり、空はすでに鈍色（にびいろ）に沈んで、小高い丘の上には展望台のシルエットが小さく見えている。

唐突に涙があふれだし、奈津は、自分でもびっくりした。

十数年前の夏、初めて川遊びを目当てにこの土地を訪れた夜、省吾は、美しくライトアップされたあの展望台を見てラブホテルと勘違いしたのだった。そんなものはこの付近にはないとわかり、駅前商店街のはずれの銭湯で汗を流した後は、古いワンボックスカーの後部座席に布団を敷いて眠った。二人ともがこの環境を気に入り、長年憧れていた田舎暮らしをするならこの土地で、と決めたのはあの時だ。

嗚咽（おえつ）が止まらない。歩道橋を向こう側から渡ってきた人から訝（いぶか）しまれることのないように、顔を背け、鼻から下をストールに埋めて景色に見入る。名残惜（なごりお）しさに目をそらすことができなかった。未練、ではない。後悔、ではなおさらない。ただ、過ぎてゆく時というものの残酷さを思って胸をかきむしられるだけだ。この風景が、この環境が、どこより優る楽園だと思えた時もあったのに。

風の強い夕暮れ、あたりに人影は少なく、女がひとり手放しで泣きながら歩いていてもあまり目立たなかった。ようやく少し落ち着いてきたところで駅にたどり着く。頰の上で乾きかけた涙をてのひらで拭い、時刻表を見上げた。東京行きはちょうど出たばかりで、次の電車まではまだしばらく間があるようだ。

とりあえず、駅前の百円ショップで時間をつぶすことにした。住んでいた頃はここであれこれと買い物をしたものだと感慨にふけりつつ、ドアのすきま風を防ぐスポンジテープと、旧姓の三文判を選んでレジへ持ってゆく。これから先の人生に必要という点ではどちらも、大枚をはたいて買ったあの万年筆の百倍も実用的だと思うと苦笑いがもれた。

少し早めに駅のホームに上がった。いちばん端まで歩いていった奈津は、そこで、意を決して携帯を取りだした。

出ないで欲しいとさえ思ったのに、ものの二コールでつながる。

「おう、ナツッペ。どうした？」

耳に馴染んだ省吾の声が言う。本心からか、それとも努力によるものか、とても明るい声だ。

「急にごめんね。今、ちょっとだけいい？」

「ああ、こっちはいつだっていいよ。いつでもかけてきてよ」

「じつはね」奈津は、思いきって言った。「ついさっき、届けを出してきたの」

「え……」

「正式に受理されたよ。そのことを伝えておかなきゃと思って」

いくらかの間があった。

「今、どこ？」

「もうすぐ電車に乗るところ」

「ちょっと待ってよ、一本遅らせらんないの？」

「ごめんね。帰らなきゃ」

「こっち来るんだったら、どうして先に言ってくれなかったんだよ。呼び出してくれればいいのに。もう、俺と会うのは嫌なの？」

「そうじゃないよ。そういうことじゃないんだけど……」

早く電車が来てくれないものだろうか。奈津は、言葉を絞り出した。

「ただ、さすがに今日の今日で、あなたと顔を合わせるのは、いくらなんでもヘヴィだったんだよ。ごめん。年が明けたら、また改めてね」

ようやく来た電車に乗り、席に座ってしばらくたった頃、小さくメールの着信音が鳴った。

おそるおそる開いて見る。

再び携帯を畳むと、奈津は、顔を伏せて深くうつむいた。


ナッツッペ。

今まで、ありがとな。

ほんとに、ありがとな。

たったそれだけの、短いメールだった。

(――勘弁してよ。反則でしょう、それは)

ほかにも乗客はいるというのに、抑えようもなくぼろぼろ泣けて、洟までたれてきて困った。窓ガラスのほうを向こうとしても、外がこうも暗いと窓は鏡のようなのだ。全部映ってしまう。

あれだけ離婚したかったのに。自分から別れたいと言ったのに。なのに、どうしてこんなにも涙が出るのだろう。失ったものや置いてきたものが今さらのように美しくきらめいて感じられるのは、今、目の前にないからだ。きっとそうだ。それだけのことだ。

他にどうしようもなかった。東京に着くまで、ひたすらうつむき、落ちてくるものを時折ティッシュで拭いながら、また寝たふりを決めこむしかなかった。

おかげで後からひどい頭痛に悩まされ、家に帰り着くなり、食事より先に鎮痛剤を飲む羽目になった。それでも仕事は待ってくれない。まるまる潰れてしまった今日の午後を取り返さなくてはならない。

こんな時は、大林の不在がむしろありがたい。

環も、何ごとかを感じ取ったのだろうか。奈津が、自分の書いた脚本のセリフをぶつぶつと唇にのせてはまた書き直してゆく間、ずいぶんとおとなしく、膝の上で小さく丸まっていた。

第二章

今の住まいがある台東区の下町に引っ越してから、正月の迎え方はぐっと古風になった。

あたりには浅草寺をはじめ古刹が多く、大晦日の真夜中ともなれば除夜の鐘があちこちから聞こえてくる。早めの風呂を済ませてさっぱりした後、熱燗や甘酒で火照った身体に、肩の凝らないウールや紬などの着物をまとう。別珍の足袋をはき、懐にカイロをしのばせ、下駄や草履の鼻緒をひょいと浅く引っかけて初詣に出かけるのは愉しい。

この日、午前零時を回るとすぐに、二人は玄関を出て歩き出した。ふだんは大林一人で行くことの多いプール・バー『次元』へ、

「一緒に新年の挨拶をしに行こうよ」

と、めずらしく彼のほうから誘ってくれたのだ。

名実ともに独りに戻った、初めての年越しだ。奈津としては大林と家でゆっくり過ごしたい気持ちだったが、恋人のうずうずと落ち着かない様子を見ると微笑ましくもあった。この正月に間に合うようにと、奈津が黙って仕立てに出しておいた大島紬の着物と羽織を、彼はさっそく『次元』の仲間に披露したいのだった。

「せっかくだからさ、あなたも着物で行けば？」

と勧めてくるのは、帯まで一式もらっておいてさっさと自分だけ着て出かけるのでは気が引けるからだろう。わかっていても、奈津の気持ちは華やぐ。

二人とも紬では粋に過ぎてむしろ地味に映ってしまいそうで、今年はあえて柔らかものを選んだ。淡いクリーム色の綸子地に、青磁色の松葉と朱色の小花が点々と控えめに散る小紋、帯は黒地の博多織。上から和装コートをまとい、カシミアのストールを巻けば寒くはない。

揃って現れた二人は案の定『次元』の常連たちの冷やかしの的になったが、大林の着物姿そのものは皆から大好評だった。太り肉のどっしりとした体格のおかげで、腹の下に角帯がぴしりとおさまって様になる。裄も丈もちょうどだ。羽織を脱ぎ、たすき掛けで玉を撞く彼を、奈津はバーカウンターの椅子から眺めやって目を細めた。

「惚れ直しちゃう？」

ふり向くと、カウンターの中で、ビリヤードのプロでもあるマスターが笑っていた。

「奈津さんも着物似合うね。髪が短いぶん、なんか昔のポスターっぽくていい感じ」

大正モダン風、というようなことが言いたいのだろうか。ありがとう、と奈津は言った。

「そういえば大林さんから聞いたけど、奈津さん、晴れて自由の身になったんだって？」

「うそ、彼、そんなことまで？」

「暮れの、たしか二十八日の晩じゃなかったかな。ここへ来て、酔っぱらってみんなに話しまくってたよ」

　どういう顔をしていいかわからない。市役所の前から自分が電話をしたあと、彼はさっそく周りに報告したということか。『次元』にやって来るまでに、行きつけの店の常連たちのどれだけが知るところとなったのだろう。

「そっか」奈津は、仕方なく苦笑を浮かべた。「ま、そんなこんなで、おかげさまで独りに戻りました」

「おめでとう。って言っていいんだよね」

「ありがとう」

「やっぱさ、嬉しかったんじゃないの？」とマスターは言った。「大林さんはふだんからああいう開けっぴろげな人だから、奈津さんのほうの事情とか、だいたいみんなもう知ってるわけじゃん」

「……そうなのよね」

「それでも、二人を見てたらすごくいい雰囲気だから、みんな、『まあ大人なんだしそういうこともあるよね』みたいに生温かく見守ってる感じだったのが、これでようやく書類の上でも正式にってことになったわけだからさ。大林さん自身、やっぱこれまでとは気持ちが違うんだと思うよ。これでもう、誰からも何にも言われないで済むわけだし」

　誰からも何も言われたくないのなら、夫のある女と暮らしているなどと、しかもそれが放送中の連ドラの脚本家だなどと、わざわざ吹聴して回らなければいい。そうは思うのだが、何かというとすぐ周囲に話してしまう大林を、奈津はどうしてか憎めないのだった。自ら餌をばらまいてでも話題の中心になりたがる性格は、いい歳の男としてはどうかと思うが、役者から書く側にまわりたいという彼の場合はマイナスばかりでもないかもしれない。そう考えると、まるで保護者のような心持ちで愛おしくさえ感じてしまうのだ。

ばかだ、と自分でも思う。わかっていながらどんどんばかになってゆくのが、必ずしも苦しいだけではないから始末が悪い。

お屠蘇と称して、マスターが皆に郷里の酒をふるまってくれた。新潟の生まれだそうで、一升瓶から注がれたのは辛口の旨い酒だった。

下戸とは言わないまでも、奈津は酒に弱い。暖房の効いた部屋で飲むと、なおさらよく回る。すっかり赤い顔をしているのに気づいた大林は、ビリヤードのキューを元のラックに立てかけ、

「負傷者が出たんで帰ります」

皆にそう言うと、奈津の背中に手をあててエスコートするように店を出た。

冷たい風に吹かれてほっとする。耳朶が熱い。和装コートの上から、大林がストールを巻いてくれる。着物のせいでふだんより歩幅の狭い奈津を、「そこ足もと気をつけて、段差あるから」と気遣ってもくれる。

こんなふうに、まっすぐにこちらを見て優しくされるのは久しぶりのような気がした。

「草履の鼻緒とか、痛くない？」

「ん、大丈夫。これは履き慣れてるから。ありがとう」

「じゃあさ、このまま初詣行く？」

「え」

「浅草寺。雷門まではタクシーで行ってさ、仲見世通り歩いて」

奈津の顔がぱっと輝くのを見て、大林も頬をゆるめた。

「でも、あなたこそ、その格好のままで寒くないの？」

奈津と違って大林は羽織だけだ。コートは着ていない。

「一度家に寄って着替えなくて大丈夫？」

「俺は、全然。せっかく行くのにさ。脱いじゃうのもったいないよ」

よっぽど気に入ったものらしい。思いきって仕立てておいてよかった。大島紬の着物と羽織、それに博多織の帯の一揃えはなかなかに値が張ったし、浴衣と違ってそれだけあれば着られるわけではない。同じ寸法で襦袢も仕立て、温かい肌着の上下も見繕った。帯から提げる巾着型の煙草入れも、その紐が抜けないようにする象牙の根付けも、どれひとつとして妥協しなかった。それでも、これだけ喜んでくれるなら、黙って用意した甲斐があったというものだ。

雷門のまわりは、文字通り黒山の人だかりだった。晴れ着姿の人もちらほら、外国人観光客は大勢いて、多くが互いに写真を撮り合ったり自撮り棒をかかげたりしている。

大林と奈津はその間をすり抜けるように、巨大な赤提灯の下をくぐり、一対の風神雷神に護られた門を抜けて仲見世通りを歩き始めた。あまりの人出になかなか前へ進めない。こんな真夜中でも参道の両側の店はすべて開いていて、こぼれ出る橙色の灯りが人々の横顔を照らしている。団子を焼く醤油のこうばしい匂い、人形焼きの甘い匂い。奈津は、白い息を吐きながら、明るい夜空を見上げた。晴れてはいるが、星はほとんど見えない。帯のお太鼓のすぐ上、これが留袖や色無地ならちょうど家紋の入るあたりが、まるでカイロでも背負っているかのようにあたたかい。人混みの中、大林のてのひらが守るように添えられているせいだ。

こんなことくらいで嬉しいなんて、と思ってみる。自分もたいがいおめでたい。彼の機嫌がいいのは、初めての着物姿をみんなに褒めてもらったからだ。つまりこれは、パトロネスへのお礼の気持ちみたいなものだ。

と、草履のかかとを踏まれて、奈津はつんのめった。とたんにがっしりと太い腕が支えてくれる。

「気をつけて」

奈津に、というよりは後ろの誰かに聞かせるように、大林が声を張って言う。思わずすがってしまった彼の腕を、奈津は、黙ってきゅっと握ってから放した。

仲見世通りの商店街を抜けた先にある宝蔵門の仁王像や大わらじを、これほど時間をかけて眺めたのは初めてだった。境内に入ってからも、本堂まではまだずいぶんと遠い。

押し合いへし合いしながらお水舎で両手と口を清め、押し合いへし合いしながら線香のもうもうたる煙を頭にかけ、押し合いへし合いしながら階段を一段ずつ上り、押し合いへし合いしながら賽銭を投げて祈る。

「あんまり風情はなかったね」

と苦笑する大林に、

「でもまあ、これもひとつの風物詩ではあるじゃない」

奈津は言った。

隅にある寺務所で、神棚に供えるお札と破魔矢、それに交通安全の御守りを二つ買い、一つを大林に手渡す。

人混みをほんのわずかにはずれただけで、闇が深くなった。浅草寺の境内は広い。いま歩いてきた参道をまっすぐに戻るのではなく、回り道をして五重塔のほうへ向かう。先ほどまで人と肩先を触れあわなければ歩けなかったのに、嘘のようにあたりは静かだ。

奈津の歩幅に合わせてゆっくり歩きながら、ふと、大林が言った。

「あのさ、話したことあったっけ」

「ん？　何のこと」

「前にここで、供養してもらったこと」

「誰を？」

少しの間があった。

「水子。俺の」

奈津は言葉を失い、立ち止まった。大林も足を止め、ちらりとふり返る。

「ずっと昔の話だけどね。俺が、まだ二十代の初めの頃」

十年ちょっと前など、それほど昔ではない。ついこの間のことと言ってもいい。

「婚約者がいたって話はしたことあったでしょ。彼女との間の子なんだ」

　かつて同棲していた恋人がいたという話は、たしかに聞いていた。女性経験が豊富で、いつかなど金髪のモデルを連れて歩いていたほどの大林が、その女性のことだけは何か特別の表情と言葉つきで語ったのをよく覚えている。

「――それ、流産ってこと？」

　かろうじて訊く。

「歩きながら話そう」

　促され、再び彼の隣に並ぶ。

「堕ろしたんだよ」と、大林は続けた。「彼女は堕ろしたくないって泣いたけど、向こうの親御さんとも相談の上で」

　寒いせいばかりではない。頭の芯が凍るように冷たい。

「どうして。だって、結婚するつもりだったんでしょう？　ご両親からは反対されてたとか？」

「いや」

　彼のため息が白く残る。漫画の吹き出しみたいだ、などと場違いなことを考えてしまうのは動揺のせいだろうか。

「そうするしかなかったんだ。彼女が、その……心を病んでしまってたから」

　一瞬の間に、ありとあらゆる想像が脳裏を駆け巡った。婚約し同棲していた恋人が、精神を病む。いったい何がきっかけだったのだろう。考えるより先に、おそろしい可能性に行き当たってしまう。

大林は、優しいときは優しいが、機嫌が悪いとものの見事に冷たくふるまう。あるいはまた、興味の持てない相手に対してははらはらするほど醒めた対応をする。これまではほんの数えるほどしか自分に向けられたことのないあの目つきを思い起こして、奈津は、思わず身震いした。もしも大林のその性質が若い頃から変わらないものだったとして、同棲しているのにあんな目で見られ続けたとしたら――自分にはとうてい耐えられないだろう。今でこそ譲れない仕事があって、支えてくれる友人たちもいるから、自分を保つことができる。けれど、若い頃の視野など狭いものだ。すぐそばにいる恋人の一挙手一投足が、容易にこの世界のすべてとなってしまう。

「言っとくけど、俺が追い詰めたわけじゃないよ」

　奈津の沈黙を、ある意味正確に読み取って、大林は言った。

「もともと、弱くて脆い子だったんだ。十代の頃から何度も自殺未遂とかしてさ。リストカットの跡が、ためらい傷も含めて何本もこう、平行に残ってたくらいでさ。その彼女が、俺と付き合うようになってからはすごく明るくなったって、これでも親御さんたちからはすごく感謝されてたんだよ」

　奈津は、足もとに目を落とした。右、左、と内股に一歩ずつ重なってゆく白い足袋の先が、夜目にもくっきりと浮き上がる。

「けど、力及ばなかったんだな。妊娠がわかってからはもう、手がつけられないくらい不安定になってさ。刃物は振り回すし、一緒に歩いててもいきなり車道に飛び出そうとするし。それで、結局は親御さんが迎えに来て、家に連れて帰って、おなかの子どもは堕ろさせるって決めたわけ。手術の日は俺も付き添ったし、水子供養は二人で来たけどね。それっきり、会ってない」

「どうして」

「その時が最後だった。結婚の約束も解消した。親御さんに、そうしてくれって頼まれたから」

親御さんとも相談の上で。親御さんに頼まれたから。たしかにどうしようもなかったのかもしれないけれど、なんだか何もかも人任せのように響く。

ふと気がつくと、いつのまにか伝法院通りに出ていた。話に気を取られ、どこをどう歩いてきたかもわからない。大林が、迷わず左手に曲がる。ついてゆくと、すぐに「鎮護堂」の小さな朱門があった。

「ここ」

立ち止まった大林の横に、奈津もひっそりと佇んだ。

「通称、お狸様っていってさ。奥に水子地蔵もあるんだわ」

「ここで？」

「そう。供養してもらったの。向こうの家が近かったから」

二人とも、長い間黙ったままでいた。立ち止まりはしたものの、大林は、入ろうとは言わなかった。手も合わせようとしない。やがて、奈津は口をひらいた。

「どうして急に、私に話そうと思ったの？」

ただ近くまで来て思い出したからか、それとも懺悔のつもりだろうか。いずれにしても聞きたくはなかった。

と、大林がかすれた声で言った。

「あなたには……できれば、産んで欲しかったなと思って」

「え？」

「俺との、家族をさ」

奈津は、口をひらきかけ、何も言えずにまた閉じた。

産めない女ととっくに知っていて、何を言うのだと思った。唇が、寒い。

「昔から俺、自分の家族を作りたいっていう気持ちが強かったんだ。生まれた家の、もともとの家族が嫌いだったからよけいにそう思ったんだろうけどね」

奈津は、一度だけ大林からだまし討ちのように連れて行かれたことのある彼の家を思い浮かべた。母親は小柄で、ころころとよく笑い、苦労を苦労と言わない人だった。大柄な父親は、半身がほぼ不随なせいか不機嫌そうだったが、時折何かの拍子に笑うとやんちゃな一面が覗いた。大林の三つ上だという姉とはちらりと挨拶しただけだが、口数の少ない控えめな人という印象だった。

「どうして嫌いなの？」と、奈津は言った。「私は、あなたのおうち、好きだけどな」

「え、マジで言ってる？」

「もちろん。お父さんもお母さんも、チャーミングな方たちじゃない。あの家で私、ほんとは微妙な立場のはずなのに、不思議なくらい楽だった。変に構えないでいいから」

「そりゃあ、みんな奈津のことは有名人だって知ってるもん。失礼の無いようにするよ」

「そういう意味じゃなくて」何と説明すればいいのだろう。「たぶん、相手が誰であろうが、あなたの御両親は態度を変えないと思うの。うちの母親なんかは根拠もないのに上から目線で人を見下すことが多かったけど、あなたの家族にはそういうところがないじゃない。ああ、世の中には〈人を値踏みしない〉っていう美徳があるんだなって初めて知って、私、感動したんだよ」

大林は返事をしなかった。おもむろに鎮護堂の朱門に背を向け、歩きだす。奈津も、従った。はき慣れたはずの草履の鼻緒が、厚地の足袋のせいか少しきつく感じられ、指の股が痛み始めている。

「ねえ、あなたはどうしてあの家が嫌いなの?」

「貧乏くさいから」即座に答えが返ってきた。「貧乏なのはいいんだ。貧乏くさいのが嫌なんだ。とくに親父。子どもの頃は俺も、親父の運転する大型トラックに乗せてもらうのが好きだった。身体が大きくて腕力もあってさ。父親の背中を見て育つって言うけど、ほんとに自慢の親父だったよ。けど、病気してほとんど寝たきりになってからは、情けなくてさ。酒を禁じられてるのにどうしても飲みたくなると、おふくろが留守の間に杖ついてふらふら酒飲みに行って、べろんべろんでひっくり返ってるところを誰かに助けられたり、道端にへたり込んで小便漏らしてるとこを救急車で運ばれたり。どうせ自分なんかいないほうがいいんだとか、死んだほうがましだとか言っては荒れて、そのたんびにおふくろに迷惑かけて……」

歩くのが速い。話すほうに気を取られ、奈津の歩幅を気遣っている余裕がないらしい。

「死んだほうがましだって思うなら、さっさと一人で死ねばいいんだよ」

荒々しい言葉に、奈津はぎょっとなって大林の横顔を窺った。険しい目が、行く手の暗がりを睨めつけている。

「出来ないくせに、酔っぱらっては自分のことを憐れんでばかりいる親父のだらしなさと貧乏くささが、昔からほんっとに嫌だった。俺が高校を中途でやめて働きだしたのだって、あの家を早く出たかったからでさ」

それは、奈津が初めて知る大林の胸の裡だった。高校を中退したことそのものは付き合いだした初めの頃に聞かされていたが、同級生たちが卒業するよりも早く大検に合格したという話も含めて武勇伝のように語られたので、まさかそんな小昏い感情が彼の心の奥に隠されているとは想像もしていなかったのだ。

「……寂しかった?」

ふとこぼれた問いだった。

「べつに寂しくはなかっ……。いや、そうだったのかな。わかんない」

「早く、自分で家族を作りたかったんでしょう? 自分だったら、お父さんとは違って、ちゃんと奥さんを大事にして子どもを可愛がって、幸福な家庭を作ってみせる。そんなふうに思ってのことだとしたら、もしかして、あなた自身が子どもの頃から寂しかったせいなのかなって」

勝手な想像だけど、と言うと、ようやく大林がこちらを向いた。ちょうど街灯の下にさしかかる。白々とした光に照らされたその顔が、ひどく心許なく見える。

「ごめんね」と、奈津は呟いた。

「何が」

「家族……作ってあげられなくて」

皮肉のつもりは欠片もなかったのだが、

「あ、いや、それは、うん」今さら気づいて慌てたのか、大林は早口に言った。「いいんだ、そんなこと奈津が気にしなくて。子どもができないっていうのは最初からわかってたことなんだから。それが嫌なら付き合ってないしさ」

女として望む答えには遠い。嘘でもいいから、もっと熱のある言葉でいたわってくれてもいいものを。

けれど同時に、彼の寂しい心が愛おしくもあった。根底にはきっと、誰より尊敬していたたくましい父親への思慕がある。いつのまにか逆転して憎しみにすり替わってしまっているけれど、〈俺の自慢の父親があんなふうであっていいはずがない〉という怒りが、〈俺は絶対に父親のようにはなりたくない〉という反発と一緒くたになってしまっているのだ。そのことに、大林自身ははたして気づいているのかどうか。

「こっちこそ、ごめん。着物なのに連れ回して」

奈津は首を横に振った。「いいの。かえって、いろいろ話せたし」

大林が、ひとつ大きな息をつく。

「さてと、帰るか」

そう言った声は、憑いていた何ものかが離れたように明るくなっていた。

「雷門まで戻るとまた揉みくちゃにされそうだから、そこを曲がったところでタクシー拾おう。で、熱い風呂入って、ゆっくり寝よう。明日は俺、どこも行かないで家にいるから」

＊

元日はどこにも行かない。

そう言われて、奈津はたしかに嬉しかった。大林と二人、家でゆっくり過ごせると思うだけで気持ちが弾むということは、自分はまだ彼のことを充分なだけ好きなのだろうと思った。

そうして間接的にでもいちいち自分自身に確認しなくては、わからなくなってしまうことがある。ただまっすぐにこのひとが好きだ、と感じる機会がだんだんと少なくなっている気がして、そういう自分が不安になる。

省吾とああして正式に離婚をしたのは、一緒に暮らす男に自分を丸ごと差し出したかったからだ。書類上誰かの妻である自分ではなく、何の鎖も軛もついていない自由の身となった上で、身体ごと、心ごと、大林だけと向かい合いたかった。

けれど、彼にとって奈津はすでに、いわゆる〈釣った魚〉のようなのだ。

どうしてそんなに油断できるのだろう、とつくづく不思議に思う。結婚したわけでも子どもがいるわけでもないのに、相手がこの先も自分を大事にして離れずにいてくれるものと、どうして思い込んでいられるのかわからない。

「あなたが尽くしすぎるからだよ」

と、杏子は焦れたように言った。

「だから男は油断するのよ。この女なら少しぐらいないがしろにしても大丈夫だろうとか、我慢させても裏切ったりするわけがないとかさ。それって甘く見られてるも同じなんだから、時にはビシッと言ってやんなきゃ駄目。黙ってるとつけあがるだけだよ。前の旦那さんみたいに」

「どうしてそう怖がりなんですか」

と、岩井良介も言った。例によって、奈津の肌をまんべんなく愛撫しながらだ。

「厄介な癖だなあ。あなたが俺にならなら何でも話せるって言ってくれるのは嬉しいですけど、はっきり言ってそれは、いま俺に恋をしていないからですよ。恋愛になっちゃうと途端に何も言えなくなるんだもんなあ」

どちらの言うことも、まさしくその通りだった。その癖のせいで、自分はいつでも誰といても寂しいのだ。

カーステレオから、九〇年代にヒットした洋楽が流れている。懐かしさに目を細めながら、奈津はアクセルを踏み込んだ。

自分の運転で遠出をするのは久しぶりだ。正月二日の午後、都内を抜ける道はどこも空いている。首都高速に乗り、レインボーブリッジをお台場側へ渡って、南房総の実家を目指す。今日は大林も自分の実家に顔を出すと言っていた。

「正月だし、一応おふくろの顔だけ見てくるよ」

彼の家までは、浅草から地下鉄で一本だ。きっと夕方には戻ってきて、いつものとおり行きつけの飲み屋や『次元』をはしごするのだろう。

「親御さんと、今回はお兄さんも来てるのか。俺からよろしくって伝えてもらうのは……さすがにまだちょっと無理だよね」

苦笑する大林に、奈津も黙って苦笑を返した。

「ま、仕事さえ大丈夫なら、何日でもゆっくりしてくればいいよ。いろいろと積もる話もあるだろうしさ」

彼が外食を苦にしないでくれるのはありがたかった。こちらが留守にする間、いちいち食事の心配をしなくて済む。

（――積もる話、か）

カーブに合わせてハンドルを切りながら、思わずため息が漏れる。まだ何も知らない両親に、今日こそは離婚のことを報告しなくてはならない。二人は何と言うだろう。母親は七十代半ばにさしかかったあたりから認知症がかなり進んでいて、こちらが話したことさえ理解できないかもしれない。けれど、八十を過ぎた父親はまだ矍鑠（かくしゃく）としているのだ。娘が何の相談もなく独りに戻ったことをどう思うだろう。

〈この正月は俺も行って、雲行き怪しくなったら援護してやるからさ〉

そう申し出てくれたのは、兄の哲也（てつや）だった。十ほど離れた哲也にだけは、奈津は以前から、省吾と離婚しようと思っていること、いま大林と暮らしていることなどを打ち明けてあった。

〈大丈夫、ちゃんと話せば親父もわかってくれるよ。俺ら家族にしてみれば、どういうかたちにしろ、お前が幸せでいるのが一番なんだから〉

館山（たてやま）自動車道を途中で下り、海沿いの実家を目指す。空は薄曇りながら、正月にしては暖かな午後だ。

もともとは父の吾朗（ごろう）、母の紀代子（きよこ）とも大阪の出だが、今となっては関東での暮らしのほうが長い。現在の住まいは、吾朗が定年を迎えた後に東京を引き払い、退職金で建てた家だった。釣りが好きだからと海の近くを選んだわりに、家から釣り竿（ざお）を持って出たのは住み始めた当初の数回だけだったようだ。いつでも行けると思うと、かえってそんなものかもしれない。

砂混じりの道をタイヤがざりざりと踏む。庭先の梅の木の下で出迎えてくれた両親の後ろから兄が、話はあとでな、というふうに目配せを送ってよこす。頷（うなず）き返すと、奈津は手土産をさげて、自分は暮らしたことのない家に入った。

いざ蓋（ふた）を開けてみれば、父親はさほど驚かなかった。娘だけが埼玉から東京へと拠点を移し、すでに夫との別居生活が二年にもなることを、いくら仕事のためとはいえ不審に思っていたらしい。奈津からひととおりの説明を聞き終えると、一言、「そうか。ようわかった」と言った。

「あのさ。安心していいよ、親父もおふくろも」哲也が横から言った。「最近の奈津を見てると、なんかこう、やっと俺たちの知ってる奈津が還ってきたって感じだもの。省吾くんの前でははっきり言ってかなり萎縮してたし、彼の意向で、俺ら家族とも十年間ほとんど没交渉だっただろ？　それが今は、こっちもやっと気を遣わないでいられるんだからさ。これでよかったんだよ」

奈津は、テーブルの向かいに座る父親に、深く頭をさげた。

「ごめんね、お父ちゃん。……ただいま」

吾朗は、黙って苦笑いをしていた。

理解はしてもらえたと思うし、与えるショックも最低限に抑えられるようにうまく話したつもりだが、ただ、奈津が父親をかわいそうだと思うのは、母・紀代子がたった今聞いた話を片端から忘れてしまうことだった。つまり父は、この話そのものを、娘と息子が帰った後で妻と分かち合うことが出来ないのだ。

「なあ、省吾くんは元気なんか？」と、紀代子は何度も奈津に尋ねた。「せっかくのお正月やのに、家で一人ほっといてええのんか？　かわいそうに、彼もここへ呼んだったらええのに」

「だからね、彼を呼ぶわけにはいかないんだよ、お母ちゃん」と、奈津は辛抱強く答えた。「省吾とはもう別れて、離婚届も出したの。さっきも話したでしょう」

すると紀代子は目を三角にして言うのだった。

「嘘や。知らん、うちは聞いてぇへんで。今初めて聞いた」

一緒にテーブルを囲む吾朗や哲也が黙って目をそらすのを見て、ますます憤慨する。

「なんや、うちだけ知らされてなかったんか？　そんなん、いっぺん聞いたら忘れるわけあらへん、娘の一大事やんか」

　話を合わせるしかなかった。

「そうだっけ。ごめんね。さっき私が話した時は、お母ちゃん、こっちの部屋にいなかったかもしれないね」

「そやろ？　おかしい思たわ。どうでもええことは忘れても、そんな大事なことまで忘れるほど、うちはまだボケてぇへんで」

「うん」

「あんたのほうが危ないんちゃうか」

　紀代子が、湯飲みから煎茶をすする。腹立たしそうな鼻息がもれる。

「それはそうと、奈津」と、吾朗が話を変えてくれた。「お前、いつまでこっちにおれるんや」

「それが、明日までなの」

「え、なんで？」と哲也が言う。「せめて三が日くらいゆっくりしていけばいいのに」

「兄貴は？」

「俺は、仕事始めまですぐだから今日帰るけどさ。お前は自由がきくだろ？」

　曖昧に微笑んでみせる。こればかりは、家族にもほんとうにはわかってもらえない。自由業とはすなわち、不自由業のことだ。

「ゆっくりしていきたいんだけどね。お正月明けまでに書き上げなきゃいけない脚本があって、家でないと完全には集中できないから」

「ふむ。ま、頑張りなさい」吾朗が言った。「身体だけは、ほんまに大事にするんやぞ」

「はい」

「これからは、ますますやぞ」

「はい。ちゃんと気をつけます」

「よし」

話の最後を、

(――ま、頑張りなさい)

その言葉で淡々と結ぶのはいつものことだが、父からそう言ってもらうのが奈津は好きだった。娘を励ましながら、父のほうでも、口に出さずに呑み込むものは何かしらあるのだろうと思う。

「そんで、あんたいつ帰るん?」

紀代子が初めてのように訊く。先ほどの怒りはもう抜けていったようだ。

「明日だよ」

「なーんや、そうなん。今度はもっとゆっくり、省吾くんも一緒に連れといでや。あの子だけ一人でほっといたらかわいそうやんか」

「おふくろ」

哲也が見かねて言いかけるのを制して、奈津は頷いてみせた。

「そうだね」

「うちの若い頃は、結婚した女が旦那さんをほったらかしにしてふらふら出歩くなんてこと、許されへんかったで。あんたみたいに自由きままに仕事なんかさせてもらわれへんかったしな。そういえば、今日は省吾くん何してんの？　かわいそうに、今からでもここへ呼んだったらええのに」

厳密に言うと、書類上は「バツイチ」とはならないのだった。親の戸籍に戻らず、奈津自身が筆頭者となって新しい戸籍を立てたので、このさき謄本を取ったとしても痕跡は残らない。

それを知った時はほっとした。離婚歴そのものを気にするわけではないが、関係のない第三者が見ただけでそれと認識できるしるしが、公的な書類の上に、しかも女性の側にだけ残されるとすれば気分のいいものではない。

この後も、クレジットカードや銀行の名義、免許証や保険証など、あれもこれも苗字を書き換える作業が待っている。男性の離婚の際には生じない面倒ばかりだ。このさき実印を作るときは、絶対に下の名前だけを彫ってもらおうと心に決める。

「正直なところ、結婚はもうこりごりかな」

奈津がそう言うと、省吾は悲痛な面持ちで、ひっでぇな、と呟いた。

「質問したのはそっちじゃない」

「そうだけどさ」

いま一緒に暮らしている男とは再婚まで考えているのかと、久しぶりに会った省吾は訊いたのだった。

「べつに、あなたとの結婚生活の全部を否定してるわけじゃなくて、結婚っていう〈制度〉がどうもね。いまの自由な状態のほうが私には合ってるかなって思うだけ」

省吾は、答えずに頬をゆがめ、皿の上の肉にナイフを入れた。

忙しくしている間に、気がつけば一月が終わろうとしている。離婚届にサインをして以来、ひと月ぶりの再会だった。電話があったのは今朝のことだ。用事があって東京まで車で出てくるついでに、奈津宛ての郵便物や荷物など、いまだに誤って埼玉の家のほうに届いてしまっていたものを渡しに寄っていいかと言う。よほど重要な内容のもの以外はそちらで処分していいからと言ってもみたのだが、ついでだから、と省吾は粘った。

〈集中したいのは知ってるからさ、わざわざ出てこなくていいよ。ドアの外に置いて、ピンポンだけ押して知らせたらそのまま帰るから〉

当人は真面目に言っているのだろうが、いくら別れた男とはいえ、来たのを知りながら会わずに帰すような仕打ちは出来るはずがないし、したくもない。あまり拒み続けるのもどうかと思い、奈津は予定していた小さな打ち合わせを日延べしてもらい、夕方からの時間を空けたのだった。

午後五時過ぎにドアホンが鳴った時、例によって大林一也は飲みに出かけた後だった。路肩に停めてあった省吾の車から郵便物などをまとめた箱を下ろし、それから助手席に乗りこむ。適当なレストランに入り、食事をしながら言葉を交わす間も、ほとんどずっと穏やかなやりとりに終始していた。けれど、再び家まで送ってもらい、赤いテールランプを見送ってから部屋に入ったとたん、奈津は、おそろしく疲れている自分に気づいた。環にせがまれてマグロの缶詰を開けてやるまでが精いっぱいで、それきり椅子にへたりこむと動けなくなった。

ひとことで言うならばやはり、通じなさ、だったろうか。

食後のコーヒーを飲みながら、正月に会った実家の母親のことを話した時だ。省吾は、とつぜん片手で目を覆って泣きだし、奈津を驚かせた。

「あんなにしっかりしてた人がさあ……みるみる何にもわからなくなっちゃうなんてさあ」

奈津がテーブル越しに渡してやったティッシュで洟をかみ、ごめん、と呻く。

「どうして俺、この二年ばかりの間も、もっと訪ねていかなかったんだろ。ナツッペは忙しいからなかなか無理でも、俺には時間だってあったんだし、一人でももっと頻繁に訪ねてあげてたら、そんなにボケたりしなかったかもしれないのにさ」

そうかどうかはわからないし、だいいち現実的じゃないよ、と奈津は言った。あなたと私は別れるのを前提に別居していたのだし、そんな相手の実家を一人で何度も訪ねるなんて誰にとっても無理なことだったよ、と。

「そんなことないよ。別れるなんて、親には話してなかったんだからさ。なんか俺って、いつもそうなんだよ。後悔なんか後からしたって意味ないってことぐらいわかってるはずなのに。なんか、可哀想でさあ……お義母さんもお義父さんも、ほんと可哀想でさあ。あんなに歳取ってから、俺らの離婚なんて話を聞かされて、どれだけショックだったか」

顔を深く伏せ、声を殺してすすり泣く男を、奈津は、ただ眺めていた。相手を、というより、そうして何か言われれば言われるほど醒めてゆく自分自身の心を、なすすべもなく傍観しているしかなかった。

一緒に泣くか、せめて慰めればよかったのかもしれない。もともとナイーヴなところのある人だった。売り言葉は必ず買い、しかも百倍返しが基本だが、それこそ後になって後悔してはひどく落ちこんでいた。いささかセンシティヴ過ぎるくらい気の優しい一面もまた、省吾という人の真実ではあるのだ。そうでもなければ十年も一緒には暮らせなかった。

にもかかわらず、実家の両親について省吾が口にした言葉に、奈津は、彼自身が気づいていないナルシシズムを感じて、〈ありがたいけれども微妙に不愉快〉という気分にさせられたのだった。物ごとの機微をすくいとる時の、網目の大きさの問題かもしれない。自分の基準もたいがい勝手なのを承知で言えば、省吾の感受性の網目はあまりに粗すぎて、こちらがほんとうに受け取ってほしい細かな部分はみんなすり抜けていってしまうようなのだ。

大林と比べれば、百倍も勤勉な人には違いない。それでも、彼とはやはり一緒に暮らせない、と改めて思う。

皿にほぐしてもらった缶詰を食べ終えた環が、ちんまりと床に座り、白い前肢で口の周りをくるくると拭っている。いかにも満足げな猫を見ていると、こわばっていた気持ちがようやくほどけてきた。

コートを脱ぎ、偏執的なほど丁寧に手を洗い、しつこくうがいをする。いま体調を崩すわけにはいかない。テレビドラマは一人では作れないが、一人が欠けただけでとんでもない迷惑をかける。チームの一員として仕事をしている以上、果たすべき責任の最たるものは自己管理だ。

一人きりの部屋に、うがいの音だけが大きく響く。大林は、今夜はどこへ出かけていったのだろう。どこで何をしてもいいから、ウィルスだけはもらってこないでほしい。

紅茶を淹れてカップにたっぷりと注ぎ、二階の仕事机までこぼさないように運んでいく奈津の足もとを、環が途中から追い抜くようにしてついてくる。

今夜じゅうに仕上げてしまわなくてはいけない仕事がある。前衛演劇の専門誌に、単発のエッセイをと頼まれたのだ。発行部数は少ないが、奈津自身も常から注目している雑誌の依頼だったので、原稿料などは無きに等しいことを承知の上で引き受けた。こんな〈メリットのない〉仕事など、以前だったら、こちらの耳に入れるより先に、省吾がハエでも追い払うかのように断っていただろう。奈津のほうも、やってみたい気持ちはあっても、無理に主張を通そうとすることで夫婦間によけいな波風が立つのを恐れ、対立を避けてばかりいた。その反省を踏まえた上で、今、改めて感じる。「好きだから」「愉しそうだから」何より「そうしたいから」という理由だけで、心のおもむくままに仕事や生活のすべてを選べるのはなんと幸せなことだろう。

もう、とっくの昔に思い知らされている。自由とは、得てして孤独と表裏一体のものだ。それでも、できることなら、「かなり自由でありながらあまり孤独ではない」というあたりを、バランス良く渡っていけたらいい――。

　原稿用紙にして五枚ぶんのエッセイを集中して書き上げ、編集部の担当者宛にメール添付で送付する。そこで初めて、時計を見上げた。午前一時。大林はまだ帰ってこない。今日も明け方になるのかもしれない。

　離婚をして名実ともに独りになったなら、もっと純粋にたくさん愛し合えるかと思っていた。自分の側もまっすぐに彼を求めることができ、彼のほうもそれに躊躇(ちゅうちょ)なく応えられる、そんな時間が手に入るものだと。

〈奈津はさあ、俺がいると、こっちのこと構ってばかりで仕事できなくなるじゃん〉

　大林の理屈を思いだす。飲みに行く店の常連にばかりか、この家を訪ねてくる仕事の関係者にも、彼はよく冗談めかして言うのだった。

〈俺が毎日家を空けてるのは、彼女の邪魔をしないためでね。努力してロクデナシをやるってのも、けっこうしんどいもんですよ〉

　そうして、自ら声をたてて笑う。何か気の利(き)いたことを言ってみせたあと、相手の反応より先に自分で笑い声をあげるのが大林の癖だ。あの癖だけは直すといいのに、と幾度も思いながら、気を悪くされるのが嫌で言えずにいる。相手が変わっても自分が変わらなければまた同じことの繰り返しだ。わかっているのに、言えない。

　ふと、エッセイを書いている最中に着信音がしたことを思い出し、奈津はパソコン画面上のブラウザのアイコンをクリックした。

　新着メールを広げたとたん、マウスを握る手が止まる。差出人を見るなり、あり得ない、とまず思った。心臓が一拍遅れて、重たく跳ねる。脈が勝手に疾りだす。文面を追う目が上滑りして、意味がなかなか頭に入ってこない。

座り直し、目の前の壁を眺めていくらか気持ちを落ち着けてから、奈津はもう一度読み始めた。


小耳にはさんだのだが、やっと正式に旦那と別れたんだって？　おめでとう、と言ってもかまわないのだろうな。これで仕事にますます集中できるだろう。

経験から言うが、離婚をした四十前後の女性脚本家というのは、じつに精力的に仕事をこなすものだ。奈津も、頑張れ。もう後がないと思い定めて、死にもの狂いで書け。男などあてにならないが、仕事だけはお前を裏切らない。

そういえば大林のやつは元気でやっているか。彼はいったい、いつになったら書くのかな。

——狼

今さら、いったい何を考えてこんなメールをよこしたのだろう。何度繰り返し読んでもわからない。

ある意味きっぱり袂を分かったはずの相手に対して、久々に送ってよこす文面にしてはあまりに……そう、あまりに偉そうだ。年齢も立場もはるかに上である点を差し引いてなお、不可解でならない。

このひとはもしや、袂を分かったなどとは思っていないのだろうか。いまだにこちらを〈かつて食った女〉としてしか見ていないのか、あるいは、こちらにそうだと思わせたくて偉そうにふるまうのか。それとも、ただ思いついたときに思いついたことをつらつらと書いてよこしただけで、何も考えていないのかもしれない。

差出人の署名の一文字を凝視する。そうしながら奈津は、自分の胸の奥深く沈んだいくつもの感情の塊を見つめ、一つひとつの名前を見定めようとした。

腹立たしさ。煩わしさ。かつての思慕が裏返っての生理的嫌悪。底の浅さを露呈した男への軽侮。

しかし、それらの奥には確かに、どこか懐かしさに似た思いも沈澱しているのだった。〈狼〉という、今見れば鼻持ちならないほど気取った署名を目にするだけで自動的に、心の一部が釣り針にかかったかのように過去へと引っ張られそうになる。感情の流れに寝癖がついてしまったようなものかもしれない。彼から送られてくるほんの短い文面にも一喜一憂し、今とは別の意味で脈を疾らせていた頃があったのだ。

この男――志澤一狼太を、偉大な演出家として心から尊敬し、崇拝し、私淑していたあの頃。お前の才能は抜きんでている、俺が伸ばしてやりたい。そう言われて目をかけてもらった時の嬉しさ、誇らしさ、晴れがましさ。やがてそれが恋へと変わり、膨大な電子書簡のやりとりを経て、初めて女として抱かれたあの夜の陶酔。まだ自分の中に残っていること自体が意外だったそれらの思いの残滓が、はるかにくっきりとした負の感情の一つずつと結合して、何か別のものに変化を遂げている。決してそんなことなどないのに、人が聞けば未練だと決めつけるかもしれない。それがたまらなく嫌だ。

このまま返事をせずに無視してしまいたいが、そうもいかない。男女としてはともかく、仕事の上では恩のある相手に不義理などして、まるで過去のことで意固地になっているかのように解釈されるのも腹立たしい。さらりと事務的に返事をすればいいのだ。向こうの感情を逆撫(さかな)ですることなく、適当に花を持たせて、儀礼的に感謝を述べて。

エッセイを書くよりも集中力の要(い)る作業だった。

かつては、志澤から促されるまま、心の中のありったけを包み隠さず書き送ったものだ。やがて夫を置いて埼玉の家を出奔(しゅっぽん)した時も、杏子の次に報告した相手は志澤だった。その後、いきなりわけもわからず突き放された際には、それこそ未練と恨み節(うらぶし)に満ちたメールを次々に送りつけ、返事の来ない日々に血を吐くほど悶々(もんもん)とした。いま思い起こすと羞恥(しゅうち)と情けなさで死にたくなるけれど、いずれの場合も、文面にはおそろしく気を遣ったはずだ。

今はそれ以上だった。男女の関係でなくなったかつての恩師への感謝を、失礼のないように、と同時に誤解されそうな熱を注意深く排除しつつ書くのはじつに気骨(きぼね)の折れる作業だった。ようやく書き上げ、それでもまだ気の進まないまま先方へ返信する。

ほとんど同時に、階下からドアの開く音が聞こえた。外からは、まだ灯りのついている二階の窓が見えていたのだろう。

「ただいまー」

と、大林が声を張り上げる。

今夜もずいぶん飲んだようだと思いながら、奈津は「お帰り」と返してメールソフトを閉じ、急いで階段へ向かった。肉付きのいい大林が一階のソファでずるずると横になって寝入ってしまうと、女の力で後から動かすのは不可能だ。そうなる前に、ご機嫌を取りつつベッドまで誘導しなくてはならない。

そう、彼にうっかり風邪をひかれて困るのはこちらなのだ。

＊

仰向けに見上げる天井が、ひどく遠い。

同じように感じたことが前にもあった気がする。いつだったかは覚えていない。のしかかっていた相手が誰だったかも。

それで言うなら、今このとき上にいる男のことさえ、すぐにわからなくなってしまう。自分はいったい誰に抱かれているのだったか、と重たい瞼(まぶた)を押し開け、顔を見て確かめようとするのだが、その顔の輪郭すらも見る間にゆらゆらと歪み、後ろの暗がりに滲(にじ)んで溶ける。意識をつかまえておくことがどうしても出来ない。幽体離脱のようにふわふわと浮遊していった自我が、天井の隅からベッドの上の自分を見下ろしているのを感じる。頭の中にカメラが二つ仕込まれたかのようだ。あそこで男に抱かれている見知らぬ女は、誰だろう。

〈大丈夫だから。力を抜けって〉

声が、たぶん聞き覚えのある声が、くわんくわんと響いて二重に聞こえる。

〈俺を信じてリラックスしてろ〉

答えられないまま、奈津は小刻みに浅い息を吐いた。

額やこめかみをつたって流れ込む汗がしみて、視界がかすむ。暗い部屋を満たす音楽の粒が目に見える。きらきらと色とりどりに輝きながら空中を飛び交う音符が、頭上を越え、男の軀(からだ)に刺さって通り抜け、壁にぶつかっては跳ね返る。おかしい。何かが、とても、おかしい。

けれど、セックスそのものは途方もなく気持ちがいいのだった。あられもない自分のあえぎ声が恥ずかしくてたまらないのに、止められない。刺激のすべてが増幅され、まるで快感による拷問のようだ。

〈我慢しなくていい〉

やはりくわんくわんと響く声が、なぜか嬉しそうに言った。

〈大声、出しちゃえよ〉

でも……前に、こらえろって。

思ったことがそのまま口から垂れ流されているらしい。

〈いいよ、ここなら聞こえない。あの時は普通のホテルだったけど、ここはそのための部屋だからな。いいから、叫んでみろ。ほら。……ほうら、もっとだ、ほら〉

あああああ、と誰かの声がする。自分だ、と後から気づく。

〈もう、いくか？　いきそうか？〉

瞬間――つながって抜き差しされている部分から脳へと、つんざくように快楽が走り抜けていった。

ああ、やだ、私、いってる。

ほんとに、ほんとにいってる。

無意識のまま口走っておきながら、意味がわからない。達している自分にこれほど驚くということは、ふだん感じているあれは何なのだ。これまで絶頂と思っていたものなど、今のこの強烈さとは比べものにもならない。

男が、満面の笑みで覗き込んでくる。笑いそのものが顔から剝がれて間近に迫る。

奈津は、男の背後の闇に目をこらした。巨大な岩石のようなクリスタルの結晶が宙に浮かび、きらめきながらゆっくりと回っている。まるで七〇年代のプログレ・バンドによくあるレコードジャケットのようだ、と思い、彼らもきっと、同じようにしてこの情景を〈視た〉に違いない、と気づく。宇宙にただひとり放り出されたかのような心許なさが、怖い。怖いけれど、終わってほしくない。音符と入り乱れるようにして飛び交う星々の、鮮やかすぎる光彩が突き刺さり、奈津はぎゅっと目を閉じた。瞼の裏で光の粒子が躍る。酔いそうだ。

〈どうだ、気持ちいいか？〉

かろうじて頷いてみせる。

〈いい子だ。そら、もっと感じろ。俺に構わず、いくらでもいけ。好きなだけいきまくれ〉

悲鳴が喉(のど)をこじ開け、奈津は、とうとう絶叫した。

失神するように意識を手放したまま、数時間は眠っていたのだろうと思う。覚醒との境目もはっきりとはしなかった。

身じろぎすると、隣で寝息を立てていた志澤も目を開けた。寝返りを打ち、枕元のデジタル時計を覗く。

「うお、一時過ぎかよ。すっかり深く寝ちまったなあ」

しわがれた声は、もう二重には響かない。ただ少し、頭の芯が痛むだけだ。

「どうだった？　って、訊くまでもないか。えらく気持ちよさそうだったもんなあ」

「……何を、飲ませたの？」

老婆のようなかすれ声が出た。ベッドサイドのグラスに手を伸ばし、飲む前に中の水を透かし見ていると、志澤が後ろで苦笑した。

「何も入ってねえよ。ただの水だ」

「でも、さっきのは」

「ま、あれはな。大丈夫だ、害はない。さっきも言ったとおり、法的にやばいやつでもない」

「本当に？」

「本当にだ。だが、人には内緒にしとけよ。面倒くさいからな」

だんだんと、通常の感覚が戻ってくる。裸のままでいることが急にいたたまれなくなり、奈津は、床に脱ぎ捨ててあった備品のガウンを取って袖を通した。うつむいたとたんに、くらりと天井が回る。

いつ、どうやって脱がされたのか、その過程がゆっくりと蘇り、それにつれて、どうしてこんなことになったのかも思い出されてくる。志澤からのメールに対して礼儀正しい返事を書き送ってから、まだ一週間とたっていないのだった。

あの翌朝、饐えた息を吐きながら眠りこけている大林をそのままにベッドを抜け出し、パソコンを立ち上げてみると、返信への返信が届いていた。

離婚の噂を聞きつけての励ましめいた声がけなど、はなから前振りでしかなかった。本題は、

〈奈津よ。お前、意識の鎖ってやつを断ち切ってみたくないか〉

というもので、つまるところ、それなりに気心が知れていて、寝ても今さら面倒を言い出しそうにない相手を慎重に選んで誘いをよこしたに過ぎなかった。久しぶりに外で落ち合い、ラブホテルのソファで向き合って話をしていると、おもむろに小さな錠剤をすすめられた。単なる媚薬だ、俺を信じろ、と。

二人きりで逢うのはもとより、それを口に入れることを断らなかったのは、志澤を信じたからではない。その先の世界を知りたい気持ちのほうが勝ったからだ。

「お前のその好奇心は、なかなかいいぞ」

頭の中を覗いたかのように、志澤が言う。肩の下に敷き込んでいた灰色の蓬髪の束を、引き抜いて後ろへ振りやる。

「たいていの奴は、経験する前に尻込みして踏みとどまる。お前は度胸がいい」

「そんなことを褒められても」

「でも、結果を見てみろよ。気持ちよかったろう。お前、さんざん口走ってたぞ。『私、いってる、ほんとにいってる』って」

「言わないで」

「ははん。覚えてるんだな」

奈津は、口をつぐんだ。

「冗談抜きで、俺はまじめに感動したね。誘った甲斐があったってもんだ。お前はさ、前にも言ったと思うが、自我の殻(から)が厚すぎるんだよ。せっかくの性愛の最中にも強すぎる自意識が邪魔をして、忘我(ぼうが)の境地にまで至れない。さっき飲ませたやつなんかほんの子供だましで、たいした効き目はない。プラシーボ効果程度のもんだな。それでもお前はあれだけ達した。頭のいいやつほど、そういう暗示にはかかりやすいんだ」

まるで、お互いの間に気まずい過去やわだかまりなど欠片(かけら)もなかったかのようだ。志澤は、枕に肘(ひじ)をついて頭を支え、無邪気に笑いながら奈津を見ていた。

歳をとったな、と思う。二年前より、目尻や口元の皺(しわ)が深い。

「大林とも、たまにはこうやって非日常のセックスを愉しめばいいんだよ」

腹ばいになり、胸の下に枕を抱え込む。

奈津は、その肩先をぼんやり見下ろした。皮膚(ひふ)には細かいちりめん皺が寄り、大小濃淡のしみが散っている。真っ白なシーツとの対比で、男の衰えがなおさら目立つ。ホテルのリネン類というのは、どうしてこうも例外なく糊がきいているのだろう。見つめていると、枕カバーの角の尖った部分が柔らかな眼球に突き刺さりそうに思えてたじろぐ。まだ少し媚薬の影響が残っているらしい。

「なあ。さっきのやつ、やろうか」

奈津は、え、と顔を上げた。意味がよくわからない。

「いくつかお前にやるから、持って帰れよ。大林と試してみたらいいじゃないか。あいつにも飲ませてさ」

「それは、無理」

「なんで。ま、俺からもらったとはまさか言えないだろうけど、そうだな、興味があったから通販で取り寄せてみたとか言って誘ってみろよ。そのへんは何とでも言えるだろ。こういうのはな、信頼できる相手とでないと気持ちよくないんだよ。お前、俺とだってあそこまで感じられたんだから、好きな男とだったらもっと深いぞ。たまんねえぞ、きっと」

「そうだろうけど、どう考えても無理」

「俺との浮気がバレるのが怖いか？」

奈津はゆっくりと首を横にふった。

「それはまた別の問題だけど、薬は、ほんとに無理だと思う。あのひと、ああ見えてそのへん、すごく堅いっていうか……」

「は？　役者なんかやるくせにか」

思わず苦笑がもれた。「そんなこと言ったら、他の役者さんたちに怒られるよ」

「だって実際そうだろう。俺だって、何も覚醒剤をやれなんて言ってない。あくまで合法で常習性もない、ちょっとした副作用を利用しただけの媚薬だぞ。それっくらいのこともNGなのかよ」

「……わかった、言い直す」奈津は、小さくため息をついた。「彼の場合はね、お堅いっていうよりも、臆病なの。本人に言ったらきっと、『俺はただ慎重なだけで、あなたが考えなしなんだ』って怒るだろうけど、私の目には正直、すごく怖がりに見える。そもそも、意識の鎖を断ち切るなんてこと、したくもないはずだよ。自我を手放してコントロールがきかなくなる状態なんていうのは、あのひとの何より望まないことだと思うもの」

「それも、怖いからか？」

「そうだね。あと、プライドが高いから」

志澤がやれやれとため息をつく。「なんだそりゃ。面白くねえなあ」

サイドテーブルに手を伸ばし、ペットボトルに口をつけて水を飲む。喉仏が大きく上下する。

「だけどほら、役者にもいろんなタイプがいていいはずじゃない」今さらとは思いながらも、奈津はフォローを試みた。「慎重さこそが、緻密(ちみつ)なお芝居を作り上げることもあるだろうし」

「違うって」

キャップも閉めずに、どん、とボトルを戻す。志澤の手の上に、水がこぼれてかかる。

「役作りの話なんかしてねえよ。俺が言ってるのはな、お前ら、ふだんからそんなつまんねえセックスしかしてねえのかってことだよ」

言葉つきは乱暴だが、こうして悪ぶってみせる時は、ほんとうに機嫌が悪いわけではない。むしろ逆だった覚えがある。思った通り、志澤はおもむろに半身を起こすと、端に座っている奈津の手首をつかんで引き寄せた。

「あいつのセックスは、どうだ」

ベッドの上、斜めに組み伏せてのしかかってくる。

「どうって」

「お前、ちゃんといけてるのか」

「なんでそんなこと訊くの」

「だって、さっきのあれ。『私、ほんとにいってる』って」

奈津は、顔を背けた。「しつこいよ」

「あんなセリフをうわごとみたいに口走るってことは、ふだんはどうなんだって話だろ」

志澤は奈津の顎をつかんで自分のほうを向かせた。

「大林とする時、お前、ちゃんと心まで裸になってるか？　男と違って女は、そうでないと最後までいけるわけがないんだぞ。うん？」

ぎゅっと顎をつかんだまま、目の奥を覗き込んでくる。何を考えているかわからないという意味では、まるでありがたい仏様のような顔だ。

「……わかんないよ」とうとう観念して、奈津は答えた。「自分では、普通に達してるつもりでいたんだもの」

「つもり？」

「最中に気持ちよさが高まって、ちょっと我慢できないような感じにさえなれば、それが達するっていうことなんだって」

「それは、ヴァギナでか。クリトリスでか」

あんたは医者か、とつっこみたくなるような直截的な問いを向けてくる。その部分の名称をあからさまに口にするなど、恥ずかしく、はしたない。男にはおそらく備わっていないはずのこの感覚は、いったいどこから生まれてくるものなのだろう。

「中、ではよくわからないけど……」奈津は口ごもった。「外への刺激なら、時間さえかければ最後までいけるよ。そっちだったら自分でもはっきり達したってわかるしね。中でのほうも、一応は知ってるつもりでいたの。だけど、さっきのあれがもし、気のせいとか暗示にかかったとかではないんだとしたら……」

「お前がこれまでオルガスムスだと思ってたものは、どうやら違ったってことか」

正確には、違ったというより、まだ先があるのを知らずにいた、というのに近い。常ならば開かないはずの扉――いや、もとよりそんなところにあるとも思っていなかった扉が、先ほどの忘我の状態ではいきなり全開になっていて、気がつけばその向こう側へと飛び出してしまっていた。今となってはもう、あの扉を再び探し当てる自信がない。見つけたとしても、どうやって開けたかを思い出せないのだ。

た。

　大林のことなどえらそうに言えない。怖がりなのは、自分のほうだ。

　これまでずっと、ほんとうに達する遥か手前のところにとどまったまま、きわきわとした焦れったさがつのっては尖りきってゆく感じが自分にとっての絶頂なのだと思い込んでいた。アダルト映画や官能小説などでは、死んじゃう、などと絶叫しながら白眼をむいて気絶する女が登場するけれど、あんなものは所詮作りごとに過ぎないと侮ってい

　その一方で、女たちがとうてい演技とは思えないほどの声をあげ、がくがくと腰を震わせて達し続ける様が羨ましかった。女性の肉体にあんな境地がほんとうに内蔵されているものなら、死ぬまでに一度は味わってみたいものだと密かに、切実に願いつつも、いざ我が身をふり返れば、男の前で身も世もなく乱れ果てて醜い顔までさらすなど羞恥心が邪魔をして難しい。考えられる限り最も気を許せる相手、あの岩井良介に抱かれている時であっても、いま自分はどんなふうに見えているかを思うとつい表情を作ってしまう。切なげに眉をひそめ、あえかに息を乱して身をよじりながら、お腹は真っ平らに見えるよう引っ込めるという具合にだ。

「もしかしてお前……」志澤が思案げに言った。「前に俺としていた頃、さんざんよがってたあれも演技だったってことか？」

「演技ってわけじゃないよ」

　志澤でもそんなことを気にするのかとおかしく思いながら、奈津は言った。

「いく、っていうのは私にとって、今の今まであういう状態のことだったんだもの。正

直、誰かを相手に達するふりをしたことも数え切れないほどあるけど、あなたとのあれは、ふりじゃない。あの頃は、だって、まだ気持ちがあったからね」

「はっきり言うねえ」

志澤が苦笑いする。と、ふいに何か思いついた顔になった。

「あれだな。さっきは俺、好きな男とならもっと快感も深いはずだって言ったけど、お前はむしろ、気持ちなんかまったくない相手とやったほうが心置きなく快楽を貪れるタイプなのかもしれないな」

内心、それはどうだろうと疑問に思った。志澤と逢えなくなった頃に男娼を——いわゆる出張ホストを呼んで寝てみた時ですら、相手に対して性的な望みなどほとんど口にすることが出来なかったし、まったくもって気持ちよくなかった。岡島杏子が言うように、たまたまはずれくじを引いただけかもしれないが、もう一度別の男で試してみようとは思えなかった。

相手が誰であろうと他人である以上は必ず、過剰に気を遣い、悪く思われるのを恐れ、常に〈いい人〉の仮面をかぶってしまう。こういう自分が我を忘れて快楽に没入するには、今日のように媚薬に頼るしかないのだろうか。そんな寂しいのは嫌だ。好きな男と身体を重ねる幸福は、性的な快楽そのものの強烈さとは別のところにある。抱き合うならやはり愛した相手がいちばんいい。だが、肝腎のその相手とはめったに抱き合うことがないのだ。大林がどうしてこちらを抱かなくなったのか、はっきり訊くだけの勇気もないまま、最近では風呂を出たあとの裸をちらりと見られるのも辛いし、寝る前に彼の腕などに触れることさえ躊躇してしまう。誘っていると誤解され、ますます距離を置かれるのはしんどい。あまり深く考えないでおこうと思っても、胃が引き攣れるようにしくしくとして、背中の下のほうがまるで風邪のひき始めのようにうすら寒くなる。

大林を大事に想う心を平穏なまま保ち、性的なつながりをどうしようもなく欲してしまうこの身体をなだめておくためにはやはり、どこかよそで身体の熱だけ発散する以外にないということなのか。これまで岩井良介の協力を得てそうしてきたように。あるいはこんなふうに、思いがけない男からの誘いに軽々しく乗ることをこの先も繰り返しながら。

「おい、こら」

志澤が、奈津の頬をつねる。見ると彼は、口を尖らせて不服そうにしていた。

「言っとくが、俺はまだいってないんだぞ。お前ばっかり勝手に気持ちよくなりやがって」

「知らないよ、そんなの」

「何だと? お前はああいうことが初めてだからちゃんと見といてやんなきゃと思ったら、俺のほうは、いくどころじゃなかったんだ。おう、何とかしろよ早く」

「何とかって?」

「とりあえず、ちんちんデカくしろ」

大真面目に言ってのける男の顔をあきれながら見上げるうち、何やらさざ波のようなものが込み上げてきて、奈津は思わず噴きだしてしまった。

「こら、何がおかしい」

いつかの一方的な仕打ちを思うと、心の中にはまだ恨みつらみが丸太のようにごろんと転がっているのに、いちど肌で狎れ合った男というのは始末が悪い。あらかじめ、許してしまっている。

「な、しようぜ、奈津」と、志澤が繰り返す。「ちゃちな薬なんか抜きで、いけるかどうかやってみろよ。俺のちんちんで試してみろ」

そっちこそ、さっきはこちらの軀で薬の効き目を試して愉しんだくせに。そんなことを思いながら、奈津は志澤の股間に手を伸ばした。

本人がどう思っているかは知らないが、志澤のそれは、大きくはない。かつての自分が彼のセックスに感じた魔力はやはり、彼が自在に操る言葉の力がもたらしたものだったのだと再確認する。這いずるように下のほうへ移動し、すっぽりと口に含んだ。匂いも感触も何かこう、原始的な海の生物を頬張っているようだ。

初めのうちは軟体動物だったものが、口の中で転がすうちにだんだんと内側の芯のほうから硬くなり、表面も張りつめてゆく。男への奉仕というより、奈津自身も案外と愉しい。持っている技術は端から試したくなる。そうだ、この男はたしか、触れるか触れないかの優しい刺激を好むのだった。さらに丹念に舌を遣いながら、上あごや歯の裏側でそっと撫でさするように刺激すると、志澤が喉の奥で呻き、奈津の頭を両手でつかんだ。同時に、口の中のものの体積がぐんと膨れあがる。

「またがれよ」と、志澤が薄目を開けて言った。「自分で腰を振ったほうが、気持ちいいところを調節できるだろ」

楽をしたいだけの男が言いがちな理屈だと思いながら、奈津は、頭を振りやって志澤の両手を払いのけると、黙ってその腰をまたぎ、手を添えて自分の入口にあてがった。少し硬度が足りず、何度か上下にしごいてから、ゆっくり身を沈めてゆく。

あなたが上になってよ、などと頼んで面倒くさそうにされたくもないし、体位を変えている間に萎(しぼ)んでしまったそれをまた復活させるとなると、逆にこちらが面倒くさい。男と女、勝手さで言えばどっちもどっちだ。

ほんとうは、気持ちいいところなんか調節できなくていい。めったやたらに突かれ、犯すかのような勢いで抱いてもらうのがいちばん好きだ。途中でどんなに懇願してもいっさい聞く耳を持たず、けれどこちらが昇りつめるまでは決して放出せずに持ちこたえて、さんざん睦(むつ)み合った後、最後は大切に抱きしめながら一緒に達してくれたなら……。よほど絶倫(ぜつりん)の男にとことん惚れられない限りは無理な相談だろうから、それこそ女の側のファンタジーかもしれない。

太ももに力を入れ、体重をかけずに腰を浮かせてゆっくりと抜き差しする。そうしながら奈津は、ほんの二年前にはあれほど愛しかったはずの男を見下ろした。

憐(あわ)れで、滑稽(こっけい)だった。志澤も、自分も。

＊

〈視聴率がすべてではない〉
口では皆そう言いながら、そのじつ視聴率ほど気になるものも他にない。全十一回の予定だったドラマが八回ほどで打ちきりになる場合もざらにある。せっかくの伏線を回収しきれないまま、無理にでも物語を畳まねばならず、駆け足で迎えさせられる中途半端なラスト――奈津が見る悪夢の中でも最悪のものはそれだ。

幸い、今回のドラマはどうにか無事に最終回を迎えられた。際立つほどの視聴率ではなかったにせよ、主演女優の新境地、テーマの今日性という意味で注目度は高く、ほぼ納得のいく評価を得ることが出来た。どれほど安堵したか知れない。

「もうさ、おじさんはさ、時代についていけないよ」

業界にその名を知られたベテランプロデューサー・三波は、嘆息しながら言った。最終回を目前に、最後となる打ち合わせ会議を終えた後のことだった。

「どの局を観てても、なんかこう、子ども向けのドラマばっかりでさ、大人の鑑賞に堪える骨太なやつなんか地上波じゃなかなか作れやしない。他人の作った番組を家でひとり観ながら、言葉づかいの間違いにいちいちツッコミ入れてるようじゃ、俺も焼きが回ったなと思うもんね」

「それ、私も同じです」

と奈津は言った。

ら抜き表現などはもう、仕方がない。言葉は生き物であって、これまでも時代とともに大きく変わってきたのだし、〈今〉の風俗をそのままに映し留めるのも現代ドラマの役割のひとつだ。しかし一方で、日本語として完全に間違っている表現や、尊敬語と謙譲語を頻繁に取り違えるセリフ回しを耳にすると、書き手である脚本家の言語感覚を疑うと同時に暗澹としてしまうのだった。制作の過程で誰一人としてそれをおかしいと指摘できる人間がいなかった、という現実に。得てしてそういうドラマがヒットする——などと思ってしまうのは、これはもう嫉妬の域だろうか。

「ほんとはさ、高遠チャンにはもっとこう、テレビで出来るぎりぎりの表現に挑むようなもんを書いてもらいたいのよ。お子ちゃまが観てる時間帯にはとうてい無理なやつ。地上波にこだわること、ないかもしんない。深夜枠とかBS、CSのほうが数字の上でも自由だし、そこでこそ出来ることもある気がしてるんだよね」

そうですね、と曖昧に答えながらもつい、裏の意味を探ってしまう。言葉通りに受け取っていいのか、それともゴールデンタイムのドラマはしばらく依頼するつもりがないという遠回しな断りなのか。局のプロデューサーの中ではいちばん親しいけれど、仕事というつながりを抜きにしたなら、付き合いは途絶える程度の関係だ。

「ま、そんな話も含めて、近いうちゆっくり飯でも食おうよ。打ち上げとは別の時にさ」

お疲れさん、と三波は言い、ひらひらと手を振ってよこした。

局を出るなり、奈津は誘われるように空を見上げた。三月の空は柔らかに蒼い。

これでしばらくの間、毎週の会議と胃薬から解放される。久しぶりに深く呼吸をしながらも、見えないものに追われるような不安を覚えた。

ドラマの最終回や、芝居の千秋楽を迎えた後はいつもこうして、寄る辺ない気持ちにさせられる。仕事が一区切りつくとはすなわち、次の仕事まで収入が途絶えてしまうということだからだ。DVD化された過去のドラマの著作権料などが時々は入金されるけれど、たいした額ではない。最近はヒットを飛ばしていないからなおさらだ。

世間からは華やかな職業と思われているかもしれないが、実情は日雇い労働者とさほど変わらない。最初に岡島杏子から雑誌連載エッセイの依頼を受けたとき、引き受けると決めたいちばんの理由も、定収入の確保だった。

「いいんじゃないの、それで」

しばらくぶりに会う杏子は、喫煙席を選んで座り、さっそく煙草に火をつけた。

「贅沢さえしなけりゃ生活はできるっていうラインだけでも確保しておかないと、いざっていうときに冒険できないからね。少しでもその足しになってるなら、頼んだ私も甲斐があったってもんよ」

深夜営業のカフェだった。二人で久々に岩盤浴の店へ出かけた帰りに寄ったのだ。

杏子が当時副編集長を務めていた女性誌で、奈津がエッセイの連載を始めた頃、テーマは業界の裏話やこぼれ話といった趣きのものが中心だった。しかし最近では、旅や暮らし、人や物や風景との出会いについて書き綴ることのほうが多い。奈津自身のものごとのとらえ方や言葉の選び方を好きだと言ってくれる読者がいるおかげで、毎月の連載を集めて編んだ単行本もすでに二冊まで出版されている。

「ちなみにあなたはさ、小説を書くことには興味ないの？」

奈津は驚いて、年上の女ともだちの顔を見やった。「小説って、どんな？」

「どんなのでもよ。恋愛もの、サスペンス、何でもいいけど、脚本じゃなくて小説を書いてみたいと思ったことはないの？　だってさ、同じことを表現するのでも、お芝居やドラマは演出とか役者に左右される部分が大きいじゃない。あなたが意図したものと、なんか違う、全然違う、ってじりじりしたこと、あるんじゃない？」

「まあ、それは、うん」

「小説だったら、そういう不自由さはないわよ。スポンサーの意向とか、制作費や視聴率がどうだとか、うるさいこと言われなくて済む。好きなように書けるじゃない」

「そんなに簡単なものでもないと思うけど」

「そりゃそうよ」杏子は横のほうへ煙を吐いた。「逆に言ったら、役者に演技してもらえないぶん、セリフ以外の全部を地の文で描写しなくちゃならないんだもん。自分の頭の中にある情景を読者にも思い浮かべてもらえるように、映像を見せるかわりに文章で想像させなくちゃいけない。登場人物の感情から表情、時には服装や髪型や持ちものまでね。ト書きみたいに説明するんじゃなくて、文体を駆使して描写するの」

「そんなの、無理だよ。同じ〈書く〉のでも、脚本とはかなり違う作業じゃない」

「うん。全然違う。でも、あなたには向いてるような気がするんだ」

「何を根拠に」

「だってあなた、ほんとは独りきりで何かに没頭するの好きでしょ」

奈津は、はっとなった。

「あとは、編集者としての勘？」

　杏子はそう言うと、東南アジア風の装飾が施された真鍮のトレイに煙草の灰を落とした。作家の中でも気難しい御大ばかりを担当してきた彼女の言葉には、単なる戯れ言とは思えない説得力があった。

　ドラマも、芝居も、チームで創り上げるもので、だからこその手応えや充実はもちろんある。だが、独りでじっと机に向かい、細部に至るまで時間をかけて突き詰めてゆく仕事のほうが、本来なら自分の性格には合っているのかもしれない。

「それはそうと、さっきの話の続きだけどさ」

　他に客のいないフロアの向こう端に立っていたウェイターを手招きし、コーヒーをもう一杯ずつ注文してから小声で続ける。

「なに、あなた、そんなにあっちが貧しい状態で、ほんとにこのまま大林くんと続けていけるの？」

　女は何でも喋る、と、よく言われる。実際は違う。少しでも信用できない相手にはいっさい本心を漏らすことはないし、その場合の口の堅さはおそらく男たちなど比較にもならないほどだろう。だが一方で、本当に信頼した相手にいざ打ち明けると決めれば、隠し事はしない。

　先ほど岩盤浴の個室で汗を絞り出しながら、奈津は、訊かれるままに打ち明けた。志澤と二年ぶりに逢い、媚薬を試したこと。これまで自分が極限だと思っていた場所よりももっと先に、もっといいものがあることを知ってしまったせいで、身体の渇きは前よりさらに強く、辛くなっている。けれどそれを、ともに暮らす大林に埋めてもらうことはできないし、おそらくこの先も叶わないのではないか——。そこまで話して、時間が来てしまったのだ。

「彼とはたぶん、難しいところへ来てるとは思うよ」と、奈津は認めた。「でも、ほら、私ももうこんな歳だしね」

「だから何」

「そういう行為のあるなしにこだわって、相手からそれが得られないとなると自信をなくしたり、自分の側の落ち度を探して哀しくなったりっていうのを、いつまでもくり返してる場合でもないよなあって思ったりする」

「それで我慢できるわけ？」

「だって、これじゃいったい何のために離婚までしたんだか……」

コーヒーが運ばれてくる。やる気のなさそうなウェイターが再び離れてゆくのを待って、奈津は続けた。

「大林くんときっちり向き合いたいからこそ離婚したのに、結局また同じことしちゃってる。今の場所では得られないものを他から埋め合わせて、帳尻を合わせてさ。杏子さんのところのエッセイに書いてるような私の姿だって、決して嘘じゃないんだよ。でも、あそこにはとうてい書けない私がいるのも事実で、その二つの間の乖離みたいなものがね……。白々しく思えて、ときどき自分がすごく嫌になる」

「わからないでもないけど、それでほんとにあなたの心と体は満足できるのかって訊いてるの」

「できなくても、しなくちゃいけないんじゃないかな」

一生懸命に、奈津は言った。理屈だけでなく、真剣にそう思っているのだということを、杏子にはわかってもらいたかった。今どきは不倫も珍しくないけれど、それでも世の中の女性の多くは、夫が触れてくれない寂しさや、あるいは夫になど触れて欲しくもない虚しさと折り合いを付けて自分を律している。時には周囲の誘惑もあるだろうに、家庭や子どものことを思い、胸を張れる自分でいるためにちゃんと我慢しているのだ。

「それに比べて私のやってることは……って思ったら、なんか薄ら寒いような気持ちになっちゃって。今さらなんだけど」

「ふうん。ずいぶんとまあ、悟っちゃったのねえ。高遠奈津の言葉とも思えないな」

真顔で言われ、奈津はうつむいた。杏子にさえも、複雑にせめぎ合うこの思いは伝わらないのだろうか。

「ねえ、茶化してるんじゃないのよ」意外にも優しい声で、杏子は続けた。「あなたが、自分の欲求の強さに苦しんでるのはよく知ってる。だけど私は、女がそれを欲しがるのをおかしいことだとは全然思わないし、少なくとも歳なんか関係ないと思ってるの。女は死ぬまで女なんだからさ。私の場合は、生理が上がっちゃってからはかなり性欲も薄まって楽になったけど、それまで本当にしんどかった。独り身だったからわりと自由はきいたけど、一緒にいて楽しい相手がいつでも見つかるわけじゃなかったからね。あなたなんかまだまだ若いんだし、個人差だって大きいから、いつか生理がなくなったからって楽になるとは限らない。でもさ、それでいいのよ。もっとじたばたしなさいよ。言っとくけど、身体の欲求が枯れちゃったら創作意欲も涸れるよ」

「……うん。ありがと」

つぶやいて、奈津は冷めかけたコーヒーを啜った。

以前、志澤からも同じようなことを言われたのを思い出す。性欲の強さとはつまり生命力の強さだ。生命力の弱い人間に他者を圧倒するような虚構の世界など紡げるわけがない、と。杏子といい志澤といい、こちらの落ち度を咎めるどころか、けしかけてばかりだ。

「でもさ、それはそれとして、大林くんとのことはもう一度よく考えてみたほうがいいんじゃないかな」杏子は続けた。「私も、彼のことは好きよ。頭の回転は速いし、言葉も達者で、いざというとき頼りになる人だろうとも思う。私を慕ってくれてるのを見ると可愛いし、あなたの周りにはこれまでいなかったタイプの人だけに世界を広げてくれるだろうとも思うしね。だけど私は、あなたがあんまり苦しむのを見たくはないのよ。今度はあなたの側がひたすら尽くした末に捨てられる、なんて場面はさ」

苦笑いが漏れた。今度は、ということは、前夫・省吾との関係は逆だったということか。

「いいんじゃない？　それも」奈津は笑ってみせた。「この先、彼が凄い脚本を書いて成功して、用済みになった私をボロ雑巾みたいに捨てるなんてことがあったとしても……私は、幸か不幸か物書きだから」

「そのことを、また書ける？」

「そうだね。年下のヒモに捨てられてぼろぼろになっていく女を、克明に、執拗に書いてやる。それくらいの覚悟は、初めからできてるよ」

「勇ましいこと言っちゃって」杏子は仕方なさそうに笑った。「でも、物書きなんてみんなそういう生き物かもね。因果な商売なんだか、得な商売なんだかわかんないね」

因果以外の何ものでもなかろう。転んでもただでは起きない、どんな苦しいことでも書くための核にしてやる──そう考えるのはべつだん脚本家だからというわけではなく、単なる性分だ。いわゆる〈物書きの業〉とか〈性〉などというものは、生来の意地汚さを美々しく糊塗してみせただけのごまかしだ。

「ねえ、ちなみにその媚薬、ちゃんともらってきたんでしょうね」

ふいに訊かれたせいで、つい素直に頷いてしまった。

杏子は悪い顔をして言った。「試してみなさいよ」

「誰と」

「もちろん、キリン先輩とよ」

奈津は、思わず杏子の顔を凝視した。

「あら、そんなに驚くほどのこと？　志澤さんだって、信頼のおける人と愉しんだほうが快楽は深まる、って言ってたんでしょう？　ある意味、あなたにとっていちばん信頼できる異性はキリン先輩のはずじゃない」

「そう、なんだけど……先輩とは、薬なんか使わなくても満ち足りてるから」

「でもそれは、身体がじゃないでしょ、おもに気持ちの面がでしょ。抱き合っていられたら安心だし満足っていうだけで、めくるめくようなセックスの快感とはまた別でしょ」

ぽんぽん言われて、奈津は口をつぐんだ。どれもが的を射ているので反論できない。

「ま、無理には勧めないけどさ」杏子は苦笑気味に言った。「前に、キリン先輩は信じられないくらい前戯が丁寧だって言ってたから、そういう快感が無限に増幅されたらちょっと凄いんじゃないかなって、興味があっただけ」

灰皿を引き寄せ、杏子が煙草の灰をほろりと落とす。その先端がなおもちりちりと燃えて短くなってゆく。見つめながら、奈津はそっとテーブルに頰杖をついた。

「その先に、何があるんだろうって思っちゃうの」

「その先?」

「うん。そうやって快楽を貪り合ったその先。だって、薬のちょっとした作用で増幅された快感なんて、それを飲まなければ訪れないっていう意味では怪しげな魔法と同じでしょう? 依存性や常習性はないって志澤さんは言ってたけど、もとより、そういうものに頼りたくないっていうか……セックスのあと虚しくなるのはもう、いやなの」

「えー、やった後で虚しくならないセックスなんて、ないと思うけどな」

「そんな、身もふたもない」

「だってそうでしょ。〈好き好き大好き!〉って気持ちだけでやっていける若い頃ならともかく、ある程度の歳になったらそういうもんよ。男だけじゃなく女だって、〈やればそこそこ気持ちいいのはわかってるけど面倒くさいのよね〉って感じのほうが先に立つじゃない。それでなくても仕事や家事育児で疲れてるし、動くのしんどいし、男に合わせて感じるふりするのもアホくさいし、後始末も厄介だし、って」

「うーん」

「あなたはさ、まあ職業柄しょうがないのかもしれないけど、ちょっとロマンチスト過ぎるのよ。終わった後、身体ばかりか心まで満たされて、お互いに相手への愛情を確認し合いながら眠りにつくだなんて夢のまた夢よ。それこそドラマにありがちな幻想(ファンタジー)っていうかさ」

「いや、さすがにそこまでは」と、今度は奈津が苦笑する。「あったらいいのになってっていうだけで、きっとどこかにあるとは思ってないよ」

あるはずと信じて追い求め過ぎると、一生満たされないまま不幸に終わる……そういう意味では夢や幻に近いのかもしれない。けれど、どこにもないものだとしたらどうして人は、性的なファンタジーをこんなにも肥大させてきたのだろう。

古くは春画や艶本(えんぽん)というものがあり、現在ではアダルト動画や官能小説や漫画、さまざまな方向性の欲望を満たす風俗店や大人の玩具(おもちゃ)などもある。もし、これまで誰一人として手にしたことのない夢幻が目あてであったなら、これほど芳醇(ほうじゅん)な世界がひろがったただろうか。誰かしらは実際に桃源郷(とうげんきょう)へと辿(たど)り着き、えも言われぬ快楽の深みを体感した——そうして愉しんだ先達(せんだつ)がいてこそ、性をめぐる世界はここまで熟してきたのではないのだろうか。

「いずれにしても、私はあなたにもっとじたばたして欲しいのよ」と、杏子が言う。

「さっきも話したとおり、私はいっぺんあなたに小説を書かせてみたいと思ってるから」

「ねえ、それ本気で言ってる？」

「私はいつだって本気よ。言っとくけど、書くならうちで連載してもらうからね。いつも頭のどこかに留めておいて、お芝居やドラマで表現しきれないことがあったら思い出してほしいの。別の方法もあるんだってことを」

まっすぐに、奈津の目を覗き込む。笑みはない。

「最近は、男女の性のことを深く書こうとする作家がほんとに少ないの。とくに男の作家ね。あからさまに表現すればいいってものじゃないけど、そういう描写を避けてばかりいるのは不自然よ。なのにね、『どうして書かないの？』って訊くと、彼らこう言うのよ。『自分のやり方を知られるみたいで恥ずかしいから』とか、『妻の母親や、自分の子どもに読まれると思うと身の置き所がないから』とか。本気で言ってるなら、作家なんかとっととやめてしまえって思っちゃうわね。小説的鉱脈は、自分にとって一番恥ずかしいことの中にこそ埋まってるものなのにさ。もったいない」

杏子は苛立たしげに煙草をもみ消した。

「結局のところ、小説って、紫式部の時代から女のものなんじゃないかと思うわけ。私は、あなたがセリフの応酬だけじゃなく文章も含めてとことん男と女を描いたら、なかなか面白いものが生まれると思ってるし、だからこそ、気持ちと身体の両方で達しちゃうような性愛の極致を知らないままであきらめて欲しくないの。さっきは私、あなたはまだまだ若いって言ったけど、持ってる時間を無駄に出来るほどには若くないんだから、目の前の現実をきっちり見定めなきゃ」

「現実……？」

つぶやく奈津に向かって、短く頷いてよこす。

「大林くんと、早く別れろとは言わない。それはあなたの側の情の問題だから、私がとやかく言えることじゃない。でもね、彼との間ではどうしても実現不可能なことがあって、それがじつは大切なことだと思うなら、さっさと他を当たんなさい。迷ってる暇はないわよ」

そういう杏子にも、責任の一端はあるのだと、じつのところ奈津は恨めしく思うことがある。

〈大林のやつは、いったいいつになったら書くのかな〉

演出家の志澤がメールに書いてよこしたとおり、大林は、いまだ一つの戯曲すらも仕上げていない。書き始めはするのだが、最後まで書ききったためしがないのだ。

途中で何かしらの理由を見つけては、そのたびに筆が止まる。曰く、資料が足りない、取材が足りない、この題材は少し寝かせておいたほうがいい……。それやこれやの果てに、彼が見つけた最も具合のいい言い訳がこうだった。

〈ひとつ屋根の下に二人の書き手がいるのは良くない、男女としては絶対うまくいかなくなるからって、彼女の担当編集者に言われちゃったんですよね〉

その編集者というのがつまり、岡島杏子だった。

〈だから俺、奈津といつか別れるまでは、作品を書かせてもらえないんですよ〉

言った後、彼が例によって自分で笑い声をあげるのを隣で聞きながら、奈津はいつもすうっと醒めた心持ちになった。冗談でもそういうことを言うのなら、せめて一作仕上げてからにしてほしい。書いてもいないのにそんなことを口にして恥ずかしくないのだろうかと思うと、すぐ横にいるこちらのほうがいたたまれなくなるのだ。

知り合った頃は、こんなふうではなかった。大林はもっと生き生きとしていたし、内側から溢れるような自信に満ちていて、そうである間は、こちらにもよく触れてきたように思う。

最初のうち彼は、さまざまな刺激を与えようとしてくれた。自分がよく知っている、奈津にはなじみの薄い世界を案内し、反応を見ては愉しんでいた。外国人のトップダンサーが見事なショーを披露するストリップ・バーへ出かけたり、映画の撮影にもよく使われるというＳＭ専門のホテルで奈津を天井から吊してみたり……。ああいった冒険は、最近ではもうぱったりと途絶えた。

それでも先週のある晩はめずらしく、古い知人から招待されたと言って、とあるパーティに連れて行かれた。退廃と狂気が同居しているかのようなアンダーグラウンドの集まりだった。

「何ごとも経験だからさ」

大林は涼しい顔で言った。ディスコのような妖しげな空間いっぱいに蠢く異形の人々に、奈津が目を瞠ったりそむけたりしているのを見て、何かが満足させられたらしい。

とはいえ、人間、何ごとにも慣れるものだ。三十分ほどたつうちには奈津も、目の前を幼稚園児の格好をした男性が歩こうが、ボンデージの女王様が首輪を付けた青年を連れて行き過ぎようが、ステージでどれほどえげつないショーが始まろうが、猫耳にメイド服の女の子が四つん這いで床を移動しようが、虎のマスクをかぶって下半身はむき出しの男が隅のほうで勝手に佳境に入ろうが、何もかもどうでもよくなってしまった。ここまで自分を解放し、さらけ出せるなんて、いっそ爽やかじゃないかとさえ思った。

大林のほうがアンダーグラウンドにははるかに通じている。にもかかわらず、彼はそこに好奇心以上の興味がなく、性的興奮は感じないらしい。隣に立つ彼の淡々とした無関心さが伝わってくるからこそよけいに、奈津は、その場にいる〈壊れた〉人たちに遠い痛みのような奇妙なシンパシーを感じていた。

と同時に、不思議にも思った。どうして皆、こんなに虚勢を張って肩をいからせているのだろう。いわゆる〈変態〉と呼ばれる人たちが集まり、閉じられた空間でだけ息がつけるのは理解できる。それなら今ぐらいもっと自然体でいればいいものを、一見すると和やかな中にもとげとげしい空気は充満しており、誰も彼もがまるで見えない敵に向かって肩をそびやかすかのようにぴりぴりしている。ステージで繰り広げられるショーも、ただ露骨なだけでつまらない。

〈あからさまに表現すればいいってものじゃない〉

という杏子の言葉を思い出しながら、飲み物を手に、壁際でぼんやり佇んでいた時だ。ふと、妙に世慣れた感じの若い男が大林のそばにやってきて、奈津のほうを顎で指した。

「ねえ、おたくの彼女ノーマル？　バイとかじゃなく？」

わってみたいって言ってるんだけど」

「なんで」

「ちょっと借りられないかな。あっちにいる僕の友だちの女の子が、ぜひ彼女の胸をさわってみたいって言ってるんだけど」

言いながら見やる視線の先には、宝塚の男役のような麗人がいて、こちらに秋波(しゅうは)を送っている。まるでヘアカットのモデルを頼む程度の気軽さでそう言われた時、じつのところ奈津は、さほどの嫌悪感を覚えなかった。大林はもちろん即座に断ってくれたが、彼がその場にいなかったら、抗(あらが)うことなく頷いていたかもしれない。名前も立場も関係なく、たった一人でこのゆるいサバトみたいな空間に放りこまれていたら——このままずぶずぶと沼の底に沈むみたいにして、あちら側の住人と混ざりあっていたかもしれないのだ。そう思うと、あたりのざわめきがまた一段階、変容して感じられるのだった。墜(お)ちるだけ墜ちてしまった自分を妄想(もうそう)しながら、奈津は、怖れとも、昏い憧れともつかない心もちに胸の内をざわつかせた。

一時間あまりで疲れ果て、

「そろそろ出ない?」

と大林に言った。

ブースを出していた彼の友人に挨拶(あいさつ)をして会場を後にし、外の夜風に当たるなり、思わず深呼吸をする。真夜中の渋谷の空気がすがすがしく感じられたのは初めてだった。

「どうだった?」と、歩きながら大林が訊いてくる。「悪かったたね。いくらなんでも、ちょっと刺激が強すぎたかな」

「そうね」奈津は、曖昧(あいまい)に微笑んでみせた。「まあ、いい経験にはなった気がするけど、一度見ただけでもう充分かな」

思った通り、大林は、その答えに安堵(あんど)した顔を見せた。

後から聞いたところによると、奈津たちが外へ出てしばらくしてから、ちょっとした騒ぎになったそうだ。酔って女の子に無体をはたらこうとした男を、運営側が叩きだしたところ、逆恨(さかうら)みして警官を引っぱってきたのだという。

「どういう世界でも、仁義を通せないやつって最悪よね」

奈津がそう言うと、電話の向こうの岩井良介は声をたてて笑った。

「その晩の話、もっと詳しく聞きたい。細かいとこまで忘れないように、ちゃんと覚えといて下さいよ」

「それは、次に会えるのがいつかによるけど」

「なっちゃーん」

「はいはい、大丈夫。あんな経験、そう簡単には忘れられそうにないよ」

例によってメールで誘ってみたものの、今夜は岩井のほうにどうしても外せない予定が入っていた。思いあまって電話をかけてくるあたりが、彼の誠実かつ面倒くさいところだ。

「ごめんね、なっちゃん。どうしてこ、こんな日に限って、打ち合わせだの会食だの入っちゃったかなあ。いつもは、なっちゃんが誘ってくれる日に限ってどういうわけか空いてるのになあ」

奈津は笑った。

「しょうがないよ。っていうか、私がいつも急に連絡するのがいけないんだもの、気にしないで」

「だってなっちゃん、またいつその気になるかわかんないじゃない。また二カ月も三カ月も先になっちゃったりしてさ」

「そんなことないって」

宥(なだ)めながら、そうか、岩井はこちらと逢いたがってくれているのか、と思った。

〈どれだけ愛されているかわかってる?〉

杏子はそんなことを言っていたが、ふだん岩井から誘ってくることはないだけに、こちらもまた、彼とは気が向いた時に連絡をしてたまたま予定が合えば逢う、という状態を当たり前のように思ってしまっていた。しかし、そうか。逢いたいと、思われているのか。

かつては、毎晩のように逢瀬(おうせ)を重ねていた。岩井が会社帰りに部屋を訪れるのをこちらのほうが心待ちにして、昼の間にすべての仕事を終わらせようとしていた。

が、恋情は、いったん途切れてしまうとまず元の熱には戻らない。過去の相手を気まぐれに呼び出し、することをしたら次の約束もせずに別れる。無理やり寝てるわけじゃない、逢っている間は相手だって愉しんでるんだから、という言い訳に至るまで、まるで癖の悪い男のようだ。

「で? どうするつもりですか、なっちゃん」

岩井の声で我に返る。

「どうするって?」

「我慢できなくなっちゃったからメールくれたんでしょ。俺が駄目だってなったら、誰で埋め合わせするの?」

その言い方も相当なものだが、相手が岩井であれば奈津は傷つかない。

「今日のところは、ちゃんと我慢しとくもの」

「ほんとかなあ。俺も、明日だったら大丈夫なんですけどねえ」

「ごめん、明日からしばらくは私が無理なの」

すると岩井は、うーんと唸った。「心配だな。あんまり羽目を外さないで下さいよ」

「どういうこと?」

「そのさ、過激なアングラのパーティに行って、何かこう、変な気持ちになっちゃったんでしょ。危なっかしいなあ、大丈夫かなあ」

そんなに単純なものでもないのだが、確かに、あの妖しいイベントの影響は否めない。

大林はあの夜も、帰宅してから奈津に指一本触れなかった。そそくさとシャワーを浴び、ベッドに入り、あっという間に寝入った。彼にとっては本当に、ただ奇異で異常な人々の集まりにしか感じられなかったということなのか。隣でいびきをかいている男に背中を向け耳をふさぎながら、奈津ばかりが軀の芯に灯った昏い炎をもてあましていた。

その熱は、今も脚の奥のほうに凝っている。ただちに火傷するほどでもないかわり、いくら放っておこうが冷めることのない熱。粘膜のあわい、子宮にほど近い部分にまるで極小のカイロを仕掛けられたかのように、ずっと、ずっと熱いままだ。いっそ火かき棒で掻き起こして炎を巻き上げ、一気に燃やし尽くしてしまってほしい。だって、自分では届かないのだ。誰かが代わりにそうしてくれない限り。

「大丈夫だよ、そんなんじゃないってば」

と嘘をつく。仕事のある人に無理を言いたくないという気持ちだけは本当だ。

「近いうち、また連絡させてね。その時はいろいろ報告するから」

「嬉しいですけど」まだ少し不安そうに岩井が言う。「報告の種を、無理に増やそうなんて考えなくていいんですからね」

「その点は安心して。もう話しきれないほど溜まってるから」

冗談交じりに言い、電話を切る。同時に、抑えきれないため息がもれた。ほんとうは、すっかり期待していたのだ。今夜こそようやく、軀の内側から焦らされるようなこの熱を解消できる、と。

杏子の言う通りだ。これまでも岩井は、急な誘いに対して文句も言わず、そのじつずいぶん無理をして応えてくれていたのだろう。

〈で？　どうするつもりですか、なっちゃん〉

奈津は、続けてもれそうになるため息を呑み込んだ。

「ちゃんと我慢、しとくもの」

わざわざ声に出してつぶやく。

ひとりでキッチンに立つ気持ちにはなれなかった。作って、食べて、使った食器をきれいに洗ってもまだひとり、という時間が楽しい時もあるけれど、今夜はそうではなかった。

思い立ってパソコンに向かい、短いメールと電話のやりとりを済ませると、奈津は、身支度(みじたく)をととのえて街へ出た。どこか人の視線の気にならない場所で、軽く食事をしたい。こういうときはファミレスがいい。世間一般の食事どきとずれた時間帯に行くと、がらがらと言っていいくらいすいていて落ち着ける。

大林は今夜、昔の友人に誘われたと言って飲みに出かけている。帰るのは朝になると言うので、奈津のほうも念のために、舞台女優をしている友人と久しぶりに会うつもりでいると告げてあった。ドラマの仕事が一段落し、ぽっかり時間の空いたこんな時こそ心置きなく岩井と睦(むつ)み合うことができると思っていたのだが、うまくいかないものだ。

思った通り、ファミレスには隅のほうにやや大人数の若いグループがいるだけだった。離れた席に座り、大判のメニューを広げる。近づいてきた店員に、和風パスタとサラダとスープのセットを頼んだ。

何気なく見やると、グループ席の客は子連れだった。男が四人、女が二人、例外なく派手な服装をしている。ほかに、四歳くらいの男の子と、ベビーカーに乗せたままの赤ん坊。

頼まれて水を運んでいったパートの主婦といった感じの店員が、眉尻を下げて赤ん坊を覗き込み、何か話しかけると、いちばん年長らしき男が、ベビーカーを前後に揺(ゆ)らしながら言うのが聞こえた。

「そりゃあもう、すっげえ可愛いよ。自分で子ども持ってみるまで、赤ん坊がこんなに可愛いもんだとは思わなかったね。将来、グレてもいいんだべつに。いくらグレたっていいけど、ただ、スネたらぶっ飛ばす」

職業柄だろうか。ひとの発する何気ない言葉が、妙にくっきりと耳の底に残ることがある。

——ぐれてもいいけど、拗(す)ねたらぶっ飛ばす。

赤ん坊というのは、本当にそれほど可愛いものなのだろうか。持ってみれば、産んでみれば、自分もまた自然に可愛いと感じられるようになったのかどうか。

ふっと、大林の横顔が浮かんだ。実家が嫌いでならず、早く自分の家族が作りたかった、と言っていた彼。大林のために子どもを産むことが出来ていたなら、互いの関係は今とは違うものになっていたかもしれない。それとも、女を孕(はら)ませるだけ孕ませたら、べつの獲物を探しにいく男だったろうか。わからない。わからないと言えば、この軀もそうだ。おなかにべつの命を宿すという経験をしていれば、いつまでもこんな熾火(おきび)のような歯がゆい熱に悩まされることはなかったのか。あるいは、妊娠や出産と性的な欲求とは、まったくもって別物なのだろうか。パスタセットが運ばれてきた。

*

「どうぞ、そこに座って下さい」低い声が、穏やかに誘う。「いま、お茶淹れますから。コーヒーと紅茶、どっちがいいですか。ハーブティーもありますけど」

革張りのソファが柔らかく沈む。バッグを置き、奈津は言った。「紅茶をお願いします」

「了解。自分の家みたいに、って言ってもすぐには無理かもしれませんけど、楽にして下さいね」

奈津はうなずき、狭いキッチンに立つ男の背中をそっと見やった。

渋谷からほど近い、ごく普通のマンションの一室。玄関を入ってすぐに廊下がのび、バスルームとトイレのドアが隣り合っていて、つきあたりがこの十畳ほどの部屋だ。壁際のキッチン設備はほんの間に合わせのようだが、そのぶんカーペット敷きのリビングが広く感じられる。中央にダブルベッドを置いても、まだ余裕があるほどだ。

一人分の紅茶はすぐに入った。ティーカップをトレイに乗せて運んできた男が、かがんで床に膝をつき、奈津の前にそれを置く。持ち手を右側にして目を上げ、にこりと微笑んだ。思わずこちらも微笑みを返してしまったほど気さくな表情だった。

向かいの一人がけソファに、男が腰を下ろす。

「改めて――よく来て下さいました。僕、白崎卓也といいます」

よろしくお願いします、と会釈し合う。

会話の雰囲気といい、男の落ち着いた佇まいといい、あの大きなベッドさえなければ、まるで仕事の打ち合わせに来ているようだ。

「ナナミさん、でしたよね。ここのことは、前からご存じだったんですか？」

少し迷って、頷いた。

「そうですね。白崎さんのブログは、時々ですけど読ませて頂いてました」

「最初は、どういうきっかけで？」

「……ネットで、検索して」

それだけで、意味するところは伝わったらしい。白崎はひとつ頷き、どうぞ、と紅茶をすすめた。

カップを口へ運ぶ。最初の緊張はもうほとんど解けていたが、見られていることを意識すると手が震えてしまいそうだ。

「白崎さんは、」とカップを置きながら逆に問いかける。「昔から本がお好きなんですか」

「あ、ええ、そうなんです。といっても難しいのはアレですけどね。話題の小説とか、人に勧められた本とかそれくらいですけど、ここにいても、一人の時はけっこう読んでます。もしかしてナナミさんも？」

「そうですね。わりとよく読むほうかな。白崎さんのブログを覗くようになったのも、お仕事のことはもちろんですけど、本の話題が印象的だったからなんです」

男が、奈津をじっと見た。空気が少し、親密さを増す。

思慮(しりょ)深そうな、という第一印象も的外れではないのかもしれない。白崎卓也は、ＡＶ男優という肩書きから想像していたよりは意外なほど小柄な男だったが、何より目の光が穏やかで、ひとを威圧するようなところがまるでなかった。

今どきは、こんな雰囲気の男性のほうが女優にも好まれるのかもしれない。だが、セックスとなるとどうだろう。思慮深くて穏やかなセックスなら、岩井とのそれで足りている。

当たり障(さわ)りのない会話が続く。紅茶を飲み終えてしまったら、さあ、ということになる気がする。

「あの、」思いきってこちらから訊いてみた。「いろんなお客さんがいるとは思うんですけど……ここを訪ねてくる女性って、どういうひとが多いんですか?」

「そりゃ、おっしゃるようにいろいろですけどね」白崎が微笑する。「あんまり、プロっぽいひとは来ないです。つまり、お水系のってことですけど。そういうひとよりは、すごく一般の主婦とか、しばらく恋人がいないっていうひととか……たぶん、想像してらっしゃるよりも、うんと普通だと思いますよ」

「きっと皆さん、すごく勇気が必要だったんでしょうね」

「ですね。どのひともそうおっしゃいますし、実際、無理のないことだと思います。でも、どうしても自分の気持ちに嘘はつけなかったっていうか……」

「気持ち? それはつまり、知りたいとか、経験してみたいっていうような?」

「うん、もちろんそれもあるだろうけど、いちばんは、寂しくてたまらないっていう気持ちです」

奈津が、口をつぐんだ。

白崎は、向かいのソファに深く座り直す。

「旦那さんとは長いことしてないっていう主婦の方なんかはね。夫とはもう友だちみたいな間柄だし、自分のほうも子育てをしてるとなかなか女としての気持ちを思い出せないんだけど、それでも時々すごく寂しくなるんだって言って、恥ずかしそうに笑うんです。僕に対しては、セックスはしなくていいから、ただいろいろ話をしながら、腕枕をして髪を撫でていて欲しいって。そうしてあげてたら、とうとう、泣きだしちゃったんですよ。こういうのが欲しかった、って」

「――わかる気が、します」

と、奈津は言った。白崎が微笑する。

「そういう女性たちを見てるとね、セックスって何なんだろうって、わからなくなるんです。僕は、本業が男優だから、ふだんは男のためのファンタジーを効率的に満たすような内容のAVに出てます。女優さんを乱暴に犯してみせることもあれば、逆に、優しくオーガズムに導いてあげたりとか、あるいはコスプレとか、いろいろです。だけど、男に比べると、女のひとにとってのセックスっていうのはもっとずっと複雑なのかなあって。肉体的には続けざまに達しても、だから満足っていうわけじゃないみたいなので」

奈津は、黙って紅茶を口に運んだ。

白崎の言う通りだ。物理的な刺激は、もちろん快感に繋がるけれど、心が満たされなければほんとうの満足は遠い。反対に、気持ちさえしっかりと満たされるならば、肉体的な絶頂は必須というわけではなかったりする。――と、思う。これまでオーガズムだと信じていたものを疑い始めた今、奈津自身、セックスに対する様々な認識が根底から揺らいでしまって、あまりえらそうなことは言えなくなっている。

「すみません、僕ばかり喋って」わずかに声のトーンを変え、白崎が言った。「よかったら、シャワーを使って下さい。バスタブにお湯も張ってありますから、ゆっくりして頂いて大丈夫ですよ。今夜はもうナナミさんだけなので、気を遣わずに」

案内された廊下の先のバスルームで、タオルやボディソープなどの簡単な説明を受ける。ドアを閉めるなり、長い吐息がもれた。やはり、緊張は否めない。

洗面台に使い捨ての歯ブラシが置いてある。まるで友だちの家にでも泊まりに来ているかのような錯覚に陥る。この上なく現実的な光景なのに、現実感がまるで無い。いったい自分は何をやっているのだろう。ここから出る時、また馬鹿なことをしたと虚しくなるのだろうか。

シャワーを浴び、無香性のボディソープで身体を隅々まで洗う。少し迷ったものの、せっかくなのでバスタブにも浸かった。このあとしばらく裸になることを考えると、芯まで温まっておいたほうがよさそうだ。

白崎に答えた通り、彼のブログはたまに読んでいた。執筆が行き詰まった時の息抜きなどに覗き始めて、もう一年ほどになるかもしれない。実際に連絡を取るまで時間がかかったのはやはり、以前、思いきって出張ホストと寝てみた際に後悔しか残らなかったせいだ。

今夜、岩井良介と逢えていたなら……いやそれ以前に、同居人の大林がもっと構ってくれていたなら。そう考えるのは、やはり卑怯だろうな、と思ってみる。この間、杏子

に向かって、

〈できなくても、しなくちゃいけないんじゃないかな〉

そう答えたのは他ならぬ自分だ。それが、舌の根も乾かないうちにこれか。

風呂から上がり、ふんわりとしたタオルで身体を拭き、濡れた髪を乾かす。時間を気にする必要がないことは、白崎から言われるまでもなくわかっていた。彼の〈スタジオ〉は、午後早めの時間帯と夜八時以降の深夜帯の二部制なのだ。

表向きは女性限定のボディエステをうたっており、彼自身、エステティシャンおよび整体師の資格を持っている。完全にプライバシーが保たれた個室で丹念なオイル・マッサージを受け、そこで終了でももちろんかまわないし、もっと先を望むならばその時にそっと告げてもらえれば……といったシステムだった。いずれであっても料金は変わらない。初めての場合は、予約を希望する旨のメールを送った後、白崎から電話がかかってきて、じかに話した上で予約確定となる。サイトには、〈たいへん申し訳ありませんが、冷やかしのいたずらなどを防ぐためですので、どうかご理解下さい〉とあった。

「ちなみにナナミさんは、電話での感じがちょっとないくらい良かったです」

この部屋に通された最初に、そう言われた。どんな相手に対しても反射的に笑顔を向け、できるだけ感じよく接してしまうのは、性格というより習い性、いわば自己防衛本能のなせるわざだ。セックスにおいて、身も心も達するということがなかなか出来ないのも、その最中にまで相手に気を遣い、つい〈感じよく〉ふるまおうとしてしまうせいもある。今夜これから、初めての白崎を相手にどれだけ自分を預けられるかはまだわからなかった。

言われたとおりバスローブを身につけて先ほどの部屋に戻ると、すでに薄暗くなっていた。コーナーのスタンドだけがほんのり灯され、ベッドの上には厚地のタオルケットがひろげられている。エアコンを強めたのか、充分に温かい。

「すみません、お待たせして」

そう口にしてから、べつに彼は待ってなどいないだろうに、と恥ずかしくなる。と、スウェットに着替えた白崎が言った。

「待ってる間も愉しいですよ」

おや、と思った。

「お水はそこにありますから、施術中も積極的に飲んで下さいね」

ベッドのサイドテーブルに、エビアンが用意してあった。

「まず、うつぶせになってもらっていいですか。バスローブの、前はほどいて」

ベッドに上がる。表面は柔らかく思われたが、膝をついてみると芯のしっかりとしたマットレスだ。

つい、部屋の壁を気にしてしまう。防音はどれくらいのものなのだろう。マッサージの〈もっと先〉を心配する必要があるかどうかは、その時考えればいいことなのだけれど。

「袖を抜いてもらっていいですか」

奈津に許可を求めながら、白崎はすでに手伝っている。片袖ずつ、そろりと腕を抜く。

彼は、慣れた仕草でバスローブを滑らせ、腰から下を覆った。露わになった背中に、

「じゃ、始めますね」

低い声が落ちてくる。スウェードのような感触の声だ。

「……よろしくお願いします」

「力加減とか触れ方とか、途中でこうして欲しいっていうようなことがあったら、何でも言って下さい」

「はい」

「遠慮せずに、どんなことでもちゃんと言って下さいね」

「……はい」

「大事なことなので、二度言いました」笑みを含んだ物言いだった。「だってナナミさん、思ってても遠慮しちゃいそうな気がするから」

どきりとする。

「オイルは、癒やし系のラベンダーと、すっきり系のローズマリーと、あとバラの香りのがあるんですけど、どれがいいですか。後でシャワーを浴びれば香りは消えますから安心して」

「じゃ、ローズマリーを」

うつぶせの奈津からは見えないが、背後でオイルのボトルを開け、てのひらに取っている気配がする。エアコンの風に乗って、松葉のような、樟脳とミントが混ざったような、直線的な香りが漂ってくる。鼻腔からまっすぐ脳に届くその香りは奈津が良く知

っているもので、つられて軀の芯からよけいな力が抜けていくのがわかった。てのひらをこすり合わせるかすかな音がする。

次の瞬間、熱いてのひらが二つ、背中に置かれた。肩甲骨の上から肩に向かって、オイルが丸く塗り広げられてゆく。オイルそのものも温められていて、心地よさに深々とため息がもれる。

「うわあ、凝ってますねえ。お仕事、何ですか。……って訊いちゃいけないか」白崎がすまなそうに言った。「けど、なんていうかこれってもう、格闘家の背中ですよ。鉄の板みたいで、指が入らない」

「すみません」

「いや、いいんです。そういうひとこそ、ここへ来て楽になってもらいたいんですから。痛かったら言って下さいね」

ぐいっと押される。奈津はたまらず、吐息混じりに答えた。

「気持ちいいです……すごく」

彼のサイトには、資格を証明する書類の画像が二つ載っていたが、たとえプロであっても巧い下手はあるだろうし、客との相性もあるだろう。それでいくと、奈津にとって白崎の指は、意識して我慢していないと声までもれてしまいそうなほど心地の良いものだった。強すぎず、弱すぎず、ここぞというツボをしっかりと心得て丹念に揉みほぐしてくれる。注文など何も必要ない。与えられる刺激だけで充分だ。

背骨に沿ってたどっていった指とてのひらが、腰をほぐし始める。続いて、

「ちょっと失礼しますね」

バスローブがさらに下へと滑らされ、オイルが足されて、尻の筋肉をゆっくりと揉みほぐされる。触れられた瞬間は身体がこわばったが、それも今さらだ。奈津はすぐに力を抜いた。

「お尻って、思いのほか凝ってるものなんですよ」白崎が、あえてなのか淡々と言う。「身体に無理がかかってて、ねじれがあったりすると、座骨神経痛にもつながりますしね。そういうとき痛むのが、ここ」

尻のふくらみの芯の部分をぐいっと揉み込まれ、思わず呻き声がもれる。

「痛いですか」

かぶりを振り、

「イタ、キモチイイ、です」

呻くように答えると、白崎が笑った。

「よかった」

ここしばらく続いていた座業の辛さが、食い込む指の周りからじわじわと溶けてゆく。気を抜くと眠ってしまいそうだ。ふつうのマッサージならそれでもかまわないが、まさかこの部屋で寝落ちするわけにはいかない。無防備に過ぎるるし、だいいち、もったいない。加えられる一つひとつの刺激を、最大限に味わい尽くしたかった。この男はきっと、セックスも上手に違いない。そちらの道でもプロだからというより何より、こんなにも身体のツボを心得たひとが、女のツボをはずすわけがない気がする。

再びバスローブを背中にかけられ、今度は腿(もも)からふくらはぎの裏側を片脚ずつほぐされる。寒くないですか、と訊かれるたび、奈津は首を振った。寒いどころか、軀の熱がじりじりと上がって、中心はすでに溶(と)け始めている。

セックスはしなくていいから腕枕をしながら髪を撫でて欲しいと言った主婦の気持ちは、それはそれでわかる。わかりすぎて哀しいほどだ。彼女はきっと、何よりもまず女としての心の寂しさを誰かに埋めてほしくて、それさえ叶えば、身体の欲求そのものはあまり強くない女性だったのだろう。

けれど、自分は違う。心の寂しさまではどうせ埋まらないのだから、せめて肉体の欲を満たして欲しい。この軀を男にとことん使ってもらい、消費され尽くした末にくたくたに疲れ果てて眠りに落ちれば、目覚めた時には憑(つ)き物が落ちたようにすっきりして、とりあえずしばらくは平常心で毎日を過ごせる。それだけで、いい。今はむしろ、それこそが欲しい。

一旦は足裏まで下りていった白崎のてのひらが、くるぶしを包むようにくるくると撫で、今度はふくらはぎの内側、腿の内側を撫で上げながら焦らすように戻ってくる。奈津は、息を殺してこらえた。同時に同じ動きをする両の親指が、あとほんの少しで中心近くに届きそうだ。

マッサージだけで終了でもかまわない、というのは、こういうスタジオに連絡を取ろうとする女性が少しでも恥ずかしくないようにと用意された、ただのエクスキューズだ。そうとしか思えなかった。こんな濃厚な施術を受けた後で、〈もっと先〉を望まずにべッドから下りられる女がいるなんて信じられない。すぐ後ろにいる白崎には、きっと伝わってしまっているだろう。オイルとはまた別の、もっと滑らかな感触の潤みが、この身体の奥から湧き出し、すでにタオルケットにしみを作っていることが。

寒さのせいではなく、震えをこらえ、もれそうになる声も懸命にこらえている奈津の耳元に、白崎が低くささやく。

「このまま続けてもいいですか」

このあとはどうしますか、と訊かないところがプロだと思った。どう答えようかと一瞬迷ったのは、この先を望まなかったからではもちろん、ない。白崎のスタジオを訪れる他の客たちと比べて、ほんのわずかでいい、何か引っかかりのような、違和感のようなものを彼の中に残してみたかったからだ。

ここへ来る前に奈津は——当然の準備として——白崎が出演したAVにざっと目を通していた。ああいったハードな仕事を本業にしながら、撮影のない日にもこうして女性を秘密の部屋に迎えることをくり返している彼自身は、セックスそのものにいいかげん飽いていないだろうか。プロの女優も初めての客もすでに日常になってしまって、どんな裸体を前にしても新鮮な刺激など得られずにいるのではないだろうか。きっと、そんな甘いことを言っていては不可能な仕事なのだろうけれど。

「ナナミさん?」白崎が背後から問う。「さっきも言いましたけど、遠慮なんかしないで下さいね。して欲しいことがあったら何でも言って下さい。逆に、して欲しくなかったら、それも正直に。我慢なんか、他でいっぱいしてるでしょ? ここにいる間くらい、何も我慢しなくていいんです。ほんとうに、何も」

低くささやきかける間も、ゆっくりとした指の動きは止まらない。きつく合わせた脚の奥へ、今にも忍び込みそうなのに、ぎりぎりのところで引き返してしまう。

奈津は身じろぎをし、伏せていた枕から顔を上げた。むず痒いような快感をひたすらこらえ続けていたせいで、動いてもいないのに息が上がっている。

「もう、少し……」小さな声で告げた。「もう少しだけ、こうしていて欲しい、です」

「もちろんいいですよ」と、白崎が応える。「マッサージされるの、気持ちいいですか？」

「それも、そうですけど」

「うん？」

「この、焦れったい感じが、何て言うか……たまらなくて」

ははは、と白崎が笑った。「いいですね。そんなふうに、何でも口に出して、ナナミさんのことをいろいろ教えて下さい」

そして、今思いついたかのように付け加えた。

「僕も、服を脱いでいいですか。もちろん、途中でだっていつでもストップをかけてくれてかまいませんから」

奈津が頷くのを確認してから、白崎が身体を起こし、Tシャツとスウェットパンツを脱ぐ。モノトーンのブリーフだけはそのままだ。

目顔と仕草で促され、奈津は、ためらいながらも素直に寝返りを打った。その間、白

崎はやはりバスローブで身体を覆うようにして隠してくれていたが、仰向けになったのを見てとると、

「じゃ、続けますよ。恥ずかしかったら目を閉じていて下さいね」

するすると肌の上を滑らせるように、胸もとを露わにした。

再び、てのひらにオイルを取ってこすり合わせる音がする。触れられる前から、期待のしるしのように、乳首が固く凝ってゆくのがわかる。恥ずかしいと言えばそれこそが恥ずかしく、奈津は壁のほうへと顔を背けた。

耳の下から首筋、鎖骨に沿ってリンパマッサージを施した後、白崎のてのひらが、乳房の周囲を優しく撫でる。つきたての餅を丸く整えるような手さばきで、けれど先端にだけは決して触れないまま、さらにバスローブを滑らせ、へその周りから胃を揉みほぐす。

気持ちいい。もう、何の気持ちよさだかわからない。言われたとおり目を閉じたまま息の乱れをこらえている間に、白崎の手は、腿から膝、脛、足の甲や指にまで到達していた。バスローブはいつのまにか取り去られていたが、全身に時折さあっと鳥肌が立つのは決して寒さのせいではない。

内腿を這い上って戻ってきた指とてのひらが、先ほどよりもさらに危うい境界線の手前でとどまる。このまま続けていいですか——と、また訊かれるだろうと思っていたのに、白崎は無言だった。指は、腿よりも上、へそよりは下の一帯を執拗にさまよい続けている。いくら焦れったいのが好きだと言ってもさすがに我慢しきれず、奈津は、目を

開けた。

息を吞んだ。白崎が、まっすぐにこちらを見下ろしていた。

ずっと観察されていたのだろうか。羞恥のあまり思わず脚を閉じようとしたが、彼は許してくれなかった。反対に、脚を大きく広げさせ、間に自分の肩を割り込ませる。

「もっと気持ちいいこと、して欲しくないですか」

茂みにふうっと息を吹きかけられ、奈津の腰が浮く。

「もっと深いところで、じりじりしてみたくない？　ナナミさん、そういうの、好きだと思うけど」

こらえていた息を吐いたとたん、おかしな声まで漏れてしまう。

枕から頭をもたげ、奈津は、下の方にある彼の顔を見下ろした。真剣な表情に救われる思いがする。

「あの……白崎さん」

「何です？」

「途中であれこれ言うのも何なので、今のうちに、お願いしておいていいですか」

「もちろん。何でもどうぞ」

奈津は、こくりと唾を飲み下した。今、このひとにさえ言えなかったなら、きっと一生誰にも頼めない。崖から飛び降りるような思いで口に出す。

「私、本当は……あれを入れてもらうより、その前のいろいろが好きなんです」

白崎の表情を盗み見る。

「うん。たとえば？」

「たとえば、その……胸の先を、口で、いっぱいしてもらったり……あと、あそこを、指でそうっと刺激してもらったりとか……それも、できれば長めに」

引かれていないだろうか。あるいは、いい歳をしてかまととぶっているように思われたりとか。

「うん、わかりますよ」と、白崎が頷く。「それから？」

「え？」

「本当は、他にもっと特別なリクエストがあるんじゃないの？」

「特別って」

「それだけじゃ、お願いされるまでもないですよ。今ナナミさんが言ったようなのは、僕にとっては全部、あたりまえ過ぎるくらいあたりまえのことだから」

あたりまえ？　挿入以外のことを、たっぷり時間をかけてしてもらうのが？

プロによるサービストークだろうと思った。だって、男は気持ちよくも何ともないはずだ。岩井良介のようなのは特殊な例で、彼とのセックスは前戯こそ長いけれど、まるで自分でしているような穏やかな快感しかない。逆に、牡(おす)であることをむき出しにする大林や志澤のような男たちは、手っ取り早く放出することこそが目標とみえ、そうすると女の軀の面倒はどうしてもおざなりになる。

ふいに、いやなことを思い出してしまった。いつだったか、友人たちと飲んでいる時に、酔った大林が冗談めかして言ったのだ。

〈ぶっちゃけて言えば、男にとっていちばん気持ちいいのは自分の右手だから〉

同席していた連中も苦笑いだけで反論しなかったことを思うと、男にとってはそれが正直なところなのかもしれない。と同時に、あくまで一般論であり、極論でもあっただろう。それでも、人前で言われた奈津は傷ついたのだった。この女とやるのは自分の右手より気持ちよくない、と、はっきり指をさして言われたような心地がした。

「うん、まあ、いいでしょう」

白崎の声に、我に返る。含むところのある目つきで、彼はこちらを見つめていた。

「僕としては、途中であれこれ言ってもらうのも好きですからね。追加注文、いつでも大歓迎ですよ」

言い終えるや否や、白崎はいきなり悪い目になり、奈津のそこを指で押し分けた。

あっと腰がはねた。熱くて柔らかなものが、尖りを的確にとらえてからみついてくる。指ではない、これは、舌だ。そう認識した瞬間、奈津は蕩けた。

今日初めて会った女の秘所に口をつけるなんて、気持ち悪くはないのだろうか。気になってしまうのはきっと、白崎に好意を抱き始めているせいだ。

彼は、ためらう様子もなかった。内腿を抱え上げるようにして両側へと大きく広げさせ、秘部に顔を埋めて舌先を翻す。奈津の様子を上目遣いに注意深く窺い、たちまち、時計と逆回りに刺激したほうがずっと反応がいいことを突き止める。

「よけいなことは考えないで」くぐもった声が言った。「気持ちいいことだけに集中して。いきたいだけ、何度でもいっていいから」

快感でどろどろに溶けていた脳内に、ほんの一筋、水のようなものが流れ込む。ああ、惜しい。そんなふうに言われると、達することを期待されているようで、少しでも早くそこへ到達しなければ申し訳ない気持ちになってしまう。

それでも、白崎の技巧そのものはやはり卓越していた。もどかしいほどの強弱の変化と、獲物をいたぶる猫の執拗さが、奈津をじりじりと追いあげる。奥のほうでずっと消えずに残っていた熾火が新たな空気を得て燃えあがり、大きな炎となって軀を内側から炙り、焦がしてゆく。

いつしか、舌は指へとかわっていた。入り組んだ陰影を隅々までたどりながら、白崎は身体ごと上へと這いあがり、こんどは胸の先を口に含んだ。上の側に前歯を軽くあて、下からはさむように舌で舐めあげる。

苦しい。気持ちよさが募って、苦しくてたまらない。背中を反り返らせた奈津は、思わず、男の背中に腕を回していた。

ふと心配になり、訊いた。

「ねえ、そのオイル……不味くないの？」

ぷっ、と白崎が噴きだした。

「そんなこと、気にしてもらったのは初めてです」

「だって、」

「大丈夫。いいから、集中してって言ったでしょう」

全身のうちでも群を抜いて敏感な部分を上下二カ所、口と指とで同時に責め立てられ、奈津はたまらずに身をよじった。唇からはもう、単音しか、それも母音しか漏れてこない。

それでなくとも自分は、軀をつなげて中で達するのは難しいのだ。せめて、外側に与えられる快楽だけはとことん享受したい。今のうちに頂まで駆け上がりたい。白崎に抱きついたまま、息が乱れるに任せる。しわくちゃになったタオルケットにかかとをこすりつけ、両脚をぴんと伸ばす。きつく目をつぶり、自身の内側で踊り狂う炎のゆくえだけを懸命に追いかけているうち、へそが、背中の側へと引き絞られ、つられてクリトリスまでが斜めに引っぱり上げられてゆくような感覚があり、そして唐突に息が出来なくなった。あ、あ、あ、と短い声がもれ、ふくらはぎが攣りそうになる。

その瞬間、白崎にしがみついていた。片腕で強く抱きかかえられる。硬直した奈津の軀の中心を、白崎の指が、ぴたりと動きを止めたまま絶妙の力加減で押し込む。おかげで奈津は、極まりきった快感がなだらかな放物線を描いて徐々に落ち着いてゆくのを、最後までゆっくりと味わい堪能することができた。

ため息とともに全身を弛緩させた奈津を、白崎が見下ろす。

「目が潤んでますけど、まだですよ」

「……なにが？」

訊き返すと、彼は、汗で額に貼りついた奈津の前髪をかき上げ、にこりと笑った。指が、再びゆるやかに動き始めた。

前戯に三、四十分はかかったかもしれない。もちろん、オイル・マッサージそのものは別にしてだ。こちらが何も言わずにいれば、白崎はおそらく一時間でも二時間でも続けてくれたのだろうが、我慢できなくなったのは奈津のほうだった。軀が、ではなく、申し訳なさに耐えられなくなってしまったのだ。

「もういいんですか？　本当に？」

疑わしそうに言いながらも、白崎がそっと奈津の手を取り、下着越しに自分の持ち物を触らせる。当然ながら立派だが、まだ完全な状態ではない。下着を脱ぎ、自分でしごきながらのしかかってこようとする彼を、奈津は押しとどめた。

「待って」

問うようにこちらを見た白崎の、軀の下からすり抜け、ベッドに起き上がる。

「私にもさせて」

「は？」

返事を待つことなく、白崎のそれをてのひらで押し包み、撫であげる。

白崎にとって、この時間はいわば〈勤務中〉だ。それでも、できることなら彼にもこの時間を個人的に愉しんでもらいたい。客の女を仕事だと割り切って慰めるだけでなく、彼のほうも少しは興奮を覚え、今夜このあとゆっくり眠れるような何かを味わってくれたなら……。

――ああ、まただ。またしても、相手の男に奉仕することを考えてしまっている。

そう気づいたけれど、ためらいはなかった。かがみこんで口に含む。

「う、」

と呻き声が降ってきた。

大通りでタクシーを降りたのは、夜風に吹かれて頭を冷やしたかったからだ。シャッターの閉まった商店街を、奈津はことさらにゆっくり歩いた。

脚の合わさる奥のほうに、まだ異物感がある。さんざんこね回された内部の肉がぽってりと腫(は)れぼったく熱を持っているようで、けれど痛みはない。重たくだるい充足があるだけだ。

空を見上げる。ほんのいくつかしか見えない星が、どれもかすんでいる。

〈奈津はさ、欲しそうにするじゃない〉

大林の言葉を思い出す。

〈して、って女のほうから誘われると、男はその気なくすんだよね〉

彼の帰りは朝方になるだろう。今すぐ顔を合わせなくて済むことにほっとする。

つい一時間ほど前まで、自分の上にいた男のことを思い起こす。どんなに激しく長く抱かれても、やはり体をつなげている間に達することは出来なくて、最後は例によって〈ふり〉をしてしまったけれど、今これほど満たされているのは前後の触れ合いが充分だったからだ。大前提として金銭と引き替えではあるにせよ、こちらのコンディションにあれだけ集中し、観察し、推(お)し量(はか)りながら必要な刺激を加えてくれる行為は、すでに愛と呼んでもいいかもしれない。いや、屁の突っ張りにもならない男の愛などより、はるかに現実的な救いとなってくれる。

終わって着替えた後、白崎卓也はもう一度お茶を淹れてくれた。裸でさんざん抱き合ったからといって隣に座るのではなく、もとどおり向かい側のソファに腰を下ろすのを見て、奈津は安心した。適正な距離というものを測り慣れているのだと思った。

「お客さんにここまで奉仕してもらったのは初めてですよ」白崎は、深々と嘆息して言った。「せっかく来たんだから、全部こっちに任せて気持ちよくなっててくれてかまわないのに。自分から動いたほうが気持ちいいの？」

「必ずしもそういうわけじゃないんだけど」と、奈津は答えた。「今日は、そうしたかったから」

「じゃ、いつもは？」

「うーん……たいてい、こちらからの奉仕のほうが多いかな。相手のほうもちゃんと気持ちよくなってくれてることがわからないと、不安になるっていうか」

「不安？　どうして」

「わからない。自分の軀に自信が持てないからっていうのもあるけど、それだけじゃないし……ほんとに、よくわからないの」

こんな無防備な気持ちを、ほんの数時間前に初めて会った人間を相手に話しているのが不思議だった。

「そういうふうに自信が持てないでいる女の人は、多いみたいですね」と、白崎は言った。「いや、べつにナナミさんの話を一般化するつもりじゃなくて、僕の単なる実感なんだけど」

「そうでしょうね。男の人は、いやでも目で見てサイズや形を確かめられるけど、女の場合は、自分では見えないところのことだから……。一度でもネガティヴなことを言われると、いつまでも引きずっちゃうんです」

「そんなこと、誰かに言われたの？」

奈津は黙った。前の夫に、とは言えなかった。

「他の人の意見は、よくわからないけど」と、白崎が呟く。「おかげさまで僕は、すごく気持ちよかったです。でなきゃ、あんなに何回もしつこくしないよ。最後は長々と中でいっちゃったし」

「よく眠れそう？」

「うん。ほんとそんな感じ」

にっこり笑った白崎の表情に、嘘はなかったように思う。それだけで、事後の気持ちの落ち着きがまったく違った。いま、奈津の中には、仕事をもりもりとやっつけたい衝動があふれている。こういうところもまた、志澤の言う〈中身は男〉という部分なのだろうか。

家に辿り着き、明かりをつける。午前一時、大林が帰ってきた様子はない。

この数時間が丸ごと夢の中の出来事のようで、ふわふわとした心許なさを抱えたままトイレに入り、用を足す。巻き取った紙でそこを拭う時、少しひりひりとした。夢などではないのだった。

感情を伴わない行為に、罪悪感はやはり薄い。肩が凝れば按摩をしてもらい、運動不足ならスポーツクラブで汗をかく。体に停滞した悪いものを流してすっきりするという点では、それらと少しも変わらないのに、どうして、よそでするセックスだけが目の敵にされるのだろう。特に、女のそれだけが。

〈俺は、風俗に行くのはやめないから〉

大林の言葉がまたしても蘇り、奈津は小さく舌打ちをした。あれもまた、人がいる時だった。たしか、浅草に移ってきてまだ間もない頃、共通の友人たちを家に招いた夜のことだ。奈津以外は大林を含めて三人ともが男、という場でいきなりそう宣言され、思わず口がぽかんと開き、そのあと猛然と腹が煮えたのを覚えている。

〈だって、風俗でのセックスに気持ちは入らないし、あなたとのこういう関係性ともまったく別物だもん〉

〈じゃあ、私がもし、あなたの知らないところで他の男のひととそういうことをしたら、あなたは平気なの？〉

〈そんなの駄目にきまってるでしょ〉

〈どうして？　それこそ、気持ちは入らないし、こういう関係性とは別物っていう意味では同じだよ？〉

〈でも駄目。男と女じゃ話が違う〉

〈どこが違うのよ。私だって、あなたがよそで他のひととそういうことするのは嫌だよ〉

〈だけど男はさ、最初から生物学上そういうふうに出来てるんだよ。できるだけ沢山のメスを相手に自分の種を残そうとするのがオスの本能でさ。女は、体の構造からして違

うじゃない。セックスすればどうしても気持ちが入るだろうし〉

ふざけないでよ！　と、怒鳴ってしまいそうだった。オスの種まき論。そんな手垢の付いた理屈を得意げに吹聴する男が自分の恋人だと思うと、情けなくてたまらなかった。

〈……そう。それで、風俗通いってわけね？〉

〈まあそうだね。後腐れもないし、恋愛じゃないから誰かを裏切るわけでもない。男としての征服欲みたいなものは満足させられるしね〉

〈ふうん。やっすい征服欲〉

そこで、見かねた友人たちが、まあまあ、となだめにかかった。奈津が言葉を呑み込んだのは、彼らをそれ以上居心地悪くさせるのがいたたまれなかったからだ。

大林が、ああいうことをなぜわざわざ他人の前で口にするのかわからない。一対一で宣言するよりは深刻にならず、うやむやに流してしまうことが出来るという魂胆かもしれないが、だとしたら卑怯だ、と思う。しかしまた、いま自分がしているのは、彼にとっての風俗通いと少しも変わらないのだ。今夜ああして白崎と抱き合い、話を聞いてもらって心が軽くなったように、大林にもどこかに馴染みの風俗嬢がいて、家では話せないような心の憂さをその子に打ち明けているのかもしれない。それで家庭内が円満になるなら問題はないとも言える。

結局のところ、奈津が何より不満に思うのは、彼の怠惰さに対してなのだった。セックスやスキンシップを含めた情愛の示し方において、彼がこちらを甘く見てぞんざいに扱うことが哀しいのだ。

二階からの階段を、鈴の音を鳴らしながら環が下りてくる。帰宅した際の物音は聞こえたのに、いつまで待っていても上がってこないので業を煮やしたらしい。

「おいで、環さん」

ソファに座って呼ぶと、膝に飛び乗ってきた。甘え声でしきりに文句を言いながら、額を奈津の胸にこすりつける。

「独りにしてごめんね、たまちゃん。どうしたの、体が冷たいよ。お布団(ふとん)に入ってなかったの？」

ひんやりとした三毛の背中を撫でてやるうちに、ふと、胸の隙間にも冷たいものが流れ込んできた。

ずっとこんなことが続くのだろうか。外で秘密ばかり作るいっぽうで、すぐ隣で寝ている男の体にうっかり触れてしまうたびはっとなり、違うの、そういう意味じゃないの、と弁解したくなるような関係が。

（潮時(しおどき)、なのかもしれない）

頭の芯が醒めてゆくのを感じた。泣きたい気持ちにさえならない。こうやって、また終わってしまうのか、と思ってみる。

夫の省吾との別れを意識し始めた時も、最初はこんな感じだった。別れたいなどと、彼に対しては言いだすことさえとうてい無理だと思ったし、交わさなくてはならない膨大なやりとりや手続きを考えると気が遠くなったけれど、実際に一つずつ進めていくうちに不可能ではないことがわかっていった。離婚が成立した時も、膝から崩れ落ちるような脱力感はあったものの、別れが悲しいというのとは違った。思っていたよりずっと淡々としたものだった。

もしかすると自分は、誰と深く付き合っても最後には別れてしまう人間なのかもしれない。勝手に我慢して、勝手に呑み込んで、けれど呑み込みきれなくなると突然、卓袱台をひっくり返してしまう。だったら途中で我慢できないと言えばいいのに、相手の怒りが怖くて言えないのだ。どうせ最後に失うなら、それを覚悟でふだんからぶつかればいいものを。

環が、濡れた鼻の先で、こちらの顎を突き上げるように押す。喉はゴロゴロと盛大な音をたて、前肢は足踏みをするかのように交互に奈津の腿を踏みしめている。これほどの信頼を預け、全身で甘えてくれるこの猫さえそばにいれば、いつでも再び独りに戻れる。それはきっと確かなことだった。軀の寂しさは、その時々の相手でも埋められる。大林と二人で暮らすことで心の寂しさを増やしてゆくより、独りのほうがまだましとも言える。

いつ、話そう。

思ってから、自分の気持ちがすでにそこまで進んでしまっていることに驚いた。

大林が帰ってくるまで、起きて待っていようか。いや、そんなに急いで決めることもないかもしれない。いつでも独りに戻れるのならば、それが今日でなくても別にかまわない。

「寝よっか、たまちゃん。疲れたし」

ささやきかけると、環は応えるように鳴いて、さっそく膝から飛び降りた。奈津が一階の明かりを消すのを待ち、先に階段を駆け上がってゆく。風呂には入ってきたから必要ない。部屋着に着替え、歯を磨いてベッドに潜り込む。

今ここに、大林がいて欲しい、と思わないことが、すべての答えなのかもしれない。それともただ、自分で思うより気が立っているだけだろうか。今夜はそれなりに緊張もしたし、新しい経験もたくさん味わったから。

全身を包むけだるさが心地よい。猫を抱えて目をつぶった。

一瞬の後には朝になっていた。大林が帰ってきたのにもまったく気づかなかったが、隣を見ると壁のほうを向いた丸い背中があって、時計は八時を回っていた。

どうして目が覚めたかと言えば、枕元の携帯が鳴ったからだ。一旦やんだが、手を伸ばすなりまた鳴り出す。

音量は最小にしてあるものの、彼を起こすまいと反射的に気遣い、慌てて音を消しながら開いてみると、着信は姪の由梨からだった。兄・哲也のところの長女で、就職してからはこの近くに住んでいる。何の用事だろう。ショッピングの誘いなら、今日は遠慮したい。

電話はまた切れて、そのあとすぐにもう一度鳴り始めた。さすがにおかしい。ベッドから滑り下り、バスルームへ行って耳に当てた。

「もしもし?」

「ああ、なっちゃん、やっと出た！」

由梨の声は切羽詰まっていた。

「何、どうしたの？」

「パパが……心臓の発作で倒れて、救急車で運ばれたの」

「え？」

奈津は、それきり絶句した。起き抜けのぼんやりとした頭が一瞬で覚醒し、落差にくらりと眩暈がする。正月に会ったばかりの兄の顔が浮かぶ。ようやく言った。

「今、どういう状態なの」

「それが、詳しいことはまだわかんなくて。とりあえず本人の意識はあるみたいなんだけど、予断は許さないって救急隊の人が」

先月、兄は仙台に転勤したばかりだった。家族を残しての単身赴任だ。

「発作を起こしたのはどこで？」

「部屋でだって。会社へ行こうとしたら急に胸が苦しくなって、自分で救急車呼んだみたい。搬送される途中に、隊員の人がパパの携帯で電話してくれたの。途中でほんの一瞬パパに電話かわったら、『大丈夫だから心配ない』って言うんだけど……それが、めっちゃ頼りない細い声でさあ」

語尾が大きく揺れて震える。

「今日、弘子義姉さんは？」

「まだ連絡取れないの。パートの日だから早く出ちゃって、携帯はたぶん今ロッカーにあるんだと思う。どうしよう、なっちゃん、パパにもし何かあったら……」

「ないよ、大丈夫。とりあえず由梨は、弘子義姉さんの勤め先に直接連絡を入れて。そうしながら、出る用意をして待ってて。私、今から車でそっち寄って由梨を拾うから、一緒に仙台の病院まで行こう。それが一番早いと思う」

「ほんと？　ほんとにそうしてくれる？　待っててていいの？」

「うん。弘子義姉さんに連絡がついたら、申し訳ないけど電車乗り継いで新幹線で行ってもらって。誰かが少しでも早く着けるほうがいいから、別行動で」

「わかった、じゃあ、待ってるね」

「由梨」

「はい」

「大丈夫だから。兄貴はぜったい大丈夫だから」

「……ありがとう」

泣き声になった姪との通話を切り、寝室へ走る。ベッドの上、大林は、くの字に体を折って眠りこけている。昨夜の帰宅も明け方だったのだろう。

「ねえ、ごめん、ちょっと起きて」揺り起こしながら言った。「私、これから車で仙台行ってくる」

大林がうっすらと目を開く。「……え？　何、どこへって？」

「仙台行ってくる。兄貴が救急車で運ばれたの。心筋梗塞だと思う」

跳ねあがる勢いで飛び起きた。てのひらで顔を強くこすり、無理やり目を見開く。

「俺が運転してくよ」

「え、いいよ。行きがけに由梨も拾わなくちゃいけないし」

「なら、なおさらだよ。あなたは途中、電話であっちこっちと連絡を取り合わなきゃいけないでしょ。ハンドル握りながらじゃ危ない。すぐ支度するから五分待って。詳しい話は車で聞く」

言いながらも床に足を下ろし、室内履きをひっかけて顔を洗いにゆく。何があっても走らない彼の後ろ姿を見て、奈津にも平常心が戻ってきた。

五分。自分のほうが間に合わない。慌ててクローゼットのドアを引き開ける。


単身赴任にともなう急な環境の変化で、ストレスが溜まったか。あるいは遺伝のせいもあるのかもしれない。房総に暮らす父の吾朗も、十年ほど前に心筋梗塞で倒れてからは毎日、血液をさらさらにする薬を飲み続けて今に至る。

「まあそうですね、遺伝は、確かに大きいと思います」

由梨と奈津にレントゲンの画像を示しながら、担当の若い医師は言った。いや、それほど若くもないのだろうか。男性の年齢というものが、奈津にはよくわからない。白衣姿ではなおさらだ。

「煙草は吸われますか」

「吸います。かなり」

てきぱきと由梨が答える。すすめられた丸椅子に背筋をのばして座り、バッグの上で両手をそろえている。

こんなにしっかりした娘になったなんて、と隣で奈津は思った。彼女が生まれたのはまるで昨日のことのようなのに。

「今でも、一日ひと箱は吸ってると思います」と由梨が続ける。「家族がうるさく言って一度やめさせたんですけど、結局また」

「そうですか。煙草はねえ、こうなったらさすがに、やめて頂かないといけませんねえ」

本当に危ないところだったのだと医師は強調した。

心筋梗塞は、発症からどれだけ迅速に措置を受けられるかで生存率が大きく変わる。哲也の場合、救急車を呼んでから血管へのステント挿入処置まで、たったの二時間。救急隊が駆けつけたとき玄関のドアが開いていたことや、すぐに受け入れ先が見つかり、担ぎ込まれたその病院にたまたま心臓専門の医師がいたりと幸運続きだったおかげで、奈津と由梨が大林の運転で到着したときにはすでに手術を終え、集中治療室に横たわっていたのだった。

とはいえ、いざ対面した哲也は、さすがに憔悴しきっていた。頬がそげ、まぶたは落ちくぼみ、目の下には青黒いくまができている。その顔が、年老いた父の吾朗にひどく似て見えて、奈津は胸を衝かれた。

「おう。びっくりしたか」

こちらの顔ぶれを見るなり、冗談めかして言いながら無理に笑ってよこす。

「当たり前でしょ？　やだもう、何やってるのよパパは」

「何やってるのって、言われてもさ。さあやろうと思って、こうなったわけじゃ、ないんだからさ」

物言いが、ふだんよりものろくさい。

「だからあれほど煙草やめなさいって言ったのに、私たちがいくら真剣に言ってもきかないから」

安堵の反動もあるのだろう、由梨はふだん以上に手厳しい。感染症予防のために義務づけられたマスク越しに、言葉のつぶてがぽんぽん投げつけられる。

「担当の先生、本気で危なかったって言ってらしたんだよ。助かったのが奇跡だって。これから先も油断しちゃダメだって。煙草はもう絶対にやめなさいって」

「まさか、そこまでは言わないだろ」

「言ったの！」

「せめて、今より本数を減らしなさいとか」

「何なのそれ、ちっとも反省してないじゃない。私たちがどれだけ心配して、必死になって飛んできたかわかってんの？　ママなんかまだ新幹線の中なんだよ、今だって独りでこっち向かっててさあ」

「や、わかってる、わかってますってば」

降参のポーズを取る父親に、

「わかってないから言ってんの！　ほんとにもう……」ふいに涙声に変わった。「心配したんだからね。パパが、し、死んじゃうのかと思って」

「おいおい。電話で、大丈夫だって言っといたじゃないか」

「それがぜんぜん大丈夫に聞こえなかったんだもの。めちゃくちゃ焦ったんだから。大林さんなんか、見つかったら警察に捕まるの覚悟で、アクセル踏みっぱなしで飛ばしてくれたんだからね」

「え、そうなの？」

驚いた様子の兄に、

「そうなのよ」横から奈津は口を挟んだ。「高速下りるまでの間、ずうっと時速百四十キロ」

おかげで仙台まで、なんと三時間あまりで到着した。自分の運転だったらおそらく、五時間近くはかかっていただろう。

「パパ、ちゃんとお礼言ってよね。大林さんが運転手を買って出てくれたから、私たち、ママとも密に連絡取れたたし、病院からの電話なんかもちゃんと受けられたんだよ」

哲也がようやく、心から申し訳なさそうな顔になる。

「迷惑かけたねえ。本当にありがとう。こんな、寝たまんまの挨拶でごめん」

「いいえ。こちらこそ大変な時に押しかけて、どさくさ紛れのご挨拶みたいになってしまって申し訳ありません」大林は、一歩進み出て言った。「改めまして、わたくし大林一也と申します。お兄さんのことはいつも奈津さんから伺っています」

例によって背筋を伸ばしたままホテルマンのようなお辞儀をする大林を、哲也が意外そうな面持ちで眺める。妹の稼ぎに頼り、脚本家を目指すと言いながら遊んで暮らすヒモ男。男女のことに口をはさんでも仕方ないと静観してはいたが、妹が食いものにされているると思うと内心まったく面白くなかった——そんな認識が、わずかなりとも覆されたのかもしれない。

「とにかくママはね、お昼過ぎには着けるって」ひとまず怒りを引っ込めた由梨が言う。

「よかったね、パパ。あとで、今度はママからたっぷり叱られなね」

「それのどこが『よかったね』なんだよ」

「何言ってんの？　あのまま助からなかったら、もう二度と私やママのお説教を聞けなくなるところだったんだよ？　こうやって叱ってもらえるだけありがたく思いなさいよ」

まじめに言ってのける姪の横で、奈津はとうとう噴きだしてしまった。口調も声も面差しも、年々兄嫁に似てくる。弁の立つ女二人にかかったら、兄などとうてい敵うはずがない。

「そのくらいで勘弁してやって」

「ええー？　なっちゃんはパパに甘過ぎるよ」

「そうかもしれないけど、今日のところはさ。一応、病人なんだから」

「おい、一応って何だ。いま手術してきたばっかなんだぞ」

「だから、そういうことになるから煙草やめなさいって言ってるの！」

またしても最初から同じ説教が繰り返されそうだ。奈津は、姪の袖を引いた。

「とにかく、今のうちにお昼ごはん食べてこよう。兄貴を少し休ませてあげないと」

「そうか。そうね。ほんとにもう、パパのせいで私たち朝ごはんもろくに食べてないんだからね」

また後で来るから、と言い置いて、病室を後にする。

靴を履き替え、外に出てマスクをはずすなり、三人三様のため息がもれた。

「とりあえずは、ほっとしたねえ。なんか気が抜けちゃった」

奈津がつぶやくと、

「うん。私も」

由梨が殊勝に頷く。父親や担当医師の前で見せた気丈な顔は消え、急に心細そうに見える。

病院の駐車場には、色味の濃い早咲きの桜の木があり、ほぼ満開に咲き競っていた。河津桜だろうか。奈津が立ち止まって真下から見上げると、左右にいた由梨と大林も足を止めた。

強い風が吹くたび、小さな花びらがはらはらと回転しながら舞い落ちてくる。

ふと、無常、という言葉が脳裏に浮かんだ。哲也が助かるために重なってくれた奇跡の数々を、あらためて嚙みしめる。そのどれが欠けても、兄は今頃あんな呑気な口をきいていられなかったかもしれないのだ。

「よかった、ほんとに」奈津はつぶやいた。「こんな季節にもしものことがなくて」

「こんな季節って？」

「だって、この先も毎年、桜を見上げるたびに胸が苦しくなるなんて、いい迷惑じゃない」

由梨が笑った。「ほんとだ。まっぴらだよね」

同じように桜を見上げている大林のほうへと向き直る。

「大林さん」深々と頭を下げて言った。「本当に、ありがとうございました。おかげでどんなに助かったか。うちの母もさっき電話でそう言ってました。後で会うと思うけど、どうぞよろしく伝えて欲しいって」

「いや、いやいや、俺はそんな。誰でもできることをしただけでしょ」

謙遜(けんそん)しながらも誇らしげな様子の彼の横顔を、奈津は見やった。彼がいてくれなければ、こんなに早く駆けつけることは不可能だった。哲也は今回たまたま助かったけれど、最悪の可能性を考えると、生きている間に会うことさえ出来なかったかもしれないのだ。

「誰でもできることなんかじゃないよ」と奈津は言った。「私からも、ありがとう」

小さな目を見開いて奈津を見下ろした大林が、何やら照れくさそうな微苦笑を浮かべる。唐突に言った。

「そういえば俺ら、牛タン食いに来たんだったよね」

第三章

河津桜が終わると、杏(あんず)の花が咲き、桃が咲き、染井吉野(そめいよしの)も咲いて、やがて散っていった。今はもう薔薇(ばら)の季節さえも過ぎ、住宅街を歩けばあちこちの軒先(のきさき)で朝顔がおずおずと咲き始めている。夏がやってきたのだ。

奈津と大林が暮らす浅草の住まいはもともと工場と倉庫を兼ねた建物で、庭どころか土もない。狭い道路だがすぐ前は交差点、頭上には信号機が点滅している。それでも土いじりがしたかった奈津は、引っ越すと同時に家主に頼み、ガレージの脇にレンガを積んでひと坪ほどの植え込みを作らせてもらった。鼠(ねずみ)の額ほどの〈庭〉でも季節の移ろいは感じられる。折々に花が咲き、帰宅のたびにハーブが香るだけで、住まいに愛着が湧(わ)くから不思議なものだ。

大林との生活は、続いていた。すれ違いを抱えたまま二人でいることに、一時は奈津の側ばかりが焦(じ)れ、虚しさを覚え、別れを覚悟してさえいたというのに、なんとなく持ち直して今に至る。兄・哲也が心筋梗塞で倒れた際に、大林がきびきびと動いて助けてくれたことがやはり大きかったろう。

飲みだせばとことん飲み、酔いつぶれて一日を無駄にする。出かけてしまえばどこで何をしているかもわからない。働きもしなければ、夢を叶えるために具体的な行動を起こすわけでもない。けれどそれでも、あの日の彼は、誰より頼れる存在だった。非常時の冷静さ、優先順位の判断、そしてとっさの決断、どれをとってもだ。

あのとき奈津は、初めて具体的にこれからを思い描いた。これから先、不意の出来事はきっと増えてゆく。両親は年老い、母は認知症になり、いつどちらを見送ることになるともしれない。そんな場面のそれぞれで、支えてくれるパートナーがいるのといないのとでは心強さが違う。ひとりでは受け止めきれないことも、ふたりでならば何とかなるのではないか。

数年前までだったら考えもしなかったし、たとえ考えたとしても強気で押し切っていただろう。そばに誰かがいようがいまいが、死ぬときはどうせひとりだ、などと。

弱くなっているのを感じた。そんなに悪いものでもなかった。自分の弱さを認めてやると、張りつめた気持ちがいくらか緩み、そのぶん楽になった。これまで無理をして一人で運んでいた重たい荷物も、たまには誰かに手伝ってもらっていいのだと思えるようになった。

大林との間に、セックスがほとんどないのは変わらない。昨年くらいまではまだ、年に一度の記念日や、旅先など日常を離れた機会に抱き合うこともあったが、今年に入ってからはそれすら途絶えた。

女の側から欲しそうにされると抱く気が失せると言った彼はしかし、奈津がいっさい求めなくなるとますます安心したように、家ではただ食べて寝るだけになった。省吾との離婚は、こと性的関係においては裏目に出たのかもしれない。他の男から奪って自分のものにする、といった若干の緊張感さえもなくなったことが、大林とのセックスレスに拍車をかけた可能性はある。

　これ以上、考えたくない。ほんとうは自分だって、好きな男とだけ抱き合いたいのに、そこに固執（こしつ）すればするほど肝心の男の心が離れてゆく。そんなジレンマから、もう解放されたい。永続的に満足のいく関係などあり得ない。恋愛初期には確かに有ると信じたものも、いずれは色褪（あ）せ、消えてゆく。一人の男に心も軀（からだ）も満たされるなど、所詮は幻想に過ぎないのだろう。

　それならば、人より強い性的欲求はそれ単体として自力で満たすように工夫をし、惚（ほ）れた男には秘密の罪悪感も上乗せして尽くすしかないのではないか。一つ屋根の下で暮らす男とは精神的な繋（つな）がりさえあればいい、と思い定めるのが、いちばん平和な解決法だ。

　それを空（むな）しいと感じてしまう心さえ封じこめば、不可能ではなかった。

　職業柄、嘘をつくのには慣れている。

*

　七月の終わりの、よく晴れた午後だった。奈津は、秋から始まるドラマのための取材で午前中に人と会い、そのあと軽い昼食を済ませて家に帰り着いた。

天井から吹きだす冷房の風にひと息ついてから、ドアが開け放たれたままのバスルームを覗き、「ただいま」を言う。腰湯に浸かって週刊誌を読んでいた大林は顔を上げた。

「お帰り。どうだった？」

「うん。いい話がいっぱい聞けたよ」

「よかったじゃん」

再び雑誌に目を落とす。

この時間に風呂に入るということは、また出かけるのだろう。外は暑いよ、と言いかけてやめる。涼しい場所を選んで出かけてゆくにきまっている相手に、よけいなお世話だ。

と、バッグの中で携帯が鳴り始めた。実家からとわかって躊躇する。

南房総の実家には今、大阪の叔父たち一家が来て滞在している。三日ほど前の電話で父は、せっかく遠くから訪ねてくれたのだから時間があったら顔を出しなさい、と言った。

母の弟である叔父には子どもの頃からずいぶん世話になったし、叔母は、実の母以上に可愛がってくれた。今回はその長男である従弟がワゴン車を運転してきたと聞く。幼なじみの彼とも、考えてみればもう長いこと会っていない。顔などすっかり忘れてしまったくらいだ。

時間は、今日ならばあるにはあるが、いかんせん気力が足りない。明日の晩までにはドラマのプロットをほぼ固めてプロデューサーに送る予定でいるのに、これからアクアラインを越えて車を飛ばし、とんぼ返りで帰ってくるとなると丸一日がつぶれてしまう。呼び出し音は止まない。残念だけれど行けないと父に話し、せめて電話を代わってもらおう。ためらいを押しこめて携帯を耳にあてる。

「はい、もしもし」

「おう、奈津姉。何しとんねん」

いきなり言われて面食らう。

「え、誰？」

声は叔父に似ているような気もするが、だとしたらこちらを〈奈津姉〉などと呼ぶわけがない。

「誰？　やないわ」荒っぽい掠れ声が続ける。「忘れたんかい、従弟を。タケシや。まったく、薄情なやっちゃのう」

「や……っだもう、びっくりさせないでよ」

自分の声が跳ね上がって裏返るのを、奈津は耳で聞いた。

「元気？　ねえ、何年ぶり？」

「俺もさっきそれを数えとってん。驚くなよ。二十年や」

「うそ」

「ほんま。ちょうど二十年ぶりやで。姉ちゃんが十九か二十歳、俺が十五の時以来」

瞬間、おそろしい速さで時が巻き戻った。幼いころ毎年のように夏を過ごした大阪の祖母の家が眼裏によみがえる。仏間のひんやりとした暗がりと、対照的に輪郭の白く飛んだ日ざらしの庭。

　最後に会った時の武は、たしか夏休みに、東京の奈津の家へ遊びに来たのだった。ひょろひょろと背ばかり伸びて、あまり笑わず口数も少なかったから、なんとなく怖くて近寄りがたかったのを覚えている。

「どうでもええけど、早よ来んかい。俺ら、今晩帰ってまうねんぞ」

「えっ今晩？」

「せや。混むのは、かなんからな。晩に出て夜中走る。ったく、何をぐずぐずしとんねんな。姉ちゃんが来る思て、みんな待っとったのに」

「ごめん。ここ何日か仕事が立て込んで……」

「わかっとるわ。吾朗さんから聞いたし。けど、そっからここまで、車飛ばして一時間半ほどやないけ。思いきって来てまえ来てまえ。仕事なんか後にせい」

　あんなに口が重かったはずの従弟が、ぽんぽん繰り出す言葉のつぶてに戸惑う。

「今日会わへんかったら、また二十年会われへんぞ。親父、死んでまうぞ」

「縁起の悪いこと言わないの」

「ほんまやて。もうだいぶ弱っとるからな」

　奈津は、口をつぐんだ。

〈ヨシオが、どうも長うないらしい〉

　先日の父の言葉を思い出す。

〈生きて会えるのはこれが最後かもしれん。武も、そう思てわざわざ乗せてきてくれよ

ったんやろう〉

　息を吸い込み、天井を見上げる。金属の配管をめぐらせたコンクリートの天井に、あの仏間の天井板が二重写しになる。木目と節とがおばけの顔に見えて怖い、としがみついてきた小さな従弟と、くっつき合って眠ったいくつもの夜。地肌から匂う甘酸っぱい汗。

「わかった」思いきって言った。「これから行くよ」

「よっしゃ」と武が笑う。「待ってるわ。あ、それと」

「なに？」

「姉ちゃん、何やエッセイの本出したやろ」

「うん、二冊ほど」

「家にあるやつ、かき集めて持ってこい」

「どうするの」

「俺のツレに配るねん。宣伝活動や。ありがたく全部にサインせえよ」

　奈津は、とうとう噴きだした。このテンポ、遠慮のなさ。ふだん誰との間でも、こんな会話を交わしたことはない。

「了解、あるだけ持ってくわ。これから支度して急いで出るけど、たぶん四時は過ぎちゃうと思う。ごめん、もうちょっと待っててね」

「おう」

　急がんでええから気ぃつけて来い、と言われ、電話を切る。

運転するとなれば、もっと楽な服がいい。よそいきのワンピースを脱ぎ、エスニックな刺繍ブラウスとデニムに着替えているところへ、風呂から上がった大林がやってきた。

「あれ、また出かけるの？」

暑いだろうに、すでにTシャツを着ている。彼は裸を見せたがらない。

「急に実家に呼ばれたの。あ、心配しないで、今回は誰か倒れたとかじゃないから」奈津は笑ってみせた。「大阪から叔父さん一家が来ててね。なかなか会う機会もないし、せっかくだから行ってくる」

「いいけどさ、仕事は平気なの？　明日までにプロットがどうとかって言ってなかった？」

「うん。それは何とかする」

「ふうん」と大林は鼻を鳴らした。「ならいいけど」

少し引っかかる物言いだったが、深追いはやめた。彼にしてみれば、こちらが仕事に追われていると思えばこそ家を空けて負担をかけないようにしていたのに、なんだ、私用で出かける余裕はあったのか、といったところなのかもしれない。

「ごめん、食事は外で済ませてね」

「もともとそのつもりだったから大丈夫。ゆっくりしてくれば？」

そうもしていられないのがつらいところだ。

「御両親と、叔父さんたちによろしく」

と、大林は言った。

田舎へ向かう高速道路は拍子抜けするほど空いていて、奈津が実家の前に車を停めたのは予想より早い午後三時過ぎだった。

庭先の梅の木が茂り放題に茂っている。昔、〈桜切る馬鹿、梅切らぬ馬鹿〉という言葉を教えてくれたのは母だったのに、と思ってから、はっとした。両親とも、とっくに脚立に上れなくなってしまったのだ。庭木の枝を払うのは、これからは自分の役目と思わなくてはならない。

久しぶりに会う叔父と叔母は、記憶にあるよりもひとまわり小さかった。とくに叔父は痩せて顔色も悪く、それでも奈津を見つめるやぶにらみの目は優しかった。

「ごめんねえ、なっちゃん。忙しいのに、武が無理言うたんと違う？」

朗らかな声だけはまるで変わらない玲子叔母の横に、目鼻立ちのはっきりした少女がはにかみ笑いを浮かべて寄り添っている。中学生になるという武の娘・美冬は、同じ年頃だった当時の父親に似て、ほっそりとした体つきだった。

「ううん、電話もらって嬉しかったよ」と、奈津は笑った。「美味しいケーキ買ってきたから、みんなで食べよ。武は？」

「離れで寝てるはずやで。今のうちに仮眠取っとく、言うて」

「呼んでくる！」

と、美冬が走ってゆく。

上がって手を洗い、キッチンでケーキ皿とフォークを用意しているところへ、がらりと居間の戸が引き開けられた。

「おっそいわ、奈津姉。もっと早よ来んかい」

　奈津は、目を瞠った。娘を後ろに従え、戸口をふさいでいたのは、記憶にあるのとは程遠い、むくつけき大男だった。

　ひと目見て、なぜか、まずい、と思った。視線が合うなり、どくんと心臓が暴れる。

「……誰？」

　わかっていても信じられずに奈津が訊くと、

「またそれかい」

　あきれかえったように大男は言った。

「だって、あんまり面変わりしたから。ねえ、ほんとに武？」

「武やなかったら誰やねんな」

　不服そうに言いながら、のっしのっしと部屋に入ってきて椅子を引き、どごん、と座る。

　いっぺんに空気が薄くなった。仮眠していたところを起こされて不機嫌、というのもあるのかもしれないが、身にまとう気配の荒々しさと粗暴さに気圧されてしまう。

　膝下丈のだぼっとしたバミューダパンツにTシャツ、この暑さだというのに上からは長袖のスカジャン。無駄に大きな態度といい、目つきの悪さといい、こう言っては何だが絵に描いたようなヤンキーだ。

「えらい迷惑じゃ」

さっそく煙草をくわえながら武が唸る。ジッポーで火をつけて続けた。

「今晩帰るっちゅうとんのに、こんな忙し時めがけて来くさりやがって」

今度は奈津があきれる番だった。両親からも親戚からもついぞ聞いたことのないほど乱暴な大阪弁に耳を疑う。

「自分で呼びつけといて、何それ」

思わず言い返すと、武は一瞬驚いたように目を瞠り、そのあと、いきなり顎をあげて笑いだした。

「せやったな。うん、せやった、せやった」

「せやったじゃないでしょうが。急がなくていいとも言ったくせに」

「確かに言うたな。せやけどそれは今日のこっちゃないけ。何日も前から俺らが来とんの知ってたやろ。いったい何をぐずぐずしとってん、取るものも取りあえずさっさと駆けつけんかい」

「武」見かねた叔母が割って入る。「ええかげんにしとき。なっちゃん、忙しいとこ無理してわざわざ来てくれたのに」

「ふん、忙しい忙しい言うて回る奴は、たいがい忙しないんじゃい」

憎まれ口をたたきながら煙草をふかす。

鑿で削りだしたかのような鋭利な顔立ちに、父譲りとも言えるやぶにらみの目つきは怒っているようにも見えるが、口もとに浮かぶ苦笑いと、目の奥の光とがもっと多くのことを伝えている。幅の広い肩、大木の根っこのような首。身体を使う仕事を転々としてきて、今は内装業の一人親方をしていると聞いてはいたけれど、それにしてもこれが、あのひ弱だった従弟だろうか。幼い頃はちょっと腕を引っ張っただけでも肩から脱臼(だっきゅう)して大泣きしていたのに。

　ふと、武がまばたきをした。

（あ、睫毛(まつげ)）

　二重(ふたえ)まぶたを黒々と縁取(ふちど)る、フランス人形のようにくるんとカールした睫毛。そして、こちらの心の奥まで覗き込もうとするかのような強いまなざし。その二つだけは、あの頃のまんまだ。

〈ねえちゃん、まって。ナツねえちゃん〉

　サンダルをきゅっきゅきゅっきゅと鳴らし、一生懸命に後をついてきた幼い〈弟〉を思い出す。大阪の祖母の家では、二人して庭石によじのぼったり、ホースで水をまいたり、泥団子をつるつるに磨(みが)いたりして遊んだ。昼間は網を振り回して蟬(せみ)やとんぼを捕り、夜は縁側で花火をした。小雨のそぼ降る日、背の高いひまわりの葉にアマガエルがくっついているのを見つけて、彼の小さなてのひらにそっとのせてやったのを覚えている。あの色鮮やかな、ぴかぴかの背中……。

「何じゃこりゃ、甘いもんばっかりやないけ」

　奈津が皿に載(の)せるいろいろな種類のケーキを見て、武がまた文句を言う。

「せっかく来んねやったらもっとこう、酒のアテになるようなもんを見繕(みつくろ)うて来んかい、気のきかんやっちゃのう」

「んもう、いちいちうるさいなあ」自分でも驚くような言葉が飛び出した。「お酒なんかどうせ飲めやしないでしょ、今晩これから運転するんだから」

答えが返ってこない。

目をやると、武はニヤニヤしながら奈津を眺めていた。瞳が子どものように強く光る。

「何よ」

「いや。奈津姉は、ちぃとも変わらんなあ思て」

「変わったよ、私だってそれなりに。何せ二十年もたったんだから」

「うん。まあ、顔やら身体はだいぶ丸なったわな」

「そういうことは言ってない」

クリームチーズやホイップクリームなど、乳臭いもの全般が嫌いだという男は、口ではぼろくそに言いながらも宮崎県産マンゴーのタルトを嬉々として選んだ。中学生の娘を隣に座らせ、彼女が食べているイチゴのタルトまで一口奪って、

「お父さんてばもう、何なん？」

と、あきれられている。

「せやって、めっちゃ美味いねんもん。くっそう、やっぱ東京モンが買うてくるもんはちゃうのう。どこのケーキ屋や、これ」

「このすぐ近くだけど」

「あー」

身ぶりも手ぶりも笑い声も、いちいち大きい。

落ち着かなかった。本来は野に放って遠巻きにしておくべき大型のけものを、うっかり家の中に入れてしまったような不穏な感じがあった。それでいて、なぜだかひどく心安いのだ。万一怒らせて牙を剥かれたならとうてい制御できないけれど、反面、これほど頼りになる味方も他になかろうといった安心感。うっかり気を取られていたせいで、

「あっ、こら」

慌てて見ると、ブラウスの胸の繊細な刺繍に、カスタードクリームの塊がぼっとりと落ちていた。

「ああ、ああ」武が情けない声を出す。「何しとんねん、あほう。子どもか」

言いながらもティッシュの箱からさっと何枚か引き抜いて奈津に渡し、立ち上がってキッチンから濡れた布巾も取ってきてくれる。びっくりして、ありがとう、と礼を言った。意外な細やかさと面倒見の良さは、乳飲み子だった娘をほとんど男手一つで育ててきた賜物だろうか。

「ぼやっとしてんと早よ拭いとけ。せっかくの可愛らし服、ほっといたらシミんなんぞ」

「いま、可愛いって言った？」

「服の話じゃ、ぼけ、厚かましいやっちゃのう。ええから早よ拭いとかんけ。アリンコ来ても知らんで」

「アリンコは、来ないと思う」

「来るて、うじゃうじゃ。たかられたら三十分で骨しか残らんぞ」

「それはピラニア」

「あー」

漫才のような馬鹿ばかしいやりとりを、奈津からすれば叔父と叔母である武の両親が微笑みながら眺めている。合間合間に、ものごとの輪郭が曖昧になりつつある奈津の母親の紀代子がとぼけたコメントを差しはさみ、父・吾朗がやんわりと訂正し、その口調が面白いと言って美冬が笑い転げる。

久方ぶりの団らんだった。奈津もまた、ずいぶんたくさん笑った。腹の皮がよじれて痛むことなど、ふだんはあまりない。

寒がりの母親に合わせ、エアコンの温度は高めに設定してある。笑いながら何度か鼻の頭の汗を拭き、ふと、同じように汗を拭っている武に気づいた。そんなにも暑そうなのに、スカジャンを着たままなのはなぜだろう。

「それ、脱げば?」

「ああ?」

「暑いんなら、上、脱げばいいじゃない」

不思議な感じの間があった。

「……ええのんか、脱いでも」

意味がわからない。営業マンの背広でもあるまいし、何を遠慮しているのか。わからないままに「どうぞ」と答えると、武は、短いため息をついた。

指に挟んでいた煙草を灰皿に置き、みっしりと刺繍の入ったスカジャンを肩から脱ぐ。

ぬっと露わになった逞しい腕を見るなり、奈津は、息を呑んだ。

鮮やかな色彩の渦。和彫(わぼ)りの刺青(いれずみ)だ。それも、両腕ともに七分まで隙間なく埋め尽くされている。

「う、わあ……」

間の抜けた声が出た。驚く以上に、見惚(みと)れていた。

「すまんな、姉ちゃん」

「え、何が？」

「本来、これは人目にさらすもんやない。秘めとくもんやから。……ちゅうても、ここへ着いた日のうちにもう暑うて暑うて辛抱たまらんようンなって、吾朗さんらに謝って脱がしてもろたんやけどな」

「それ、腕だけ？」

「いや。背中やら何やら。まだ途中やけど」

「見せて。見たい」

武が眉根(まゆね)を寄せた。「ほんまかいや」

「ほんとに見たい。だって、すごく綺麗(きれい)じゃない。ね、写真撮ってもいい？」

「……おかしなやっちゃの」

苦笑しながらも、武は立ち上がった。煙草を取って一服(いっぷく)吸い、煙に片目を眇(すが)めつつTシャツを頭から抜くと、躊躇(ためら)いもなくぐいっとバミューダパンツの後ろを押し下げる。割れ目までおおかた露わになった尻に奈津がぎょっとする間もなく、背中をこちらに向けた。

一面に、不動明王。剣をかかげ、足を踏みしめて睨みをきかせている。背後には燃えさかる焔、堂々たる龍の胴体が左から右の肩甲骨をかすめて再び左の腰へと巻き付くように描かれ、さらに右の尻のあたりにその頭。かっと口を開け、炯々と眼を光らせて守護神を見上げている。まだ色の入っていない部分もあるが、それでも凄まじいほどの迫力と威圧感だ。

「ちょ、ちょっと待ってて。そのままでいてよ」

急いでバッグから取材用のデジカメを取り出した。武の臀部が、視線を意識してか、ぴくりと痙攣する。背中も尻も、実用的で無駄のない見事な筋肉に覆われている。

「私らも久しぶりやわ、これ見んの」

と、叔母が笑って言った。

「なあなあ、それ、ほんものなん?」

テーブルの向かい側から、紀代子がのんびりと訊く。

「せやで」

武が簡潔に答えると、

「ふわあ、みごとやなあ」紀代子は嘆息した。「うちがあと二十年若かったら、きっとぞっこん惚れとったやろなあ」

「よう言うわ、おばちゃん。二十年若かっても幾つやねん」

武が遠慮なくツッコミを入れる。

認知症になる前であったなら紀代子は、甥の刺青など決して許さなかったに違いない。

そうでなくとも親戚同士がずらりと並んで身内の彫りものをほのぼのと鑑賞するなど、端から見ればかなりシュールな光景だろうと思いながら、奈津は何枚も写真を撮った。

外国人が気軽に彫るようなタトゥーは何度も見たことがあるが、これほど精緻な和彫りの刺青を、これほど間近に眺めるのは初めてだった。当然かもしれない。この種の倶利伽羅紋紋を背負うのは多くがその筋の人間だが、彼らは一般人にさらしたりはしない。刺青が見えたというだけで、実際は脅してなどいなくても脅迫罪で捕まる危険があるからだ。

「もしかして、そっちの方面との関係とかもあったりするの？」

小声で訊くと、武は再び苦笑した。

「ま、多少はな。付き合い程度のもんはそれなりにあるけど、安心せい。盃までは交わしとらん。娘がおるからそれだけは、言うてな」

数枚撮ったところで、武がこちらに向き直る。両胸には風神と雷神が向かい合い、周囲を彩る雲の紋様が腕と背中へつながっている。

「ねえ、凄いよ、めちゃくちゃ綺麗」

「アホか。姉ちゃん、アタマおかしぃんちゃう？」

「だって、私も入れたいと思ったことあるもん。墨一色のタトゥーだけど」

「やめとけ。半端なもん彫ったら一生後悔すんぞ」

それはそうだろうね、と頷いてシャッターを押しながら、奈津は、視線がうっかり下の方へ向かわないよう堪えなくてはならなかった。尻の龍を見せるためにバミューダパンツを押し下げたせいで、ゴム部分の前までが引っ張られ、臍の下のほうの危ういところが見えそうになっている。子どもの頃こそ一緒に行水した仲とはいえ、あまりに遠慮がなさ過ぎるのではないか。一切の贅肉のない削げたような下腹部に、てらりと脂だけ薄くのっているのがあまりに獰猛で脈が奔る。

「もう、ええやろ」

言うと、武はさっさとパンツを引き上げてしまった。短くなった煙草を無造作にもみ消し、元どおりTシャツをかぶる。

「その画像、あとで俺のメルアド教えるから送ったってくれへん？　自分の背中はなかなか見られへんねん」

「わかった」

「おう、せっかくやから二人で一緒に写真撮ろうぜ。ちょ、みぃ。こっち来て撮ったらんかい」

娘を手招きすると、武は勝手に奈津からデジカメを取りあげて手渡した。すぐそばのソファの背に載っていた自分のパナマ帽をひょいと取って奈津にかぶせ、肩に腕を回して抱き寄せる。

「なんじゃ姉ちゃん、背ぇちっこいのう！」

「ほんっとうるさいなあ。自分が勝手ににゅうにゅう伸びたんでしょ」

がはは、と無邪気かつ豪快に笑う従弟の、腋の下にすっぽり収まって、奈津は美冬が構えるカメラを見やった。張りつめた背筋におずおずと手をあてると、彼がその手首をつかんで自分の脇腹を抱えさせる。

「この写真も、ちゃんと送ったってや」と、低い声で彼は言った。「きっとやで、奈津姉」

　夏の日は長く、午後六時を回ってもあたりはまだ充分に明るい。アブラゼミやミンミンゼミの大合唱が少し落ち着き、かわりにヒグラシの声が遠く近く、輪唱のように折り重なって響いている。

　奈津は、武と一緒に外へ出た。新しくできたバイパスと高速道路のことを話すと、車に地図があるから詳しく教えて欲しいと頼まれたのだ。大阪から南房総まで来る時は、中古で買った車に元々ついていた旧式のナビゲーション・システムのせいで、ずいぶん遠回りをさせられたらしい。

「途中からナビの案内を無視したったおかげでたどり着いたみたいなもんやで。それでのうても走りづめで十時間はかかんのに、ほんま、勘弁して欲しいわ」

　武は咆えた。一歩外に出るだけでも、再びスカジャンを着て彫りものを隠している。

　庭の夏草を、ビーチサンダルが遠慮なく踏みしだく。足の指は容易に物をつかめそうなほど長く、くるぶしは骨っぽくて猛々しい。どうしてこうも、彼のパーツの一つひとつに目が行くのだろう。見下ろしながら奈津はふと、くるぶしのかたちや大きさはそのひとの喉仏に似ている、と思う。

「これやからナビは嫌いやねん。あんなええかげんなキカイの言うことは信用ならん。

俺が野性の勘でやな、方角見て道選んでずーっと高速の上走っとんのに、ナビのやつ偉そうに『コノ先ノ信号ヲ・右・デス』やら、『斜メ左テマエ方向・デス』やら、むちゃくちゃ抜かしよんねんで？　いったいどこをどないしたら、トンネルん中で斜め左手前なんぞへ曲がれるっちゅうねん。壁に激突さす気か。ぎゅいいぃん、きききききがっしょおん！　ぴぃーぽぉーぴぃーぽぉーぴぃーぽぉー」

「わかったからもう、うるさい」

耳元に寄ってくるヤブ蚊を手で追い払う。

日が暮れる前には出発すると言うので、すでに早めの夕飯を済ませていた。奈津が両親と叔父夫婦、武と美冬に自分も入れて七人ぶんの出前を電話で頼むと、運んできた顔なじみの鮨屋の店主が、「今日はにぎやかでいいですねえ」と目を細めながら玄関に桶を積み上げてくれた。

病を抱えた叔父や、もともと食の細い紀代子はそれぞれ少ししか食べられなかったが、武は彼らが残したぶんまで遠慮なく平らげ、旨い、旨いを連発した。そうしながら、奈津がこっそりネタを持ち上げてはワサビを半分ほどこそげ取っているのを目ざとく見つけると、

〈嘘やろ、姉ちゃん、ワサビあかんのんけ。みぃやったらまだしも、ええ歳してどんだけ子どもやねん。ああもうへたくそ、こっちぃ貸せ、俺が取ったるわ〉

鮨桶ごと奪われ、きれいにワサビを取ってから返してくれた。握り箸のくせに器用なのだった。

男から、ここまで露骨に子ども扱いされるなど、ふだんなら許せるものではない。仕事の場ではもとより、たとえプライベートであっても嫌だから、こちらとてそんな隙を見せたりはしない。それなのに、今日ここへ来てからの自分はうっかりしてばかりだ。身内とはいえもう少ししゃんとしなければ、〈姉〉としての沽券(こけん)にかかわると思い直し、武がふとした拍子に黙りこんだとたんに言ってやった。

〈いま何か面白いこと言おうとして考えてるでしょ〉

図星だったらしい。虚(きょ)を衝かれた彼は、

〈くっそう、腹立つわ！〉

言いながらも何やら嬉しそうに大笑いした。

庭先の梅の木の下に、武のハイエースが停まっている。その隣には、奈津の相棒、黒いジープだ。

「へーえ、カッコええのん乗っとるやんけ」

武が目を丸くした。

「ジープはこれが二代目なの」と、奈津は言った。「初代は、カーキ色のでハードトップだったんだけどね。やっぱりジープは幌でなくちゃと思って」

「そらそうや」

「幌だと、後ろにスーパーの買い物袋とか積むだけでもいちいちチャックをぐるっと開けて跳ね上げなくちゃいけないから、面倒くさいし、古い年式のだから乗り心地もいいとは言えないんだけど。何ていうかその、ゴツゴツしてて不便なとこがまた可愛いわけ

よ」

　武が、片目を眇めて笑う。それが癖らしい。

「やんちゃなやっちゃのう」

「そうそう、そのへんが魅力よね、この車は」

「ちゃうがな」

「え」

「奈津姉が、や」

「私？」

「昔っから男勝りで、やんちゃやった。ほんま、全然変わっとらんのう。なんや嬉しいわ」

　いきなりの直球に戸惑う。狼狽を隠しながら、奈津は訊き返した。

「変わったたって思ってたの？」

「せやなあ。おふくろが年賀状出しても戻ってきよるし、ばあちゃんの葬式でも会われへんかったしな」

「あれは……」

「いや、あの時はしゃあない。姉ちゃん、初めての連続ドラマやったか任されて、それどころやなかったやろし」

　省吾の顔がふっとよぎる。

「それもあるけど、それだけじゃなかったんだよ」

「ええねん。誰かて事情はある。こっちはただ、テレビの仕事いうたらめっちゃ忙しゃろし、姉ちゃんはすっかり有名人になってしもてんからしゃあない、思てた。もう、俺みたいなもんが会える相手やないねんなあ、て」

「何それ。ヘンなの」

武はふっと目尻に皺を寄せた。あさってのほうを向き、首筋に浮きあがる腱のあたりを逆側の手でぼりぼりと掻く。

「ま、こっちが勝手にひがんどっただけじゃい。堪忍せい」

あの、ひ弱で泣き虫で、後ばかりついてきていた従弟が——と、もう何度目かで思った。いつの間に、これほど男臭い色気を醸し出す大人になったのだろう。というより、いったいどれだけの修羅場をくぐり抜ければ、こんな物騒な雰囲気を身にまとうようになるのだろう。まるで日が照ったり陰ったりするかのように、目もとの表情が無邪気と剣呑の間をくるくると行き来するものだから、こちらは翻弄され混乱するばかりだ。

ヒグラシが鳴き交わしている。一匹はすぐ近くにいるらしい。目の前は二反歩ほどの広い畑になっていて、今は飼料用のトウモロコシが背丈よりも高く生い茂っている。風が吹くたびに硬い葉がこすれて、かさこそと乾いた音をたてる。

と、ハイエースのエンジンがかかった。武が、大きな体を二つに折って運転席に乗り込む。奈津は助手席のドアを開け、腹のあたりに当たるシートにもたれるようにしながら、伸びあがってナビを覗き込もうとした。

「何しとんねん。隣、乗ったらええがな」

よじ登るようにして乗り込む。腕が触れるほど近くなった距離を、意識しないようにする。

目的地を入力しても、なるほど新しい道路は表示されない。手渡された千葉県の道路地図を睨み、自分の知っている道筋をペンで書き込もうとしていると、また武が言った。

「そっちのドアも閉めんかい。虫、入るがな」

「あ、ごめん」

慌ててドアを引き寄せ、ばたんと閉める。

窓が半分ほど開いているにもかかわらず、急に密室で二人きりになった気がした。武が身じろぎするのにどきりとする。地図に目を落とし、集中するふりをしていると、彼はスカジャンのポケットから煙草の箱を取り出して言った。

「奈津姉は、吸わへんの?」

「うん。でも、隣で吸われるのはぜんぜん気にならないよ。子どもの頃から私以外の家族全員が吸ってたくらいだもの」

「ああ、せやったな、覚えてるわ。紀代子おばちゃんもスッパスッパよう吸うてはった。俺、中学ん時おばちゃんのパクって吸うたもん」

「ぼけ始めてからは全然だけどね」

「ええこっちゃがな」

「そのかわり、ひとの吸う煙草をやたらと煙たがるものだから、吾朗さんが気の毒」

「とことん自分勝手やねん。あの姉弟は」

言外に自分の父親のことまでも辛辣に批評しながら、ライターを擦って火をつけた武が、窓をいっぱいに下ろし、煙草をはさんだ右手をだらんと外にたらす。煙はほとんど入ってこない。

「今の彼氏は、吸う人なん？」

一瞬、答えをためらった。大林もかなりのヘビースモーカーだが、それを話すのを躊躇したわけではない。一緒に暮らしているのは叔父や叔母との会話の中で明かしていたから、今さら口ごもることでもないはずだ。

「……うん。吸うよ」

地図に新しい道を書き込み終えて答えると、武は、ふうん、と気のない返事をし、煙草を口に運んだ。窓の外へ向けて吐いたつもりの煙が、風に押し戻されて助手席のほうへ流れるのを、すまん、と手で払う。

「なあ、奈津姉」

「ん？」

「いま、幸せなんか？」

唐突に訊かれ、今度はためらうというよりも言葉を失った。繊細さとはおよそ遠いはずの男の口からこぼれるには、あまりに似つかわしくない問いかけ。反則だ、と思ってみる。自身の根源に関わる問題を、できるだけ突き詰めて考えずにおくことで保ってきた日々の平穏が、その問いひとつで覆ってしまいそうになる。

「――うん。幸せだよ」

と、奈津は答えた。

空々しく響いてしまうのが怖さに、急いで訊き返す。

「どうして？」

「……いや。それやったらええねん」

じっと前を見たまま、武は言った。

夕風が吹く。トウモロコシが揺れる。

草いきれが青く匂いたつ。ヒグラシは鳴き交わしている。

浅草の家に帰り着いたのは、深夜というより、もう明け方に近い時間だった。日暮れ間際に大阪へ向けて出発する武たちを見送り、そのあと離れで少し仮眠を取らせてもらい、夜中に合鍵で玄関の戸締まりをして、そっとジープを出したのだった。

武たちは、まだ帰路の途中だろう。運転するのは武ひとりだから、サービスエリアなどで休み休み帰るはずだ。

お疲れさま。今、どのへんかな。

おかげさまで、こちらは無事に帰り着きました。

ひとりじゃ運転しんどいだろうけど、どうかくれぐれも気をつけてね。

会えて嬉しかった。みんなにもよろしく伝えて下さい。

教わったばかりのアドレスにメールを送り、二階へ上がると、環がかすれ声で鳴いて出迎えてくれた。窓際のベッドはこんもりと盛り上がり、大林のいびきも聞こえてくる。今夜は早めに戻ったようだ。

足もとに体をすりつける三毛猫をシーッとなだめながら歯を磨き、部屋着に着替えてそっとベッドに滑り込む。すかさず飛び乗ってくる滑らかな体を抱きかかえ、地鳴りのようないびきに背中を向ける。

そういえば、猫と暮らしていると話したら、武がしきりに羨ましがっていた。今の住まいは生きものを飼ってはいけない決まりなのだそうだ。

〈昔はよう飼うててんけどなあ。俺の寝てる布団の足もとで、ぎょうさん子猫産んだやつもいてたし〉

荒っぽくて遠慮のない口調と、がらがらと嗄れた大きなだみ声。その声が、ふとした拍子に鎮まる時があって、聞き耳をたてると必ず、何か胸に残ることを言われるのだった。

満足げに喉を鳴らす環の毛並みに、奈津は、鼻の先を埋めた。横になっているのに脈が逸る。鼓動が強い振動となって、隣で眠る男に伝わってしまいそうだ。胸の裡で暴れるものが、腹の奥のほうへ下りていって凝る。その塊を何とか潰してしまおうと、太腿をきつく寄せる。熱くて、たまらなくむず痒い。焦れったさをこらえ、押し殺す。

（従弟なのに）

唱えたとたんに、背筋が甘く痺れた。

（血が、繋がってるのに）

だめだ、少しもおさまらない。逆効果だ。

下着越しに指を這わせた。尖りのあたりを中指でぎゅっと押し込み、揉みほぐす。背後の大林の気配を窺い、息を殺し、漏れそうになる声を懸命にこらえながら、両脚を突っ張って駈けのぼる。あっという間だった。いつもの半分ほどもかからずに、頂までひと息に達してしまった。文句なしに気持ちよかった。

我ながら、呆れるのと情けないのとで茫然としながら、乱れた息を整える。

〈なあ、奈津姉〉

耳もとで、あのだみ声が問いかける。

〈いま、幸せなんか？〉

うっかり本当のことを答えてしまいそうになり、慌てて問いそのものを遠くへ押しやって、奈津は目を閉じた。窓の外が薄青く明けてゆく。大林のいびきは続いている。

＊

朝はまず、一杯の水を飲む。グラスに氷をひとつ入れ、胃袋の輪郭がわかるほど冷たい水をゆっくりゆっくり飲み干すうちに、だんだんと体が目覚めてゆく。

それから、机の前に座る。だだっ広いワンフロア、壁で仕切られているのはバスルームとクローゼットだけだ。寝室と仕事場の区別はない。

三連の衝立の向こう側から響く大林の寝息を背中で聞きながら、奈津はパソコンを立ち上げ、〈原稿用紙〉をひろげる。すぐに書き出せる日があるかと思えば、一時間二時間と座っていても一つのセリフさえ出てこない時もある。どうして書けないのだという苛立ちと、才能なんてとっくに涸れ果てたのではないかという恐怖。毎度のこととわかってはいても、その苦しさ、しんどさに変わりはない。

脚本家として一本立ちをしてから、もう何年になるだろう。いちばん好きなことを仕事にできたのだから弱音を吐くなんて贅沢だ、と自分に言い聞かせる一方で、だからこその苦しさも、今の奈津は思い知っている。いちばん好きなことを仕事にしてしまうと、もうどこにも逃げ場がないのだ。

薄目を開けてパソコン画面を見つめながら、場面、場面を思い描く。今書いているのはまだ、プロットに毛が生えた程度のものだが、それでも、生きたセリフが思い浮かばないようではドラマそのものが硬直してしまう。頭の中にセットを組み立て、役者たちを動かしては、ふさわしい会話が聞こえてくるのを待つ。脳内に築き上げた世界は、積み木のように脆い。身動きや物音ひとつで全部崩れてしまうから、呼吸は浅くなり、酸欠のあまり気持ち悪くなることもたびたびある。いわば執筆時無呼吸症候群だ。かまわず、深くまで潜る。言葉の持つ色合いや、音の響き、それらをまるでかすかな残り香を嗅ぐように追いかけ、セリフに変換し、積み上げて、芝居を組み立ててゆく。感情そのままを口にするのか。それとも、感情を隠して反対のことを言うのか。もっと別の言い回しは？　いや違う、こんなふうじゃない。人はこういう局面でそんな言葉は口にしない。案外シンプルな……とはいえ、単純なばかりでは観る者の印象に残らない。主演に予定されている女優の、きりりとした眉の動きを思い浮かべながら、集中力の切っ先をさらに研(と)ぎ澄ませようとした時だ。

背後で、大林の目覚める気配がした。大きな咳払(せきばら)いと、あくび。とたんに、思い浮かべていたセットがかき消え、この世界の日常が戻ってくる。

奈津は、めまいをこらえた。脳を丸ごと問答無用で入れ替えられるのは、誰からとも知れない暴力のようだ。あるいは、海の底から引き上げられた深海魚。口から浮き袋を吐きだして息絶える彼らの苦痛を身をもって知る。

起きだしてきた大林が、

「おはよう」

椅子の後ろを通りながら言った。

「おはよ」

奈津も答える。ぺたぺたと足音を立ててトイレに入った彼が、ほどなく出てきてバスルームへ向かう。と、歯ブラシを手に、戸口から顔を覗かせた。

「ゆうべはごめん。起きて待ってるつもりだったんだけど、つい」

「ううん、そんなの全然」

気にしないで、と奈津は言った。昨夜はむしろ、帰り着いた時に大林が寝入っているのを見てほっとしたのだ。

「奈津が帰ってきたの、わかんなかったよ。何時ごろだったの」

「四時くらいかな」

「え、そんな?」

「実家で仮眠取って出てきたから。待ってなくて正解だったでしょ」言いながら立ち上がる。「朝ごはんはパンでいい?」

「いや、ごめん、ちょっとすぐには食えそうにない」

見ると、赤黒くくすんだ顔色をしている。

「ずいぶん飲んだの?」

「どうやら、そんな感じかな」

「覚えてないくらいってこと?」

「まあ、ちゃんと家のベッドで寝てたくらいだからたいしたことはないんじゃない?」

はぐらかすような物言いは彼の癖だ。ため息をもらした奈津に、逆に大林が訊いた。

「そっちの仕事はどう? はかどってる?」

「うーん、そうでもない」

「そっか。じゃあ、無理は言えないね」

「え?」

「じつは、ゆうべからずっと思ってたんだけどさ……」

「何?」

「美味しいコーヒーが飲みたい」

言われて、思わず噴きだしてしまった。大林の、人の懐に入り込む術は独特だ。相手を見て出方を変えているようなのがわかるだけに悔しいけれど、ここは黙って乗せられてやろうという気にさせてしまうのも、彼の手柄だろうか。

「わかった、待ってて」

「ごめんね、忙しいのに」

大丈夫、と答えて奈津は階段を下りた。

まったく大丈夫ではないし、面倒でさえあるのに、どうして自分は頼られたり甘えられたりすると嬉しくなってしまうのだろう。相手のために何かしてあげられることがある、というわかりやすさに安心するせいかもしれない。こちらのそういう思考の癖は、大林も重々承知なのだ。承知の上で、いわば餌を投げるように隙を覗かせて甘えてみせている。

バーカウンターと兼用のキッチンに立ち、銅のやかんを火にかける。この物件を改装する時、わざわざ合羽橋まで出かけて業務用のガスコンロを導入したおかげで、火力はおそろしく強い。ドリッパーに濾紙をセットし、豆を挽きながら、やかんの底をあぶる炎に見入っているうち、脳裏にふっと極彩色の不動明王が浮かんだ。

剣をかかげてこちらを睨み据える鋭い眼と、その後ろに燃えさかる紅蓮の焔。背中一面にあんな物騒なものをしょって、あの男はこの先、どう生きてゆくつもりなのだろう。

そうして、思い出した。今朝がた眠りにつく前、ベッドの中で自分がこっそり何をしたか……誰を思い浮かべて昇りつめたかを。快感の名残とともに、罪悪感までよみがえる。いや、罪の意識が強いからこそ、あれほどの陶酔を覚えたのかもしれない。大林が深く寝入っているのをいいことに、あのあと、さらにもう一度、した。二十年ぶりに会った従弟の、脂ののった筋肉の動き。がっしりとした首、広い肩、たくましい腕。鋭利な刃物で刻んだような横顔、身にまとう雰囲気の猛々しさと裏腹な柔らかいまなざし、二人きりになった車内の濃密な空気、夏の草いきれ、ヒグラシの声……。

階段を下りてくる足音に、奈津は慌てて顔の筋肉を引き締め、背すじを伸ばした。コーヒーを淹れるのにこんな蕩けた目をしていたら、大林から不審に思われてしまう。

「二階までいい匂いがしてくるよ」

機嫌良さそうに言いながら、大林がバー・スツールに腰掛ける。洗濯したてのシャツとデニムに着替えているところを見ると、今日もさっそくどこかへ出かけるつもりらしい。

何も訊かず、奈津はカウンター越しに手を伸ばし、彼の前にマグカップを置いた。

〈自分が家を留守にするのは、彼女に集中して仕事をしてもらうためなんでね〉

得意の言い分も、否定はできない。せっかく緻密に築き上げた脳内世界がさっきのように崩されてしまうのを避けるためには、家を空けていてくれたほうがたしかにありがたいのだ。

どこかよそに仕事場を借りて、住居とはきっぱり分けるべきなのだろうか。ドアを閉めれば一室に籠もれるような環境を新たに作ろうとしても、今のこの物件では難しい。あるいはいっそのこと、別の住まいを探し始めたほうがいいのかもしれない。

むくむくと引っ越し魔の血が騒ぎ出すのを、奈津は危ういところでこらえた。ここの改装に投じた費用を思うと、全部あとに残しての家移りはさすがにためらわれる。

「昨日は、どうだったのさ」コーヒーを旨そうにすすりながら大林が言った。「お父さんたち、元気だった？」

「うん、変わりなかったよ」

「お母さんの様子は？」

「それも変わりなかった」奈津は苦笑してみせた。「相変わらず、おんなじ話と質問のくり返し。でも、昨日の夕方くらいになってやっと、親戚の顔ぶれが一応は理解できたみたいでね」

「どういうこと？」

「今回、大阪から来てくれたのは、私の叔父と叔母と……つまり母から見たら、自分の弟夫婦ね。それと、その息子と、さらにその娘だったわけ。で、そのことは母もとっくにわかってるふりをするんだけど、実際にはピンときてないっていうか、すぐ忘れちゃって……。隣に座ってる弟のほうを見ては何度も、『それにしても信じられへんわ。こぉんなオッサンが昔、このお腹から出てきたとはなあ』なんて言うの。うちの兄貴と間違えてるんだよね」

「二人は、似てるの？」

「ぜんぜん」

大林は、くすっと笑った。

「でも、それでもね。昨日の夕方、お鮨を取ってみんなで食べる頃には、」

「鮨?」

「え?」

「いま、鮨って言った?」

奈津は嘆息した。「わかった。近々行こうね」

大林がにやりとする。「ごめん、それで?」

「それで……夕方、みんなでお鮨を食べる頃には、母もようやく色んなことが頭の中でつながったらしくて、三日間で初めて叔父の名前を正しく呼んだの。『ヨシオ、あんた歳いくつになったんや』って」

「そこんとこが気になるのは変わらないんだ?」

「そうなの。私も昨日さんざん訊かれたもの。歳と、あと、体重ね。ひっきりなし」

大林はまた笑うと、

「よかったじゃん、とにかく元気ならそれで」

至極まっとうなことを言った。

そう言われてしまうと、「そうだね」と頷くしかない。母がすっかりぼけてしまった今でもなお、こちらが娘として複雑な感情をもてあましていることを、彼はよく知っている。にもかかわらずこんなふうにあっさり返すということはつまり、詳しく聞く気はないとのサインなのだろう。

愚痴(ぐち)っぽい言葉は、これからはなるべく控えようと奈津は思った。自分では十のうち一か二ほどしか漏らしていないつもりでも、聞くほうにとっては、またそれか、と気の滅入る話なのかもしれない。

「で？　従弟との再会はどうだったのさ」

「えっ」

含みなどないはずの質問に、勝手に狼狽えてしまう。

「かなり久しぶりだったんでしょ？　雰囲気とか変わってた？」

「そうだね、歳は、とってたよね。ま、お互い様だけど」

「そういうのってさ、けっこう気まずくない？　俺なんか、子どもの頃からろくに顔も見てない親戚に、今さら会いたいとか思わないけどな。べつに話すこともないし、ぎくしゃくしそうだし」

自分もどちらかといえばそうだった、と奈津は思った。けれど、昨日ああして武と顔を合わせたことを、今になって少しだけ後悔しているのはそのためではない。何の後悔なのかはよくわからない。頭の中でもつれているものが妙に熱い。無理に束ねた電気コードが熱を持つかのようだ。

「案外と、会っちゃえば何てことなかったよ。やっぱりそこは血の繋がった間柄だからなのかな」自分のポーカーフェイスもたいしたものだと思った。「近況報告しあって、懐かしい話もいろいろ出てきて、みんなで笑って……なんだかんだで日が暮れる前には大阪へ向けて帰って行っちゃったから、なんか、あっけないくらいだった」

「ふうん」

大林の返事が、マグカップの中でこもって響く。

ややあって、彼はシャツの袖をずらし、腕時計を覗いた。三本所有しているうちの、今日のセレクトはパネライのルミノール・マリーナ。濃紺の文字盤を持つそれは世界三百本という限定モデルで、他の二本と同じく奈津が贈ったものだ。彼の太めの体格には、大ぶりの時計がよく似合う。

「ま、いいんじゃない？」大林はスツールから滑り下りながら言った。「あなたもさ、家の中にこもってばっかりじゃなくて、意識的に外へ出ていろんな刺激を受けたほうがいいよ。そういう仕事してるんだからよけいにさ」

これもまた限りなくまっとうな意見に、やはり「そうだね」と奈津は頷く。

「じゃ、行ってくる。今日はたぶん、そんなに遅くならないと思うよ」

行ってらっしゃい、と、いつものように手を振り、行き先は訊かずに送り出した。引き続き仕事に集中するために、ガレージの自動シャッターを下ろす。

腹の底に重たく溜まる大林への苛立ちを、たっぷりストックしてある彼への罪悪感でもって薄めながら、二階へ上がる。

これほど毎日、〈意識的に外へ出ていろんな刺激を受け〉ているはずの彼は、なぜ、いつまでたっても脚本を書こうとしないのだろうか。

夜までかかって、ドラマのプロットを書き上げた。プロデューサー宛てにファイル添付のメールを送り終えて立ち上がった時、天井と床がぐるりと回転し、そこで初めてひどく空腹であることに気づいた。

そういえば今日はまともな食事をしていない。大林が起きてくる前まではひたすら机に向かっていたし、昼前に彼を送り出した後も、奈津が口に入れたのはグラノーラ・バー二本、他にはペットボトルの紅茶だけだ。集中してしまうとトイレに立つのさえ間遠になる。排泄の欲求を感じにくくなるばかりか、たとえ行きたくなってもぎりぎりまで我慢してしまうのは、用を足した後で机の前に戻った時、それまで憑いてくれていた創作の悪魔がどこかへ去ってしまっていたらと思うと怖くてたまらないからだ。そのせいで、家に居ながらにして膀胱炎に罹ったことが何度かある。

壁の時計を見ると十時半だった。こんなに遅く、女ひとりで外食をするのは気が進まないが、かといって誰かを誘うにも中途半端な時間だ。

階段を下り、足もとにまとわりつく環に缶詰を開けてやってからキッチンに立った。深鍋にたっぷりと湯を沸かしている間に、あり合わせの生野菜でサラダを用意する。沸騰した鍋に塩を多めに入れ、パスタを茹で始める。その隣で、フライパンにオリーブオイルを熱し、ニンニクをじわじわと炒めて香りを引き出し、さらにベーコンを炒め、よきところで刻んだトマトを投入し、茹であがったパスタを移してさっと和える。塩味のきいた茹で汁を適量加えれば、ほかに調味料は要らない。トマトの旨味や、燻しベーコンとニンニクの香りだけで充分だ。

カウンターの端に食器を並べ、バー・スツールによじ登る。

「いただきます」

軽く手を合わせて呟く声が、ひとりの部屋にわびしく響くのにももう慣れた。

〈そんなに遅くならないと思うよ〉

わざわざああ言って出ていったことを考えると、大林の帰りは十二時か、一時頃だろうか。二時や三時でも、早いと言えないことはない。

帰ってきたら、久しぶりに二人で映画でも観ようか、と思ってみる。つきあい始めの頃、一緒に観に行こうと言いながら行けずじまいだった映画がDVD化された時に買って、けれど封も開けないまま一年くらいたってしまった。たしかAV機器の棚で埃(ほこり)をかぶっているはずだ。そういう映画が、もう数本溜まっている。

大林の好きな酒のあてでも用意しておけば、機嫌良く一緒に観てくれるかもしれない。それまでの間は、ちゃんと家事をしよう。ここしばらく、自分の仕事にばかりかまけて、家のことも大林のこともほったらかしにしていた。忙しい忙しいと言っておきながら房総の実家へは出かけて行き、帰りは午前様だ。それでも少しも怒らない大林に対して、感謝こそすれ、今さら苛立つのは申し訳ない気もする。

脚本家を目指すと言いだした彼を受け容(い)れ、仕事も家事もしなくてかまわないと言ったのは自分なのだし、期限を区切ったわけでもない以上、なかなか書こうとしないからと怒るのも筋違いだ。自分だって創作の神か悪魔が取り憑いてくれるまでには時間がかかるのだから、人のことは言えない。せき立てられれば書けるというものでもないのは嫌というほど知っている。

簡単な食事を終え、皿を洗うと、奈津はそのままキッチンの大掃除を始めた。ガスコンロの油汚れを拭き、必要なものには熱湯をかけて洗い、続いて冷蔵庫や冷凍庫の整理に取りかかる。

前夫の省吾と二人、埼玉の家で暮らしていた頃は、一年にせいぜい数回しか台所に立たなかった。炊事に限らず一切の家事を、省吾が引き受けてくれていたからだ。

〈お前は仕事だけしてればいいから〉

と、省吾は口癖のように言うのだった。

〈書くのは、お前にしかできないんだからさ。執筆の邪魔になるもんは、俺がやっとく。仕事先からの電話だって代わりに出といてやるし、食事の用意もしとく。家のことは全部俺がやるから、お前は書くことだけ考えてればいいよ〉

確かに楽な日々ではあった。執筆環境として理想的ではないかと言う人も中にはいるだろう。

けれど、その後、埼玉の家を飛び出して東京で独り暮らしを始めてみると、奈津にもだんだんとわかってきた。たとえば、自分の目で必要な日用品をチェックしては買いに行く。重たい袋をさげて帰り、米をとぎ、料理をし、食べて、食べれば必ず汚れた食器が流しに溜まる。脱いだ服は洗濯しなければならないし、干したものは取り込み、部屋が散らかれば掃除しなくてはならず、溜まったゴミは捨てに行かなければならない。

どれもあたりまえのことだ。あたりまえのことなのに、自分は十年ほども、保護者であり支配者でもあった夫によってそうした責務を免除されてきて——言い換えると、人が生きていくための代価のようなものの一部を支払わずにきて、そのぶん、社会的な人間として、人知れず遅滞してしまっていたのではないだろうか。

毎日の家事というものは、もちろん煩わしいものでもあるけれど、決してマイナス面ばかりではない。それらは「生活を営んでいる」という手応えと、日々を自らの足で歩いている実感をもたらしてくれる。

すべてを人任せにしたまま、あの頃の自分はよくもまあ、生活に疲れた主婦を主人公にしたドラマなど書いていたものだ。今こうして大林一也という男の生活全般を引き受けているのも、これまで免れてきたぶんのツケをきちんと支払うという意味で、自分には必要なことなのかもしれない。強引な理屈であるのを承知の上で、不平不満を胸に収める。

大林との間に波風が立てば、とても仕事にならない。家の中がぴりぴりしたり、彼が怒ってどこかへ出ていったとしたら、気になってしまって何も手に付かないだろう。この忙しいさなか、仕事に没頭したければ、諸々の感情を飲み込むより仕方ない。

ふと気がつくと、壁の時計は午前二時を回っていた。大林は帰ってこない。

奈津は、二階へ上がってバスタブをぴかぴかに磨き、続いてクローゼットの整理に取りかかった。

そのうちに、磨りガラスの外がぼんやりと薄紫色に明けていった。せっかくエアコンで冷やした空気が逃げないように窓を細く開け、人通りのない十字路に信号機が点滅しているのを見下ろす。こんな早朝でも風はぬるく、湿気にたちまち毛穴をふさがれる。

ひんやりと涼しい房総の夕風が懐かしく思い起こされた。トウモロコシ畑の葉擦れの音、蟬や蛙の声、そして――。何もかもがほんの一日前の出来事とは思えない。

窓を閉め、あきらめて歯を磨き、ベッドに横たわった。

すっかり酔った大林が帰宅したのは、結局、午前五時過ぎだった。

＊

従弟の武との二十年ぶりの再会は、会う前に想像していたよりも遥(はる)かに大きなインパクトを奈津にもたらした。むしろ、〈後遺症を残した〉と言ったほうが的確かもしれない。

大林が不在の時、もしくは寝入っている時を見計らって、奈津はくり返し武のことを思い浮かべた。何度も何度もあの日の記憶を辿(たど)るうち、頭に浮かぶ順番まで決まっていった。

まずは顔立ち、表情、目つき、声。それから手元の仕草、体つき、そうして半身を覆うあの猛々しい刺青。

中でも最も強烈な印象をこちらに与えたはずの刺青が、なぜか必ず最後に浮かんでくるというのが、不思議でもあり、何の不思議もない気もした。

久しぶりに岡島杏子と食事をしながら、武のことを少しだけ打ち明けてみると、案の定、彼女は色めき立って身を乗り出した。

「ちょっと会わなかったと思ったら、何よ、そんな美味しいことがあったの？　そういうことはもっと早く教えてくれればいいのに、けち」

ひとの恋愛にまつわる話が大の好物なのだ。かといって芸能ゴシップには興味がない。対象はあくまでも身近な相手に限られている。

「そんな大げさな。特別なことなんか、べつに何もなかったんだよ」

「でも、久々にときめいたでしょ？　その彼と寝てみたいと思ったでしょ？」

「杏子さん、声が大きいってば」

慌ててたしなめると、年上の女友だちはテーブル越しに顔を寄せてきた。「正直に言ってごらん」

「だって、従弟だよ」

「だから何なの。従弟なら、しようと思えば結婚だってできるわよ」

「そういうことじゃなくて……。そりゃ法律上はそうかもしれないけど、うちの母親と彼の父親は姉弟なんだって思ったら、何ていうか、やっぱり血が近すぎるよ」

「実際に結婚して子ども作るとかじゃなくて、ただ思い浮かべて妄想するだけなんだから、どうでもいいじゃない。禁忌(きんき)の味はどうよ。甘いったらないでしょ？」

相変わらずこのひとには敵わない、と奈津は思う。

「それから後、連絡とかはないの？」

「無事に帰り着いたっていう短いメールが来たけど、それだけ」

「あなたから連絡を取り続ける気は？」

「用事もないのにできないし、するつもりもないよ」

「だったら、なおさら好都合じゃない。その関係が発展することは現実にはないんだから、そのぶんいくらだって好きに妄想すればいいのよ」

奈津は、ため息をついた。「もうすでに、し過ぎて悶々としてるから嫌なの」

杏子がそっくり返り、背もたれに身体を預けて笑いだす。

「やっと正直になった。高遠ナツメたるもの、そうでなくっちゃ」

「ひとのことを何だと……」

「ううん、いいのよそれで」ようやく笑いを納めると、杏子は一瞬で真顔に変わった。

「ねえ。そのことを書いてごらんなさいよ」

「無理だよ、そんなの」思わず苦笑がもれた。「こんな中途半端な話、単発のドラマにもならないよ」

「違う。小説にしてみてって言ってるの」

「え」

「前にも話したでしょ、あなたに小説を書かせてみたいって。あの話、私はずうっと忘れてないわよ」

真顔はつまり、ベテラン編集者としての顔だった。

「もちろん私も覚えてるけど……」奈津は口ごもった。「でも、だからってなんでこんな話を？　どうして今日に限ってそこに食いつくのよ」

杏子は、ニッと笑った。

隣のテーブルに給仕をしに来たウェイターが、こちらのグラスにも水を注いでくれる。

軽く礼を言ってから、杏子は続けた。

「あえて言うなら、あなたの側の震えみたいなものが伝わってきたから、かな」

「震え？」

「そう。感情の震え。テレビドラマにはなりようのない、でも印象的な出来事……それってむしろ、小説という表現方法にはぴったりの題材なのよ。ディテールがくっきりしていて、感情を強く揺さぶられた一瞬があったら、それだけでもう充分。あとは、あんまり人為的に手を加えてドラマティックに作り過ぎないことね。素材の味を活かすって感じ？　そのへんは、料理が得意なあなたなら感覚でわかるでしょ」

全然わからない、と奈津は思った。最初に杏子から小説を書けとそそのかされた時にも感じたことだが、ドラマの脚本と小説の執筆ではおそらくまるで違う。後者の経験はないけれど、違うということだけはわかる。

「五十枚。ううん、思いきり削ぎ落として、三十枚でもいいかな。短編に仕上げてみてよ」

「杏子さん」

「忙しいのはわかってるし、〆切がいつとは言わない。でも、やってごらん。あなたきっと夢中になって、後で私に感謝するから」

「なんで感謝？」

「小説の場合はほら、最初から最後まで独りきりで原稿に向かうでしょう。それって、自分の内面と向かい合って対話するのと同じ作業なの。書いてる間はそりゃしんどいけど、デトックスには最高よ。いま悶々としてるその苦しさも、書き上げたら憑き物が落ちたみたいに吹っ切れてるかもしれない」

食べ終えた皿をさりげなく通路の側へ押しやると、杏子は布ナプキンで口もとを拭って付け加えた。

「ま、逆の場合もあるけどね」

ドラマの制作現場というものは、いったん企画が転がり出したが最後、最終回を迎えるまで少しの休みもない。撮っては出し、撮っては出し、次々に放送されてゆく回を必死になって追いかけながら、心情としては常に背中から追われている。

視聴率に加え、近年ではネットでの評価も気にかけないわけにいかない。どこの誰が書いているかもわからない出どころ不明の感想の山が、制作側の計画や目算を（時には矜持さえ）根こそぎひっくり返すこともあるのだ。

「どうしてあとちょっとだけでも、長い目で見ようとしないのかな」

ため息とともに、奈津は嘆いた。

「誰のことです？」

「視聴者も、オクダもよ」

「今回のプロデューサーでしたっけ」

「そう。だってね、考えてもみてよ。物語には緩急ってものがあるし、伏線だって必要でしょ？　第七話の放送は、その伏線を張り巡らせておくための回だったはずなの。静かだけどすごく不穏な展開で、そこでさらに深まった謎が第八話以降どんどん明かされていくっていうのが理想的な流れだったのに、オクダのアホが言うのよ。もっとわかりやすく書いてくれって。役者の表情とかに頼るんじゃなくて、必要な情報は全部、セリフで説明してほしいって」

「あれま」

「最近は、ちょっとでも展開が遅いとチャンネル替えられるし、これまたちょっとでもストーリーがわかりにくいとネットでボロクソだからって。だけど別に、そこまで悪い意見なんてほとんどないんだよ。私だってネットの口コミはリサーチしてるけど、ちゃんとこちらの意図をくみとって、観終わったとたんに次までの一週間が待てないって書き込むくらい楽しみにしてくれてる人たちが大勢いるのにさ」

「『なのにオクダのアホが』と」

「まあ、彼の意見は、実際は彼のものじゃなくてスポンサーのなんだけどね」

「そんなに無能なプロデューサーなんですか?」

奈津は首を横にふった。

懇意にしているベテランプロデューサーの三波が、ずっと目をかけて育ててきたのが今のドラマの担当プロデューサーである奥田だ。数年前にも一度、一緒に組んで仕事をしたことがある。

「ほんとはすごく有能なの。それなのに、前と違って保身ばっかり気にするようになってきたのが腹立つの」

苦い思いで言うと、骨張った細い指がなだめるように伸びてきた。奈津のむき出しの背中をそっと撫でる。

「なんか、バランス悪いですよね」

と、岩井良介は言った。枕に頬杖をつきながら、奈津を見下ろす。

「何が？　今回のドラマ？」

「いやいや、そうじゃなくて。ネットの、く、口コミっていうものそのものがです。じつのところ俺も、ネットはけっこうチェックするんですよ。自分が本気でいいと思って記事とか推薦文を書いた芝居が、観客からどんな評価を受けているかは気になりますからね。でも、好意的な評価が何十件とあっても、その中にほんの三つか四つ辛口意見が混じってただけで、こちらはたちまち心配になる。この辛辣なレビューの後ろに、じ、自分では書き込まないまでも同じ感想を持ってる人間がどれだけ隠れてるんだろうと思うとね。褒めてくれてるレビューはそっちのけで、けなしてるほうばかりを過剰に気にしてしまうんです。あれは、どうしてなんだろうな」

「怖いからだよ」

と、奈津は言った。

「ふむ。なるほど」

「ネットでの批判って、辛口意見の域を超えて、一方的な集中爆撃みたいになることが多いじゃない。匿名だったら何も怖くないとばかりに、ありとあらゆる言葉を尽くして悪し様に言ってくれる。批評とも言えない心ない言葉を浴びせられるのは、誰だって怖いよ。きっと今ごろスポンサーもこれをチェックしてるんだろうな、なんて思ったらよけいに怖い」

「あなたでもですか」

「当たり前じゃない」

　奈津は、寝返りを打ってうつぶせになり、枕に頬を押しあてた。目の前に岩井の肘がある。その肘に向かってつぶやいた。

「こんなこと言いながら、ほんとは私こそ人一倍、ネットでの評価を気にしてるの。読んでると、胃に穴が開きそうになっちゃう」

「読まなきゃいいのに」

「そうもいかないもの。一応は知っとかないと、スポンサーや視聴者どころかオクダとだって闘えないし」

「闘うつもりなんだ」

「そりゃそうよ。私の脚本だもの、私が守らなくて誰が守るの」

　岩井が笑った。「あなたのそういうとこ、好きですよ」

「言うと思った。私は嫌いだけどね」

「どうして」

「自分で自分がめんどくさいから」

　岩井が頬杖をやめ、肘をついていた場所に手をついて上半身を起こした。

　いきなりうなじにキスを落とされた。ぴくっと震えた奈津の、肩甲骨に触れた指が、背骨の関節を一つひとつ数えるようになぞりながら這いおりてゆく。いちばん下は尾てい骨だ。岩井はそこにもキスをした。奈津の唇からもれる切ない吐息を聞いて、再びその気になったらしい。彼の息もせわしなくなる。

「お尻、上げて」

「え」

「いいから」

何をされるかは大体わかっているのに、わからないでいるふりをして、奈津はうつぶせのまま脚を引き寄せ、縮こまった。じっとしていると、

「早く」

と急かされる。

仕方なく、前のめりになって尻を持ち上げた。きっと今の自分はお城のてっぺんのシャチホコみたいに見えているのだろうと思うと、たまらなく恥ずかしくなる。

真後ろで、岩井が膝立ちになる気配がした。両の手でそれぞれ尻をつかまれ、左右に押し分けられる。そのまま入ってくると思ったのに、

「やっ」

奈津は思わず声をあげ、尻を落とした。そうさせまいとする岩井が両手に力をこめて引き戻し、なおもその部分に舌を這わせる。自分のものとは思えないような声が、喉から唇を割って続けざまにもれた。

「や……それやだ、お願い、やめて」

「なんで」

「だって、そんなとこ、汚いよ」

「さっきシャワー浴びてたじゃないですか」

「でも、」

「洗わなかったの？　ここ」

「洗ったけど、でも、」

ひっ、とまた声がもれた。岩井の尖った舌先が意思を持つ蛇のようにそこをつつき、潜り込んでくる。

全身に鳥肌が立つ。頭の地肌の毛穴がどっと開く。やめて、ねえやめて、と懇願しながらも、未知の感覚に足指が勝手に開いては、ぎゅっと丸まる。顔を埋めた枕を揉みくちゃにしながら、奈津は声を押し殺し、身体を震わせた。

「そういえば、AV男優のその人」と、わずかな合間に岩井がささやく。「ええと、なんていったっけ」

「白……崎、さん」

「そう。その人は、こういうことしてくれなかったんですか」

奈津は、激しくかぶりを振った。

「でも、後ろからは入れてもらったんでしょ。自分から今みたいな格好をしてさ」

答えずにいると、岩井は右手を尻から放し、その手を腿の間から差し入れて前の尖りも同時に弄り始めた。ああ、とまた声がもれてしまった。自分がどれほどはしたなく潤っているかがわかる。もうどうなったっていいと思うくらいの快感に翻弄され、奈津は両膝で地団駄を踏んで悶えた。

「ほら、答えて、なっちゃん」

前への刺激を強くされ、

「うん、した。したよ」

白状する。岩井の息がはっきりと荒くなる。

「じゃあ、こないだ行った時は？　何をされたの」

「も……全部、話したじゃない」

「いいから、もっと詳しく」

そんなふうに言葉で奈津を苛み、奈津のほうも抗ってみせながら、そのじつ、先月の終わりにまた白崎のスタジオを訪れた際の一部始終については、岩井もすでに承知している。何も隠さずに洗いざらい聞かせて欲しいという彼の頼みに応えて、奈津が打ち明けてやったからだ。

〈ナナミさんはこれまで、二人を相手にしたことってありますか〉

白崎卓也がそう言ったのは、二度目の施術の時だった。初めてのあの夜、終わって家に帰ってからも思いのほか虚しくならなかったので、しばらく後に再び予約を取ったのだ。

二人としたことはない、と奈津が答えると、白崎はにっこり微笑んで言った。

〈だったら、試してみませんか。たぶん、ナナミさんはあれ、好きになると思うな〉

想像し、脳裏にその絵がありありと浮かんだ瞬間、奈津は、慄いた。両耳の後ろ側の頭皮がずわんと痺れて冷たくなった。

三人、あるいはそれ以上の数でのセックス。世間一般ではそれをアブノーマルと位置づけ、おぞましいと評するのかもしれない。けれど……どうして白崎にはわかってしまったのか。じつのところ、まだ十代の後半だった頃から、奈津が毎晩眠りにつく前に思い浮かべるお気に入りの妄想の一つは、自由を奪われて複数の相手から犯されるというシチュエーションだった。いやだ、やめて、お願い許して、と泣いて抗いながらも、ついには快楽に引きずられて溺(おぼ)れてゆくという、それこそＡＶにありがちな設定を布団の中で演じては、ぞくぞくするほど感じ、自身を慰めた。思えばあの頃の自分には、まだいっさいの男性経験がなかったのだ。脚の間にどこか小昏(おぐら)い場所へと通ずる入口があるのはわかっていたが、そこに指を挿(さ)し入れるまでには至らなかった。外への刺激だけで充分過ぎるほどだった。

〈大丈夫。安心して下さい〉白崎は言った。〈呼ぶとしたって、僕の同僚です。撮影の時なんかもしょっちゅう組んで一緒にやってるから、阿吽(あうん)の呼吸っていうのかな。きっと愉しいよ〉

とんでもない世界に足を踏み入れようとしているという自覚はあった。まさか自分がそんな、との思いと同時に、もしやあの妄想が現実に、とも思って、想像するだに脈が奔(はし)り、心臓がきりきりと痛んだ。

「それで結局、誘いに乗っちゃったわけですね」

岩井が、奈津の尻に軽く歯を立てながら苦笑する。

ふと、いつか誰かに同じようなことを言われたのを思い出した。

〈なのに結局、買っちゃったわけか〉

そうだ。省吾だ。離婚届にサインをするのに、悩んだあげく一生ものの高価な万年筆を買い求めた奈津を前に、省吾はあきれたようにそう言ったのだった。

自分という人間は、一度でも性的に興味を持ったことについては、途中でいくら迷っても結局のところ試してみずにいられない生きものなのだと思っていた。実際は、性的興味だけではないらしい。何であれ、いったん心から欲しいと願ったものについては我慢などきかないのだ。最低だ。

「それで、どうだったの。気持ちよかったですか」

愛撫をやめないまま、岩井が執拗(しつよう)に訊く。全部知ってるくせに、と思いながら、奈津は息も絶え絶えに言った。

「……ん、気持ちよかった。たまらなかった」

「何が。どんなふうに」

「よ……四本の、手が、もう」

ふつうなら二本きりのはずの手が倍になり、身体のあちこちを這い回るだけで、頭が破裂しそうだった。刺激に対する脳の処理能力を超えてしまったのだろう。一人とキスを交わしている間にずっと下のほうで足指を別の口にくわえられると、危うく失禁(しっきん)してしまいそうになった。快感の電流が皮膚(ひふ)のすぐ下を縦横に走る。志澤一狼太と媚薬を試したあの時と比べても、快楽そのものは遥かに深く、濃く、鋭かった。半狂乱になり、浜に打ち上げられた魚のように跳ねまわり、喘ぎ声も汗もそして潤みも、溢れてあふれて止まらない、そんな状態になっても頭の隅のほうには一センチ四方ほどの正気が居座っていたが、そのかすかに正気の自分があきれ返ってしまうくらい歯止めがきかなかった。手も足もない真ん丸な物体になって、急な坂道をどこまでも転がり落ちてゆくかのようだった。

「もう、入れていい？」

奈津の許可を得て、岩井がようやく自身を挿入する。押し分けて入ってくるものは例によって硬度が足りなかったが、奈津は、やや大げさに盛って声をあげ、背中をのけぞらせて腰を震わせた。それだけで、中のものが少し大きくなる。

荒い息もそのままに、後ろで岩井が言う。

「いっそのこと、そのへんの話も小説にしてみて下さいよ。この間の、従弟とのやつみたいにさ」

どきりとした瞬間、奈津のそこが収縮したらしい。締め付けられた岩井が低く呻く。

彼の言った〈従弟とのやつ〉とは、ちょうど今、ある月刊小説誌に掲載されている短編のことだ。タイトルは「蜩」。脚本家としての筆名・高遠ナツメではなく、「高遠奈津」の名義になっている。〈なんかそこは分けといたほうがいい気がする〉という、岡島杏子の漠然とした助言に従った結果だ。

「……読んだの、あれ」

「そりゃ読みましたとも」奈津の腰を後ろから両手でつかまえ、ゆっくりと抜き差ししながら岩井は言った。「次の号に載るって、あなた言ってたじゃないですか。だから、出た日にす、すぐ買って読んで、それからもう何回繰り返し読ん、読んでるかな」

　何かに集中して熱くなると、吃音（きつおん）がいつもより顕著（けんちょ）になる。本人に言ったことはないが、奈津にはそれがそこはかとなく好もしい。うなじを愛撫されているようなこそばゆい気持ちにさせられる。

「今だって、かばんに入ってますよ」

　言うなり、ベッドの下に置いてある自分の書類かばんに手をのばす。挿入が浅くなり、ぽろりとこぼれたが、岩井は気にせずかばんの中から掲載誌を取り出し、ぱらぱらとめくって目当てのページを開いた。

「感想、き、聞きたいですか」

　べつに、と答えそうになったものの、奈津は思い直した。うつぶせから仰向けになり、上掛けを引き寄せる。

「……うん」

「正直なやつ？」

「うんと正直なやつ」

　岩井がふっと笑った。

「よかったですよ、すごく」

「どういうところが？」

「やっぱ、会話の部分はさすす、さすがだなと思わされましたしね」

「そこは褒められてもあんまり嬉しくないかな」

「なんで」

「褒められ慣れてるから」

岩井はぷっと噴きだした。

「あとは、そうだな、地の文章にはまだ少し生硬なところもありましたけど、主人公の心理描写なんかはこう、ぶっ飛んでるのに説得力があって面白かったです。あなたにしか書けない小説だと思いました。もっと他、他のも読みたい、って」

「ほんとに?」

「嘘は言いません」

学生の頃から岩井は、かなりの読書家だった。小難しい哲学書や思想書も読めば、古典や純文学や大衆小説なども片っ端から読んでいた。今は舞台や映画などの専門誌にいて、署名入りの記事を書いている。その彼の評なら、信じてもいいのかもしれない。

「ありがとう。嬉しい」

素直に礼を言うと、岩井は面白がるような表情で手を伸ばし、よしよしと奈津の頭を撫でた。

「ちなみに、岡島さんの感想はどうだったんですか」

奈津は苦笑した。

「なんか妙に喜んでくれてた。同じくらいの長さのを五、六本書いたら単行本になるとか言って」

「や、書いてほしいな。今回みたいな、め、めちゃくちゃいやらしいやつ」

そう言うと、岩井は再び奈津をうつぶせにし、手足を突かせた。その背中に、まるで机に本を広げるかのように小説誌をひらいて載せる。

「え、やだ、なに？」

「じっとして」半分しおたれていた自分のものを何度か奈津にこすりつけ、あてがう。

「あなたのは、ほんと、途中で乾かないでくれるから助かります」

とぼけたことを言いながら押し入ってきた。何に興奮したのか、先ほどまでよりずっと硬い。

「なっちゃん」

「ん……」

「ここに書いてあるようなこと、本当にその従弟としてみたかったの？」

答えずにいると、抜き差しが激しくなった。背中に載ったままの雑誌がずり落ちそうになる。岩井が片手で押さえ、中の文章を音読し始めた。

「〈私は、はっとなって指の動きを止めた〉」

「やだ、なんで読むの」

「〈浩（ひろし）の寝息が聞こえない。いつのまに止んでいたのかわからない。気持ちよさを追いかけるのに夢中で気づかなかった。ほどなく、衣服のこすれる音とともに彼が起き上がるのがわかった。呼吸すらできずに身を固くしている私を、暗がりを透かすようにしてじっと見つめると、彼は言った。『へえ。ハル姉ちゃんでも、そんなことするんや』〉」

淡々と読みあげながら、岩井が奈津の後ろをそろりと親指の腹で撫でる。条件反射のように奥が収縮し、奈津は呻いた。今度は演技ではなく、腰がかくかくと痙攣する。

「〈『ほら。止めんでええから、続きしてみ。俺の目の前で、姉ちゃんが自分でしてるとこ見してよ。なあ』一点を見つめて動かないその目は、もはや従弟のものではない〉」

関東で生まれ育った岩井が読む大阪弁のイントネーションは少しおかしい。それでも奈津の脳内には、書いていたときに自分が思い浮かべていた妄想がもう一度ありありと広がっていた。もちろん実在の従弟の顔や軀、そして声もだ。

「いやらしいですよねえ、このへんの描写。ほんとにあ、あったことみたいに書いてある」

「な……いよ、何も」

「でも、したかったんでしょ、こういうことが。従弟の、ええと、浩じゃなくて、武くんでしたっけ？　ちょっと聞いただけでも、あなたの好みど真ん中ですもんね。ガタイが良くて、乱暴に見えるけどほんとは優しい、みたいな。わり、わりと少女趣味なんだよな、あなたって」

「え？」

「でも、それだけじゃいやなの」

「獰猛な感じの色気がないと駄目なの」

「武くんは色っぽかったんだ？」

「そうだね。すごく」

「なるほど。そのへんは、この短編にも表れてますよね。ついでに言うと、しょ、処女作とは思えないくらい濡れ場が良く書けてましたよ。何べんオカズにさせてもらったか」

背筋を軽く引っかかれ、奈津は身をよじった。

「何度も読んだって、そういうこと？」

「それだけじゃないけど、そ、それもあります」

強くぶつけるように突かれ、声が出た。いつもよりそれこそ乱暴に思えるのは、小説の影響だろうか。実際の従弟と、というより奈津の中の妄想と張り合うかのように、岩井が腰を使う。悪くない。

「後ろから犯されるの、好きですもんねえ、なっちゃんは」

声もなくがくがくと頷いてみせながら、少し違う、と思う。前から抱かれたのではサイズの足りない男には、後ろからしてもらうと奥まで届くようになるのだ。逆に、もとからサイズに申し分のない男に後ろから激しく突かれると、ただ痛いばかりであることも多い。生理の前、子宮口が腫れぼったい時ならなおさらだ。

まっすぐについていた腕を折り、枕に頬を埋める。背中のスロープを滑り落ちてきた小説誌が、肩のあたりでばさりと音をたてる。

〈書き上げたら憑き物が落ちたみたいに吹っ切れてるかもしれない〉

書く前に、そう言って奈津を焚きつけたのは杏子だった。

〈ま、逆の場合もあるけどね〉

自分はどちらだったのだろう。いざ書き始めてみれば言葉は次々にあふれ出し、結局は原稿用紙にして五十枚近くにもなった。書いている間じゅう、頭の中に現実とは別の世界が丸ごと居座っているのは脚本の時と同じだが、書き終えた後までもずっと軀の内側を侵食されているように感じるのはこれが初めてだった。その場の情景や登場人物の表情、声色、皮膚感覚といったものまで、ドラマや映画のようには映像に頼ることが出来ないぶん、すべてを一つひとつ言葉に置き換えていかなくてはならない。その過程は、まるで自分の身体にいちいち深く爪を立ててゆくかのようで、終わってからも爪痕は容易に消えないのだった。

小説に書きつけたことが、現実と同じくらいの強度を持って今も身の裡に残っている。最初から最後まで思い描いていた顔や、声、体つきまでがぜんぶ武のものだったせいで、主人公が抱かれる場面で描写した快楽の極みまでが、あたかも実際に起こったことのように感じられてしまう。大きな身体に組み伏せられ、脚を開かされ、有無を言わさず押し分けられてゆく感触。内臓の内側をこすり上げられる、異様なまでの快感……。

いつも思うことだが、肉体の快楽は、じつは肉体のものではない。軀が感じるのはただの刺激であって、快楽を感じるのは脳であり心だ。

後ろから抜き差しされる岩井の持ち物は、妄想の中のそれには足りないのに、関係なかった。房総の実家で再会したあと、武を思い描きながら自分を慰めたことは何度もあったけれど、そのどの時よりも深く感じられたのは、岩井があえて無言のまま刺激だけを与え続けてくれたおかげだろう。

ぎゅっと固く目をつぶり、舐めるように快楽を味わい尽くす。自分もまた声を押し殺せば押し殺すほど、秘密の関係、ほんとうは許されない禁断の関係に溺れきってゆく感覚が味わえて、谷底へ落ちるかのように背筋がぞくぞくする。

やがて、岩井が先に限界を迎えた。放出の許可を求める情けない声が、おもらしを許える子どものようで可愛らしい。もうとっくの昔に恋ではないけれど、いつでも肌を重ねられるのは、根っこにこの愛しさがあるせいかもしれない。

タイミングをぴったり合わせ、自分も達するふりをしてみせる。最後まで駆けのぼることはやはり叶わなかったが、折り重なるようにくずおれた後は、息をするのも億劫だった。

「……なっちゃんも、いった？」

訊かれて、奈津は殊勝に頷いてみせた。中への刺激で達したことが実際にはほとんどないだけに、それがなくても満足はできる。少なくとも脳では充分に達したと言い切れるほど、思いがけず充実したセックスだった。

「俺ね」息を整えながら、岩井は奈津の顔を覗き込んで言った。「俺、わかった気がします」

「え。なにが？」

「あなたはさ。だ、誰と寝るより、頭の中の妄想と寝るのがいちばん興奮するんだ」

ぎょっとなった。

「だってほら、想像力が半、半端じゃないでしょ。逆に言ったら、現実の男なんか誰も、あなたの妄想の産物には追いつけない。どんなに屈強な男が、それこそ二人三人がかりで縛りつけて言葉責めしながら犯そうと、あなたはきっと本当には満足できないんですよ。自分の妄想のほうが、も、もっとずっといやらしくて凄いから」

言い当てられたことに寸分の間違いもなかったが、奈津は、首を横に振ってみせた。

「そんなこと、ないよ」

「そうですか？」

「今の先輩とのあれ、すごく気持ちよかったよ」

「そりゃそうでしょ。誰を思い浮かべてました？」

ほんの二手で手詰まりだ。

すると、岩井が優しい顔で笑った。

「いや、俺はちっとも嫌じゃないですよ。なっちゃんを抱いてる時、俺は他の女性のことは想像しないけど、俺のすることにここまでび、敏感に反応してくれるのはあなたが初めてだから、めちゃめちゃ興奮します。目の前のあなたをいっぱいいじめてイイ声を聞かせてもらうことで、自分がまるで、ぜ、絶倫男にでもなったみたいな気分を味わえる。それだって、妄想の一つでしょ。お互いさまってやつです」

見下ろしてくる岩井のまなざしは柔らかい。睫毛が長く、鼻のあたりは丸っこく、手足の長さによる印象も合わさると、まさに〈キリン先輩〉だ。

奈津は、まだ重くてだるい腕を持ちあげ、そっとさしのべて彼の頬を撫でた。

「うん？　どうしました？」

「優しいね。先輩は」

「いや、そういうわけじゃないですよ。部下にはよく、冷たいって叱られてます」

「そうなの？」

「あなたが俺を優しいと思うんなら、たぶんそれは、俺があなたのことをとても好きだからでしょう」

どもらずにまっすぐ言った後で、岩井がふっと寂しそうに微笑む。

「うーん、そんな困った顔をされるとなあ」

「ごめんなさい」

「またいじめたくなるじゃないですか」

「え、もう無理」

「冗談ですよ。俺だってさすがに限界です。でも、また遊ぼうね」

そう言って遠慮がちに抱きしめてくる岩井の痩せた背中を、奈津は、なだめるように撫でた。自分の中にある彼への愛情をありったけ集めて、指先に込める。子どもをあやす母親のような気持ちだった。

汗がひいてくると、入れ替わりに時間のことを思い出す。ラブホテルの部屋にはたいてい時計がない。そろそろ身支度をしないと、大林のほうが早く帰ってきてしまうかもしれない。

外でこんなことばかり繰り返しているくせに、どうしていまだに大林といるのだろう。彼が触れてくれないことをたまらなく寂しく思い、時には恨みにも思いながら、その機嫌だけは気になる自分がわからない。

第四章

人間、三十も過ぎれば当たり前に分別がつくものと思い込んでいた。仕事の面でも恋愛の面でもめったなことでは揺らがず、乱れず、おそらくそのあたりをピークに心も体もゆっくり枯れてゆくのだろうと想像して、恐れる半面、早くそこを越えて楽になってしまいたいと思っていた。若かった頃の話だ。

〈四十にして惑わず〉という言葉がある。多くの人間にとって、四十という年齢がまさに惑いや迷いのさなかにあるがゆえの戒めなのだろうと、いま奈津は思う。

脚本家〈高遠ナツメ〉が、ある映画作品で複数の賞を受賞したのは、ちょうど四十歳になった秋から冬にかけてのことだった。夫のモラル・ハラスメントに苦しむ女性の、新たな恋と自由への逃走を描いたその作品は、某映画賞における最優秀脚本賞に加え、新聞社、そして映画雑誌などが主催するコンクールにおいても賞を受け、映画そのものもヒットしたおかげで、奈津の身辺はにわかに慌ただしくなった。賞などという他人からの評価はあくまでも後からついてくるだけのものであって、自分の本分はいま目の前にある仕事に集中することだ……それがわかっていながらも、同じく主演女優賞や助演男優賞、監督賞などを受賞した仲間と分かち合う喜びは、何ものにも代えがたいほど誇らしいものだった。

映画賞の発表方式は、大きく分けて二種類ある。ノミネート作品すべてのスタッフが一堂に集まった会場で結果が発表されるかたちのものと、あらかじめ選考結果が発表された上で後日あらためて授賞式が執り行われるものだ。いずれにしても奈津は、二カ月ほどの間に三度の大きな式とパーティに出席しなくてはならなくなった。内輪での祝賀パーティも含めればそれ以上だ。

「でも、来る人の多くは重なってるもんね。そのつど何を着て、どんなスピーチをするか、別々に考えなくちゃいけないのがけっこう大変」

まったく予想もしていなかった三つめの受賞が決まった翌日の晩、奈津は大林とともに店のカウンターに並び、シャンパンのグラスを合わせた。

「贅沢な悩みだな」

と、大林が微笑する。

「ほんと。よその人には言えないね」

この夜は、二人きりでささやかな祝杯をあげることにしたのだった。有名ホテルの最上階にある鉄板焼の名店を予約し、ふだんよりもドレスアップして出かけた。恰幅のいい大林には、イギリス製よりもイタリア仕立てのスーツがよく似合う。無精ひげもそのままに、伸びた髪を後ろで束ねていると、マフィアのボスのように見えてなかなかの男ぶりだ。奈津のほうは、黒地に小さな水玉のワンピースを選んだ。久しぶりのハイヒールに背筋まで伸びる気がする。

アミューズに続いて、目にも美しい小品の盛り合わせが運ばれてくる。続く料理への期待がいやが上にも高まる。途中で煙草を吸いたがる大林に合わせて選んだ席は、奥まった一角にエッチングガラスの仕切りを立てて隔離(かくり)されており、ほかに客はカウンターの向こう端に二人いるだけだ。シャンパンをグラスに半分飲んだだけで耳まで真っ赤になった奈津は、残りを大林に引き受けてもらい、クランベリーのノンアルコール・カクテルを頼んだ。

ふと、まっすぐに奈津の目を見て、大林が言った。

「あなたは、凄いよ」

「え、なあに、急に」

「いや、一つめの受賞から二つめ、三つめに至る間はさ、俺、そばにいてほんとに興奮した。震えるくらいだった」

口もとに微笑はあったが、まなざしは真剣だ。奈津は、ふふ、と笑った。

「愉(たの)しんで頂けましたか」

「うん」

「それはよかった」

分厚いフォアグラが、鉄板の上にそっと置かれるなり、じゅうっといい音を立てる。大林はグラスワインの白をオーダーし、奈津はガス入りの水を頼んだ。舌の上にのせて口を閉じただけでトロリとろけるフォアグラのソテーに続いて、濃厚な味噌(みそ)の詰(つ)まっている伊勢エビのグリル。奥歯の間で数種類の粒胡椒(つぶこしょう)が弾(はじ)け、爽やかな香りが鼻へと抜ける。二人とも、まるで苦痛に耐えるかのように身をよじったり、眉根を寄せて目を閉じたりなどして味わいながら、どんどん食べた。進みの速さに若いシェフが驚くほどだった。

口直しのシャーベットのあと、メイン料理を待っている間に、奈津は言った。

「ありがとね」

「何が？」

「いろいろ」

「俺はべつに何もしてないよ」

「そりゃ、書いたのは私だよ。それはそう。だけど、いろんな意味で、あの作品を書き上げられるだけの環境を整えてくれていたのはあなただったから」

「執筆時間を邪魔しないように朝帰りするとか？」

「それだけじゃなくて……」奈津は苦笑した。「ほら、書いてる途中で、何が気に障ったのかわかんないけど志澤先生がうるさいこと言ってきたこともあったし」

「ああ……。うん、あったね」

大林にも苦笑が伝染する。

映画の脚本の執筆がいよいよ佳境にさしかかった頃のことだ。奈津が、演劇の専門誌に寄稿したコラムの内容が気に食わないと言って、突然、志澤が怒りのメールをよこしたのだ。

なるほど、今の演劇界のあり方について、受け取りようによっては耳の痛いことを書いたかもしれない。演出家としての志澤には、それが自身への否定と感じられたのだろうか。

かつての恩師からのそのメールは、しかし何度読んでも的外れのいちゃもんのようにしか思えなかった。それがかつて情を交わし合った相手の書いたものだと思えばなおさら、腹が立つよりも情けなさのほうが先に立ち、適当な返事を返したきり無視していると、今度は大林宛てに奈津の批判をえんえんと書き連ねたメールを送ってきた。

最近の彼女の慢心は目に余るな。売れること、大衆に迎合することばかりを考えているから、創作物に不純物が混じって濁るのだ。自己満足と自己憐憫に満ちた作品しか書けていないのはそのせいだ。おそらく、お前という男を飼うことで、女として満たされてしまっているのが原因ではないか。いっそお前にゴミ屑のように棄てられれば、彼女ももう少しまともな作品を書けるのかもしれないが。

お前も、役者でいるより脚本家としてやっていきたいと言うのなら、いつまでもあの女に飼い殺しにされていないで、そろそろ本気で奮起したらどうだ。

奈津は、その文面を読ませてもらった。知ったふうな口を、と思った。女として満たされてなどいるものか。大林には言わなかったが、素直に頷くことができたのは最後の一文だけだった。

とはいえ、

「あの時も、あなたにはずいぶん守ってもらったよね」

「うん？　そうだったかな」

と、大林がとぼける。

「私はともかく、あなたにとって志澤さんは、絶対に敵に回したくない相手でしょ？　そういう人に対して、私の尊厳を傷つけたり貶めたりせずに、うまいこと魂鎮めのメールを書き送るって、並大抵の苦労じゃなかったと思う。あなたでなかったら、きっとできなかったよ」

鉄板の上の肉に、空中高くからスパイスが振りかけられる。かぶせられた銀色のドームを眺めながら、大林はクリスタルの灰皿を引き寄せ、煙草に火をつけた。

「そういう側面もまああったかもしれないけどさ。でも結局、あなたが自分で選んでるんだよ」

「選ぶ？」

「そう。あなたは、その時その時、自分が書くために必要な男を本能的に選んでそばに置いてるんだよ」

「それってつまり……」奈津は考え考え言った。「地歩を固めるための十年間ほどは、前の旦那さんの献身を必要として……思いきってその支配を離れて家を出るためには、飛び込み台みたいな役割の志澤先生を必要として、そのあと、彼に突き放されたところから立ち直って書き続けるためには、岩井先輩みたいなどこまでも優しいひとを必要とした……というようなこと？」

奈津の過去をひととおり知っている大林は、煙に目を眇めて頷いた。「ま、そういうことだね」

「私としては、書くために選んでいたつもりはないんだけどな」

「でも、そうなんだよ。結果としてはそうなってるでしょ」

きっぱり言われてしまうと、反論は難しい。

「だからさ、今回の映画の脚本を書き上げる間、俺がそばにいて何らかの役に立ったとしたら、それだって、あなたがあらかじめ書き手としての本能で俺を選んだからだよ。そういうのも含めて才能ってことなんじゃないの?」

奈津は、黙った。それこそ書き手としての自尊心は満たされる半面、女としてはいささか寂しくさせられる意見だった。けれど、この男のこういうふうなものの見方や考え方を、けっこう気に入っているのも事実なのだ。

「そう、なのかもしれないね」と、つぶやく。「でもね、今もこうしてあなたと一緒に暮らしてるのは、書くためだけじゃないから。それは、信じてくれると嬉しい」

ふっと大林が笑う。

「大丈夫。わかってるつもりだよ。言いたい奴らには言わせておけばいいんだ」

厳選された野菜のサラダやソテーとともに、フィレ肉のステーキが、美しい磁器の皿にひらりと盛られる。角切りの肉をゆっくり嚙みしめると、熱い肉汁が奥歯から歯肉に染みわたった。〆のガーリックライス、赤だしの味噌汁と漬物に至るまで、二人ともぺろりと平らげる。さらにデザートは別室へ通され、栗のクレームブリュレとチョコレートのアイスクリーム、そしてコーヒーと紅茶が供されるのだった。

「ああ、旨かったねえ」

頭に浮かんだことがそのまま口から出た、といった様子の大林を見て、奈津も心の底から満ち足りる。

自分にとっての喜ばしい出来事を、自分以上に喜んでくれる相手と一緒にいられて、他に何が不満だと言うのか。望んではばちが当たる、と思った。

怒濤の数週間が過ぎてゆき、最後の賞の授賞式とパーティがようやく終わった。

ただ仕事で忙しいだけの日常が戻ってきたある夜、奈津は、馴染みのプロデューサー・三波らとともに打ち合わせを兼ねた食事をし、連れだって近くの小さなバーへと流れた。

と、メインの席で女性たちを侍らせていた老人が、三波を見るなり片手をあげた。

「おう」

「うわっ、綿貫先生！」

三波がおおげさにのけぞる。いや、おおげさではなかったのかもしれない。八十歳を目前にして艶福家で知られる綿貫総次郎は、業界の重鎮であり、何より、奈津が受けた賞の中でも最も権威と知名度のある賞の選考委員長だった。これまでも、テレビ局のパーティなどで会えば必ず挨拶はしてきたし、半月ほど前の授賞式の際も丁寧に礼を述べたが、一度も親しく話したためしはない。畏れ多くて、そばにも寄れなかった。

「改めまして、その節はどうもありがとうございました」

奈津が深々と頭を下げると、御大は破顔一笑して手招きをした。

「堅苦しいことはいいから。ここへ座んなさい」

気を利かせたホステスが立って席を空ける。奈津は、綿貫のすぐ隣におそるおそる腰を下ろした。

「あらためて、おめでとう」奈津の肩をばんばんと叩きながら綿貫は言った。「いやあ、あなた、亭主と別れてよかったねえ！」

驚いて顔を見やる。「どうしてそれを」

「なあに、選考会の席で、みんなが噂していたんだよ」

歳を感じさせない朗々とした声で、綿貫は言った。何かの会合の帰りなのだろうか。りゅうとした着流し姿はさすが板に付いている。

「噂……ですか？」

奈津が訊き返すと、目尻に皺を寄せ、にやりと口もとをゆがめて頷いた。

「あなた、亭主も家も、何もかも置いて飛び出してきたんだって？　それから後はまるで吹っ切れたみたいに腹の据わったものを書くようになったって、審査員のみんなが舌を巻いていたよ。うん。受賞したあの作品も、女のひとの偽りのない本音をね、あれだけの身体感覚をもって、しかも冷徹な分析とともに書いてのけるというのは、いやあなかなかたいしたもんだ。今どきのこの業界を、まあ見てごらん。俳優はともかくとしても、脚本家にせよ、演出家にせよ、男どもは軒並み腰砕けじゃないか。あれは、頭でばっかり考えて仕事をするからなんだね。それだけに、あの脚本はじつにインパクトがあった。うん」

もったいない、とはこういう気持ちを言うのかと奈津は思った。

「……ありがとう、ございます」

答える声が震える。

「おや、なんだ。作品に比べて、本人はずいぶんとしおらしいんだな。その落差もまたいいじゃないか」綿貫は呵々と笑った。「なあ、高遠くん。あなたは、その調子でどこまでも突っ走りなさい。どんどん身体を張って、腹を括って書くといい。万が一いつか書けなくなったら、また男と別れて踏み台にして次へ行けばいいんだ。そうしたらまた何かしら書ける。僕だってそりゃあたくさんの女性とねえ……」

もう、センセ、と横からバーのママが袖を引き、こちらに微笑みかけながらおしぼりを差し出してくれる。後れ毛の一つまで計算された完璧な横顔に、奈津はぼんやりと見入った。もしかしてこのひとも……などと、詮索するだけ野暮というものだろう。

おしぼりの心地よい熱さが沁みる。それとともに、たったいま綿貫総次郎が手渡してくれた、何の思惑もなければ損得も駆け引きもない言葉もまたじわじわと沁みてくる。

何か、吹っ切れるものがあった。この道を行ってよし、と創作の鬼に背中を押される心地がした。

自分で思うよりもずっと、志澤一狼太からの意見や評価が心の底に引っかかっていたことに気づかされる。かつて新人脚本家として世に送り出してくれたのも、夫の支配を離れる手助けをしてくれたのも志澤であっただけに、男としての彼に幻滅して以降も、鬼才の演出家としての彼に対してはまだどこかで、〈先生〉と慕っていた頃の気持ち、崇拝の残滓のようなものが残っていたらしい。おそらくそれは、志澤の側でも同じだったのではないだろうか。仕事の面では自分が世に出し、性愛においては自分が開眼させた女。見くびり、上からものを言う癖がついていたとしても不思議はない。

耳に心地よい意見だけを取り入れようというのではない。だが、高遠ナツメに、高遠ナツメ以外のものになれと言われても無理だ。そのかわり自分は、高遠ナツメ以外には書けない作品を書いてゆくしかない。

身に余る賞でも、受けてしまった以上は恥じないだけの仕事をしなくてはならない。その思いの強さやプレッシャーが、さらにまた上へと書き手を押し上げてくれる。賞などというものはきっとそのためにこそあるのだろうと、奈津は、綿貫からワインを注いでもらいながら、噛みしめるように思っていた。

*

ずいぶんあとになってからも、様々な人から同じ質問を受けた。

〈いったいどうしてそういうことになったの?〉

しかし奈津自身、いくらふり返っても、はたして何が一番の決め手だったのか、はっきりとは言葉に出来ない。状況全体を見渡しての判断、というのがまだしも事実に近いかもしれない。

ただひとつ言えるのは、たとえば、立て続けの受賞の昂揚がもたらした衝動的な選択などではなかった、ということだ。頭の中はとてつもなく冷静だった。当の相手を前にその話を持ち出した時も、まるで企画会議で自分のアイディアを通そうとする時のように醒めていた。

大林の誕生日の、それは前夜、いや明け方のことだった。

例によって行きつけのプール・バー『次元』から帰宅した彼は、

「あー、眠い」

雑誌を片手にベッドに転がった。寝る前には風呂に入らない。彼の入浴はいつも、昼前に起き出してからだ。

奈津はそばへ行き、冗談と真剣の中間くらいの口調で言った。

「ね、そんなに眠い？ もう全然もたない？ ちょっと話をするのも眠すぎて無理って感じ？」

ひろげた雑誌越しにじろりとこちらを見た大林が、苦笑しながら雑誌を閉じ、かたわらに置く。

「なに？」

そばの机の上から二つ折りの紙ばさみを取り、奈津はベッドに這い上がった。たちまち環が寄ってきて甘えるのを抱きかかえながら、大林の左隣に横たわり、紙ばさみを手渡す。胸の上でそれをひろげた彼が、えんじ色の枠で囲まれた書類を目にするなり、一瞬、絶句した。

「……ふうん。このところ、何かしきりに考えこんでるのはわかってたけど、なるほどね。こういうことだったわけだ」

声は平静だった。

書類の右半分には、すでに奈津の名前と必要事項を書き込んである。左半分だけがまだ真っ白だ。

「いかがでしょう、か」

すると大林は、紙ばさみをたたんで先ほどの雑誌の上に置いた。太い左腕を奈津の首の下にさしこみ、ぐいっと抱き寄せる。酒と煙草と、汗の匂いが近くなった。

沈黙は、おそらく二分程度だったろう。奈津には長い二分間だった。

「俺は、正直、すごく嬉しいよ」

と、やがて彼は言った。迷うような口ぶりだ。

「異存は、ない。けど……」

「けど？」

再び、言葉を探すための沈黙。

「けど、なに？」

「俺で、本当にいいのかな、とも思う」

「どういう意味で？」

「自信がないってわけじゃないんだ。逆に、俺なりの自負だってある。けど……あなたには、名前があるでしょ」

「名前？」

「そう。脚本家としての名前と立場がさ。あなたという女性と結婚することについては、何の心配も不満もないよ。だけど、〈高遠ナツメ〉の夫という立場を、俺が担うのがはたして正しいのかどうかって考えるとさ。正直、迷いがないわけじゃない」

「不安、ってこと？」

またしても、黙りこむ。

奈津もまた、黙っていた。大林を説得して押し切るような形にはしたくなかった。じつのところ、長く一緒に暮らしてきた間には、同じような相談がもちあがったことはあったのだ。もっと漠然とした架空の話ではあったが、そのとき彼は言った。

〈俺のほうには奈津との結婚を望む気持ちがあるけど、それを自分から言える立場じゃないこともわかってる。あえて卑しい言い方をするなら、結婚して得をするのは俺のほうばっかりで、俺の側から奈津に対して、少なくとも形のあるものは何も与えられないでしょ。それってフェアじゃないと思うから〉

普通に考えれば、身の程をわきまえた男の殊勝な物言いと受け取るべきなのかもしれない。けれどその時の奈津には、素直にそう思えなかった。

――これから先も俺は自分のやり方を変えるつもりはないけど、それでもいいならどうぞ。

そんなふうに聞こえてしまった自分は、ひねくれているのだろうか。卑屈なのだろうか。

「哲也にいさんは、何か言ってた？」

と、大林が訊く。ほんのしばらく前に、授賞パーティや二次会で顔を合わせたばかりだから、なおさら気になるのだろう。

「兄貴が何て言おうと、私の意思とは関係ないけど……」一応前置きをしてから答えた。

「賛成してくれたよ」

「嘘だ。そこは、反対するのが普通でしょ」

奈津は、大林の腕枕の上でかぶりを振った。

実際には、哲也はこんなふうなことを言ったのだった。

〈結婚なんてものはさ、頭でいちいち考えてたら出来るものじゃない。もっと野蛮なものだと思うんだよ。おまえだけが一方的に彼を望んでるんじゃなく、彼のほうでもおまえのことを欲しいって言ってくれるんなら、俺が言うことは何もない。これはおまえが離婚するときに言ったのと同じセリフになっちゃうけど、要するに俺としては、おまえが幸せなら、それがいちばんなんだよ〉

人一倍ロマンチストの哲也らしい意見だった。

「じゃあ、房総のお父さんは？　訊いてみた？」

「吾朗さんは、いつものあの調子。『してもせんでも今のおまえたちの関係にたいして変わりはなかろうし、まあええんやないか？』って」

彼がくすりと笑う。「ふうん」

『それでも、あえて婚姻届を出すということはつまり、これから先も二人でこの関係を続けていく努力をしますという決意表明ではあるわけやから、そういう覚悟を決めることで、互いの間がいい意味で安定するということはあるやろう。どっちにしても、あとはおまえと彼とで決めるこっちゃ。親の出る幕ではないわな』ってさ」

大林がまた黙る。奈津は、続けた。

「この際だから言っちゃうとね。杏子さんにもこの間、打ち明けてみたんだ。じつはこういうこと考えてるんだけど、どう思う？ って」

「なんて言ってた？」

「『反対する理由は何もないわね』って」

「……そっか」

「私からいざ提案を受けたあなたが、はたしてどっちの道を選ぶかはわからないけど——つまり、案外軽やかに『いいよ』って答えるか、『やっぱり自由な立場でいたい』って断るかはわからないけど、杏子さんとしては、あなたと私の二人ともに、なくすのが怖いって思えるものをあえて抱え込んでみてもらいたい気がするんだって。そういうものを持つと、ひとは弱くもなるけど豊かにもなる。その経験は私たちを、役者としても脚本家としても、もちろん人としても大きくしてくれるだろうからって——そんなふうに言ってた」

「……なるほどね」

大林が三たび黙り込む。奈津は、ゆっくりと仰向けになり、天井を見上げた。

実際には、岡島杏子はもっと沢山のことを言ったし、最初から賛成してくれたわけでもなかった。

〈だってあなた、一度失敗してるのに、また繰り返す意味があるの？　それ以前に、本当に大林くんでいいの？　今になってわざわざ結婚なんかする理由は何？〉

奈津は、答えた。〈解放されたいの〉

〈解放？〉杏子は怪訝な顔をした。〈何から？〉

〈セックスから。っていうか、身体のつながりにこだわってしまう自分自身から〉

正直な気持ちだった。

女の側から欲しそうにされると、やる気がなくなる。部屋が明るいとその気になれない。だって奈津、最近太っちゃったじゃん。……エトセトラ、エトセトラ。そこまでくれば奈津も納得するしかなかった。要するに大林には、その気がないのだ。

〈あっきれた〉杏子は言った。〈それがわかってるのに、どうして？　今だってごくたまにしかしてないんでしょ？　これで結婚したら限りなくゼロになるわよ、それでもいいの？〉

〈よくは、ないよ。だけど、言ったでしょ？　セックスのあるなしにとらわれて、いちいちぐるぐるしたり落ち込んだりする自分がいやなの〉

〈それで、解放？　なんだか、大林くんとの結婚イコール尼寺みたいに聞こえるんだけど〉

奈津は笑って続けた。

〈たぶん、相手が誰だろうと同じことのくり返しだろうと思うんだ。相手がたとえ大林くんじゃなく別の人でも、身体のつながりなんてどうせいつかはなくなる。それを思えば、ね。この先の人生を誰かと一緒に過ごすなら、身体の相性より、言葉がちゃんと通じる人を大事にしていくべきじゃないかなって。いくら話しても言葉が通じないっていうのがどれくらい虚しいものかは、省吾とのことでよくわかってるけど、少なくとも大林くんとの間でそういう通じなさを感じたことはまだないから〉

ひととおり話を聞くと、杏子は、ようやく頷いた。

〈わかった。そこまで考えてのことなら、反対する理由はないよ。私だって、大林くんのことは個人的に好きだし、日本の男にしてはなかなか可愛げがあって面白いやつだと思うしね。でもまあ、究極、綿貫大先生のおっしゃる通りなんじゃない？　いざとなったら、また別れて踏み台にしてさ、あなたはどんどん先へ進めばいいのよ〉

ベッドの隣、大林が身じろぎをする。沈黙に耐えきれず、奈津は頭をもたげた。

「ねえ、誤解しないでね。私、自分の考えに自信が持てないからみんなに訊いて回ってたわけじゃないんだよ。ただ、私のくだそうとしている判断を、大事なひとたちはどう思うんだろうと思って、とりあえず感想を聞いてみたかっただけなの」

「うん」大林は言った。「わかってるよ」

また黙り込む。

さすがにしびれを切らし、それで肝腎のあなたの気持ちはどうなのよ？　と訊いてしまいそうになった時だ。

「ちょっと、煙草取ってくるわ」

言うなり、大林が奈津の首の下から腕を引き抜き、起きあがった。足早に二階のフロアを横切り、ぺたぺたと階段を下りていく。

それきり、待っているのになかなか戻ってこない。奈津は、枕もとで丸くなっていた三毛猫のほうへ寝返りを打ち、小声で言いつけた。

「どう思う、環さん。曲がりなりにもプロポーズされたんだから、もうちょっとくらい何とか言いようがあると思わない？」

それについては、翌日になって判明した。煙草は、どうやらカムフラージュだったらしい。

「あの時、ほんとは俺、感極(かんきわ)まっちゃってさ。泣いてるとこ見られるのは恥ずかしいから、ごまかして逃げたんだけど」

バレてなかった？　と訊かれ、全然わからなかったよと答える。口には出さなかったが、胸の裡(うち)では小さなため息がもれた。

（そういうことを、自分から言わなければいいのに）

ちなみに、感極まってのセックス、などということはやはり起こらなかった。

共通の友人夫婦に頼んで婚姻届の証人欄にサインをしてもらい、二人で区役所へ出向いて提出した。

書類には、初婚か再婚か、再婚なら死別か離別か、またその日付まで書き込む欄があ

って、

「大きなお世話よね」

奈津はげんなりと言った。

大林自身は、その朝、実家に電話をして報告したらしい。おふくろ、びっくりはしてたけど喜んでたよ、と笑った。

窓口での手続きを待つ間、長椅子の隣に腰をおろした彼が、

「どうでしょう、高遠さん。二度目ともなると、一度目とはまた違った感じがするものですか？」

インタビューめかした口調で言う。

「うーん……一度目の時は、自分たちで届けたわけじゃなかったからね」

と、奈津は考え考え答えた。

「え、じゃあ誰が？」

「旦那さんの妹がかわりに出しに行ってくれたの。結婚式の当日の朝に提出したから、ほら、二人とも準備でばたばたしてるでしょ、それで」

「ああ、なるほど」

「それに比べると今回は、隅（すみ）から隅まで自分の意思っていう感じがする。適齢期って言葉に焦（あせ）ったわけでもないし、何に流されたんでも、誰にそうしろって言われたわけでもない。自分で選んで、ふたりで決めたことだっていうふうな……いわゆる、大人の結婚って感じ？」

「はは、確かにね」

「あなたのほうこそ今の気持ちはどうなの。こうして届けを出して正式に夫婦ってなると、何かしらの感慨はあるもの？」

するとと大林は、横目でこちらを見ながらにやにやと笑ってよこした。

「ま、そりゃあね。何しろ俺は、これが初めての結婚だからさ」

憎たらしいことを言う。奈津は、ふん、と鼻のあたまに皺を寄せてやった。

「私だって、初めての再婚ですよ」


どうして今になって、大林一也とわざわざ籍を入れようと考えるに至ったのか。逆に言えば、どうして今まではそうしようと思わなかったのか。

奈津には、杏子にも話さなかった理由がもう一つある。母・紀代子のことだ。

ここ数年前からの紀代子の様子に、奈津はひどく心を痛めていた。怯えていた、というほうが正確かもしれない。何しろ母のボケ方たるや、言葉から行動、表情に至るまで、かつての祖母の衰え方とあまりにもそっくりだったからだ。遺伝がそうさせるなら、いつか自分もああなるかもしれない。もしなったら、父の吾朗が今そうであるように、自分もその時そばにいる誰かに哀しく寂しい苦労を強いることになってしまう。

父と母を安易に不幸だというつもりはないけれど、七つも年下の大林に、未来の苦労を背負わせるなどということだけは絶対にしたくなかった。彼が望んでくれる間は一緒に暮らせばいい。そうしていつか、怖れていた時が訪れたなら、まだそれを自覚できるうちに自分から施設に入ろう。そのための蓄えのことも考えておかなくては……。

人が聞けば、今からそんな先のことを気にするなんて馬鹿じゃないかと呆れられるかもしれないが、奈津は真剣だった。杞憂と笑われるのは心外だから、誰にも打ち明けなかった。中でも最も打ち明けるわけにいかない相手が大林だ。話せば、まるで「そんなことは気にしなくていいよ」と否定してもらいたがっているかのように聞こえてしまう。結果として彼を逃げ場のないところへ追い詰めることになるのも嫌だった。

ところが、最近になって、奈津は女性誌からある依頼を受けた。専門の機関で血液と遺伝子の検査をし、婦人特有の病気の兆候、血管年齢や筋力などを調べてもらった上で、ドクターから注意点や生活改善法を教わるといった誌上企画だ。興味深かったので承諾した。

カメラが構えられ、ライターがメモを取る前で、取材に慣れたふうのドクターは、奈津のデータを見ながら言った。

〈なるほど、高遠さんの場合、長寿の遺伝子を持ってらっしゃいますね。いっぽうで、アルツハイマー型の認知症になりやすい遺伝子は見受けられませんでした〉

一瞬、口がきけなくなった。それから危うく涙ぐみそうになった。ドクターの何気ない言葉にどれほど安堵し、救われたか、おそらく他人には想像がつかないだろう。母親が祖母から受け継いだかもしれない件の遺伝子は、自分のこの肉体の中には存在しないのだ。

だから絶対に認知症にならないというわけではないにせよ、どんなに気が楽になったかしれない。要するにそれが、今回思いきって大林に婚姻届を差し出してみようと決意するきっかけになったのは否めなかった。七つの年の差は縮まらない。おまけに長寿だというのなら、今からできるだけ頭や指先を使い、生活習慣も見直して、心身ともに健康なままでいなくてはいけない。自分のためというよりは、大林によけいな迷惑をかけないために。

区役所へ出かけて入籍をした翌週、映画のヒットを受けて制作されることになったドラマの発表記者会見があった。夕刻からは同じホテルでマスコミや業界関係者を招いた立食パーティが開かれ、奈津はドラマ版の演出家や俳優たちとともに対応に追われた。次々に話しかけてくる相手に失礼のないよう、こちらからも話題を提供するので精いっぱいで、食べものどころか、飲みものを口にする暇さえない。

ようやく会場を一巡(ひとめぐ)りして落ち着いた頃、横合いからすっとウーロン茶のグラスが差し出された。見ると、大林だった。

「炭酸はやめといたよ。ゲップが出ると困るでしょ」

目もとには笑みがある。奈津も、ほっとして微笑んだ。

「ありがと。喉カラカラ」

「何か食べる？　取ってくるよ」

「ううん、このあとの二次会で頂くから大丈夫。あなたも行ってくれるでしょう？」

「俺なんかが同席していいならね」

「何言ってるの。杏子さんも行くから、一緒に見てて」

近くの店を借り切っての二次会はいわば内輪の集まりだったので、パーティよりはずっと砕けた雰囲気となった。集まったのは六、七十名ほどだったろうか。主だったスタッフが次々にスピーチをする中、奈津の番が回ってくる。マイクを受け取ったところで、局側の担当プロデューサーから大きな声が飛んだ。

「結婚おめでとう！」

座が大きくどよめく。壁際のほうで話し込んでいた者までが驚いて向き直る。その中に、志澤一狼太の顔があるのに気づいて、奈津ははっとなった。

「あの、いえ、そんな話はどうでもよくてですね……」

慌てて言いかけるのを、ドラマの演出家と、これまで何度も仕事をともにした主演の俳優が遮（さえぎ）る。

「ちょっとちょっと、そんなの聞いてないよー」

「なんで俺たちに断りもなくそういうことするかなあ」

と、すぐそばに座っていた綿貫総次郎が苦笑混じりに言った。

「これは、もう逃げられないね。きみ、あきらめて皆に挨拶しなさい」

御大にそう言われてしまっては、観念するしかない。奈津は、仕方なく話しだした。

数年前、思うような作品がどうしても書けなくなってしまったために最初の夫と別れて独りになった自分が、今また夫婦というかたちを選んだのは、これから書き続けてゆく上でその結婚が助けにこそなれ足枷（あしかせ）になることはないと思ったからです――そんなふうに話した上で、少し離れたバーカウンターへ目をやった。岡島杏子と並んで飲んでいた彼に合図し、立ってもらう。皆の視線が彼に集まる。

奈津は言った。

「夫の、大林一也です。舞台俳優ですけれど、じつのところ彼も脚本家を目指しています。今もって未熟な二人ではありますが、どうか皆さん、これからもよろしくお付き合いのほど、お願いいたします」

三次会の店の前からタクシーに乗り、午前二時過ぎに家へ帰り着いたあと、大林はすぐさまスーツを脱ぎ、ネクタイをむしり取り、ストライプのクレリックシャツもズボンもくしゃくしゃに脱ぎ捨てて、ベッドに倒れ伏した。ああ、もう、とシャツとズボンを床から拾い上げる奈津を、

「そんなもの、明日でいいから、こっち」

と手招きする。そばへ行くと、うつ伏せのまま言った。

「ねえ、奈津」

「うん？」

「今夜は、ありがとう。嬉しかった」

まっすぐに口からこぼれる言葉に、

「そう」奈津は微笑んで言った。「よかった」

手を伸ばし、頭の後ろを愛撫すると、大林はようやく顔だけこちらへ向け、奈津の手

を取った。

「だってさ。あんなに沢山の、それも業界で知らない人なんかいないような有名人ばっかり集まってるところで、みんなから拍手で祝福してもらうなんてこと、めったに体験できるもんじゃないよ」

酔いのせいか赤くなった目でこちらを見上げてくる。

「それにさ、俺としては、これまでの〈同棲相手〉とか〈今のオトコ〉みたいな立場に比べると、ああいうふうな、そうそうたる人たちが集まるような場でも堂々と、〈高遠ナツメの夫〉としてそばにいられるっていうのはさ。何ていうかこう、しっくり居場所が定まるっていうか、落ち着くっていうかさ」

「ん。だったらよかった」

と、奈津はもう一度言った。

誰でも感じることであろうし、とくに大林ならよけいにそう受け止めるだろうと、はなから承知していた。年のわりに古風なところと、わかりやすいステイタスを好むところ、彼にはその両方が備わっている。

これもおそらくは酔いのせいでふだんより素直になった大林が、奈津の指先をぎゅっと握って言った。

「幸せに、なろうよね。今でも充分幸せだけど」

「そうだね。私も幸せだよ。ありがとう」

「いや、だからさ。ありがとうは、俺のセリフでしょ」

のろくさく呟いたのを最後に、すうっと寝息を立て始める。

あっという間だった。冗談のようだ。

しばらく寝顔を見下ろしていた奈津は、やがて、指先をそっとほどいた。大林の手首にはごつい時計がはまったままだが、はずしてやれば目を覚ましてしまうかもしれない。

ロレックスのデイトナ。三次会で流れた蕎麦屋で、彼は同席した女優を前にわざわざ袖口をまくって見せ、自慢を始めた。

「これね、こないだ妻が買ってくれたんですよ」

「あの、違うんです」奈津は、慌てて横から言い訳をした。「この人は『携帯があれば時計なんか要らない』なんて言うんですけど、私自身が時計フェチで……こういう大ぶりの時計は女性では難しいから、パートナーに着けててもらったほうがいつでも眺められるでしょう？」

「はあ、なるほどねえ。高遠ちゃんてば、相変わらずのおばかさんねえ」

旧知の女優は苦笑していたが、大林という人間を好意的に受け止めてくれたようには感じられなかった。

あの時、彼がいったい何を思ってそんなことを言いだしたものやら、今考えてみてもわからない。妻に愛されているのが嬉しくて自慢したかったのか、場の雰囲気に呑まれて舞い上がったか、あるいは自身の現状をふり返り、急に露悪的な気分にでもなったのだろうか。

じつのところデイトナは、この誕生日に贈ったものだった。一年前に贈ったパネライを、大林がもう『次元』にはして行きたくないと言いだしたからだ。なんでも、常連の一人で浅草の土地持ちの二代目が、もっと上のランクのパネライをはめているからだと言う。

〈もうやだよ。恥ずかしいもん〉

そうとう酔っていたから、掛け値なしの本音だったろう。

このデイトナとて、最高級というわけではないが、とりあえずロレックスというだけで彼にとっては満足らしいのだ。基準がよくわからない。そういう男の虚栄心を満たしそうなものを、黙って贈ってやる自分もまたわからない。

ますます心配になってしまった。志澤一狼太とのことだ。今夜、大林は志澤から声をかけられ、長いこと会場の隅のほうで内緒話をしていた。おまけに、日を改めて二人きりで飲む約束を交わしたと言う。

〈さっきもかなり厳しく活を入れられたけど、でも、嬉しかったな。志澤さん、こりゃ駄目だと思う相手ならほっとく、って。お前には期待してるからこそこれだけ厳しいことも言うんだからな、って。ありがたいよね。あんな凄い人が、俺なんかのことを真剣に気にかけてくれてさ〉

帰りのタクシーで話す大林は上機嫌で、ほとんど鼻歌交じりでさえあった。

演出家としての志澤一狼太を尊敬し崇める彼の気持ちに、あえて水を差そうとは思わない。が、甘過ぎる。こちらとの一部始終をそばで見ていたくせに、どうしてわからないのだろう。どうして自分だけは別だなどと思えるのだろう。

志澤のやり方はいつだって同じだ。目をかけた相手が自分に刃向かわず、忠実な犬でいるうちは、嬉しい言葉を沢山かけてくれる。お前の才能は突出している、お前なら凄いものが書ける、俺にだけはお前の良さがわかる、俺は喜んでお前の踏み台になろう……。自尊心を絶妙にくすぐる言葉をシャワーのように浴びせられた者は、夢心地を味わえる。ただし、何か志澤にしかわからないきっかけで逆鱗（げきりん）に触れ、突然切り捨てられるようなことさえなければの話だ。

近いうちに二人きりで酒を飲む時、男たちはいったい何を話すのだろう。志澤とのかつての関係を大林が知っていることは、双方が了解済みだ。まさか志澤が、その後も媚薬を用いてこちらと寝た事実をばらすとも思えないが、彼らが二人でいるところを想像するとまったくいい気分はしなかった。時をずらして同じ芝居を観た者同士が感想を話し合う、ようなわけにはいかないだろう。

長いため息がもれる。

（……疲れた）

つぶやきを唇にのせると、大林が身じろぎ、寝返りを打って壁のほうを向いた。寝息だったものがはっきりとしたいびきに変わる。広いベッドだが、こうも真ん中に、それも対角線に寝られてはこちらの寝る余地がない。

奈津はベッドから離れ、彼の脱ぎ捨てたシャツとズボンを拾ってハンガーに吊した。軽くシャワーを浴びながら化粧を落とし、歯を磨き、髪を乾かしてから猫を抱いてソファに横たわる。

結局、何も変わらない。籍を入れようと、そのことを公にしようと、そうして得た自分の立ち位置をどれだけ大林が喜ぼうと、彼と自分の間の何が変わるわけでもない。そういうことだ。わかっていたのに、うら寂しい。

〈それでも、あえて婚姻届を出すということはつまり、これから先も二人でこの関係を続けていく努力をしますという決意表明ではあるわけやから〉

父、吾朗の言葉が浮かぶ。

〈そういう覚悟を決めることで、互いの間がいい意味で安定するということはあるやろう〉

ああ、そうだといい、と念じながら目をつぶる。

本当に、それだけでいい。もう、いつまでもこんなふうにぐらぐらしていたくない。

*

最初の夫・省吾と結婚していた頃、三年間で三回引っ越しをしたことがある。

あの頃はまだ身軽だった。一般的な家庭に比べれば物の多い家ではあったが、それでも二トントラック一台でほぼ積める程度だった。四回目に移り住んだのが埼玉のあの家で、そこには四年近く住んだ。

それから、恋をして、猫一匹を連れて家出して、初めての一人暮らしをして、恋を失って、仕事して、また恋をして、男と暮らして、また引っ越しをして、やっとのことで離婚して、必死になって仕事して、仕事して仕事して、賞などもらって、籍を入れて、また仕事して仕事して仕事して……。

めまぐるしかった。何度も途中で心折れそうになった。まさに怒濤の日々だった。もういいかげんに落ち着きたい。ここなら落ち着ける。そう思って選んだ浅草下町の暮らしだったはずなのに、どうしてまた——と、頭を抱えたい気持ちになる。

きっかけは、初夏、大林一也と再婚してほぼ半年後のことだ。これまで奈津たちが暮らしてきた倉庫ビルのオーナーが突然、建物全体の外壁補修工事をすると言ってきた。知らされると同時に承諾書のような体裁の書類にサインを求められ、見るとその時点ですでに開始日と作業時間帯まで決定済みだった。店子の立場は弱い。

工事終了まで数カ月はかかると聞いて懸念していたとおり、いざ始まってみると、昼間の騒音たるや凄まじいものだった。外壁の古いタイルにコンクリートドリルで穴を開けては叩いて剥がし取る、その音と振動が、朝の九時から夕方五時までひっきりなしに響き渡る。耳栓をして凌げるレベルではない。あまりのうるささに脳内が音でいっぱいになり、音、音、音、音、音のこと以外は何も考えられなくなった。

昼間集中できないとなれば、仕事は夜のうちにするしかない。徹夜での執筆の後、朝方ようやく横になったかと思うと、たちまちベッドのすぐ外でドリルが轟音を立て始める。

「……無理」

何日目かの朝、奈津は、よろよろと起き上がるなり呻いた。

「ほんとに、無理。このままじゃ、仕事落とすか、身体こわす」

連日、二時間しか寝ていない。

「これって、家賃取って人を住まわせてる状態でするような工事じゃないよ。別のところに仮住まい先でも見つけてくれてからやる工事だよ」

「いや、まったくだね」

同じくらいふらふらの顔で、大林が言う。彼の場合、昼間はどこなりと外へ逃れられるのだが、飲んで朝帰りをした後、ろくに寝られないのはやはり辛そうだった。

「俺、大家に言ってこようか」

「何を」

「これはないだろって」

「言ってもどうにもならないと思う。工事を途中でやめるわけにはいかないでしょう」

「せめて、家賃を半分にさせるとかさ」

奈津は首を横に振った。

「そういう問題じゃないもの。たとえそうなったって音が半分になるわけじゃないし」

話している間も、お互いに声を張り上げなくてはならない。愛猫の環など、一日じゅうクローゼットの服の間に潜り込んでいる。

「けど、いくらなんでもこれは酷すぎるよ。家賃を負けさせたら、浮いたぶんでホテル取って、そこで仕事すりゃいいじゃん。そうすれば俺だってぐっすり寝られるし」

今すぐにでもねじ込みに行く勢いの大林を、奈津はなだめた。オーナーが持ってきた書面に、こちらも確かに承諾の署名をしたのだ。これほどの騒音とは予想していなかったが、その甘い見通しも含めて今さら文句は言えまい。げんに、オーナー夫婦は今も最上階に住んでいる。自ら望んだ工事の音は気にならないものなのかもしれない。

「じつはね」

言いかけて、奈津はためらった。

聞いてしまえば大林はたぶん乗り気になるだろう。そうすると事態は転がり出し、後戻りしにくくなる。けれど、これはもしかして、いい機会とも言えるのではないか。

「じつは、ちょっと前から考えてたことがあるの」思いきって言ってみた。「いっそのこと、引っ越ししない？」

「え、また？」と大林は目をむいた。「ここの改装に幾らかけたかわかってんの？」

「そうなんだけどね。この先も高いお家賃をずっと払い続けてても、いつか自分のものになるわけじゃないし」

「だからそれは、改装する前に俺が言ったじゃない。あんまり金かけても無駄なんじゃないのって」

「うん。でも、あの時はまだ、長く住むつもりでいたから。だけど今回、なんだか大家さんとの信頼関係にひびが入ったみたいな気がしちゃって。だからってこちらから何か文句言っても後が気まずいし、言わなくても気が重いままだし。この先、こういうことがあるたびにモヤモヤするのかって思うと、ね」

「ふうん。……で？　もし引っ越すとして、たとえば今度はどのへん？」

東京都内のどこかを想像していたのだろう。

「長野県」

その答えに、大林は再び目を瞠った。

「はあ？」

もし次に移り住むならここ、と思っていた町の名を、奈津は口にした。都内での仕事を抱えている以上、行き来に時間がかかりすぎる場所は論外だ。その町ならば新幹線が停まるし、東京まで通勤圏内と言っても過言ではない。何より、物件の数が多い。ネットで検索する限り、売りに出ている土地や別荘は無数にあり、もちろん都内とは比べものにならないほど価格も安い。そして大林のためにもう一つ付け加えるなら、芸能人や文化人の別荘が多く集まる避暑地（ひしょち）でもあった。

「……なるほどね」

大林は唸った。案の定、眠そうな顔は消え失せ、目が輝きだしていた。

おもむろにベッドを抜け出し、ノートパソコンを取って戻ってくる。町の名を入力して何ごとか検索していたと思うと、奈津の顔を見て、にこっとした。

「よかった。車で行ける範囲に、ビリヤードのできるバーもあるみたいだよ」

とんとん拍子というわけにはいかなかった。銀行の融資が受けられなかったのだ。

金融機関の審査がシビアになっているとは聞いていたが、これほどとは思わなかった。

それ以上に思い知らされ打ちのめされたのは、〈脚本家〉という自分の職業が、こんなにも信用のないものなのだという事実だった。

購入を希望している物件はたしかに広いが、住宅ローンとリフォームローンを合わせてなお、月々の返済額は今までの家賃の半分以内に収まる。年収とのバランスも問題はない、はずだ。それらのすべては過去の確定申告の記録などを見てもらえば明らかだというのに、いざとなるとどの銀行も、まるで申し合わせたように同じ返事をよこすのだった。

〈審査の結果、今回は残念ながらご希望に添えませんでした〉

書類をそろえて提出してから結果が出るまで、それぞれ一週間から十日。待つ時間の長さに加え、期待と失望のくり返しで、奈津も大林も疲弊し、日に日に気持ちが荒んでいった。

「要するに、〈お前なんかに金は貸せない〉って言われてるのと同じだもんね」

いくつめかの銀行もまた駄目だったとわかった日、奈津は大林を前にぼんやりと呟いた。

「きついね。なんだかまるで、人としての価値がないって言われてるみたいで」

「まあ、そういうことじゃないんだけどね。あなたに限らず、自由業だとこういう時どうしても不利だっていうだけでさ」

「わかってるけど」

過去にヒットしたドラマや、あるいはこれまでの受賞歴などをどれだけ提示してみても、銀行の求める信用にはまったくつながらないのだった。今までたまたまうまくいっていたからといって、来年も仕事をしていられる保証がどこにあるのか。そう問われれば、何も言えない。むしろ、年収は少なくても名の通った大企業に勤めている社員のほうが、こういった審査には通りやすいのだ。

「このご時世、どんな大企業だっていつ何時いきなり倒産するかわかんないってのにな」

大林が暗い顔で呟く。奈津も、危うく泣いてしまいそうだった。

結局、さんざん奔走(ほんそう)した末にようやく貸してくれることになったのは、起業家などにも積極的に融資する方針で知られている地方銀行だった。ただし、もちろん無条件ではない。金利は平均より高く、返済期限は短く、しかもなんと伴侶(はんりょ)である大林をローンの連帯保証人につけるというのが絶対条件だ。

「え、ちょっと待ってよ」話を聞いた岡島杏子は、ぽかんとして言った。「大林くんは、言っちゃ悪いけど無収入でしょ？　あなたの稼ぎに全面的に頼ってるはずよね？　それでどうして保証人になんかなれるの？　銀行には、彼の収入証明書も提出しなきゃならないはずでしょうに」

まったくその通りだ。奈津は、少しばかり気まずい気持ちで打ち明けた。

「じつはね、彼、稼ぎはあるの。お給料が支払われてるから」

「どこから？」

「私から」

「は？」

「っていうか、私の個人事務所から」

それだけで、杏子は合点がいったらしい。同様のケースはいくらも見てきたのだろう。

要するに、個人の収入として申告するよりも、事務所形式にして人を雇(やと)い、その給料を経費に計上するほうが、納める税金はおさえられるということだ。架空の仕事ではいけないが、するべき業務があるならば問題はない。

「彼の場合、海外取材の時の通訳とか、地方取材に行くときの運転とか、それに資料を集めたり整理したりするのにも協力してくれるし、たまにマネージメント業もやってくれてるから」

「なるほど。〈高遠ナツメ・オフィス〉の事務員ってわけね」

「ううん、それが……一応、代表取締役なの」

今度は、「は?」とも言われなかった。杏子は口を開け、眉根を寄せて奈津を凝視した。

「誰が決めたの、それ」ややあってから、杏子は言った。「またあなた、彼に気を遣(つか)って、どうせならそう名乗ったらいいよ、とか勧めたんじゃないの?」

「ううん、今回は違うよ」

そうではなく、事務所の形態を取ることを二人で決めた後、大林が早速いそいそと刷ってきた名刺を見ると、すでにその肩書きが添えられていたのだった。

〈そりゃ正確には雇用者と被雇用者だけどさ、俺は一応、あなたのマネージメント事務所の社長ってことで。名乗ったもん勝ちでしょ〉

何の屈託(くったく)もない顔で、大林は笑った。

「正直、つっこみどころは満載だけど……」杏子は、やれやれと首をふりながら言った。

「その〈お給料〉と収入証明書のおかげで、大林くんが保証人になれたってわけなのね」

「そういうこと。それもこれも、彼の友だちの税理士さんが前に助言してくれてたおかげなの。この先、税務署の監査とかがあった時のためにも、毎月ちゃんと大林くんの口座に給与振込の記録を残しておくようにって。今までのところ彼は、自分で毎月そうしてくれてるみたい」

「でもさ、実際にお給料を払っているのはあなたで、つまりお財布は一つってことなのに、銀行はそれでもいいって?」

「私も同じことを思ったんだけど、担当者はかまわないって言うの。こういうのは形式の問題なんですから、って。いいかげんなものよね」

「要するに、ほんとは貸したいんでしょうね。銀行側だって、貸さないことには儲けにならないんだから」

杏子の言うのが当たっているのかもしれなかった。


やがて引っ越しの見積もりに来た業者は、浅草の住まいを三階まで見回った後、一般的な四人家族の荷物は四トンのトラック一台におさまるところ、このぶんでは四トン・ロングが二台必要ですね、と言った。ふたを開けてみれば二台ではとうてい積み込めず、急遽、追加でもう一台とスタッフ二人の応援を要請することとなった。

業者側の判断ミスなのでこちらの負担が大きくなることはなかったが、そのぶんよけいな時間がかかり、引っ越し先から空のトラックが引きあげていく頃には家の周りがすっかり暗くなっていた。ホールを埋め尽くした山積みの荷物の中から手近な椅子を引き寄せ、大林はぐったりと腰を下ろした。

「だいたいさ、いくらなんでもモノが多すぎるんだよ」

ひどく不機嫌な顔をしていた。

「俺の荷物なんかちょっとでさ、ほとんどあなた一人でトラック三台分じゃん。どうかしてるよ。見てごらんよこれ、ほとんど病気だよ」

ほんとだね、ごめんね、と受け流しておけばいいのだとわかっている。彼も本気で議論したいわけではない。今夜からの生活にすぐ必要なものをレンタカーのバンに積み、三時間以上も運転してきたせいで、疲れて苛立っているだけだ。

けれど、

「ねえ、どうして今さらそんなこと言うの?」

つい、まともに返してしまった。これまたジープの後部座席に、パソコンをはじめ明日からの仕事にすぐ必要な資料などを積み、助手席には大声で鳴きわめき続ける環を乗せて運転してきたのだ。奈津のほうも同じくらい疲れている。

「そもそも、この家を買おうって話になったのは、持ちものが全部気持ちよく収まるようにしたかったからでしょう」

「違うよ。工事の音がうるさかったからだよ」

「そうじゃなくて。引っ越しを思い立ったきっかけは確かに工事の音だったけど、わざわざ広い家を探したのは、せっかく大事に持ってるものをいつまでも段ボールに詰めたままにしておきたくなかったからだよ」

　とくに、本。引っ越し荷物の半分以上は、本を詰めた箱と言っても過言ではない。

　職業柄もちろんだが、子どもの頃から本が好きだった奈津は、これまで一度読んだ本を棄てた例しがなかった。つまらないと思ったものでも、あるいは執筆のための当座の資料として目を通したものであっても、一旦読んだからには何かが通い合ってしまった気がして手放せないのだ。

　所有しているすべての本の背表紙をひと目で見てとれる壁一面の本棚。それが奈津の夢だった。この家ならきっと可能になる。海外の図書館みたいに、吹き抜けの天井まで届くような本棚だって造り付けてもらえる。どれほど嬉しく愉しみか、大林にも話してきたはずだ。

「知ってるさ、奈津の夢は。さんざん聞いたからね」苛立ったように大林は言った。「だけど、物事には限度ってものがあるじゃん。この荷物の量は、誰が見たっておかしいよ。俺なんか、生きてく上で最低限必要なものがわかってるから、いつだって身軽でいられる。パソコンとCDと本と服、全部合わせたってせいぜい段ボール十個に収まる。本を処分すればその半分になるしさ」

　本を処分、と簡単に言う大林に、奈津の側も苛立ちが募る。

「あのね。私は、ものに執着してるわけじゃなくて、好きなものを大事にしてるだけなの。手放そうと思えばいつでも手放せるよ。ただし本以外はね。前の結婚の時だって、大好きだった家も庭も、本以外は何もかも置いてきたけど、それで良かったんだと思ってるし」座れるところを見つけられず、仕方なく自分だけ立ったまま、奈津はため息をついた。「さっきも言ったけど、どうしてそういうことを今さら言いだすのかな、って。あれだけ苦労してこの家を手に入れて、やっと今日引っ越しが終わって、ここはとりあえず、良かったね、ちょっとずつでも片付けて居心地のいい家にしていこうね、ってしみじみ言い合うところなんじゃないの？」

疲れている時に喧嘩などするとろくなことにならない。思うのに、まさにその疲れのせいで、舌がするする滑ってしまう。

大林のほうも同じらしい。むきになって言いつのる。

「だけどこんな時でないと奈津、まともに聞かないじゃん。だいたい俺、前から言ってるでしょ、紙の本なんかにこだわるからいけないんだよ。本なんてデータで読めば充分じゃん。電子書籍だったら、こんな小さいタブレットに千冊だって収まるんだからさ。CDだってそうだよ、パソコンに取り込んで後は売っちゃえば、いつまでもかさばるものを持ってる必要がなくなるじゃん。俺はさ、ものを持たない生活が好きなの。いつでもぱっと動けるくらい身軽でいたいの。これも何度も言ってるけど」

何々じゃん、何々じゃん、と、まるで地団駄を踏む子どものような口調でくり返されたおかげで、それ以上、言い合う気持ちが萎えた。

「そうだね。何度も聞いてるね」努めて声のトーンを落とし、奈津は言った。「いいと思うよ。あなた自身のことについては、好きなように、したいようにすればいいと思う。

でも、あなたと私は違うの。私にとって本っていうのは、どうしても手でさわれるものでなくちゃならないんだ。これまで何度も紙の本に救われては、抱きしめて眠った思い出があるからね。書いてある中身にどれだけ感動したって、タブレットを抱いて寝る気にはならないし、画面上をさらさら流れていく文字で読んだ内容はすぐ忘れちゃう。印刷された文字と違って、頭や心に深く残ってくれないから」

「それは単に、慣れの問題だよ」

「ううん、違うと思う。紙の本だったらどんなに昔に読んだものでも、確かあの本の三分の一くらいのところに書いてあったはず、っていうふうに覚えてるけど、電子書籍にはそれがないもの。誤解しないでね、べつに否定してるわけじゃないよ、便利な部分は利用すればいいと思うけど、ただ私は、本といえば装丁のデザインとか、カバーを取ってみた時の驚きとか、重みとか手触りとか匂いとかを感じながら紙のページをめくって読むのが好きなの。音楽だって、移動しながらだったらともかく、家で聴く時はせめてCD、叶うことならレコードに針を落として聴きたい人間なの。そこはもう、いくら私を説き伏せようとしても無理。永遠に平行線だと思ってあきらめて。でないと、いつまでもこうして言い争うことになっちゃう」

大林は、言い返さなかった。ポケットから煙草を出して火をつけ、二、三度ふかした後、おもむろに立ち上がった。奈津に向かって、ぶ厚いてのひらを差し出す。

「え、なに?」

「ジープのキー、貸して。ちょっと玉でも撞いてくる」

「うそ、これから？　どこで」

「前に言ったでしょ。隣町だかにビリヤードのできるバーがあるって。様子見てくるよ」

　こんな時、引き留めても無駄だ。

「キーは、まだ挿したまんまだよ」

「オッケー。家の鍵も持ってくから玄関閉めといていいよ。ま、そんなに遅くはならないけどね、明日もあるし」

　明日は大林だけが再びレンタカーを運転して東京へ戻り、そこから数日かけて、荷物のなくなった浅草の住まいの後始末をしてくる予定なのだった。

「気をつけてよね、疲れてるんだから。あと、飲んじゃ駄目だよ」

「了解」

　例によって、ふり返らず肩越しに手を振る大林を見送り、この家で初めて内側から玄関の鍵を閉める。外の静かな闇に、エンジンのかかる音が響くのを、奈津はドアに額を押しあてて聞いた。

（……持ち物が段ボール箱にたった十個なのは、あなたの場合、身軽だからじゃないし、生きてゆくのに必要なものをわかっているからでもない。あなたが、人生をまともに引き受けていないからだよ）

　そう指摘せずに呑み込んだ自分をほめてやりたかった。

　家移りをするたび、奈津が新しい住まいでまず最初にするのは、デスクにパソコンを据え、インターネットに接続することだ。続いて、複合機の設置。何はなくとも脚本の原稿を書くことができ、それをメール添付で送るか、最悪の場合でもプリントアウトしたものをファックス送信できる環境さえ整えば、ようやく一安心。それを確認するまでは落ち着かない。

今回購入した家でもそうだった。昼間、明るいうちは掃除や片付けをしたが、日が暮れてからは気持ちを切り替え、パソコンに向かって仕事をした。東京を離れたことで、忘れられてしまうのが怖い。これまで以上の覚悟で優れた作品を書き、コンスタントにヒットを飛ばさなければと、眦を決する思いだった。

季節は秋へと変わりつつあった。毎日のようにうっとうしい雨が降り続いた。

大林はいない。ここ半月ほどのうちに、東京との間を車で二度往復し、これまで浅草に借りていた住まいの後片付けや必要な手続きをしてくれているからだ。

彼の話では、東京はまだ残暑のなごりさえ感じるほどだというのに、奈津は、広い家で凍えていた。信州の、それも標高の高いところの九月がこんなに冷えるものだとは思ってもいなかった。

夜から朝方にかけて、気温は十度を切る日もある。おまけに雨ともなれば冷たい湿気が骨にまでじくじくと沁みてくる。厚着をしようにも、いまだに積み上げたままの段ボール箱の山脈から、秋冬物を詰めた箱を探しあてて開ける苦労を思うだけで気力が萎える。連れてきた猫の環が布団に潜り込んだまま起きてこなくなったのを機に、奈津はとうとう、これまた倉庫に置き去られていた石油ストーブを運んできて焚いた。

慣れない家にぽつんと独りでいると、頭に浮かぶのは前向きなことばかりではない。環境がいきなり変わったせいだと自分に言い聞かせてみても、目にするすべてがよそよそしく、こちらを拒絶しているかのように見える。

脳裏をよぎるのは、〈いったいどうしてこんなところにいるのだろう？〉という思いばかりだ。数千万という借金を抱え込んでまで、何という馬鹿げた買い物をしてしまったのか。このだだっ広い家と借金を、はたして一人で背負いきることができるのだろうか。自分で自分に足枷をつけたも同じ、もう逃げられない。しかも夫となった男は金銭面では少しも助けになってくれない。今も、東京の街との別れを惜しむように毎晩あちこちへ飲みに出かけては朝帰りしているようだ。

別れを惜しむ相手は他にもいるのだろうなと、そぼ降る雨を見やりながら奈津はぼんやり考えた。結婚しても風俗通いはやめないと公言していた大林だ。どうせ東京には、馴染みの〈嬢〉もいることだろう。いちいち目くじら立てるのも面倒だから何も言わずにきたが、遊んできた気配を身にまとったまま帰宅するのだけは勘弁してほしかった。

都会を離れれば彼も、時間の過ごし方が変わるだろうか。このあたりでは飲み屋ですら、日付が改まるより前に閉まるというから、大林の夜遊びも自然と少なくなるかもしれない。そうであってほしい。外の刺激にばかり気持ちを向けるのではなく、それこそ師と仰ぐ志澤一狼太の叱咤激励に応えて脚本の一本でも書いてみる気になってくれないだろうか。

切実にそう思うのは、金を稼いでほしいからではない。いま生活に困らないからと、無為に時間を浪費するばかりの夫のことを、このままでは尊敬できなくなってゆくのが辛い。

近くのホームセンターで杉板と棚受けとビスを買ってきて、キッチンの窓辺に何段かの棚を取り付けた。充電式のインパクトドライバーは自前のものだ。他にノコギリと脚立があれば、生活に必要な作業の多くは、自力で出来るようになる。

真新しい棚に、使う頻度の高い鍋や食器を並べてゆく。紅茶やハーブティー、コーヒー豆、料理に必要なスパイスや乾物類の瓶や缶なども、それぞれ箱から取り出しては並べる。少しずつ、キッチンの風景が目に馴染んだものになってゆく。

夕方スーパーへ出かけ、食材の買い出しをして戻ると、奈津は、この家で初めて料理らしい料理をした。土鍋でごはんを炊き、フライパンで野菜や肉を炒め、味噌汁を作り、漬物を切る。食べるのは自分ひとりだが、だからといって手を抜かず、盛り付ける皿もこだわって選ぶ。食べ終わったあとは食器を洗い、拭きあげて元の棚にしまい、シンクまわりの水滴を拭い、コンロの油汚れを拭き、スポンジや台ふきんを漂白して干し、そこでようやく……あたりを見回し、大きな深呼吸をした。

これでやっと自分の台所になった、と思う。その家でただ寝起きするだけでは、いつまでたっても自分の住まいという感じがしない。旅先のホテルと大差ない。それが、火を使って自ら料理をすると、いっぺんに家そのものと近く寄り添えた気がする。不思議なものだ。

翌日は、久しぶりに青空がひろがった。見事な秋晴れに背中を押されるようにして、奈津は、少し思い切りの要る電話をかけた。

ほんの数度のコールで、

「おう、ナッツぺ！」

省吾の明るく弾んだ声が答える。

早口な喋り方も、ナッツぺという呼び名も、耳にするのはほぼ一年ぶりだ。

「どうしたんだよ、急に。元気にしてるかよ、ええ？」

「うん。元気だよ。そっちは？」

「まあ、相変わらずだな。ちょうど朝の畑作業とか済ませて、一休みしてたとこ。タイミングばっちり」

やんちゃな口調を、懐かしいな、と混じりけなく思える自分に、ちょっと驚いた。省吾もそう思ってくれているのか、それとも例によっていささか無理をして明るくふるまってくれているのか、それはわからない。別れた元女房からの着信を、無視したり拒否したりせず、こうして電話に出てくれただけでもありがたい。

「とりあえず、電話した用件から話すとね。あの猫脚のバスタブのことなの。もしかして、まだ二階にある？　で、いまだに邪魔だったりする？」

「ああ、もちろんあるよ」と省吾は言った。「要るか？　送ろうか？」

なんとも話が早い。

省吾には以前から、あんなの邪魔だから使うなら持ってけば、と冗談交じりに言われていた。優美な白い湯船にゴールドの猫脚、同色のテレフォン型のシャワーセット。省吾と暮らしていた埼玉の家では、二階の客間に隣接したバスルームに据えてあったのだが、泊まっていくほど親しい来客はメインのバスルームを使うので、結局お湯を張ったのは一度か二度。ただ場所を取るだけのオブジェと化してしまっていたのだ。

「ほんとに、ほんとに要らない？　譲ってもらってもかまわない？」

「おう、ほんとに要らないし、全然かまわないよ。あれから誰も入ってないもん。けど何、お前んとこ、また新しい風呂場でも造んの？」

「それが、じつはね……」

　初めて事情を話した。

　引っ越し先が長野だと言うと、省吾の声が裏返った。

「嘘だろ？　あんなに寒がりのお前がなんでわざわざそんなとこへ？」

「まあ、色々事情があったのよ。家の中の仕事だし、東京の暑さよりはましだよ、きっと」

「それにしたってさあ。……ああ、新幹線が止まるぶん、東京行くのも楽なのか」

「それは、あるね」

「そっか。ってことはじゃあ、今度の旦那とはうまくいってるんだな」

　瞬間、押し寄せてきた感情の奔流に、喉を塞がれたようになった。

　以前にも、省吾から同じようなことを訊かれた覚えがある。まだ、正式に離婚する前だ。あの当時でさえ、そんなに簡単に答えられるようなことではないと思いながら、そうだね、と返事をした。では今はといえば……肯定の返事を口にするのが以前にも増して難しくなっていることに気づかされ、奈津はひそかに狼狽していた。

うまくいっていない、と取り立てて言うほどではない。幸せじゃない、とも言いたくはない。大林がいてくれれば心強いし、いなければ心細い。でも、だからこそ、厄介なのだ。

「まあ、おかげさまで何とかかね」

皮肉に響かないようにと願いながら、さらりと答えた。

「そっか。ほっとしたよ」

「え？」

「俺ん時もナツッペ、黙ってかなり無理してて、それが溜まって爆発したじゃん。もうさ、溜めないほうがいいよ。俺が言うのも何だけど、小出しにして小爆発させな。今度の旦那はそういうとこ、同じ言葉で話せるって前に言ってたし、今度こそ、長くうまくいくといいな」

ほんとにさ、と励ますように言われて、うっかり涙ぐみそうになる。

「バスタブだけどさ、俺、配管はずせるから、安い運送屋探して送ってやるよ。住所教えといて」

「ありがとう。もちろん、送料だけじゃなくて、いくらかは振り込ませてもらうからね」

「ばか、そんなの要らないよ。もともとお前が買ったものなんだし」

「でもせめて、ちょっとくらいは」

「じゃあ、五百万」

「逆さに振ってもないよ！」

「なら要らないって」

　省吾は笑った。

「けど、今までの家、浅草だっけ？　あんなに直して結局、何年住んだ？」

　大林と同じく、無駄なことばかりする、と責められるのかと思えば、省吾は違うことを言った。

「まあ周期的に言って、そろそろナツッペがそういうこと始めたくなる時期だよな。いいんじゃないの？　でっかい借金とか環境の変化とかも含めて、そういう全部がナツッペの場合は仕事の原動力になるんだろうからさ。お前は、自分に必要なものがわかってるから、どこへ行って何をしたって大丈夫だよ。生命力、半端じゃないしさ」

……自分に関わる男たちは、どうしてみんな似たようなことを言うのだろう、と奈津は思った。当人には、そんなつもりもなければ自信もないというのに。

　ずいぶんたくさんいろいろな話をした。互いに近況を伝え合い、冗談を言って笑い合った。

　電話を切ってからふと、一緒にいた頃よりもお互いに向ける言葉が自然と優しくなっていたことに気づいて、うつむきがちに笑ってしまうような心地がしたが、そもそもあれほどのすったもんだがあったというのに、こうしてほぼ普通に話せる間柄でいられること自体、不思議といえば不思議だ。省吾に、感謝してよいことではないかと思う。

彼については、別れてからしばらく後、かつての同業者を通じて、聞きたくもなかった類いの噂を聞かされたことがある。きみのためだから、と言って耳に入れてきたその同業者に、奈津は礼を言わなかった。おためごかしとはこういうことを言うのだと思った。

どんな人間の心にも、どす黒く汚れた部分はある。だからといって、白くて綺麗なものを希求する心が嘘というわけではない。あんな部分もこんな部分も、まるごとひっくるめて一人の人間なのだ。おそらく、大林との間のこともそれと同じなのだろう。煤けた部分もあれば、きらめく部分もあって当然ということだ。

とにかく環境は変わったのだから、大林も自分も、この家にふさわしい生活のリズムを新しく作ってゆくことがまず先決だ。自然に囲まれ、都会の刺激の代わりに内省の時間が増え、そののちに、お互いの関係がどう変化するのか。費やした時間のぶんだけ深まりを見せるのかどうか。ジャッジするのはまだ先でいい。

あと数日後には、東京での後始末をすべて終えて、大林が帰ってくる。やっと二人して、この家の暮らしを始められる。

(でも、どうせ……)

思いかけ、奈津はその考えを遠くへ押しやった。杏子を前に、あんなにきっぱり宣言したはずだ。セックスをしようとしない大林とわざわざ籍を入れるのは、もう、そういうことにこだわる自分自身から解放されたいからだ、と。

それなのについ、折々に考えてしまう。子どものいない自分たちが、あれだけの試練を乗り越えて〈二人で〉家を買った今……彼の側にも、もうほんの少しくらいは、特別な意識や覚悟があっていいのではないか。何もお姫様抱っこをして新居のドアをくぐれとは言わないが、こんなにも大きな節目を迎えてさえ、この家で二人きり、気持ちも新たに親密な時間を持とうというふうにはならないものなのか。

ならないのなら、仕方がない。もう考えまい。

そう思いながら、引っ越しの日に寝室まで運んでもらった大きなベッドが、この気候のせいばかりでなくひんやり冷たく感じられて仕方ないのだ。一度も火を使わないキッチンが、いつまでもよそよそしいのと同じように。

第五章

いつだったか大林に誘われて出かけた、アンダーグラウンドのパーティを思いだす。それぞれに生きにくさを抱えているのは本当なのだろうが、自分ばかりが辛い、自分こそが最も狂っていると言わんばかりの自己顕示欲には辟易(へきえき)し、すぐにお腹がいっぱいになって出てきてしまった。

それに比べればここは、何だかばかみたいに明るいだけまだましかもしれない。

（私、何をやっているんだろう、こんなところで）

奈津の脳裏をよぎるのは先ほどからその思いばかりだ。

話に聞いた限りでは、ハプニング・バーというのはもっと淫靡(いんび)な場所かと想像していた。いびつな魂を抱えた異形(いぎょう)の人々がひっそりと集う、もっともっと危ない空間かと期待もしていた。だからこそ興味を抱き、一度は見てみたいと思い、この方面に詳しい相手に案内を頼んだのだ。それなのに、所詮(しょせん)はこんなものか。

カウンターの中に立つ女性スタッフたちはそれぞれ巫女(みこ)やナースや警官のコスチュームに身を包み、半裸に近い客たちにどんどん酒をすすめながら自分たちも浴びるように飲み、たくさんの小部屋に分かれた広い空間を走り回ってはあちこちのカップルを煽(あお)り立てている。スツールに腰掛ける奈津自身、いま身につけているのは女医のような白衣一枚だ。裸でいるのが嫌なら何らかのコスプレをするのが決まりだと言われ、仕方なく、中ではいちばん無難そうなものを選んだ。

背後には四畳半ほどのガラス張りのスペースがあり、いかにも安っぽい合皮のソファとマットレスが置かれている。誰かが入っていって破廉恥なふるまいを見せてくれるのを、客のそれぞれが、互いの様子を窺いつつ待ち構えているのが伝わってくる。

と、ふいにサイレンが鳴り、奥の小部屋の入口で赤い非常灯が回りだした。そこかしこの暗がりに散らばっていた客たちが立ち上がっては、ぞろぞろと見物に行く。

奈津は、立たなかった。何かしらの〈イベント〉が始まるたびにサイレンは鳴り、非常灯が回るのだが、最初のほうの一つ二つをちらりと覗いたきり、すぐに興味を失ってしまった。

すぐ隣に座っている男が、奈津のほうを見て苦笑いする。この店に案内してくれたのは彼だが、挨拶以上の言葉を交わすのは今夜が初めてだ。

「何か、薄いカクテルでも飲んだら？　素面のままじゃさすがにしらけるでしょ」

その男、加納隆宏は言った。裸にバスローブを羽織っているだけの彼は、アンダーグラウンドに通じているライターで、名のある出版社から著書も何冊か出している。紹介してくれたのは共通の知人である若い女性編集者だった。

「じゃあ……ソルティドッグを」

今夜は、家に帰らなくていい。数時間前、夫の大林に電話をかけ、打ち合わせが長引

きそうなので東京に泊まると告げると、彼は細かいことなど何も訊かずに、

〈そう、わかった。おやすみ〉

と言った。

今ごろはいつものように、隣町のスナックへ飲みに出かけているのだろう。自分で車を運転して行き、飲んだ後は代行業者の運転で帰ってくる。

奈津の目の前に、カクテルが置かれた。グラスの縁についた塩粒を舐め、グレープフルーツの酸味を一口味わったところへ、今度はすぐ後ろの部屋でサイレンが鳴り始めた。

「さてと。いくらかマシなものを見せてもらえるのかね」

独りごちてふりかえった加納の日焼けした頬を、非常灯の赤い光が彩る。

しかし、案の定と言うべきか、肩すかしもいいところだった。ともに身体のたるんだ中年男と若い女のだらけたセックスに、客たちもすぐに退屈して離れてゆく。ただ喘ぎ声ばかりが大きい稚拙な性行為をガラス越しにぼんやり眺めていると、今夜だけでたぶん二十数回目にはなる馬鹿ばかしさに見舞われた。

どうしてだろう。何ひとつ、誰ひとり、想像を超えたものを見せてくれない。

同じようなことを考えていたのだろうか。おもむろに加納が言った。

「何がまずいんだと思う？　先生」

「先生はやめて」

「いいじゃん、あだ名だと思ってさ。……ねえ、彼らのセックスの、何がまずいんだろう。俺、自分が不能になったかと心配になるくらい、さっきからまったく興奮しないん

だけど」

奈津が苦笑する番だった。

「芝居っけがなさすぎるからじゃない？」

「え、芝居っけ？」

「そう。〈観客〉を感情移入させて場の空気に引きずり込むには、あまりにも演技力が足りなさ過ぎるんだと思うの」

加納が、くっくっとおかしそうに笑いだした。

「先生の基準で素人さんに演技力を要求するのは酷でしょ」

「そうかな。俳優でなくても、ベッドの上で芝居っけを発揮できる人はいるよ。どっかっていったら、加納さんもそういうタイプじゃない？」

自分のオンザロックを一口含んだ加納が、喉仏を大きく上下させて飲み下す。笑いを引っ込めると言った。

「じゃ、手本でも見せてやりますか」

初めて加納隆宏と会ったのは、長野の家に引っ越しをした二カ月後、テレビや舞台の関係者や編集者など馴染みの深い人々を招いてのお披露目パーティの時だった。

大林が地元の飲み屋で知り合った人々も含めると、集まったのは七十人ほどだったろうか。もともとが企業の保養所として建てられた家には体育館のような吹き抜けの空間があり、足を踏み入れた誰もがまず感嘆の声をあげるのを見て、大林は終始上機嫌だった。

　フロアのそこかしこに椅子やソファを置いて寛いでもらい、新しくしつらえたカウンターでは昔バーテンダーだった大林が酒を作り、そして奈津は客の間をまわって、料理が足りているかをチェックしたり会話に加わったりしていた。その中に、最近親しくしている年若の編集者もいた。奈津が岡島杏子に勧められて書いた短編小説集を読んで気に入り、次はぜひ自分のところで、と企画を持ってきたのが彼女、八坂葵だった。

「約束どおり連れてきましたよ、奈津センセ」

　そう言って、葵はすぐ後ろに立つ男を紹介した。

　ずんぐりと太めの体型は大林をひとまわり大きくしたかのようだが、よく見ると目鼻立ちは整っている。りりしい眉の下にくっきりとした目もと、通った鼻筋。おそらく、痩せればけっこうな美丈夫だろう。

「お招きありがとうございます。加納隆宏と言います」

　会釈しながら、じっとこちらを見据える。

　互いの視線が絡んだ一瞬、奈津は、小さく息を呑んだ。日常の中でこんなに強いまなざしを受け止める機会というのはそうはなかった。眼光鋭いなどという言葉では足りない。ただの挨拶なのに、人をくびり殺しそうな目をする。落武者の役など演じさせたら似合いそうだと思った。

　そもそも、葵が加納のことを話してくれたのは、パーティの半月ほど前だ。

〈なかなか面白い男なんですよ。奈津センセ、きっと気に入ると思うな〉

葵は、わるい顔をして言った。

〈風俗ライターっていうかノンフィクション作家っていうのか、まあどっちで呼ばれても本人は気にしないと思いますけどね。これまでに本も何冊か出してますし、今度うちからも一冊出る予定です。いわゆるアングラの世界で生きる女の子たちのインタビュー集みたいなやつ。奈津センセの旦那さんもかなり無頼っぽいですけど、アンダーグラウンドに通じてるっていう意味では、加納チャン、言ってみればプロですからね。もし取材とかで必要な時は言って下さい。いつでもご紹介しますから〉

そして彼女は、加納と二人でハプニング・バーを潜入取材した時のことを話してくれた。

〈知ってますか、奈津センセ、ハプ・バーって〉

聞いたことはあるけれどもよく知らない、と奈津が正直に答えると、

〈まあ何ていうか、人に見られながらエッチなことしたいとか、人のエッチを見たいとか、そういう人たちが集まってくる、ある意味平和なバーなんですけどね〉

平和。

〈そうですよ。警察が急に踏みこんできたりしたらちょっとやばいですけど、基本的にはみんながハッピーになる場所なんですから。べつに誰にも迷惑かけてないですし〉

新宿二丁目の繁華街よりも一段と奥まった場所にある、かつてのラブホテルを改装したそのバーのシステムは単純だった。男性が一人で足を踏み入れることはできない。必ず女性同伴でなくてはならず、その場合、女性のほうは無料で入館できる。逆に言えば、

女性の飲み食いについては同伴男性の入館料に最初から上乗せされているわけだ。もちろん、女性なら単独でも入れるし、無料ではないにせよ非常に安い。度胸や勇気が料金の代わり、というわけだ。

〈身分を隠しての潜入取材ですから、一応、カップルを装って入ったわけですけど……〉

葵はめずらしく口ごもり、奈津が促すと、思いきったように言った。

〈私、前に加納チャンとの打ち合わせの中で、自分は女の人とあれをすることを想像したらめちゃくちゃ興奮するんだって打ち明けたことがあって……。それを覚えてた彼が、お店側スタッフのレズビアンの女の子にそのことを耳打ちして、私を誘わせたんです。こっちはそんなこととは知らないし、これも取材の一環だし、加納チャンが書くための足しになるかなと思って、ちょっとだけのつもりで誘いに乗ってみたんですけど……〉

初めて女性から性的な行為を、それも衆人環視の中で受けて、おそろしく感じてしまったのだと葵は言った。奈津が、衆人環視とはいったいどの程度のことを言うのかとなおも訊くと、

〈そりゃもう、あそこのびらびらまで丸見えですよ〉

葵は言った。わざと蓮っ葉な言い方をしているが、耳朶まで真っ赤だった。

〈女の子の一人が私の手首をまとめて押さえて、もう一人の子にずーっとあそこを舐められて、いかされて。見に来る人もいるし超恥ずかしかったけど、正直、とんでもなく気持ちよかったです。癖になったらどうしようって怖くなるくらい。自分にそちらの気があるなんて、それまではっきり意識したことなかったんですけど、よく考えてみたら

小さい頃から男の子なんかより、親戚のきれいなお姉さんにドキドキしてたなあって思い出して、それ以来、自分の性的指向についてちょっと混乱してるところなんです。すみません、こんなこと聞かせて。話したのは、奈津センセが初めてです〉

誰にも言わないよ、と約束しながら、奈津はつくづく不思議に思った。

芝居の台本も、ドラマの脚本も、企画に関わるスタッフみんなと相談し、意見を戦わせながら進めてゆくけれども、ここまで個人的な話をすることはまずない。なのにいざ小説を書くためとなるとどういうわけか、創作のための打ち合わせが、時には互いの性癖までさらけ出すほどのあけすけな打ち明け話に変わるのだ。

〈たぶん、小説っていうものの性格がそうさせるのね。人間の、それもよっぽど深いところまで下りていかないことには、細部の描写や何かは文章にできないものだから〉

以前、岡島杏子は言った。

〈私たち編集者は、書き手のために、自分の半生までもどうぞ参考にして下さいとばかりに差し出そうとするのよ。自分個人のたとえちっぽけな経験でも、作家なら、それを普遍の領域にまで広げてくれるんじゃないかと思うから。作家へのリスペクトもあるけど、私たち自身、小説っていう表現そのものが好きでたまらないの。だから喜んで供物になろうとする〉

その伝でいけば、八坂葵がわざわざ加納を連れてきたのも、〈供物〉のひとつだったのかもしれない。

初対面の挨拶を交わした後、奈津は言った。

「葵ちゃんから、いろいろと伺ってます」

周囲に耳をそばだてる人間はいないが、多くを口にするつもりはなかった。加納のほうもそれを感じ取ったのだろう。頷いて、にやりとする。

「ご迷惑でなかったら、今度、新宿のそのお店へ連れて行って下さいませんか。私も取材したいんです。今後のために」

「もちろん、ご案内しますよ」身体の内側に向けて響くような低い声で、加納は言った。「葵に言って連絡下されば、いつでも時間空けますから」

相変わらず、眼力（めぢから）は尋常でなかった。

鼓動が勝手に走り始めるのを感じ、奈津は、ひそかに狼狽（うろた）えた。すぐ上の階のバーカウンターでは夫の大林が一生懸命に客をもてなしているというのに、いったい自分は初対面の男と何をひそひそ話し、悪だくみの目配（めくば）せを交わしているのか。取材、が聞いて呆れる。いつだってそうだ。志澤一狼太に誘われて媚薬を試した時も、ＡＶ男優とのセックスに期待して白崎卓也のスタジオを訪れた時も、何が一番の原動力になったかと言えば、結局のところ好奇心だ。自分がまだ知らない世界を知りたい。それが性の快楽につながる扉の鍵だと思えばよけいに、歯止めがきかない。ハプニング・バーもそれと同じだ。口約束でもこうして交わせば絶対に実行に移してしまうだろうし、いざ一緒に行けば、その先を見たくなるに決まっている。そう、自分自身を供物に捧（ささ）げてでも。

そして、その通りになった。

ガラス張りのイベントスペースでは、いまだに中年男と若い女の稚拙なセックスが延々と繰り広げられている。二人きりで楽しむぶんには稚拙だろうが単調だろうがまったくかまわないが、わざわざ人に見せようと思うなら、せめてもう少しくらいの工夫はないものか。

「じゃ、手本でも見せてやりますか」

そう言った加納が、店のカウンターにグラスを置く。

やっぱりそうなるのか、とどこか他人事のように感じつつ、奈津は、すぐには頷けなかった。フロアの向こう端を見やる。

〈加納チャンがいるから大丈夫とは思いますけど、担当編集者の立場上、奈津センセだけを行かせるわけにはいきません！〉

勇ましいことを言って一緒に入館した八坂葵は今、裸の上に祭りの法被を着て、馴染みになった店の女の子とディープキスを交わしていた。すでにかなり酔っぱらっているらしい。

「葵のことはほっといて平気だよ」と、加納が見透かすように言った。「あいつはここへ来てやっと、自分を解放する楽しさを知ったんだ。今は、メタモルフォーゼの真っ最中ってわけ」

「そんな無防備な時に、本当にほっといて大丈夫なの？」

「大丈夫じゃなかったとしても、俺たちには何の手助けもしてやれないでしょ。傷ついたら、その傷まで含めて彼女が自分で引き受けるしかない。俺たちは、最後にちゃんと拾って帰ってやりさえすれば、それで充分」

スツールから立ち上がった加納に、ほら、と手首を引かれる。

「どこへ？」

「とりあえずは、向こうのソファ。みんなに見てもらうのが嫌なら、無理になんて言わないよ。お互いもうちょっと、親密で深い話をしようよ」

少し安心し、加納と並んで壁際のソファに移動して腰を下ろした。ほとんど座椅子と変わらない低さだ。仕方なく着ているコスプレ用の白衣は短くて、横座りになると腿の半ばまでしか隠してくれない。四十女が何をしているのだ、と何度目かのため息を飲み込む。

L字に並べられた同じソファセットの端では、チアリーダーのTシャツを自らまくりあげた女性のむき出しのおっぱいを、頭頂部の寂しい男性がひどく神妙な面持ちでいじりまわしている。加納の言葉を借りれば、一方はおっぱいを見て欲しいという自分をここで解放し、もう一方はそれを触りたいと願う自分を解放しているということなのだろうか。どちらにも、葵のような初々しさや危うさはない。

目の端で観察しながら、奈津は漠然と思った。エロスというものは、Win-Winの関係の中には存在しないのではないか。

「先生はさ」

同じく、その二人を見やりながら加納が言った。

「どういうシチュエーションにいちばん萌えるの？　昔からよく妄想する場面ってある

でしょ。一人でオナニーする時とかに、思い浮かべておかずにするような場面」

教えてよ、俺も教えるからさ、と言われ、考えようとしてふと天井を見あげた時、シャンデリアがぐらりと揺れた。先ほどのソルティドッグのせいらしい。少し口をつけただけなのに心拍まで上がっている。

「あるけど、きっと笑うよ」

加納は真顔でかぶりを振った。

「笑わない。先生、俺の仕事を何だと思ってる？　これまでさんざん関わってきて思うけど、セックス業界ってのはつまり、一人ひとりの馬鹿らしくて愛おしい妄想の上に成り立ってるんだよ。他人の性的ファンタジーを笑うなんてこと、俺にはとてもできないね」

「じゃあ、白状するけど……」それでもきっと内心では笑うのだろうなと思いながら、奈津は言った。「小さい頃よく想像したのは、盗賊にさらわれるお姫さまね。和風とアラビアンと海賊バージョン、いろいろあったけど、筋書きはだいたい同じ。盗賊はじつは義賊で、最初のうち反目し合ってた二人はやがて結ばれるの」

「なるほど。もう少し大人になってからは？　変わった？」

「そうね。変わったね」

「何がいちばん変わった？」

「義賊じゃなくなった」

笑うかと思ったが、加納はきらりと目の奥を光らせただけだった。

「続けて」

「悪い奴にさらわれたり、監禁されたりするところまでは同じなの。だけど、自分にとって大事な人たちを人質に取られてて、彼らの命を守るためには自分が犠牲になるしかなくて、相手の命令をいやいや受け容れるわけ。脱げ、って言われたら一枚ずつ服を脱いで、隠すな見せろ、って言われたら大事なところから仕方なく手を離して……最後には、縛られてるみんなの前で、意に反して犯されるの。歯を食いしばって、泣きながらもみんなを守るために屈辱に耐えて。……そんな感じ」

　加納が、黙って微笑しながら奈津を見た。

「なるほどね。鍵になるのは、誰かのための犠牲と、自分の意思に反して、ってとこか。なんか先生、俺が思ってた印象と違うな」

　どきりとした。

「そう？　どう違った？」

「思ってたより、おぼこだわ」

　からかわれているだけなのか、それとも真面目に憤慨していいところなのか、奈津にはよくわからなかった。慣れない酒の酔いも手伝ってか、頭が回らない。黙っていると、

「すみませんね、勝手な感想で」加納は言った。「でも、今のを聞いてたら大体わかってきた。先生はさ、セックスってものに、かなり深い罪悪感を持ってない？」

　言い当てられ、驚いて顔を上げる。

「セックスしたいっていう欲望も、男に抱かれて感じる身体も、本来は全然いけないも

のなんかじゃないのに、そういう自分を汚いものだって感じてるんじゃない？」

「どうして、そう思うの？」

言葉が喉に絡まる。

「だってそうじゃないですか。自分より強い力を持った者に支配されて、どうしても抗うことが出来ない。本当はこんな男に抱かれるなんて嫌だけど、拒否することは許されない。しかも人質を取られているとなったら、自害して果てるっていう逃げ道さえ無い。……それってつまりは全部、エクスキューズでしょ。男に身を許すのは自分の意思じゃない、他にどうしようもないんだ、仕方ないんだ、っていう言い訳を、自分自身にも周りにも納得させるための、言ってみれば舞台装置なわけじゃん。そういう壮大な前置きがないと、先生は、男に抱かれる自分を許せないってことなんじゃないかなと思って」

奈津は、知らぬ間に止めていた息をそろそろと吐き出した。

簡単に見抜かれてしまったのが悔しく、恥ずかしい。それなりに自覚はしていたつもりだが、ここまではっきり言語化してみたことはなかった。言葉に置き換えるというのは、なんと残酷な行為なのだろう。すべてがくっきりと可視化され、見て見ぬふりが許されなくなる。

「たぶん先生の場合はさ、」と加納が続ける。「抱かれる時、あえて自由を奪われたほうが深く感じられると思うんだな。ちょっと手首とか縛ってもらってさ、目隠しされたり、何なら媚薬なんかもさ。こんな行為を許してるのは自分の意思じゃない、無理やりなんだって。腰が抜けるほど感じてるのも自分のせいじゃなくて薬を盛られたせいなんだって。そういうふうに、前もって言い訳を用意してあげたら……ねえ先生。あなたと、かなり深いとこまでいけると思うんだけどどうだろう」

「そ……」声が、震えて掠れた。「そんなこと、言われても」

と、その時だ。店の女の子が大きなバスケットを抱えてやってきた。中から無造作に取りだしたものを、

「はーいどうぞー」

ぽい、と加納と奈津の足もとに置いて立ち去る。

見ると、電池式のマッサージ器だった。それこそ、見て見ぬふりは出来ないほど大きい。

唖然としている奈津を尻目に、それを手に取った加納が言った。

「先生、こういうの、使ったことある？」

奈津は思わず、眉根を寄せて呻いた。

「ないの？」

「……なくは、ないけど」

「けど？　気持ちよくなかった？」

「そういうわけでも、ないんだけど。ただ、あんまりいい思い出じゃないっていうか」

「そこんとこ、詳しく聞かせてよ」

つまらない話だよ、と奈津は言った。最初の夫・省吾との間に性的な関係がほぼなく

なった後、彼がこちらの欲求をなだめるために使い始めたのがそういうものだったというだけだ。

「え、どういうこと？　夫婦間のセックスそのものはなくなったのに、妻の性欲の処理はしてくれてたってこと？」

「まあ、そういうこと」

「旦那さんのほうの処理は？」

「彼は……そのへん淡泊だったみたいで」

　お返しはしなくていいと言われたと話すと、加納は目を丸くした。

　かつて、志澤とのメールのやりとりの中で、そのことを打ち明けたのを思い出す。志澤は、指ならまだしも電動マッサージ器で妻を慰めるとは何ごとだ、お前は機械じゃないんだぞ、そんな心ない仕打ちは断固拒否するようにと書いてよこした。

　好きになった相手が、自分のかわりに怒ってくれるのが嬉しかった。そんなふうに言うからには志澤は女性をないがしろにしないのだろうと思ったのだが……何のことはない、ふたを開けてみれば、省吾どころではなく斑気で行き当たりばったりで、奈津を性的に屈服させたと見るや放置してはいたぶり、依存が過ぎると言って突き放した。

　突然の放置も、理由のわからない拒絶も、あの当時は便器を抱えて血を吐くほどつらかった。もう誰も信じない、男なんてどうせみんな同じだ、と呪うような気持ちだった。

　ある意味、その通りだったのかもしれない。今ふり返れば、省吾も志澤も、こちらの欲求の強さを前にして及び腰だっただけなのではないかと思える。自分の持っている牡としてのポテンシャルではこの牝を満足させられないし支配もコントロールもできない。そう察知したからこそ、一方は自身の身体を使わずに手っ取り早く絶頂感だけ与え、もう一方は、自分の側から関係そのものを切って捨てるという形を装って敵前逃亡を図ったのではなかったか。そう、男など、みな同じ。プライドを守るためなら汚い手も平気で使うし、しかもそれを正当化する生き物だ。もちろん、彼らは彼らで、女だって変わらないじゃないかと言うだろうけれど。

ブウゥン……という振動音が物思いを破る。

加納が手の中のマッサージ器のスイッチを入れ、初めて見るかのようにわざとしげし げ観察してから、再びスイッチを切る。奈津に目を向けて言った。

「上書きしてやればいいんじゃないかな」

「何のこと？」

「だから、こいつのこと。いい思い出じゃないんでしょ。なら、もっと強烈な記憶で塗り替えてやればいいんだよ。せっかくだから使ってみる？」

「うそ。ここで？」

「当然でしょ、ここはそういう場所なんだからさ。先生が取材したいって言うからわざわざ来たんでしょうよ。だったら少しは自分の身体を張ってみせなきゃ。葵のやつはそうしたよ」

言われて、はっとなった。

そうだ、葵はどこに。

フロアに目を走らせるが、姿は見えない。ガラス張りのイベントスペースとバーカウンターをはさんだ向こう側、どこか奥のほうの暗がりで、スタッフの女の子たちと濃厚な時間を分け合っているのかもしれない。

大丈夫だろうか。無防備なところを不心得者に襲われたりしていないだろうか。

「彼女なら気にしなくて大丈夫。スタッフに気をつけておいてくれるように頼んである。いろんな意味でまだ初心者だから、加減がわからなくて羽目を外しすぎたり、危ない目に遭いそうになったら必ず報せてくれって。たとえその時こちらがどういう状況でもかまわないから、ってね」

言うなり、互いの間に空いていたわずかな距離をすっと詰めて、肩が触れあうほどのすぐ隣に移動してきた。奈津は、すくんだ。彼の体躯から発散される見えない圧に押されて動けない。

加納は、手にしたものの先で奈津の白衣の裾をそろりとめくり上げた。中へと潜り込ませた機械の丸い頭部で、下着の上からこするように愛撫し、奈津の反応を窺いながら再びスイッチを入れた。

とたんに尻が浮く。逃れようとするのを引き戻され、押しつけられると、

「やっ」思わず声が出た。「だめ」

払いのけようとする手を、加納がいとも簡単につかむ。

また、あの目だ。射すくめるような視線が間近に突き刺さり、標本のように止めつけられて動けなくなる。

近くにいたおっぱい丸出し女が、こちらへ顔を向ける。フロアの向こうからも、何かが始まったのをかぎつけた人々が一人、また一人と覗きに来る。

「お願い、やめて」

嘆願したとたん、加納がコントローラーのレベルを上げた。声もなく腰が跳ねる。背中を壁に押しつけられ、逃げ場がない。とうとう悲鳴をあげて身をよじらせ、間近に迫る胸板に顔を伏せながらしがみつくと、加納はスイッチを切って言った。

「先生、おいで。そっちの部屋で、ちゃんとみんなに見てもらおう」

抱きかかえるようにして立たされ、手を引かれてフロアを横切る間、いくらでも抗うことは出来た。

奈津は、黙ってついていった。頭の中はぼんやり霞がかかり、振動する機械を押しつけられていた股間はチリチリと痺れてむず痒い。

ガラスの外側から眺めるよりも、中に入ってみると部屋はよけいに狭く感じられた。四畳半ほどのスペースに、安価なガラステーブルと、赤い合皮のロータイプのラブソファ、床はわずかに弾力のある木調のクッションフロア。どんな痴態が繰り広げられようと何が壊されようと、すぐさま片付けや掃除が出来るようにという配慮だろう。

しばらく前までここで、つまらないセックスを延々と繰り広げていた中年男と若い女のカップルは今、先ほどの加納と奈津のようにバーカウンターに陣取っている。シャワーでも浴びてきたのか二人ともバスローブに着替え、お手並み拝見、とでも言いたげに顎をあげてガラス越しにこちらを見下ろしている。

その傲岸な視線にぶつかったとたん、奈津の中に芽生えたのは苛立ちと軽侮、そしてどこか子供っぽい対抗意識だった。自分でも馬鹿げているとわかっていながら、後に引けない思いが腹の底で固く凝る。

ギャラリーを全員、釘付けにしてやる、と思った。

加納が、さっそく仕掛けてくる。すぐにわかったことだが、彼は予想していた以上に性的な技巧に長けていた。特別なことをするわけではないのに、一つひとつの動きが粘っこく、同時に淡々と突き放すようでもあって、奈津は翻弄され、自分からも欲し、貪らずにいられなかった。

身体の奥が痙攣しながら収縮して、加納の指をきつく締め付ける。その反応自体は嘘でもなければ抑制できるものでもない。が、肉の内側で加納の指の輪郭や感触を味わいながら、奈津の脳裏の一隅はしんと醒めていて、計算するのだった。ガラスの外のギャラリーから、自分たちが今どう見えているかを。

左脚を引きつるほどぴんと伸ばし、声をあげながら足指を握りこむ。右脚は加納が仕事をしやすいように大きく広げ、膝を曲げて彼の身体を抱え込み、自分のほうへ引き寄せる。もうたまらないといったように足裏で背中全体を撫でさすりながら、もっと、もっとと腰を突きあげてみせると、加納は全部わかっていると言いたげに不敵な微笑を浮かべ、さらなる技巧を繰り出した。

部屋の外はすでに黒山の人だかりと言っても過言ではない。興奮が過ぎて、自身の持ち物をしごきながら部屋に入ってこようとする男を、法被姿の葵が店のスタッフ共々なだめて外へ押し戻すのが目の端に映る。

　良かった、無事だったか、と思う。知っている人間の姿を見てますます現実感が薄まるとはどうしたことだろう。

「ほら、こっちを見て」

　加納に言われ、奈津は目を戻した。

「まだ外の連中が気になるの？　ずいぶん余裕だね」

　まとっていたバスローブの腰紐を抜き取ると、加納は奈津の手首をまとめてぐるぐる巻きにし、きつい結び目を作って頭の上へと上げさせた。思わず息を乱した奈津の顎を乱暴につかみ、鼻が触れそうなほど顔を近づけて目の奥を覗き込む。強すぎる視線に、頭蓋の中をサーチライトで照らされているかのようだ。何も、隠せない。ごまかせない。

「もっと乱れてみせてよ、先生」低くささやく。「あんな奴ら、どうでもいい。俺の目だけ見てれば気にならないはずだよ」

　指、たぶん中指と人差し指が、濡れた肉を押し分けて潜り込んでくる。同時に親指で、敏感な先端をくるくると丸めるように愛撫される。

「ほら、駄目だってば、目をつぶっちゃ」

　言われて、懸命にまぶたをこじ開けるが、快楽の波が強すぎてすぐに呑まれてしまう。

「俺の言うこと聞けないなら、やめるよ」

　指の動きを止め、引き抜くそぶりを見せられて、

「いやっ」

演技ではなく腰が後を追いかけた。

「いやなら、ほら。目を開けてないと。俺の目をちゃんと見たまま、そのまんま溢れてみせてよ、先生」

そこから先は、〈芝居っけ〉など必要なくなった。

指だけでここまで狂えるものと、初めて知った。加納の指はずんぐりしていて、第二関節のまわりがそれぞれ異様に太い。入ってくる時と出てゆく時、奈津の軀の入口はいちいち押し広げられて軋む。

「いま、何本入ってるかわかる?」

手首をくくられた奈津がかぶりを振ると、加納は耳元に口を寄せて答えを告げた。と同時に圧迫感が増す。さらに指の数を増やしたのだ。

中で、動く。手招きするかのように動いて、内部の肉を掻き出そうとする。奥に隠れた何かを探しながら奈津の反応をうかがっていた加納が、ある場所を指で強く押しこんだ。

あっ、と声がもれる。

「見つけた」

まさにその場所に中指の腹があたるよう、手招きの動きを速める。奈津の尻がずり上がって逃げようとするのを、もう一方の手が肩をつかんで押さえる。彼の軀が重しになり、安いソファに背中がめり込む。すぐ下の床が固い。少し、痛い。

動きを止めた加納は、変わらず奈津の目の奥を覗き込みながら、目尻に皺を寄せた。

「そろそろいくよ。いい？」

何が、と訊き返す暇もなかった。

突然襲ってきたさらに激しい刺激に、奈津は身をよじり、背中を弓なりに反らせた。加納が指だけでなく手首から、いや肘から動かすようにして中身を掻き出そうとする。ガラスの向こう側、集まったギャラリーが固唾を呑む気配が伝わってくる。もうそちらを見ることさえできない。視界がかすんで焦点が合わない。尿意に似た衝動を懸命にこらえようと膣に力を込めるのに、そのつど加納の指先にいともたやすく掛け金をはずされ、そうすると蓋が緩んで中の水がどっと溢れてしまう。

「やだ、それ、やだ」

高遠ナツメともあろうものがこんな陳腐なセリフ、と思うのに、

「お願い、やめて。ねえってば、お願い」

唇からは懇願しかこぼれない。

「何言ってんのさ、先生」揶揄するように加納が笑う。「まだ始まったばっかりでしょ。もっとたっぷり見せつけてやんないと、あいつら、このくらいじゃ満足しないよ」

ソファから床までずり落ちた尻が、信じられないほどの量の生ぬるい水たまりにびしゃびしゃと浸かっている。着ている白衣が濡れそぼち、腰から背中のほうまで冷たい。

今では夫となった大林一也と、初めて寝た時のことを思いだす。もう五年ほども前になるのか。奈津が、いわゆる〈潮を吹く〉と呼ばれる状態を自らの軀で知った最初だった。けれどそれから半年あまりの間に、大林のセックスはみるみるおとなしくなり、回

数も減り、やがてほとんどなくなってしまった。

今夜、彼は何をしているだろう。打ち合わせがあると嘘をついて手に入れた秘密の時間。セックスの欲望にこれ以上縛られたくないと言いながら、舌の根も乾かないうちに夫を裏切る自分。背徳感や罪悪感が、むしろ快楽の刺激となり、尾てい骨から背筋を伝って這いのぼってくる。

「何、考えてんの」

加納の低い声が咎める。

「何も……」

「嘘だね。俺から目をそらさないでって言ってるでしょ。守れないんなら……」

ああ、また大量に溢れた。

加納よりは拙い大林の手技によって、どうやらこの先の快楽があるらしきことを半端に知らされたまま放置されていた軀が今、待ちに待った雨を夢中で飲み干すけもののように雄叫びをあげて歓喜しているのがわかる。歓喜が過ぎて、辛抱がきかない。快感の針があまりに鋭く、とうていじっと受け止めてなどいられない。

奈津は、床を背中で這うようにして転がり回った。逃れても逃れても、加納の指は淡々と、だが執拗に追いかけてくる。

さんざん暴れ、声をあげ、ぐったりとして浅い息をつく奈津を、しかし加納はまだ許してくれなかった。捕まえた獲物をいたぶるかのように、脚を両側へ開かせ、肉のあわいに中指を一本だけ挿し入れる。奥まで届いたところでぐるりと回転させて掌を上へ向け、もったいぶった間をおく。と、おもむろに指先を鉤状に曲げ、跳ね上げるかのように勢いよく引き抜いた。

かすれた悲鳴とともに、高々と噴水が上がった。大きな弧を描いて飛んでゆくそれを、奈津の目は茫然と追った。

四畳半ほどの透明な部屋の床を、文字通り水浸しにしながら、とうとう一度も軀を繫ぐことはなかった。加納がその気にならなかったわけではない。奈津のほうも拒むつもりはなかった。ただ、最後のほうで彼は奈津の上にのしかかり、耳元に言った。

「すごく挿れたいけど……頭が変になるくらい先生ん中に挿れたいけど、やめとくよ。そんなとこまであいつらに見せてやることはない」

言外に、するならば二人きりの時にと匂わされた気がしたが、錯覚だったかもしれない。こちらが思う以上に加納は場数を踏んでいる。女と親しくなっても深い仲にならずにおく方法を、おそらく三百種類くらいは知っているに違いない。

別々にシャワーを浴びてから、バーカウンターへ戻った。スタッフの女の子が飲み物を一杯ずつサービスしてくれる。先ほどまで顎をつんと上げてこちらを見下していた中年男と若い女のカップルは、いつの間にか姿を消していた。

「恥ずかしくなっちゃったんじゃないですか」と、八坂葵は言った。「あんな凄いもの見せつけられたら、どんだけ空気読めない連中だってさすがに自分たちのお粗末さに気づきますよ。ギャラリーの数からして違いましたもん。だけど、そのぶん大変だったんですよ。見てるだけじゃ我慢できなくなって、部屋の中へ入り込もうとする馬鹿を連れ戻すの」

「知ってる」と奈津は言った。

「え、なんでですか」

「見てたもの。ああ、八坂ちゃん無事だったんだと思ってほっとしたんだよ。面倒かけてごめんね。ありがとう」

やれやれと、隣で加納が嘆息する。

「だから俺の目だけ見ててってあれほど言ったのにさ。先生、なかなか集中してくれないんだもん」

そういうわけではないのだと言いたかった。

ただ、あれほどまでに激しい快楽の波に翻弄されていようと、結局、自我や自意識までが消えてなくなることは一度もなかった。多くのギャラリーから一部始終を観察されるなどという異様な状況が忘我（ぼうが）を邪魔したわけではない。むしろそれは快感を煽りさえしたのだが——自分と相手の視線以外に第三の架空のカメラがどこかそのへんの隅に据えられている感覚はやはり常と同じで、その存在を忘れ去ることはできなかった。これまでになく深く感じられたのは嘘でなくとも、ありのままの事実の上に、わずかなりともファンタジーを盛ってしまう点だけはいつもと変わらなかった。

自分の場合、ほんとうの忘我の境地に至るには、前に志澤と試したような媚薬が必須（ひっす）なのかもしれない。それとも、加納との手合わせがまだ一度きりだからなのか。ずいぶん昔、杏子に言われた覚えがある。同じ相手と最低三回は寝てみないことには軀の相性などわからない、と。

だとしたら、まだ一度もほんとうには寝ていない加納と何度か逢瀬(おうせ)を重ねたなら、その先には別の世界が待っているということなのだろうか。

〈たぶん先生の場合はさ、抱かれる時、あえて自由を奪われたほうが深く感じられると思うんだな〉

正直、期待は、ある。

〈そういうふうに、前もって言い訳を用意してあげたら……ねえ先生。あなたと、かなり深いとこまでいけると思うんだけどどうだろう〉

乱れそうになる息を抑えて飲み込み、バーカウンターの下でそっと脚を組み替える。さりげなくそうしたつもりだったのに、加納の熱い掌が膝頭を包みこみ、腿をじわじわと這いのぼって奥へと忍び込んでくる。

「まだ足りないんでしょ、先生」

奈津の耳朶を、そこに挿したピアスごとくわえて甘噛みしながら加納は言った。

「あっちの壁際の暗がりへ行こうよ。さっきより、うんといやらしく弄(いじ)ってあげる」

＊

乗り過ごすところだった。

東京駅で新幹線の席に座るなり、念のため携帯のアラームを到着時間の三分前に合わせておいてよかった。せておいてよかった。それがなかったら終点まで連れて行かれるところだったかもしれない。眠気に負けて目をつぶったことさえ覚えていないほど、一瞬で寝落ちしたものらしい。

あたふたと荷物をまとめて駅に降り立つと、いきなりおそろしい雨音と湿気が身体を包み込んだ。向かいのホームさえ見えない土砂降りで、午後三時だというのに薄暗い駅前ロータリーを稲光のフラッシュが照らしだす。

傘など持っていない。昨日、駅から少し離れたパーキングに車を停めた時点では、真っ青な冬空に雲ひとつなかったのだ。

ぼんやりと駅前に立ち尽くす。雨粒の一つひとつがアスファルトを激しく叩き、無数の白い王冠を形づくる。たとえ傘を差して歩いても、下半身は見る間にびしょ濡れだろう。

いっそのこと車を置いたままタクシーで帰ろうかとも思ったが、後で改めて車を取りに来るのに、大林に送ってもらう気にはなれなかった。軀の芯にはまだ他の男の感触がありありと残っているのだ。勘のいい彼とはできるだけ顔を合わせずに済ませたい。

心を決めて、奈津は持っていたストールを頭の上からかぶり、バッグをコートの中に抱え込むようにして豪雨の中へと足を踏み出した。ロータリーを横切り、向こう側へ渡るまでに、ストールはぐっしょりと水を吸って用をなさなくなった。

ハプニング・バーの閉店は朝の五時だった。スタッフがかまわないと言うのでもう一度シャワーを浴び、ほんの数人残っていた客とも口をきかずに着替え終わり、三人で外へ出る頃、新宿の街はうっすら明け始めていた。ゴミを狙うカラスたちが騒がしかった。

〈これからどうしましょうか。とりあえず、どっか開いてるとこ探してコーヒーでも飲みます？〉

そう言って、すっかり酔いの醒めた様子の八坂葵がふり返る。

奈津は、思わず加納を見やった。同時にこちらを見た彼と、視線が強く絡む。

そのとたん、

〈うわあ、すみません、気が利かなくて！　私は消えますから、後はお二人で！〉

ちょうど滑り込んできたタクシーを停めた葵が、失礼します！　と敬礼のポーズを残して乗り込み、あっという間に走り去る。リアウィンドウから手を振る彼女が見えなくなると、加納と奈津は、どちらからともなく笑い出していた。

〈じゃあとりあえず、どこかに入りますか〉と加納は言った。〈コーヒーなら、そこでも飲めるでしょ〉

飲まなかった。部屋に入るなり服を脱ぎ捨て、ダブルベッドの掛け布団を二度と使いものにならないほどの水浸しにしてしまった。

自分の身体のいったいどこにこれほどの水分が貯えられているのかわからない。喘ぎ続け、悲鳴をあげ続けたせいで喉が痛くてたまらなくなった頃、加納はようやく奈津を指でいじめるのをやめ、後ろから犯し、上にまたがらせて揺らし、鏡の前に立たせてまた後ろから犯した。腰を痛めているせいで自分が上になるのは辛いのだと言った。

初めて挿入されるそれは、ずんぐりとして大きかった。大林の持ちものも、質量という意味で言えばそれまでの男の中で一番だったが、それよりさらにひとまわりも大きなものに有無を言わさず押し分けられ、内部をゆっくりこすられるとたまらなかった。

昼まで一睡もせずに繋がり続け、ようやくホテルを出て東京駅へと向かうタクシーの中で、加納は顔だけ窓の外へ向けながら奈津の手を握った。

〈また逢えるかな、先生〉

黙って握り返した。最低三回の逢瀬のさらに先を、この男と見てみたいと思った。

八重洲口で手を振り合って別れた直後、家にいるであろう大林にメールを送った。昨夜は打ち合わせと会食で遅くなったのですっかり朝寝坊をしてしまった、と書き送ると、しばらくして返信があった。このあと出かける旨の、短い返事だった。

行き先がどこか書かれていないのはいつものことなのに、機嫌でも悪いのではないか、何か感づいているのでは、などと気にかかってしまう。後ろめたさのせいだ。

冷たい雨に震えながら、奈津は駐車場までの道のりをうつむいて歩いた。頭に、肩に、小さなハンマーのような雨粒が叩きつけられる。全身ずぶ濡れで車にたどり着く頃には、何もかもどうでもよくなっていた。

予告通り、夫の大林は出かけた後だった。奈津はほっとしながら鍵を開けた。

雨を吸い込んでずっしり重たくなったコートを脱ぎ、歩くたびゴポゴポと水音を立てていた靴も脱ぐ。コートの中でできるだけ守っていたバッグはまだしも、靴のほうはだめになってしまったかもしれない。こんなに降るとわかっていたら、一張羅など履いていくのではなかった。これもバチか、と情けない気持ちで赤い靴底を拭きあげ、内側に新聞紙を詰めて乾かす。手がかじかんで、何をするにもままならない。

バスルームへ向かおうとすると、環が足もとにまとわりついてきた。

「だめだよ、まだびしょ濡れなんだから」

かまわずに、鳴きながら体を擦りつけてくる。かがんで抱き上げ、三色に彩られた背中に鼻先を埋めた。

「環さん」

ぬうー、と猫が鳴く。

「どうしよう、環さん。これまででいちばん馬鹿なことしちゃったよ」

ぬうー、と同じ返事が返ってくる。奈津の髪の先から滴が落ちるたび、三毛の背中がぴくりと震える。

寒い。このままでは風邪を引く。猫を下ろし、バスタブに湯を落とし、待っている間にスマートフォンを取り出した。

〈家に着いたら一応報せて。なんでって、心配だからさ〉

別れ際にそう言われたのを真に受けて、律儀にメールを送ったりしたら、またおぼこだと笑われるだろうか。ふだん加納が身を置く世界の流儀なのかどうか、こちらの本気を軽くいなされる瞬間が、会っている間にもたびたびあった。かといって、なしのつぶても失礼だ。もとはといえば〈取材〉に協力してもらったのだから、まずは礼を伝えるべきだろう。

奈津は、かじかんだ指を走らせた。畑こそ違え、相手が言葉の世界の住人と思うと、綴る文面はおのずと変わってくる。一晩じゅう彼のペースに翻弄された悔しさも手伝って、メールはいつになく計算高く挑発的なものになった。

加納隆宏さま

たった今、家に帰り着きました。

駅に下りたら、季節はずれの雷ばかりか稲妻まで伴うものすごい土砂降りで、どうやらこれは罰だな、とひっそり苦笑い。傘もなしに五百メートル先のパーキングまで歩く間、ついぼんやりとあれこれ反芻していたら、停めてある自分の車の前を思いきり通り過ぎ、また引き返すこととなりました。

そんなわけで今、下着がしっとり濡れています。あなたと雨、どちらのせいかはわからないけれど。

おそろしく刺激的な時間をありがとう。いろいろ無理させてしまってごめんなさい。寝不足だと、腰ってよけいに痛むでしょう？　早くよくなりますように。

別れ際に言っていた次の約束も、どうかくれぐれもご無理のない範囲でね。でも、もし本当に「また」があるのなら、私はとても嬉しいです。

さてと。まずは、熱いお風呂に浸かるとしますか。

ほんとは下着ばかりか全身ずぶ濡れで、寒くてかなわねえ。

田舎の女子大生より

——田舎の女子大生。

それもまた、思っていたよりおぼこ、の文脈で加納の口から飛び出した揶揄だった。

〈あんなドロドロの人間ドラマをしれっと書いてのける人だからさ、会う前は正直、とんでもないあばずれか古狸を想像してたのに、何なの先生、そのギャップは。百戦錬磨の女の顔して、中身だけ、田舎から出てきた女子大生みたいだよ。それも、ひと昔前の〉

だって今どきあり得ないでしょ、その純情っぷり、と加納にからかわれ、奈津は狼狽を隠すのに苦労した。表現こそ軽いが、前に志澤一狼太から突きつけられた言葉と同じことを言われている気がしたのだ。

かつては師と仰ぎ、のちに目がくらむほどの恋心を抱いた相手から、いきなり突き放された当時を思い出す。長い放置のあと、まるで書き損じでも投げつけるかのように志澤がよこしたメールには、当分逢う気はない、おまえはかなり鬱陶しい、甘えが過ぎる、などの言葉とともにこうあった。

——もうひとつ。とりわけ男女のときに、旦那に仕込まれたであろう幼児的態度をとるのを克服しなさい。あれは、萎えるよ。歳を考えろという言葉は嫌な言葉だが、それおまえは、おまえをガキ扱いしている奴だけだって。おまえはずいぶん遅滞している部分があると思う。

でも、あえて言う。歳を考えろ。

――ああいう態度が嬉しいのは、ずっと子供扱いされてきて、それに安住していて、ずいぶん遅滞している部分があると思う。

志澤の言に一理あることは、自分が一番よくわかっている。たとえそれが、効果的な凶器としてわざわざ選ばれた言葉であったとしても、含まれている真実に変わりはない。自ら真実だと知るからこそ、あれほど傷ついたのだと言っていい。

加納を相手に、また同じ轍を踏んでしまっているのだろうか。

（違う）

奈津は、いましがた送ったメールを読み返しながら思った。

今度は、違う。何より、加納に対して依存心はない。甘えたいとか、導いて欲しいといった気持ちもない。むしろ、逆だ。あのいかがわしい館で、そしてホテルへと場所を移してからも、愛撫や口づけや交接の合間あいまに互いのことを沢山打ち明け合った中で、加納は、黙っているのが苦痛であるかのように白状した。自分もまた、いま初めてまとまった小説を書こうと試みていることを。処女作となるその作品を、彼は、友人でもある編集者・八坂葵のもとで作り上げようとしているのだった。

〈いいよ、先生。俺が、野心とか下心があって近づいたと思ってくれても。実際、会うまでは百パーセントそうだったし〉

今は？　と奈津が訊き返した時、加納の頬が引き攣れるような歪み方をしたのは、自嘲の思いからだろうか。あるいはそれも買いかぶり過ぎか。

いずれであっても、一向にかまわないと思った。彼が、風俗ライターの呼称にもノンフィクション作家の立ち位置にも満足せず、小説家として新たなデビューを志しているならば、まず、書くがいい。そのために高遠ナツメまたは高遠奈津との交誼が何らかの役割を果たすというなら、どうぞ利用するがいい。何が嫌いだといって、奈津は、書く書くと言いながらいつまでたっても書こうとしない万年物書き志望がいちばん嫌いだった。

いまだに短い戯曲の一本さえ最後まで書いてみせたことのない大林。彼への軽侮の心は、それを抱える奈津自身を、日常のどんな行き違いよりも深く疲弊させていた。最後まで書き上げて人に見せない限り、こき下ろされることはない。応募して落選しない限り、いつまでたっても才能を否定されずに済む。だが、批判や無理解や挫折が怖くて、物書きなどやっていられるものか。それを怖れるのなら、作品など書くまでもなく、もとより才能がないのだと断じる以外にない。

加納隆宏はどうだろう、と奈津は思った。目の奥に燃える剝き出しの野心は、はたして本物だろうか。そうであって欲しい。できることなら、彼の助けになりたい。かつて奈津に対して、お前を伸ばしてやりたいと言った志澤の心持ちが、少しだけわかる気がした。

＊

奈津先生

仕事が忙しく、返信が遅くなってしまい申し訳ありませんでした。……というのは真っ赤な嘘です。意図的に遅らせました。

理由？　いわゆるひとつの〈放置プレイ〉ってやつでしょ。

どう、Ｍ女的に燃えた？　あ、思い出したらこっちが膨張（ぼうちょう）したわ（苦笑）

冗談はともかく――

それにしても、と思うんだよ。完璧な繫がり方だったなって。

一般的に、三十七歳のオッサンなんてそんなに元気なものじゃない。俺自身、仕事の付き合いで、若くて魅力的な女性とはしょっちゅうお手合わせ願うけど（インタビューとかって意味ですよ、もちろん）、もうずっと達観した状態だったんだ。会話の内容が内容だから、相手が途中から発情しちゃうこともけっこうあるんだけど、それを察知しても、先生の言う〈三百種類くらいの方法〉のどれか一つで適当にごまかしていたしね。

でも、先生とはそうじゃなかった。圧倒的な力に導かれるような感覚というか、あらかじめ何ものかに定められている決定事項だったというか。陳腐な言い方なのはわかってる。けど、宿命的に反応したんだよね、先生には。抗う気持ちどころか、疑問符さえ頭に浮かばなかった。

　じつは、ホテルで一緒にいる時、考えていたんだよ。すべてを放り出して、この女とどっか遠い世界へ行ってしまったらどうなるんだろうなってね。ふだんは人一倍、合理的に物事を判断するほうだから、そんなことを考えてる自分に俺が一番驚いた。実行に移すほど刹那的にはなれやしないけど、あの感覚はいったい何なんだと思うわけ。まあ、答えはいくつもないんだけど。要は、まだまだ抱き合っていたかったってことなんだろうけどさ。

　タクシーの中でもちょっと話したけど、先生の家のパーティから戻って、俺はしばらく混乱してた。脚本家・高遠ナツメのまとう、あまりにも強烈な空気にあてられてさ。

　先生は、そんなの周りの誰からも言われたことないって一笑に付してくれたけど、だったら周りがどうかしてる。あんなに常軌を逸した悪魔みたいな空気を、なぜだかふわふわと天使みたいな笑顔でもって、無自覚にあたりにまき散らしている女と、俺は生まれてこのかた出会ったことがなかった。

　それだけでも混乱したってのに、今回はかなり長い時間、先生の深いところに触れたから、衝撃とダメージが神経毒みたいに身体中にまわってさ。そのせいで、文字を書く、言葉を綴るっていう現実に立ち戻るまでに、それなりの時間が必要だったんだ。

大げさな言い訳だと思うかな。

とにかく、この世に未練のないトップランナーが放つ言葉と空気は、俺にはまだいささか手に余る。顔とか佇まいにだまされて、迂闊に近づくと危ないなとつくづく思ったよ。

ねえ、先生。ほんとは薄々、自覚してるんでしょ？　関わる相手を歪ませて、へたすると破滅させるスペックがあることを。ほんの短いメールでさえ、ああいう振り幅を演出して見せられるんだもん。そのへんの男を生贄や人柱にするのなんか簡単でしょ？

怖ろしい女だと思うよ、ほんとうに。先生が周囲への遠慮や気遣いをやめて、持てるエネルギーの全部を解放したらどうなるんだろうな。

怖ろしいけど、見てみたい。そう、俺は猛烈に面白がってるんだ、あなたを。

とにかく、次の約束を心待ちにしています。

また、崖っぷちで丁々発止、存分に渡り合おうよ。

T・K

デジャ・ヴのようだった。メールのやりとりで互いの気持ちを煽り合うような関係には、もう懲りごりだったはずなのに。

ただし、志澤一狼太の時とは異なる点もあるのだった。師である志澤に対しては、いま思えば鍍金でしかなかったものまでを黄金と勘違いして祭り上げるばかりだったが、加納が相手だと違っていた。言葉を生業にする立場で言うなら、たしかに自分のほうがずっと先輩であり、八坂葵などに言わせれば〈はるかに格上〉でもあって、その余裕のおかげで、関係の始まりからすでに男の足もとに這いつくばるようなみっともない真似はしないで済んでいた。

むしろ、前とは逆だ。加納との関係においては、奈津の側が絶対の導き手となり、言葉を尽くした憧憬と崇拝を彼から浴びることとなる。それでいて、いざ男女の時間となれば有無を言わさず組み敷かれ、言葉など届きもしない、人の世界のはるか外側で蹂躙される。その落差の大きさ、下克上の甘やかさといったら堪えられなかった。身体を重ねてからまだほんの数日だというのに、奈津の頭の中は、あの落武者を思わせる野蛮な男の幻でいっぱいになってしまっていた。

また、この季節が始まってしまった。

罪悪感と自己嫌悪から気持ちは沈むのに、肌の色は勝手に艶めいて浮き立つ。

大林がほとんど家に居ないのが、こうなるとありがたかった。

To：加納隆宏さま
Subj：悪態と、質問と。

先週水曜の夜に、いけ好かない年下のオッサンと邂逅。

翌木曜には大雨に打たれ、徹夜して〆切を死守。

金曜は風邪の微熱を押して南房総の実家へ車で移動。

土曜朝六時に両親を乗せて横浜へ走り、母の喜寿のお祝いでは善き娘を静かに熱演。

明けて本日日曜は、そのまま両親を乗せて信州へ連れ帰り、先ほどホテルの部屋まで送って寝かしつけ、よほど気疲れしたのか今夜は呑まなきゃやってられないという旦那を行きつけの隣町のスナックまで送り届け、今ようやく一人で家に戻ってきたところです。やれやれ。


そんななか——今日は携帯を家に置き忘れて出かけてしまったんだ。一人で帰ってきて、机に伏せてあったそれに手を伸ばす前に、何度も何度も自分に言い聞かせてた。来てるわけない、来てるわけないから、絶対来てないから、わかってるから平気。

何がって？

知らないよ。

だけど、置き忘れて出かけてよかった。あなたからのあんなメール、親たちといる時に届いたら、とても平静でなんかいられなかったもの。

げんに、その場で最後まで息を詰めて読んだあと、床にしゃがみ込んでしばらく立てなかった。胸が苦しくて。そうして、心臓を押さえながら、やだ、困る、何これ、やだ、ってひたすら呟いてた。困るんだよ、ほんと。こんな、息もできないのは困るの。

このあいだ、親友でもある年上の編集者がうちに来ていて、彼女に向かって話していたんだ。近々いかがわしいバーへ出かけることになると思うから、夫対策として一応アリバイを頼みますっていうことや、その水先案内人になってくれるであろうあなたという存在についてもね。

もちろん、我が家のパーティで会った時から目を奪われた話もした。青いガスの炎みたいなオーラや、牡の肉食獣を思わせるエネルギーのことも。

でもそのとき私は、彼女に言ったの。べつに、誰かと恋をしたいとは思っていないんだ、って。やっぱり私は今の旦那との生活が大事で、この暮らしを続けるためには彼に気持ちの軸足をちゃんと乗せておきたい。今したいのは、だから恋じゃなくて、フィジカル面を満たしてくれる極上のセックス、それだけなんだ、ってね。

なのに――どうしてなんだろう。いったい何が起こってしまったんだろう。

私が感じたのと同じことを、あなたが感じていたかどうかはわからない。そうだといいとは思うけど、いちいち確かめるわけにはいかないし、それでなくとも私は（あの夜打ち明けた通り）ただでさえ臆病で、こと自分自身の値打ちみたいな部分になるとやたらと疑り深いから、何を聞いても額面通り受け取れるとは思えないしね。

ただ、ほんとうに不思議だったの。どうしてあなたとは、唇を交わすだけであんなに感応するんだろう、どうして互いに差し出した心臓を貪り合うみたいな感覚で抱き合えるんだろう。

心も軀も、私の中にあれほど深く刺さってきた人はいなかった。

「志澤＝狼」とは、そうとう深いところで繋がったことがあったよ。だけどそれは、二カ月足らずの間に膨大な量のメール（プリントアウトしたら厚さ五センチを越えたほどの）をやりとりした後でのことだった。言葉で煽るだけ煽り合い、互いの間の支配と被支配がすでにできあがったあとで初めて抱き合ったんだから、そりゃ盛り上がりもするよね。

でも、あなたとはそうじゃない。

なのに、あれは、何だったの？　何が起こったの？

あの木曜日の夕方、雨の中を帰ってきてすぐにあなたにお礼のメールを出してから後、今日になって憎たらしい返事が届くまでの、丸二日と半日の間じゅう……私が、何を考えていたかわかる？

これは絶対に、何かの間違いだ。勘違いしてるだけだ。あんなに間近に見つめ合って、無防備きわまりない状態で特別な言葉なんかやりとりしてしまったから、だからこんなにあとが辛いんだ。ただのセックスならともかく、ああいう種類のことまでは本来、特別な相手としかやりとりしないことだから、そのせいで脳が錯覚してしまったんだ。きっとそうだ。母の祝いの席で、家族や親戚と和やかな時間を過ごして、おまけに夫の両親にさんざん気を遣ったりすれば、その間には脳も忘れて、熱が冷めたみたいにおさまるに違いない。

何度も、そう自分に言い聞かせてた。そうじゃなきゃ困るもの。

そうこうするうちに、なんと昨日、両親と家を出る直前に、いきなり月姫さまがご降臨あそばされたってわけ。予定より三日も早かったのはおそらく、女性ホルモンがとつぜん過剰に分泌されすぎたからじゃないかと思う。前に、志澤と初めて逢う約束をした時もまったく同じことが起こったからね。

笑っちゃうよ。躯って、時に、心よりずっと正直だ。

もう、しょうがない。この際、心のほうも正直になって白状します。

私、あの日、東京駅で別れてからこちら、あなたのことしか考えてない。一晩と次の日の午後まで一緒に過ごしたくせに、そして躯は今もって相当満ち足りているくせに、心があなたを欲しがって、飢えて、餓えてる。心臓の裏側のあたりに、おそろしく腹をすかせた獣がいて、きゅうきゅう啼くの。欲しいものが与えられないものだから、かわりに私の内臓を食らってる。痛くて、苦しいです。

ねえ、わからないよ。これも錯覚なのかな。もう少し我慢して逢わないでいれば、だんだん落ち着いて醒めてゆくものなのかな。そのほうがいいのはわかってるんだ。

このまま、たとえ自分へのごまかしでもいいから、暴れる獣をなだめて眠らせておいたほうがいいことくらい本当にわかってるの。

でも、苦しい。息ができない。

ああ……ばかだな、私。ほんとにばかだな。こうやって自分を明け渡してしまっては、あとでもっと苦しくなるんだ。本心なんか明かさずにしらばっくれて、大人の恋愛ごっこを愉しんでいればそれでいいのに、なんでこんなことになっちゃったんだろう。正直、まるっきり計算外です。

最後に、一つだけ。

これは、無理なら無理と言ってもらわないと困るんだけど……というか、無理って言ってもらったらむしろどこかでほっとするんじゃないかと思うんだけど。

明日、私、両親を車に乗せて送っていくの。東京を通って、南房総の実家まで。夜にでも、ほんの少し、あなたの身体が空く時間はなさそうかな。もし一時間でも割いてくれるなら、いま私をいっぱいに満たしてしまっているこの感覚が何なのか、逢って確かめたいって思ったんだ。何しろ月姫さま絶賛ご滞在中だから、顔を見るだけになっちゃうけど。

そんなことは、可能ですか？

重ねて言っておくけれど、無理なら無理ではっきり断ってね。仕事の邪魔だけは、したくないんだ。これは本当に、掛け値なしに。
読み返すと送信できなくなってしまいそうだから、このまま送ります。
世界一の馬鹿女より

・・・・・・・・・

To：高遠奈津先生
Subj：本日の予定
下北沢でしこたま呑んで、いま帰ってきた。
東京は雨だよ。傘がなかったから、俺もずいぶん濡れて、あの日の先生と同じく熱いシャワーを浴びて、ようやく人心地(ひとごこち)ついたところ。
帰りのタクシーの中で、先生からのメールを読んだ。帰ってきてからも、そして今も、くり返し読んだよ。
取り急ぎ、明日の晩……もう今夜だけど、二十時くらいまで週刊誌の編集部で作業してる予定。火曜日が入稿だから、その準備ってわけ。今週はややこしい案件を抱えていないから、いくらでも時間は割くよ。逢って、値踏みなり、吟味(ぎんみ)なり、納得いくまで確かめて。

でも、二十一時からじつは飲みの約束があったりするんだよね。

〈無理って言ってもらったらむしろどこかでほっとするんじゃないかと思う〉

というのが、田舎の女子大生の本音かもしれないからさ、逢わなくてもいい選択肢を、憎たらしいオッサンは残しておくよ（笑）。

もちろん、飲みは当日キャンセルできるレベルだから問題はどこにもないけどね。

物書きのメールなんかを鵜呑みにはできない薄汚れた中年だけど、こっちも白状するとね。ここ数日、先生のインタビュー記事を片っ端から集めて、徹底的に読み込んだんだよ。

案外、奇跡の邂逅は裏打ちされているんだなと思えたし、実際にああして話をした後だからよけいに、なるほどね、と何度も膝を打ったよ。

そうだ。メールで気になったことがもう一つ。

〈月姫さま絶賛ご滞在中だから、顔を見るだけ〉

って書いてあったけど、たしか〈志澤＝狼〉とは最中でもかまわず強行したって言ってなかったっけ？　血の海上等なんだけどね、俺は。たいした問題じゃないから。

――まあ、いいや。酔っ払っているので、とりあえずここらで終わりにします。

先生、おやすみ。夜、楽しみにしている。

待ち合わせ場所はどこでもいいよ、先生が決めて。指定されたとこへ行くからさ。

いけ好かないオッサンより

・・・・・・・・・・・

To：なっちゃんへ
Subj：ありがとう

先生、楽しかったよ。

俺なんかの相手して、疲れたでしょ。ごめんね。

困ったちゃんだよね、先生は。無垢な言葉をぶつけてきたかと思えば、研ぎ澄まされたセリフを連発するんだもん。ひと晩じゅう酷使したのは軀のはずなのに、脳みそを抉り取られた気分だよ。いやはや、完敗です。勉強になりました！（笑）

気をつけて帰ってね。

大丈夫、先生は事故ったりしないよ。だって、するべきことが沢山あるんだからさ。

T・K

・・・・・・・・・・・

To：隆宏さま
Subj：いま着きました

運転中にカフェインドリンクを合計三本飲み、ガム嚙んで、歌い続けて、どうにか居眠りせずに長野まで帰り着きました。

おかげさまで午後からのインタビュー取材には間に合うし、あなたが昨夜言ったように、こうなったらますます気合い入れて仕事もしなきゃね。書くものへと結びつかないのなら、どんな逢瀬も色あせてしまうのだから。


ともあれ。

忙しいのに時間を作ってくれてありがとう。嬉しかった。

でも、あなたと逢った後は、内臓が一個足りない欠落感と戦わなくちゃならないのが辛いです。

今度逢ったら、持っていった心臓、返してよね。

奈津

一日の時間のほとんどが、加納隆宏からのメールの着信を待つことにあてられている。

それに気づきながらも、奈津は自分をコントロールできなくなりつつあった。

自由に動ける日は限られている。ドラマの打ち合わせでもないのに頻繁に上京したなら、ふだんはこちらに興味などなさそうな大林もさすがに怪しむだろう。

しかし、実際に東京で仕事を済ませてからとなると、一泊でもしない限り、使える時間は少ない。帰りがけにちょっとだけ会ってコーヒーを飲む程度なら、いっそ会わない方がましだ。ともに配偶者のいる加納との関係に望むのは、あたたかく育む恋愛などではない。一瞬で灰になれとばかりに燃え上がり、互いを喰らい合うような性愛なのだ。

それを思うと、奈津は、ぼんやり遠くを見るような心持ちになった。軀には熱がこもり、一方で頭の中は醒め、どこか捨て鉢な気持ちにもなった。世にはびこる、やりたいだけの男をとやかく言えはしない。自分だって結局のところ、加納とやりたいだけではないか。

もう一度、あのめくるめくようなセックスをして、あわよくばその先の世界が見てみたい。世間では凄い凄いと評判なのに未だかつて経験したことのない本当のエクスタシーを、一度でいいからこの軀と脳とで体感してみたい。

好奇心が先走りすぎて、想像するだけで背骨が蕩けそうだ。

To：加納隆宏さま

Subj：お邪魔します

お仕事中にごめんなさい。

単刀直入にうかがってしまいますが、明日は、忙しい？　たとえば夜の十一時以降に、銀座のホテルまでふらりと遊びに来る気分になったりはしないかしら。

できることなら逢いたい、と私は思ってる。とても激しく。

あなたは？

奈津

どう文面をひねくり回してみても、女の側から誘うのは難しい。そうすることを〈はしたない〉とためらう感覚が、自分の中にあるという事実がそもそも鬱陶しいのだが、前に志澤との間で大失敗しているだけになおさら、相手の反応が過剰に気になってしまう。卑屈にはなりたくないのに、少しでも気を抜くとついつい下手に出てしまいそうになる。厄介な癖だ。

返信は、その夜のうちに届いた。携帯を操作する指が、情けなく震えた。

To：奈津さま
Subj：ドブ板的な何か

とある風俗雑誌の女性編集者と打ち合わせ、ついでに食事から酒へと流れるうち、個人的な相談へと突入。直感を頼りに悩みを言い当て続けること三時間、帰りがけに彼女がこう言いましたとさ。

「加納さんって、どうしてそんなに怖いくらい私のことがわかっちゃうんですか？」

「さあ」

「もう酔っ払っているので言いますけど、私、加納さんの目を見てるだけでもぞもぞしてしまうというか……その、濡れちゃって。こんなことって今まで一度もないんですよ。何なんですか、いったい」

「知らないよ」

「メールしてもいいですか？」

「いいよ、べつに」

「彼氏もいないのにどうしよう、こんなパンツ冷たくなっちゃって」

「いっそここでオナニーするしかないんじゃない？」

「家でします（笑）」

「ドンキ寄って、バイブでもプレゼントしようか？」

「いりませんよ、そんなプレゼント」

「じゃあ、俺の本とかさ」

「それはだめです。ちゃんと自分で買って読みたいので」


とまあ、そんなこんなで彼女をタクシーに押し込んで別れ、たったいま帰宅したところです。正直、かなり酔ってます。

で、明日ですが、厳しいです。ごめんなさい。数日前から連絡待ちだったんですが、さっきメールがあって、明日の予定が決まってしまいました。芸能関係の事務所って、当日連絡が当たり前なんで。

予定というのは、食事会です。このあいだ一年間のインタビュー連載をまとめた俺の本が出たので、登場してくれたタレントさんたちに個別のお礼をしてまわってるんです。先方は事務所のスタッフも一緒ですけどね、もちろん。

そんなわけで、明日は終わりがまったく見えないんです。すでに、「本人、翌日はオフなのでがっつり最後までお付き合いさせて頂きます」なんて、スタッフから宣言されてるんで。筋とか義理事が好きですからね、事務所さんって。

とはいえ、俺は俺で、そのタレントさんが他の媒体(ばいたい)の取材やイベントなんかで、自分の出ている俺の本を宣伝してくれたら……という思惑があるわけで、ま、ギヴ&テイク、ドブ板的宣伝活動ですよまさしく。先生のいる世界はどうか知りませんが、末端の物書きなんぞ、実情はこんなもんです。

でも、これが俺の偽らざる日常なんでね。まあ、頑張りますよ。

すみません、愚痴になりそうなのでもう寝ます。

おやすみなさい。また今度。

T・K

深夜の仕事場でメールを読み終えると、奈津は息を吸い込み、ゆっくりと吐きだした。

家の中で、目を覚ましているのは自分だけだ。猫は膝の上で丸くなって眠っているし、大林はといえば午前二時過ぎに酔って帰宅し、服も着替えずにベッドへ直行した。あっちもこっちも酔っ払いばかりだ、と思ってみる。今夜の加納はずいぶんと荒れているようで、それを鑑みれば、返事が来ただけましと考えるべきなのかもしれない。

後頭部、ぼんのくぼのあたりがしんと冷えていて、ああ、自分はかなり怒っているのだな、と他人事のように思う。もともと激することの少ない奈津にとって、いざという時に抱く怒りはたいていの場合、冷たくて蒼い。

明日の誘いを断られたせいではもちろんなかった。どこの馬の骨ともわからぬ女と、同列に並べられたような気がして腹が立つのだった。

いや――違う。傷ついたのだ。

そう気がつくなり、ほんの一瞬だけだが、泣きそうになった。なんだってこれくらいのことに傷ついたりするのか。それが、何よりいちばん腹立たしい。

〈どうしてそんなに怖いくらい私のことがわかっちゃうんですか〉

……なるほど。

加納と自分の間に起こったことは、何かひどく特別なものなのではないかと思っていたし、今でもまだ、そう信じたがっている自分がいる。しかし、加納があの目つきと勘の良さを武器にする限り、そして女の自尊心を自在にくすぐってみせる限り、その手管にやられる女はいくらもいるのだ。そう思うと虚しくなる。不思議なのは、落胆と同時にどこかで安堵してもいることだった。

書きかけのドラマの脚本を一旦保存し、胸の奥の波立ちが鎮まったところで、返事をしたためる。

To：隆宏さま
Subj：了解です。

仕事に没頭していたせいで、携帯が振動した一瞬、虚構と現実との区別が曖昧になってめまいがした。

返事をどうもありがとう。委細、了解です。

疲れているだろうに、気を遣わせてしまってごめんね。


このあいだ会った時、話したのを覚えてる？　平然と地に足が付いた状態でないと虚構は紡げない。嬉しくても悲しくても駄目なんだ、っていう話。

あれは、本当のこと。だから、あなたと出会って以来、私はまともな水準の脚本を書くのにとんでもない苦労を強いられてる。厄介な山場が目の前なんだけれどね。

でも、この精神状態が、あとから巨大な子どもを産み落とすための序章なんだってことは、経験からわかってる。産みたくなくても生まれてしまうんだ。志澤も、前に話したキリン先輩も、今の夫である大林も、それぞれ私にいろんな〈子ども〉を産ませてくれたよ。あなたとの関係からは、何が生まれるんだろう。

私はね、隆宏。あなたと付き合ったら、いろんなものを奪ってしまうと思う。あなたの家庭を壊そうなんて、微塵も思っていない。自分では（生身の）子どもを持つことができなかったからよけいになのかな。好きになった男に子どもがいたら、絶対にそこだけは侵せない聖域のように感じるの。

だから、あなたから日常的な幸福を奪ったりは絶対にしない。それは、信じてくれて大丈夫。

同時に、自分の今の日常を危険にさらすつもりもないんだ。以前の結婚と違って、今の彼は私の仕事に介入したりしないし、こんな私にだって安らげる家はやっぱり必要だからね。

でも、お互いの実生活を壊す以外のものに対しては、気持ちを抑えるつもりがない。あなたからもたくさんのものを奪って、吸い取ってしまうんじゃないかと思う。目には見えない、けれどとても大きなものを。申し訳ないけど、これは自分では制御できないんだ。制御する気なんか端からない、と言ってもいいけど。

だけどね、少なくとも一つ、今までとまったく違うことが私の中に起こってる。奪うだけじゃなく、いま私が持てるものの多くを、あなたに注ぎたい気持ちが大きいということ。

なんだかおこがましい話で申し訳ないんだけれどね。あなたがこれから小説を……ほんものの物語を書いてゆく上で、私との関係がマグマみたいな役割を果たすようになっていったら、どんなに嬉しいだろうと思うの。

志澤じゃないけど、そういう意味において、私は喜んであなたの踏み台になるよ。もちろん大前提として、あなた自身が、もっと高いところへ上がるために悪魔を踏みつけていくのを怖れなければの話だけれど。

ドブ板的宣伝活動ね。末端の物書きね。〈でも、これが俺の偽らざる日常なんでね〉と言ってのけるあなたの、少しすさんだ、けれど不屈のまなざしが目に浮かぶようだよ。ぞくぞくする。

私にだって、末端の脚本家だった時代はあったよ。テレビや舞台の関係者と知り合いになるたびに、さりげなくセルフプロデュースに努めて、でもことごとく適当にあしらわれて。

それでも、まわりの誰が何て言おうと、私だけは、この私がこんなもので終わるわけはないって信じてた。あなたも、そうでしょ？　でなきゃ、あんなオーラを垂れ流して、あんな目をするわけがないものね。

いつか、絶対にめぐってくるよ。あなたの「時」が。

だから、その目で頑張って宣伝活動して下さい。私を惹きつけた目だもの、男女にかかわらず、誰であろうと落とせないわけはないよ。

ただし。

私と逢うときだけは、ふだんの数割増しの本気を見せて。あなたに「もぞもぞする」女は数多いるだろうけれど、私は、そういうことだけであなたに惹かれたわけじゃないんだ。

私が今、それこそ女として間に合ううちに手に入れたいのは、私の中の火種にガソリンを注いで嵐みたいに強い風を送って、火柱を天まで高々と燃やしてくれる相手なの。私を煽るばかりか一緒にその高みを見たいと願ってくれる大馬鹿野郎が欲しいの。

今まで関わった男たちはみんな、火傷したくないのと、高いところが怖いのとで途中で下りたよ。もう今さら、そういう男は要らない。

あなたは、どうする？　私と一緒に高みまで上る気、ある？　果てを見る気、ある？

あるのなら、いいかげんにあなたの本心をさらけ出して見せて。

疲れてるところ、長々と失礼なこと書き綴ってごめんなさい。

こんなこと書いてる一方で、あなたの顔が見られないってだけでしょんぼりしているヘタレな私がいるのも事実なんだ。厄介だよね、まったく。

まあ、明日は八坂葵でも誘って岩盤浴へでも行って、汗と一緒にあれもこれもデトックスしてくることにします。

じゃあ、またね。体に気をつけて、お仕事頑張って。

私も、次にあなたに逢うまでの間は、自分の内臓を喰らいながら仕事しよう。

奈津

送った後で読み返し、恥ずかしくなった。冷たい怒りと傷心の残滓のせいか、いつもより筆が滑り、必要以上に相手を煽るような文面になってしまっていた。追いかけて謝るわけにもいかない。とりあえず仕事に戻る。

すぐに返信があるなどとは考えていなかった。

しかし加納からは、それきり丸二日が過ぎても、たった一言の返事も届かなかった。

*

——またやってしまった。

奈津は、自分の送ったメールを読み返しては心底悔やんだ。過去の轍は決して踏むまいとあれほど胸に刻んでいたはずなのに、またしても同じ失敗をくり返してしまった。

今ごろ加納がどういう心境でいるのかはわからない。電話などして訊くわけにもいかない。想像に過ぎないが、これだけ音沙汰がないとなると、よほど怒っているか、そうでなくとも呆れているのだろうという気はした。あんな重たいもの、送りつけられたほうはたまったものではない。

肥大化しきった自意識。誇大妄想の厨二病。自己嫌悪と自己弁護と自画自賛の三位一体。超・利己的な〈かまってちゃん〉。

あの志澤でさえ手にあまると投げ出した類のものを、いったいどうして――あえて当人の表現を借りるなら〈末端の物書き〉の座で喘いでいる男に向かって投げかけようなどと考えたのか。身が捩れ、ねじ切れるほどの後悔がくり返しこみ上げる。

もしや返事が届いているのではないかと、何度も携帯を見る。通知がなくても受信ボックスを覗く。しまいに、空耳の通知音が聞こえる。それだけでバッテリーが減ってゆく。

だめだ。気を抜くと、追いかけてまた鬱陶しいメールを送ってしまいそうだ。真っ黒な井戸の底へ投げ込む手紙と同じで、返事なんか返ってはこない。井戸の水が汚れて濁るだけ、だからやめておけ。頭ではわかっているのに、ほんとうにわかっているのに、三日目の午前二時にとうとう短いメールを送ってしまった。

To：隆宏さま
Subj：お疲れさまです

まだ、起きているかな。今日もお疲れさま。
もし、酔っぱらい過ぎ、疲れ過ぎでなかったら、少しだけ声が聞けると嬉しいな、と思ったり。
わがまま言ってごめん。

用件のみ、簡潔に、イニシャルまで簡潔に。丸二日間の放置のことなど何も気に病んでいないふり。重たくならないように、絶対、重たくならないように。その自意識そのものが、とんでもなく重たい。

三日目も、何の返信もないまま過ぎていった。その間に加納のツイッターは何度か更新された。自著の宣伝や昼に食べたものなど、百四十字の何ということもないつぶやき。この労力があったなら、短い返事くらい送ってよこすことができるのじゃないか。たとえば、そう、〈ばたばたしててごめん、落ち着いたら連絡する〉くらいの返事なら。思っては、打ち消す。自分の時間を何に使おうが彼の自由だ。

仕事の間だけ、つまりパソコンに向かって別の世界を創りあげる作業中だけは不思議なほど忘れていることができたが、それ以外は常に脳髄が腫れぼったかった。足が地面から一センチだけ浮かんでいるかのようだ。

そうこうするうち、加納が自分のツイッターにこんなつぶやきをアップした。

いやはや、生ゴミみたいな女と関わってしまったよ（笑）
こちらの神経まで腐る前に、逃げるが勝ち！

真っ白になった。腫れぼったい脳も、疼いて痛む心臓も、こちこちに凝固する。

生ゴミ。生ゴミって、何。

意味が、わからない。まさかこれは……いや、そんなはずはない、もしもそうなら簡単に目に触れるようなところに書き込むわけがない。だが、わからない、そうかもしれない。何を信じていいか、もう何もかもわからない。

仕事に集中しようとするための集中力がまず必要で、心身ともに疲れ果てる。夫の大林が例によって飲みに出かけている間に、立ったままパンをかじって腹を満たし、上の空でシャワーを浴びて横になる。浅く苦しい眠りに何度も寝返りをうち、明け方、奈津はふと目を開いた。

規則正しい地鳴りのような音がしている。隣で寝ている大林のいびきだ。彼が帰ってきたのが午前二時過ぎだったのも知っている。寝ているふりをした。

大林はたぶん、何も気づいていない。家にいる時間が短いし、こちらもその間だけは全力で彼に集中するように気をつけているからだ。夫が目の前にいる間は、誠心誠意、彼のために心を遣う。美味しくて身体にやさしい食事を作り、いつでも心地よく服を着られるように気を配り、彼のために寝床をあたたかく整えておく。それだけは疎かにしていない自負があるせいか、彼が不在の時間に他の誰かと心をやりとりすることに、まったくといっていいほど良心の痛みを感じない。きっちり見えなくしている以上、誰のことも傷つけていない。

いま心臓が痛いのは、だから、別の理由からだ。ちりちり、ずきずき、背中まで疼く。

そっと枕の下の携帯をまさぐり、時間を見ると五時過ぎだった。

（——もう、いい）ぽとりと雫が落ちるように思った。（やめよう、あんなひと）

その瞬間、画面にメール着信を報せるバナーが浮かび上がった。

激しい動悸が、自分の耳には銅鑼を打ち鳴らしているかのようで、奈津は息を殺して起きあがるとベッドから滑り出た。不服そうに環が鳴くのを慌てて黙らせ、抱き上げて仕事部屋へ移動する。大林が目を覚まして起きてこないことを確信してから、メールをひらいた。

To：奈津さま
Subj：

なるほどね。「いいかげんに本心をさらけ出して見せて」ってか。それって俺の中では、伸るか反るかという認識なんだけどね。

これまで俺は、自分を殺し続けてずっと生きてきたの。そうするとみんな納得するし、安心もするんだよ。ああ、加納はやっぱりその程度の人間だよねって。そのほうがこっちも楽だし、どうせ誰も受け身とれっこないんだからさ。俺が自分をさらけ出して解放するのは、相手と刺し違えることを前提とした攻撃態勢というか臨戦態勢を整えるってことだから。ふつうに考えて嫌だし、困るでしょ、そんなヤツは（笑）。

お望みのようだから、こっからは少しさらけ出して書くよ。

俺は興味を持った相手の核がどうしても欲しくなるんだ。それを手にするためなら致命傷を負うのだって厭わないし、極論だけど、どうでもいいわけ、幸せとかかね。

だけどたいていの相手は、あまりにも簡単に自分の核を明け渡してよこすんだよ。

芸能人とか風俗嬢とかさんざんインタビューしてきたし、屈折してる連中も多いから

少しは手応えあるかと期待したけど、駄目だったね。つまらん。ゲームにすらならな

い。

　さて、どうしたもんかね、とウンザリしてたら、八坂葵が現れて、あんたは自分で

自分の核を喰らえと言うわけさ。考えもしなかったよね、そんなこと。小説か、なる

ほど面白い考えだなと思っていたら、先生に出会えたんだよ。

　あなたは絶対王者のモンスターというか、演劇や映画っていうバケモノ界の女王じ

ゃん？　自宅を訪ねると決めた数日前から、ずっと興奮していた。高遠ナツメと血み

どろになる姿を頭に浮かべてさ。顔を見た瞬間、予想通り勃起が止まらなかったもん

ね。本物の怪物がいたよ、ここにって。

　さらに物理的に接触したら、見事なまでに俺を理解というか把握してくれる。

「持っていった心臓、返してよね」か。奈津先生、最高。わくわくするね。

　先生の全部、貪るよ、もちろん。あなたが欲しいからね。

　楽しいゲームになりそうだ。考えただけで全身が液化しそうだよ。

　いま、ふいに、先生の目の前で他の女と熱烈ＦＵＣＫする映像が浮かんだ。もしリ

アルでそんなことしたら、先生はどんな顔をして、その目にいったい何を焼き付ける

んだろうね……。

とまあ、本心をさらけ出して解放すると、こういうモードになるんだよ（笑）。

いつでもお望みの通りにするよ。

どうなってもいいなら。

T・K

追伸。

あのね、俺はまだしがないエロライターなの、現時点では。

ホンモノであるあなたがホットスポット的なメールをよこしたら、俺がどうなるか考えなくてもわかるでしょ。自業自得よ、いろんな意味で。

息を詰めたまま最後まで読み、最初に戻って読み返し、一呼吸置いて、それからもう一度、今度はゆっくりと読んだ。

追伸まで三度くり返して読み終える頃には、口から転がり出しそうだった心臓もさすがに本来の場所に落ち着いていた。

この三日間について、一言の弁明もないのを、どう解釈するべきなのだろう。もやもやしながらも、書かれている内容には安堵して、そういう自分になおさらもやもやする。

膝の上でうずくまった猫の背中を撫でる。ひんやりと冷たい毛並みが指先の熱を吸い取ってくれる。

To：隆宏さま
Subj：取り急ぎ。

返事はゆっくり書きたいからまた改めて送らせてもらうけど、取り急ぎ。

どうなってもいいなら、だって？　いいにきまってるでしょう。面白いじゃない、とことん貪ってよ。

あなたのメールを読んで覚悟を決めた。まともな脚本を書くのに苦労してるだなんて、甘いこと言ってる場合じゃない。もしもこの先、あなたと刺し違えるほどの関係になっていって、いま手の中にあるものすべてを捨てなくちゃならなくなった時のために、今のうちから猛然と働いて稼いでおかなきゃ、ってね。

まあ、私が何を選び何を捨てるかは、あなたがこれからどう育つかによるわけだけれど。ふふ。

ねえ、いま私がどれだけぞくぞくしているかわかる？　人が見たら、こういう顔、「舌なめずり」とか言うんだろうな。

また後で、もう少し長いの送る。

首を洗って待ってて。

奈津

…………

To：センセ
Subj：返事じゃん、それ（笑）

いいから、長いのなんか送らなくて。ややこしい仕事抱えてんでしょ？　集中して下さいよ、先生。エロライターとなんか遊んでる場合じゃないって。
ちなみにこれ、ダチョウ倶楽部形式のフリじゃないからね！

…………

To：隆宏
Subj：やかましい（笑）

脳みそがぎゅんぎゅんにヒートアップしてるんだから、それをクールダウンしてからでないと仕事なんかできるわけないでしょう。冷徹に、冷めて覚めて醒めきらないと、虚構なんか紡げないっての。誰のせいよまったく。じゃあね！　ほんとはすごく怒ってる

奈津より

…………


　仕事椅子に深く背中を預け、長い息を吐く。

　三日間にわたって細く細く引き延ばされ、あとほんの少しで切れてしまいそうだった神経の糸が、あやういところで事なきを得たのがわかる。胃の裏側のあたりに、固いような物理的な痛みが残っていた。

　自分には、持病があるのだ。猫を撫で続けながら、奈津は思う。そう、じつに厄介な病気だ。男を好きになると、頭のねじが緩むどころか弾けて飛んでしまう病。

　恋慕の情は奈津にとって、甘酸っぱい果実でもなければ、切なく美しい花でもない。ただの、血に飢えた獣だ。無尽蔵（むじんぞう）の生命力で獲物をとことん追い詰め、手に入れるまで落ち着くことのない猛獣。誰かを好きになるとは、その狂ったケダモノを身の裡に飼っておくのに等しい。

　心は柔らかい。鋼鉄の檻（おり）のようなわけにはいかない。獲物を追いかけて外へ出たがる獣が牙をむき、心臓を内側から食い破ろうとするのを、痛みをこらえ血まみれになりながら押さえ込む。

　つらい。やめてしまいたい。こんなばかばかしい苦しみから解放されたい。心底そう望んでも、何しろ持病だから、簡単にはこの身体を離れていってくれない。それが、恋脳裏にふと、言い古された格言が浮かんで、奈津の口もとは、あきらめたようにほころんだ。

〈馬鹿は死ななきゃ治らない〉

その通り。死ぬまできっとこのままだ。

いずれにせよ〈ほんとはすごく怒ってる〉というのは、奈津の掛け値なしの本心だった。ナメられるのだけは、我慢ならなかった。

この三日間、彼に長々しいメールを送りつけたことをどれほどくり返し悔やんだか、忘れたわけではないけれど、もういい。駄目になるならそれでいい。物書き同士が唯一の武器である言葉を呑みこんだり惜しんだりしてどうする。

「To：隆宏さま
Subj：もう少し長い返事。

あれから起きて朝食を作り、パチンコだかゴルフだかに出かけてゆく旦那様にキスとハグをして手を振って見送り、いま、三度目の洗濯機をまわしながら二度目の洗濯物をたたみ、流しの洗い物をごっそり洗って拭いて片付けてきたところ。

女房を抱きもしなければ家のことも一切やってくれない男のために、ごはんを作って甲斐甲斐しく家事をする女。どう？　なかなかエロくてブンガク的でしょ。

ゆうべは五時間くらい睡眠を取ったはずなのに、頭の芯がぼんやりしているのは、眠りが浅かったからなんだろうな。何度も目が覚めて、そのたびに携帯を見ては失望を味わっていた。あのひとにとって私は、短いメールの返事ひとつ送る価値もない程度の存在なんだな。それならそれでいい、こっちから見限ってやる。そう思いながらも、まるで心臓が痛風に罹ったみたいに痛くて、痛くて、辛かった。

間違えないでほしいんだけど、これ、つれない男を甘く詰ってるわけじゃないんだ。

これだけは先に言っておくね。私のこと、放置だけはしないで。逢ってる時に傷つけるのはかまわない。でも、逢えない時に傷つけるのはやめて。

生き馬の目を抜く週刊誌に関わっているんだもの、とんでもなく忙しいひとだってことはわかってる。私からのメールが届いても、仕事の真っ最中でどうしようもない時はいくらもあるでしょう。そういう時に無理なんか言わないよ。だけど、忙しいのはお互い様。あとは気持ちの問題でしょ？

こちらからありったけの想いをこめて伝えた言葉に対して、二日も三日も、短い返信どころか何ひとつ音沙汰がないっていうのは、私には辛すぎる。男からの放置は、私にとってはプレイなんかじゃない。ただただトラウマでしかないの。だからお願い、意図的な放置だけはやめて。

そこさえ守ってくれるなら、あとは、私に何をしてもかまわないよ。欲しいものを、欲しいだけ奪っていけばいい。私も、奪わせてもらうけどね。一方的にやられてばっかりっていうのは性に合わないんだ。

それはともかく。

あなたから届いたメール、何度くり返し読んだかな。

読んでいる間、あなたの目を思い出していた。きっとこれを書きながら、肩の辺りから、まだ誰にも本気では見せたことのない獣の気配をゆうらり立ちのぼらせていたんだろうな、なんてね。

それからふとトイレに立って、愕然(がくぜん)としたよ。なんで私、こんなことになってるの？って。

すごいね。メール一本で、私をこんなにさせてしまうなんてさ。

今は、仕事場のドアを開け放っているせいで、これを書いている私の椅子からは、最初にあなたが我が家に来た時、立っていた玄関が見えてる。

目が合うなり、ドキリ……違うな、ギクリとしたんだけど、気のせいかなと思った。でもそのあと、「今度悪いところへ連れて行ってね」みたいな相談を小声でしていて、私が冗談めかして、「こう見えておなかの中は真っ黒ですよ」って笑ったら、あなた、一瞬だけ凄い目をしたんだよ。ひとを値踏みするような、もっと言えば、肉をひとかけら切り取って味見するような目を。なのに、そのあとは他のゲストの中に完全に自分を埋没させて、気配を消していたでしょう？　なんておっかない男だろうと思った。

最初の牡の目つきと、その後の静かな気配のギャップは何？　このひと、自分の存在感を、まるでボリュームのつまみが付いてるみたいに自在にコントロールできるんだ。

直感的に、やばい、って思ったよ。当たっていたわけだけどね。

きっと、そのボリュームつまみをじわじわ、じわじわ回して、あなたはこれまで人の心の森に分け入ってきたんだね。だけどまだ、ＭＡＸにはしたことがない。そうでしょ？　もしかするとＭＡＸどころか半分も回していないかもしれない。爆音の衝撃でガラスが割れるみたいに、あなたが自分を全解放したら、関わっているたいていの人のプライドは粉々に砕けそうだものね。

私だって怖いよ。何もわからずにあなたを煽ってるわけじゃない。自ら檻を開けて、危険極まりない野獣を外へ出そうとしているってことはわかってる。

でも、ごめん。見たいんだ、あなたがリミッターを解除する瞬間を。聞きたいんだ、あなたの喉からほとばしるＭＡＸＩＭＵＭの咆哮を。

たとえ喉笛を咬み裂かれたとしても、きっと私はそれくらいじゃ死なない。ぶっ違いにあなたの喉に牙を突き立てて、あなたの血と自分の血の両方にまみれて、引き換えに何か凄いものを産み出してみせる。同時にあなたからも別の何かが生まれたら——それ以上の魂の交歓なんて、この世に無いと思わない？

あと、何だっけ。目の前で、他の女と熱烈ＦＵＣＫ？　ふうん、そんなもので私を壊せると思うならやってみるといいよ。

きっと、気が狂うほど辛いだろうね。今こうして想像するだけで泣きたくなるもの。でも、あなたがそれを見せてくれるっていうなら、いいよ、見届けてやろうじゃないの。そのあとの私を受け止める覚悟があるなら、の話だけどね。どうなったって知らないよ。

そういえば、このあいだ八坂葵に訊かれたの。奈津先生は、ヤツのことを考えながらオナニーとかしないんですか、って。

ちゃんと答えました。しないよ。だって指なんか要らないんだもの。脳で考えるだけでびしょびしょになって、何度でもいっちゃうんだよ、ってね。

――さてと。いつのまにやら、もう夕方だ。

いいかげんに本腰入れて仕事もしなくちゃね。明日までに、前回の打ち合わせを反映させた直しを入れて、決定稿の脚本を送らないといけないんだ。

面白おかしいことを書きながら自分で笑ってたら、そんなセリフを聞く人はおかしくも何ともないと思うし、同じ理由で、悲しい場面を書きながら自分で泣くこともあり得ないんだけど、濡れ場だけは別。だから、ものすごく体力が要るの。

困ったな。芝居の中で描くセックスがいきなり変わってしまったら、それはあなたのせいだよ。

じゃあ、また。

大っ嫌い。

奈津

恋愛を、仮に〈駆け引きを伴うゲーム〉ととらえるならば、男を真顔にさせるような文面は決して送ってはならない。そのことは、かつての志澤一狼太とのやりとりを通していやというほど学んでいる。しかし奈津は、加納と、子供だましの安全なゲームをするつもりなどなかった。彼との関係はいわば、抜き身の剣をひっさげての果たし合いなのだった。

そういう気分がにじみ出るせいだろうか、送りつけたメールを読み返すと、ずいぶん高ぶっているのが自分でもわかる。

相手を持ち上げ、煽り、時に美文調の表現まで使って盛り上げる。加納から届く文面も同様だ。のらりくらりと躱すようでいながら、そのじつ、虎視眈々とこちらを窺っている気配をわざと匂わせてくる。

舞台の上の即興劇と、どこか似ていた。お互いだけにあてたメールでありながら、同時に、二人の丁々発止のやりとりを全世界にさらしているかのような不思議な興奮があるのだ。

その晩、加納からの返信は早かった。

To：奈津さま
Subj：ごめんなさい

こう見えてね、俺は何ごとに対しても真摯に取り組んで慎ましく生きているわけよ。仕事も私生活もメールは即レスが基本だし、仕事が忙しくて返信しないなんてことはあり得ない。そこらへんは常識人なの、俺。

過去に、放置プレイ、と書いたことも確かにあるけど、冗談に決まってるでしょうが。

正直に言うよ。

奈津先生の文章を読んだら、短文さえ送れないの。送れるわけないじゃん？　先生が紡ぐ言葉って、俺の中にある言語を完全に破壊して消し去るんだから。頂上の景色を知る人の言葉だから当然なんだけどさ。心の深いところを射抜かれる思いで読んでるよ、毎回。

しかも、何ていうか、血文字みたいじゃん。そんな文章読んだことないから、返答するのに時間が必要なのよ。内容を解釈して、さらに失った言葉を取り戻していると、時間なんて瞬く間に過ぎ去るんだよ。

まだ理解してないと思うから書くけどさ、俺はエロライターなの。カースト制度の最底辺にいるの。わかる？　一般道を走る宅配便の運転手に「その車でサーキットに入ってＦ１マシンとレースしてくれるかな？」と言ってるようなもんでね。性能が違いすぎるの。どうにかできるように努力はするけど、同じスピードで走るのは、現時点では無理です（苦笑）。

あとね、女王様の奈津先生には、下々の世界で精いっぱい足掻いている俺のリアルがわからないだろうから一応伝えておくよ。八坂葵との一件。

基本的にはね、俺のこともほんの少しは考えてくれてると思ってるんだ。人間としての魅力もあるし、編集者としても逸材ですよ。信頼もしてる。それらを踏まえて読んでね。

あのハプニング・バーを〈取材〉した翌日、葵が電話で俺に言ったのよ。

「加納さん、怒ってる？　結果として嚙ませ犬みたいな役割を担わせてしまったからさ」

そう、そもそもそういう役目だったじゃん、俺。先生もわかってたでしょ？

ただ、そのあと先生からもらったメールを読んだ俺は、葵に言ったわけ。

「高遠ナツメと本気で向かい合うなら、今の俺では太刀打ちできない。ましてや俺にとって小説とか創作とかは未知の領域だから、片手間では絶対に無理。あのオーラを受けるとしばらく言葉が消えるからね。俺の原稿が遅くなってもいいって言うなら話は別だけど」

そしたら葵は言ったよ。

「先生は私にとって大切な人だから、付き合うならちゃんとしてもらいたい。先生を困らせたり、悩ませたり、辛い思いなんか絶対させたくないよ。それにね、先生には必要だもの、加納さんみたいな刺激が。いや、あの、もちろんね、加納さんにとっても貴重な経験になると思うんだよね」

出版予定が三カ月先に変更されたからね、俺の処女作（笑）。書かなくていいってさ。お前の仕事はどうでもいいから、奈津先生のケアをしやがれだってさ。

すぐに別の仕事を入れたよ。生活しなきゃいけないからね。

人間関係にフェアネスなんてそもそも求めてはいないけど、難しいのよ、いろいろ。葵と、その後ろにいる出版社にだって配慮しなくちゃいけない。俺、そういうのは簡単に読めるからさ。自分が何を求められているかも含めてね。

だから、迂闊なメールなんか送信できないんだよ。あなたにちょっとでも何かあって、葵の求めるような作品が書けなくなったりしたら、今のところは全部が俺の責任になっちゃうんだから。

わかるでしょ？　そこんとこは、理解してくれる？

あなたは売れっ子の脚本家先生で、俺は底辺のエロライターなの。虫けらには虫けらなりの誇りもあるけど、そんなもんは踏み潰されたら終わりだからね。

先生の、狂気を宿した空気は大好きだよ、ほんとうに。血液が逆流するほどね。心からそう言える。

でも、あらゆることを考慮して、いろいろ呑みこんでお付き合いしなくてはいけない部分もあるわけよ。メールも含めてね。

とはいえ、そのことと、放置プレイだと感じさせてしまったこととは関係ないから、素直に謝るよ。

ごめんね、先生。

さてと、葵の原稿を書くとしますか。こんなテンションで書くのも、なかなかしんどいけどさ（笑）。

じつは今週末、親父が癌の手術でね。いろんなもの背負って生きているんだよ、エロライターも。

T・K

画面上にひろげていた加納からのメールを一旦閉じ、目頭を揉む。眼窩の奥が痺れて熱を持っている。

奈津は立ち上がると部屋の隅に用意した電熱ポットで湯を沸かしながら、アールグレイのティーバッグを一つマグカップにほうり込んだ。眠気覚ましではなく、心を落ち着けるための一杯だった。

夜の仕事部屋はひどく静かだ。外付けハードディスクのかすかな唸りと、机の横で丸まって眠る猫の寝息、天窓を控えめにたたく雨音。ふだんなら眠気を誘われるはずなのに、頭も目も冴え渡っている。時計を見上げると、零時を回ったところだった。熱い紅茶をすすりながら、猫の背中をそっと撫でる。まだしばらくは一人でいられそうだ。

夫の大林が出かけていったのは、たしか昼過ぎくらいだったろうか。

毎朝、起き抜けに煙草を一服すると、ソファに寝転がってテレビをつける。奈津は二階のキッチンで料理したブランチをトレイに載せて運び、その彼の目の前に置く。二人並んでテレビを見ながら食べ、彼は風呂に入る。やがて汗が引くと、身支度(みじたく)をしてどこかへ出かけてゆき、帰るのは深夜。それが日課だ。

東京ではたまに声のかかっていた役者の仕事も、長野に移ってからはまったくなくなった。大林がそれに焦りを感じていないふうなのが不思議だった。無為に過ごす日々が虚しくなったりしないのだろうか。ずっとあのまんま、歳を取っていくつもりでいるのだろうか。

奈津にも、もうわかっていた。たとえどれだけ完全な条件がそろったとしても、彼は脚本など一生書きはしなかった。その時はその時でまた、書けない理由をいくつでもひねり出していたはずだ。

そのこと自体はかまわない。脚本家を目指そうとする彼を好きになったわけではない。ただ、強い牡が欲しかったのだ。自分だけをまっすぐに見つめ、自分だけを求め、貪ってくれる男が。

それをしなくなった大林に対して、もうあなたなんか要らない、と言える性格であったならどんなに楽だったかと思う。かつて彼に抱いていた愛情の、どれだけが今も自分の中に残っているだろう。七割くらいに目減(めべ)りしているのか、五割なのか、それとも。

マグカップを机の横に置き、もう一度、加納のメールを広げる。

〈迂闊なメールなんか送信できないんだよ。あなたにちょっとでも何かあって、葵の求めるような作品が書けなくなったりしたら、今のところは全部が俺の責任になっちゃうんだから〉

読み返すたび、濁ったため息が漏れる。こういう関係に、まさかそんな事情が発生するとは思いもよらなかった。

既婚者同士の恋愛など、そもそもの初めから世間のモラルからはずれたしろものだ。治外法権とまでうそぶくのはさすがに傲慢だが、最小単位の無法地帯とは言ってもかまわないだろう。そのたった二人きりの荒野のような場所で、知れば傷つく人たちの目には決して触れないように秘密を分け合っているだけなのに、どうして表の世界における立場や、仕事上の格差から生じる周りの思惑なんかを慮らなければいけないのか。

〈あらゆることを考慮して、いろいろ呑みこんでお付き合いしなくてはいけない部分もあるわけよ。メールも含めてね〉

くそったれ、と奈津は思った。

加納隆宏に対してではない。この状況を想像もしなかった自分の浅慮に対してだ。

To：隆宏さま
Subj：ごめんなさい

私のほうこそ、ごめんね。

あなたのことだけで頭も心も軀もいっぱいで、あなた自身の立場というものを考えていませんでした。率直に言ってくれてありがとう。言わせて、ごめんなさい。

でもね、これだけは信じて。あなた、八坂葵の気持ちを誤解してる。

彼女、私に言ったんだ。あなたから、「高遠ナツメと対峙しようと思ったらしばらくは小説書けなくなるけどいいのか」って訊かれて、心底迷った、って。あなたの人生なり計画なりを狂わせるという意味でも、そして正直、出版社の社員としての自分の立場という意味でもね。

だけど彼女はね、編集者なんだ、文芸の。少し別の世界で生きてきた私にも、あの若さにしてたいした異能の持ち主であることはわかる。

小説の発刊を先へ延ばしてもいいと言った彼女の中に、あなたを軽んじる気持ちは絶対にないよ。彼女はほんとうに心底、あなたに本物の小説を書いてもらいたいんだ。そのために、まだちょっと足りてないものが何なのかも直感でわかってる。それは、言葉にならないもの。創作者の誰もが得られるとは限らないものなの。

あなたと私の間に起こることが私に、新しい巨大な子どもを産ませてくれることはもう自明の理。私の感情とか私生活はともかく、作品の誕生に関しては、たぶん彼女は安心して見ていればいいんだと思う。脚本であれ小説であれ、虚構を紡ぐ物書きをこれだけ長くやってきたんだから、お産の仕方はわかってる。あとは、どれだけでっかい種を仕込めばいいか、だけ。

でも、あなたのほうは、小説なんてこれから初めて書くわけで。私とのことが、あなたの作品を大きく深いものにするか、それともあなた自身を根こそぎ壊して駄目にしてしまうか……。彼女は、賭けたんだよ。あなたには、私とのことを糧にして呑みこんでしまうだけの膂力がある、というほうに。

私とのこういうやりとりが、あなたの精神的・時間的負担を増やしてしまっていることについては、とても申し訳なく思います。もう、放置はやめて、とか言わないよ。だけどね、あなたが私にたとえどんな言葉を突きつけたとしても、それくらいのことで作品が書けなくなったりはしないから、どうぞ安心して。気を回したりなんかしないで。もっと言うなら、甘く見ないで。

仕事はね、しますよ、どんな時でも。絶対に放り出したりはしない。私が私であるための唯一の足場だものね。

昨日の夜中、親友でもある年上の編集者に、電話でこんなこと話してたんだ。

埼玉の家を出てくる時、私は全部を当時の旦那さんに残してきた。家も土地も、なけなしの貯金も、そのほかお金に換えられるようなものはほとんど全部。そんな蛮勇は、さすがにもう二度と発揮できないんじゃないかと思ってた、けど、こうしていきなり天災みたいな恋に落ちてみると、案外いざとなったら――決してそれを望むわけじゃないけれど本当にどうしようもなくいざとなってしまったら、あと一回くらい同じことをするだけの馬鹿さ加減は自分の中にあるな、と思って結構びっくりしちゃってね……。

そう話したら、彼女、笑って答えたよ。「一回どころじゃないでしょ、あなたなら何度だってリセットしてのけるわよ、そうすることが自分には必要だと思ったらいつでもさっさとね」って。

たぶん、そうなんだと思う。

こう見えて、私は相当に常識的な縛りを気にする（気に病む）性格でもあるから、ほんとうにぎりぎりの土壇場が訪れるまで、周りの人間の思惑を優先して、我慢に我慢を重ねるよ。新宿での夜に話したと思うけど、我慢するストレスより、むしろ自分の意思を通すストレスのほうが大きいから。

でも、いざ本当の土壇場が訪れてしまったが最後、豹変するの。そうなったらもう、誰にも私を止められない。いつもはおとなしいから、みんな油断しちゃうんだよ。

私の本当の顔を知っているのはごく一握り。旦那さんにすら、旦那さんにこそ、決して見せない顔はあるからね。でないと、日常生活を平穏に送れないもの。

何が言いたいかというと——私は、私のこれから歩む道がたとえどっちへカーブしていこうと、その行く先で何が起ころうと、それが付き合っている男の責任だなんてこと、絶対に誰にも言わせやしないってこと。

この恋愛（と呼んでいいのかどうかもわからないけど）が、幸せな場所へ私たちを運んで行ってくれるなんてはずはない。でも、いみじくも以前、あるドラマのセリフとして書いた言葉——「幸福とは呼べない幸せもあるのかもしれない」——を、私は今、自分の心でなぞっている気がするんだ。

ごめん、また長くなってしまった。

あなたが、すぐには私に返事を書けない理由（宅配便のトラックとF１？）も、一応、わかったよ。私からしてみれば、「よく言うよ」だけどね。人間界が多少長くなったからって、あなたはどっから見ても魔界の住人のくせにさ。

まあ、「底辺」から這い上がってくる男の苦悶に歪んだ表情を見守るのも、それはそれで素敵に甘美だから、どうぞ存分にあがいて。そうして、逢っている間だけは、とことん私を支配してみせてよ。

ああ──想像しただけで、いきそうだ。

大好きで、大嫌いだよ。私のルシフェル。

N

書き終えたあと、最初に戻ってきっちり推敲してから送付し、再び時計を見上げると一時半だった。

馬鹿じゃなかろうか、と思う。大人同士の〈ごっこ遊び〉。精神のコスプレ。いくら楽しいからといって、たかがメールにどれだけの時間を浪費しているのだ。おかげで、これから朝までかかって仕事を片付けなくてはならない。

そろそろ大林が運転代行の車に送られて帰ってくる頃だ。

毎晩遅くまで戻らないひとに対する苛立ちを、そのつど撫でつけ、顔にも態度にも表さないようにしてきた。つい半月ほど前までのことだ。今では、苛立つ気持ちそのものが消えた。

夫が家にいる間は、彼方へと想いが飛んでしまうのをひた隠しにしなくてはならない。一瞬の油断もできない。が、彼が家を空けていてくれれば、安心して集中できる。仕事にではなく、恋にだ。

静まりかえった仕事部屋、眠っている猫の腹が規則正しく上下するのをぼんやり眺めながら、奈津は、自分がいちばん好きなのはこの時間だ、と思う。

男に狂い、思い乱れ、逢いたいと願うあまりただ座っているだけで痩せてゆく自分も本当。抱かれると爪の先まで満たされ、甘くとろけて輪郭さえなくなってしまうのも、それはそれで本当。

けれどいちばん大切なのは、何ものにも乱されずに独りでいられる時間だ。

寂しくは、ない。いや、寂しいのが、いい。

To：奈津先生
Subj：再びの言い訳

ごめん、葵はさ。俺の中で特別な存在なんだ。友人としても、編集者としてもね。

俺の物書き人生の全部を預けるくらい信頼してる。

葵が望むなら何でもするよ。

加納さん、つまんないから旅に出てきてよ、と言われたら、黙って従う。南極でもジンバブエでも、どこへでも行く。彼女が言う以上、絶対に正しいことだと思うから。

曲がりなりにも筆一本でこの世界を渡ってきたけど、小説は童貞なんだから、まわりは、そんなもんを見つけてきた葵に疑義の一つも呈するでしょう。結果が出てないんだから当然でしょう。ボランティアじゃないんだからね、出版社も。シビアだよ。

でも、彼女は俺を信じてくれた。だから俺は、何がどうあっても彼女のことだけは全力で守るし、恥をかかせるつもりもないんだよ。あれだけ才能のある編集者をね、俺ごときで躓かせるわけにはいかないんだ。

要するに、結果を出せばいいだけの話だからさ。じつのところ何も心配していない。葵とだったらいつか世の中ひっくり返せると信じてるんだ、本気で。


じゃあ、なぜ先生に、あんなメールを送ったのか。

先生の、俺に対する本音をもっと知りたいな、と思ってね。わざと煽るようなこと書きました。ごめんなさい（笑）。

おかげで先生の気性は、よくわかった。大満足です、はい。

でもさ、気がついていたでしょ。挑発されてるって。だから人のことを魔界の住人よばわりしたんだろうし。食えない女だよね、先生は。怖い、怖い。自分なんか悪魔の骸を一万匹は喰らってるくせにね。

もう本当に、この田舎のツンデレ女子大生はいちいち面白いよね。あんな殺気のこもったメールよこすくせに、いざ逢うと思いもかけないところで、ラブコメのヒロインか！　ってつっこみたくなるくらい、うぶだったりするしさ。中身は男よりも男らしいのにね。そのアンバランスさが、じつに興味深いわ。

では、また。

T・K

追伸——先生ってさ、「家庭を作っては壊し、作っては壊し」という作業を、死ぬまでに最低でもあと三回くらいはくり返すと思うな。ちなみに、俺の勘ってけっこう当たるんだよ。

第六章

加納隆宏とメールのやりとりをするようになってから、奈津は早起きになった。以前は二度寝が何よりの幸せだったのに、今では違うのだった。

最初の頃に比べると、加納はまめに返事をよこすようになり、ただしそれはたいてい明け方に近いような時間なので、読むのはどうしても朝になる。起き抜けに読まされるメールが刺激的であればあるほど、眠りの中へもう一度戻ることなど出来るわけがなかった。

例によって隣で寝ている夫の様子をうかがうものの、大林は物音や気配ではまず起きない。背を向けてそっと携帯でメールを読み、読み終わると、心臓の高鳴りをなだめるために仰向(あおむ)けになって深呼吸をする。

どんな言葉を書こう。どんな返事を紡ごう。

しきりに甘えて頭をこすりつけてくる猫の環を撫でてやりながら、見上げる天井のあたりにいつもの〈カメラ〉をセットする。そうして、自分の中に渦巻(うずま)く言葉を上から俯瞰(ふかん)する。無数の言葉の中から、いま最も力を放つ言葉、本質にできるだけ近い言葉、小気味よく響く言葉、あえてザラリと濁っているがために強い印象を残すであろう言葉……そういったものたちを少しずつ抽出し、徐々に一つの流れにまとめて、望ましい方角を目指せるように導いてゆく。流れには無理に逆らわない。いちばん気持ちよく自然に流れ出る方角をまず見つけて、群れを統率するかのようにそこへ導いてやる……。奈津の中に文章が生まれて走りだす瞬間というのは、たいていそんなふうだった。

「しかしまあ、たいしたエネルギーよね」

久しぶりに会った岡島杏子は言った。

「誰？　加納さん？」

「違うって。あなたよ」

「え、私？」

「連ドラはようやく終わったにせよ、近々、二時間ものの脚本も書かなきゃならないんでしょ？　取材があって、人付き合いもあって、インタビューとかもあって……そんな中でよくもまあ色恋に振り向けるだけの余力があるなあと思ってさ。ほとほと感心しちゃう」

「〈ほとほと〉ってふつう、困ったり、呆れたりするような時に使わない？」

「だから、呆れてんのよ」

苦笑しながら、杏子は細身の煙草に火をつけた。

六本木の裏通りの地下にある隠れ家のようなバーだった。洞窟を模した壁はでこぼこと隆起し、最小限の灯りが深い陰影を生み出している。

いい店を見つけたから次に東京に泊まれる時は連れてったげる、と言ったのは杏子で、奈津はひと目でそこが気に入った。ただでさえ暗いバーの、ひときわ小暗い片隅の席でじっとしていると、陽にあたると死んでしまう生きものになった気がしてくる。それが心地よかった。

「一度、会わせてほしいもんだわ。その加納ってひとに」

「会ってどうするの」

「値踏みするにきまってるじゃない。私が品定めして、点数つけてあげなきゃ。あなたってば、絶望的に男見る目ないから」

返す言葉もない。

口を尖らせてカクテルを飲む奈津を眺めて、

「ふふ、嘘よ」杏子は言った。「若い子が結婚相手を見つけるわけじゃないんだからさ。情事の相手を選ぶのに、見る目も何も関係ないわよね。あなたが今まで付き合ってきた男は誰もあなたを幸せにしてないけど、それだってべつに、幸せになりたくて寝るわけじゃないでしょ？　いいのよ、本能で選べば。私、あなたの野性の勘はけっこう信用してる」

「そうですか。おそれいります」

杏子は笑いだした。

「ねえ、もっと聞かせなさいよ。その〈ルシフェル〉とやらの、いったいどこにいちばん惹かれたわけ？」

目をこらさなければ相手の表情もよくわからないほどの暗がりで、奈津はふと、デジャ・ヴどころではない感覚にとらわれた。もう何度、杏子とこんな会話をくり返してきたかわからない。鏡を向かい合わせにしたかのように、入れ子になった既視感がどこまでも続いてゆく、そんな錯覚を覚える。

最初の夫である省吾。演出家の志澤一狼太。キリン先輩こと岩井良介。精神科医でもある僧侶の松本祥雲。今の夫、大林一也。そこにAV男優でエステティシャンの白崎卓也や、一夜限りの出張ホストまで含めると、かなりの数に上る。

杏子に隠し事をするつもりはないが、彼女も、自分も、いいかげん飽きないものかと思う。情事そのものにも、そして、それをこうして言語化することにもだ。

「ねえってば、どういう部分に持ってかれちゃったのよ」

焦れたように促される。奈津は言った。

「世界を構築する力、かな」

杏子が、ふっと真顔になる。「説明して」

少しの間、真面目に考える必要があった。

「つまりね——彼は、自分のことを風俗ライターとかエロライターって卑下して言うけど、とにかく今までは論理的な文章を書いてきたわけよ。欲しい情報とか、ものごとをできるだけ合理的に考えては論理的な文章を書いてきたわけよ。欲しい情報とか、果たすべき目的があれば、最短距離でそこへたどり着くための人脈もノウハウもすべて持っていて、それを駆使して仕事をしてきたはずなのね。だけど、これはむしろ杏子さんに訊きたいんだけど、小説を書く、つまりゼロから虚構を産み出すっていう作業にはきっと、また別の角度の目線と方法が必要になるでしょう？　最短距離ではまずたどり着けないところに答えがあって、無駄のようにしか思えない回り道が、結果的に小説的な余剰とか豊穣を生む。むしろ、最短距離こそがいちばんの間違いだったりする。……ここまでは、間違ってない？」

　芝居の台本ならばともかく、小説に関してはまだまだ素人、という自覚のある奈津がそう訊くと、杏子は微笑し、黙って頷いてよこした。

「ありがとう。でね、それが間違ってないとすると、彼は、私とのほんの十通ずつくらいのメールのやりとりから、そのことを勝手に学び取って自分のものにしていってる気がするの。セックスっていう、ファンタジーの極みみたいな場において、彼ほど強固な世界を構築してみせられる男に会ったのは初めてなんだ。だって私、あのハプニング・バーの小部屋で彼と抱き合っていた間、ずいぶんと長い時間だったと思うけど、一瞬も我に返ることがなかったし、一度も白けなかったもの。完璧に、彼が隅々まで構築した世界の中に取り込まれてた。そうして、言葉と目つきと行為の全部で煽り尽くされながら、同じファンタジーを共有できていたの。生まれて初めてだったんだ、そんなこと。こう言っちゃ何だけど、志澤さんなんかの比じゃなかった」

「へえ、そこまで？」

「うん。虚構を構築するっていう一点において、それだけの力をすでに持ってる彼が、この先、持ち前の勘の良さで、たとえば小説的発想をする時の視点の定め方とか、言葉を選ぶために、何て言うのかな、こう、思考の海に手を差し入れる時の角度みたいなものを手に入れたなら、もしかして、そうとう凄いことになるかもしれない。わかんないけど……あれは化けるんじゃないかな、っていう予感はあるの。だから今は、彼との言葉のやりとりが面白くってたまらない。どんどん変わって、覚醒していくのが目に見えるんだもの。おまけに、それによって私自身も刺激を受けて、いろんなものを彼から盗ませてもらってる。ほんとにね、ようやく見つけた気がするんだ。そういう相手を」

「なるほど。……で、ちゃんと好きだって伝えてくれるの？　彼は」

　奈津は、苦笑した。

「どうかな。やりとりするメールには、お互い、恋文らしい優しい言葉なんか一つもないんだ。血みどろだの、匕首だの、喉笛だの迎撃ミサイルだの核の奪い合いだの……」

「何じゃそら」杏子がげらげら笑い出す。「果たし状じゃないんだからさ」

「でもほとんどそんな感じ。逢えない間、彼のことを想う時だって、まるでこう、喧嘩上等っていうかさ。イメージとしてはほら、断崖絶壁の上でビョオオオ……って風に吹かれながら、抜き身の剣をひっさげて決闘相手を待ってる、みたいなね。でもそれが、たまらなく甘美なんだ」

　杏子が、どこか切ない目でこちらを見つめている。憐れんでいるようにも、羨んでいるようにも見える。両方かもしれない。

「自分でも信じられないよ」奈津はつぶやいた。「まだ、三回しか会ってないのに」

「えっ、うそ、たったの三回だけなの？」

「そうだよ。長野の家のパーティで初めて挨拶をした時と、新宿のハプニング・バーと、あとは両親を南房総まで送っていった帰りに彼の仕事終わりを待って合流した時。その たった三回のうち、抱き合えたのは二回きりなのに、なんでこんなことになっちゃったんだか……」

「どうしてって、そりゃあなたが言葉人間だからよ」杏子はあっさりと言った。「昔っからそうじゃない？　身体だけのつながりじゃ興奮を持続できないの。言葉を持ってる男に弱いのよ」

「我ながら、成長しないね」

と、奈津は言った。

バーテンに〈同じものをもう一杯〉と合図をした杏子が、ソファに背中を埋めてため息をつく。

「話は大体わかったけど……とにかく、気をつけなさいよ」

「え、何のこと？」

「大林くんにバレないようにってこと。家にいる時間が短いからって、どうせ気づかないだろうと思ったら大間違いだからね」

奈津は首を横に振った。

「それはたぶん、大丈夫」

「なんで」

「長野に引っ越して、お互いの間がすっかり落ち着いた……って彼は思ってるはずだし。

実際、夫婦っていう意味合いにおいてはそうだし」

「関係ないわよ」杏子が一蹴する。「男っていうのはね、女が自分のものであるうちはろくに顧みないくせに、人に取られそうになるといきなり執着すんの。そういう時の男は敏感だよ？　旦那の浮気を疑う奥さんなんかより、奥さんの浮気を疑う旦那のほうが何倍も神経質だし、陰湿なんだから」

「どうだろう。彼は、そのへん、万一気がついたとしても、見て見ぬふりをするんじゃないかって気もするけど」

杏子は目を細めた。

「なるほど。あなたの稼ぎで好き勝手に贅沢して暮らしてる以上、その居場所を自分から放り出したりはしないだろうってわけ？」

はっきり言葉にされてしまうと、何とも言いようのない気持ちになった。

かつて、大林こそが自分の牡であると思えていた頃に比べると、今では情けないほど彼を見くびっていることに気づく。見くびっているどころか、見切ってしまっているというのに近い。

働かなくても遊んで暮らせる立場。ゴルフのプレイ・フィーも、飲み屋の代金も、基本は現金で、なければ家族用のクレジットカードで支払う。財布に金がなくなればコンビニででも下ろせばいい。メインバンクのキャッシュカードも預金通帳も、もとより大林が預かって持っている。収入に関するすべての管理は、彼を立てる意味もあって、あえて任せているからだ。

そんな都合のいい立場を、たかが女房の浮気に気づいたくらいでふいにするだろうか。

「とにかく、気をつけなさい」杏子は念を押した。「べつに、あなたたち夫婦のために言ってるわけじゃないの」

「じゃあ、何」

「きまってるじゃない。家の中が修羅場になっちゃったら、あなたが落ち着いて書けなくなるからよ」

*

一カ月ほどたったある日、奈津は、親しい映画監督から誘われ、東京で行われた小さな映画祭のトークショーに出席した。行き帰りの時間に縛られたくなかったので、久しぶりに自分で運転していくことにした。

〈俺もこっそり見に行っちゃおうかな。先生が、すました顔で喋ってるとこ〉

加納隆宏は、にやにや笑いが見えるようなメールをよこしたが、まさか来るわけがない、どうせこちらをからかっているだけだ、と——わかっていてもつい客席に目を走らせてしまうのをどうしようもなかった。

案の定、加納の姿は見えず、終わってからさりげなくメールをしてみれば、深夜までかかるグラビア撮影に立ち会っており、明日は朝から出版社で打ち合わせがあるという。せっかく上京したのだから顔だけでも見られればと思っていたが、仕事モードの男に無理に食い下がっても裏目に出るばかりだ。加納が、めずらしくメールの最後に次を期待させる言葉を書いてくれただけで、今回は満足しておくべきだろう。

あきらめて、奈津は再びハンドルを握り、帰りの高速に乗った。道路は空いていて、東京から長野まで三時間ほどで帰り着くことができたものの、さすがに疲れ果て、シャワーを浴びてすぐに寝てしまった。夫が飲みから帰ってくるのを待たずに寝ることはあまりないのだが、睡魔に抗しきれなかった。

一夜明け、遅い朝食をとりながら大林に昨日のあれこれを話して聞かせていると、彼がふとキッチンの隅に目をやった。

「あれは何？」

壁際に置かれた大きなバケツを見ている。

「ああ、昨日のイベントで、お客さんから頂いた花束。もっと大きいのもお風呂場に浸けてあるよ」

ゆうべは花瓶に活けるだけの気力がなかったのだ。

「あんなによく持って帰れたね」

「車だったからね。うちだけで眺めるのももったいないから、あとでお隣にお裾分けしてこようかな」

同世代の隣家とは、引っ越してきて以来、家族ぐるみで仲良くしてもらっている。

「お菓子もいろいろ頂いたけど、二人じゃ食べきれないもんね」

「うん。そうすれば」

食器を洗い、洗濯物を干し、仕事場へ行って、新着メールにざっと目を通す。ディレクターから届いた春の二時間ドラマスペシャルの企画に関する書類と、八坂葵からは小説誌の来月号に載る短編のゲラ刷りだ。それだけ長いものになると、画面上では確認しきれない。パソコンと連動したプリンターを起動させてから、大林の部屋を覗き、同じくパソコンに向かって麻雀ゲームをしている背中に声をかけた。

「じゃあ、ちょっとお隣行ってくるね」

「はい」

「悪いけど、そこのプリンターの様子を気にかけておいてくれる？　最近、途中で紙が詰まっちゃうことがあって」

「知ってる」

「もし詰まっちゃったら、ぱかっと開けて紙を取り除いてくれれば、また勝手に印刷再開するから」

「うん、それも知ってる」

奈津は苦笑した。働かない男への頼みごとほど気を遣うものはない。

「ごめんね、よろしく。すぐ戻るから」

「いいよ、ゆっくりしてくれれば」

ふり向かず、肩越しに手をひらひら振る。機嫌は悪くないらしい。

「ありがと。行ってきます」

花束と菓子を持って、家を出た。

戻ったのは三十分ほど後だ。隣家で紅茶を一杯ご馳走になる間お喋りをしただけだから、そんなものだったはずだ。

机の上に、プリントアウトした書類がきちんとそろえて置かれていた。

再び、大林の部屋を覗く。彼は株関係のサイトを開いていた。そのサイトを個人運営しているアドバイザーに月額いくらかを支払うことで、有望な投資先の情報などをいち早く得られるのだそうだ。麻雀ゲームのほうがまだましだと思いながら、奈津は言葉を呑みこんだ。昔、前夫の省吾がたった一つ持っていた企業の株で大損をしたのを知っているだけに、大林にも、素人が安易に手を出さないほうが、と言ってみたこともあるのだが、〈大丈夫、俺だって経験はあるし、そのためにアドバイザーがいるんだよ〉と軽くいなされてしまった。それ以上は強く言えずにいる。

「印刷、ありがとう」

再び背中から声をかけると、大林はやはりふり返らずに言った。

「紙、何度も何度も詰まったんだよ」

言葉が、なぜか、まきびしのようにとげとげしている。

「ごめん。そんなに何回も?」

「ああ。もう全然だめだったから、一回そっちのパソコンでリセットして、最初から印刷し直しといた」

ありがとう、と重ねて礼を言ってもふり返らないままだ。

そっとしておくことにした。仕事場に戻り、机の前に座る。閉じられていたブラウザを開き、メールを再度チェックしてから、まずは急ぎの仕事の方から片付けてしまおうと赤ペンを持ち、小説のゲラ直しに取りかかった時だ。

ノックもなしに傍(かたわ)らのドアが開いた。真顔の大林が立っていた。

「奈津」

声が、激しく震えている。ぎょっとして、

「どうしたの?」

訊き返すより早く、かぶせるように言われた。

「奈津、浮気してるの?」

一瞬おいて、心臓から胃にかけて真っ白になった気がした。

「ねえ、ほんとのこと言ってよ」

大林が三歩、四歩と近づき、奈津の座っている回転椅子の背もたれと肘掛(ひじか)けに手をつく。キャスター付きの脚が、ぎし、と軋む。声だけではない、全身がぶるぶる震えているのがわかる。うなだれるように顔を伏せたまま、彼は呻(うめ)いた。

「怒らないから、ほんとのこと言って」

頭ががんがんして、何も答えられない。どうしてバレたのだろう。もしや、カマをかけられているだけか。いや、いくら彼が役者でも、この震えが演技とは思えない。だとしたらいったいなぜ……。

答えずにいる時間が長いほど、認めているも同じことになる。浮気なんかしてない、と言え。嘘でも怒ってみせろ。全身全霊でしらを切り通せ。そう思うのに、舌が金縛(かなしば)りに遭ったように動かない。

大林が、うっそりと身体を起こした。奈津とは目を合わせずに言った。

「見るつもりなんか、なかったんだよ」

「……え？」

「あれ、奈津って〈高遠ナツメ〉以外にもツイッターのアカウント持ってるんだっけ？って思って、試しにひらいてみただけだったんだ」

それが何を意味するのかをようやく理解したとたん、すべてが計算式のようにつながった。

思わず、パソコン画面に目を走らせる。インターネットのブラウザは、そういえば隣から帰ってきた時は閉じていた。大林が、紙詰まりばかり起こすプリンターのタスクを一旦キャンセルし、もう一度やり直してくれた時に畳んだのだろう。今は、画面一杯にひろげてある。上のほうにいくつか並んだタブの一つに、「なっちゃんさん Twitter」の表記があった。

脳内が深閑と醒める。自分は何という馬鹿か、と死ぬほど後悔しているのに、心がまだついていかない。

「つい最近作ったみたいだけどさ、〈なっちゃん〉って、何のためのアカウント？　非公開になってて、フォロワーは八坂葵と加納隆宏の二人だけ。どういうこと？」

ただ、内輪の戯れのために作ったアカウントだった。加納の発するつぶやきに、ほんの時折、皮肉の効いた茶々を入れ、それに葵がからむ。他の誰にも、〈なっちゃん〉が何者であるかなどわからない。いや、そのはずだった。

「加納ってさ、引っ越しパーティの時に八坂葵が連れて来てた、あいつだよね。あの、太った、下司(げす)な感じのさ」

声も身体も、わなわなと震え続けている。それだけの激情を抑え込んでいるのだとわかると、ぞっとした。

「あいつと、もう寝たの？」

「な……何言って、」

「悪いけど、メールも調べさせてもらったよ。勝手に覗くのはどうだとか、あなた言える立場じゃないよね」

心臓が暴れ回っている。これまで加納と交わした長いながいやりとりはすべて、ただちに別ファイルに保存してロックをかけ、階層の奥深くに保存してある。けれど、

「ねえ、何？　あのメール」

たった一通だけ——昨日のイベントの後にやりとりしたメールだけ、まだ処理をしていなかった。とりあえず帰ってからにしようと思い、運転しているうちについ忘れてしまっていた。

何を書いただろう。いきなり〈逢いたい〉などとは書かなかった。逢えない場合、相手に負担に思われるのは避けたかったからだ。たしか、イベントが終了したことをさらりと報告し、そちらはどうですか？　と書いた。大林が見たのがそれだけなら、加納の時間が空いていればアンダーグラウンドのことを取材させてもらうつもりだった、と言

い抜けられる。加納からの返事は、深夜までのグラビア撮影のことと、翌朝の出版社との打ち合わせと……。

奈津は、思わず呻いた。

「〈次に逢えたら、その時はまた遠慮なく、なっちゃんを飲み干すよ。覚悟しといて〉――か」

昨日、携帯で目にした際には、微苦笑とともに温かなものを届けてくれた文面。それが、今こうして夫の口から出ると、出来の悪い冗談にしか聞こえない。滑稽にしか響かない。

「〈また〉って書いてあったよ」

そこで初めて、大林が奈津の目を見た。

「ってことはさ、もうとっくに、何度かは飲み干されちゃったってことだよね、〈なっちゃん〉は」

目をそむけたいのに、できない。

「ねえ、何回やったの？　いつ？　どこで？」

「やめて」

「正直に言ってよ。東京行くたび、そんなことしてたの？　あいつのチンコ、気持ち良かった？」

「やめてったら」

「やめてもらいたいのはこっちだよ！」

怒鳴った拍子に、大林の声が素っ頓狂に裏返った。もともと、どちらかといえば高い声だ。舞台では低めにコントロールしているが、今はとうていそんな余裕がないらしい。血走った目が奈津を見おろす。

「俺は、怒る権利があると思う。あなたの夫だからね。だけど、あなただけを責める気はないよ」

「……え」

「夫婦の間の問題は、両方ともに責任があると思ってるし、あなたが外でふらふらそういうことをしたのは、俺がほっとき過ぎたせいだっていうのもわかってる。寂しかったんでしょ。それは、俺の責任だし、改められるところは改める。だから、ここではっきり約束してほしい」

ひとつ、深呼吸をして続けた。

「別れられるよね。あいつと」

奈津は、息を呑んだ。

「別れるって約束するなら、今回のことは水に流す。二度と何も言わない。蒸し返したりもしない。だから、約束して。——別れ、られるよね」

もちろんだ、別れるも何もそもそも付き合ってさえいない、互いにほんの出来心であやまちを犯してしまったけれど、あくまでも身体だけの関係でしかないし、あなたや、ここでの生活と引き換えになんかできるわけがない、別れる、もう二度と逢わない。

そう言って、今すぐ夫の足もとに泣き伏して謝るべきなのはわかっていた。それなのに、込み上げるものなど何もなかった。大林が最大限の寛容さを見せようとどれだけ努力してくれているか頭ではわかるのに、心が、動かない。その事実にも、そして改めて見えてきた自分の本音に対しても茫然とする。

〈考えていたんだよ。すべてを放り出して、この女とどっか遠い世界へ行ってしまったらどうなるんだろうなってね〉

あれは確か、最初に身体をつなげた後、加納から初めて届いたメールだった。

同じ時、ほんとうは同じことを思っていた。ただし、その時はただの妄想だった。そんなふうな人生も、この世ではないどこかパラレルな世界にはあり得たかもしれないと想像して切なくなるだけだった。

今は、違う。大林と重ねてきた年月をふり返り、年月以外には何も積み重なっていないことに気づいてしまった今は。

〈あなたなら何度だってリセットしてのけるわよ、そうすることが自分には必要だと思ったらいつでもさっさとね〉

〈先生ってさ、「家庭を作っては壊し、作っては壊し」という作業を、死ぬまでに最低でもあと三回くらいはくり返すと思うな〉

黙りこくっている奈津に焦れた大林が、再び椅子の背と肘掛けをつかんで揺さぶる。

「なんで何も言わないんだよ。これだけ俺が譲歩してるのに」

「わかってる」

「じゃあ、何。別れられないって言うの？　まさか、本気であいつを好きになっちゃったの?」

　奈津の目を見て、自ずと答えを察したらしい。大林の顔が、悲痛に歪んだ。

「なんであんな奴……俺よりずっと上の奴ならまだあきらめもつくよ。だけど、あんなつまんない奴になんで? あいつのセックスがそんなに良かったの?」

「やめて」思わず硬い声が出た。「そういうんじゃない。ただ……とにかく、そういうんじゃないの」

「じゃあ、どうすんのさ」

　単純な問いに、思わず、本音で答えてしまった。

「果てまで見届けたいの。でないと、終わらない」

　その瞬間——。大林の顔から表情というものが滑り落ちた。頰や顎の筋肉が、だらりと弛緩したのが見て取れた。ああ、言うべきではなかったと思ったが、もう遅い。

「……それって、もう、恋じゃん」奈津から一歩後ずさって、大林がつぶやく。「よーくわかったよ」

「待ってよ。何がわかったの?」

「もういい。とにかく、よくわかったから」

　きびすを返し、奈津の部屋を出てゆく。

　立ち上がって追いすがるべきだと、これも頭ではわかっていた。急いであの背中に取りすがり、ごめんなさい、今のは嘘だよ、私がどうかしてた、そう言って泣いて謝って、あの男とはこれきり別れると約束するのだ、今すぐ。

——身体が動かない。

と、玄関のキーボックスから鍵束を取る音がした。さすがにぎょっとなり、慌てて覗きにゆく。

「どこへ行くの？」

「さあね」

大林はこちらを見ない。自分の部屋へ行き、煙草と携帯をポケットにねじこむ。

「お願い、せめて、行き先だけ教えといて」

「なんで」

「なんでって、心配だからに決まってるでしょう」

大林が、ふっと鼻で嗤った。

「よく言うよ。あなたは、いつもそうだよね。いつだって、自分の都合しか考えてない」

突き刺さった。その通りだ。心配なのは本当だが、それも、こんなことが原因で彼に事故を起こされたりしてはたまらないからだ。

「連絡させてもらうから、そのつもりで」

「は？」

「あいつにだよ。俺から電話するから」

心拍がはね上がる。具体的なことを言われて、今ごろ危機感が押し寄せてくる。

「ちょっと、何言ってるの。やめてよそんなこと」

「あのさ。さっきも言ったでしょ。俺はあなたの夫なんだから、そうするだけの権利があるんだよ。あいつの職場に電話して、編集長とか呼び出して、あいつのしたことを洗いざらい全部ぶちまけてやる。でなきゃ直接、怒鳴り込む。だってそうでしょ。女房を寝取られて、このまま黙ってられるわけがないんだからさ。俺、何か間違ったこと言ってる？」

「お願い、ねえ、馬鹿なことはやめてよ」

「だからさ、何言ってんの？　あなたにそんなこと言う権利あるとでも思ってんの？　隠れて浮気したのは自分でしょ」

「そうだよ、私だよ」

奈津は必死になって言った。理詰めで来るなら、こちらも理詰めで対応するしかない。

「いい大人が過ちを犯したの。子どもの万引きに親を呼び出すみたいな真似、やめてよ」

「はは、何それ」

「ぜんぶ私の意思で、私が自分で選んで、承知の上でしたことなんだから、あなたも私に直接怒ればいいじゃない。相手はこの際、関係ないでしょう」

「へーえ。かばうんだ」

大林が奈津を見据える。醒めた目だ。

「止めても無駄だよ。俺は、やるって決めたことはやる」

「待って。ねえ、お願いだから、私と話をして」

「話すことなんか何もないよ。先に俺を切り捨てようとしたのはあなたなんだから」

「そんなこと、してない」

「したよ。あいつと別れたくないって言ったじゃない。果てまで見届けるっていうのは、つまりそういう意味でしょ」

この期に及んでも、そうではないと言えなかった。

「そんなに見たいんなら、俺が見せてあげるよ」

「え？」

「恋愛の果てっていうやつをさ」

「ちょっと、何言ってるのかわからない」

「わからなくていいよ。せいぜい気を揉むといいんじゃない？」

言い残すと、上着をつかんで背を向ける。

取り付く島もなかった。玄関のドアが、奈津の鼻先でばたんと閉められる。

エンジンが暖まるのも待たずに、車の出てゆく音がした。

*

最初の夫・省吾は、妻が家の外で恋愛をすることに関して異様なほど寛大だった。いい作品を書くために心と躯を燃やしておくことが必要だというなら、恋愛などいくらしたってかまわない。外で何をしようと、帰ってくる場所がここならそれでいい。俺たち夫婦の絆は今さらそんなことで揺らがない。自らそう明言していたし、もしあのまま一緒にいたら、彼はそれを実行し、証明もしていただろう。

そこまで譲ってもらっても、夫の許可のもとでする恋愛というものにどうしても抵抗があったために別れたのだったが、以来、自分は大事なことをうっかりはき違えていたのだと今になって思い知らされる。

省吾は、特殊だったのだ。そうとう変わっていた。〈芸のためなら女房も泣かす〉式の考えをそのままに受け容(い)れ、しかも男女の立場を入れ替えてなお実践(じっせん)しようとするなど、なかなか出来ることではない。

　にもかかわらず自分は、いつのまにかそれを当然のように感じてしまっていた。省吾以上に、大林は芝居の世界の狂気をその身で知っているはずなのだから、こういうことにも理解があるに違いないと――表向きは妻の恋愛など許せるわけがないと言いながらも、いざとなれば見て見ぬふりをするに決まっていると、どこかで高をくくっていた。根本的に大きな油断があったことに、後から気づいた。

　大林の向かった先が気になって、執筆など手につかない。考え得る限り最悪なのは、ああして口にした通り加納隆宏の仕事先へ乗り込むことだ。加納のツイートをチェックすれば、撮影現場なり出版社なり、今どこにいるのかはほぼ確認できる。まさか本当にそこまではするまいとは思うけれど、その根拠はといえば、自分ならばしないというだけのことで、大林の性格なら実行に移すかもしれない。面子(メンツ)を潰されるのが何より嫌いな男だし、今回はあくまでも彼の側に正義がある。怒りにまかせてというより、プライドのために公衆の面前でマウンティングをしにいくことはあり得る。

　胃が、長い針でも差し込まれるように痛んだ。今ごろ大林は、どこへ向かって車を走らせているのだろう。

迷っている場合ではなかった。奈津は、八坂葵に電話をかけ、ひととおりの事情を説明した。

途中、驚いたり唸ったり憤慨したりをくり返しながら聞き終えた葵は、最後にきっぱりと言った。

「わかりました。報せて下さってありがとうございます。加納さんには一応、私から連絡しておきます。私から話したほうが、彼も冷静に聞けると思いますし、もしもの時に心構えがあるのと無いのとじゃ全然違うと思うんで」

ありがとう、と奈津は言った。

「ほんとにありがとう。任せる」

とりあえず聞いてもらっただけで、安堵のあまり鼻の奥が痺れる。はるか年下の編集者を相手に、恥ずかしかった。

「彼に、ごめんなさいって伝えて。私の不注意で迷惑をかけることになって、ほんとうに申し訳ないって」

「迷惑だなんて、どうなるかまだわかんないじゃないですか」

「ううん。こんなこと、聞かされただけで仕事の集中力削がれると思うし。ほんとにごめんね。油断した」

「大丈夫ですって」と、葵が請け合う。「奈津先生こそ、あんまり思い詰めないで下さい。加納さんは、長年ああいう仕事して、いろんな修羅場くぐってますから、こういう時はきっと頼りになると思いますよ」

それはどうだろう、と電話を切ってから思った。

万一、不倫相手の夫に職場まで乗り込んで来られたり、道でいきなり行く手をふさがれたりした場合、動じずに対処できる男がいったいどれだけいるものだろう。

これまでの男たちを思い浮かべる。

たとえば、志澤一狼太。それこそ修羅場をくぐってきたはずの演出家はあの頃、浮気が妻にばれることにぴりぴりと神経を尖らせていた。それ自体は無理のないこととはいえ、初めて抱き合った夜、こちらが裸の背中に腕を回した瞬間、爪を立てるなよ、と釘を刺された時の気持ちは今もはっきり覚えている。鼻白むような幻滅だった。

それでいくと、案外、岩井良介のほうが腹が据わっているかもしれない。猛り立った相手にさえ訥々と話をして、戦意を喪失させてしまう技を持っている気がする。

はたして加納隆宏はどうだろうかと奈津は思った。


その日、大林はなかなか帰ってこなかった。結局、加納の身辺には現れず、電話なども今のところかかってこないらしい。

となると、どこへ行ってしまったのか。何度か奈津から電話をしたのだが、着信拒否のまま夜になった。

胃の痛みは増していた。家の中が、がらんと広く見える。

大林くん。

どこかに着いたら、メール一本でもいいから連絡して。心配だから。

同じようなメールを何通か送り、夜も十時を過ぎた頃、ようやく返信があった。

無事です。

離婚することにしました。

何をくれとか言わないので、日程とかは帰ってから話をしましょう。

文面を目にしたとたん、奈津の唇から思わずもれたのはため息だった。

安堵？　落胆？　よくわからない。とりあえずほっとしたものの、それさえも、彼の無事を確認できたからなのか、それとも、どうやらごねずに離婚を選択してくれそうだという思いからなのかも定かでなかった。

どうして自分は、こんなことを書いてきた夫をひとまず引き留める気持ちにさえなれないのだろう。〈果てまで見届けたい〉とは言ったけれど、自分はほんとうにそこまで加納に狂っているのだろうか。

そうではない、気がした。加納隆宏という男を愛しているというよりも、彼との恋愛ゲームがあまりに愉しいから終わりまでコンプリートしてみたいだけで、具体的な将来を考えたりはしていない。家庭を壊す気はないと言ったのは本当のことだ。

果てまで見届けたいのは、むしろ、今現在の恋ではなく、自分のこのどうしようもなさだった。物欲であれ、性欲であれ、いったん身のうちに芽生えた炎を決して消すことのできない、この強欲の果ての地平へたどり着いてみたいのだ。

手の中の携帯に、文字を刻む。

わかりました。それが、正しいのかもしれないね。

あなたのこと、今だって大事だよ。でも、あなたが私を心底信じることはもう二度とないでしょう。もちろん私の自業自得だけど、きっと私はこの先も変われないと思う。傷つけ続けることがわかっているなら、もう一緒にいるべきではないのかもしれない。

あとのことは、会った時に。とにかく、運転にも身体にも気をつけて過ごして下さい。それだけ、どうかお願いします。

大林が家に戻ってくるとしても、このぶんでは何日か後だろうし、今夜はもう返信はなさそうだ。枕元に携帯を置き、猫の環をかかえて、服のまま横たわる。

長い一日だった。そう、どこまでいっても自業自得だけれど。深々と嘆息した直後、メールの着信音が鳴った。

なんでそんなに傲慢なの?

まあいいけど。

物書きだから、人を傷つけてもいいんだよね。電話するって言った時、俺のプライドよりも、あなたのプライドを優先したよね。それが夫婦なの？　養ってるから？　そういうとこが破綻してるの。

忘れないうちに書いておいたけど、もうどうでもいいことだね。

意味を補いながら読まなくてはならなかった。〈電話するって言った時〉は、〈俺から加納に〉という意味だろう。〈養ってるから？〉は、〈あなたが俺を〉だ。たぶん。

動揺が、文章に表れている。それが普通だ。どんなに取り乱していても、これから送るメールの文面を必ず推敲し、もっと効果的な言い回しを考える自分は、やはり何かが欠落しているのだ。

ふと気づいて、送ったメールを読み返してみた。改めて読んでみると、文章こそ整っていても、まだただの一言も謝罪の言葉を書き送ってはいないのだった。

大林からはさらに、もう一通のメールが届いた。真夜中を過ぎていた。

セックスのことも、あなたは外に行かなきゃダメなんでしょ。

二人で今後どう解決するかも考えなかったでしょ。

起こったことじゃなくて、これから何をするかを考えたかったのに。

信用とかいう前の問題。

思いつくままこうして書き送ってくるのは、酒が入っているせいだろう、と奈津は思った。思ってみてもなお、こみあげてくる怒りを抑えられなかった。

ベッドを出て仕事場へ行き、パソコンの前に座る。頭の中は隅々まで冷たく冴え渡り、感情と言葉が出口を求めて渦を巻いている。

これまで、加納隆宏とどんなやりとりをしていても、大林のことは傷つけたくないのは本当だった。勝手な物言いではあるが、掛け値なしの本心だ。なのにうっかり油断して、彼の目に触れるようなミスを犯してしまった。それについてはこちらの責任であって、何と責められようが甘んじて受けるしかない。

けれど、大林に謝るとしたら、ただひとつ。「ちゃんと見えないようにしておいてあげられなくてごめんなさい」。それしかない。

家庭の外で別の男と抱き合ったことそのものについての罪悪感は、ここに至ってなお湧いてこなかった。

だって、と思ってみる。あなたはこれまで私に、何をしてきた？　何を、せずに、きた？

〈なんでそんなに傲慢なの？〉か……。

私としては、少なくとも今回のことには全面的に私に非があるから、言い訳とか、説明とか、意味がないと思ってああいうふうに書いただけなのだけれど。物書きだから人を傷つけていいなんて思っていない。あなたのことは、いちばん傷つけたくなかったよ。

あなたのプライドより自分のそれを優先したわけでもない。いいかげん大人の私が自分の判断と責任で選んでしたことについて、いくらそれが間違っていたからといって相手の男に文句を言いに行くなんて、あなたの面子が立つどころか逆にかっこ悪いって思ってしまっただけ。責められるべきはあくまでも私でしょ、って。


それから、セックスのこと。

二人で今後どう解決するかを考えたかった、とあなたは言うけれど、もう、これまでにどれだけ考えてきたかな。常に私からだったけど、何度あなたにその問題を投げかけてきたかな。それとも、あなたは今の今まで一度も本気では考えてなかったの?

私が太ってしまったから。部屋が散らかってるから。生活が不規則だから。床でごろごろ出来る部屋がなくなったから。遮光(しゃこう)のカーテンがないから。自分が太ったから。しばらく体調が悪かったから……。

いつも何かしらのエクスキューズがあって、でも、たとえば私が頑張って痩(や)せたり、部屋を片付けてカーテンを換えたところで、結果が変わったようには思えなかった。

それでなくても女からは言いにくいことだったけれど、思いきって「抱いて」って頼んだり「しようか」って誘ったりしたことも、最初のうちはあったよね。そうしたら、そんなこと言われたら男は抱く気がなくなる、言わないでくれたら一週間に一度は自分から誘うように努力するから、って……でも、どれも続かなかった。「一週間に一度」が続いたのは、一度か二度だけだった。

あなたは、男っていうのはナイーヴなものなんだって思うだろうし、さんざんそういう意味のことを言ってきたよね。私はそう言われるたびに、ああ、私の側のナイーヴな気持ちはどうでもよくて、自分のそれだけが大事なんだなって思えて寂しかった。

私に対して、ちゃんと愛撫をしてくれたのはいつが最後だか覚えている？　四年前の夏だよ。浅草では一度もなかった。この数年間であなたのほうが上になってくれたのは？　今年はまだない。去年もたったの一回だった。こんなこと、数えたり覚えたりしてる自分がみじめで情けなくなるよ。

二人で今後どう解決するかを考えたかった？

そのことを、私はここ何年もずっと考え続けて、いつからか、もうあきらめようと決心しただけ。求めれば求めるだけあなたが遠くなるし、虚しくなるだけだったから。それを、今さらあなたからその言いぐさはないんじゃないのと思う、正直。

〈外に行かなきゃダメなんでしょ〉って、何それ。

大好きなあなたと、したかったよ、もう何年も、毎晩、毎晩！　どうせ今夜も何もないってわかっていても、お風呂では身体をきれいに洗ってベッドに入ってたんだよ。誘っているかのように思わせたらプレッシャーだろうと、ベッドでは手首より上に触れることもできなかった。背中を向けたあなたのいびきを聞きながら、どれだけの夜、わからないように泣いたか知らないでしょう？

〈破綻してる〉っていうあなたの指摘は、きっとその通りなんだろうと思う。夫婦生活が、ではなくて、私という人間がね。

でもね、私はこの数年間、私なりの精いっぱいで、あなたに心から尽くしてきたんだよ。もう、疲れちゃったんだ。呼んでも、あなたから答えが返ってこないことに。あなたに対して寛容であろうと思ったら、どこかで自分で罪を負ってくるよりなかったんだよ。こんなの、言い訳にしか聞こえないだろうけど。

それでも、そういうことを全部脇に置いてなお、今回のことで責めを受けるべきは私です。

傷つけたくなんか、なかったのにね。

信頼を裏切ってごめんなさい。

送信ボタンを押し、奈津はたまらずにティッシュを数枚抜き取った。

これまで、多くの物語を作り出し、脚本を書いてきた。勧められて最近では小説も書くようになった。どんなに〈泣ける〉物語を作りあげる時でも、いや、そうであればあるほど、書きながら泣いた例(ため)しは一度もなかった。以前、加納に書き送ったとおりだ。自分が先に登場人物にもらい泣きしてしまっていては、第三者には伝わらない。観る者、読む者の心を動かしたかったら、書き手はどこまでも冷徹に醒めていなくてはならないのだ。

それなのに、今、パソコンに向かって大林へのメールを書き綴りながら、奈津はいつしか洟をすすり上げ、嗚咽していた。彼と過ごしたこの数年の間に呑みこんだたくさんの感情——胸の深いところに沈めたまま見て見ぬふりをしてきた、惨めさや虚しさ、寂しさが、まるで死んだ魚のように浮かびあがってきては喉を塞ぎ、呼吸を妨げる。

ティッシュを目と鼻に押しあて、歯を食いしばる。ようやく気を落ち着け、洟をかんだ頃、短い着信音が鳴った。

こちらこそごめんなさい。
ちょっと感情的だった。

送られてきた二行を凝視する。その向こうにいる大林を想像してみる。謝られたのに、どうしてこんなに腹が立つのだろう。

〈ごめんなさい〉の真意が見えない。昼間出ていった時の捨て台詞や、メールで自ら離婚を切りだしたことなどを考えると、なぜ彼が今ここで謝るのかがよくわからない。

文面通り、〈感情的になってごめんなさい〉という意味でしかないのだろうか。それはそれでどこかずれている気がしてならなかった。大林が〈感情的〉になったのは、こちらが今の長いメールを送るより前のことだ。あれほどの思いで書き綴った言葉を、まるごとスルーされた気がして苛立つ。

返事は、もう書かなかった。どこに泊まっているのかもわからないが、当てつけのように死なないでくれるのならそれだけでいい。

正直なところ、楽観もしていた。大林の本質は、怖がりだ。言葉で何をほのめかそうと、自分で死にきることはまずあり得ない。皮肉ではなく、彼のその健康的な普通さに、いま奈津は助けられているのだった。

*

大林が帰ってきたのは、翌々日の早朝だった。

憔悴(しょうすい)はしていたが、目の奥は落ち着いており、玄関を開けた奈津が「お帰りなさい」と言うと、ひとつ頷いて入ってきた。ほとんど一睡もしていないと言う。

「とにかく横になって休んで」

「いや。どうせ眠れないし」

「それでも」

強く促すと、それ以上は異を唱(とな)えず、服のままベッドの端に腰を下ろす。

「着替えないと休まらないよ」

「このままでいい」

表情を変えず、目を合わせず、いちいち互いの間に注意深く線を引くような言い方をする。

いかに傷ついているか、そんなにアピールしてみせなくてももうわかっているから、と奈津は苛立った。傷つけた側だというのにいったいどこまで勝手なのだろうと、そういう自分自身にも二重に苛々する。

憔悴しきっている様子など、わざわざ大げさに見せつけないでほしい——と、こちらの落ち度を棚に上げてつい拒絶反応が出てしまうのは、おそらく母親を思い出すからだ。

昔、アングラ劇団にいたというだけあって、日常の中でまで演技過剰の劇場型だった母親。奈津自身にもじつはよく似た部分があるからこそ、芝居に関わる仕事で成功できたのかもしれないが、一方で、あの母のようになるまいと思うあまり、辛さやしんどさを人前で表すことができなくなった。それを露わにして同情を引くタイプの相手に対しては、脊髄反射的に嫌悪を覚えてしまう。たいていのことを鷹揚に受け容れるたちの奈津が、抑えようもなく不寛容になるのは必ずそういう場面だ。

深呼吸をし、気を落ち着けて、ベッドの反対側に座る。

「どこへ行ってたの」

そっと訊くと、大林は壁のほうを見て答えた。

「ちょっと、東北のほうまで」

「東北？　どうしてそんな」

「人に会ってきた」

相手は誰なのか、訊くのが躊躇われて黙っていると、

「どうしても会っておきたかったんだ。最後かもしれないと思ったから」

奈津は、目を上げた。

「……どういう意味？」

「そのままの意味だよ。死ぬつもりだった」

心臓を、背中からすりこぎで突かれたような鈍痛が走った。彼には死ぬ勇気などないだろうと高をくくっていたのに、本人の口から出た言葉は、問答無用の暴力となって奈津を打ちのめした。

「前に、局の人たちがうちに飲みに来て、次のドラマのこと話してた時だったかな。〈恋愛の究極って何だろう〉って話が出たことあったじゃない。その時、俺が言ったの、覚えてる？　恋愛の究極は〈死〉にきまってるでしょ、って」

奈津は、うなずいた。覚えているというより、いま思い出した。

「今回、あなたが加納とのことで、果てまで見届けたいって言うのを聞いて、思ったんだ。じゃあ、俺が身をもって見せてやるよ、って」

「やめて」

こらえきれなかった。泣くつもりなどなかったのに、奥歯を嚙みしめた時にはもう涙がどっとあふれ出た後だった。

口もとを覆ってすすり泣く奈津を見て、大林までが泣きだし、ベッドのこちら側に手を伸ばしてくる。肘をつかんで引き寄せられ、きつく抱きすくめられた。

「奈津」洟をすすり上げながら、大林が呻く。「セックスしよう」

不器用な手つきで奈津の着ているシャツのボタンをはずし、左右に分けて下着をたくし上げ、胸を露わにする。

「ねえ、奈津、セックスしようよ」

泣き顔のまま、むしゃぶりついてくると、舌をつかいながら自分もごそごそとベルトをゆるめ、ジーンズの前立てを下ろし、トランクスと一緒に脱ぎ捨てようとする。

手間取っている彼を気まずくさせまいと、奈津は自ら協力し、大林のシャツを脱がせ、裸の背中に腕を回してしがみついた。

つながらずにいられなかった。性欲からではない。怖かったのだ。この男が、この世から失われるのが。

とりあえず自分で死ななかったからこそ今ここにいるのだが、そんなものは結果論に過ぎない。東北のどこかへ向けて車を走らせていた間、大林の頭の中にあった〈死〉は、妄想の域を出ないと同時に、限りなくリアルでもあったろう。誰であれ同じだ。生きている者にとっての〈死〉は、常に想像や妄想の範疇（はんちゅう）にとどまる。けれど、それが現実になるのには一秒もかからない。境目はまさに髪の毛一筋ほどの細い線だ。

「奈津……。奈津、愛してる」

涙に濡れた顔で、大林が見下ろしてくる。

「奈津はさ、ちゃんと綺麗だよ。太ったって痩せたって関係ない。ずっと傷つけてごめん。寂しくさせて、ごめんね」

呪文（じゅもん）のように、愛してる愛してると囁（ささや）きながら、奈津の脚を開かせ、自分のものをつかんで中心にあてがい、軀を沈めてくる。大事な場面では必ず、わずかに首を左にかしげ、せつなげに眉根を寄せてこちらを見下ろすのが彼の癖だ。角度も表情も、いつも同じ。一種の〈キメ顔〉なのかもしれない。

かすかに漂う滑稽さが、今はなおさら哀しかった。奈津は声をあげ、身をよじった。腰を浮かせて応えながら、できるだけお腹を引っ込める。人のことは言えない。自分だって、誰とこれをするにせよ、かっこつけずにいられた例しなどないのだ。せり上がる切なさのせいで盛りあがりはしたけれど、どこにもたどり着けないセックスだった。

終わった後、服を着ながら、奈津を見ずに言った。

「もう一度だけ訊くけど……やり直せないの?」

そのとたん、おさまっていたはずの涙がまたどっとあふれた。抑えようとすると、ぐうっと変な声がもれる。

「……ごめん、泣いたりして」

奈津は呻いた。

「何で」

「そんな権利、私にはないのに」

「そんなこと訊いてない」大林は言った。「そんなふうに泣くってことは、後悔だってしてるんでしょ? 俺にもう信用してもらえないなんて勝手に決めつけないで、これから何ができるかを考えてみてよ」

その言葉を聞いたとき、

(ああ……そうか)

まさに、そこなのだと思った。

信用していないのは自分のほうだ。大林の言葉を、信用できない。一昨日のメールにも書き送ったとおり、もうすっかり疲れてしまっている。

これまでに何度も、彼という男のドアを叩いてきた。どんなに叩いても、中にはほとんど入れてもらえなかった。寒い、寂しい、とどれだけ訴えても本気で聞こうとせず、あなたはもともと寒がりだもんね、いっつも同じこと言ってるもんね、と半笑いであしらい、放置する。それが、三年以上続いた。

人が聞けば、他の女を中に入れるよりはまだましじゃないかと言うかもしれないが、いっそのことそうであったならもっとさっさと別れられていた、と奈津は思う。〈浮気をした夫〉と〈妻を抱かない夫〉を比べれば、世間は後者に対してはるかに甘い。浮気に関しては妻も怒ってかまわないが、セックスレスについては、まあそれは我慢しなさい、仕方のないことだと思ってあきらめなさいという圧力がかかるのだ。

我慢など、できなかった。もう、いやだ。寒いのも、寂しいのもいやだ。大林が、こういうことは片方だけの責任じゃなくて俺にも責任がある、もっと努力する、と言ってくれるのはありがたいし、実際に浮気をしてきた妻に対してなかなか言えることではないとも思うけれど、それもどうせ今だけだ、と思ってしまう。これまでがそうだったように、ほとぼりが冷めればまた同じことのくり返し。こちらを閉め出して、ドアに鍵をかけるにきまっている――。

そんなふうに感じてしまう時点で、〈やり直す〉という選択は難しい。彼と話していて涙が出るのはただ、傷つけたいわけじゃなかったのにという自責の念と、一緒に過ごしてきた時間への哀惜からであって、他の男と寝たことへの後悔からではない。

寒くてたまらず、親切なよそのお宅で暖まらせてもらっていたら、ひどく怒られた。極端に言えば、それくらいの感覚しかない。だってあなたは家に入れてくれなかったじゃないか、と恨みがましく思う。それなのにどうして今さら怒ったり傷ついたりするのか。男としてせっせと妻を抱く気にはなれなくても、せめて時折抱きかかえて暖めるくらいのことはできたはずだ。時間はあんなにあったのだから。

「なんで、黙ってるの」

と、大林が言う。

それは、いま頭の中にあることを全部話すとあなたをもっと傷つけてしまうからだよ、と思いながら、奈津は口をひらいた。

「私だって、あなたを失いたいわけじゃないの。こんな思いはさせたくなかった」

「うん。それは、わかってる」

大林も、短く洟をする。

「今回、やっと骨身にしみたよ。こういうことになってやっとわかるっていうのも情けないけど、俺だって、あなたが大事だよ」

ありがとう、と奈津は言った。

「だけどね、正直、あなたとこれ以上続けていくのはしんどいの。いくら努力するって言ってくれても、限界はあるでしょう。子どものいない夫婦だし、せめてもうちょっと歳をとるまでは男と女として恋愛気分を楽しみたい私に、あなたは、『もう家族なんだからいいかげんに落ち着きたいよ』って言う」

「それは、」

「ううん、それが悪いってわけじゃないんだ。単に、私とあなたの望むことが違ってるっていうだけでね」

大林が口をつぐみ、ベッドに目を落とす。互いの間に広がる、しわくちゃのシーツの砂漠。

「あなたの気持ちだって理解はできるんだよ」奈津は続けた。「家は安息の場だって考える男の人はきっといっぱいいると思う」

「だからそこは、これからは努力するって言ってるじゃない」

「違うの。たとえばあなたがうんと努力をして、頑張って、これまでよりセックスの回数を増やしてくれたところで……私は、よけいに寂しくなっちゃうんだ。だって、快感だけが欲しくてあなたと抱き合いたいんじゃないんだもの。大事なひとに、女としての私を心から求めてもらった上で、二人で気持ちいい時間を分け合いたいっていうのが本当の望みだから。お互いに愉しくてたまらないからするのじゃなかったら、努力して抱いてもらうのはかえって惨めになるだけ。そういうのなら、要らないの。贅沢な言いぐさに聞こえるかもしれないけど」

大林は黙っている。こちらとのセックスに努力が必要なことは、否定しないのだなと思った。

「身体をつなげなくても、ただくっついてるだけでも幸せなんだよってこと、何度も伝えてきたつもりだけど、そうするとあなたは私の一番望むことを叶えてないっていう部分でプレッシャーを感じたりするわけでしょ。だからだよね、私がくっつこうとすると、さりげなく拒絶してたのは」

「それは……ごめん」

「ううん。あなたが悪いんじゃない。ただ、根本的な望みがすれ違っている以上、私は……いつか、きっとまた同じことをくり返してしまう気がするんだ。そうして、あなたは絶対にまた気づいてしまうと思う。私が今回みたいな、信じられないほど馬鹿なポカをしないように、どんなに気をつけていてもね」

ずいぶん長い間、大林は目を伏せたままだった。

シーツの砂漠に猫が飛び乗ってきたが、沈黙の濃さに何かを感じたらしく、すぐにまた飛び降りてどこかへ消える。

やがて、大林はため息を吐きだした。

「わかったよ。あなたは、もう決めちゃってるもんね。なんか、全部を過去形で語られてる気がする」

「そういうつもりでは、なかったんだけど」

「ほら」

あ……と口をつぐむ奈津に向かって、大林はようやく目を上げた。

「いいよ、もう。現在進行形でないんなら、言わなくていい」

乗っていたバイクの売却や、車の名義の書き換えなど、まだ夫婦である間に処理したほうがあとあと楽なことはいくつもあって、大林はその日の午後から淡々とそれらの手続きに取りかかった。

「メールにも書いたけど、俺、ほんとに一銭も要らないからさ。貧乏人に金なんか持たせるとろくなことはないから」

そうして、だいたいの目処(めど)を付けて少し仮眠すると、夕方にはまた、上着を着て、尻ポケットに財布をねじ込み、車のキーを握った。自分が家にいると集中できないと考えたらしい。

「心配しないでいいよ。ちょっと飲んでくるだけ。もう、あいつのとこへ何か言いに行くとかはするつもりないから、安心して、ちゃんと仕事してね」

ドアに内鍵をかけるために玄関まで見送ると、大林はふり返った。

「じゃあね」

あまりにも悲しげな様子に胸を衝(つ)かれ、

「……気をつけて」

あえていつもと同じようにハグしようとする奈津から、

「なに」大林は、半歩ほど後ずさりした。「駄目だよ。もう終わったんだから」

首をわずかに傾け、うっすらと微笑してよこす。

夜遅くには戻ると言い残して出ていった彼の後ろで、ゆっくりとドアが閉まるなり、どうしてこんなにというほど涙が噴き出した。

もうさんざん泣いたはずの目に、塩分の濃い液体がきりきりと沁みる。袖で拭い、ティッシュを何枚も取っては洟をかむ。

違うのだ。これだって、彼への申し訳なさによる涙じゃない。自分の勝手な行動の結果として失われてゆくものを、自分のために惜しんで泣いているだけだ。彼の言う通り、私はどこまでも自分のことしか考えていない。それが証拠に――。

窓から覗き、大林の車がもう出ていったことを確認すると、奈津は携帯を取り出した。ずっと気を揉んでいるであろう八坂葵に詫び、とにもかくにも危険は去ったようだということを、彼女から加納に連絡してもらうためだ。今はあまりにも申し訳なくて、自分からはとうてい連絡できそうにない。

番号を押し、耳に当てる。最低の女だと思った。

＊

そんなにもばたばたしたというのに、男と女というものは手に負えない。結局のところ、離婚は回避されたのだった。

何かはっきりとした話し合いがあった末に、別れるのをやめましょうという結論に達したわけではない。なしくずしのうやむや、というのが当たっている。

あの晩、飲みに行った大林は、ほとんど酒の匂いをさせずに帰ってきたかと思うと、有無を言わさず、奈津を抱いた。無理やりというのではなく、こう言っては何だが、強引さのさじ加減が絶妙だった。

ろくに寝られていないところへ、翌日の昼が岡島杏子に渡すエッセイ原稿の〆切だったので、せめて三時間だけ横になろうとアラームをかけていたはずが、一時間半も攻め立てられた。よろよろと起き出し、原稿を仕上げて納めると、その夜はその夜で、またしても二時間にわたって組み敷かれた。

いずれの時も、大林は途中で一度も萎えることがなく、固く勃起したままずっと奈津の中にいた。怪訝に思ってつい、何か薬でも飲んだのかと訊いてしまったほどだ。

「飲んでないよ、そんなもの」と、彼は真顔で言った。「ただ、興奮してるだけ」

「何に」

「きまってるでしょ。あなたにだよ」

翌朝もまた、目が覚めるやいなや一時間もつれ合う。

二人ともふらふらになり、風呂に入った後は、朝から肉を焼いてがつがつ食べた。

「どうしちゃったのよ」

「いや、わかんない」

口もとの脂を拭いながら、大林は苦笑した。

「正直なこと言うとさ。俺、奈津とするセックスの愉しさを忘れちゃってたんだよ」

「何それ」

「ほら、俺ってすぐ意固地になるじゃん。何かっていうと、『じゃあいいよ、もうやんないよ』みたいに。だけど、そういうの取っ払って素直にやってみたらさ、ほんとはこんなに気持ちよくて、こんなに愉しいものだったんだよね」

そうして、食べ終わるとまた、時間をたっぷりかけ、手間を惜しまずに奈津を抱いた。することは支配的で乱暴なのに、いっぽうで大林は、奈津のことをとても大事そうに見つめた。意地の悪い言葉にまぎれこませるようにして、こちらの聞きたい言葉も手渡してくれる。まるで出会った頃に戻ったかのようで、そういったつながりが何度かくり返されるうちに、離婚、という言葉は何やらひどく遠いものになっていった。ましてや、奈津からはとうてい切り出せなくなった。

もとより、過ちを犯したのは自分の側なのだ。相手がこんなに歩み寄ってくれて、しかもその行為を愉しいとまで言う以上、こちらから文句など言えるわけがない。日に何度も手を伸ばしてくる大林に対して、奈津は、素直な嬉しさと、曰く言いがたい複雑さを同時に覚えた。

もちろん、無いよりはいいのだ。はるかにいい。しかし、いくらなんでも極端すぎないか。いきなり在庫一掃大バーゲンみたいな真似はしなくていいから、せいぜい週末大売り出しくらいのペースでかまわないのに、などと思ってみる。それこそ贅沢の極みかもしれない。

今回はいったいいつまでこれが続くだろうと、どこかで身構える気持ちはあったが、求められることで、心と軀が満たされているのは本当だった。どうせいつかまた終わってしまうものであるなら、逆に今を堪能しておけばいいのかもしれない。

共に暮らす男がしょっちゅう身体に触れてくるのを嬉しく感じられるということ自体、まだ大林への気持ちが残っているからなのだろう。前の夫・省吾の時には、何の気なしに触れられるのさえ厭わしくなったのだから。

つながったまま目と目を見合わせれば、ああ、この男が愛しい、と今でも思う。あの日、大林が見せた寛容さと潔さに、彼を見直す気持ちになったのも事実だ。

けれど——。

そうして大林に求められ、組み敷かれ、夜ごと朝ごと汗だくでもつれ合っていても、軀の最も奥深くにあらためて押し潜めた感情だけは、別のものを求めて止まないのだった。ほとんど肉体的な痛みまでをともなう飢餓感が、奈津の臓腑に食い込んでいた。しかも、鎮痛剤はないときている。

あれから、半月。

加納隆宏には何度かメールを送ったが、返事はまだ一度もなかった。

「そっか……メール、来ないんだ」

テレビ局での打ち合わせのために上京した際、少しの空き時間があったので奈津が連絡してみると、岡島杏子はわざわざ会社から東京駅まで出てきてくれた。

「でもさ、今はしょうがないんじゃないの？　気にしちゃ駄目だよ」

いつでも並ぶほど混んでいるホテルのティールームだが、テーブルの間隔が広いので案外落ち着ける。七〇年代風の幾何学模様のカシュクールワンピースが、小柄だが凹凸のくっきりした杏子の身体を魅力的に見せていた。

「そうだよね。仕方ないのはわかってるの。メールの放置プレイはしないって、はっきり言っていた人からこれだけ返事が来ないんだから、そこには何かしら明確な意思があるってことなんだろうし」

「難しく考え過ぎよ。男なんてそんな複雑な脳みそ持ってないから」

かなり尖った女性誌の編集にも携わってきた杏子の言は、しばしば極端に傾く。

「ていうかさ、明確な意思とかっていうより、ただの様子見なんじゃないの？　その彼だって、間に入ってる若い編集者からあなたたち夫婦の状況は聞いてるんだろうし、となれば迂闊には動けないでしょうよ。ヘタしたら道化だもん。ま、あなたの気持ちもわかるけど、今はあんまり気を揉まずにほっといたほうがいいと思うよ。あれだけ盛り上がった関係を、惜しく思うのはむしろ向こうだってば」

だったらいいけど、と思いながらも奈津が頷いてみせると、年上の女友だちはふっと眉の端を下げ、優しい顔になった。

「しかしまあ、大変だったね。さすがにちょっと痩せた？」

「……自業自得だもの」

「そりゃそうだろうけど、だからよけいにしんどかったんじゃない？　あなたってさ、醒めるとこは徹底的に醒めてるくせに、妙なとこで情が濃いぃから厄介なのよ。すがって来られたら切り捨てられないでしょ」

「うーん……」

すがって来られた、というのは言い過ぎかもしれない。大林からやり直せないのかと問われ、彼なりの努力と歩み寄りを示されて、それ以上は拒めなかっただけだ。そう反論してみると、

「だから、そのことを言ってんの」

あっさり却下(きゃっか)された。

「だいたいさ、一緒に暮らしてる男がしょっちゅう身体に触れてくるのが嬉しいだなんて、端から言わせてもらえば何を今さらって感じだよ。だって大林くん、最初はあなたに、『本気で脚本書くからヒモにしてくれ』って自分で頼んだわけでしょ?」

「その彼を止めたのは杏子さんだったじゃない。『一つ屋根の下に書き手は二人要らない』って」

「そうよ、いけなかった? 本当に書く人は誰に止められたって書くもの。そもそも、私の忠告を言い訳にサボってるんならなおさら、パトロンのあなたに対しては、ヒモの職務を全うしなけりゃ嘘じゃないの。これが外で働いてくたくたになって帰ってくる男ならまだわかるわよ。彼は違うでしょ。セックスも家のことも何もせずに明け方まで飲んで、昼まで寝て、タダ飯喰らって、さんざ外で無駄遣(むだづか)いしてさ。それで妻が外で他の男と寝てきたらたちまち亭主づらしようだなんて、ちょっと虫が良すぎるっての」

「杏子さんてば、声が大きいよ」

「あら、失礼」

その翌週、奈津は、とある対談番組の収録のために再び上京した。

加納とのことが発覚してからは、無駄な疑いをかけられないように、東京に泊まるのを避けている。

「いいんだよ別に、泊まってきても。疑ったりしないよ」

大林はそう言うが本当だとは思えないし、苦しめたくもない。今日も、どんなに遅くなっても最終の新幹線で必ず帰ると約束してあった。

収録は思っていた以上に滞りなく進んだが、終わってから予定していた八坂葵との打ち合わせは、急遽連絡が入ってキャンセルになった。

「すみません、奈津先生。昨日までに入ってなきゃいけない原稿がまだ一つ上がってきてなくて、どうしても席を外せないんです。届いたらその場でチェックして即、入稿しなきゃいけなくて。ごめんなさい」

耳の痛い話だと思いながら、いいよいいよ、打ち合わせはまた明日にでも電話でねと答え、電話を切った。

腕時計は午後四時を指している。最終の新幹線は十時過ぎ。東京駅までの移動を考えても、たっぷり五時間半はある。

早く帰ったところで、どうせ家には誰もいない。大林はあれから後も、セックスの回数が増えた以外は自身の生活をほとんど変えず、昼過ぎにはどこかへ出かけ、そのまま夜遅く飲んで帰ってくる。以前に比べて帰宅の時間が多少早くなり、酒の量が多少減ったくらいだ。

せっかく痩せたことだし、と奈津は皮肉に考えた。久しぶりに服でも見ながら、ぶらぶら買い物してから帰ろうか。

バッグの中で着信音が鳴ったのは、放送局から渋谷駅へ向かう遊歩道を歩いている時だ。まぶしく光る画面に表示された、自分にしかわからない偽の名前を見て、携帯を取り落としそうになった。

「先生、久しぶり」

わずかに鼻にかかったようなその低い声を聞いたとたん、臍と子宮が引っぱりあうかのように収縮し、引き攣れる。歩調をゆるめ、けれど立ち止まるには気持ちが逸りすぎて、足がもつれそうになる。

「今、一人なんでしょ」加納の声が耳もとで言う。「葵のやつから電話がかかってきてさ。今だったら先生と話せるよ、って」

胸が詰まって言葉が出ない。

「どう、元気?」

と重ねて訊かれ、かろうじて声を押し出す。

「まあまあかな。あなたは?」

「俺? 俺は、へろへろ」加納が他人事のように言って笑う。「ここんとこ、朝から晩までグラビアの撮影と取材でさ。俺が持ち込んだ企画だから妥協はしたくないし、デスクに直談判してデザイン出しの日程も延ばさせちゃったし。ま、自分でハードル上げてりゃ世話ないやね」

ようやく心臓が少し落ち着いてきて、奈津は、遊歩道のへりに植えられた茂みの陰で立ち止まった。

「身体、大丈夫なの？」

「あんまり大丈夫じゃない。でも、肉体的にはきついけど、気持ちが前向きな時ってそんなに辛く感じないんだよね」

「ん、それはわかる」

「あ、ごめん俺、自分のことばっか話して。先生は？　家でしんどい思いしてない？」

杏子から問われた時はさほど心は揺れなかったのに、加納から訊かれると、鼻の奥がいっぺんにきな臭く痺れる。

「……してないよ。大丈夫」

「嘘だね。葵から、だいたいのことは聞いてるし。ごめんね、先生、何にもできなくてさ。メールの返信とかも、どうせ俺に今できることなんかないんだと思ったら、書けることがなかった」

奈津は、黙っていた。具体的に何かしてほしいわけではなくて、ただ優しい言葉を書き送ってもらいたかった、と思う一方で、そういう男の気持ちもわかる気はするのだった。いっそわからなければ詰る（なじ）こともできたのだろう。

「お詫びにって言っちゃ何だけどさ。先生からのリクエスト、一個聞くよ」

「え？」

「何か、俺にしてほしいことない？」

「今の話。いや、じつはさ、取材相手からの連絡が今晩八時過ぎに入ることになっててさ。それまでに社に戻れれば、とりあえずオッケーなんだけど」

八時過ぎ。あと四時間近くある。

暴れる心臓に手をあてて、握りしめるように押さえ込む。

「リクエストって……一つだけだったらどんなことでもいいの？」

「もちろん」

言うより先に、思わず、泣くような呻き声がもれてしまった。

「……逢いたいよ」

電話の向こうの加納は、笑ったようだった。

「うん。俺も」

セックスなどという生易しいものではなかった。生きながら内臓を喰らい合うに近かった。

互いの体液でぬるぬる滑る身体をぶっ違いに絡み合わせ、あらゆる体位で挑み、組み伏せ、馬乗りになり、もつれ合う。見えるところに跡を残さないのは暗黙の了解のはずだが、ともすればそんなリミッターすら吹っ飛んでしまうほど、脳は沸騰し、理性は熱い泥の底に沈んだ。加納のそれが濡れた肉を割って押し入ってきた瞬間、奈津の背中は反り返ってシーツから浮いた。抜き差しのたび、喉からはたまらずに歓喜の叫びがほとばしった。

何を口にしたかは覚えていないのに、囁かれた言葉は全部覚えている。

「先生はどうか知らないけどさ。俺、何度も想像してるよ。毎日一緒に暮らしてるとこ。そしたら先生、乾く暇がないね」

切なさで死ぬかと思った。女房も子どももいるくせに、冗談でもそんなことは言わないで欲しい。いや、嘘でかまわないから信じていたい。心がちぎれてばらばらになりそうだ。

時間ぎりぎりまで抱き合った末に、加納は東京駅までタクシーで送ってくれた。後部座席ではずっと手を握って離さなかった。

生木を裂くような、という言葉を初めて身をもって味わいながら、奈津はひとり、東京駅構内のカフェでコーヒーを飲んだ。平常心に似たものを取り戻すためにどうしても必要な時間だった。

もう、買い物をする気力などどこにも残っていない。予定より早い新幹線に乗ってから、メールを書き送った。

To：隆宏
Subj：お疲れさまでした

今夜はありがとう。久々に逢えて、ほんとうに嬉しかった。

ま、この私が呼んでるんだから何をおいても飛んでくるのは当然だけどね。もっと時間があったら、裸んぼで暴れまわるだけじゃなく、へろへろに疲れてるあなたの身体のあちこちを揉みほぐしてあげられたのに。それがいちばん残念。

案の定、逢った後は揺り戻しがつらいです。胸の奥が窮屈で、心臓が絞り上げられるように痛む。困るんだよね、ほんとに。ひとにこれだけの後遺症を残した以上は、ちゃんと償ってもらわないと。

そうそう、知ってるかもしれないけど、ラテン語の格言にこういうのがあってね。なぜだかこのところ、しょっちゅう頭をよぎるの。

Post mortem nulla voluptas.——「死後に快楽なし」。ちょっといいでしょ。

ともあれ、せめて今夜くらいは早めに仕事を切り上げて、泥の眠りを貪って下さい。

そうして、よかったら私の夢を見て。私は、あんたのことなんかきれいに忘れてやる。

奈津

*

逢える機会が増えたわけではない。それでも、再び加納がメールをよこすようになって、奈津の心は落ち着きを取り戻した。

好きな男からの言葉一つに一喜一憂する自分が、馬鹿ばかしく、情けなく、愚かしく思えてげんなりする。その一方で、また新しくドラマの仕事が舞い込むなど身の引き締まる出来事もあって、気持ちが上向きの時には得てして現実もうまく回ってゆくものなのかと不思議に思ったりした。

加納と親密な関係になってから、まだふた月もたっていない。精神状態が乱高下し過ぎるせいで、はるかに長く感じられるだけだ。

大林のことは切り捨てられず、それでいて加納を思い切ることもできない。身勝手さが呪わしいのに、それが私なのだから一生付き合っていくより仕方ないじゃないか、などと苦笑気味に認めてしまうところがある。要するに、自分を否定し続けるには自分に甘過ぎるのだった。そういう自己分析自体がまたどうしようもなく甘く、自己弁護と大差ないのだった。

——調子に乗っていたのかもしれない。

そのつもりはさらさらなくとも、後からふり返ればそうだったとしか思えない。

渋谷のホテルで加納ともつれ合った半月後の午後、奈津は震えの止まらない指で彼にメールを送った。

ごめんなさい！　大林が、どうしてだかはわからない、私とあなたがまだ続いていることを知ってしまったの。必死にしらばっくれたけど、今、怒り狂ったまま離婚届を取りに行くと言って車で出ていきました。

私のことを許せないのは当然にせよ、「加納には痛い目見てもらわないとな」とも言っていたから、今度こそあなたにも攻撃が向いてしまうかもしれない。ごめんなさい。ごめんなさい。何としてでもあなたを守りとおすつもりだけど、とにかく報せておかなければと思って。

あなたの判断で、もし必要と思ったら、職場の編集長に事情を話して下さい。親友だって言ってたでしょ？　この際、私の名前も出してくれてかまわないから。

こんなことに巻き込んで本当にごめんなさい。取り急ぎ。

どうして大林が気づいてしまったのか、奈津にはいくら考えてもわからなかったし、彼も答えようとしなかった。

パソコンやネット周辺に関する知識があまりにも乏しい奈津とは逆に、大林のほうは人並み以上に詳しい。昔はIT関連の会社でソフトの開発などしていたようで、一緒に暮らすようになってすぐに、脚本家〈高遠ナツメ〉の仕事を紹介するホームページまで作ってくれたほどだ。

彼から絶対に見えないようにと、衝立の陰に隠れて裸になったつもりが、その衝立がじつは素通しだった……。なんと無防備で、なんと滑稽だったことだろう。考えれば考えるほど羞恥と自分自身への嫌悪に身震いし、鳥肌が立った。

一度目こそ、自分も悪かったと言って許そうとしてくれた大林だが、二度目はなかった。奈津がどれだけ否定しても、証拠があると言って譲らなかったし、何をどう説明しても聞く耳を持たなかった。

「俺さ、ナメられるのだけは我慢ならないんだよね」

自分の椅子の背もたれによりかかった大林は、淡々とした口調で言った。背後には彼のデスクがあり、パソコンがある。大きな画面の半分に株取引の情報サイトが広げられ、その横で、いつもの麻雀ゲームが自動で進んでゆくのがひどくシュールだった。

「あなたはさ、事ここに至っても、たいして悪いことしたと思ってないでしょ。俺がわからせてあげるから、思い知るといいよ。自分がどれだけひどい裏切りを働いたかってこと」

口もきけずにいる奈津のほうへ、分厚いてのひらを上に向けて差し出す。

「え、なに」

「携帯見せて」

ふっと一瞬だけ脳裏をよぎったのは、水辺に立つホテルの窓辺、二人がけのソファに座った大林の姿だった。奈津がてのひらの皺を指でなぞると、手相でも見るのかと言い、くすぐったいと笑って、それから初めての口づけを交わしたのだ。あの時と同じてのひらを見下ろす。数年かけて、なんと遠いところへ来てしまったことか。

「ほら、早く」

「見て、どうするつもり」

「あいつの電話番号を知りたいんだよ」

すでに全力疾走している心臓が、上にはねる。

「……電話なんて知らないもの」

「もうさあ、とぼけなくていいから。あなたが知らないわけないでしょ。ま、いいけどね、教えないなら、あいつのいる編集部に直接電話するから。編集長呼んで洗いざらい全部ぶちまけてやる。そうしたら、あいつの立場はなおさらまずくなるんじゃないの？俺はそれでも全然かまわないけど、そうとう面倒くさいことになるよね、きっと」

加納にはすでにメールで、いざとなったら編集長に全部打ち明けてくれてかまわない、何ならこちらの名前を出しても——と伝えてはある。しかし実行に移したかどうかはわからない。いくら編集長と仲がいいとはいえ、彼にとっては仕事をもらっている相手でもある。プライベートのトラブルなど決して知られたくはないかもしれない。

どうしよう。震えが止まらない。

「ほら、早く、番号。教えるの、教えないの？」

答えられずにいる奈津に背を向け、無言で自分の携帯に手を伸ばす。

「待って」悲鳴のような声になった。「わかったから。言うから、待って」

奈津が細い声で読みあげる番号を黙々と書き留めた大林が、携帯を手に立ち上がる。部屋を出て、玄関ホールの真ん中に足を開いて立ち、番号を押して耳に当てる。呼び出し音が奈津のところまで大きく響いて聞こえる。わざと受話音量を上げたらしい。吹き抜けの高いところにある窓から、午後の光が差し込んでいる。見上げながら待つ姿はどこか愉しげにも映る。

呼び出し音が止んだ。

『もしもし』

と、加納の声が大きく漏(も)れ聞こえる。奈津は身をすくませた。

「加納、隆宏さんですか」

大林が、朗(ほが)らかに言う。

『そうですけど』

「こちら、高遠ナツメの亭主です」

『は？』

「は？　じゃねえよ」

一転、大林はいきなり声を荒らげた。

「お前に寝取られた、高遠ナツメの旦那だって言ってんだよ！」

ああ、と奈津は目をつぶった。張り上げると甲高くなる声。シリアスな芝居には向かない。

『ええと……おっしゃる意味がよくわかりませんけど』

「とぼけんのかよ、え？」

『いや、とぼけるも何もですね』

「俺の女房とやったんだろ？　てめえのチンコ、ずっこんばっこん突っ込んだんだよなあ？」

思わず、ぐう、と呻き声がもれた。何という言い方をするのだ。

『だから、何のことですか。高遠先生には仕事でお世話になってますけど、』

「うるせえんだよ。証拠は握ってんだ。いいから認めろよ、お前、俺の女房とやりまくったんだよな、ああ？」

『ちょ、何言ってんですか。やってませんてば、やだなあ』

加納の返答に笑いが混じって響くのは、内心の狼狽を隠すためだろうか。胃が、捻れるように痛む。

「へーえ」高窓を見上げたまま、嘲るように大林は言った。「そうかよ、ああそうですか。そっちがその気なら、わかった、もういい。正直に謝るならちょっとは考えようかと思ってたけどなあ、今の言葉、後悔すんなよ」

『いや、あの、落ち着いて下さいよ。覚えのないものはないと申し上げているだけで、』

耳から離した携帯を睨みつけるようにして、通話を切る。そうして大林はゆっくりと奈津のほうに向き直った。

「……聞いたかよ、今の。あの野郎、人をバカにしやがって。あの程度の、潔さのかけらもない野郎に女房を寝取られたかと思うと、情けなくて涙が出てくるよ」

情けないのはあなたの物言いのほうだ、と思う。

加納の返答には奈津自身、少なからずショックだった。彼の口にした内容よりも、苦笑まじりの言い方、鼻であしらうような口調に傷ついた。だが、無理もない。浮気相手の亭主が怒り狂っていきなり電話をかけてきたら、普通は「やってない」と言うだろう。あちらにしても自分の身と家庭を守らなくてはならないのだし、こんなお粗末な成り行きで、火遊びの相手と心中する気にはとうていなるまい。

一旦は通話を切ったものの、大林の腹はおさまらなかったらしい。間を置かず、もう一度加納に電話をかけた。

さっきのお前の物言いは、二重に俺を傷つけた。慰謝料(いしゃりょう)をふんだくってやるから覚悟しておけ。編集部に乗り込んで洗いざらいぶちまけてやる。それが嫌なら住所を教えろ、お前の家庭をぶっ壊してやる。

加納に聞かせているようでいて、じつはこちらに聞かせているのだとわかった。奈津にとっては自分が攻撃されるよりも、大事な人間が傷つけられるほうがはるかにダメージが深い。そのことを彼はよく知っているのだ。

再び電話を切ると、大林は来客用のバーカウンターの棚からジャックダニエルのボトルを取り、リビングのソファにどっかり腰を下ろした。直接口を付けてラッパ飲みをする。

「やめて」奈津は言った。「身体こわしちゃうよ」

「だから何? 俺のことなんかどうでもいいから浮気したんでしょ。なのに今さら心配してくれんの。ふうん、勝手だね」

突き放すような物言いに、不安をかき立てられる。彼をこのままにしておいては、加納を守れない。

「どうでもいいわけないでしょう。あなたのことは本当に大事に思ってる。私が、馬鹿だったの」

「またふざけたこと言ってるよ。ほんとに大事なら、最初の時に反省して、二度と同じ間違いはしないはずじゃないの?」

「だから言ってるじゃない。馬鹿だったんだってば。一旦気持ちが盛り上がっちゃったものを急には断ち切れなくて、ずるずる続けて……。でも、きっぱり切るべきだった。ちゃんと別れて、あなたとやり直すべきだった。信じてくれないだろうけど、本当に後悔してるんだよ」

大林が、無言で酒を呷る。逆さにした瓶から琥珀の液体が喉へと流れ込み、ごぶ、ごぶ、と音がして、ずんぐりした喉仏が上下する。

手の甲で唇を拭い、

「じゃあさ」アルコール度数の高い息を吐いて、大林は言った。「証明してよ」

「……証明？」

「加納と、八坂葵を、売れよ」

「え？」

「本当に俺のことが一番大事だって言い張るんなら、やつらを売れ。それくらいのことはできるはずでしょ。間に入ってあなたと加納の両方をそそのかした八坂葵には、分際ってものをわきまえさせないとさ。まず、彼女には辞表を書いてもらう。それから、」

「ちょっと待ってよ、そんな、」

「聞けよ！」

びくっとなって奈津は口をつぐんだ。

「それから、加納のことはもちろん訴えてやるからそのつもりで。民事で訴えて、証言台に立ってもらわないとね。さっきみたいにしらばっくれられるかどうか、見ものだよね。もちろん、どっちにしろ金は取るよ。奥さんにも手紙を書いて全部知ってもらわないと」

「ねえ、お願いだからやめてってば」

「なんで？ 人の家庭を壊したんだから、自分も壊されて当然でしょ。報いは必ず自分に返ってくるんだよ。俺をナメてかかった代償がどれだけ高くついたか思い知らせてやる」

「大林くん……」

「何さ。俺のことが一番大事とか言いながら、なんでそんな顔すんの？ 大事だって言うなら、あなたは俺の味方ってことじゃないの？」

「それは、そうだけど」

「じゃあ、そうしていいって言いなよ」

「どういうこと？」

「八坂葵を辞めさせて、加納を訴えて、あいつの家庭をめちゃめちゃにしてもいいって、言え」

「無理だよそんなこと」

「だからさ、なんでそうなんの？」

堂々巡りだった。言いつのりながらも酒を呷るせいで、だんだんと目が血走り、据わってゆく。

「どっちみち、離婚はするからね。あなた、自分で言ったもんね。またきっと同じことをくり返すって。早速その通りになったんだし、もう無理でしょ、続けていくのなんか。誰に訊いたってそう言うよ。俺は精いっぱい努力したのに、あなたがまた嘘ついて裏切ったんだからさ。今度は俺が何したって文句は言えないはずだよね」

まさに、その通りだ。

ええどうぞ、好きなようにして。――自分がそう言えば、大林の気は済んで、彼のことを誰より大事に思っている証明になるのだろうか。そうなのかもしれないと迷いながらも、あまりに思い詰めた目の色を見ていると、とうてい言葉は出なかった。と、大林がなおさら激高する。加納のやつをかばうのか、俺の心よりもあいつを守るほうが大事なのか。

やがて、立ち上がることもできなくなるまで酔った大林がソファで寝入る時には、すでに真夜中を過ぎていた。午後の三時ごろから、おおよそ九時間も押し問答をしていたことになる。

ふらふらだったが、奈津はベッドに入らず、玄関ホールに置いた硬い長椅子に身体を横たえた。そこにいれば、大林が万一出かけようとしても気配と物音でわかるはずだ。

ほんの二時間ばかり眠っただろうか。夜明け前に起き上がり、通常どおり仕事関連のメールに返事を送り、短いコラムの原稿も書きあげて送付したあたりで、大林が起きてきた。トイレを済ませたかと思うと、間もなく一枚の用紙を手にして仕事場に入ってくる。

「これ。サインして」

緑色の罫線。前回、彼が用意したものの、記入するまでには至らなかった用紙だ。

「どうせやらなきゃいけないことは、さっさと済ませたほうがいいでしょ」

目を合わせずに大林が言う。片側にはクセの強い字で、彼の名前がすでに書き込まれている。

奈津は、激しく迷った。

正直なところを言えば、それこそ「さっさと済ませ」てしまいたい。大林の寛容さや歩み寄りをありがたく申し訳なく思ったからこそ、離婚の二文字は一旦遠のいていたけれど、昨夜の彼のふるまいを目の当たりにしてしまった今ではもう、夫婦を続けてゆく自信がない。

ただ、これは罠ではないのかという気もする。ここで簡単に離婚に応じたりすれば、やっぱり俺のことなんか、と暴れ出すのではないか。いやだ、別れたくない、と言って泣いてすがったほうが……。

「早く書いて」大林が急かす。「長引かせても辛くなるだけだからさ。もう、お互い、楽になろうよ」

奈津は、なおも逡巡し、引き出しに手をかけてはやめ、ついに意を決してペンを取り出した。机に左の肘をつき、額に手をあてて何度もため息をつきながら、ようやっとサインをする。自分のくさい芝居を、大林が見破らないようにと祈った。

大林が印鑑を差し出す。彼のサインの横に押されたものとは印影が別のそれを、受け取り、捺印する。この苗字ともお別れか。そう思っても、さほどの感慨は湧いてこない。

大林の運転で町役場へ向かった。カーステレオから、入れっぱなしのCDが流れ出す。やめてほしいと彼も思ったはずだが、消そうとはしない。出会った頃からくりかえし聴いた思い出の曲に、黙って耳を傾けながら信号待ちをし、国道の渋滞を抜けて役場までたどり着く。

大林が窓口に用紙を提出し、その後ろに奈津が控えて待つ。

神妙な面持ちで受け取った女性職員が、奥へ行ったかと思うと、間もなく戻ってきた。

言いにくそうに切り出す。

「たいへん申し訳ないのですが、こちらではお手続きができません」

耳を疑った。

「手続きが……できない？」

どういうことかと訊けば、窓口の女性職員は言った。

「こういったお届けは、本籍の置かれている市町村の役場でお出し頂くのが基本になっておりまして、現在ご住所のあるこちらでとなりますと、戸籍謄本を一緒に添えて提出して頂かなくてはならないんです」

無言で突っ立っている大林の後ろで、奈津もまた茫然としていた。東京の下町から長野へと引っ越してきたものの、そういえば本籍地は台東区浅草のまま動かしていない。二人が籍を入れた場所に残しておこうなどと言い合って、あえてそのままにしてあったのだ。

わかりました、と頭を下げて駐車場に戻り、再び車に乗り込む。ドアを閉めるなり、大林が呻くように言った。

「きついね」

「……うん」

結局、郵便で取り寄せることになった。こちらから申請用紙や本人確認書類、定額小為替(がわせ)と返信用封筒を同封して送ると、戸籍謄本を返送してくれるのだという。往復で一週間くらいはかかりそうだったが、

「東京までそのために出かけてくよりはいいでしょ。お互い、時間もないしさ」

奈津の目を見ずに、大林は言った。

時間？　時間なら、作ればいい。こんなことは一日も早く済ませてしまいたい。もう、いやだ。宙ぶらりんのまま一週間も待つなんて冗談じゃない。――思ったが、言うに言えない。

「ちなみに、あなたはここを出たらどうするつもりでいるの？」

と訊くと、大林は薄く笑って言った。

「まあ、当面は実家に戻って職探しかな。昔の知り合いに、自分とこの不動産会社を手伝ってくれって言われてたりもしてたから、そこに拾ってもらうかもしれないし」

午後は、いくつかの具体的な話し合いがなされた。家や土地は奈津の名義になっているから問題ないが、いま大林が乗っている車を売るために必要な手続きや、彼が通帳まで預かって一手に管理していた貯金、またこれからの税金面のことなどを、引き継ぎをかねて話し合う。その間、彼はずっと落ち着いていた。

けれど、その夜、家でまた酒を飲み始めてからは、人が違ったように荒れ始めた。完全に本気の目を、いや、狂気の目をして、彼は言った。加納を刺しに行く、と。

「いくら『やめて』なんて言ったってさ、あなたには止めようがないでしょ。この先ずっと俺に貼(は)りついて見張ってるわけにはいかないんだから。はは、大丈夫だよ、ちゃんと離婚届を出した後でやるからさ。高遠ナツメの夫、じゃなくて元夫だったら、たいしたダメージはなくて済むでしょ。本気で止めようと思ったら、俺を殺すしかないよ。寝てる間に刺せばいいじゃない。あなたは俺なんかより、あいつをかばうほうが大事なんだから。……なに、泣けば何とかなると思ってんの？　だめだよ。どうぞ苦しんで。もっともっと苦しめてやるよ」

ジャックダニエルをラッパ飲みする彼の手からボトルをひったくり、奈津は、自ら残りを飲み干してみせた。洋酒に弱い自分がそんな飲み方をすれば必ず吐くことになる。吐いて吐いて苦しむところを見せつければ、少しくらいは大林の溜飲(りゅういん)も下がるかもしれないと思った。

このぶんでは、とうてい離婚届など出せない。別れてしまったら、大林はほんとうに加納を刺しに行くかもしれない。実際にはしないかもしれないけれど、絶対にしないという保証はどこにもないのだ。

そんなやりとりが、日暮れ頃から夜中まで、酒以外は飲まず食わずのまま続き、その間に奈津はさんざん便器をかかえて吐いた。頭は割れそうに痛み、視線をわずかに動かすだけで目の奥に火花が散り、まっすぐ座っていることもままならない。冷たい床に両脚を投げ出し、かろうじて壁により掛かって身体を起こしていることしかできない。

「わかったよ」

真っ赤に血走った目をして、大林は椅子から奈津を睨みおろした。

「じゃあさ、こうしよう。百歩譲って、加納をここへ呼んでボコボコにする。その前に誓約書を書かせて、こっちを傷害罪で訴えたりしないって約束させてから、俺の気の済むまで殴る。それならいいでしょ。加納のやつは家も職も失わないんだからさ。ついでに八坂葵も一緒に呼びつけて、土下座してもらう。それで手打ちにしてやるよ。なあ、いいって言いなよ。そうしたらすぐ、あいつに電話してやるからさ」

背中の壁が、硬くて痛い。口をひらく気力もない。今さらそんなことをして何になる。どれだけ意固地になれば気が済むのだ。

「お願い……」かすれ声を絞り出す。「もう、やめて」

とたんに、

「なんでなんだよ！」空気が割れるほどの怒声が降ってきた。「なあ、なんでそんなに俺のことがわかんないんだよ！　俺が、この俺が、どれだけ譲ってるかわかんないのかよ。口で言ったからって、本当にそんなことをする男だと思ってんの？　それが悲しいよ。俺はただ、たったひと言でいいから、奈津が自分を捨てて、曲げて、俺を肯定してくれる言葉が聞きたい、それだけなのに……！」

目を血走らせ、洟を垂らしてすすり泣く男を、ぼんやり見上げる。飲めない酒を無理やり飲み続けたせいで、思考が痺れてしまっている。今、何かを判断するのはとても危険だ。けれど、おそらくこれは彼の最後通牒だ。それだけはわかる。ここで判断を誤っても、判断をせずにいても、どのみち、後はない。

「もう一度だけ訊くよ」

ゆらりと立ち上がった大林が、奈津のそばへやって来た。しゃがみこみ、間近に顔を覗き込む。

「今から加納を刺しに行くけど、いいね?」

正気を踏みはずした目で射すくめられ、心臓が縮みあがって硬直する。溜まりに溜まった疲労のせいで朦朧とする意識の奥に目をこらし、懸命に焦点を合わせてひとつのセリフを作りあげると、奈津は、崖から踏み出す思いで言った。

「わかった」激しく声が震える。「いいよ。どうぞ行って。私たちがこの先も一緒にいるためにどうしても必要なら、今から行って、あいつを殺してきてよ」

真空を煮詰めたような沈黙。

次の瞬間——大林の身体から、狂気がざあっと音をたてて引いてゆくのがわかった。

「……それを聞きたかったんだよ。馬鹿が」

嗚咽を漏らしながら両手を伸ばしてくると、大林は奈津を抱きすくめた。奈津もまた、あらゆる思いを呑み込み、大林の太い首に腕を回す。

「ごめんね。怖かったの。怖くて怖くてたまらなかったの」

無言の彼の震えが伝わってくる。怖かったのは、彼のほうだったのだとわかった。

一週間ほど後に戸籍謄本が届いたが、改めて役場へ届を出しに行こうとはどちらも言いださなかった。一度目の時とは別の種類の了解が互いの間にあり、そして結局、二度目もまた離婚は回避されたようだった。

あんなにも苦しめられたのに、と思ってみる。深夜にまで及んだ修羅場だけではない。大林はその後、八坂葵を通じて、加納に直筆の詫び状を書かせた。それを葵が預かった上で家まできて自分の前で土下座をするなら、そこで手打ちにする、もう一切蒸し返さない。そういう条件を出し、結局、そのようにさせたのだ。

加納の立場からすれば、大林の言葉など信じられるはずがない。詫び状を盾にとり、万一何らかの行動を起こされた場合の保険が要る。葵からそれを聞かされた奈津は、大林には内緒で、自分もまた同じく、加納の妻宛てという体裁で詫びの文章を認め、捺印して葵に預けた。夫婦にせよ、愛人にせよ、関係の終わりというものはことごとく滑稽なものだと思った。

未だ夫である大林に対して、情ならばたぶん残っているけれど、愛はどうかと訊かれたならわからない。別れずにいる理由はといえば、いま別れるのは得策でないからだ。魂鎮めはまだ終わっていない。

とはいえ、奈津の中にも安堵に似たものはあるのだった。大林が、傷つけられたプライドと折り合いを付けるのにどれだけ苦しんだかはわかるし、この生活を続けてゆくことが少しでも贖罪になるならそうしたいと思った。

「奈津と、ほんとにこのまま続けていけるかどうか、俺にも全然自信はないんだ」と、大林は言った。「一度は粉々に砕けたわけだからさ。破片をいくら集めてくっつけたって元通りにはならないし、ヒビとか傷のほうが目立つような醜いものをずっと眺めてなきゃいけないのも辛い。正直、別れたほうが楽になれると今でも思ってるよ。あなたのことを本当に許せる日が来るかどうかわからないし、続けていく約束もできない。だから、こうしよう。毎年、一年の終わりに、お互いの意思を確認し合うことにしようよ。無理だと思ったら、思った側がその時に申告する。次の年もまだ一緒にいたいと思うようだったら、もう一年頑張ってみる。途中で別れるっていうのは無し。どんなに無理だと思ってもその場で結論を出さずに、とにかく大晦日まで頑張ってみて、それでもやっぱり駄目なら離婚を考える。そういうことで、どう?」

おおむね、穏やかな日々が続いた。とくに最初のひと月かふた月ほど、大林は奈津の身体に頻繁に手を伸ばし、愛しているとさえ口にした。恋愛について、夫婦について、家庭について、仕事について、これまで以上にたくさんの言葉が交わされ、雨降って地固まるではないが、以前よりむしろ互いへの理解が深まったようにも思えた。

いっぽうで、時おり唐突に大きな揺り戻しがきた。たいていは酒の入っている時だ。べろべろに酔って外から帰ってきた大林は、今さらどうにもできないことを最初から蒸し返しては朝まで奈津を詰り、どれほど謝ろうが泣こうが許してくれなかった。

積み木のお城だ、と思った。細心の注意を払ってひとつずつ積み上げ、ようやくまた新しい信頼を築き上げられたかのように思えても、気分次第でいきなりぐしゃぐしゃに崩される。むろん、悪いのは自分だ。後からでは二度とどうにもできないことを、人は

〈取り返しのつかないこと〉と呼ぶのだ。自分がしでかしたのはそういうことだ。

　しかし八坂葵は、奈津の口からそんな近況を聞かされるたび、顔を真っ赤にして怒った。

「何言ってんですか、あの旦那さんは！　普通じゃない仕事をしてる人と暮らして、普通じゃない恩恵だっていっぱい受けてるのに、そんな時だけ、なに普通のこと言ってんの」

　かわりに腹を立ててくれるのはありがたいけれど、それこそ普通は、そんな理屈など通らない。なだめると、葵はふと心配そうに訊いた。

「あれきり、ほんとに加納チャンと逢えてないんですか」

　逢っていない、と奈津は答えた。本当に、ただの一度もだ。

　これが最後と決めて送ったメール――心から謝り、この先は決して迷惑が及ばないようにすると約束し、それでもなお、自分はあなたとこうなったことを微塵(みじん)も後悔はしていないと書き送った文面にも返信がなかったのだ。今度こそ、それが先方の返事だと受け取るしかない。

　加納と話すことがあったら、どうかくれぐれも謝っておいてほしいと伝えると、葵は微妙な顔になった。

「奈津先生が一人でどれだけ旦那さんと戦ってくれたかは、ちゃんと話したつもりだったんですけどね」

「何か、言われたの？」

「その……」目を伏せて口ごもる。「困るんだよねって先生に言っといて、みたいな」

「え」

「自分の旦那の暴走くらい、先生がカラダ張ってでも防いで、そこでせき止めてくんないとさ。ちょっとお粗末だったよね、って」

おなかから背中へ、風通しのよい穴が空いた気がした。

「じつは加納チャン、あの時、思いきって奥さんに打ち明けたんですよ」

「は？」

「先生の旦那さんが実際に極端な行動に出た場合、まだ小さい子どものこととか、入院中のお父さんのことも含めて、ほんと冗談になんないからって。けど、裏目に出たみたい。奥さんはもともとそっちの業界の人で、これまで加納チャンが仕事の上で、女のコから本音の話を聞き出すために寝たって何も言わなかったのに、今回の相手が奈津先生だってわかったらめちゃくちゃ逆上して、一度は子ども連れて家を出てっちゃったりもしたらしくて。だからまあ、彼の事情もわからないじゃないんですけどね……あんなふうに言われたら、なんかちょっとがっかりしちゃったな」

がっかりしたのは、奈津も同じだった。どれくらいがっかりしたかと言えば、家に帰って仕事場のドアを後ろ手に閉めたとたん、思いきり荷物を床に叩きつけたほどだ。

加納にとって、大林からの脅迫めいた電話がどれだけ迷惑だったかは想像に余りあるし、今もなお不安定な状況に対してナーバスになるのも無理はない。

けれど、たとえ大人のごっこ遊びにせよ、一時はあれほどの幻想を分け合い、互いを求めた瞬間があったはずではなかったか。真っ赤な嘘でかまわないから、せめて別れのひと言ぐらいは飾ってみせたらどうなのだ。それを、こともあろうに、ちょっとお粗末だったよね？　最後の最後につまんねえこと言いやがって、それでも男か、ちんこちっせえな！

胸の裡で口汚く罵った後で、

（――いや、小さくはなかったか）

そこだけ冷静に思い返したとたん、ふっと鼻から苦笑いが抜けた。

息を吸い込み、ゆっくり吐きだすとともに、すうっと醒めてゆくものがあって、それきりもとには戻らなかった。

第七章

まるで暴風雨を伴う台風が通り過ぎた後のようだった。

あまりにも激しい幻想が、始まってから短期間のうちに終わったせいで、奈津の内側にあったはずのすべてはなぎ倒され、押し流されてしまった。

あとはただ、がらんどうだった。何も感じない。何にも気持ちが動かない。にもかかわらず、夫・大林との生活はそれなりに穏やかに営(いとな)まれ、仕事もむしろ絶好調と言えるほど問題なく進んでゆく。心がなくても言葉は紡ぎ出せるのかと思うと、そういう自分にも嫌気がさし、醒(さ)めていった。

独りで東京の街を歩いていると、たとえば駅の改札口に、タクシーの中に、出版社の窓に……加納隆宏との記憶の残像を見ては、ふっと立ち尽くしてしまう。頂点で二つに断ち切られた恋は、その後も切り口からじくじくと血を滲(にじ)ませ続けていた。痛い。苦しい。かといって、もう一度逢いたいというのとも違う。目が覚めてしまえば同じ夢の中には戻れないのと同じように、いま逢ったところであれほどの幻想はもう二度と味わえない。そう自分に言い聞かせ、やっとの思いでまた歩き出すと、靴音がうつろな子宮の内側に響く心地がした。

そうこうするうちに二年の月日が過ぎていった。

毎年の大晦日に、翌年も続けていく意思があるかどうかを確認し合う。一年の途中でたとえどれほど夫婦仲が険悪になったとしても、そこは何とか持ちこたえて、最終的な結論を出すのは大晦日まで待つ。——大林発案のその約束は守られていた。

『紅白』が終わると間もなく画面が『ゆく年くる年』に切り替わり、永平寺や知恩院などの古刹から響く除夜の鐘に耳を傾け、やがて画面の時刻表示が出て年が明けると同時に、奈津のほうからソファの隣に座る大林に向かって、

「明けましておめでとうございます」

と頭を下げる。

「おめでとうございます」

彼のほうも同じ言葉を返す。

そのあと奈津が、

「今年もよろしくお願いします」

と続けると、大林が、

「はい」

と短く答えて頷く。

その〈儀式〉が、とりあえず二度くり返されたわけだ。

こちら側がお願いをして彼が許すという、対等とはとても言えない構図になってしま

うのは仕方がない。連れ合いに対して不実を働いたのは自分のほうなのだし、こうして生殺与奪の権利を彼にゆだねているという体も、夫婦円満のためだと思えば飲み込むしかない。

　そんなふうに自分を納得させながら、奈津はじつのところ、二度とも別のことが気になっていた。

　大晦日の夜九時頃にはすでに、適当にガラステーブルの上に広げられるおせち。数の子や黒豆、昆布巻きも海老も食べ散らかされて、重箱の中は穴ぼこだらけだ。

　奈津が育った家では、おせちというものは年が明けてから、元日の朝に初めて箸をつけるものだった。北海道や東北などで大晦日から食べる風習があることは知っているが、大林は東京近郊の育ちだし、そもそも自分の抱える違和感はそういうことではない気がした。

　一緒に暮らすようになった当初は、二人で夜中にわざわざ着物を着て初詣に行き、翌朝きちんと向かい合ってお膳に手を合わせ、改まった心持ちでおせちやお雑煮やお屠蘇を頂いた記憶がある。それが今では彼は、まるでファストフードのハンバーガーでも取り出すかのように重箱を開け、あぐらをかきビールを飲んで、お笑い番組など観ながらハレの料理を食べ散らかしている。奈津にはそれが耐えがたかった。耐えがたいと感じてしまうことがすでに、ひとつの答えであるようにも思えた。

　何も北海道や東北の生まれ育ちでなければ大晦日におせちを食べていけないという法はないし、仮に大林の実家にたまたまそういう習慣があったとして、以前であれば自分は、違和感など曲げてでも夫にとって良いほうに合わせてあげたいと思い、実行していたはずだ。それが今こうも抵抗があるのは、ひとつには大林の食べ方に新しい年を寿ぐ思いが感じられないからであり、もうひとつには奈津自身が、彼に対する寛容さを失いつつあるからだった。

結婚生活とは、〈習慣〉や〈常識〉と呼ばれるモチーフをいくつもつなぎ合わせたパッチワークだ。それぞれの事柄について、これが当たり前という各自の思い込みがあまりにも強固なので、接する辺と辺をつなぎとめている糸はすぐに切れそうになる。

肉の焼き加減。卵の茹で具合。食事の時に何を飲むか。食器用スポンジで流しまで洗うかどうか。ゴミの分別をどこまで厳密にするか。タオルは何回使ったら洗うか。風呂を使った後の始末。歯ブラシを取り替えるタイミング。洗濯もののたたみ方。トイレットペーパーの使用量。

それらすべてにおいて互いの間にすりあわせがあり、どちらかが折れたり、改めたり、受け容れたりする。変革は必ずしも快いものとは限らない。

それでも、愛情が潤沢にある間は相手に譲ることがさほど苦ではなかったし、腹立ちを覚えたとしてももっとうまくやり過ごすことができていたはずだ。

こちらの側ばかりではない。同じことは大林の側にも言えるようで、この二年間のうちに何度も、ふいに奈津が怯むほどの激しさで苛立ちを露わにする瞬間があった。

加納との一件があった翌年の三月初めのことだ。確定申告の期限を一週間後に控えてなお、大林は、経費関連の書類整理に手を付ける様子がなかった。その日も朝からベッドで週刊誌を読んでいるだけの彼に、このままだともうほんとに間に合わないよ、どうするの、と言った瞬間、彼は雑誌を放り出して寝返りを打ち、奈津に背中を向けた。

「じゃあもう、やんない」

「え？」

駄々っ子のような反応に一瞬、冗談かと思ったのだが、大林は本気だった。

「あの時期のレシートとか見てるとさ、嫌でも思い出すんだよ。タクシーの領収書とか、洋服買った時のとかいっぱい出てきてさ。ああ、これに乗って、これを着て、あいつに会いに行ったんだろうなとか想像する俺の気持ち、わかる？　わかんないでしょ」

ありとあらゆる反論が頭の中を駆け巡った。タクシーに乗るのも洋服を買うのもその時に限ったことではないし、彼には申し訳ないとも思うけれどそれとこれとは別の話であって、どうしても出来ないと言うのならもっと早い時点で言って欲しかった。そうすれば、無理をしてでも自分でやるなり、専門家に頭を下げて頼むなり出来ただろうに。

思いながら、いや、違う、と感じた。彼は、自身の怠惰を正当化するためにこちらを攻撃しているだけだ。そこを突かれたら何も言えなくなるのを知っているから。

「たぶん、鬱なんだよ、俺」と、大林は背を向けたまま呟いた。「あの時から、何にもする気力が起きない。大丈夫だって思える時もあるんだけど、すぐまた、何も信じられないっていう谷間がめぐってくる。苦しくてたまんないよ」

事実なのかもしれない。事実であれば苦しいに違いない。けれど、罪悪感や申し訳なさの背後からじりじりとせり上がってくるのは、苛立たしさだった。最初の夫・省吾といい、どうして男たちはこういう場面で同じことを言いだすのだろう。

結局その年は、期限よりもずいぶん遅れて確定申告をする羽目になった。それも、見かねた税理士の友人がほとんどすべてをかわりに引き受けてくれたおかげでようやく果たせたのだった。

もう、全部やめにしてしまいたいと何度も思った。罪滅ぼしの気持ちだけで夫婦を続けてゆくことはできないし、かえって彼を苦しめている気もする。子どももいないのだから、そんなにまでしてお互いに無理をする必要はないのではないか。

しかし、奈津がそうしてぎりぎりの縁まで追い込まれつつあるのを感じ取るたび、大林は先回りして言うのだった。

「このままじゃいけないってことは、俺もわかってるんだよ。何とか立て直したいとは思ってるからさ。とにかくまた、年末まで頑張ってみようよ」

そう宥められてしまうと、もともと落ち度のある奈津の側からは何も言えなくなった。日々のパッチワークは続いてゆく。ほつれかけた糸があれば、そのつど縢ってやらなくてはならない。

一度、思いきって大林に頼んでみたことがある。自分の食器だけでもいいから、食べた後は流しまで運んでもらえると助かる、と。

大林は、頑なに拒絶した。

「え、どうして?」びっくりして奈津は言った。「理由を教えてもらえる?」

「俺、家事はしないって言ったじゃん。一緒に暮らそうって話になった時」

正確には、〈ヒモになってもいいですか〉と彼に訊かれた時だ。

「あの時、奈津だって、それでいいって言ったはずでしょ」

「うん、言ったよ。でもね、いま私が頼んでるのは、あなたに家事を分担して欲しいっていう意味じゃなくて、ただ、お互いの間の思いやりの問題なの。あなたが働かなくても、毎日飲み歩いてても、それについて私が何か言ったことはないよね？　でも、私だって疲れちゃう時はあって、仕事しながら洗濯や掃除をして、あなたの食事も作って、それはいいんだ、したくてしてることだからいいんだけど、当たり前にそれを食べたあなたが『ごちそうさま』のひと言だけで全部ほっぽってどこかへ出かけてくのを見てると、どうしても、胸の奥がくさくさする時があるの。せめて、食べた後のものを流しに持ってってくれるとか、たまに洗い物くらい引き受けてくれるとか、そういうことが一つでもあったら、気持ちの上でずいぶん違うのになって思う。それって、私のわがままかな」

「わがままだとは言ってないよ。ただ、嫌だって言ってるだけ」

「だから、どうして？」

大林は長々とため息をついてよこした。

「俺、飲食の仕事も長かったじゃん。洗う人間によって、どの食器は重ねていいとか、これは先に持ってこられても困るとかってばらばらだから、流しまで運ぶだけでもすごい迷うし、抵抗があるんだよ。そういうの、わかんないでしょ」

「うん、わかんない。私は、何でも重ねてくれていいよ。油ものかどうかに限らず、どうせ裏側まで全部洗うんだから。順番だってどうでもいい。二人分の食器なんて全部合わせたってたいした量じゃないもの」

「それでも俺は嫌なの」大林は、あさってのほうを見て言った。「流しのものを洗えって言うなら洗うよ。まだそのほうがましだよ」

じゃあ洗って、と、なぜか言えなかった。もう結構だと思ってしまった。気のない人間に、何もして欲しくない。

「……わかった」

奈津が呟くと、大林はもう一度、鼻から強いため息をついた。

「だから嫌なんだよ、こういうこと話すの。どうしても険悪になるじゃん」

「べつに険悪になんかなってないよ。あなたの考えを聞けて良かったと思う。そういう考えのもとにあえてしないでいるんだなって、これからは思えるし」

「ふうん。そういうものかね」

「そういうものだよ。聞かないまま一人でぐるぐるしてるより良かった」

ささくれだった空気をなだめようと笑ってみせながら、また一つ、小さくて大きなことをあきらめた思いがした。

＊

「最近、大林さんとはどうなの？」

近くに住む友人からそう訊かれたのは、名ばかりの梅雨が過ぎようとしている頃だった。

奈津の家のダイニングで、二人は午後のコーヒーを飲んでいた。大林はすでにどこかへ出かけており、開け放ったベランダには強い陽射しが照りつけていた。

「え、どうって?」

「うまくいってるの? あっちのほうも含めてさ」

内心、舌を巻く思いで、同時にどう答えるべきかと迷いながら、奈津は向かい側に座る友人を見やった。

石山琴美――年は奈津よりも二つ下の四十一歳で、中学二年生の娘と、小学一年生の息子を持つ母親でもある。彼女たち母子三人は、昨年の春先に郷里の札幌から長野へ引っ越してきたばかりだった。

六年前、奈津は、映画の脚本を書くために北海道日高の牧場を訪れた。馬との触れ合いを通して成長してゆく少女を主人公にしたストーリーだ。

プロデューサーから紹介された牧場のオーナーに取材を申し入れたところ、それならちょうど乗馬を習いに札幌から毎週通ってくる小学生がいるからと、琴美母娘に連絡を取ってくれた。当時まだ小学二年生だった娘の香織の付き添いで来ていた琴美とは、それこそ馬が合ったのか、すぐに意気投合した。香織もずいぶん懐いてくれて、奈津は何度も、この子がそのままお腹から出てくるのだったら自分も娘が欲しかった、と思った。間もなく生まれてきた下の子の北斗も、小さくて、柔らかくて、たまらなく愛しかった。

遠く離れているのと、こちらの生活が激動のさなかにあったせいでなかなか会えなかったけれど、SNSなどを通じて、互いの近況はよく知っていた。いや、そのつもりだったのだ。

一昨年の秋も深まる頃、突然、琴美からメールが届いた。

〈ごめんね、急に。奈津さんがとんでもなく忙しい人なのはよくよくわかってるんだけど、できれば聞いてもらいたいことがあって……。お仕事の合間に、時間が空きそうな時がもしあったら、教えて下さい〉

常日頃は肝の据わった母親であり、まさしく竹を割った性格の琴美にしては、らしくない様子に胸がざわついた。

〈どした？ 大丈夫？ 私でよかったら何だって聞くよ。こちらのことは気にしなくていいから、メールなり電話なり、いつでも琴ちゃんの都合のつく時に連絡下さい〉

返事を書き送ったその晩には、琴美から長文のメールが送られてきた。

夫の浮気の現場を押さえてしまったのだと、琴美は書いていた。もともと、九つも年下の夫だ。腹は立つけれど、ありがちな話だろうし、子どもたちのこともある。夫婦できちんと話し合った後は水に流そうと思い、決して追い詰めないように冷静に話していたつもりだったのに、いわゆる逆ギレをされ、一生忘れられないような暴言を、自分だけではない、子どもたちにまで山ほど浴びせかけられた。何より、気分次第で大きく変わる父親の言動に傷ついた子どもたちの心が、それぞれに壊れていきつつあるのが一番つらい……。

子どもたち。

居ても立ってもいられなくなった奈津は、すぐさま新千歳空港行きの便を手配し、一泊ぶんの宿を押さえて札幌の琴美を訪ねた。

詳しく聞けば聞くほど、逃げ場のない話だった。札幌は、土地こそ広いが狭い街だ。琴美の夫が営業車で走り回っているエリアの中に、双方の実家も、学校も、幼稚園もある。離れていたいと思っても、どこでばったり会うかわからない。それどころか、子どもへの暴言を後から気にした父親が、翌日の学校帰りに車で待ち伏せをする。父親のことをいまだ大好きな娘などはおずおずと助手席に乗るものの、また新たに心ない言葉をぶつけられ、泣きながら帰宅する。しまいに彼女は自分の身を傷つけるようになり、幼稚園に通う息子は爪ばかり嚙んでほとんど笑わなくなった……。

琴美の年下の夫とは、奈津も何度か話をしたことがある。若いに似合わず、穏やかでよくできた父親に見えた。仲の良い夫婦であり家族だと思い、羨ましくさえあったのだ。

〈ぜんぶ私がいけないんだってさ〉

疲れた笑みを浮かべて、琴美は言った。

〈お前は俺のことをずっと馬鹿にしてただろう、って。俺がしたいことはいつだって先回りして否定された、俺にはこれっぽっちも自由なんかなかった、お前は何もかも自分の思いどおりにしてきたべや、お前といるよりあの女といるほうが俺は安らげるんだ……って。馬鹿にしたことなんかなかったし、そんなの思ったこともなかった。そりゃ、彼に相談された時とか、どう考えてもそれはしちゃまずいっしょってわかるようなことについてはそれとなく助言してきたよ。私のほうがどうしたって人生経験長いし、それなりに世間の裏も見てきたから、先が見えてしまうことはあってさ。ほっといて自由にさせてあげたくても、彼は一家の長で、子どもらの父親でもあるわけだから、みすみす道を誤って欲しくはないもんね。それでも、彼に何か言うときはものすごく気を遣って、プライドを傷つけないように言葉も選んでたつもりなんだけど……まだ、足りなかったのかなあ〉

身につまされるとはこのことだ。琴美の言葉はそのまま、奈津自身の思いでもあった。男のプライドというものは、じつに邪魔くさい。生活を共にする相手であればなおさらだ。女のひと言ごときで傷つけられたり、気を遣って立ててもらったりしなければ保てない程度のプライドなど、二つに折って捨ててもどうということはなかろうに、と思う。こちらがそれを大事にするのは、扱いを間違えると後が厄介だからに過ぎない。

結局、その時は一晩かけて琴美の話を聞いただけで帰京するしかなかった。具体的に何かできるわけではない自分が焦れったかった。

再び札幌を訪ねる時間を作ることができたのは、年の瀬のことだ。

仕事の旅でもないのに無理やり時間を捻出したからといって、大林にまた変に疑われたのではやりきれない。幸い彼は、琴美やその子どもたちと、これまでにも何度か会っている。

奈津は、琴美の了解を得て、あらかたの事情を大林に打ち明け、あなたも一緒に行くかと訊いてみた。すると、なぜか一時間考えさせてほしいと答えた彼は、三十分後に奈津の仕事部屋を覗いて言った。

〈行くよ〉

そうして再びの札幌での夜。子どもたちが眠ってしまった後、見る影もなく痩せ細った琴美と三人で話していた時、大林はおもむろに切りだしたのだった。

〈琴ちゃんさ、子どもたち連れて、長野へ来ればいいじゃん〉

琴美以上に、奈津が驚いた。

〈はっきり言って、今はできるだけ早く子どもたちを父親から離したほうがいいと思う。ここだとそれができないわけでしょ。だったら長野へ引っ越してきちゃえばいいんだよ。後のことはどうとでもなるし、俺らにできることは協力する。ちなみにこの人、稼ぎは充分あるから、いくらスネかじっても大丈夫だよ〉

最後は奈津のほうへと顎をしゃくり、冗談めかして大林は言った。

本当は奈津こそ、どんなにそれを口にしたかったかわからない。初めて琴美に相談のメールをもらって飛んできた時から、ずっとそう思っていた。だが、友人一家を呼び寄せ、少なくとも最初のうちは生活ごと抱え込むことになったなら、大林がきっと嫌がるだろうと思うと言い出せなかったのだ。加納隆宏とのことは終わったものの、夫婦の関係はまだとても不安定だっただけに、なおさら言えなかった。

〈そんな……〉琴美の声が震えた。〈ありがたいけど……そんな嬉しいことって無いけど、奈津さんはそれでいいの？　そんなこと、本当に許されるの？〉

もちろんだよ。安心しておいでよ、三人とも身一つだっていいから。

奈津が請け合うと、琴美は、感極まったように口もとを覆い、天井を仰いで涙をこぼした。彼女が泣くのを見るのはそれが初めてだった。

その晩、二人きりになると、大林は奈津に明かした。

〈あなたから札幌へ誘われた時、俺、一時間考えさせてほしいって言ったでしょ。あれはさ、琴ちゃんに会って、自分にあのひとことが言えるかどうかを自問自答するためだったんだ。もしそれが言えないんだったら、俺が一緒に行く意味はないなと思ってさ〉

〈ありがとう〉

礼は心から出たものだったが、同時に奈津は、ああ、今の〈一時間考える〉云々のエピソードはこれから先、大林が誰か他人にこの話を吹聴する際のいちばんの聞かせどころになるのだろうなと思った。

おそらく彼は、単なる同情だけで琴美や子どもたちを呼び寄せようとしたのではない。いまだに根が揺らいだままの自分たち夫婦にとって、母子三人の存在が添え木のような役割を果たしてくれることを期待したに違いない。〈男と女〉だけでは不安定な関係も、疑似であれ〈家族〉の形をとればいくらかは安定するだろう。時々お互いの間に立ちこめる、息が詰まるようなあの空気も、他者が入り込むことで吹き払われるかもしれない。

そうであったらいい、と奈津も思った。大林と別れずにいることを選んだ以上は、できるだけうまくやっていきたい。以前のように彼を心底愛おしむことができたらどんなにいいかと思うけれど、たとえそれが難しくても、家の中は平和なほうがいい。空気が乱れると、仕事に集中できない。

年が暮れ、例の大林との儀式的やりとりを経て年が明け、やがて奈津は琴美に、引っ越し先となる物件について連絡をした。

新しいおうちが見つかったんだよ、幼稚園も近いよ、と電話で告げると、小さい北斗は、まるで見たことがあるかのように言った。

〈そのおうちから、ナツさんのおうちまではね、どうろをわたって、三かいくらいまがったところにあるの。あるいていけるんだよ〉

第六感のようなものが働くところは母親譲りだった。

道路の端に残っていた雪もほぼ溶けて消えた三月下旬、琴美たち母子は、長野へと引っ越してきた。離婚協議はまだ完全には決着しないままだったが、やがて子どもたちが環境に慣れ、中学校や幼稚園に馴染んでゆくにつれて、琴美の体重も少しずつ増え、頬に赤みが戻ってきた。

すぐ近くに信頼できる友人一家が住んでいるというのは、奈津にとってありがたくも心落ち着くことだった。子どもたちはそれぞれに愛しく、日々は輝きを増した。男といるだけではとうてい得られない、これまでに一度も体感したことのない種類の輝き。肉体の熱を伴う恋が、紅蓮の炎であり閃光であるならば、母子との時間はまるで火鉢の奥に沈めた埋み火の熱のようにほっこりと穏やかだった。

そうしてさらに一年が過ぎてゆき、本格的な夏が訪れた頃——琴美と、札幌にいる夫との離婚がようやく成立した。

自分の側の感情ばかり並べ、離婚届どころか琴美が準備して調えた公正証書への署名捺印さえ先延ばしにしていた夫も、業を煮やした大林が再び札幌へ飛び、夫婦の話し合いの場に同席したことで最後のあきらめが付いたらしい。あとはほぼおとなしく判をついた。

「最近、大林さんとはどうなの？」

つまるところ、琴美が奈津にそう訊いたのは、自身が晴れて離婚届を提出したうえで、札幌から長野へ帰ってきた直後のことだったのだ。前の晩は、奈津と大林、琴美たち母子が五人そろって、料理も出す居酒屋の個室で〈祝杯〉をあげたばかりだった。

「え、どうって？」

「うまくいってるの？　あっちのほうも含めてさ」

さばさばと遠慮なく切り込まれ、返答に窮する。

夏の陽射しの照り返しも眩しいダイニングで、性に関わることを口にするのが憚られたからではない。気の置けない女同士にそんな遠慮はないし、琴美には、加納隆宏との顚末もすべて打ち明けてある。そのとき大林がどんな具合に荒れ、今もって夫婦の間にどのような葛藤と試行錯誤があるかについてもだ。

ただ、相手が琴美だからこそ話すのを逡巡する事柄もあるのだった。それこそ、大林に関することがそうだ。彼は琴美にとっても〈家族〉の一員であり、子どもらもそれなりに懐いている。一年以上かけて安定してきた今の関係に、よけいなヒビは入れたくない。

「そうだね……」奈津は注意深く言った。「まあ、うまくいってるほうだと思うよ」

マグカップを口に運ぶ。とうに冷めたコーヒーに息を吹きかけそうになる。

「彼も、いろいろ努力してくれてるし。仕事のこととか、話せば相談に乗ってくれるし」

「うん、それはいいんだけどさ」バッグの中から煙草の入ったポーチを取りだした琴美が、一本くわえて吸い付ける。「そうじゃなくて、男と女としてはどうなの、ってこと」

奈津は、テーブル越しに親友を見やった。

「どうして急に?」

「うーん、どうしてかなあ。ゆうべのことがあったからかも」

「ゆうべ?」

「みんなで食事した時に、なんかちょっとこう、感じるものがあってさ」

指の間に煙草をはさみ、余った薬指で目の下を軽くひっかく。

感じるもの。

言わんとするところは伝わってきたものの、奈津がなおも黙って見やると、琴美は灰皿を引き寄せ、煙草の先を丁寧に転がすようにして灰を落とした。

「大林さんのああいう物言いっていうか、態度……最近増えてきたような気がしてたけど、ゆうべ目の当たりにして、やっぱりなって思っちゃったの。前は、あんなことなかったよね。たまに苛立つような時はあっても、子どもたちの前では理性で抑えてくれてたのに」

「……ごめん」

「や、奈津さんが謝るようなことじゃないでしょ」

「そうだけど、きっかけはたいてい私だろうから」

ふうっ、と琴美が横を向いて煙を吐く。ため息も混ざっていたかもしれない。

昨夜の食事は、そう、二年にわたる不毛な戦いを終わらせて戻ってきた琴美をねぎらうための、いわば慰労の会だった。主役は彼女と、けなげに帰りを待っていた子どもたちだ。中学二年という思春期まっただ中の娘はもちろんのこと、七歳になったばかりのやんちゃな息子でさえ、両親の離婚の意味は理解している。それでも、琴美自身の気配りと、何より母親の表情の明るさで、子どもらもどうやら笑顔を保っている、そんなデリケートな空気があった。

遠慮なくたくさん食べて、お腹をぱんぱんに満たして、帰ったら今夜はもう何も考えずにゆっくり休んで欲しい。奈津は、達筆な筆文字で書かれたメニューを広げ、子どもたちに希望を聞きながら次々に注文していった。

〈ポテトの明太チーズ焼きだって、美味しそう。鶏の唐揚げ、二人とも好きでしょ？肉団子は？　よしよし、どんどん頼んじゃえ。ほら、アスパラベーコンもあるよ〉

と、いきなり声を荒らげて遮ったのは大林だった。

〈いいよもう、そんなに頼まなくて。ほんとに食えんの？　足りなかったらその時また頼めばいいじゃん、どうせ余ると思うけどさ〉

きんきんした声と、苛立ちも露わな物言いに、子どもたちが、しん、となった。個室の外からの物音が、急に大きく聞こえてきた。

〈……そっか。ごめんごめん〉

奈津は慌てて謝った。声を荒らげた大林に対してというより、せっかくの食事の席でこんな事態を招いてしまったことが、琴美たち母子に申し訳なかった。

〈どれもおいしそうなんだもの、つい止まらなくなっちゃってさ〉

舌を出して笑ってみせたが、応じる子どもたちの硬い笑みを見ると、いたたまれない思いがした。それが、昨夜のことだ。

琴美の指摘はもっともだった。大林が自身で言うように、鬱の波が時折襲ってくるのだとしても、腹立ちは不実を働いた妻に直接ぶつければいい。子どもに気を遣わせてどうしようというのだ。

「ごめんね、奈津さん」

煙を静かに吐いて、琴美は続けた。煙草をきっちりともみ消し、テーブルの向かいからまっすぐにこちらを見据える。

「私、この二年間、自分の離婚と子どもたちのことだけでいっぱいいっぱいで、奈津さんが時々しんどそうにしてるのわかってたのに気遣ってあげられるだけの余裕がなかったんだ」

「そんなこと……」

「ううん。長野へ来てから、ほんとは何度も感じてた。奈津さんは私らに心配かけまいとして隠そうとするけど、やっぱり、伝わるものはあるよ。奈津さんからっていうより、大林さんのほうからね」

「……ごめん」

「だから、奈津さんが謝ることじゃないんだってば。でもね、無事に離婚できた今の私だからこそ、見えることがあるんじゃないかって気もするの。私はさ、今、いきなり天井が抜けて頭の上に青空が広がったみたいな気分でさ。なんかこう、我慢しなくていいことまで旦那に気を遣って飲み込んできた自分が馬鹿みたいに思えるっていうか、でもこれからは違うんだって思ったらものすごくやる気になるっていうか……。とにかく、私のほうはもう大丈夫だから。いちばん苦しいときに奈津さんが支えてくれたおかげで今があるんだから、今度は、私の番だよ。しんどい時は頼ってよ。たいした助けにはならないかもしれないけど、とりあえず話くらいはいくらだって聞ける。奈津さんはさ、大林さんのこと話す時も、いつだって先回りしてあれもこれも庇(かば)いながら話すじゃない。たまにはそういうのやめて、本音でずばずば話していいんじゃないかな。当たり前だけど、私はどこへも漏らさないからさ」

それだけのことを、ひと息に言われたせいだろうか。

腹の底にわだかまっていたものが、ゆるりと動いた心地がした。川の流れをせきとめていた石がひとつ取りのけられ、それによって淀(よど)みに溜まり腐りかけていた落葉が押し流されてゆくようだ。

庇わなくていい。本音で話していい。

そうだろうか。本当に、そんなことをしても許されるものなのだろうか。

喉が、こくりと鳴る。息を吸い込み、ひと思いに口に出す。

「ほんとのこと言うと……最近、時々ね」

「うん」

「もう、駄目なのかもしれないなあって、思う時がある」

「どうして？　何かあった？」

「あったって言うなら、例の一件も含めて、この二年くらいの間にもう山ほどあったよ。やっと落ち着いてきたかなって思いかけると大きな揺り戻しが来て、だけど日常はそれなりに進んでいくから、またしばらくすると落ち着いて。こういうのを一つひとつ持ちこたえてやり過ごしていけば、そのうちには彼の中の怒りとか痛みとかも薄まって、いつかは全部を過去のことにしてもらえるのかなって思って、今まで頑張ってきたけど……最近、彼の不安定さがエスカレートしてるみたいに思えるの。タガが外れちゃったっていうか。そりゃね、私のほうが先に、責められて当然のことをしたわけだから、彼が何をしたって文句は言えないし、辛い気持ちもよくわかるんだけど……」

「ほら、また」と、琴美が遮る。「それ要らないから」

「え」

「また庇ってる。奈津さんの癖だよね。『何々なのも当然なんだけど』とか、『誰々の気持ちもわかるんだ』とかってさ。いいから、私にまで言い訳しなくて」

後頭部がすうっと冷たくなってから、ぱっと火照（ほて）った。善人ぶった自己弁護を見抜かれた気がした。

「きついこと言ってごめん。だけど今は、大林さんの気持ちとか都合とか、考えなくていいよ。とにかく、奈津さんの気持ちだけを正直に話してよ」

誰かのことを――とくに、身近にいる人間のことを、悪しざまに言いたくない。それは奈津にとって、禁忌と呼べるほど強い枷だ。聞かされる側の心の軋みを先に想像してしまうあまり、いまだに、念入りなエクスキューズという前置きなしには人への批判を口にすることが難しい。

そういうことが、琴美には全部わかっているらしい。幾重にもくるまれた梱包を解くかのように、奈津にとっての禁忌をくるくると剝いて、ちっぽけな本音を取り出そうとしてくれている。

「奈津さんが言い出しにくいんだったら、私から言わせてもらうよ」

琴美は続けた。

「ひとつだけ、私も前置きをさせてもらうとね。大林さんには心から感謝してるんだよ。あのとき彼が、長野へ来ればいいって言ってくれなかったら、私も子どももどうなってたかわからない。離婚もいまだにできてないだろうし、そのぶん路頭に迷うことはなかったろうけど、少なくとも心は殺されてた。だから、大林さんがきっかけを作ってくれたのは確かにありがたかったよ。でもね、ここからは私も本音で話すけど、元の元をただせば、彼の立場でそれを言えちゃうのが不思議ではあるよね。稼ぎ手は奈津さん一人なんだし、大林さん自身がまるごと養われてるわけで、その上さらに私たちのことまで背負い込んだら、大変な思いをするのは奈津さんだよ。彼じゃない。だから本来は、札幌へ来る前に、彼がまず奈津さんとの間で話し合うのが筋だったんじゃないかと思うの。『琴ちゃんたちを長野へ呼んであげたいって思うなら、俺もそれでいいと思うけど、あなたは大丈夫なの？　無理し過ぎることにならない？』ってね。その上で、奈津さんの口から私たちに話を……。え、ちょっと、なんでそんな顔する？」

「──考えたこと、なかった」

　は？　と琴美が眉根を寄せる。

「いっぺんも、そんなふうに考えたことなかった」奈津は茫然とつぶやいた。「たぶん、私たち女の前でかっこいいとこ見せたかったんだろうな、とか、彼も夫婦の関係に悩んでて、正直、カンフル剤っていうか助っ人みたいな存在が欲しかったんだろうな、っていうふうには思ってたけど……。でも、そうだね。言われてみればほんとに、琴ちゃんの言うとおりだ」

「奈津さんらしいわ。どこまで人が好いのさ」琴美が、ふっと笑う。「そりゃあさ。夫婦の関係が揺らいだきっかけが、奈津さんの側の裏切りだったっていうのは、それは事実でしょう。私だって旦那の浮気が元でこういうことになってる以上、その部分については全力で味方はできないよ。やるならもっとうまくやれって思う」

「ん。そうだね」

「だけど、罪悪感からあれもこれも一緒くたになって、全部自分のせいみたいに思っちゃうのもどうかと思うわけ。最近の大林さんの言動は、端から見てると、すでに奈津さんの浮気がどうこうじゃないよ。彼が元から持ってる人間性の問題だよ。ねえ、覚えてる？　私たちがこっちへ来てまだ間もない頃、ここで子どもらが猫たちを遊ばせたりしてた時に、大林さんが言ったこと」

覚えている。奈津にとっても忘れられない出来事だ。

〈気をつけたほうがいいよ、琴ちゃん。奈津はさ、猫は絶対捨てないけど、俺らのことは簡単に捨てるかもしれないから〉

子どもたちもいる前でいったい何を言いだすのだとあっけにとられ、さすがにとがめると、冗談だよと苦笑いしてどこかへ出かけていった。あの時の後味の悪さが、あらためて舌の根に蘇（よみがえ）る。

「それと、こないだの、うちの香織のブラの時もそう。大林さん、後で聞いて怒ったよね」

そちらは、ほんの二カ月ほど前のことだ。香織が十四の誕生日を迎えるにあたって、何を贈ろうかとこっそり琴美に相談すると、よかったらブラジャーを見繕（みつくろ）ってやってほしいと頼まれた。

小柄なのに胸だけ大きいことを気にして前かがみになりがちな香織だが、それはそれは綺麗なおっぱいなのよ、と琴美はまぶしい顔をして言った。女性として、自分の身体のパーツを好きでいてほしい。せっかく美しいものは大事に育ててほしい。何かと自分に自信の持てない娘であればこそ、なおさらだ。けれど、田舎のショッピングセンターで買える大きなサイズのブラはみな大人用で、がっちりとしたワイヤー入りか、いかにもおばさん仕様のものに限られる。ある程度の都会へ出なければ、中学生の女の子が身につけられるようなものは買えない。

よしわかった、任しといて、と、そのとき奈津は喜んで請け合った。頼られるのはもちろんのこと、子どもを持たなかった自分に、母親だけが娘のためにできるようなことを経験させてくれる琴美の気持ちも嬉しかった。せっかくのお誕生日だもの、学校が休みの日に一緒に東京へ行って、素敵なのを選ぼう。大きな百貨店だと、ワンフロア全部が女性のランジェリーだったりするんだよ。眺めるだけでも愉しいし、綺麗な花を買うみたいで気持ちが上がるよ。自分で自分を愛するっていうのは、とても大切なことなんだよ。

しかし、奈津がその計画を話すと、大林はたちまち不機嫌になった。

〈はっきり言って、分不相応だよ。この町に胸の大きい子は他にもいるだろうけど、その子たちがみんな、ブラ買うのに親に東京へ連れてってもらってると思う? んなわけないじゃん。そのへんのイオンとかで適当なの選んで満足してるわけでしょ。おっぱいがきれいとか、形が崩れたらもったいないとかさ、どうでもいいよ、そんなこと。容姿なんかどうであれ自信を持ててこそ本物じゃないの? 奈津はさ、してあげたいと思うと見境なくなって、やり過ぎちゃうんだよ。やめなって、子ども相手にそういうの。クセになるから〉

ショックだった。埋められない溝を感じたことは何度もあったが、その中でも一、二を争う隔たりのように感じた。男と女の感覚の違い、だけではない。百歩譲ってそうだとしても、だったら女の身体のことに口を出さないでもらいたい。

あの時は、奈津が珍しくはっきりそう言うことで大林がしぶしぶ引き下がり、彼を除く皆で東京まで日帰りで出掛けたのだったが——今に至るまで、拭い去りがたい不信は残っている。琴美からすれば、よけいにそうだろう。

「ねえ、奈津さん。世の中、一から十まで悪い奴なんて、めったにいなくてさ。うちの元亭主だってそう。嫌なとこばかりだったら最初から結婚なんかしてないわけで、いいとこもあるからいろいろ難しいんだよ。だけどね、こっちへ来てから大林さんのこと見てて、正直、どうなんだろうって思うことはいっぱいある。お正月頃だったかな、奈津さんの両親を呼び寄せるために、銀行にお金借りてこの近くにマンションを買う、ゆくゆくは琴ちゃんたちが住めばいい、みたいなことを簡単に言ってたでしょ？　それを勝手にお父さんにも話して喜ばせておきながら、いつのまにかマンションの話はどっか行っちゃって、ゴルフショップを開くための土地を探してるとか言いだすし。いずれにせよ銀行から借りるとして、そのお金、誰が返すの？　そういうの全部、ちゃんと奈津さんと相談してのことなの？　私が口出すのも変だけど、彼、結婚前の自分の借金も、奈津さんに肩代わりしてもらったままなんだよね」

「……うん」

それこそ銀行から借りて、数年がかりで先月ようやく返し終わったばかりだ。

「あと、去年、先物取引だかでスっちゃったのは？　いくらだったっけ？」

「……六百万」

テーブルの向こう側から、どんよりとしたため息が寄せてくる。冷めきったコーヒーを一口すると、琴美は言った。

「私はさ、大林さんが無言で醸(かも)し出す、あの何とも言えない〈圧〉みたいなのをそばで見て知ってるからアレだけどさ。知らない人が今の話を聞いたら、奈津さんのこと、ばかだって言うと思う」

「……うん」

「だって、一晩で六百万スったって告白された時も怒らなかったんでしょ？　普通は怒り狂うよ。家から叩き出したって無理ないくらいだよ」

「わかるけど……私だって聞かされた時は膝が萎えて立ち上がれなかったけど、駄目なんだ。今さらぎゃあぎゃあわめいたからってお金が戻ってくるわけじゃない、事態は何も変わらないんだなと思うと、すーっと醒めて、言うほうが嫌になっちゃう」

「それでもぎゃあぎゃあわめかなきゃいけなかったんだってば。ちゃんと怒らないから、男が図に乗るの」

　結局そのとき奈津は、

〈わかった。もういいよ。ただし、二度と投資には手を出さないで〉

　そう告げただけで済ませてしまったのだった。大林は神妙な面持ちで頷いたが、内心どう思っていたかはわからない。以降、ほんとうにやめたかどうかも定かではない。

　琴美が、なおも嘆息する。

「まあ、さ。私なんかがいくら言っても、男と女のことは理屈じゃないってのもわかるからさ。何だかんだ言ったって、大林さんが、男としてちゃんと奈津さんを満足させてて、彼といることで創作意欲が刺激されるっていうんだったらもう、私に言えることは……」

「ないよ」

思わず、遮ってしまった。

「……うん。そうだよね」琴美が苦笑する。「ごめん。よけいなこと、いっぱい言ったね」

「違うの、そういう意味じゃなくて」奈津は、息を吸い込んだ。「彼とは、ないんだ」

「何が」

「セックス」

「……は？」琴美の声が裏返る。「ちょっと、なに、嘘でしょ？」

「ほんと。もうずいぶん前から、彼とはほとんどしてない」

言いながら、奈津は目を伏せた。こんな光まぶしい昼下がりに、いったい何を話しているのだろう。

「ほとんどって、どれくらいよ」

「例の修羅場の後しばらくはけっこう頻繁にあったけど、それも一時的なものだったし……今は、また半年に一度あるかないかっていうペースに戻っちゃった。たまにあったとしても、必ず私が上だしね」

思わず、自嘲の笑みが漏れる。

ごくまれに大林が発するかすかなサインに気づいてなお、事を成し遂げるためには奈津の側からうまく雰囲気作りをして誘導する必要があった。キスの仕方や回数。局所に触れるタイミング。あるいはまた、口に含んでもなかなか硬くならなかったりすると、彼は黙ってこちらに背中を向ける。そうなると奈津ももう、しなくて結構という気分になるのだが、二人の間にこれ以上セックスにまつわるしこりが増えるのが嫌、というだけの理由で、細心の注意をもって彼が可能な状態になるまで育て、急いで上にまたがり、腰を振り、腿に乳酸をためる。その間じゅう彼は頭の下で腕を組んで目をつぶり、奈津には一切触れようとしない。

「たぶん、風俗嬢を相手にしてる時もああなんだろうな。癖って、出るよね」

言いながら奈津が苦笑すると、

「ちょっと待って。まさか最後までそのまま、向こうは何もしないで終わるってこと？」

琴美はますます眉を寄せて言った。今日に限って追及が厳しい。

「そうだよ。最後までっていうか、たいてい途中で向こうが駄目になっちゃうんだけどね。でもそうすると、こっちも女として惨めだし、向こうも気まずいのか空気悪くなるし。それがわかってるから、なるべく早いうちに、何度もいったふりをしとくの」

「大林さんは、奈津さんが本当にいってるって信じてるわけ？」

「たぶんね。今まで誰にも見破られたことないから、彼も疑ってないと思う。『奈津はすぐ感じちゃうから征服する喜びがないんだよね』って言われたこともあるくらいだし」

「はあ？」何それ、ふざけてんな、と琴美がつぶやく。「はっきり言えばいいのに。満足なんかしたことないって」

「それも、後が面倒くさいから」

「じゃあ、途中で彼が駄目になったその後は、どう終わらせてるわけ？」

「私のほうから謝る」

「何を謝るの」

「『私ばっかり気持ちよくなって、先にいっちゃってごめんね。またあなたのこと、いかせてあげられなかったね』って。そうすれば彼も一応、プライドを保てるみたいだから」

　ああ、面倒くさい。何度もそう思った。いっそのこと、かつて最初の夫との間でそうしたように、自分が仕事部屋の仮眠ベッドで寝起きしようか、とさえ。けれど、省吾との間にはあった〈生活〉が、大林との間には、ない。彼はただ、この家に寝に帰ってくるだけだ。そんな中で寝室まで別にしてしまったなら、後にはもう、別れという選択肢しか残らなくなる。その最後の決心がつかない限り、今の状態を大きく変えることはできなかった。

　向かいを見やると、琴美は口を半開きにしていた。視線が合ってようやく、その口を閉じる。ゆっくり首を横に振って言った。

「奈津さん。それ、よくないよ。すごく失礼だよ」

「うん。わかってる」

「わかってない。大林さんに対してじゃなくて、自分の心と身体に対して失礼だし不誠実だって言ってんの。そんなこと続けてたら、いつまでたっても本当に幸せにはなれないよ？　私はさ、奈津さんに幸せになってもらいたいの。押しつけがましく聞こえるかもしれないけど、ほんとにさ、それだけなんだよ」

かすれた鳴き声が響いた。

見ると、ダイニングテーブルの下から愛猫の環がこちらを見上げ、にあ、あ、とまた鳴いた。先ほどまで一階リビングのソファで丸くなっていたくせに、目覚めたとたん寂しくなったのだろうか。

省吾と暮らしていた埼玉の家から連れて出て以来、ずっと一緒だった環も歳を取り、最近では一日じゅう寝てばかりだ。若い頃のように高いところへ飛びあがることもできない。

かろうじて膝に乗ってきた三毛猫の背中を撫(な)でる。

「幸せだよ、私は」と、奈津は言った。「前と違って琴ちゃんや子どもたちがそばにいてくれるようになったし、仕事だってやりがいあるし」

自分のことを不幸せだと思ったことはない。ただひとつ、どうしても埋められない穴ぼこのようなものはあるが、大林と別れたからといって誰かがかわりに埋めてくれるわけではないだろう。性的な欲求が強すぎる自分は結局、誰といてもこういうことになってしまうのかもしれない。たいていの男は、一度手に入れてしまった女をいつまでも求め続けてはくれないからだ。

相手に多くを求めすぎないでおくために、たとえ一時的にでも穴ぼこを満たしておこうとすると、どこか外で……それも、色恋沙汰による修羅場を避けようとするならお金で解決できるような方法で満たすしかなくなるわけだが、だとすれば、家には誰がいようと変わらないということになる。大林の首をすげ替えて他の男を家に入れたところで、また同じことのくり返しではないのか。

　そう言ってみると、琴美は、再び煙草に火をつけた。

「そうだね。確かに、それはそうだろうと思うよ」

「でしょ。だったら、大林くんのままでいけない法はない。彼とは、わかり合えないところもいっぱいあるけど、一緒にいた時間はそれなりに長いから」

　もらした吐息に、猫が背中をぴくりと震わせる。

　突然、ふっとわかった気がした。

「ああ、そっか……」奈津はつぶやいた。「環だ」

「ん？　たまちゃんが、何？」

「いつか、この子を見送る時に、自分ひとりじゃなくていいっていうのがいちばん大きいかもしれない。悲しいけど、もうそんなに先のことじゃないでしょ。環が迎える最期(さいご)の時にも、その後までも、この子が元気だった頃や過ごした時間のことを一緒に覚えててくれる相手がそばにいるかいないかって、じつはすごく大きいことのような気がするの。そう考えたら、大林くんは大林くんなりに、私にとって替えのきかない存在ってことになるのかなあ、なんてね。今、思った」

　安心させようと、最後は明るく言って笑ってみせる。気休めのつもりはなかった。つきつめて考えれば、実際、そこに尽きるような気がした。大切な思い出や、癒(い)やしがたい痛みの共有――その蓄積が、ただの男と女を夫婦にし、家族にし、他人ではなくしてゆくのではないか。

けれど琴美は笑わなかった。

「駄目だよ、奈津さん」

「え」

「たまちゃんをいつか見送る時に、奈津さんが感じる悲しみや痛みは、奈津さんだけのものだよ。誰とも、完全に共有はできない。大林さんと一緒に過ごした時間はそれなりに長いかもしれないけど、たまちゃんは、奈津さんにとって他では替えのきかない特別な存在だもの。残酷なこと言うようだけど、奈津さんはどうしたって、独りきりでそれに耐えるしかないんだよ。むしろ、そのとき隣に大林さんがいたとして、奈津さんの孤独はなおさら深まる気がする。だって、そうでしょ。たまちゃんを喪う寂しさの上に、いちばんわかってもらいたい相手にわかってもらえない寂しさまでが上乗せされるんだから」

「……琴ちゃん」

「夫婦のことに外野が口出しすべきじゃないって、今でも思ってるよ。それでもあえて言わせてもらう。これまでの生活の中で、奈津さんが彼に対して抱いた違和感とか、溝の深さとか……そういうものすべてに目をつぶるのはもちろん自由だし、それでも続けていこうと思うならそれはそれで意味のある覚悟だと思う。だけどね、そのことと、たまちゃんのことは、分けて考えないと。だって想像してみてよ。セックスっていういちばんシンプルな関係さえもちゃんと結べなかった相手と、奈津さんがこんなにも大事にしてるたまちゃんのこと、ほんとに分かち合えると思う？　ほんとうに？」

答えられなかった。頭の芯が痺れたようだ。

（――セックスっていういちばんシンプルな関係さえもちゃんと結べなかった……）

ずっと、自分の欲求の強さが疎ましかった。こんなものさえなければどんなに楽かと思ってきた。月の障りがなくなれば性欲もおさまるものならば、一刻も早く歳を取って枯れ果ててしまいたかった。

でも、違う。そうじゃない。好きな男と抱き合いたいと願う時、疼くのは軀だけではない。心もまたきゅうきゅうと鳴く。セックスというのは、軀を通して互いを受け容れ合い、許し合う行為だ。確たる理由もないのに、一方的にその関係を放棄し続けてきた相手に対して、すべて飲み込んで心だけ寄り添わせるなどということが果たして可能だろうか。

「ねえ、奈津さん、このままでいいの？」琴美が、なおも問う。「この先もずっと、今のままで我慢できる？」

その問いかけが、ゆっくりと沁みてきて胸の底まで到達した瞬間、だしぬけに、あふれた。嗚咽が喉をこじ開ける。

奈津はうつむき、口もとを覆ってこらえた。したたり落ちる雫を受けてぴくんぴくんと震える三毛猫の丸い背中が、涙の膜越しにかすんでゆく。

「――無理、だね」

洟をすすり上げながら答える。

自分の発した言葉を、もう一度自分の耳で確かめるようにくり返す。

「無理だわ」

　琴美は、ようやく頷いた。

「やれやれ、やっと言ったよ、このひとは」と笑う。「奈津さん、こういうことになるとなかなか本音を言わないんだもん。もしかして、うちの子どもらのことまで考えちゃってたんじゃないの？　大人たちが別れるところなんて、もうこれ以上見せたくないとかさ」

　図星だった。ふだんは何も言わないくせに、どこまで人を見ているのかと舌を巻く。

「でも、子どもたちだって、奈津さんと大林さんの間に立ちこめる気配みたいなものは敏感に感じ取ってるよ。隠そうとして隠せるもんじゃない。ただね、奈津さん自身、今のが最終的な答えだなんて思わないで、改めてゆっくり考えてみなよ。急ぐ必要はないんだから。その結果として奈津さんが出した答えが、今の返事とは一八〇度違ってたとしても、それはそれでいいじゃない。もちろん私はその結果を尊重するし。また変わったらその時はその時だし」

　わかった、そうする、と奈津は答えた。

「ありがと、琴ちゃん」

「私はなんも」

「ううん。聞いてもらえただけでも、すごく楽になったもの」

　琴美といい、岡島杏子といい、八坂葵といい……自分はほんとうに女友だちに恵まれている、と思ってみる。膝にのせた猫の濡れた毛並みを撫でつけてやってから床に下ろし、コーヒーを淹れ直す。

そう、答えを急ぎすぎてはいけない。今はただ、頭に血が上っているだけかもしれない。冷静になって、じっくり考えなくては。

熱を持ったまぶたが腫れぼったく、無性に甘いものが食べたかった。

＊

離婚届を出したのは七日後だった。

今度は、戸籍謄本も添えて提出した。本籍地である東京都台東区の役所まで、奈津自身があらかじめ足を運んで書類を取ってきた。

もう一日たりとも我慢できない、とまで思い詰めるきっかけとなったのは、実際のところ、琴美とのやりとりそのものではなく、はるかに些細な出来事だった。

「タイトルをつけるなら、『ダスキンさんと猫トイレ』ってところかな」

後になって奈津は、そう杏子に打ち明けた。

やたらと広い長野の家は、奈津ひとりで掃除をするのでは追いつかない。引っ越した翌年には、大林の勧めで清掃業者と契約を交わし、月に一度、床タイルや水回りのクリーニングをしてもらうようになった。相手はプロとはいえ、作業に差し障りがあるほど散らかっていては申し訳ない。清掃日の前日は、ばたばたとあちこち片付けるのが常だ。

琴美と長く話したあの翌日、奈津は脚本の執筆に追われていた。まさに佳境といえる場面だけに、大林には、今夜だけは飲まずに早く帰って片付けを手伝ってほしいと頼み、彼も二つ返事で了承していた。けれどその晩、大林が帰宅したのは午前三時だった。待っていられずに奈津が片付けたばかりのリビングに、次から次へと服を脱ぎ散らかし、雑誌を放り投げ、酒と脂の匂いのする身体でベッドにごろりと寝転がる。

「部屋、きれいになってるね」と彼は言った。「もういいじゃん、寝なよ。あとは猫トイレだけやっといてくれたら、俺のものとかは明日起きてからやるからさ」

爪の芯まで凍りつくほど腹が立ち、無言のまま猫砂をざくざく掃除しているところへ、奈津、と呼ばれた。

「……なに」

「こっち来て」

甘えたように言う。

黙ってベッドのそばへ行くと、大林は、目を閉じたまま奈津の指先を軽く握った。

「ごめんね、遅くなって。これからは、猫トイレは俺が掃除するね」

それきり、寝息を立て始めた。

何も言う気がしなかった。だらしなく肉のたるんだ寝姿を見下ろす。握られた指先を引き抜き、湿り気をエプロンの裾になすりつける。

スタンドの灯りに照らされた、下着一枚の夫の身体に、何か掛けてあげなくてはという気持ちにまったくならない自分を俯瞰してみた時、

（ああ、ほんとうに終わっている）

と思った。

別れよう。これ以上、続けてゆくのは無理だ。

心は決まっていても、思いを現実にするには胆力がいる。

翌日、奈津は仕事の打ち合わせのため、清掃業者への対応を琴美に頼んで上京した。

杏子と会ったのはその夜だ。八年前、埼玉の家を飛び出す時にも親身になって支えてくれた彼女には、今回のこともあらかじめきちんと話しておきたかった。

「むしろ、よくぞここまでもったと思うわよ」

夜中までかかってすべてを聞き終えると、杏子は言った。

「杏子さんは、離婚には反対しないの？」

「なんで私が？」

「大林くんにはいつも良くしてくれてたから。彼も前に言ってたもの。『俺たちが別れたりしたら、杏子さんにも顔向けできないしね』って」

杏子は、困ったように笑った。

「申し訳ないけど、そこは彼、誤解してるわ。私が彼に良くしてきたのは、あなたを幸せにしてくれる男だと思ってたからよ。高遠ナツメのパートナーでなかったら、彼の顔を立ててたり、機嫌を伺う人なんて誰もいない。それはもう、あなたの仕事関係の人たち全員そうだと思う。そこんとこをわかってないとすれば、大林くんも甘いっていうか、自分で思ってるほど頭良くないと言わざるを得ないわね」

これまでのような配慮が必要なくなったとたんにこうまで変わるかという見本を見せ

られた気がした。

「ほんとは、加納ルシフェルさんとのことがバレたあの時点で終わらせておけばよかったのよ。二年あまりも引き延ばしちゃったばっかりに」

「でも、あの時は彼を守らなきゃいけなかったし……」

男への想いなどすっかり薄れた今となっては、自分の耳にさえ空々しく聞こえる。奈津は口ごもった。

「それに私自身も、したことへの罰を受けるべきだと思ったから」

「罰ならもう、充分すぎるほど受けたでしょうよ」

大林の投資によって被った損失だけでなく、日々の散財も相当なものだったろうと杏子は言った。

「ゴルフひとつ取ってもそうでしょ。長野へ越してから始めたばかりのくせして、クラブはこれじゃない、あれじゃないって見るたび新しくなってるし、飲み屋のママとツーサムでラウンドした領収書がそのへんからぼろぼろ出てくるし。これまでに私が見聞きしてきただけでも、人のお金でそれはないわって思うことばかりだったもの。もう限界だよ。もういいって。このまま彼を飼っておいたりしたら、あなた自身の評価が下がる」

奈津がたじろぐほど冷ややかな物言いだった。

「とにかく、二人きりで話すなら、昼間の明るいうちにしなさいよ。何か困ったことがあったらいつでも言ってきて。いつかの弁護士にまた頼んでもいいし、いくらだって相談に乗るから」

デジャ・ヴのようだった。もう二度と結婚しないとは言わないまでも、もう二度と離婚はしたくない――省吾と別れた時は確かにそう思ったはずだったのに。

ほとんど一睡もしなかったにもかかわらず、新幹線の車中でも目が冴えて眠れなかった。長野の家に帰り着いたのは午後四時過ぎで、大林はすでに不在だった。

携帯に連絡を入れた。呼び出し音が途切れるなり、彼が言った。

「もう帰ったの？　お疲れさま」

穏やかな声に、まずは、ありがとう、と応じる。

「あのね。悪いんだけど、今夜は早く帰ってきてもらえないかな。話したいことがあるの」

大林は口をつぐみ、そのあと普通の声で、わかった、今から帰るよ、と言った。

奈津の予想より、はるかに静かな話し合いとなった。もう無理だと思う、と告げると、大林はただ頷き、いつかはこういう日が来ると思っていた、と言った。

「じゃあ、どうして？　来るとわかっていたなら、どうして回避するための努力をしてくれなかったの？」

彼は、真っ赤になった目の縁に涙を溜め、天井を見上げて答えた。

「どうしても、無理だったんだ」

別れを決定事項とした上でしか話せない本音を、何時間もかかってやりとりした。この期に及んでもなお、思い返せば悪いことばかりではなく、互いの間には涙と洟を拭いたティッシュの山が築かれ、何度かはしぶしぶ笑い合ったりもした。

「この家はすぐに出ていくよ。そうして欲しいんでしょ」

そうだね、と奈津はうなずいた。

「明日からはアパートを探して借りて、三カ月を目処に残務整理をするからさ。琴ちゃんにも引き継ぎしとかないと、後で困るでしょ。それが終わったら、とりあえず熊本へ行こうかと思ってる。昔の知り合いがそこで風俗の仕事してて、色々と口きいてもらえそうなんだ」

すっかり暗くなった頃、大林は立ち上がり、明日からは飲まずに身辺整理をするから今夜だけは最後に飲みに行くと言った。

「そうとなったら挨拶しておかなくちゃいけないところがけっこうあるからね」

飲み仲間への挨拶回り。それは、今考えることなのだろうか。

「誰か友だちの家に泊めてもらえたらそうするけど、もし見つからなかったら、今夜だけはここへ帰ってきていいかな」

どうぞ、と答えながら奈津は、大林が行きつけの飲み屋を片端から回ってその〈挨拶〉を口にするところを想像した。浮気な女房にとうとう追い出される悲劇の役回りを演じるのか、それとも、これでやっと自由になれますよ、とでも嘯く(うそぶく)のだろうか。いずれにせよ、彼はその役どころを存分に楽しむに違いなかった。

その夜、奈津は服のまま、仕事部屋の仮眠ベッドに横たわった。もう何十時間起きているかわからないほどなのに、眠りは浅く、うとうとするたび嫌な夢を見て飛び起きた。

明け方近く、玄関ドアがガタンと開いた。泊めてくれる友人などいなかったらしい。

相当酔っているとみえ、足音も荒々しく奈津の部屋の前を通り過ぎ、寝室へ入ってゆく。

大林の立てる物音が聞こえなくなるまでの間、奈津は身体を強ばらせ、猫を抱きかかえて身構え続けていた。仕事部屋に内鍵がないことに不安を覚えたのは初めてだった。

このさき三カ月もの間、たとえ昼間だけであれ、彼が家に出入りするなど我慢できそうにない。とてもではないが心も身体も休まらない。残務整理などしてもらわなくて結構、そんなことより一日も早く離婚届を出して他人に戻りたい。

叫び出したいほどの拒絶反応に、我がことながらびっくりする。ほんの三、四日前まで、あの男の隣で眠っていた自分が信じられない。

翌朝、黙ってどこかへ出かけていった大林は、昼過ぎにはさっそく近場に賃貸アパートを見つけ、賃料を全額前払いするという約束で三カ月だけ借りる算段をつけてきた。

「払ってもらえると助かる。俺、一文無しだから」

追い出すからには当然だろうと言いたげな口ぶりだった。

が、とりあえずその部屋さえあれば、今夜から彼がこの家に帰ってくることはなくなるのだ。三カ月どころか一カ月すら必要ないとは思いながらも、奈津は敷金礼金を含む三十万ほどを代わりに支払うことを了承し、どこまで事情を知らされているのかわからない不動産屋の営業の差し出す賃貸借契約書に押印した。損得勘定より、生理的な忌避感のほうがはるかに上回っていた。

ありがとう、と言った大林が、キッチンの引き出しから五メートルのメジャーを取り出す。

「これ、借りてくよ」

カーテンを買うのに窓のサイズを計る必要があると言う。どことなく、浮かれているように見える。最長で三カ月しか住まない部屋の窓など、古いシーツでも適当にかけておけば済むのではないか。言葉を飲み込むかわり、

「布団とか食器なんかは、うちの客用のを持ってっていいからね。新しく買うのもったいないでしょ」

やんわりと釘を刺した。

この上は、銀行の通帳とキャッシュカードを一刻も早く返してもらいたい。資産管理の名のもとにずっと大林が持っており、今も彼の財布に入ったままなのだ。それから、クレジット会社の家族カード。彼が遣うすべての金は、これまでも、そして今もなお、その二枚のカードから出て行っている。

しかし、いきなり「返して」と切り出せば逆上させてしまうかもしれない。目標が〈速やかな離婚〉である以上、順序を間違えないように、慎重にかからなくてはならない。

「俺の部屋のものは追々、自分でまとめるよ。服とかは、邪魔だったら適当にこっちへ出しといてくれればいいから」

言い残して出てゆく大林を見送り、だったらそうさせて頂こうとクローゼットに足を踏み入れるなり、慣れ親しんだはずの彼の体臭にうっと息が詰まった。マスクをし、口で呼吸しながら大林の服や下着を一枚残らず段ボール箱に入れ、すぐにでも運び出せる

よう玄関ホールに積み上げる。そうして奈津は、霧吹き式の消臭剤を、クローゼットの棚や引き出しの奥はもちろん、部屋中のいたるところに撒いた。窓を開け放ち風を通しては、二度、三度と撒く。手首も手の甲も腱鞘炎になりそうだ。

ダブルベッドの寝具をすべて剝がし、ファブリック類を総取っ替えする。大林の枕はゴミ袋に詰めて口をきつく縛り、シーツとともにバスルームのタオルもすべてまとめて洗濯機に放り込み、漂白する。

勢いに任せ、家具の配置換えにも取りかかった。ソファのそばを通るたび、そこに横たわってテレビを観ていた誰かの残像に悩まされるのが業腹でならない。力をふりしぼり、三人掛けの重たいソファの向きを変えて壁付けにし、カバーやクッションもすべて取り替えた。隅々まで掃除機をかけ、煙草のヤニで汚れたガラステーブルや窓ガラスを拭き清める。

夜中じゅう無言で働きづめに働く姿は、端からは鬼女のように見えたかもしれない。おかげで朝にはまるきり別の部屋になった。

大林がこれを見ればショックを受けるだろうとは、片付けている間じゅう何度も思った。それこそ怒って意固地になるかもしれない、と。それでも、どうしても我慢できなかった。思い返せば、省吾と駄目になった時も同じだった覚えがある。もう無理と思ったとたん、彼が出かけている間でさえ寝室に足を踏み入れることができなくなった。後になって女友だちにそのことを話すと、必ずと言っていいほど「ものすごくよくわかる」と言われたものだが、もしかすると女に特有のものなのだろうか。男の場合、別れた恋人や妻が家を出てゆくなり、残り香さえも生理的に受け付けなくなって家中に消臭剤を撒くなどといった話はあまり聞いたことがない。嗅覚においては、女のほうが動物的なのかもしれない。

大林は、あちこち精力的に動き回っていた。できるだけ顔を合わせたくないので、奈津はメールを送り、とりあえず書類上だけでもきちんとしてしまいたいから役場で届をもらってくると告げた。

ややあって返信が届いた。

〈ずいぶん急ぐんだね。何をたくらんでるの?〉

頭の中で、何かが爆ぜる音がした。

たくらんでいる? どこからそんな発想が出てくるのだ。望むのはただ、一分一秒でも早く彼の苗字を捨て、元の名前に戻りたい、それだけだというのに。

〈いいよ、わかった。明日、印鑑持ってそっちへ行く。それでいいんでしょ〉

それでよくはない。翌日、離婚届に署名し押印した後で帰ろうとする大林を、奈津は、勇気をふりしぼって呼び止めた。

「カード類、返してもらえるかな」

「……え?」

信じがたいことを言われた、といった顔で、大林がこちらを見る。

「何それ。俺、そこまで信用無いの?」

「信用とかじゃなくて、当たり前のけじめじゃないかな。他人に戻るっていうのはそういうことでしょ。あなただって自分の貯金はあるだろうし、こちらが出すべきものはそのつど渡すから」

「……なるほど、そういうことね」

たくらんでいたのは、と言いたいのだろう。怯むものかと掌を差し出すと、大林はまずキャッシュカードを財布から出して返してよこし、それからおずおずと言った。

「あのさ。クレジットカードだけは持ってちゃ駄目かな。買い物とかには絶対使わないって約束する。ただ、貯まってるマイルを使わせて欲しいんだよね。今週末、例の熊本の知り合いを訪ねて、これから先の仕事とか相談することになってるんだけど、チケットをマイルで予約してあるから、このクレカがないと……」

どんだけ甘いのよ、という杏子や琴美の声が聞こえる気がしたが、奈津は、逡巡の末に頷いた。

「わかった。信じるよ」

「ありがとう。離婚届、出したら一応報せて」

昼過ぎには、出した、と報せた。琴美と長い話をしてからちょうど一週間たっていた。

　自分の甘さを思い知ったのは、週明けのことだ。

大林の部屋にある複合機からファックスを送ろうとした奈津が、彼の机に置かれたマウスを脇へどけた時だった。突然モニターが明るくなり、画面上にＳＮＳのメッセージ画面が浮かび上がった。

　大林でもついうっかりすることはあるのか、と思いながら、文面を眺める。どこかの女とのくだらないやりとりを、遡って最初から黙って読んだ後、奈津は、罪悪感とはまるで無縁のままマウスをクリックし、限られた友人にだけ公開されている彼の日記をも熟読させてもらった。マイルを使って飛んだ先の熊本で彼が何をしていたかが、自慢や蘊蓄を交えて事細かに綴られていた。

　不愉快の極みを通り越すと、だんだん愉快になってくるものと知った。

　今さら大林にこのことを告げて責めるつもりもなければ、必要もない。が、読めて良かったと思った。

　これでようやく、良心の咎めを覚えずに引導を渡すことができる。

第八章

この業界で長く仕事をしていい、少なくとも一本や二本のヒット作があるはずだ。奈津にとっての特筆すべき一作は、連続ドラマ『七番目のヘヴン』――月曜夜九時枠で放送された青春群像劇だった。

以来、はや十七年がたつ。五年目と十年目にそれぞれ続編となる二時間スペシャルが制作され、さらにこの冬には満を持してのファイナルが放送されることになった。当時の主人公たちの顔ぶれはそのままに、彼らの息子や娘たち世代が中心となるストーリーだ。

二時間ずつ二週にわたっての前後編とあって、局のほうでも力を入れており、奈津自身、最近は、懐かしい顔ぶれの出演俳優らともども対談やイベントなどにかり出されてせわしない日々を送っていた。某ラジオ番組からの出演依頼を快諾したのもそのためだ。いっぷう変わったインタビューコーナーで、ゲストにゆかりの深い場所を訪ね、周囲の物音を背景にトークを収録するという。

大きな池のある武蔵野の公園を選んだ。『ヘヴン』の第一話以来、何度もくり返し登場しては重要な役割を果たすその公園は、奈津自身が幼少期から青春時代を過ごした想い出の場所でもあったからだ。

十二月に入ってすぐに行われた収録当日は、みごとに晴れ渡った。

静まりかえった池の上を、渡り鳥が後ろに末広がりの軌跡を引きながら滑るように泳いでゆく。見あげれば、黄色い針のような葉をほとんど落としたメタセコイアの大木が、濃紺の空を高々と突き刺している。

奈津は、ひんやりと冷たいベンチに腰を下ろした。すぐそばに湧く水の音をまず録りたいとディレクターが言うので、そのあいだ黙って待つ。

湧き水の周りに、生きものはあまりいない。きれいすぎるのだ。子どもの頃はしょっちゅう網を持って小魚やザリガニを捕りに来ていたから、この池のことは隅々まで知っている。

あの頃、世界は小さかった。季節ごとの花や緑の鮮やかさ、風の肌触り、網ですくいあげた水底の泥の匂いや、虫の羽音、水に濡れた膝下の産毛が乾いてゆくちりちりとしたむず痒さ……そんなものがすべてだった。

今は、違う。当時は想像もしなかった世界に分け入り、日ごと夜ごと、頭と身体で味わっている。

けれど、こうしてあの頃と同じベンチに腰を下ろし、同じ湧き水を目の当たりにしてみると、否応なく気づかされるのだ。自分の内側が今もさほど変わっていないことに。

相手が誰であれ、機嫌を損ねないように、嫌われたり否定されたりすることのないように、先回りして立ち回るか、不満があっても黙り込むか。小狡い距離の取り方をしては、実体のない好感度を上げることに腐心してしまう。

――もう、一生、このままいくのかもしれない。

湧き水をぼんやり眺めながら思った。どうふるまうべきかわかっていてなお改めることができないならば、あきらめて受け容れるしかない。人との付き合いならまだしも、自分自身との付き合いは、生きている限りやめるわけにはいかないのだから。

それでも、大林一也と別れるにあたっての諸々に関しては、ずいぶん努力したと思う。

もう、三カ月が過ぎたのか。当初、隣町に借りたアパートから通いながら残務処理や琴美への引き継ぎをすると言っていた大林は、預金通帳を奈津に返しながらこう宣った。

〈ちょっと財政的にやばいから、お互い無駄遣いに気をつけないとね。俺もできるだけ飲みに行かないで作業するし、奈津も衝動買いとか控えたほうがいいよ〉

すでに離婚届を提出したということの意味が、この男には理解できていないらしい。あっけにとられた奈津は、クレジットカードの最後の一枚まで返してもらった上で、もうこれ以上、この家に出入りしないで欲しいと言った。九月の初めのことだ。

〈残務整理も引き継ぎもしなくていい。そういうことはこれから、琴ちゃんにも力を貸してもらって少しずつやっていく。もう、あなたと同じ空間を分け合うのは無理なの。ほんとうに、生理的に無理〉

残酷とわかっていて、あえて言った。

ダイニングにはその時、琴美もいた。大林と二人きりでは、後から言った言わないの水掛け論になるのが嫌で、奈津が頼んで同席してもらったのだ。夫婦の問題だから、自分はあくまで中立の立場で立ち会うだけで口は出さない、と琴美は言い、ほんとうにそのようにしてくれた。

いくらかの押し問答の末に大林は引き下がり、奈津に言われて玄関の鍵も返してよこし、そこからは金の話になった。

〈俺としては、できれば二千万、最低でも五百万は欲しいかな。テレビ局からは借りられなくても、出版社からだったら、これから出る予定の本を担保に前借りできるでしょ。それくらいあれば、風俗の店か何か始められる。この歳で人に使われるとか、あり得ないからさ〉

この期に及んで何を寝ぼけているのか。二千万どころか五百万すらも、それこそあり得ないし、そんな余裕はどこにもないと奈津は断った。すると大林は、長く無言でいた後、ふっと横を向いて笑った。

〈結局、俺もポイ捨てか〉

瞬間、頭に血がのぼった。

〈ちょっとよくわからないんだけど、説明してもらえるかな〉

激昂(げっこう)した時の常で、奈津の物言いはとてつもなく冷ややかなものになった。

〈こんなことは言いたくなかったけど、一度だけ言わせてもらうね。知り合う前からあなたの背負っていた一千万の借金を、代わりに完済して、先物取引の大損についても何も言わなかった。この七年間のあなたの生活の面倒を見て、高額なお給料を支払ってきた。おまけにあなたは、それ以外にもさんざん好き勝手にお金を遣って、飲んで、遊んできたわけだよね。家のことは何一つせずに。最終的には、私から申し出て離婚ということになったわけだけど、ねえ、こういうのをポイ捨てって言うのかな。確かに私は、過去にあなたを裏切ってしまったこともあったよ。それは、責められて当然。だけど正直、その何倍もあなたに尽くしてきたと思うんだけど、どうだろう〉

するとと大林は、うつむいて言った。

〈俺としては、金を遣うことがあなたへの復讐（ふくしゅう）、みたいな気分があったんだよ。それに、俺があなたといる間、何もしなかったって言われるのは心外だな〉

〈そう？　何をしてくれた？〉

淡々と返すと、彼の両目に涙が満々と溜まってゆくのがわかった。唇を震わせて言った。

〈そばに、いたよ？〉

ティッシュを箱から抜き取り、涙を拭いては洟をかむ男をダイニングテーブルの向かい側から眺めながら、口いっぱいに泥が詰まったような心地がした。

〈そうだね〉

やがて奈津は言った。

〈だけど、ごめん。私はもう、あなたと一緒には泣いてあげられない。だってあなた、そう言いながら、私に隠してることあるよね。仕事の相談とか言って、貯まったマイルを使って熊本へ行ったのは、お目当てのキャバ嬢に会いに行くためだったんだもんね。いつだったか琴ちゃんたちとみんなでカラオケ行った時に練習してた歌も、その人が好

きな歌だから、落とすために必死で覚えたんだもんね〉

狼狽の色を浮かべた大林は、しかしどうして奈津がそれを知っているかについては訊こうとせず、もはやこちらを見ようともしなかった。

あの時──はじめのうち奈津の膝の上にいた環が、いつのまにかテーブルの端の席で顔を伏せている琴美のすぐそばにすり寄り、その腕に額を押し当ててじっとしていたのを覚えている。それまで一度もなかったことだ。

〈たまちゃん、もしかして私に、これからかあちゃんをよろしく頼む、って伝えようとしてたのかもよ〉

話し合いの最後までいっさい口をひらかなかった琴美が、後になって言った。

〈そういえば、奈津さんがちょっと席をはずした隙に、大林さんに言われたわ。琴ちゃんが離婚に慣れてて良かったね、って〉

嫌味のつもりにしても、切れ味の鈍いことだった。

結局のところ大林に手渡したのは、彼が最低でもこれくらいと宣ったよりも少ない額だった。通帳を返す時に彼が指摘していたとおり、預金にはいささかの余裕も無かったので、岡島杏子とその上司にあたる編集長に相談し、出版社から前借りをした。

〈事情はわかりました。何とかしましょう〉

編集長の言葉に、奈津は安堵して深々と頭を下げたが、杏子は不服げだった。

〈そこまでしてやる必要なんかこれっぽっちもないのに〉

〈わかるけど、一文無しで放りだすのは後味が悪いし〉

〈一文無しなもんですか。あれだけ自由にお金遣いまくってた人が〉

〈でも、後から色々言われたりするのも面倒だから。もう本当に、ここですっぱり終わりにしたいの〉

すると、編集長が苦笑して言った。

〈高遠さん。その大ざっぱさや啖呵は、ふつうは男のものだよ〉

＊

大林が去るのと入れ替わりに、秋がやってきた。

信州の秋は短い。東京より一カ月以上も早く紅葉し、その葉が散り、冬になる。

久しぶりの〈独り〉は、快適だった。縮こまっていた心と身体が大きな伸びをするようで、あまりにも晴ればれとしている自分に、奈津はあきれた。夜中に酔って帰ってくる男に邪魔されることなく、柔らかな猫の身体を抱きかかえて深く眠る至福。朝が来て、広々としたベッドで目覚めるたびに、どうしてもっと早くこうしなかったのかと思った。

ここ数年というもの家や庭に対してすっかり無関心になってしまっていたのだが、寝具をすべて取り替え消臭剤を噴霧してまわったあの日を境に、俄然、インテリア熱やガーデニング熱が再燃したのにも驚いた。ここが自分の巣だと思うと愛おしくてならず、仕事の合間にせっせと模様替えをし、冬に向かう庭の手入れをした。

数年前、兄の哲也が心筋梗塞で倒れたとき、大林はなるほど確かに、そばにいてくれた。だから、勘違いしてしまったのだ。一人では抱えきれないことが起こったときや、どちらかが弱ったとき、この先もお互いに支え合ってゆけるものだと。

　いま、時折わずかながら覚える寂しさの源が、大林の不在によるものでないことははっきりしている。どうせ、家にはろくにいなかった夫だ。寂しいと感じるのは、どこまでも独りで生きてゆくしかないこれからを思うからであって、考えてみればその孤独は、そばに誰がいようとそう変わるものではないのかもしれない。人は畢竟、寂しい生きものなのだと思い定めるしかないのだろう。

　もはや誰に遠慮する必要もなくなったので、刹那の恋と情事は積極的に愉しむことにした。今さら加納隆宏に連絡する気にはならなかったが、白崎卓也のスタジオへは何度か足を運んだし、そこで知り合った別のスタッフとは外で会うようにもなった。

　十ほども年下の、姿の良い男だった。顔立ちは並の上といったところだが、ずっとスポーツから離れたことがないというだけあってギリシャ彫刻のような美しい肉体を持っている。

「あなたの身体ってなんだか、『殉教のセバスチャン』的な色っぽさがあるよね」

　そう言ってみると、何それ、映画？　との答えだった。

　金を稼ぐことと自分の身を飾ることにしか興味のない男で、セックスも決して面白くはないというのに、その肉体の美に抗いようもなく惹かれるのはなぜだろう。こんなにも美しい身体にのしかかられることによって、自らが潤いを取り戻す心地がするからか。長いあいだ粗末に扱われ萎れかけていた鉢植えがようやく水を与えられたかのように。

大林というバケツの穴がふさがったのをいいことに、奈津は、彼に似合いそうなものをあれこれ買っては貢いだ。隣に立つ年上の自分があまりに不釣り合いなのは恥ずかしい。努力して、短い秋の間に七キロも痩せた。

とあるパーティで久しぶりに会った岩井良介には、案の定驚かれた。

「もしかして、また、なっちゃんの季節の到来ですか」

「どうかな。そうかも」

曖昧に笑みを返しながら、しかし不思議と彼と睦み合う気持ちになれなかった。

今は、優しい慰めを求めてはいない。危ういままでいい。剃刀のように薄い刃の上に裸足で立ち、ぎりぎりのところでバランスを保っている今、気をゆるめるわけにはいかない。そう思った時、ふと、いつまでこうしていられるのだろうと怖くなった。

年の瀬もいよいよ押し詰まってきた冬至の日の夜——例のドラマスペシャル前編の放送を明日に控えて、奈津は久しぶりに自宅で寛いでいた。

琴美の差し入れてくれたカボチャの煮つけを食べ、ぷかぷかと柚子を浮かべた風呂から上がって髪を拭いていた時だ。洗面台の横に置いていた携帯が、ちりん、と音を立てた。

ショートメールの着信。たぶん〈セバスチャン〉からだろうと開けてみて、はっとなった。

あのう、タケシやけど。

……武。

南房総の実家で二十年ぶりに再会してから、さらにどれだけ過ぎただろう。五年、いや五年半か。耳もとに、あの夏の蟬時雨とトウモロコシ畑の葉擦れの音が蘇る。

奈津は、髪から滴るしずくを拭くのも忘れてメールを見つめた。一文字、一文字が濃く、重い。たった一行のショートメールの向こう側に、濃密な気配が立ちこめている。幼なじみの従弟の佇まい。あの猛々しい体つきと、思いのほか端正な顔立ち、そして半身を彩る刺青。

あれ以来、ごくごくたまにメールをよこすことはあった。メールアドレスが変わった時や、あの大きな地震があった時、そして、彼の父親が亡くなったことを報せてきた時などだ。今回はどうしたというのだろう。まさか、叔母の身に……。

急いで返事を送る。

どうしたの？　何かあった？

入れ替わりに、再び着信があった。

急にごめんな。電話番号変わったんよ。

０８０-×××-９２００　やから。頼んます。

どっと安堵する。

「もう、びっくりさせないでよ……」

ひとりごとを呟き、奈津はバスタオルを身体に巻き付け、少し考えてから返信した。

ああよかった、心配した。

電話番号、了解です。

ちなみにいきなりですが、こちらはバツ２になり申した…。

おばちゃんによろしく伝えて下さいな。

瞬時に返事が届く。

なに？　バツ２？　おんなじやな。

しっかりせーや、姉ちゃん（笑）

そうか、そうだ。武もまた、二度の離婚を経験しているのだ。南房総に連れてきていた美冬は、最初の妻が家を出ていった後、武がほとんど男手ひとつで育てた娘だった。

会った時はまだ中学生だったが、今は十八、いやもう十九になったのか。たしか介護施設で働いていると聞いた覚えがある。

――しっかりせーや、姉ちゃん。

野太い声で「奈津姉(ねえ)」と呼ばれた時の感覚を思いだす。髪の先から滴ったしずくが、首筋から背中を伝い落ちてゆく。こそばゆさに、ぞくりとする。


ふふふ、ありがとう。自由って素晴らしいわ。

こちら長野は雪の中、もうマイナス八度です。

今度遊びにおいでね。


大林と別れたことで落ち込んでいるとは思われたくない。遊びにおいで、との誘いは半ば社交辞令でも、彼が来ることを想像すると愉しい気分になった。内装業の一人親方をしているという彼が、この家を見たら何と言うだろう。馬鹿げている、とあきれるか、それとも面白がってくれるだろうか。

ちりん、と返信が届く。


そんな寒いとこ誰が行くか!

相変わらずの遠慮のなさ。彼がこんなふうだからこそ、あの時、二十年ぶりの再会でもぎこちなくならずに済んだのだ。と、重ねて向こうから来た。

今朝、仕事中にラジオつけとったら、
いきなり姉ちゃん出てきよるから。
びっくりして脚立（きゃたつ）から落ちそうなったわ。
いつもはＦＭなんか聴かへんのにな。
あの公園、懐かしなあ。
昔、紀代子おばちゃんに連れてってもろた。

なるほどそれで、とようやく胸に落ちる。先日、生まれ故郷の公園で収録した例のラジオ番組。出演することなど身内の誰にも知らせていなかったのに、まさか大阪にいる武が聴いたとは何という偶然だろう。
ちりん、とさらに届く。

ま、そのうち長野も行ったるわ。

思わずふき出してしまった。態度がでかいのは、会った時だけではないらしい。
行ったるわって、なんで上から目線！（笑）

おばちゃんや美冬ちゃんは元気にしてる?
おとっつぁんも風邪ひかないようにね。

書き送りながら、このままではこちらが風邪をひいてしまうと思った。洗面台の脇に携帯を置き、胸に巻いていたバスタオルで髪を拭いて下着を身につける。

液晶の画面にメッセージが浮かび上がる。

おう、おおきに。こっちはみんな元気やで。
娘に説教されますよ、最近は。

時の経つのは早い。あんなに小さかった従弟、腕をちょっと引っ張られただけでも肩から脱臼しては大泣きしていた武が、今や成人に近い娘を持つ父親だとは信じられない。それも、背中に不動明王の彫りものを背負っての再会となるなんて。

あの後しばらく続いた気持ちのざわめき。南房総からひとり帰宅した夜、すでに眠りこけている大林の隣で、武の顔や体つきや声を思い浮かべながら、声を殺して自分の中心をまさぐった。どうかしている、血の繋がった従弟なのに、と思うだけで背筋が痺れ、息が乱れた。たまらなかった。その相手が、今、この携帯の向こう側にいるのだ。

こちらがそんな有様だったことなど、彼のほうはまるで知りもしない。知られても困るのだが、何だか面白くなくて、背後から雪つぶてを投げつけたいような気持ちに駆られる。

雪つぶてのかわりに携帯を手に取り、ことさらに無邪気を装って書き送った。

説教か…。

されてみたいもんやなあ。(↑基本的にM)

ほんのわずかの——ひらがなに要らない濁点をつける程度の、余分な情報。十中八九、スルーされるだろう。せいぜい〈アホか〉とでも返してくれれば上等、と思うより先に返事が届いた。

知ってる。

どきっとすると同時に心拍が跳ね上がる。湯船に浮かぶ柚子の香りがふいに強く感じられ、脳へと何か新しい回路が繋がった気がした。

そこへ、ちりん、と一行届いた。

しっかりせーや、姉ちゃん(笑)

＊

〈メリー・クリスマス〉のメッセージは武のほうから先に届いた。

こんな夜にデートする相手もいないのかと訊くと、〈俺、オンナおらんもん〉との返事だった。奈津は、〈お互い寂しいクリスマスだね〉と応じた。

〈明けましておめでとう〉は夜中にこちらから送った。すぐさま、〈いま打とうとしてた。びっくりしたわい〉と返事が来た。気の利いたセリフを考えていたら先を越された、と悔しがる。武が大きな身体を丸めて携帯を睨んでいる、そこへ自分のメッセージが届く。その瞬間を思い浮かべると、良い気分だった。

冬至の日からイヴまで三日の間があいた以外は、毎日のように武は何かしら書き送ってきた。どれも他愛のない内容に過ぎず、いま現場に着いたとか、昼飯は何だとか、帰りの道がひどく混んでいたとか、日常のメモのようなひとことだ。その合間には案外と細やかに、奈津の仕事の進み具合や体調を気遣ってくれる。ショートメールは途中からＬＩＮＥに変わったものの、あくまでも言葉のやりとりだけで、電話で話すことは一度もなかった。

いずれにしても、どうしてこんなに自分をかまうのかと奈津は不思議だった。再会の後もよほどの用事がない限り連絡してこなかったのに、どういう風の吹き回しだろう。こちらの夫婦別れを聞いて、元気づけてやろうと思っているだけだろうか。そういえばた。

この間は、〈離婚のしんどさは、離婚したもんにしかわからんからな〉と書いてきてい

大林との離婚そのものは微塵も後悔していないが、曲がりなりにも家にいた男の姿が消え去ることによって改めて思い知らされたことがある。

失ったのは、今ではなかった。もうずっと以前から、この生活はがらんどうだった。もしかすると、失ったと思うことさえ幻想に過ぎず、あると信じたものはもとからなかったのかもしれない。

二度結婚し、二度離婚をした。出会った男とは、事情は様々だが必ず別れてきた。結局のところ自分は、誰かと一対一の関係を紡ぎ続けることのできない人間なのではないか。本音をさらけ出すのが怖いからと常に仮面をつけて向かい合い、満たされないまま我慢の限界が訪れる。自分の中に何人もの自分がいて、それぞれを満たそうとすると一人では足りず、別々の相手が必要になってしまう。

いま、武のおかげで心の寂しさは薄らいでいるけれど、さすがに従弟と寝るわけにはちょっと、と思うと、軀の寂しさはべつのところで埋めるしかない。毎日のように、従姉弟同士にしてはいささか親密なやりとりをしているからといって、彼に操立てする筋合いのものでもないし、すべてをあからさまにする必要もないはずだ……。それでいて例の〈セバスチャン〉のことなどを思うと、胃もたれに似た罪悪感が凝ってゆくのが自分でもよくわからなかった。

「いいじゃない、いっそ付き合っちゃえば。従姉弟同士の何がいけないのよ」と、岡島

杏子などは言う。「前にも言ったけど、いざとなったら結婚だってできるんだしさ」

奈津は首を横に振ってみせた。

「身内でごたごたすると後が面倒じゃない。別れても親戚なんだよ。いざ法事なんかで顔を合わせる時も気まずくなるし」

「どうしてそんな、駄目になることを前提に先々を考えるかなあ。でもまあ、あなたの場合、むしろそれくらいのほうがいいのか」

そう言われるとぐうの音も出ない。これまでの過ちすべては、もう少し先々を考えて行動していれば避けられた事態ばかりなのだ。

いっぽうで、武との会話はすでに奈津の日常となっていた。相変わらず一度も電話で話すことはないまま、言葉だけのやりとりが積もってゆく。

ただしそれらは、かつて志澤一狼太や加納隆宏と交わし合った長文のメールとは、まったくもって別物だった。技巧を凝らし互いに煽り合うことが目的だった往復書簡と違い、武とのやり取りはまるで一緒に暮らす相手の息遣いを聞くような何の変哲もない言葉の積み重ねで、それでいて時折ちらりと、罪のない悪戯にも似た駆け引きのニュアンスが入り混じるのだった。

奈津はとうとう、思いきって切りだしてみた。叔母たちにも久しぶりに会いたいから、今月の末に大阪へ行こうかと思っている。押しかけていっても仕事の邪魔にならないだろうか、と。

すると武は、〈この忙しいのにクソ迷惑じゃ〉などとぶつくさ言いながらも、すぐさま仕事をやり繰りして一月末の三日間を空けてくれた。鏡開きの済んだ翌朝、とりあえず宿と新幹線が無事に押さえられたことを告げると、思いのほか素直な返事が届いた。

なんやめっちゃ嬉しいのー。
この寒い中、仕事もやる気出てきたわ。
もうずっと、誰か癒してくれよと思てたけど、
まさか奈津姉やったとはな。

その時、奈津は朝風呂に浸かっていた。独り身になって以来、ダイエットの一環として日に二度入るのが習慣になっている。普通の部屋のような造りの広いバスルームには湯気がこもらない。それをいいことに、朝晩、お湯に浸かりながら武とやりとりするのが日課だった。

スマートフォンが濡れないように握りしめ、呼吸を整える。

いったいこのメールはどういう意味なのか。いや、どういうつもりで書いてよこしたのか。

あえて、言わずもがなのことを投げかけてみる。

こちらは、また朝風呂に浸かってほっかほか。
ふふ、悪いね。

月末、急な仕事が入って予定が変わったら、遠慮なく言ってね。行こうと思えばまたいつでも行けるんだから。

返事は、またすぐに届いた。

いや。会いたいよ。
……嘘、柄やないわ、恥ずかしい、忘れろ。
てめえ、また風呂か。セレブはちゃうのう。
洗いすぎて皮膚はがれろ。理科室の標本になれ。
雪に埋もれてまえ。原稿落としたらええのに。

さんざん憎まれ口を叩き合い、言葉でじゃれ合った末に奈津が、なんだか変な汗をかいたのでもう風呂から上がると書き送ると、なぜかふっと不思議な間が空いた。さすがに女をかまってばかりもいられないか、と苦笑がもれる。彼だって、仕事を片付けなければならない。もちろん、こちらもだ。
湯から上がりかけた時、そのメッセージは届いた。

誰に何言われてもええわ、もう。
二人で仲良う、汗かこか。

*

言葉とは、なんと厄介なものだろう。

たとえば、例の〈セバスチャン〉などは、備えている語彙がとてもシンプルで、奈津の側がいくら深いやりとりを試みても情報伝達以上の意味が生まれることがほとんどない。外で逢うようになった最初の頃、これは高遠ナツメ一世一代の出来ではなかろうかと自分でも惚れぼれするほどのメッセージを書き送ってみたのだが、返ってきたのが、

〈照れちゃうなあ！　ありがとう！　顔文字〉

といったものだったので、以後は、文章に凝るのをやめた。

　またしても過去の轍を踏みたくない奈津にとっては、寂しいけれども楽ではあった。彼の言葉には、言ったら言っただけの意味しかない。お世辞はお世辞とわかるし、本音はすぐに透けて見える。底は浅いがそのぶん、裏の意味を勘ぐっていちいち悩まずに済む。金づるとしか思われていないことなど承知の上で、それでも誘われるとつい逢ってしまうのは、様子の良い男と並んで歩く時に特有の華やいだ気分というものを初めて知ったからだ。

　ちなみに彼は、クリスマス中は仕事が忙しくて逢えないと言ったくせに、翌二十六日には時間を作るから一緒に買い物をしようよ、と誘ってきた。おそらくプレゼント目当てだろうと思ったら案の定だった。待ち合わせの喫茶店に遅れて現れ、リボンのかかっ

たチョコレートと缶入り紅茶を渡してよこした彼は、奈津からはデザイナーもののダウンジャケットをせしめ、紙袋を嬉々として車の後部座席に積み込むと、夜はじつにあっさりとしたセックスだけして早々に帰って行った。

それきり、今日に至るまで半月以上逢っていない。おかげで時間だけはあって、執筆の仕事もどんどんはかどる、はずなのだが――。

パソコンのキーボードを押しやると、奈津は目頭を揉んだ。駄目だ。まるで集中できない。年が明けてからこちら、その兆候はあったが、数日前の入浴中に送られてきたあのメッセージを目にしてから後は、ほとんど何も手につかなくなってしまった。

〈誰に何言われてもええわ、もう。二人で仲良う、汗かこか〉

ここ二十日ほど、毎日のようにやりとりを重ねてきた年下の従弟。その彼からのあまりの直球に、心臓が暴れ回ってしばらく息も出来ず、バスタブの縁に腰掛け、顎の先から汗を滴らせながらスマートフォンの画面を凝視していた。

ようやく返事を書き送った時は、べそをかきたいような気持ちだった。そんなことを言われたら、逢いたくなってしまうじゃないか。私のほうだって、こういうふうに気持ちを満たしたり揺さぶったりしてくれる相手がまさか武とは思ってもみなかった……。

すると、すぐに返事が来た。

〈ほんまかいな。俺みたいな半端もん。――今は、この気持ち大事にしときたい。だから、余計なことは言わない〉

やたらとまっすぐなところがいかにも元ヤンキーといったふうで、胸の奥から衝き上げてくる愛しさに苦笑をもらしながら、奈津は重ねて書き送った。一つだけ教えてあげる。五年前に実家で、お寿司のワサビを取ってもらった時から、じつは意識していたんだよ。

〈俺はな、もっとずっと前や〉

——え、いつ？

〈もーええ。言わん〉

——それだけ教えてよ。好きとかいうより、生殺しじゃないの。大好きな東京の姉ちゃん。うわ、恥っず！

〈昔も昔。好きとかいうより、憧れかな。大好きな東京の姉ちゃん。うわ、恥っず！死ねボケ俺！〉

以来ずっと、指の先でつつかれただけで泣きだしてしまいそうな気持ちが続いている。いちばん欲しかった類いの言葉を、こんなにもまめに、そして真摯に朴訥に、投げ返してくれる男と付き合ったことなどなかった。

武の顔を思い浮かべるたび、ああどうしよう、という思いしか浮かんでこない。口が悪くて、がらも悪くて、牡の気配むき出しで、でも中身は案外優しくて、面倒見が良くて、頭の回転は速く、冗談好きで、よく見ればけっこう整った顔立ちをしていて、筋肉質のいい身体をしていて……。

少女漫画か！　と自分につっこみを入れたくなる。ふだん書いている恋愛ドラマから抜け出してきたかのようだ。

そんな男がそうそう三次元に存在するはずがない。もしや、欲求不満のあまり妄想と現実の区別がつかなくなっているんじゃないのか。あるいは、またしても見たいものだけを見て、都合の悪いところからは目をそらす悪い癖が発動されているんじゃないか。いくら戒めてみても、血の繋がった従弟へと滑り落ちてゆく気持ちを止めることができない。

今かかえている仕事が短いエッセイやコラムだから何とかなっているけれど、連続ドラマの放送中だったならどうなっていたことだろう。とうてい脚本や小説など、まとまったものは書ける気がしない。

キーボードの横に置いたスマートフォンを見やる。

これまで、いつ送られてくるとも知れないメールを待ちわびて全身がバネのように身構えてしまうことは何度かあったが、武とのやりとりには不思議なほどそれがない。待ちわびなくても必ず連絡はあって、時間帯もほぼ決まっている。現場に出かける前の朝早くと、昼休みの弁当の前後と、仕事終わりと、帰宅後。要するに、しょっちゅうだ。

ある時など朝の七時前にいきなり、〈好きなナンバー、ひとつ教えろ〉とＬＩＮＥがあり、寝ぼけまなこで〈7かな。どうして？〉と返すと、数分後に画像が送られてきた。仕事で使っている白いライトバンが、有料駐車場の7番の枠に停めてあるのだった。

相変わらず、電話は一度もしていない。武が言いださないので、奈津のほうからもかけられずにいる。けれど、どうしてだろう、恋愛や性愛とは無関係なことをただ文章でやりとりしているだけなのに、セックスと変わらないほど呼吸が乱れる。あからさまでないぶんだけ、かえって淫靡ですらある。

〈今日な、電話帳の家族のファイルから、奈津をはずした。家族でも、友人でも、仕事関係でもない。奈津一人だけ、別ファイルじゃ。どや〉

作為も何もない、ただ素直な想いと行動をそのまま伝える言葉に、まず先に心が安堵してほどけ、続いて脳がとろける。

〈ガキの頃からずっと好きやった。お前の書いた短編小説で、いとこ同士の恋愛のやつあったやろ。あれを読んだ時は、まさか見透かされてたんか思て、そのまま後ろへ倒れて土に還(かえ)りそうになったわ〉

息を詰めて見つめているスマホの画面に、決して器用ではない言葉が並んでゆく。

〈バツ2になった、て書いてきた後、やたら元気そうにしとるから、よけいに気になってな。なんか、無理してるんちゃうかな、て〉

〈正直、告白するには今世紀最大の勇気が要ったで。私たちいとこ同士だよ、何考えてるの？　くらいのこと言われると思てたから。どっちにせえ、会(お)うたとき押し倒したったらええわ、とも思てたけどな〉

〈言うとくけど、俺にとっては、脚本家・高遠ナツメやないからな。覚悟しとけよ〉

鼻息は荒いくせに、たまらなくなった奈津が何か素直な言葉を返すと、うろたえたような返事が届くのだ。

〈やめろ、言うなボケ。抱っこしたなったやろうが。これでもセーブしとんねんぞ〉

――セーブって？

〈塁出たやつがホームへどーん〉

スマートとは程遠いとぼけた会話の連続だったが、ひとりの家で日に何度も声をあげて笑っているというのはやはり幸せなことに違いない。

「奈津さん、最近明るくなったよ」

と、琴美にも言われた。

大林が出て行って以来、琴美は毎日のように後始末としての事務作業をしに通い、いっぽうで秘書業務や経理まで引き受けてくれている。奈津も、もうほとんど家族のような彼女に対しては、〈従弟〉とのやりとりを含めてあらかた話してあった。

「初めてなんじゃないの？　奈津さんが、相手の機嫌とかをいちいち考えずに思ったことを言えるなんて。根底に、身内で幼なじみだっていう気安さと信頼感がある相手だったら、これまでみたいに色んなこと溜め込んだりしないでも済むかもよ。話聞いてると肉食系っぽいじゃない。ふだんの会話でそれだけ気が合うんだから、案外、あっちのほうも……」

いたずらっぽく目をきらめかせているが、どれほど親身に気遣ってくれているかは伝わってくる。奈津は、苦笑を返した。

「やめてよ。あんまり期待をふくらませないようにしてるんだから」

じつのところ武からは、数年前に半年も入院したことを聞かされていた。高い足場から落ち、背中から叩きつけられて、背骨の突起の部分が片側五つほど飛んだ。しばらくは立ち上がることもできなかったという。

行為が可能だとしても、こちらが上にならなくてはいけないかもしれない。

風俗嬢に慣れきってか仰向けのままだった大林といい、腰に故障をかかえていた加納隆宏といい、ツバメのくせにマグロの〈セバスチャン〉といい――自分はもしや、腿に乳酸を溜める運命に生まれついたのかと思うと、自分勝手なため息と苦笑いがもれた。ああして押し倒すだの抱っこしたなっただのと言うのだから、能力がなくなったわけではないのだろうが、訊いて確かめるわけにもいかない。

どうでもいいと言えばどうでもいい、けれどやはりどうでもよくはない奈津の悩みをよそに、武のほうは相変わらず強気だった。

昨日の昼の休憩の際に、突然よこしたＬＩＮＥ。

〈奈津姉〉

呼ばれて、はい、と返したところ、

〈遊びのオトコ、切っとけや。はったおすど〉

カマイタチに切りつけられたようだった。心臓が跳ねると同時にスマホを握る手までが脈打ち、指先がずわん、と痛んだ。離婚以来、付き合っている男はいないと言ってあったはずなのに、何を思って書いてきたのか。

不整脈を続ける心臓をなだめながら、少しして返事を書き送った。

――遊びじゃなくて、もう長いこと大事に付き合ってきたオトコも切らなきゃいけない？

するとと既読になった後、ずいぶん長い間があいてから返信があった。

〈それは、自分で考えて〉

めずらしく真面目な文面だ。

――わかった、考えてみる。

思わず、微笑しながら続けた。

――西のほうにいるオトコでね、ついさっき、現場で食べ終わったみたい。唐揚げ弁当。

〈……てめえ。いつもの仕返しか〉

――ふふん。

〈動じてない。断じて、動じてなどおらん！〉

不思議なもので、なぜか〈セバスチャン〉までが、人を喜ばせるようなメッセージをこまめに送ってくるようになった。

こちらからの執着のようなものが薄まったとたんに気が楽になったのか、それとも金づるが離れていきそうで焦ったせいかはわからない。いずれにせよ、その文面を目にするたび、底の浅さが前以上に目について、薄目を開けて読むしかないような心持ちだった。

容姿に恵まれた人間はえてしてして、本人の気づかないところで傲慢なものだ。その鈍感さが育ちの良さのようにも思えてしまう時点で、こちらもまだ未練があるということかもしれない。離れている時は、どうしてあんな男に無駄に貢いでいるのだろう、馬鹿じゃないかと思うのだが、逢っている間は目から受ける刺激があまりに美しく官能的なので、そこへたまに他愛ない言葉や行為が加わるだけで満足してしまう。喩えるなら、生きものとして絶対的に美しい豹や狼が隣を歩き、片言で人の言葉をささやきながら抱きしめてくれるようなものだ。陶然としないわけがない。

このさき武と逢って、関係が深まったとしても、離れて暮らすからには頻繁な逢瀬は期待できまい。きっとまた、寂しくなる。どんなに想いと言葉をこまめにやりとりし、心が満ち足りても、こんな淫乱な自分に肉体の欲望を抑えきることができるとは思えない。

二人いるくらいでちょうどいいのだと、奈津はあきらめとともに思った。

性的欲求の処理など、自慰と同じだ。自分の指や、ちょっとした専用の道具が、肉体を持った男に置き換えられるだけの話だ。宿泊先のホテルでマッサージ師を頼むのと変わらない。身体を委ね、隅々までほぐして気持ちよくしてもらう対価としてお金を払う。そこに心は関係ない。武に対して罪悪感を覚えるのはただ、隠し事をしているからに過ぎなくて、なぜ隠すかと言えば、こんな理屈を聞いたところで彼の感情は納得しないだろうからだ。聞かせれば不快になるに決まっていること、聞かせる必要のないことは、黙って秘めておく。それのどこがいけないのか……。

自分を説き伏せることは、いくらでもできた。

罪悪感は消えなかった。

*

一月最後の週末、奈津は、猫と植木の面倒を琴美に託して大阪へと発った。

新幹線に揺られている間も、三泊の予約を入れたホテルにチェックインしてシャワーを使っている最中も、脈は疾り続け、息が苦しくてならなかった。髪を乾かしながら鏡を覗き込み、別人のようだと思った。頬が紅潮し、瞳孔は開いていた。

携帯が鳴ったのは夜八時過ぎだ。全身の毛穴がどっと開き、産毛が立つ。

震える手で取って耳にあてると、五年半ぶりの濁声が、なぜか不機嫌そうに言った。

「着いたで。部屋、どこや」

奈津は、部屋番号を告げた。

「フロントに寄って名前を言えば、カードキーもらえるよ」

「知らんがな」と、武が唸る。「こんな高そうなホテル取りやがって」

電話がぷつりと切れる。

「……そんなこと言ったって」

しょんぼりとベッドの端に座り、しばらく待つ。なかなか来ない。いったいどうしたのだろうと思い始めた頃、部屋の呼び鈴が短く鳴った。走って行って急いでドアを開け、

「お疲れさ……」

言いかけて、はっとなった。

逆手に握ったスポーツバッグを肩にひっかけて仁王立ちしている武の横に、小柄な女性のホテルスタッフがやや強ばった笑顔で立っている。

「こちらのお客様をご案内いたしましたが、お待ち合わせということでよろしゅうございましょうか」

「あ、はい。確かに」奈津は慌てて言った。「待ち合わせというか、二名宿泊なんです。……フロント、寄らなかったんだ？」

最後は武に向かって訊くと、

「知らんっちゅうねん」従弟は怒ったようにくり返した。「広すぎてどこが何やらわかるかい。迷とったら不審人物扱いじゃ」

「そうじゃないでしょ、わざわざ親切に案内して下さったんでしょ」

女性スタッフが「たいへん失礼いたしました」と頭を下げるのへ礼を言い、武を部屋に通してドアを閉める。荒々しく脱ぎ捨てるダウンジャケットを受け取った瞬間、彼の匂いに包まれてくらりと眩暈がした。

床に荷物を放りだした彼が、部屋を睨むように見回す。上は厚地のトレーナー、下はニッカボッカの作業服にサンダル。記憶にある以上に大柄で、広いはずの一室がたちまち窮屈になる。

「ったく、あほが無駄遣いしやがって。先に言うといてくれな、こんなカッコのまま来てしもたやないか」

「仕事の後、家に帰ってないの？」

「着替え取りに寄っただけや。お前を待たせたら悪い思て」

「玲子おばさんには何て？」

「今夜は帰らん、言うといた。お前のことは何も言うてへんで」

「え、大阪へ来てることも？」

「おう」

ようやく、武がこちらを向く。間近に奈津を見下ろし、眼鏡の奥からじろじろと睨め回す。

「何や、オカンに言うてほしかったんかい」

「だって……久しぶりに会うつもりで、おみやげとかも持ってきたから」

「三日の間に会うたらええがな。その余裕があるようならな」

「え？」

答えず、武は窓際へ行き、一人掛けのソファに腰を下ろした。丸テーブルに置かれたガラスの灰皿を見て、

「この部屋、喫煙か？」

と訊く。

「そうだよ」

「わざわざ取ってくれたんか」

頷くと、初めて表情が緩んだ。

「おおきに、助かるわ」

奈津の了解を得て煙草をくわえ、火をつける。煙に片目を眇め、ああ、うまい、と呟く。

「お疲れさま」

ようやく言えた。

「おう。奈津姉も、長旅ごくろはん。まあ座りぃさ」

もうずっと、胸の動悸（どうき）がおさまらない。丸テーブルをはさんで同じソファがもうひとつ置かれているが、あまりに距離が近過ぎる。奈津はそれには掛けずに、ベッドの枕元にこれでもかと並んでいるクッションを二つ取ってきて壁際に並べ、カーペットにじかに腰を下ろした。

「は？　そこかい」

「落ち着くの、このほうが」

武がふっと笑った。

「変わっとらんのう。昔っから隅っこが好きやったもんな、姉ちゃん」

やぶにらみの目元と皮肉な笑い方に、どことなく亡くなった叔父の面影が感じられたが、奈津はあえて言わずにおいた。あれだけ確執の深かった父親との共通点など指摘されたくはないだろう。奈津自身が、母親と似ているとは誰からも言われたくないのと同じように。

冷蔵庫の缶ビールで再会の乾杯をし、外の廊下からアイスペールいっぱいの氷を取ってきてハイボールを作ってやる。あまり飲めない奈津も付き合いのつもりで桃のサワーなどちびちびと舐めているうちに、硬かった空気も徐々にほどけてゆく。

　互いの近況を改めて語り合い、親戚それぞれについての話題もほぼ出尽くして、ふと時計を見ると一時を過ぎていた。

「お、もうこんな時間か」

　武がトイレに立つ。

　白い大理石風タイルのバスルームは、大きなバスタブのほかにトイレとシャワーブースとがそれぞれ素通しのガラスドアで仕切られている。最初にそれらを目にした時、武のもらした唸り声は、感嘆というより呪詛（じゅそ）に近かったかもしれない。

　流す水音に続いて、顔を洗い、歯を磨いている音がする。と思うと、歯ブラシをくわえたまま現れた。

「そないして脚投げ出して座っとったら、ほんま、あの頃のまんまやな」

　泡の付いた口で、もごもごと嬉しそうに言う。眼鏡をはずしたせいか、奈津を見て笑う顔が妙に子どもっぽく見える。

「武の覚えてる〈あの頃〉って、もう四半世紀も前でしょうが」

「せやな。俺が最後に姉ちゃんの家へ泊まりに行ったんが、中三の夏休みや。姉ちゃんは大学生なったばっかりで、もう彼氏作っとった」

　武がバスルームに引っ込み、口をゆすいで出てくる。こちらへ歩きながらトレーナーを頭から脱ぎ、スポーツバッグの上へと放り投げる。半袖のTシャツ一枚になったというのに、かえって身体が大きく見えるのはどうしてだろう。両の袖口から、極彩色の刺青のほどこされた腕がにゅうと突き出している。

もとのソファではなく、奈津に近いほうのそれに腰を下ろすと、武は何本目かの煙草に火をつけた。足もとは裸足だ。あの猛々しいくるぶしが、すぐ手の届くところにある。

「妬けたわ、あん時は」

唐突に言われ、目を上げると視線がかち合った。

「せっかく遊びに行ったのに、姉ちゃんデートに忙しいてなかなか帰ってけえへんし。腹立ったなあ。いちばん腹立ったんは、枕元に体温計見つけた時や」

「体温計？」

「俺、姉ちゃんが使てたプレハブの部屋に泊めてもろてたやろ。そん時、見つけてん。ベッドの枕元の箱ん中に隠したぁった、体温計とノート」

ぎょっとなった。

「ガッコで習てたから、一発でわかったわ。姉ちゃん、あの先輩とセックスしてんねんや。妊娠せんようにこんなもんが必要なんや、て。くっそう、姉ちゃんは汚い、なんちゅう汚い女や。そない思たら、腹立って腹立って……めっちゃ興奮した」

「ええっ？」

「当たり前やろ。なあ、覚えてへんか。俺が姉ちゃんに、体温計割ってしもたて謝った時のこと」

うっすらと色のついた記憶が蘇ってくる。目の前に古い絵巻物が広げられるかのように。

「思いだした……」奈津は呟いた。「たしか、水銀……」

「せや。俺が謝ったら姉ちゃん、『いいよいいよ気にしなくて』言うて、『触ったら危ないからね』て床の細かいガラスまで掃除してくれて……それから、落ちてた水銀をすくうて、てのひらに乗しててん」

「――『水銀って、こんなふうに丸くなるんだね』」

「『蓮の葉っぱの上のしずくみたい』。あの時姉ちゃん、そない言うてたっけな。俺のこと、何にも疑わんと」

くっ、と武が笑う。

「子どもやあるまいし、誰があんなもん、うっかり割るかい。この先っぽを、姉ちゃんが口ん中入れたんや。あの男としょっちゅうセックスするために。そない思たらたまらんようなって、体温計ねぶりながら自分でしごいて出して……それから、バァン叩きつけて割ったったんじゃい」

茫然と見上げる奈津を、間近に見下ろしながら、武が口もとをゆがめる。

「何じゃ、その顔」

伸びてきた大きな手に、いきなり顎をつかまれる。指先もてのひらも荒れて、おろし金のようにガサガサしている。まぎれもなく、働く男の手だ。思ったとたん、鼻の奥がじんと痺れた。

無言のまま、顔が下りてくる。触れあう唇も荒れている。二度、三度、ついばむようにした後、武は自身の唇で奈津のそれをそっとこじ開け、煙草と歯磨き粉が入り混じった味のする舌先を差し入れてきた。同時に、つかんでいた顎を放すと、触れるか触れないかの優しさで頬をなぞり、後れ毛をかきあげて耳にかけ、そのまま指先で髪を梳くようにして後頭部をがっしりと押さえる。

逃れようのないキスに、奈津は、閉じたまぶたの中で目を瞠った。うまい。今までの男の中でいちばん巧みと言っていい。

もっと、無骨で荒々しい、不器用なくちづけを想像していた。がつがつと貪られるような、一直線に突き進む以外の術を知らないような。それはそれで萌える、などと思っていたのに、何ということか、あまりに繊細な舌先の動きにこちらが翻弄されている。官能を奥底から掘り起こされ、耕されて、息が上がる。身体の震えが止まらない。

ひとしきり奈津の口の中の感触を愉しむと、武はいったん身体を起こした。片腕で奈津の背中を支え、もう一方を膝の下に差し入れてひと息に抱き上げ、ベッドへ運ぼうとする。

「な、何すんの！」

「何って、お姫様抱っこやがな。気に入らんのんか」

気に入るも何も、生まれて初めてだ。そう言うと、武は、

「嘘やろ？　え？　マジか」

嬉しそうに奈津を抱いたまま揺すった。慌てて太い首にすがりつく。

「駄目だってば、下ろして、私、重いんだから！」

「軽い、軽い。ふだんどんだけ重たい材料運んどる思てんねん」

「だって、腰と背中痛めたって」

「ああ、あれか。落ちた時のことか」

ようやく奈津をどさりとベッドに放り投げ、武がのしかかってくる。

「ふふん、気にしてたんかい。まともに女を抱ける身体かどうか」

奈津が答えられずにいると、武はにやりと不敵に笑った。

「試してみたらええがな。気の済むまで」

頭を抱え込まれ、唇を貪られる。灯りを消して、と頼むより先に彼の手が伸び、スタンドの光量を絞った。

服を脱がされてゆく。憎らしいほど手際がいい。むき出しになった背中や尻に、ベッドカバーが冷たい。

長年の労働が造りあげた男の胸板は、弾力を備えた鋼鉄のようだ。盛り上がった胸筋に風神と雷神が向かい合っているのが夜目にも見て取れる。そっと触れると、武は低く呻き、最後に残った奈津の下着に指をかけて引き下ろした。

「ええのか、ほんまに」耳もとに囁かれる。「俺ら、血の濃さから言うたら、ほとんどきょうだいもおんなじやぞ」

奈津の母親と、武の父親、それぞれ同性の親同士が姉弟だと思うと、逆の場合よりなお近しく感じる。

けれどそれは、今となってはただの禁忌ではなかった。侵すためにある禁忌だった。肌が粟立つようなおののきが、尾骶骨から背筋を伝って這いのぼってくる。

奈津は、〈弟〉の背中に腕を回した。てのひらをあてた肩甲骨のあたりには不動明王のかかげる剣が、そしてもう一方のてのひらの下、彼の腰のあたりには、両眼を炯々と光らせた龍が彫られているはずだ。

背中を撫でさすり爪を立てると、「ああ、ちきしょう」武が再び呻く。「まだや。まだもったいない」

繋がるのは、という意味だろうか。奈津の胸の尖りを丹念に舌で愛撫し、肋や脇腹、あちこちに柔らかく歯を立てながら下へおりてゆくと、両側に開かせた脚の間に顔を埋める。

「夢にまで見とったわ……あの頃、姉ちゃんのここが見たぁて見たぁて、めっちゃ想像した。彼氏はしょっちゅう見とんのか思たら、ぶっ殺したかった」

ああ、ぞくぞくする。

硬く尖らせた舌先がとらえて育てあげた中心を、唇がすすり、痛みを覚えるすれすれの強さで吸い立てる。奈津がどんなにもがき、懇願しても、太い腕に押さえ込まれて逃げることがかなわない。やがて導かれて握らされた武のそれに、奈津は、震えた。充分すぎるほど大きく、硬い。これより太いものは知っている、長いものも経験がある、けれど、こんなに形の良い、何というか――そう、〈ハンサムな〉男性器というものを目のあたりにしたのは初めてだった。名人の鍛えた日本刀のように無駄のない反りと、凜とした立ち姿の涼やかさに思わず見とれてしまう。

「あほか」と、武が笑う。「誰と比べとるんじゃ、腹の立つ」

そうして、抜き身のそれを奈津の中に深々と埋めた。いったん大きく引き、さらにもっと奥まで突き刺す。脊髄まで痺れて声も出ない。

「ああ、くそう……姉ちゃんや」どっとくずおれて、耳の中に囁く。「俺、いま、あの姉ちゃんとしとる」

「……武」

「熱い。姉ちゃんの中、めっちゃ熱いで」

汗だくでもつれ合い、何度果て、また何度交わっただろう。

明け方、奈津はふと目を覚まし、枕元の水を飲んだ。

武は眠っている。ほとんど寝息さえも聞こえないほど静かだ。

かすかに青紫色を帯びてきた空が、大きな窓の外いっぱいにひろがっている。ベッドに座ったまま、ぼんやりと明けてゆく大阪の街を眺めていると、ふと身じろぎをした武が薄く目をあけた。薄闇の中、視線が絡む。

「夢、みたいや」

かすれた声で、ぽつりと言った。

「……え」

「目が覚めても、奈津姉がおる。嬉しいのう……くっそう」

それきり、すうっと再び眠りに落ちてゆく。

奈津は、黙って見下ろした。

高い鼻梁と、そげた頬、羨ましいほど長いまつげ。ほんのついさっきまでこの身体を思うさま蹂躙し、見えない刻印を押すかのように幾度も抱いた男の、あまりにも穏やかな寝顔。

見ているうちに、泣けてきた。

＊

なあ、姉ちゃん。昔、机の引き出しにヤバい雑誌隠しとったやろ。そうや、俺が十五で、姉ちゃんが十九の、あの夏や。あんなどぎついＳＭ雑誌、どないして手に入れた。え？　工事現場の資材置き場に落ちてた？　ふうん。なんし、スチール机の引き出しの奥の奥、紙袋で何重にもくるまれたアレを見つけた時は、我が目を疑うたわ。最初は哲也兄ちゃんが忘れてったんか思たけど、引き出しに入ってる他のもんはみーんな姉ちゃんのもんばっかりやんか。それで確信してん。やっぱりそうや、姉ちゃんはこういうもんに興味あるんや、ここに載ってるグラビアの女みたいに、荒縄で縛り上げられて天井から吊されたり、汚い廃屋みたいなとこで大勢にかわるがわる犯されたり、そんなんがほんまは好きな女なんや……てな。なあ、今までに姉ちゃんのそういう性癖をわかった上で、きっちり満足さしてくれた男、おったんか。正直に言うてみい。適当なこと言うてごまかしよったら承知せえへんど。

昼も夜もない。何度も互いに手をのばしては貪り合い、疲れ果てると汚れたままの身体で眠り、目が覚めてはまた抱き合った。

一緒に過ごせるのはこの三日間だけ、次はいつまた逢えるかわからない。そう思えば思うほど、背後から迫りくる切なさに気が急く。

ワインのコルクにスクリューをねじ込むかのようにして、きつく深く最初につながってから、もう何度目になるか数えきれない。互いの年齢を考えるまでもなく、どうかしている。無理な体勢で広げ続けた股関節はすっかりばかになり、腿の内側には武の腰骨が当たって痣ができ、いちばん柔らかな肉とて痛みを覚え始めているというのに、それでもまだ欲しい。もっとつながりたい。

自分と同じくらいに、いや、ことによると自分以上に性的探究心の強い男を、奈津は初めて知った。

単なる欲求の強さとは違う。性欲や能力そのものがいくら強かろうと、それだけでは野良犬と変わらない。

奈津が今まで見てきた感覚から言えば、性欲や能力ばかりを恃む傾向は男のほうに多く、彼らは得てして、一度征服した女にすぐ飽きる。〈俺は仕事とセックスは家庭に持ち込まない〉と嘯き、浮気の言い訳に〈男は自分の種を残そうとする生きものだから〉などと言いだす輩がこのタイプだ。

いっぽう、性的探究心が強い者は、男女どちらにも存在する。かなりの確率で偏執的で、独自のフェティシズムを持っている。周囲に冗談めかして話せる程度のものであればまだしも、倒錯の域にまで至る性癖もあり、本当に肌の合う相手を得るのは決して容易くない。だからこそ、ひとたび探し当てたパートナーとは互いの性の深淵を探究し尽くそうとする。この二人の組み合わせで何が出来るか。もっと深い、もっと途轍もない快楽をもたらす愉しみ方はないのか。ただそれだけのことを突き詰めて、飽かずに追究し続けるのだ。日が暮れても家に帰りたがらない子どものように。

体感するだけの性の快楽には限りがあろうが、脳内の遊びに限度などない。互いに同じ傾向の遊びを好むなら尚更だ。自分の上に覆い被さってくる武の肉体を目にし、その重みと、加えられる仕打ちを受け止めるたび、奈津の全身は歓喜に震えた。子宮と臍とが内へ内へと引き合い、膣がきゅうきゅうと物欲しげな鳴き声を立てる。身体も、心も、もはや区別がつかず、互いに共鳴し合って快感がなおさら深くなる。

抱かれている間じゅう奈津の顔の両側に神殿の柱のようにそそりたっている彼の腕の、有無を言わさぬ存在感。半身を覆い尽くす刺青の、むしろ静謐な美しさ。何より、肌をぴたりと重ね合わせた時に全身を満たす安心感と言ったらなかった。隔てるものなど無いかのようだ。ああ、浸透圧が同じだ、と思った。

実家で久々の再会を果たした夏の日、顔を見た瞬間に〈持っていかれた〉あの感覚を、抗わずに信じればよかった——と、どれだけ後悔したかしれない。当時は大林と暮らしていて、おまけに武は血の繋がった従弟で、中学生という難しい年頃の娘がいて、互いに両親とも健在で、東京と大阪に離れていて……。そんなあれこれを数えあげたりせず、本能に従っていたなら今ごろどうなっていただろう。

「いや、ええねん、これで」

と、武は言った。

「俺かてな、そら後悔がない言うたら嘘んなる。四つの時に小学生の姉ちゃんの風呂覗いて、般若の顔した紀代子おばちゃんに家じゅう追いかけ回された時から、もうバリバリ意識しとったもんな。小学五年で、中学生の姉ちゃんが入った後の風呂に飛び込んでその湯ぅ飲んだ時なんか、チンコびんびんやったもんな。高校生の奈津姉のあそこも見とうてたまらんかったし、十九の奈津姉とセックスもしてみたかった。せめて十年前、今の何倍も元気なうちに、こないして抱き潰したりたかったわ。……けどな、うちの親父が死んで、おばちゃんがボケて、娘が手ぇ離れて、俺だけやない、お前までバツ二んなってやな。その上での今やからこそ、とは考えられへんか」

そろそろ昼にさしかかろうという時間、隣の部屋からは掃除機の音が聞こえる。ドアの外側のノブには昨夜から〈Don't Disturb〉の札をかけたままだ。

「だいいち俺は、みぃと約束していたからな」

と武が続ける。

二度の結婚は、彼にとっても娘の美冬にとっても、幸福とは言えないものだったらしい。ともに十代で一緒になった最初の妻は、武が稼ぎだす金を片端からブランド物に換え、男と遊んだ。まだ子どものような女のすることと、きつく叱っては許そうとするうち、

「夫婦ていうより親子のようになってしもたんやな」

四年目に娘を産んだものの、その子が二つになるやならずで妻は男と出ていった。それればかりか、一旦は連れて出た子どもを、武の連絡先を記したメモを添えて駅前の自転車置き場に置き去りにしたのだ。警察からの連絡で迎えに行った時、自分にしがみついて泣きだした娘の顔は一生忘れないと武は言った。

「もう許さへん、今度顔見せたら殺すぞ、言うたらあの女、『まさか武が本気であたしにそんなこと言うと思わなかった』やと。家庭に恵まれん女やから思て、俺が甘い顔見せたんが悪かったんや」

そして彼は、幼い娘を連れて一旦実家に戻った。

二度目の結婚は、美冬が小学校に上がった後、ほぼ同じ年頃の子連れ同士だった。この時も、女に惚れたというよりは、懐いてくる先方の子に情が移った格好だった。一度失敗した者同士、今度こそ幸せな家庭をと思ったが、やがて、継母による美冬への虐待が始まった。

「かわいそうに、俺が外で働いとったせいで、気ぃついたんはだいぶ後でな。結局また別れることになって家出る時に、美冬に訊いたんや。『みぃ。お母さん、もう要らんか』て。そしたらあいつ、『もう絶対要らん』きっぱり言いよった。『わかった、ごめんな、もう絶対作らんとくからな』……あん時はさすがに、あいつのこと抱きしめて泣いたわ」

仰向けで奈津の頭を抱きかかえ、武はぽつりぽつりと話した。重苦しい話には不似合いなほどまばゆい光が、ホテルの部屋を満たしている。

「せやから俺、その後は、女と遊びで付き合うても、結婚をほのめかされそうになるとのらりくらり逃げてきたんや。そないしてたら相手のほうから愛想尽かしよるしな」

「……ごめん。全然知らなくて」

つぶやくと、武が苦笑した。

「当たり前じゃ。いくら親戚やからて何もかんも報告するかい。こんなこと話したんはお前が初めてや」

「ひとつ、訊いてぃい？」奈津は、そっと言ってみた。「美冬ちゃんは、知ってるの？自分が物心つく前に、実のお母さんからそんな仕打ちを受けたこと」

武が、天井を見上げたまま頷く。

「二番目の母親が、ご丁寧に言うて聞かしよった」

思わず、呻き声がもれてしまった。たまらずに憤りの涙が噴き出す。

泣いてはいけない。今の今まで何も知らず、何もしてこなかった自分が、まるでドラマを観てもらい泣きするかのように安易に泣くのは違うはずだ。武の脇に顔を埋め、嗚咽をこらえていると、彼は、思いのほか穏やかな声で言った。

「あいつを巻き込んで酷い目に遭わしたんは、全部俺のせいやからな。これまでは自分の幸せとか考える余裕、まったくなかったわ。正直、必死やった。けどな、もう大丈夫や思うねん。今のあいつは俺よりしっかりしとる。毎日、不規則な勤めにもちゃんと行きよるし、俺、あいつのこと尊敬しとんねんで。こないだの正月なんかな、急に何を思たんか、『おとーさん、彼女おらんの。作ったらええのに』言いだしよった」

「えっ。……まさか、何か感じることとでもあったのかな」

「知らんがな。親の老後見ること想像したら、嫌気さしたんちゃうか」

苦笑しながら半身を起こし、枕元のコーヒーをすする。

と、振り向きざま、奈津の腕をつかんで引き起こした。

「俺はな。こうなった以上、もう二度とお前を手放す気はないのや」

今にも牙を剝きそうな表情に、息を吞む。

「……武」

「せいぜい今だけやぞ。今やったらまだ、ぎりぎり見逃したってもええぞ」

「何でそんなこと。逃げるわけ、ないじゃない」

ほう？　と片方の眉をつり上げると、武は奈津を抱えてベッドから引きずり下ろし、カーペットの敷きつめられた床に横たえた。窓からの陽射しが恥ずかしく、慌てて胸と腹を隠す間もなく両脚を広げられる。二、三度自分でしごいた逸物を問答無用で挿入され、思わず声をあげると、大きな掌に阻まれた。

「ええのんか、そんな声出して」

奈津の口をふさいだまま、耳もとに低くささやいた武が、ドアのほうへと顎をしゃくる。外の廊下を行き来する清掃スタッフの影が、ドア下の隙間から見え隠れしている。

「後で恥ずかしい思いすんのんは、お前やぞ。うん？」

背筋がぞくぞくと粟立つ。

見つけた、と改めて思う。こんなところに、いた。私の番が。片割れが。

かろうじて声を飲み込んだ奈津の口から手を放すと、武は身体を起こし、けれど自身を深く埋めたまま微動だにせず、薄笑いを浮かべて見下ろしてきた。そのまま、丸テーブルから煙草の箱を取り、くわえて、火をつける。我慢できなくなった奈津のほうから腰を動かし始めるのを、どこまでも待つつもりなのだった。

半端な時間にホテルの部屋を出ては、一階にあるスターバックスに下りて、ついでに小腹を満たす。客のあまりいない店の隅に陣取ると、武は必ず、向かいではなく隣に奈津を座らせ、まるで娘を抱きかかえるかのように遠慮なく腕を回した。時折、人目を盗んで抱き寄せ、いかにも愛しげにキスまでしてよこす。

「……びっくりした」

「何がやねん」

「こんなことする男だと思ってなかったから」

「どんなんや思ててんな」

「もっと硬派っていうか、女は三歩下がって歩けみたいな」

「なんじゃそら」

「おまけに、コーヒーはアメリカンでもまだ濃いって言うし……嘘みたいに猫舌だし、ニンジン食べられないし。なんか腹立つ」

「おいおい」

「そうやって意外な隙を見せて、これまでの女に可愛がられてきたんでしょ」

「わざとやないわ。第一、言うたやろ。これまでの女なんか、ええ想い出これっぽっちもあれへんわ。俺、女見る目ないねん。お前が男見る目ないのんとおんなじでな」

言いながら、胸ポケットからまた煙草の箱を取り出す。吸わんのに喫煙席に付き合わせて悪いのう、とは先に謝られた。一本抜きだして口へと運ぶ、その直前に顎を上げてひょいと舌先で迎えにゆくような咥え方が、なんともいやらしい。奈津は目をそらした。

二日二晩見つめ続けたおかげで、武の顔に亡き叔父の面影を見ることはなくなった。彼の言う通りかもしれない。美冬の自立や、双方の離婚もさることながら、もしも姉弟である互いの親がいまだに元気で物のわかる状態だったとしたら、はたして自分たちはこうなっていただろうか。なっていたかもしれない、きっと止められるものではなかったろうけれど、二人が飛び越えるべき障壁は今よりずっと厄介だったに違いない。残っているのは武の母親と、こちらの父親。その二人なら、何とかわかってくれそうな気もする。

「玲子おばさんには、いつ話すの?」

「さあなあ。ま、帰ってから、その時の気分で考えるわ」

武は片目を眇めて笑った。

「お前はな、まだ吾朗さんには言わんとけ。時が来たら、俺が房総まで報告に行く。そういうのんは男の役目じゃ」

やっぱり硬派なんじゃないかと思ったが、彼の気持ちは嬉しかった。

「しっかし、あれやで」

ガラス越し、通りをゆく昼休みのＯＬたちを眺めながら武が言った。

「そんな事情やったから俺、姉ちゃんとこないなるまでもう一年以上も、まったく女とご無沙汰やってんで」

「へーえ。そうですか」

「いやほんまに。セックスしてへん期間があんまり長いとな、俺としたことが、だんだん自分で出すのもめんどくさなってきてな。そしたら、このちんちんが言いよんねん」

いきなり自分の股間に目を落とし、声色を作る。

「『もう、ええんですね？　あんまりほっといたら、もう生殖器やめて、ただの泌尿器になりますよ？　ほんまにええんですね？』『いやちょっと待て、もうすぐやから！』『もうすぐて、いつですのん。なります。もうなります』」

迫真の一人芝居、いやムスコとのふたり芝居を披露してみせた武は、あきれてげんなりしている奈津をぐいと抱き寄せると大声で笑いだした。

「いやあ、ほんま危ないとこやったわ。姉ちゃん、俺のちんちんの恩人やで」

第九章

まさかこの歳になって、特大の隕石(いんせき)が落ちてこようとは思いもよらなかった。それも、とんでもない方角から。

土砂降りの中、新大阪駅まで車で送り届けてくれた武と別れ、ひとりになった奈津は、新幹線のチケット売り場の前でぼんやりと立ち尽くしていた。周囲の喧噪(けんそう)が、水底で聞く音楽のように遠い。この三日間、食事以外はほとんど部屋を出ず、テレビさえつけずに過ごしたせいか、身体が、呼吸が、世間のリズムに追いつけない。浦島太郎の気分だ。

ようやく気力をふりしぼってチケットを買い、改札を通ってホームへと上がると、ちょうど入ってきた新幹線の風圧で吹き飛ばされそうになった。手足はこんなにも重くてだるいのに、薄くてぺらぺらの紙になった気がする。武が隣にいないというだけで半身をもぎ取られてしまったかのようだ。

座席についてすぐに、〈無事に乗れたよ〉とＬＩＮＥを送った。運転中だからだろう、武からは返事が来ない。

冷たい車窓に額をつけ、過ぎてゆく風景を眺めやる。やがて空が晴れ、雨も上がった。山間に漂うミルクのような霧に、蜂蜜色の午後の陽射しが映えて美しい。大阪は、まだ雨の中だろうか。

唐突にあふれ出した涙に、奈津は愕然とした。互いを隔てているのは距離だけだ。逢おうと思えば何の障害もなく逢える。それなのに、ほんのしばらく離れるだけで泣けてくるなど、十代の恋にもなかったことだった。

武から連絡があったのは、その夜のことだ。〈いま晩飯食った〉とＬＩＮＥがあったので、電話をしてもいいかと訊くと、向こうからかかってきた。

「お前、今どこにおる？」

「え、家だけど」

「家はわかっとる。空の見えるとこ、出られるか？　今日のお月さん、めっちゃ綺麗やぞ」

スマホを耳に当てたまま、奈津は二階へ駆け上がった。三毛猫の環が、何ごとかと訝りながらもベランダまでついて出てくる。

高々とそびえるモミの木のてっぺんに、巨大な満月が白銀の円盤のように輝いていた。

電話の向こう、カチリ、シュボッとジッポーを擦る音が聞こえる。

「どや」煙を吐き出すのが息遣いでわかる。「アホほどデカいやろ」

家族に聞かれていると話しにくかったのか、それとも、この月を一緒に見たいと思ってくれたのか。

「ほんとだ、すごい月。ちゃんと、つながってるね」

「言うな。照れくさいわ」

武が苦笑した。電話越しだと、声がなおさら近い。吹きつける風に首をすくめ、奈津は環をうながして中に入った。ダイニングの窓越しにも、月は煌々と明るい。

「おう、そういえばお前の土産、おふくろに渡しといたぞ」

心臓が跳ねた。東京で話題の焼き菓子と、叔母に似合いそうな淡いブルーのストール。

「玲子おばさん、何か言ってた？　どういうふうに話したの？」

「べつに。『これ、奈津からや』て、そのまんま言うただけやで」

「そしたら？」

「『え、なっちゃん来てたの？』て驚いてたわ。『旦那さんと一緒にか？』言うから、そんなわけあるかい、と。ま、そんな感じ」

ええい、もどかしい。家に帰り着いたところからちゃんと筋道立てて、間を端折らずに話して欲しいと頼むと、武はしきりに煙草をふかした。

「べつに何ちゅうことないて。俺が三日も家空けた末に帰ったもんやから、玄関開けたおふくろ、何か言いたそうにニヤニヤ、ニヤニヤしよんのよ。せやからお前からの土産や言うて、旦那は一緒ちゃう言うて、離婚のことも初めて話した」

「びっくりしてた？」

「いや、そんなには。離婚には、俺で慣れとるしな。で、『ほなこの三日間、ずっとなっちゃんと一緒にいてたんか？』言うから、『せやで』と」

「おばさん、何て？」

「ちょっと黙っとった後で、『あんたら、男と女なんか？』て」

ぶっと噴いてしまった。なんと、あの勇ましい叔母に似合いの言葉だろう。

「武、何て答えたのよ」

「それにも『せやで』言うたがな。何や、アカンかったか」

「アカンことは、ないけど」

ただ恥ずかしいだけだ。

「……で、そうしたら？」

「『もしかして結婚するつもりなんか？』言いよった」

「はああ？」

「俺もおんなじこと言うてもたわ。『はああ？』て。『まだ付き合い始めたばっかりやぞ』て。そしたらおふくろ、何や思案げに、『ふうん。まあ、それも面白いかもしらんなあ』やと。わっけわからん」

奈津は、思わず笑い出してしまった。

昔から独立独歩の自由人だった叔母ならば、この関係を受け容れてくれるのではないかと思ってはいた。けれど一方で、誰よりもあの叔母に否定されることこそが怖かった。自分の側の親兄弟に何を言われるより、子どもの頃から実の母親以上に可愛がってくれた叔母に嫌な思いをさせるかもしれないと思うと辛かった。

きっと今も、複雑な気持ちはあるのだろう。そんなに簡単に割り切れるものではないはずだ。それでも、とりあえず拒絶はしないでくれた。根掘り葉掘り訊くより先に、まず受け容れようとしてくれた。叔母の懐の深さにも、そして、適当にごまかすことなく堂々と宣言してのけた武の俠気にも、ただ感謝の思いしかない。

「なあ、奈津よ」

武が、改まった口調になる。何か大きな、大切なことを言われるのかと緊張しながら、はい、と返事をすると、彼は言った。

「死ぬまで、いちゃいちゃしよな」

「……は？　何をいきなり」

「ええやんか。出来るうちはやれるだけやりまくって、出来ひんようになったら、なっても、何かかんか、やりようはあるしな。いつかよぼよぼになっても、いちゃいちゃだけはしよな。俺、そないしてくっついてんのが好っきゃねん。姉ちゃんは、いやか？」

「……いやじゃ、ない、けど」

「けど、何やねん。正直に言うてみぃ。好っきゃろ、そういうの」

観念して、告げる。

「……うん。好き」

つぶやきながら、窓越しの月を仰ぐ。駆け引きも、技巧的な言葉の煽り合いも、あの月ほど遠い。

難しいことなどどうだっていい。

誰かを好きになって、ここまで脳みそが単細胞化したのは初めてだ。

桃色のアメーバにでもなった気がした。

＊

信州の春は遅いものの、仕事の打ち合わせで東京へ行くたびに季節が少しずつ進んでゆくのがわかる。寒さがゆっくりとゆるんでほどけ、まず梅が咲き、連翹が咲き、雪柳や桃や早咲きの桜がほころび始め、その頃になってようやく奈津の家の庭でも梅が満開になる。

重たいコートはクリーニングに出し、分厚いニットなども手押し洗いをして平らに干す。明るい色合いの服を着て出かけたくなったら、すっかり春だ。環がベランダの日だまりで過ごす時間も日に日に長くなる。

武とは、毎日、ＬＩＮＥや電話のやりとりを欠かさなかった。互いに仕事を持つ身だけにしょっちゅう行き来するわけにはいかない。寂しくないと言えば嘘になるものの、気持ちの奥底が落ち着いて安定しているのが不思議だった。

彼と、したくて、軀の芯が熱く凝ることはいくらもある。電話越しに思わせぶりな言葉を投げかけられたりすればなおさらだ。

以前ならばこんな時、誰かで代用しようとしていた。とりあえず物理的な刺激を得て、身体の奥の溶鉱炉さえ鎮火させれば、そのほうが落ちついて相手を好きでいられる。満たされなさを持て余して不満を抱かずに済む。そう思っていた。

いまは、違う。遠く離れていて、こちらが誰と何をしようが武に知られるはずはないとわかっていても、他の男と寝たいとまったく思わない。操(みさお)だてなどという以前に、自分が嫌なのだ。この身体を、武以外の男に明け渡す気になれない。

他の男と寝てみたところで、失望することがわかりきっている。まがい物など要らない。それくらいなら、次に逢える時まで焦がれに焦がれながら我慢する。どうしてもこらえきれない時は、武を想いながら自分で自分を慰めてでも。

いったい何が起こったのだろうと奈津は訝しんだ。まさか自分が——あれほどの前科を持つ自分が、こんな純情な生きものに変貌しようとは。

「それがね、普通っていうか、ほんとなんだよ」

と、琴美などは目を細めて言った。まるで母親か姉のような表情だった。

「モラルがどうとか、自制心がどうとかってことじゃなくて、もっと単純な話でさ。たぶん奈津さんは、やっと、ほんものの自分の牡(おす)を見つけたんだよ。だから他の男を受け付けなくなったっていうだけのことなんじゃないの？　ほら、卵子が精子を一つ迎え入れたとたんに閉じてしまうのと同じでさ、これまでの男はみんな、奈津さんの中に入り込んだようでいて、外側から突っついてただけなんじゃない？」

人生の節目を、自分とはまた別の角度から見届け、的確な助言をくれる女友達。琴美とこうして家族のようになるきっかけをくれたのは、細かいことはどうあれ、大林には違いない。彼があのようであったからこそ別れがあり、今があるのだと思うと、感謝の気持ちさえ湧いてくる。皮肉ではなく、案外と素直な心持ちだった。

そう考えるなら、これまでの誰ひとり、何ひとつ、無駄ではなかったということになるのだろうか。世界が、違って見える。

〈おまえは自分の殻がすごく硬い〉

そうメールに書いてよこしたのは、演出家の志澤一狼太だった。もうずいぶんと昔の話だ。調子のいいあの親父のことだから、同じようなセリフをあちこちの女に囁いていたのだろうが、自分に関して言えば案外当たっていたのかもしれないと奈津は思った。

実際、琴美の指摘を待つまでもなく、武はあらゆる意味でこれまでの男とは違っていた。

幼なじみで、血の繋がった従弟。おまけに、相手にとってはこちらが初恋の女性だという。

しかしそれだけでは、心を明け渡す勇気までは持てなかったはずだ。奈津が武に自分を預けられたのは、今現在の彼が、心と身体のすべてを使って想いを伝えようとしてくれるからだった。

時に偏狭で怒りっぽく、ひどく難しいところのある男ではあったが、その半面、母性にも似た父性を持っており、本当に大事なことを話そうとすればきちんと受け止めようとしてくれる。あるいはまた、奈津がこれまでの癖で、その場の諍い(いさか)を避けるために本心を隠そうとしようものなら、閉じかけた蓋を強引にこじ開け、本音を吐き出させようとするのだった。

怖いのだ、と、あるとき奈津は言った。

「何が」

「誰からも。好きなひと、大事な友だち、もしかすると世間のすべて」

おそらく根っこは、子ども時代にあるのだろう。母の望む娘でいる限りは愛してもらえるけれども、少しでも意に染まぬことをすれば厳しい叱責と罰が待っている。だからとりあえずイイ子を演じる。嫌われないために、自分の望みは飲み込む。本当にしたいことは隠れてする。そういう思考の癖が、いまだに身体から抜けていない。

「言う意味、わからんでもないわ」と、武は電話の向こうでため息をついた。「たしかに、紀代子おばちゃんのあれは、知ってるもんでないとわからんかもしらん。きつかったな。かわいそうに」

たったそれだけで救われる思いのしていた、その晩だった。深夜二時を回り、奈津が環を抱いてベッドに入った頃、LINEの着信があった。

〈ずっと欲しかったものがあるとする〉

明日の朝も早いだろうにと思いながら返信した。

――うん。何、ギターとか?

〈まあそんなようなもんや。あったとする〉

――うん。

〈眺めてはえーなー、って、必死で金貯めて、それでも買えなくて〉

――うん。

「嫌われるのが」

〈ヒトの手に渡って、悔しい思いさんざんして〉

〈あきらめかけた頃に、何かの拍子で手に入れられそうで、そらもう、必死でたぐり寄せて〉

〈やっと手に入れたもん、粗末に捨てる思うか？〉

〈この俺が！〉

〈わかるか？〉

〈聞いてるか？〉

〈聞いてるんか？〉

——聞いてる。

〈泣くな、アホう。今まで彼女おっても、みぃはもとより、おふくろなんかにあえて言うたことのない、この俺がやで〉

〈付き合ってる、奈津と、言うたんやで〉

〈そらもう、今世紀最大の出来事なんやで〉

〈聞いてる？〉

〈聞いてるんか？〉

——聞いてます。もう勘弁して。

ようやくほどけていくようだった。もう長いこと、ほとんど半生と同じ年月の間、誰の手も届かない胸の奥でずっともつれたままだった結び目が。

窓の外、春の嵐が木々の枝を大きく揺らす。耳を傾けながら、奈津は、四角いスマートフォンと丸い猫の身体を一緒に抱きしめた。

やっとだ。やっと安心して、人生の後半へと歩み出せる。今はまだ難しくても、いつかは、晴れて武やその家族と一緒に暮らすこともできるかもしれない。

あとは、そろそろ自分の年齢を考え、健康に気をつけてしっかり真面目に働けば、前夫・大林の残した負の財産もだんだんときれいにしていけるだろう。

心の縛(いまし)めとともに、知らず知らずこわばっていた身体の緊張までほどけてゆくようだった。バケツの穴はふさいだのだ、ネガティヴな要因はもう何もない。そう思った。

そんなにうまくはいかなかった。

*

悪人が、悪人の顔をして近づいてくることは稀だ。たいていの場合は巧妙に本心を隠し、善き隣人を装っている。

とはいえ装っているならまだ見抜くことも可能なのであって、厄介なのはむしろ、ふたごころなど自分にはまったくないと自ら信じこんでいる人間だろう。

彼らはまず、きらめくばかりの愛と好奇心をもって近づいてくる。その時点で、嘘は何もない。彼ら自身もこれは真実の愛だと信じている。優しさであれ賞賛であれ体の繋がりであれ、彼らは相手が望むものを大盤振る舞いする。その時点でもまだ、嘘というほどのものはない。自分が注ぐ以上の愛情を相手から引き出すことに、まるでゲームのように熱心に取り組んでいるだけだ。

が、そのうち、だんだんと日常に倦(う)んでゆく。愛されることに慣れ、努力をしなくなってゆく。出来ることはしていると言いつつ、出来ない理由をたくさん用意して自身を正当化する。人間誰しもその傾向はあろうが、ここで顕著なのは、彼らの場合はその状態に至るまでの期間がひどく短いことだ。

悪いことなど何もしていない。愛も金も、くれると言うからもらっているだけで、それを捻出するために相手が血の小便を流そうが、勝手に奉仕したくてしているのだから知ったことではない。見返り？　催促されてしまうと、する気がなくなる。だからといって裏切りは許さない。自分のプライドはそこまで安くない。だったら出ていけ？　何という仕打ちだ。しかし自分は聞き分けのいい善人だから、最低限くれるものさえくれれば暴れたりはしない。ありがとう、おかげで幸せな日々だった。あなたには心から感謝しているよ——。

おそらく、本人には最後まで、良心の呵責(かしやく)などない。すべては結果論であって、初めから企んでそうしたわけではないのだから、責められる筋合いはどこにもない、悪く言われるのはまったくもって心外だ、と。

「最強よね」

と、岡島杏子は言った。

「だから、そういうタイプの人間がよ。はなから罪の意識に邪魔されることがないんだもん、うらやましいっていうかさ」

憐れむような目は、奈津にというより、別れた夫の大林に向けたもののようだ。彼が長野の家を出て行ってから、一年あまりがたとうとしていた。

「本人、賢いつもりで周りを見下してるけど、ああいうタイプは一生かけても何者にもなれないのよねえ。つねに言い訳と逃げ道を自分に用意しちゃうから。うちでデビューした新人作家にも、そういう人、いっぱいいるよ」

パスタをフォークに巻き付けながら、杏子はやれやれと首を振った。

「で、結局今は何してるの？　役者も脚本家も、どっちもやってないんでしょ？」

そのようだが、よくは知らない、と奈津は肩をすくめた。昔の知人の会社を手伝うか、風俗の仕事を再開しようかなどと言っていた大林だが、どうやらまた株や先物取引を始めたようなことを風の噂に聞いた。

「ま、気にすることないわよ。彼がすってんてんになったって、今度はあなたが困るわけじゃないもの」

「そうなんだけどね……」

奈津も、フォークを手に取る。パスタにアサリの出汁がよく染みていてなかなか美味しい。

「今度のその、従弟の彼……武くん？　彼は、浪費とかするタイプじゃないんでしょ？」

「何が？」

「しないね。びっくりするほど堅実。趣味の音楽や車には思いきってお金遣うこともあるけど、自分のものは自分で買うって言って聞かないの。『女にギター買うてもろて何が嬉しいんじゃ』って」

「それがまっとうな感覚ってものよ」杏子はフォークを振り立てた。「あなたもいいかげん学びなさい。もう、男に貢いで歓心を買おうなんて情けないことしちゃ駄目」

「うん。わかるよ」奈津は言った。「もうしないし、これからはちゃんと出来ると思う」

「あら」杏子が目を丸くした。「これまでと何が違うの？」

「うーん……愛されてる実感と自信かなあ」

「言うわねえー」あきれたように噴き出しかけたものの、奈津の顔を見て笑いを引っ込め、ナプキンで口もとを拭く。「……真面目に言ってるのね」

頷いてみせると、

「そう。やっとそこまでたどり着けたんだ」彼女はふうっと息をついて微笑んだ。「よかった。うん、ほんとによかったよ」

身内だから、というだけでは、安心できる理由にならない。この世で最も近い身内であるはずの母親の愛情は、子どもの頃から常に条件付きで、得るためには必ず何かしらを引き換えに差し出さなくてはならなかった。けれど武は、何よりもありのままでいることを望んでくれる。奈津の側が臆病になって足踏みするたびに、俺の愛情を疑おうとするな、全部預けてぶつかってこいと、辛抱強くくり返し言ってくれる。奈津からの見返りなど待つまでもなく、奪いたいものがあれば勝手に奪ってゆくけれど、それは金銭ではないし、隷属でもない。女としての心と身体を全部俺によこせと望まれるのは、こちらも相手を愛している限りは最高の悦びだ。

「はいはい、ごちそうさま」杏子はとうとう笑いだした。「要するに、幸せなのね」

「そうだね。いろんな意味で満ち足りてる」

大阪と長野の家を行き来するようになり、ホテルではなく日常を共にする機会が増えたせいだろうか。互いの結びつきはますます強固なものとなっている。

「あとね、初めて思ったんだけど」

「何？」

奈津は、あたりをちらりと見回した。ランチタイムには少し遅く、近くのテーブルに人はいない。それでも、声をひそめて言った。

「私……どうやら淫乱ってわけじゃないかもしれない」

パスタを巻き付ける杏子の手が止まる。「どうしてそう思ったの」

「武と一緒にいて、愛しい気持ちが募り過ぎて、ああつながりたいなって思うことはよくあるのよ。でも同時に、心が満ち足りてると飢餓状態にならないんだ。しなくてもべつにかまわない。くっついてるだけで充分幸せだったりする」

自分の中に起こった急激な変化に、じつのところ奈津自身がいちばん戸惑っている。

武は、愛情表現を躊躇わない。ふだんもしょっちゅう体に触れてくるし、セックスについても平気で言葉にする。まだ付き合い始めて間もない頃、たくさん愛し合った翌朝、まぶしい光のあふれるキッチンで顔を合わせたとたんに抱き寄せられ、

〈ゆうべはめっちゃ気持ちよかった。おおきにな。またしよな〉

そう囁かれた時など、あまりの羞恥(しゅうち)に宇宙までふっとびそうになった。ものすごいカルチャーショックだった。これまでずっと、とくにパートナーの男性とは、陽の光の下でセックスを語ってはいけないと思い込んでいたのだ。よく考えてみれば、なぜなのかわからない。

「最近では私も、彼のことが欲しくなった時はへんに卑屈にならずに口に出すことができるし、たまたま向こうがそういう気分じゃなかったとしても、こちらが傷つく必要はないんだってわかる。逆に、向こうが望んだとしても無理やり合わせる必要はなくて、でももちろん、すればしたでめちゃくちゃ気持ちいいし……。何だろう、すごく安定してるよ」

「じゃあ、もしかして、いくふりとかも？」

「してない。武には最初のうちにはっきり言ったの。あなたには嘘をつきたくないから言っておくけど、私はたぶん、まだ本当には中で達したことがないみたいなんだ、って。相手の人を喜ばせるために、ふりばかりしてたけど、もうそんなことしたくない。いかなくたって、あなたとは何もかも充分に気持ちいいんだから、ってね」

「そしたら？」

「よくわかった、正直に言ってくれて嬉しい、って。これからも絶対にふりはすんなよ、って言われた。でも……」

「うん？」

「本当に必要なくなっちゃった」

え、と目を上げた杏子が、はっと気づく。「うそ！　いけたの？」

「ちょっ……！」慌ててたしなめる。「大きい声出さないの」

「ごめんごめん。でも、何、うそ、ほんとに？　とうとう？」

奈津は、苦笑気味に頷いた。

それでも半年以上かかったろうか。ある角度と、深さと、強さの組み合わせを、武が把握(はあく)したのが先だったと思う。それまでは刺激されると水ばかり溢れさせていた箇所の、わずかに隣だった。溢れそうになるのをこらえて、必死にこらえて、もうこれ以上はこらえきれないと身じろぎした瞬間に、それは、来た。いく、と言うよりも、くる、に近かった。

「あれってさ、道筋っていうか、どこに扉の掛け金があるか一旦わかると、わりと簡単に開いちゃうのね。けっこう、困る」

杏子が、フォークをぽいと放りだし、椅子の背もたれにどっと寄りかかる。

「やーれやれ。幾らか頂かないと聞いちゃいらんないくらいのノロケだわ」あきれた口ぶりとは裏腹に、眩しいものでも見るかのように目を細めている。「なんかさあ、私の役割もようやく終わりが見えてきたかなって感じ」

「寂しいこと言わないでよ。私を男とくっつけることが杏子さんの役割ってわけじゃないでしょ」

「もちろん違うわよ。私の役目は、あなたの本当の幸せを見届けることだもの」

不意打ちだ。目が潤みそうになり、パスタをむやみにかきまぜる。

「――ありがと」

「何言ってんのよ」杏子も、再びそそくさとフォークを手に取った。「残るは、そうね。財政の立て直しをどうやっていくかよね」

それこそが問題なのだった。

バケツの穴さえ塞げば、自然に水はまた溜まる。そう高をくっていたのだが、大林がいなくなっても、穴はなぜか塞がらなかった。働いても、働いても、そしてどんなに節約しても、口座の残高が増えていかない。おかしい。かつては夫の大林に任せきりだった資金繰りを一から見直すために、税理士である友人と、今では会計や事務所業務を一任している琴美とに、すべてのお金の出入りを一円の果てまで改めてもらったところ、住宅に関するローン以外にも、小口の借金が奈津が思っていた以上に何口もあることがわかった。中には、利率が九パーセントものローンも含まれている。

〈ねえ奈津〉

大林の声が耳もとに蘇る。

〈今月のうちにどっかから工面しないと、次のカードの支払いも税金も乗り切れないからさ。出版社に前借りとか頼めないかな？〉

彼は彼で、かつて自分の母親に無心して二百万ほどを借りてくれたこともあった。後からそれを知らされた時、奈津は泣いて怒り、どうしてそんな恥ずかしいことをするのか、すぐに返してきてほしいと頼んだものだ。

〈いいけど、だったらまたローン組むしかないよ。この家の住宅ローンを通してくれた銀行から、無担保の商品があるって勧められてるけどどうする？　利率は高いけど、とにかく今を乗り切らないことにはさ〉

そうして、銀行から担当者がやってきて書類を記入する段になり、訊かれたのだ。今現在、住宅と車のローン、それ以外にお借り入れなどはありませんか、と。

ないです、と答えようとした奈津の横から、大林が答えた。

〈ある〉

耳を疑った。

差し支えなければどういった……と重ねて訊く担当者に向かって、淡々と、飄々と、

〈今はちょっと、話したくない感じかなあ。あとでまた連絡します〉

大林が答える。

担当者が帰ってから、奈津はかろうじて言った。

〈何に遣ったかは、言いたくないなら訊かない。いくら借りたかだけ教えて〉

〈三百万。……だったかな？〉

すべては、自分の浅はかさが招いたツケだ。夫に対して、一旦任せたお金のことをとやかく言いたくなかった。これからもずっと生活を共にしてゆく相手が〈大丈夫〉と言うなら、大丈夫なのだと思っていた。いや、思おうとして、あえて追及を避けていた。これまでの借金と合わせれば、総額いくらの返済になるのか。月々の負担はいくらになるのか。これだけの利率でこれだけの額を借りたなら、通帳もカードもすべて大林に預

け、彼が銀行から下ろしてきてくれる生活費をこちらが受け取るといった生活を、途中から変えることができなかった。疑義を呈(てい)することで、夫との信頼関係にひびが入るのを怖れて。

「いいのよ、もっと怒ってやれば」

食後のコーヒーに口をつけた杏子がため息をつく。

「底に穴が開いて沈みかけてる舟に、あなたを置いて逃げたも同じことじゃない」

「でも、はっきり言って彼自身、うちの財政状態を完全には把握してなかったと思う。まずいな、とは思ってただろうけど」

「とことんお人好しなんだから」

「違うって。むしろ、その程度のことさえ把握出来ないくらい、いいかげんで無能力だったっていう意味」

杏子が、テーブルの向かい側で大きく深呼吸をする。コーヒーのこうばしい香りが寄せてくる。

じっと奈津を見て言った。

「それで……あといくら必要なの」

親しい間柄であればこそ、金銭の貸し借りなどしたくない。出どころが個人でなく会社だとしても同じことだ。しかし、背に腹はかえられない。以前、離婚にあたり編集長に相談の上で借りた——それとほぼ同じ額をお願いすることはできないだろうかと奈津は言った。

杏子が思案げに眉を寄せる。

「これまでのうちとの縁を考えればたぶん大丈夫だろうとは思うけど……はっきり言って、年季奉公みたいなことになるよ？　これから出す本出す本、印税から大幅に差し引かれていくことになるけど、それでいいの？」

「もちろん。精いっぱい仕事してお返しします」

それでいいのかと訊くべきはこちらだ。これまでと同じように本が売れるかどうか、保証はどこにもない。確実な担保もないのに貸してくれるなど、他ではなかなか考えられないことだった。

「わかった。上に話を通して、また連絡するわ。とりあえずそのお金があれば、当面は足りるの？　税金の未納分さえきれいにしたら、地元の銀行での借り換えも出来るってことなんだよね？」

「出来るかどうかはまだ」と、奈津は言った。「でもとにかく、納めるものを納めた上でないと、話を先へ進めてもらえないから」

今のままでは、何本にも分かれた高金利のローンのせいで、いつまでたっても返済が進まない。解決のためには、住宅関係のローンも何もかも合わせた形で借金を一本化し、堅実かつ健全な形で返してゆくのが理想だ。地元の銀行に、相談はすでに持ちかけていた。知人が支店長に口をきいてくれたおかげで、担当者も親身になって動いてくれて、このぶんなら何とか、と希望を抱いていた矢先——税務署からいささか茫然とする額の未納分請求書が届いた。それが先月のことだ。

杏子が、苛々と前髪をかき上げる。

「ったく、別れた亭主のほったらかしてた住民税を、なんで今さらあなたが払わなくちゃいけないんだか。何べん聞いても腹立たしいわ」

結婚していた間、大林の収入はかなりの額にのぼっていた。すべては奈津から彼へと支払われる形のものだったが、その収入に応じて発生する住民税を、彼は三年も滞納していたのだ。

本人に問いただせばおそらく、ローンの支払いなどを優先しなくてはならなかったから止むを得ず後回しになったのだと言うだろうが、そもそも税金の支払いは国民一人ひとりの義務だ。本人に請求してくれと税務署に言い放つことも出来たのだが、奈津は、友人の税理士や琴美と相談の末、黙ってこちらで支払うほうを選んだ。

大林に請求が行った場合、万一彼が目先の税金逃れのために「給与などもらっていなかった」「計画的脱税のための架空の給与だった」などと突っぱねたなら、ひるがえってこちらが痛くもない腹を探られることになりかねない。何しろ、これも別れた後でわかったことだが、数年前から大林は、自身の毎月の〈給料〉を奈津の口座から自分の口座へ振り込むことも怠っていた。それだけの現金さえ、すでになかったのかもしれない。そのぶん無制限のクレジットカードを自由に遣っていたわけだが、彼の通帳に振込記録が残っていない以上、もし税務調査などが入れば専従者給与が認められなくなる危険性がある。〈雇い主〉であるこちらに脱税の疑いをかけられるか、さかのぼっての追徴課税か。いずれにせよ、三年分の彼の住民税を支払うよりもはるかにダメージが大きいだろう。

「でもね。じつを言うと、それだけじゃないんだ」

「うそ、まだあるの？」

頷いて、奈津は目を伏せた。

「先週、銀行の担当者さんから連絡があってね。借り換えの計画を進める上で、うちの登記簿や何かを確認したら……なんとまあ、今のあの家と土地が三年前から差し押さえになってるって」

「は？」杏子の声がはね上がる。「何それ、どういうこと？」

思い返せば、同じくらい前の一時期、郵便受けに何度かピンク色の督促状が届いたことがあった。〈期限を過ぎても納付されない場合は財産を差し押さえます〉との通知に驚き、恐怖さえ覚えて、いったい何の未納金なのか、こんなことをしていたら社会的信用をなくしてしまうから、とにかく早くちゃんと返してくれと大林をせっついたところ、督促状はようやく届かなくなった。てっきり納付したからだと思いこんでいたが、単に、差し押さえが確定したせいだったらしい。その通知を、奈津は見ていなかった。

「つまり、大林くんがあなたに見せずに隠したってこと？」

「わからない。でも、そんな大事なこと、通知が来ないはずないし、だとしたら彼が知らなかったわけはないよね。郵便物はぜんぶ彼が処理してたんだから」

つぶやく奈津の顔を見て、

「もう！」杏子が苛立つ。「呑気に苦笑いなんかしてる場合じゃないでしょうが。なんでもっと怒んないのよ、あなたは」

「いやもう、いいかげん笑うしかないっていうかさ」

結局、差し押さえそのものはすぐに手続きをして解除できたのだったが、銀行に対しては最悪の印象を与えてしまう結果となった。地元支店の担当者がどれだけ尽力してくれようと、審査そのものは本店の管轄だ。

事実を先に知っていれば、そんな状態のままのこのこ相談に出かけたりしなかったのにと臍をかんだが後の祭り、穴があったら入りたいとはこのことだった。

「ちなみに、従弟くんにはこのこと、打ち明けたの？」

「もちろん」

武に話していないことなどひとつもない。

「彼は何て言った？」

「『相手がド素人で助かったな』って」

「え？」

「『そうやなかったらお前、とっくの昔に身ぐるみ剝がされてるとこやったぞ』ってさ。ほんと、その通りだよね」

杏子の顔を見やり、奈津は苦笑を深くした。

「自分がどれほどの馬鹿だったか、ようやく本当にわかってきた感じ。誰も恨めないよ。結局のところ、自業自得だもの」

その年の十一月。追い打ちをかけるように、怖れていた税務調査が入った。

調査それ自体は、こんな仕事をしていれば五年に一度くらいの割合で巡ってくるもので、さほど特別なことではない。年ごとに業種を絞って行うものとみえ、奈津と同業の脚本家や作家の中にも悲鳴を上げている者が何人もいた。

ただ、奈津の場合、住所のある長野県で執筆しつつ、主な仕事の拠点は東京にあるということで、管轄の税務署からだけでなく国税局の特別調査官までが派遣されてきた。当然、調査そのものも厳しくなる。琴美がきちんと整理した資料を揃え、友人の税理士が果敢に戦ってくれたものの、過去数年間の確定申告書や帳簿などの記録を詳細に調べられた末に、遡って三年分の追徴課税という結果となってしまった。案の定、大林の専従者給与の記録がないということで青色申告そのものが却下されたためだ。

途中からは奈津自身もあきれる思いだった。大林が自分だけ参加したゴルフのプレイ・フィーや、クラブやウェアを購入した際の領収書まで、交際費の名目で経費に突っ込んでいたに至っては、もはや何の申し開きも出来なかった。決して故意の脱税ではないことを、調査官に信じてもらえただけでも幸運だったと思うしかない。

「だいたいの事情はわかりました」

数日にわたった調査の最後に、国税局から来た年輩の特別調査官は言った。

「きりがないので今回はここまでにしておきますけれども……しかしねえ、あなたももう少し、防ぎようがあったように思うんですよ。どうしてその、前の旦那さんがすることを、もっとちゃんとチェックしなかったんですか」

すみません、と頭を下げた奈津は、正直に答えた。

「夫だったからです」

調査官は複雑な顔で口をつぐみ、それ以上は何も言わなかった。


修正申告をし、決定した追徴金を、一度に払いきることはできなかった。出版社から借りた大金をもってしても到底足りない額だったのだ。

税金をすべて払い終えていなければ納税証明書は発行してもらえない。地元銀行での借り換えはこの時点で暗礁に乗り上げ、ほぼ白紙に戻ってしまった。

残念な結果を、つくづく申し訳なさそうに告げてきた融資の担当者は、

「僕はあきらめてませんから」と、熱をこめて請け合ってくれた。「今現在、月々の返済は滞りなく進んでいるわけですし、あとはその税金の未納分さえクリアになれば問題はないはずなんです。必ず本店に掛け合って話を通すつもりですから、きっとまたご相談下さい」

心から礼を言い、電話を切る。

仕事椅子から立ち上がり、窓の外を見やると、冬の空は眼球に傷がつきそうなほど蒼かった。

足もとを見下ろす。本のぎっしり詰まった段ボール箱は、いま取り組んでいる脚本のためにそろえた資料だ。その重たい箱を、奈津は、思いきり蹴り飛ばした。

唸り声をあげながら何度も蹴る。涙があふれ、洟が垂れるのを子どものように袖で拭

うち、泣き声まで子どもじみてくる。ひとしきり、声をあげて泣きわめき、しゃくりあげ、しまいに疲れ果てて床にへたりこんだ。さんざん箱を蹴った足先がひどく痛んでいた。

奥歯がめり込むほど嚙みしめる。

もう、別れた男や金のことで泣くのはこれっきりだ。泣けば誰かが返してくれるのならいくらでも泣くけれど、そうではないのだからこれっきりだ。そのかわり、何としてでも返済してみせる。見てやがれ、あのウンコ野郎。

歯を食いしばって煮える涙をこらえていると、ドアのところから三毛猫の環が顔を覗かせ、すうっと近づいてきた。柔らかな体を抱き寄せ、よい匂いのする背中に鼻を埋める。

「大丈夫。……大丈夫だから、ね」

猫に言っているのか、自分に言い聞かせているのかわからなかった。

第十章

武と迎えるクリスマスは、厳密には今年が初めてだ。去年はショートメールのやりとりだけで実際に逢ってはいなかったし、まさか後にここまでの関係になるなどとは予想もしていなかった。

「いやあ、あン時ゃ驚いたわ。あの姉ちゃんが『メリー・クリトリス』なんて書いてくるねんもんなあ」

「嘘を言わない。書いてきたのは武でしょうが。私は、『はいはい、メリー・クリトリス』って調子合わせただけで」

「書いとんねやんけ！」

中学生にも馬鹿にされそうなことを言い合いながら、形ばかりのケーキをつつく。

大阪のシティホテルだった。ふだんなかなか来られないぶん、正月くらいは武の実家で叔母たちとともに過ごしたくて宿を取ったのだ。琴美が二つ返事で留守を預かり、生きものの面倒を見てくれるからこそ出来ることではある。

「明日あたり、みんなで晩メシ食いに行こか」

甘いものに飽きた武が、半分残したケーキを奈津に押しつけ、コーヒーを淹れに立つ。

ミニサイズの瓶入りインスタントコーヒーは、すぐ近くのコンビニで買ったものだ。日に何杯も飲むのだからその都度ペットボトルや缶コーヒーを買うよりも安上がりだと言ったのは武で、そういう彼の言動を見ていると、奈津は今さらながら堅実とか倹約とはどういうことかを実地で学んでいる気がするのだった。

「あほか、大げさな。……ちゅうても、まあなあ、紀代子おばちゃんがあの通りの浪費家やったもんなあ。ちなみに吾朗さんはどないやねん」

「お父ちゃんは、うーん、どうだろう。ふだんはわりと締まり屋だけど、大きいことになると思いきったお金の遣い方する人、かな。最近は年金生活だからなかなかそうもいかないけど」

この春、父親は一度、救急車で運ばれた。幸い大事には至らなかったものの、長年の使用に耐えてきた血管はすでにあちこち脆くなっていると医者に言われた。

湯気の立つマグカップを手に戻ってきた武が、ベッドに座った奈津の隣に腰を下ろそうとしてマットレスの不安定さに気づき、思い直してそばの椅子に座る。

「正月明けてしばらくしたら、吾朗さんと紀代子おばちゃんにも会いに行かなな」

熱そうに一口すすり、カップを丸テーブルに置く。

「うちのおふくろの心配しとる場合ちゃうぞ。あの二人のほうがずっと年いっとんねんし、吾朗さんは体のこともあんねんから、会えるときに会うとかんと」

わかってる、と奈津が頷いた時だ。

ピコン、と音がした。上着のポケットに手を入れ、スマートフォンを取り出す。画面に浮かび上がるメールの一部を見るなり、首の腱がこわばる心地がした。

　意を決してメールを開く。

　短い文面だというのに、意味がよくわからない。くり返し読み直すうちにふつふつと怒りがこみ上げ、我知らず顔色が変わっていたのかもしれない。

「どうした」

　武に訊かれ、ようやく目を上げる。

「誰からや。仕事のメールか？」

　首を横に振り、奈津は、スマホをそのまま武に差し出した。

「俺が読んでええのんか」

「……どうぞ」

　受け取った武が、画面に目を走らせる。すうっと表情が消えていく。


「報告」

　クリスマスにごめん。

　年明けになるよりはいいんじゃないかと思って。

　去年の十月から付き合っていた人と結婚することになった。数日前に、彼女の妊娠が検査薬で陽性を示したから。

　まだ初期だから、流産の可能性も高いとは思う。でも、結婚するつもりで、妊娠しても構わないと付き合ってきたので嬉しい結果です。
三十七年と数ヶ月、過去に経験したことのない大きな愛情でとても大切にしてもらったので、愛情を返せなかった後悔を抱えていても報告しないわけにはいかなくて。
メリー・クリスマス。良いお年を。

ややあってスマホを返してよこすと、武は煙草に手をのばし、一本くわえて火をつけた。煙とともに吐き出す。

「かっこわる」

彼にそのつもりはないのだろうが、奈津は、責められているようにも感じた。そういう男を、選んで夫にしていたのは自分だ。

改めて、大林からのメールに目を落とす。文面の向こう側に息遣いが聞こえるようで、ふつふつと怒りがこみ上げてくる。三十七年と数ヶ月、から始まる文章も日本語としておかしいが、あえて補うならおそらく「(あなたからは)これまでの人生で経験がないほどの愛情を注いでもらったので」という意味合いなのだろう。

じつのところ、大林からメールが届くのはこれが初めてではない。つい三カ月ほど前の秋口にも、

〈もう一年たったんだね。思い返すと狭心症かと思うほど心臓が苦しくなるよ〉

といった能天気なメールが届いていた。まだ税務調査が入る前、ちょうど彼の滞納していた住民税をまとめて支払うためのやりくりに四苦八苦していた頃で、読むなり鼻血

が出そうなほど腹が立った。もしかすると誰かから、今のこちらの生活を聞き及んだのかもしれない。続けて、こうあった。

〈あなたが穏やかに幸せならいいなあ、と思うけれど、それで作品が書けるのか、なんて余計な心配をしても何もできないので、ただただあなたの幸せを願うくらいしかできないのだけれど〉

紙の手紙なら破って捨てていたか、丸めて燃やしていたと思う。もちろん返信などしなかった。

にもかかわらず、今回のこれだ。

「報告」の内容そのものは、はっきり言ってどうだっていい。誰と付き合おうが、どこで野垂(のた)れ死のうが知ったことではない。ただ、大林の言いぐさには手が震えるほど腹が立った。

離婚して間もない「去年の十月から」の恋人と結婚、というのは、お先に失礼とでも言いたいのだろうか。しかも相手の妊娠をわざわざ告げるのは、子どものできない女にダメージを与えようと考えてのことか。「愛情を返せなかった後悔」とはつまり、「俺は愛されていたけど逆はなかった」と念を押したいのか。

全部、こちらのひがみ根性かもしれない。大林にそんな意図などなく、ただ美化した過去に酔っぱらって書いてよこしただけというのが妥当な線だろう。それでもなお腹立たしいのは、「報告しないわけにはいかなくて」の部分だった。おかげで今の自分は幸せです、と報告したなら、祝福してもらえるとでも思ったのだろうか。この期に及んでずいぶんと舐められたものだ。

よほど険しい顔をしていたらしい。武が、隣にやってきて腰を下ろした。ベッドが、ぎしりと軋んで沈む。いつもよりさらに低い声で、彼は言った。

「なんも、お前が傷つくことはないねんぞ」

奈津ははっとなって、そこで初めて胸に落ちた。——そうか。自分は今、傷ついているのか。そうか。

「そいつ、いったい何がしたいねやろなあ。俺やったら、今何をして誰といてるかなんぞ、それこそ別れたオンナにだけは絶対知られたないけどな。ちゅうかそもそも、これから結婚しよ思てる相手が妊娠したからいうて、なんですぐさま別れた女房に報告せなならんねん。そいつのオカンか、お前は」

相変わらず本質を突いてくる。夫婦だった頃の自分たちはいつのまにか、男と女ではなく、いわば息子とその母親になってしまっていたのだろう。なるほど、母親とセックスしたくはならんわな、と思ってみる。

「なあ、奈津」武がこちらに体ごと向き直る。「俺はお前から、生まれてこのかたの四十年ほどで経験したことのない愛情を注いでもろてるで。ちゃうか？ 俺の勘違いか？」

「そ、そんなことないよ」慌てて言った。「こんなにまっすぐに、ぜんぜん嘘のない気持ちを注ぐことのできた相手は、ほんとに武が初めてなんだよ。信じて」

「ふん。当たり前じゃ、あほう」武が片頰をゆがめる。「前の旦那に注いだ愛情こそが人生最高のもんやて言われたら、俺の立つ瀬ないわ」

「……武」

「もう、忘れてまえ。だいたい、死んだ人を悪う言うたらあかん」

真顔で言うので、うっかり噴きだしてしまった。「死んでないし」

「ま、要するにお互い様、いうこっちゃな」

「え？」

「お前にとって、そいつへの愛情はほんまもんやなかった。せやろ？　向こうもそうやろけど、そしたらおあいこやんか。お前は、一方的な被害者やない。そない思たら、なーんも傷つく必要ないやろが」

武の言葉はまるで、無造作な指先で塗られる軟膏のようだ。乱暴で痛いが、傷口にじんわりしみてくる。

怒りが、萎んでゆく。かわりに、やりきれなさが胸に凝る。

どこまでいっても独りよがりのこのメールはもしかして、ある意味、大林からのSOSなのではないか。妊娠は嬉しい結果と言いつつ、少しも幸せそうに感じられないのはなぜだ。今さらの〈デキ婚〉に狼狽え、二度と元の生活に戻れないという現実を突きつけられ、腹を括ることもできないまま、つい〈母親〉に話したくなってよこしたメールがこれではないのか。

当たっているかどうかは知らない。が、そんなふうに思ってみると、初めて少しだけ、ほんとうに少しだけだが、大林のことが可哀想になった。こんなにおめでたいはずの「報告」を、悲愴感がだだ漏れの文章でしか伝えてこられなかった彼の境遇、その性根が、このとき初めて、気の毒になった。

どこかで流産を望んでいるかのような男の子どもを身ごもり、産んで育てるのもまた辛い人生だろう。彼の妻となる女性には何の恨みもない。どうぞ母子ともに健やかにと祈るばかりだ。

「武……」

「なんや」

隣に座る男によりかかり、その手を包むようにそっと握る。相変わらず荒れた手だ。てのひらを上に向け、指を深く絡める。

「ありがとね。あの時、思いきって一線を踏み越えてくれて」

「は？　なんじゃそら」

「武が一歩踏み出してくれなかったら、今でもこういうふうにはなってなかったかもしれない。想像するとぞっとするよ。今、もし私に武っていう存在がいなくてさ。寂しい年の瀬に元旦那からこんなメールが届いて、しかもこっちは独りで、誰かと虚しいセックスしかできなくて、ついでに銀行の借り換えもできなくて……そんな状態だったら、正直、かなりきつかったと思うの」

「べつに、そんなことのためにお前とこうなったんちゃうぞ」

「わかってるけど」

いきなり、つないだ手をぐいと引かれ、ベッドに横たえられた。のしかかってきた武が間近に見下ろしてくる。

「俺はただ、やりたかっただけや。奈津姉を押し倒して、自分だけのもんにしたかっただけや」

乾燥のせいか皮の剝けた唇が下りてきて、奈津の口を塞ぐ。滑り込んできた舌に、口の中をくまなく蹂躙される。ほどなく我慢できなくなり、急くように服を脱ぎ捨ててつながったとたん、互いにどれほどこれが欲しかったかを思い知った。再び唇を重ねたのは、声をこらえるためだ。

かぎ針を使って編まれている心地がする。奈津の弱い部分を熟知した武が、執拗にそこばかりを責めて泣かせようとするのを、詰るつもりで見上げた目が熱く甘く潤んでしまっているのがわかる。

そうして見上げる角度のせいか、ふと大林の顔を思い浮かべ、奈津はその一瞬、勝ち誇るような残酷な気持ちになった。ざまあみろ。どうせあんたはいまだに、鼻の穴を得意げにふくらませ、首を少しかしげながら、あのつまらないセックスをしているんだろう。別れてくれて本当にありがとう。おかげで私は今、こんなにもめくるめくほんものの快楽を享受しているよ。

〈もう、忘れてまえ。死んだ人を悪う言うたらあかん〉

先ほどの声にたしなめられ、目をつぶる。

「武……」

「うん？」

「たけ、し……」

「なんや」

呼ぶたび、律儀に答えを返してくれる男の頭を胸に抱え込むと、なぜだか野蛮な気持ちがせり上がってきて思わず、ああ、と叫んだ。

「気持ちぃぃーー！」

とたんに武が、ぶふっ、と噴きだした。

「お前は財津一郎かっ」

「それは『きびしぃーー！』でしょうが。……似てたけど」

さざ波のようなくすくす笑いがげらげらに変わっても、つながりは解けない。笑いをかみ殺しながら、すぐにまた二人とも真剣になってゆく。

たっぷりと時間をかけて奈津を味わった後で、武がようやく自らを解き放つ。ああ、たまらん、と耳もとで呻く声を聞いた瞬間、奈津も達した。爪の先、髪の先まで満たされ、ふわふわと宙に浮かんでいるかのようだ。のぼりつめるだけの態勢が整うまで充分に時間をかけてもらえること、いったふりをしないで済むことが今、しみじみと嬉しい。快楽のためだけではない。それはすなわち、愛する男にもう虚しい嘘をつく必要がないということなのだ。

武が離れたところから、混じり合った互いの体液があふれ出してくる。すかさず彼が枕元のティッシュを抜き取って押さえたが間に合わず、シーツに大きなしみができる。

〈乳と蜜の流れるところ〉

そんな言葉をつい思い浮かべ、奈津は苦笑した。子どもの頃からミッション系の学校に通っていたせいで、聖書の言葉は古い童謡などと同じように耳の奥底に馴染み、ふとした拍子に浮かび上がってくる。

エジプトでの迫害を逃れたイスラエル人たちが、預言者モーゼに導かれて向かったカナン。遥か昔、神が彼らアブラハムの子孫のために乳と蜜の流れる土地を用意しようと誓ったことから、〈約束の地〉とも呼ばれている。

そういえば、かつてジョン・レノンとオノ・ヨーコが共作した二枚目のアルバム・タイトルは『ミルク・アンド・ハニー』だった。一枚目の『ダブル・ファンタジー』のあと、ジョンの死を間に挟みながら、いったいどのようにしてそのように豊潤なイメージへと辿り着くことができたのだろう。誰が何を言おうと、あの二人にとってはやはり、互いが唯一の〈約束の地〉であったのだ。

そして今、奈津は思う。自分にとっての〈約束の地〉は、武のいるところだ。長い、ながい旅路の果てにようやくたどりついた。帰ってきた、のかもしれない。

隣に横たわる硬い身体に抱きつく。毛むくじゃらでくすぐったい腋窩（えきか）に鼻先を埋めて脚を絡ませたとたん、寝返りを打った武が奈津を抱きすくめる。またのしかかってきた。

*

奈津の父・吾朗が救急車で運ばれて入院したのは、奈津と武が付き合い始めてまだ間もない今年の三月のことだった。

認知症の進んだ妻と二人きりで暮らしていた八十六歳の吾朗は、ある日突然のおびただしい下血に動揺しながらも、大人用おむつを穿くなどして我慢し続けたらしい。自分が入院しては妻がこの家で独りきりになってしまうと考えてのことだったが、三日目にとうとう貧血で立てなくなり、かろうじて電話をかけて、ふだんから何かと世話になっているケアマネージャーの男性を呼んだ。病院に担ぎ込まれた時点では、血圧が六十を切っていたという。

連絡を受けた時は夜で、奈津はたまたま仕事で東京に滞在していた。命に別状はないとは聞いたがすぐさまレンタカーを手配し、その車で会社帰りの兄・哲也を拾ってから南房総へ向かった。深夜一時過ぎに到着すると、集中治療フロアの中央付近に置かれたベッドのそばには、ケアマネージャーの男性ともう一人、女性スタッフが付き添ってくれていた。せめてご家族がみえるまではと思って、と、二人はまるで当然のことのように言った。

「よお」

輸血の針の刺さった腕をひょいとあげてよこす父親に、

「よお、じゃないでしょ」

奈津はあえてきつく叱ってみせた。憔悴(しょうすい)しきった顔を見るなり、感情が渦巻いて泣きだしそうになった。

「どうしてこんなになるまで我慢しちゃうのよ」

いや、強いことは言えない。老老介護の危うさをわかっていながら、足繁く訪ねることができずにいるのはこちらのほうだ。

付き添ってくれていた二人をエレベーターまで送っていった哲也が、戻ってきて言った。

「おふくろのことは、安心していいよ。少なくとも親父が入院してる間は、いつもおふくろが行ってるデイケアの施設と同じ系列のホームで預かるように手配してくれるって。ありがたいね」

親子三人でひとしきり、担当医師による説明を聞いた。下血は大動脈瘤からの出血によるもので、まずは症状がいくらか治まってから、内視鏡による詳しい検査が必要とのことだった。

聞き終わる頃にはようやく心電図が安定し、頬に血の気もさしてきたからだろうか。広いフロアの隅のほうへ移動させられることになり、ベッドごと引っ越した吾朗のために、ナースがカーテンをぐるりと閉めていった。

哲也は入院のための必要書類を記入しに行っている。

奈津は、父親の枕元に椅子を持ってきて腰を下ろした。

「ねえ、お父ちゃん。こんな時に何だけど、ちょっと話があるの。いいかな」

病院のベッドに横たわると、人はどうして皆こうも弱々しく見えるのだろう。いや、無理もない。吾朗の年齢を考えれば、こうして生きていてくれたことだけで奇跡だ。

顔の色は白く、肌はぱさぱさと乾き、目の力も失われている。こんな状態の父親に、何も今打ち明けるようなことではないかもしれない。躊躇っていると、吾朗がこちらを向き、怪訝そうに目を瞬いた。

「何じゃ、あらたまって。そんなに深刻な話か。医者に何か言われたんか」

慌ててかぶりを振った。そう心配されるとかえって言い出しにくくなる。

「そういうのじゃなくて……私の、個人的なこと」奈津は言った。「今ね。お付き合いしてるひとがいるの」

「──ほう」父の目に、ちらりと好奇心の光が宿る。「今度はどこの馬の骨じゃ」

思わずふき出してしまった。

昔からの父の口癖。いざ恋人を紹介すると必ず、冗談とも本気ともつかない口調で、しかしわざわざ面と向かって宣うのだ。

〈娘の連れてくる男なんぞ、たとえどこの誰であろうが、父親にとってはただの馬の骨じゃ〉

今になって、その言葉にこめられた含羞と愛情とに気づかされる。

「それがね。今度ばかりは馬の骨とは言えないかもしれない」

吾朗の眉根が寄る。奈津は思いきって言った。

「じつは、武なの」

「うん？」

「だから、従弟の武。大阪の、芳夫おじさんと玲子おばさんとこの、あの武なの」

たっぷり二つか三つ数えるだけの間を置いて、

「なんと！」

白髪のそよぐ頭が、思わずといったふうに枕から浮く。モニターに映し出された心電図がやや乱れ、奈津は慌てて父親をなだめた。

「ごめんね、驚かせて。去年の暮れから連絡取り合うようになって、それから何となくそういうことになったっていうか……べつに、隠してたわけじゃないんだ。武が、吾朗さんにはできれば自分の口から話したいってずっと言ってて」

しかし、東京でレンタカーの手続きを待つ間に武に連絡したところ、最後に言われたのだ。

〈すぐ駆けつけられんですまん、くれぐれもよろしい言うといてくれ。それと、もしもお前が話したかったら、俺らのこと、お前の口から話してもええんやぞ〉

ふむ、と吾朗が唸る。「間に合ううちに耳に入れとけ、ちゅうことか？」

「違うってば。お父ちゃん、この間から、私がもうずっと独りなのかって心配してくれてたじゃない。打ち明けたら、もしかして安心してくれるんじゃないかなって思っただけ。それとも——反対する？」

そっと見やると、吾朗はしかし、すっかり面白がるような目をしていた。

「なるほどなあ。考えてみたら、何年か前にあの一家がうちへ来た時、お前、武の背中の倶利伽羅紋紋(くりからもんもん)を見てもまるで動じひんかったもんなあ。ああいうのんが好きなんか、お前は」

何を訊くのだこの親父は、と思いながら、奈津は、観念して答えた。

「正直、新たに一目惚れでした」

ふははは、と吾朗が入れ歯のない口で笑う。

「そうか、そうか。これがほんまの『背の君』やな」

背中の刺青とひっかけてうまいことを言ったつもりらしい。なおも口もとをしわしわとすぼめ、何か言いたそうにする。

「なに？」

「そんなら、俺もこの際、内緒のこと教えたろか」

奈津が頷くと、吾朗は、笑いをこらえるような顔で声を潜めた。

「じつはな。もうずうっと昔から、俺にとっての心の君は、玲子さんだったのデス」

語尾は、照れ隠しの表れらしい。

「……マジで？」

「マジデスヨ」

しれっと言ってのける父親を、奈津は、茫然と見下ろした。二十近くも年の離れた、義弟の嫁。付き合いそのものは半世紀以上になるはずだ。

「もちろんまったくのプラトニックやったけどな。うちの紀代子さんがああいう厳しい人やったからよけいに、玲子さんの持って生まれた明るさに救われてきたとこはあったわなあ」

何も言えずにいる奈津を見て、吾朗はにやりと口を歪め、目尻に皺を寄せた。

「どや。驚いたか」

「……参りました」

「ふふん。ザマアミロ」

　奈津も、思わず笑ってしまった。この父とはこれまでの人生で何度、共犯者のような感情を交わしたことだろう。

「わかる気がするよ。玲子おばさんも、お父ちゃんのこと、義兄さん義兄さんっていっつも気遣ってくれてたもんね」

　この入院のことも、武の口から伝わっているに違いない。またきっと、叔母は手紙をよこしてくれるだろう。老眼鏡をかけずとも読めるよう、大きな文字で。

「で……お前たちのこと、玲子さんは知ってるのか」

「武が話したから」

「そうか。びっくりしたやろな」

「きっとね。でも、反対はしないでくれたって」

「そうか」吾朗が再び頷いた。「それやったら、ええ。俺が言うことはない。二人で仲良うやんなさい。あれは、うん、なかなかええ男じゃ」

　ひとりごちて、天井を見上げる。

　その穏やかな面持ちに、奈津はどっと安堵した。入院の連絡を受けてからの疲れまでが一気に出たかのようだった。打ち明けて良かった、と思っていいのだろうか。驚かされたのはむしろこちらだったけれど。

　父の、輸血の針が刺さっていないほうの手を握る。こんなに小さくて冷たい手だったろうか。

「寒くない？」

と訊いて、吾朗が首を振った時、白いカーテンが開き、兄の哲也が戻ってきた。

「入院に必要な書類、出しといたよ」

「おう、すまんな」

「じゃあ、親父。また来る」

「え、帰るのか。こんな真夜中に？」

「だって、奈津も俺も何の用意もしてきてないんだよ。知らせを受けてそのまんま駆けつけたからさ。今から東京へ向けて走れば、新宿でレンタカー返す頃には電車も動いてるだろうから」

「そうか。いろいろすまんかったな」

あきらめたように、吾朗は言った。

「気をつけてゆっくり帰りなさい。こっちのことは気にせんでええ。病院が、頼んでへんことも全部してくれよる」

息子の前では強がっているが、これが自分と二人ならもっと寂しい顔を見せただろうと奈津は思った。

「とにかく、先生や看護師さんの言うことちゃんと聞いて、おとなしくしといてよ。頼むよ」

「ハイ、ワカリマシタ」

と、吾朗が殊勝な顔をして請け合う。まるで信用ならない。

ほんとにすぐにまた来るからね、と手を振ってカーテンの合わせ目をすり抜けようとした時、後ろから呼ばれた。

「奈津」

ふり向くと、父親は、互いにだけわかる了解のしるしに目を細めて言った。

「武に、よろしぃ言うといてくれ。玲子さんにもな」

集中治療センターを出てエレベーターホールへ向かう途中、

「大阪へも連絡したの？」

哲也が少し不思議そうに言った。


その帰りの車の中だった。街灯もまばらな田舎道を走りながら、奈津は、父親に話したのとほぼ同様のことを兄にも打ち明けた。

血の近さは哲也にとっても同じだ。おまけに、数年前に顔を合わせている奈津と違い、哲也の中の武はいまだ中学生のままで止まっている。さすがに複雑とみえて、父のように苦笑い一つですんなりというわけにはいかず、助手席で話を聞きながら哲也は、うーん、うーん、とくり返し唸ってばかりだった。

「親父は何て言ってた？」

「二人で仲良うやりなさい、って」

「うーん。何だかなあ」

「兄貴がそこまで引っかかってるのは、やっぱり、従弟だから？」

いた。

それきり黙り込む。やがて高速の入口にさしかかる頃、哲也はようやくまた口をひら

「うーん」

「奈津はさ、ほんとに武でいいの?」

「それは、どういう意味で?」

「うーん……何て言うかさ、離婚して、独りになったじゃない。それで先のことが不安になってた時に、たまたま、まあその、そういうふうになった相手が武で……みたいなことではないわけ? ほんとに、この先もずっと彼でいいの?」

東の空が明るみ始めている。速度を落として料金所へ滑り込むと、ゲートが自動で開く。

「つまり――」再びアクセルを踏みこみ、ゆるやかに加速しながら奈津は言った。「何もそんなに近い身内から選ばなくたって、この先まだ出会いはいくらもあるだろうに、早まって世界を狭めなくてもいいんじゃないかって、そういうこと?」

助手席に深く沈み込んだ兄が、うーん、とまた唸る。「まあ、そういうことかな」

バックミラーとサイドミラーを確認した上で、ちらりと後ろへ首を振り向け、本線へと合流する。ずっと先をゆくトラックが見えるだけで、後続車はない。ミラーに映った自分の目もとが柔らかく笑んでいるのに気づき、そのことに力づけられる思いがした。

今ごろ武は眠れているだろうか。それにもちろん、慣れないベッドの上の父親も。

「兄貴の心配は、よくわかるよ」と、奈津は言った。「でもね。私、これが初めてなん

だ」

「うん?」

「相手の男のひとに対して、先回りして怖がったりせずに、言いたいこと言ったり、本音をぶつけ合って喧嘩したりできるのは、っていう意味。武は、私の悪い癖をわかってて、そのつど、ごまかすな、呑みこむな、って言ってくれる。紀代子さんの全部をよく知ってるだけに、私にとって何がアウトで何がいちばんしんどいかを受け止めて、その上で別のほうへ目を向けさせようとしてくれるの。身内だからわかり合えてる部分はもちろんあると思うけど、じゃあ身内だったら誰でも良かったかって言えばそうじゃない。やっぱり武だからこそだよ。兄貴が抵抗あるのは当たり前だと思うから、それについてはごめん。でも私、こんなに安心して誰かに甘えられるのって、ほんとに……本当に、生まれて初めてなんだ。今までの人生の中で、今、いちばん幸せ」

その日、新宿でレンタカーを返却して別れるまで、哲也は複雑な面持ちのままだった。理解しようと努めてくれてはいるものの、どうにもうまく咀嚼できずにいるのが如実に伝わってくる表情だった。

それが、翌日になると別人のように明るい声で電話をかけてきたのには驚いた。なんでも、思いあまって妻に打ち明けてみたところ、

「弘子のやつ、聞くなり『あらあ、良かったじゃない、安心したわ』って、第一声がそれでさ。ああいう柔軟性はやっぱ女のひとには敵わないと思ったね。『なっちゃんは昔から誰といてもどこか緊張してる感じで、心から笑ってるところをあんまり見たことな

かったけど、今になってやっと本当に甘えられるひとと巡り会えたなら何よりじゃないの、何がいけないのよ』って言うんだよ。おまけに、こっちが訊いてもいないのに『あたしも昔は従弟のケンちゃんから想われちゃってて ぇ』なんつって嬉しそうに話しだすしさあ」

奈津は、兄嫁の顔を思い浮かべた。血縁の外側にいる気軽さもあるにせよ、むしろ遠くからのほうが物事の本質がくっきり見えることもあるのだと思った。ありがたかった。武とは、たとえ誰に反対されようが離れるつもりはないけれど、みんなで笑って会えるならそれほど嬉しいことはない。

武もまた、その話を聞いて喜んだ。

「俺も何とか行きたかったわ」

吾朗の容態や検査の結果などを電話で報告する奈津に、彼は言った。

「三月四月は引っ越しが多いやろ。内装の仕事もいちばん忙しい時季でな、どないしても休みが取られへんねん。もうちょっとして落ち着いたらきっとそっち行くから、そしたら吾朗さんとこ、一緒に行ったろな。それまでお前、なんとか持ちこたえて頑張れよ。仕事も大変やろし、遠いやろけど、できるだけ顔見せたれよ。親はいつまでも生きてぇへんぞ」

――親はいつまでも生きてぇへんぞ。

武のその言葉は、長い闘病の末に亡くなった自身の父親に対して「何もしたらんかった」との思いから出たものだったろう。

もっとしてやればよかった、ではなく、もっと出来たはずだ、でもない。ただ、してやらなかった。それもまた、消えることのない後悔には違いなかった。

いったん口に出したことは必ず守る男とみえ、武は、初夏の頃にはほんとうに休みを取って長野まで来ると、一緒に南房総へ出かけた。奈津が吾朗の世話を焼いたり台所に立ったりしている間に、物置のようになっていた離れの部屋を力業で片付けて泊まれる環境を作り、朽ちかけた物干し台をはじめとする家中の不具合を直し、表通りから入ってくる私道と庭の夏草をすべて刈って帰った。

一度きりではない。その後も仕事の合間を見つけては車を飛ばしてきて、今では施設に入居している紀代子を見舞った。

吾朗の大動脈瘤の手術とそれに伴う入院は思いのほか長く、退院してくる頃には体力も気力もがっくりと落ちて、すでに独りで認知症の妻の介護をする余裕はなくなっていた。それどころか、起き抜けにふらついて転倒し、家具の角で頭頂部を切って血が止まらなくなり、またしても救急車を呼んで数日入院しなければならなかったほどだ。

もう、このまま独りにはしておけない。できるだけ早く何とかしなくてはならない。家族の全員がそう思っていた。思ってはいたのだ。

この時期は宿泊料金がはね上がると知りながら、奈津が大阪のホテルに滞在していたのは、クリスマスから正月三が日にかけての十日間ほどを武の母親や娘と過ごすつもりだったからだ。武自身、一人親方とはいえ、長い休みがなかなか取れない。ゆっくり一緒にいられるのはずいぶん久しぶりだった。

＊

けれど、年の瀬も押し詰まった三十日の夕方、奈津たち二人が外で買い物をしている時に、父親から電話がかかってきた。

「家の鍵を、どこかに落としたようなのデス」

途方に暮れた声で吾朗は言った。

午前中から、奈津もよく知る昔なじみの友人一家がそろって遊びに来ていたという。その車に乗って施設まで妻を見舞いに行き、再び家へ送り届けてもらった後、彼らが帰ってゆくのを庭先で見送った。日向のガーデンチェアに座り、しばらくは郵便受けに届いていた手紙や定期購読の雑誌などを読んでいたが、寒くなってきたのでそろそろ家に入ろうとしたところ、ポケットに入れていたはずの鍵がない。先ほどの一家にも施設にも電話をして訊いてみたが、どこにも見当たらないと言う。

遠く離れた土地でその連絡を受けた奈津の耳に、父の携帯電話の送話口に吹きかかる風の音が聞こえた。寒空の下、どれほど心細い気持ちでいるだろう。こんなことになる前に家の周りにでも合鍵を隠しておくべきだったと悔やんだが後の祭りだ。

「事情はわかった」奈津は、できるだけきびきびと言った。「じゃあ、こうして。そのままそこにいたら風邪ひいちゃうから、とりあえず電話でタクシーを呼んで、紀代子さんの施設に戻っててくれる？　その間に鍵のことは何とかするから。何かあったら、すぐまた私の携帯に連絡してね」

武に携帯を借り、鍵のトラブルに対処してくれる房総周辺の業者を検索しては片端から連絡を取った。ホームページには、「エリア内ならどこでも即対応」などと謳っているくせに、父の家の住所を告げると「管轄外です」と断られてばかりだ。ようやく地元に一軒だけ見つけ、すぐ向かってくれるように頼もうとした矢先、吾朗から再び連絡が入った。

「ありマシタ」

「すみません、あったそうです！」

と、まずは武の携帯の向こう側にいる業者に平身低頭で謝る。いやいや何よりでした、と喜んでくれた業者の名を、奈津は心に刻みつけた。いつまた次があるかわからない。

吾朗の話によれば、一度は帰っていった友人家族が途中から小一時間かけて引き返してきて、薄暗くなった庭先を探してくれたということだった。鍵は、あっという間に見つかった。郵便受けの足もとに落ちていたそうだ。

「俺もほんまに、目が悪なったのう」

と、父親は気まずそうに言った。

「でも良かった……ほんとに良かったよ。風邪ひかないように、すぐにお風呂を沸かしてあったまってね。自分で思っているより疲れているはずだから、湯冷めしないように早く寝てね、お願いね」

こんこんと言い含めて電話を切り、隣に立つ武の顔を見上げると、どっと泣けてきた。安堵とともに、それより強い罪悪感がこみ上げてくる。あと数年もたてば九十にもなる父親に、独りきりでそんな心細い思いをさせている娘。どれだけ親不孝なのだ。

「なあ、奈津」

まるで心を覗いていたかのように、武が言った。

「今晩からのホテル、キャンセルしてまえ」

「え」

「吾朗さんとこ行ったろや」

「でも、玲子おばさんたちは……」

「前にも言うたやろが。おふくろはまだずっと若いし、独り暮らしでもないねから大丈夫や。正月やのうても、また来たったらええ。それより吾朗さんやがな。なんぼ鍵は見つかった言うても、きっと今ごろガックリきたはるで。な、行ったろや。今からこっち出たら、途中で休み休み行っても明日中には着けるやろ」

ありがたいことに建築関係の現場の仕事始めは、一般の会社などより遅い。三が日を過ぎるまでは向こうにいられる、と武は言った。

急な予定の変更を告げると、叔母は、一も二もなく賛成してくれた。

「義兄さんに、うんとよろしぃ言うといてな。お正月にはまた電話さしてもらうから、て」

　この前の春先、集中治療室で父から聞かされた〈心の君〉の秘密を、果たして当の叔母に明かす日は来るのだろうかと思いながら奈津は頷き、武の運転する車に乗り込んだ。

　蓋を開けてみれば、無理にでも行って正解だった。翌る大晦日の夜になって実家にたどり着くと、一つしかない水洗トイレが詰まって流れなくなっていた。

　事情を詳しく話したがらない父親からようやく聞き出したところによれば、詰まっているのはなんと、入れ歯だった。前の晩、油物を食べ過ぎたせいで気分が悪くなって嘔吐した際に、便器の中に入れ歯まで落ち、すぐに割り箸か何か拾うものを取ってこようとその場を離れたとたん、勝手に流れてしまったのだと吾朗は忌々しげに言った。人感センサーによる自動水洗があだとなったわけだ。トイレの床には、おそらく引っかけて取ろうとしたのだろう、孫の手に針金を結びつけたものなどが散らばったままだった。

　汚水のあふれた床や廊下を、武が黙々と掃除しては消毒するそばで、奈津は、この家を建てた工務店の営業主任に連絡を取った。何しろ大晦日の夜だ。テレビではすでに紅白も始まっている。電話に出てくれただけでもありがたいのに、いつも何くれとなく気遣ってくれる主任は、設備業者に連絡が取れたので今から一緒に向かいますと言い、夜九時過ぎにはほんとうに来て便器をはずし、すんでのところで排水管に引っかかって下水までは流れずにいた入れ歯を救出してくれた。

　すぐさま武が丹念に洗って煮沸消毒した入れ歯を、再び口の中に取り戻した吾朗の喜

びようといったらなかった。上の歯が全部ない状態では、年越し蕎麦さえ嚙み切ること
が叶わなかったのだ。今夜こうして駆けつけてくれたこの人たちといい、昨日わざわざ
引き返してきて鍵を探してくれた友人一家といい、決して大げさでなく命の恩人だった。
　以前来た時に武が片付けておいた部屋に布団を敷いて泊まり、三が日の間は、遅まき
ながら家じゅうの大掃除をした。床やテーブルの上が醬油でも塗り重ねたかのように真
っ黒なのは、落ちたもの、こぼれたものが皆そのまま放置されるせいだ。風呂場の壁に
はカビが生え、洗濯機の中では脱水された衣類が干からびている。
　朝から晩まで立ち働く武に、ありがとうね、ごめんね、と耳打ちすると、「何を水く
さいことを」彼は首を横に振って答えた。「あの歳やもん、こないなるのは無理ないわ。
腰をかがめるのも億劫やろし、目ぇも利かへんねんし」
　奈津と武がどれだけ忙しく働いていても、吾朗は動じない。何しろ、娘といるのは甥
っ子だ、遠慮などする必要がない。ソファに座ったまま大音量でテレビを観るか、新聞
や時代小説を読むか、あるいは居眠りなどして過ごし、コーヒーを淹れれば喜んで飲み、
食事を用意すれば元どおり入れ歯のはまった口でよく食べる。以前に比べて食が細くな
ったとはいえ、八十六の老人とはとても思えない食欲だった。
　一緒にホームセンターの初売りに出かけたり、施設へ紀代子を見舞いに行ったりなど
しているうちに正月も四日になり、奈津たちが明日帰ると言うと、吾朗はひどく寂しそ
うな顔をした。そこまで顔に出すのは初めてのことのように思えて胸は痛んだが、武に
も奈津にも仕事がある。

五日の午前中、朝食の洗いものを済ませ、一人分の昼食の用意を整えたあとで、車に荷物を積み込む。最後にもう一度、忘れ物がないかどうか奈津が各部屋をチェックする間、男二人は庭の日向でそれぞれに煙草を吹かしていた。

「また、できるだけ早く来るからね」

「おう、待ってマス」

助手席の窓から顔を突き出して手を振る。梅の木の下に佇む父親は、車が私道の角を曲がる間際、一度だけ手を振り返してよこした。

やがて、ハンドルを握る武が、前を向いたまま言った。

「さっき、庭先で煙草吸うてた時な。吾朗さんに訊かれてん。『俺は、だいぶ衰えとるんかな』て。何ともよう言わん思たけど、そこで変に慰めても意味ないし、しゃーないで『おう、はっきり言うけどかなり衰えてるで。ほんまに気ぃつけなあかんねんで』て言うた。あえて」

「そしたらお父ちゃん、何て？」

「『わかりました、気をつけマス』、て言うたはったけど……やっぱ、俺なんかにそんな言われんのショックやったろうなあ」

「しょうがないよ」と、奈津は言った。「実際、本当に気をつけてもらわないと危ないもの。台所のガスにしても、煙草の火にしても」

今回の、鍵や入れ歯もそうだ。寒風に吹きさらされて風邪をひいたり、歯がなくてものが食べられなくなったりすれば、たちまち体力の低下につながる。老人にとってはそれだけで命取りだろう。

「ほんまにまた来よな」

武は、一瞬、助手席の奈津をじっと見て言った。

「こんなこと言うたら何やけど、そないに長い時間が残されてるわけやない。いざとなったら、俺らがせめて月の半分はこっちで暮らすくらいのこと、考えといたほうがええかも知らんぞ。吾朗さんを長野みたいな寒いとこへ呼び寄せるより、そのほうがむしろ現実的なんちゃうか」

終章

喉元過ぎれば——などというけれど、決して油断したわけではない。父親のことを思いださない日はなかったし、しばしば電話で話もしていた。

ただ、次々に舞い込む仕事をこなそうと思うとどうしても遠出の出来ない日々が続き、そうこうするうちにカレンダーは一枚二枚とめくられて、あっというまに三月が終わってしまった。正月はついこの間だったはずなのに、もうすでに一年の四分の一が過ぎたなどとは信じられなかった。

武と奈津がようやくまた南房総を目指すことが出来たのは、四月に入ってすぐだった。

そこかしこに菜の花が揺れ、気の早い桜は満々と咲き誇っている。遠く近く見える海が碧(あお)い。

ひねもすのたりのたりかな、と口の中でつぶやいてみる。

ふだんなら、実家を訪ねる際には前もって連絡をするところを、その日はわざと黙って向かっていた。報せてしまうと父親は、こちらが運転している途中でもおかまいなしに何度も電話をかけてきては、

〈今、どのへんデスか〉

と訊くのだ。

訊かれるほうとしてはせわしないいし、いつ着くかいつ着くかとじりじり待たせてしまうのも気の毒だ。いっそ急に訪れてびっくりさせてやれと思った。

実家まであと三十分ほどのホームセンターから、初めて電話をかけた。

「……あれ、おかしいな」

「出えへんか？」

うん、つながらない、と奈津が答えると、武は肩をすくめた。

「また庭で日向ぼっこでもしてるんちゃうか？　どっか外へ出かけるんやったら、携帯だけは持つやろ」

少し移動して、近くのスーパーマーケットからもう一度電話をかけた。やはり、誰も出ない。携帯だけでなく家の固定電話も、延々と鳴り続けるだけだ。

初めて、嫌な予感がした。こんなことはこれまでなかったと話すと、武の表情が険しくなった。

「急ぐぞ」

膝の上のバッグを握りしめながら、ゆく手を睨む。胸の動悸がおさまらない。途中でもくり返し電話をかけたが、そのたび、長々と鳴ったあと留守電に切り替わるばかりだ。

曲がりくねった細道を、武が飛ばせるだけ飛ばす。やがて、まだ何も植わっていない畑——夏には背の高いトウモロコシの揺れるあの広々とした畑越しに、実家の庭と母屋が見えてきた。私道の入口の桜が三分咲きになっているのを目にした時、奈津はふっと、

(やめてよ、お父ちゃん)

強く祈った。

(この先も毎年、桜を見上げるたびに胸が苦しくなるなんて、絶対にいやだよ)

以前、兄の哲也が心筋梗塞を起こして倒れた時にも、同じようなことを思った。あれもまた春だった。

あの時、哲也は九死に一生を得た。大丈夫、うちの家族は皆そろって命根性が汚いのだ。今日のこれだってどうせ、吾朗の携帯がちゃんと充電されていなかったとか、電話のベルがかき消されるほど大きな音量でテレビを観ているとか、あるいは居眠りをしていて何も聞こえていないとか、そんな他愛のないオチで終わるにきまっている。

道の窪みでバウンドしそうな勢いで、武が私道にジープを乗り入れ、急ブレーキをかける。三カ月前、吾朗が見送ってくれた梅の木の下に降り立つと、奈津はまずリビングの縁側へ走った。

サッシは閉まっている。カーテンが半分だけ開いていて、部屋の中は薄暗く、いつもなら吾朗が座っているソファには誰もいない。ガラスをこぶしで叩いたが、返事もない。

バッグから鍵束をつかみ出しながら玄関へ回る。鍵は閉まっていない。ドアを引き開けた。

「お父ちゃん?」

静まりかえっている。靴を脱ぎ捨てる時には、心臓が早鐘を打っていた。お願い、無事でいて。たまたま戸締まりを忘れて出かけただけでいて。

上がりがまちから数歩、リビングへの引き戸を開ける。むっと澱んだ空気と、正月にあれほど片付けたのが嘘のように散らかった部屋、の、向こうに、開けっぱなしのトイレが見えた。同時に、床の上、こちら向きに倒れている父親のはげ頭も。

「い……」

自分で引いてしまうほどの金切り声が出た。

「いやあああっ、お父ちゃあんッ！」

背後で玄関ドアが再び開き、武が飛び込んでくる。

「どないしたッ！」

奥へと突進し、うつぶせに倒れた父親を見下ろす。顔が横に向き、口もとからはわずかな嘔吐物がもれ、両腕は体の横にだらんとのびている。手をつく余裕もなく倒れたのだろうか。

しゃがむ時、自分の膝がごきりと鳴る音がした。のばす手が震える。おそるおそる頬に触れる。

「やっ」

思わず手を引っこめた。弾力がなく、湿っているわけでもないのに、ひた、と指の腹に吸い付いてくる。腰が抜けたようになり、奈津はトイレの壁際に尻餅をついた。

「どないや」武がすぐそばに来て立ち尽くす。「あかんか」

「つ……冷たいよ、お父ちゃん、もう……」

言葉にすることでようやく、それが現実だと脳が認識する。武がかがみこみ、祈るように膝を折り、倒れている吾朗の頭を抱えこんだ。横顔に額をきつく押しあてたまま声もなく慟哭する。

いったい、いつからこの状態だったのだ。一日か。二日か。苦しんで、苦しんで、助けを求めたのに誰にも届かなかったのではないのか。じわじわと喉をこじ開けて細い悲鳴がもれ、声になってしまうと止まらなくなった。

うわあああ、うわあああああ、と勝手に叫び出す口を、はね起きた武の大きな手が塞ぐ。怖ろしいほどの勢いで抱きすくめられたとたん、涙が鉄砲水のように噴き出した。

「ごめんねえ……お父ちゃん、ごめんね、ごめんなさい、ごめ、」

「奈津！」

「武、ごめん……」

「なんで俺にまで」

「だって、こんな思いさせてさあ」奈津はもがいた。「あんなに言ってくれてたのに……吾朗さんを独りにしといちゃだめだって、あんなに、あんなに言ってくれてたのに、」

「落ち着け、お前のせいやない」

「あたしのせいだよ」

「ちゃうって！　俺かて、こんなにすぐやとは思てなかった。みんな油断してててん。お前だけのせいやない」

武の軀も、ぶるぶると震えている。

「ええか、奈津。辛いやろうけど落ち着け。まだ泣くな。泣くのも後悔も後から出来る。とにかく今はまず、警察に連絡せい」

両肩をつかんで揺さぶられ、呻き声と涙を懸命に飲み下す。石を呑むより苦しい。歯を食いしばり、壁にすがって立ち上がり、バッグから携帯をつかみ出す。武の言うとおりだ。もう冷たいのだから、今さら救急車を呼んだところで意味がない。

1・1・0。生まれて初めてその番号を押しながら、全部が夢の中の出来事のように思える。地元の警察署につながった。電話を受けた相手の事務的な応対に、こちらも冷静さが戻ってくる。

「……いいえ、独り暮らしです」

懸命に答えた。

「八十六歳になります。……娘ですけど、ふだんは長野に住んでいるので……。え？でも、本当にもう、完全に亡くなってるんですよ？」

たとえそうでも、踏むべき手順としてまずは救急隊員による確認の必要があるのだと相手は言った。すぐに救急車を手配するのでそこで待機していて下さい、と言われ、通話を切る。

五分もすると着信音が鳴った。救急隊員だ。電話の中から、ピーポーピーポーとおなじみの音が響いている。警察に話したことのほとんどをもう一度最初から訊かれ、説明させられる。

「では、倒れている方の横に立って、腕を曲げてみて下さい」

そばへ行き、こわごわ腕をつかんで言われたとおりにしてみる。

「曲がりません」

「脚はどうですか。膝を曲げてみて下さい」

「曲がらないんです！　硬直してしまっていて……」

「今はトイレですよね。広いところへ引っ張り出せますか」

耳を疑った。

「どうして？　何のために？」

「言う通りにして下さい。引っ張り出して、仰向けに」

向こうも仕事、それが決まりなのだろうが、あまりに温度のない事務的な口調に、怒りと拒絶が体の奥底から噴きあがってくる。

自分一人ではとうてい無理だ。言われたことを武に伝え、まず戸口から引きずり出してもらおうとするものの、老人とはいえ重たい。何より、ここまで平べったく固まってしまっている父親を、力任せに動かすに忍びない。

武が唸る。「無理やて言え！」

「無理です！」と、電話に叫ぶ。「本当にもう、かちんこちんなんですってば！」

こんなことを、どうして言わせるのだ。

「わかりました」救急隊員はようやく引き下がった。「まもなく到着しますので、そのままお待ち下さい」

電話の中から聞こえるサイレンの音が、窓の外からも近づいてくるのがわかった。

兄に電話をかけて報せたのは、救急隊が吾朗の完全なる死を確認した直後だった。「えっ」と絶句した後で、哲也はすぐに車で向かうと言ったが、やはりここまでは距離がある。

「急がなくていいから」と奈津は言った。「もう何も急ぐ必要はないんだから、気をつけてゆっくり来て」

引きあげてゆく間際、救急隊のチーフは奈津を呼び、断言はできないが、状況から推察するに死後八時間はたっていないはずだと言った。

にわかには信じられなかった。正月から一度も来ることが出来ずにいて、三カ月ぶりに驚かせようと突然訪ねてみたら、たまたまその日に倒れて亡くなったというのか。

「ここから先は私どもの管轄ではありませんので、警察に引き継ぐ形になります」

だから最初から警察に連絡したのにと思ったが、言わなかった。素人目にはもう駄目だろうと思っても、中には間に合う場合もあるから急いで駆けつけてくれたのだと、理性ではわかっている。隣に立つ武も同じ気持ちでいるのだろう、二人して黙って頭を下げる。

入れ替わりに、すでに待機していた四名の警察官が家の中のあれこれを調べ始めた。独り暮らしの老人が倒れて亡くなっており、玄関の鍵はかかっていなかった——それだけで状況としては〈変死〉であり〈不審死〉になってしまう。

いちばん年かさの一人が、明らかに三十代半ばの警察官に向かって敬語で話しかけているのを目にして、ああ、これがあれか、と奈津は思った。キャリアとノンキャリ。ドラマの脚本には描いたことがある。

「こんな時に恐縮ですが、いくつか伺いたいことがありまして……」

山口と名乗る年かさの警察官が、名刺を差し出す。巡査部長だった。

「大丈夫ですか。少し休まれますか」

わずかに房州なまりを感じさせる口調のせいか、体じゅうに入っていた力が抜けてゆく。奈津は居間の椅子を相手に勧め、自分も腰を下ろした。例のキャリアが、吾朗のパソコンや机周りを調べたいと言うので、そちらの対応は武に任せる。

今日ここに着いて父親を発見した際の状況を、また一から説明し直すこととなった。家族構成、それぞれの居住地、職業などについても詳しく訊かれる。吾朗たちがいつ頃からここに住むようになったのか、どうしてあの年齢で独り暮らしなのか、近所づきあいはどんな具合か。もしかしてトラブルがあって誰かに恨まれているとか、あるいは最近は精神的に参っていたなど、気がついたことはないか。

「私たちが着いた時も、キッチンのテーブルにはあの通り、食べかけのひじきご飯とお味噌汁のお椀が載っていました」

レースの暖簾（のれん）の向こうへ目をやりながら、奈津は言った。

「父は、朝はほとんどパン食なので、たぶんあれはお昼ご飯で、食べている途中にトイレに立ったんだろうと思います」

何しろ、大人用おむつをきちんと穿き、ズボンもおおかた引きあげた状態で倒れて亡くなっているのだ。おかげでどこも汚れていない。

「かばんも財布もそのままですし、ふつうに考えて事件の可能性はないと思うんですけど」

「おっしゃることはよくわかります」と、山口が頷く。「ですが我々は、考えられる可能性をすべて完全に否定できない限り、事件性がないと結論づけることが出来ないんです。申し訳ありません」

いえ、と奈津はうつむいた。納得がいかないのは今の状況に対してであって、この人に対してではない。

「居間へ入ってすぐに倒れているお父さんが見えたということは、トイレのドアは開いていたんですよね」

「ええ。父の癖で。独り暮らしになってからは、用を足す時にドアを閉めなくなって、それは私たちが来ている時でさえそうでした」

「すいませーん、いいですか」

と、居間の向こうの隅からキャリアに呼ばれる。奈津がそばへ行くと、武はすっと引き、かわりにトイレで遺体の周辺を調べている警察官たちのほうへ行った。

パソコンの画面には、吾朗がつい先日、奈津や、哲也や、その妻や娘などに宛てて書いた一斉送信メールが映し出されていた。

〈ミツおばさんが、とうとう、亡くなった。さびしいことです。葬儀へは、行けそうにないので、電話でお悔やみだけ、伝えておいた。誰か行くなら、私のぶんも、お祈りし

ておいて下さい〉

「この、ミツさんというのは？」

「父や私たちの、古い知り合いです。教会の司祭先生の奥様でした」

「教会というと？」

「キリスト教のです」

「ああ、なるほど。可能性としてですが、お父上がこのミツさんという方の訃報にショックを受けて、先々を悲観しておられたというようなことは？」

背の高いキャリアの顔を、奈津は黙って見上げた。きっと優秀なのだろう。賢そうな面立ちだし、言葉も明瞭だ。けれど、やはり若い。羨ましくなるほど若い。息を吸い込み、答えた。

「今ではもう、そこまで親密なお付き合いではなかったですし、もし世をはかなんでの自殺だとか、鬱による何かの病気とかいう意味でのご質問でしたら、父に限ってはあり得ません。父は敬虔（けいけん）なクリスチャンでしたから自殺なんてもってのほかですし、この先を悲観しなければいけないような精神状態にもなかったと思います」

「でも、奥様が施設に入ってから、独り暮らしだったんですよね？」

どういう意味だ。あの歳で独りきり、娘や息子からほったらかしにされて絶望していたとでも言いたいのか。口をひらきかけた時、横合いから山口巡査部長が割って入った。

「すみません、こちらでもう少しだけお訊きしたいことがあるんですが、よろしいですか。本当にあともうちょっとで終わりますから」

もとの椅子のほうへと促す。たぶん、気を回してくれたのだろう。

頷いて、奈津は従った。父親は何も孤独が原因で亡くなったわけではない。けれどそれでも、端(はた)から見ればこれは〈孤独死〉だ。やりきれなさに胸が詰まる。

二時間あまりの調べを終えた後、警察はようやく帰り支度を始めた。吾朗の遺体は、検視のため、病院へ運ばれることとなった。

山口巡査部長が、例によって申し訳なさそうに、

「じつは我々には救急隊の担架のようなものがありませんもので、今だけ席をはずして頂いたほうが」

わざわざそうことわっただけあって、遺体をくるむのに使われたのは黒いビニール製の遺体袋だった。

すっかり暗くなった庭先から私道に出て、吾朗を包んだ大きな袋が三人がかりで運ばれてゆくのを見送る。人間ではなく、物体を運ぶ手つきだと思った。私道の角に立つ桜の木の向こうへと彼らの姿が見えなくなり、パトカーのドアが閉まる音が聞こえ、ほどなくエンジンがかかり、車の音もライトも遠ざかってゆく。

何も植わっていない広い畑の上を、春の生ぬるい夜風が渡ってくる。

「もう、いいかな」

「うん?」

「もう、泣いてもいいかな」

「……ええで」

奈津はようやく、武にすがりついた。こらえていたものがありったけ溢れる。おそろしいほど美しく澄みわたった空の星々が、滲んでは満々とふくれあがって流れ、また滲んだ。

夜七時を過ぎて到着した兄夫婦を玄関先まで迎えに出ると、武も初めて気がゆるんだらしい。哲也の肩に顔を伏せ、

「哲也兄ちゃん……」

男泣きに涙を流した。

吾朗のために買ってきたはずの寿司やパンを四人でもそそと食べ、順番に風呂に入る。いまだ遺体と対面していない哲也は、まるきり実感が湧かないとため息ばかりで、奈津や武にしても意気の揚がるわけはなく、兄嫁のきびきびと朗らかな声が今はありがたかった。

兄夫婦には片付いた離れの部屋で寝てもらい、奈津たちは吾朗のベッドで寝ることにした。隣り合った紀代子のベッドには不要なものが山と積み上げられており、今夜のうちに片付けるのは無理だったからだ。

煮しめた色のカバーが掛かった枕をどけ、ありあわせのクッションを二つ持ち寄って、重たい布団にすべりこむ。吾朗の匂いがした。体臭なのか、愛用していたアフターシェーブローションの匂いなのかわからない。奈津が幼い頃から、父親はこの匂いだった。

「そっち側、狭くない？」

「おう、俺は大丈夫や。お前こそ、もっとこっち寄ってええぞ」

読書灯に使われていたスタンドを消すと、カーテン越しに庭先の外灯がぼんやりと部屋を照らした。同じ外灯の明かりが、私道を運ばれてゆく父親を照らしていたのを思い起こしたとたんに胸が詰まり、奈津は、そろそろと息を吐いた。

武がこちらへ寝返りを打ち、首の下に腕を差し入れてくる。二人とも黙りこくったまま、ただきつく抱きしめ合う。

わずかでも身じろぎをするたび、温まった布団の中から吾朗の匂いが立ちのぼる。少しずつ、少しずつ鼻から吸い込んで、夜をやり過ごす。

*

布団の上で眠るように亡くなってさえも、遺された者は、思うさま哀しみに浸ることはできない。すぐに葬儀の準備が進み、心落ち着く暇がなくなる。ましてや、警察が絡んだ場合はなおさらだ。検視を必要とする遺体がいまだに戻ってこない状況では、いったいいつを葬儀の日とすべきかさえ決められない。

最初に連絡した地元の葬儀屋は、車にナビがないとのことでさんざん迷った挙げ句にたどり着いたものの、ほとんど家族葬に近いキリスト教会での葬儀と聞いたとたん、明らかに態度が変わり、顔を曇らせた。

「え、ご遺体がまだ警察に？　そうですかあ……はあ」

たしか彼らの業界には、〈葬儀になる〉〈葬儀にならない〉という用語があったはずだ。たいした儲けにつながらないものは、〈葬儀にならない〉。それもまた、以前ドラマの中に書いたことがある。

「いやあ、でしたら今週中のご葬儀なんか絶対無理ですワ」

スーツもネクタイもだらしない印象の男は、はは、と薄く笑った。何がおかしいのかわからない。葬儀屋で姿勢が悪いのも許しがたい。この場に武が同席していなくて正解かもしれないと奈津は思った。彼は今、自分の出る幕ではないからと、奥の吾朗の寝室に引っ込んでいる。

「いや、しかしですね」哲也が落ち着いた口調で言った。「警察の担当の方は、一両日のうちにはお返しできますとおっしゃったんですが、」

「いやいやいや」男は最後まで聞かずに言葉をかぶせた。「ああいう調べにはもっと何日もかかります。いや、無理でしょうなあ。へんな話、警察から全部終わったと連絡があってから、ご家族で迎えに行って頂くことになりますんで、葬儀の話はそれからでないと」

「ちょっと待って下さい」奈津は思わず口をはさんだ。「私たちが迎えに行くんですか？　警察まで？」

「そうですよ。我々では引き渡してもらえませんのでね、まあ、一緒について行くことならできますが。何しろ返される時は、へんな話、一糸まとわぬ素っ裸ですからねえ」

ははは、と、また薄笑いを浮かべる。

無理だ。こんな業者に、大事な父親を託すわけにはいかない。へんな話、葬儀の間じゅう、どれだけの怒りを抑え込まねばならなくなるか容易に想像がつく。目の前に広げていたノートの隅に、奈津は走り書きをした。

〈この人、イヤ。ことわって〉

隣の哲也が読み、無言で頷くより先に、奥から武がぬうっと現れた。男の横に立ち、見下ろす。

「おう。さっきから奥で聞いとったら、ぐだぐだぐだぐだと要領得んやっちゃのう。あんたはプロやろが、素人にもわかるように説明せんかい。それとも、やる気ないんかい」

男は目を上げようともせず、出された湯飲みを気まずそうに眺めている。武は低く唸り、もっと言ってやりたいのを無理やり呑みこんだふうで、再び奥へと消えた。

座が、しんとなる。

「あのう、ちょっと会社に電話をかけてきたいんですが」

と、男が腰を浮かせた。

詳しい検視の結果わかったことだが、吾朗が倒れて亡くなったのは、奈津と武が実家を訪れるほんの二時間ほど前だったという。山口巡査部長が、わざわざ家まで訪れて伝えてくれた。やる気のない葬儀屋が打ち合わせに来た、すぐ翌日のことだ。

「脳幹出血というのはほんとうに一瞬のことだそうで、おそらく苦しむ暇もなく、倒れた時にはすでに亡くなられていたほどだったろうと……それが、担当医師の見解でした」

遅くなりまして申し訳ありませんでした、ご遺体はもういつでもお返しできますので、と何度も頭を下げて、山口巡査部長は帰っていった。

苦しまずに逝った——そのことに、どれほど救われたか知れない。うつぶせに倒れたまま頭をもたげることもできず、細い声で助けを求めたのではないか、絶望のうちに息を引き取ったのではないかと、考えるほどに辛くてたまらなかったのだ。

それでもなお、次から次へと後悔ばかりが襲ってくる。あれもしてあげればよかった。あの時、あんなことを言うのではなかった。何より、サプライズだなどともったいぶらずに、今から行くことを伝えていればよかった。そうすればせめて、娘が来るのを楽しみにしながら逝けただろうに。

「もう考えんとき」

武は、奈津の沈んだ様子に気づくたびに言った。

「生きとる間にたとえどれだけのことをしたったにせえ、後悔いうもんはどないしても残んねん。吾朗さん、昔っからシニカルいうかブラックな冗談の好きな人やったし。お前がそないして悔やんで泣くよりは、アホなこと言うて笑いながら思い出したったほうが嬉しいはずやで」

「そう、かなあ」

「そうやて。今回かてきっと、吾朗さんがお前を呼びはってんで。そうでなかったら、たったの二時間前なんてこと……」

そうかもしれない。正月からずっと来ていなかったのに、たまたまその日に会いに来ようと思い立った。そうでなければ父親は、独りで長いこと倒れたままになっていたのだ。

「せめて、あともうちょっと待っててくれればよかったのに」

「それも、最期をお前に見せとうなかったからや、って。長患いもせんと、できるだけ誰にも迷惑かけんように、ぜぇんぶ、きっちり考えて逝きはったんや。去り際まで、見事な人やったな」

奈津に言いながら、自分自身にも言い聞かせるような言葉だった。

結局、例の葬儀屋には断りを入れた。いや、その前に、葬儀屋のほうから断られた。

武は、自分の言動をしきりに気に病んだ。

「すまん、俺のせいや。せやけどあんまり頭にきてんもん。あんなん言いながら、ああーやってもうたー思たけど、口が止まらんかってん。いや、それも、俺が出とうて出ったんちゃうで。吾朗さんが後ろから俺の背中押して、『あんな葬儀屋はイヤデス』て言わはるから！」

つまり、気持ちは皆同じということだった。

別の葬儀社に連絡した奈津がこれまでの経緯をざっと話すと、

「よくわかりました。よろしければ私が担当させて頂きます」

一度も道に迷うことなく三十分後に現れた担当者は、皺ひとつないスーツをぴしりと着こなした壮年の男性だった。差し出された名刺を見ると支店長とあった。

「警察へのお迎えは、我々だけで問題ありませんのでご安心下さい。クリスチャンの方に白装束（しろしょうぞく）も何でしょうから、ふつうの浴衣をお着せした上でこちらへお運びしようかと思いますが、いかがでしょうか」

一糸まとわぬ素っ裸、などとは間違っても言わなかった。

やがて運び込まれた柩（ひつぎ）の横のテーブルで、奈津は一晩かかって連載エッセイの原稿を書きあげた。親が死のうが子が死のうが、週刊誌ばかりは自分が死なない限り休めないという話は本当だった。今が、脚本を担当する連続ドラマの放送中でなくて助かった。そうであったなら父親のそばには居られなかっただろう。

書きものに没頭していると、ここがどこかということさえ、ひととき忘れていた自分にふっと気づく。そのたびに奈津は柩を見やり、父に詫びたい気持ちになった。と同時に、今の自分に没入できるほどの仕事があるということが、何よりありがたくもあった。たくさんのものに支えられている、と思った。

翌日、近くの教会で執り行われた葬儀には、施設から紀代子も参列した。担当の男性スタッフが車椅子を押して連れてきてくれたのだ。

長年連れ添った夫が亡くなったことも、今日がその葬儀だということもわからない紀代子は、皆が自分のために集まってくれたのだと思って上機嫌だった。満面の笑みで参列者に手を振る姿を見て、哲也の娘の由梨が、幼い息子を抱いてあやしながら、「おばあちゃん、女王陛下みたいだねえ」と笑った。

吾朗の好きだった賛美歌が歌われ、祈りが捧げられる。参列者一人ひとりが白い花を手にしては、柩に横たわる体を埋めるように供えてゆく。好きだった本や、煙草の箱とともに、奈津は黙って、玲子叔母からの手紙も何通か入れた。

いよいよ柩の蓋を閉める間際になって、母親の車椅子をそばに寄せる。柩の中を覗き込んだ紀代子が、のんびりと言った。

「これ、誰や?」

「お父ちゃんだよ」

「おとう、ちゃん……?」

考えこむような間があく。夫の呼び名としてではなく、自分の父親のことだと思っているのではないか。

「わかる? 吾朗さんだよ」奈津は、母親の顔を覗き込んだ。「お母ちゃんの、旦那さん」

紀代子が、自分の胸にあごをつけるようにして、ふんふんと頷く。

「うん。お父ちゃん、好きやぁ。これ、今、寝たはんのん?」

体の奥底から、溶岩のような塊がせり上がってくる。

「そうだね」声の震えをこらえて言った。「ずっと、寝たまんまだねえ」

「ふうん、そうかぁ。せっかく寝たはんねやったら、起こしたげるわけにもいかんわなあ」

納得したように言い、しわくちゃの顔を上げた紀代子が、奈津を見上げてニコッと笑う。

そのとたん――堰（せき）が決壊した。涙が、次から次へと溢れて止まらない。かがみこみ、いつのまにかすっかり小さくなってしまった母親の頬に自分の頬を押し当てる。

「ほんとだねえ、お母ちゃん。ほんとに、その通りだねえ」

こらえきれず、よろけるように車椅子から離れた奈津を、武が抱きとめた。礼服の胸にしがみついてすすり泣き、涙を拭ってはまた柩の中を見つめる。そばにいた由梨も、兄嫁も、施設の男性スタッフまでが泣いている。皆がぼろぼろと涙をこぼしながら、けれど懸命に微笑もうとしていた。

今もって上機嫌の母親を眺めやる。何もわからなくなったおかげで、この辛さを知らずに済むのは幸運かもしれない。それでいて、彼女がいちばん深いことをわかっているようにも思えるのだ。これまで、自分は決して良い娘ではなかったし、紀代子もまたとうてい良い母親とは言えなかった。幼い頃から彼女の言葉にどれほど傷つき心を損なわれてきたかを思い返すと、今でも胸が押しつぶされて苦しくなる。それなのに、まさか最愛の父親を見送る段になって、この母の言葉に救われようとは――。

ゆっくりと蓋の閉められた柩を、親族や友人の中から六人の男たちが進み出て担ぎ上げる。哲也も、武も、由梨の連れ合いも加わり、吾朗の遺影は奈津が抱えて進む。開け放たれた教会の扉から外へ出るなり、眩しい陽射しに包まれた。昨夜の星空から続く、雲一つない青天だ。

故人の年の数だけ打ち鳴らされる教会の鐘のもと、柩を納めた車の後部ハッチが静かに閉まる。

真っ白な今様の霊柩車は後ろに宮のないシンプルな造りで、派手派手しいことの嫌いな吾朗も、今ごろはきっと胸を撫で下ろしているに違いなかった。

ひとかかえもある大きな骨壺に、遺骨は、灰の一片までも余さずにきっちり納められた。

それを抱えての火葬場からの帰り道、哲也は、武と奈津のジープに乗りこんできた。

「悪い、俺にも内緒で一本吸わせて」

武がジッポーを貸してやり、自分も火をつける。

「親父に捧げる線香がわりってことでさ」

「いやあ、吾朗さんはついさっき、小一時間のあいだに二十本いっぺんに吸いはったからなあ。しばらくは要らんやろ」

三人で、笑った。

「お骨はさ、お前んとこへ連れて帰ってやってよ。親父もそのほうが喜ぶと思う」

哲也に言われ、奈津はそうさせてもらうことにした。

桜が、散っている。ほんの数日前、見上げるなり胸騒ぎの募ったあの私道の角の桜が、風もないのに少しずつ散り始めている。

集まった親族も今は皆引きあげて、吾朗の家には奈津と武の二人きりだ。役場への諸々の届け出や、遺族年金の手続きなど、しなくてはならないことが沢山残っていて、あと数日は滞在しなくてはならない。

　とはいえ、長野の家に残してきた猫の環は琴美に頼んであるし、当面の仕事もパソコンさえあればできる。打ち合わせで東京へ出るにしても、ここからなら自宅からよりもむしろ近いほどだ。そう思うと、ようやく少し安堵した。久々に訪れる穏やかな時間だった。

「もう一晩くらい、吾朗さんのベッドに一緒に寝んのでええやろ」

　武に言われ、もちろん、と頷く。狭いけれど、体温の高い彼にくっついていると安心して眠れるのだ。

　明かりを消し、二人して布団に滑り込んだ。変わらない匂いが鼻腔(びくう)を温める。昔々、父親に添い寝をしてもらっていた頃の懐かしい匂いだ。

「おっちゃんには、よう、手ぇ握って寝かしつけてもろてん」同じことを考えていたらしく、武が言った。「ほんま……可愛がってもろうた」

　低い声が揺れる。

　吾朗が亡くなったことを電話で伝えた時の、叔母の様子を思いだす。彼女の声もやはり、揺れていた。なっちゃん、なっちゃん、と呼ぶばかりで言葉にならなかった。

　武の腕が伸びてきて、奈津を抱き寄せる。互いに額を押しつけ合い、無言のまま唇を重ね、急くように服を脱がせ合って、肌と肌をぴたりと重ねる。溺れる者のようにしがみつき、さらに深い口づけを交わし、舌を絡め脚を絡めて、どこにも隙間がないほどきつく抱きしめ合う。

　武の呼吸が速い。動きが荒々しい。性急にまさぐり、半ば強引に繋がれば、たまらなく熱い。互いの体温が、肌の弾力が、こんなにも愛しく、かなしい。

「奈津」

「うん」

「奈津姉……」

「なあに」

律儀に返事をしながら、奈津もまた、彼の名をくり返し呼ぶ。愛している、という、ともすればそらぞらしい言葉を、まさかこの自分が、これほどためらいなく、衒いも疑いもなく、まっすぐに唇に乗せる日が来ようとは思わなかった。

武が、原始の律動を刻む。奈津が、同じリズムで応える。軀を乗りものにして、心が繋がる。いちばん深いところで、繋がって、こすれて、溢れる。

――ああ、生きている。

こらえきれずにまぶたを閉じると、目尻に涙がにじんだ。

「安心せい」武が、耳もとにささやく。「お前がいつかボケ倒しても、俺が、お前の吾朗さんになったる」

「……やだよ。先に死んじゃ」

「それはわからん」

はらり、はらりと、眼裏に淡い桜色の花びらが散りしきる。

はらり、はら。

はら、はらり、はら。
そのまま、百年が過ぎてゆく心地がした。

解説

辻村深月

本書は作家・村山由佳の代表作にして文学賞三冠に輝いた奇跡の傑作、『ダブル・ファンタジー』の続編である。

この小説が「週刊文春」に連載されていた当時、私は雑誌を手にしてまず、何を措いても『ミルク・アンド・ハニー』のページを開いていた。

前号で主人公・奈津が出したメールに、相手はなんと答えるのか。返ってきた言葉に対し、奈津はどんな景色を見るのか——。一号読むと次週がもう待ちきれない思いでいたものが、ある時、誤って一週読み飛ばしていたことに気づき、ああっ！　と叫んだ。仕方なく、バックナンバーを取り扱っていそうな書店を探したものの、あいにくその号は置かれておらず、激しく葛藤した後に、文藝春秋の自分の担当編集者にメールした。「私、『ミルク・アンド・ハニー』の愛読者なのですが、前号のコピーを送ってもらえませんか」と。こんなことを頼んだのは初めてで、今に至るまで唯一のことだ。

一週分のストーリーが抜けたところで、連載と連載の間は、想像で補える部分もあるかもしれない。もし、それが他の小説だったなら。

けれど、本書の場合、それは無理だ。なぜならこの小説は、その一週で、主人公奈津の置かれている状況も、見ている景色も、すべてが、がらりと変わってしまうから。なぜそんなことになったのか、と読者には到底想像がつかないことが、たった数行の、的確すぎるほどに的確な感情描写と、際立ったセリフひとつによって見事に繋がり、まったく違うところにあった境地と境地の間が埋まる。奈津の隣に今誰がいて、誰のどんな言葉を、腕を、求めているのか。心や求めるものが変わってしまったなら、誰のどんな態度や言葉でそれが引き起こされたのか――だから、すべてが見逃せない。一回一回の文章や表現における小説の濃度がそれほどまでに高いのだ。

前作『ダブル・ファンタジー』で、脚本家・高遠奈津は敬愛していた演出家・志澤に導かれるようにして、夫・省吾との穏やかだが、素知らぬ抑圧に満ちた暮らしを飛び出した。そこから、さまざまな出会いと心の変遷を経て、若手俳優大林一也と結ばれ、その物語を一度閉じた。しかし、ラスト、ふっとした数行が舞い込む。

ああ。

なんて、さびしい。

どこまでも自由であるとは、こんなにもさびしいことだったのか――。

この数行に長く心を惹きつけられていた私たち読者にとって、『ミルク・アンド・ハニー』はまさに待望の続編だった。

今回の物語は、恋人大林との暮らしから始まる。前作で奈津の求めるものを与え、読者には理想的な相手として映った大林が、前作から一年ほどでセックスレスになり、今の彼女をより寂しくさせる相手となっていることを知らされる幕開けは衝撃的だった。この部分を読んでしまったら、もう続きを読まないわけにはいかない。

「自分はヒモである」「風俗通いをやめるつもりはない」と堂々と宣言する大林と暮らしながら、奈津はかつての自分を突き放した志澤や、その傷を癒してくれた岩井と再び逢う。しかし、そこにはもはや以前のような心酔や、切迫した癒しを求める気持ちはない。満たされぬ心を抱えたまま、奈津は、女性限定の〈ボディエステ〉や、性的に開放されたハプニング・バーなど新たな世界に踏み出していく。その傍らで、性欲に縛られる自分を脱したいと、大林と結婚し、住まいを移り、自分の人生に対して真摯であろうとあがく。

この小説を凄いと思うのは、小説を小説として読む醍醐味と喜びに満ちていることだ。その後にどんな運命が待ち構えていようと、奈津の刹那刹那の感情から、彼女が必死にあがいて、最善の道を探そうとしていることが伝わる。その一刻一刻の感情や状況に嘘が一切なく、たとえば、大林への慈愛と憤怒の両方が、矛盾なくひとつの場面に存在する。小説だからこそ生まれる物語への没入感とドライブ感がそれを成立させるのだ。村山由佳の小説を読む楽しみがここにある。

相手に恋し、心酔している時には、奈津がそうであるように、読者もまたその男に心酔できるように徹底して言葉も感情も描写される。何故ならそれが恋だから。たとえ、その後ろにまやかしの要素が見え隠れしようと、読者にそれを明かすのは、男が目の前にいない、奈津と女友達、あるいは心を許した岩井との会話の中か、時が過ぎ相手から気持ちが完全に離れてからなのだ。だから、まったく先が見えない物語を紡いで見せながら、同時に、読者に想像させる。新たに現れたこの男は、果たして奈津に何を見せてくれるのか。見て見ぬふりをしてきた不穏な予感に運命がはまり込む時、ああ――と深く息を吐きながら、読者はどこかであぁ、そうなると思っていた、とも同時に思う。自分が著者の術中にいたことに気づく。

なぜ、そんなことが可能なのか。それは、相手との恋に心底まいっていてさえ、主人公としての奈津がどこか、常に冷静に自分自身を俯瞰して見ているからだろう。

それは、作中で奈津が「やってしまった」と思うような種類のことであっても。村山さんの描く奈津の物語がこんなにも魅力的で、読む手を止められぬほどおもしろいのは、奈津が自分自身を選択し、結果を引き受ける主人公であるからだ。激しい展開は、巻き込まれたものではなく、彼女自身が自分の心の求めるものに、繊細に丁寧に、力強くアクセスした先にある。この「繊細に丁寧に」というのが大事なポイントで、彼女は大胆だが、決して闇雲でない。自分自身が何を求めるのか、非常に自覚的に見据え、それがたとえ自分自身の内から発する欲望であっても慎重に見極めようとする。だから、「やってしまった」の前に、何度も「やはりこういうことになるのだな」と小さく納得を繰り返し、踏み込む時には、あらかじめ、「そうなってもいい」覚悟を決めている。その上でいつも、あらゆることに関して一線を超える。

作中で繰り返し、奈津は自らを「性欲が強い」と語る。性に対しての好奇心が強く、快感に果てがあるのなら追求したいと願う気持ちが人一倍な奈津は、確かに性欲が強い。けれど、彼女が求めるものは、実は彼女自身にもわかっていないのではないか。「性欲」という女性にとっては特にタブーとされてきたものに託して彼女が求める真の欲求は、女性——もっと言うなら〈人〉という存在が内包し、私たち読者が人生のさまざまな場面で諦め、気づかぬふりをしてきた「満たされない」何かそのものなのではないか。だから、本作は圧倒的な「続きが気になる」エンターテインメント小説でありながら、常に、読者の心の内側を覗き込むような文学性をこれでもかと放つ。読者である私たちの心と欲望がどのページからも試され、そこにあるけれど顧みることをされなかった傷や喜びを、著者の筆が的確で爽快な表現を通じ、私たちに代わって肯定する。だから、私たちは奈津の求める「果て」を見たいと願い、夢中になるし、その向こうに、無自覚に自分の望む冒険の影をも追いかける。

さて、実を言えば、私は最初、大ファンであるがゆえに、本書の解説をお受けするのを一度、躊躇った。なぜなら、私以外にも多くの作家がこの小説を愛し、私同様に夢中であったことを知っていたからだ。それでも、迷った末にお受けしたいと強く思ったのは、本書が単行本として刊行された際、帯に書かれていた一文を思い出したからだ。

「誰に何言われてもええわ、もう。二人で仲良う、汗かこか」

本書で、奈津が最後に寄り添う従弟、武の言葉である。

　それまで週刊連載で毎週、互いを焼き尽くすような愛憎や、自由と孤独、生と死をめぐる多くの展開を読み進めてきた読者の一人として、この言葉が大きく帯に記されているのを見た瞬間、驚きとともに、ああ――と深く得心がいった。

　帯になりうる切っ先鋭い表現がいくらでもある本書の中で、著者が描きたかったこの話の核が、どこにあるのか。私たちが見たかった「果て」がどこなのか。この柔らかい言葉がすべてを物語っているのだと、奈津の至った場所へ思いを馳せ、ならば、この物語が持つ魅力がどこなのかを、自分の言葉で語らせてもらいたい、と心から思った。

〈乳と蜜の流れるところ〉は聖書に登場する、〈約束の地〉を意味する。自らの心と向き合い、多くのものを失い傷つきながらも、決してその場所を諦めなかった奈津の魂の冒険の記録。自由であることはさびしい。人が人として生きる限り、おそらくはさびしい。約束の地に辿りついても、それは変わらないかもしれない。けれど、最愛の父親をその相手と一緒に見送った後の場面で、本書は終わる。

　高遠奈津のファンの一人として、彼女が至ったその地を見届けられたことが、胸を詰まらせながらも、今、とても嬉しい。


（作家）

初出　「週刊文春」2016年～2018年連載
単行本　2018年5月　文藝春秋刊

DTP制作　言語社

文春文庫

ミルク・アンド・ハニー

定価はカバーに表示してあります

2020年12月10日　第1刷

著　者　村山由佳（むらやまゆか）
発行者　花田朋子
発行所　株式会社　文藝春秋

東京都千代田区紀尾井町 3-23　〒102-8008
TEL　03・3265・1211㈹
文藝春秋ホームページ　http://www.bunshun.co.jp

落丁、乱丁本は、お手数ですが小社製作部宛お送り下さい。送料小社負担でお取替致します。

印刷・凸版印刷　製本・加藤製本

Printed in Japan
ISBN978-4-16-791604-6